ESTÁ SONANDO NUESTRA CANCIÓN

Las canciones de nuestra vida

Anna Garcia

Editado por Harlequin Ibérica.
Una división de HarperCollins Ibérica, S.A.
Núñez de Balboa, 56
28001 Madrid

© 2015 Anna García
© 2017 Harlequin Ibérica, una división de HarperCollins Ibérica, S.A.
Está sonando nuestra canción (Las canciones de nuestra vida),
n.º 126 - 17.5.17

Todos los derechos están reservados incluidos los de reproducción, total o parcial. Esta edición ha sido publicada con autorización de Harlequin Books S.A.
Esta es una obra de ficción. Nombres, caracteres, lugares, y situaciones son producto de la imaginación del autor o son utilizados ficticiamente, y cualquier parecido con personas, vivas o muertas, establecimientos de negocios (comerciales), hechos o situaciones son pura coincidencia.
® Harlequin, HQN y logotipo Harlequin son marcas registradas por Harlequin Enterprises Limited.
® y ™ son marcas registradas por Harlequin Enterprises Limited y sus filiales, utilizadas con licencia. Las marcas que lleven ® están registradas en la Oficina Española de Patentes y Marcas y en otros países.
Imagen de cubierta utilizada con permiso de Fotolia.

I.S.B.N.: 978-84-687-9492-1
Depósito legal: M-6172-2017

INFORMACIÓN DE INTERÉS

Los títulos de la mayoría de los capítulos hacen referencia a una canción que, o bien por el significado de la misma, o bien porque sonaba en mi Spotify cuando escribía, tienen mucho que ver con el devenir de la historia.

Por si a alguien le interesa saber cuál es, aquí tenéis la lista:

Capítulo 1 *If you don't wanna love me* de James Morrison
Capítulo 2 *When you're gone* de Bryan Adams
Capítulo 3 *Misery* de Maroon
Capítulo 4 *Better with you* de Kris Allen
Capítulo 5 *You give me something* de James Morrisson
Capítulo 6 *Person I should have been* de James Morrison
Capítulo 7 *You make it real* de James Morrison
Capítulo 8 *All of me* de John Legend
Capítulo 9 *Trying not to love you* de Nickelback
Capítulo 10 *If I knew* de Bruno Mars
Capítulo 11 *If ain't got you* de Alicia Keys
Capítulo 12 *Collide* de Howie Day
Capítulo 13 *Beneath Your beautiful* de Labrinth
Capítulo 14 *Dance with me tonight* de OllyMurs
Capítulo 15 *Crazy all my life* de Daniel Powter
Capítulo 16 *Over my head* de The Fray
Capítulo 17 *Leave you alone* de Kris Allen
Dream on Hayley de James Morrison
Capítulo 18 *One last chance* de James Morrison
Capítulo 19 *Sorry seems to be the hardest word* de Elton John
Capítulo 20 *Over and over again* de Nathan Sykes

Capítulo 1

If you don't wanna love me

—Y ahora es cuando vendría el lema de la campaña —Connor aprieta el botón del mando a distancia del portátil y la imagen proyectada cambia para mostrar la frase comercial del anuncio en el que llevan trabajando casi un mes—. «Tómate tu tiempo».

Hace una pausa para que los clientes asimilen la idea. Pausa que suele aprovechar para intentar evaluar su reacción. De ese modo puede ver si van por el buen camino, o si, por el contrario, tiene que sacarse algún as de la manga. Camina lentamente desde el fondo de la sala, dirigiéndose hacia la pantalla del proyector, mientras ve como los propietarios de una de las empresas de café más importantes del país, asienten con la cabeza en señal de aprobación. Mira a Rick, su compañero de proyectos y mejor amigo, y le guiña un ojo mientras él le sonríe alzando el pulgar discretamente. Trabajan en una de las mejores agencias de publicidad del país, la que tiene a los mejores publicistas en plantilla, y con las mejores empresas del mundo en su cartera de clientes. Aun así, siempre contienen la respiración durante ese momento de silencio entre el final de su presentación y la reacción del cliente.

—Nuestra idea es hacer dos o incluso tres finales diferentes. A mucha gente le gusta el café y para muchos significa relax, tomarse un momento para ellos mismos —dice pasando el mando a distancia a Rick para dejarle el protagonismo.

—En la última imagen podría verse a una chica o chico joven relajándose después de una larga sesión de estudio, o a un hombre o mujer disfrutando de una taza al final de un largo día de trabajo, o incluso a un abuelo o abuela estirado en el sofá con el nieto durmiendo apoyado en su brazo mientras sostiene la taza de café con la otra mano.

Mientras Rick habla, Connor observa las caras de los clientes, y sabe que les han convencido, sabe que han ganado esta cuenta. Así que, sin querer, su mente pasa página y desconecta, sabiendo que su trabajo aquí ha acabado. Ellos piensan e idean la campaña, y se la intentan vender al cliente. A partir de ahí, si tienen éxito en su trabajo, es cosa de otros llevarla a la práctica.

Aprovechando la penumbra de la sala, mete la mano en el bolsillo del pantalón y saca su teléfono. Es casi mediodía. En poco más de media hora ha quedado con Sharon para comer. Le llamó ayer para quedar y está ansioso por volverla a ver. Es publicista como él, aunque trabaja en una de las agencias rivales. Se conocieron hace poco más de un año, cuando rivalizaron por una cuenta, que acabaron ganando ellos, aunque ella se llevó algo mucho más valioso para él, su corazón. Se adueñó de él en el mismo instante en que se cruzaron por los pasillos de las oficinas del cliente donde celebraban las reuniones, y ya no se lo devolvió. Desde entonces, le costó lo suyo conseguir que accediera a salir con él. Siempre le decía que sus trabajos les ocupaban demasiado tiempo, cosa totalmente cierta, pero poco a poco se fue colando en su vida, hasta llegar a convertirse en algo parecido a una pareja.

Desbloquea el móvil y enseguida aparece su foto como fondo de pantalla. Es perfecta. Guapa, inteligente, extrovertida y ambiciosa.

—Bueno, pues yo creo que no hay mucho más que decir, ¿no? —empieza a decir uno de los hombres—. Creo que hablo también en nombre de mis hermanos cuando digo: ¿cuándo empezamos?

—Mañana mismo nuestro equipo de diseño y maquetación se pone a ello —dice Connor guardando de nuevo el teléfono en el bolsillo y volviendo a abrir las cortinas de la sala para volver a dejar entrar la luz.

Se toma unos segundos observando las vistas de la ciudad que los increíbles ventanales de sus oficinas en la Avenida Madison regalan. Nació y creció en el Bronx, donde su padre decía que se sentía como en su Irlanda natal.

—En Nueva York viven casi el doble de irlandeses que en la propia Dublín —suele decir a menudo.

Cuando Connor empezó a trabajar y a ganar dinero suficiente, lejos de alejarse de la ciudad, se compró un apartamento en el SoHo, así que ha vivido siempre aquí. La ama y nunca podrá separarse de ella más de dos semanas, lo justo como para dejar descansar a su cabeza del incesante ruido.

Se gira con una gran sonrisa en los labios. Presiente que hoy va a ser un gran día. Cuenta nueva, cita con Sharon y partido de los Knicks por la noche en casa de su padre. Perfecto.

—Habéis hecho un gran trabajo, chicos —le dice uno de los hombres estrechando su mano en cuanto se une a ellos.

—Gracias —responde Connor de manera afable.

—Señor O'Sullivan —dice entonces la mujer dándole la mano—, un placer.

—Gracias, señora Folger —contesta él inclinando levemente la cabeza mientras agarra con delicadeza su mano.

—Llámeme Grace.

—Solo cuando usted me llame Connor.

—De acuerdo, Connor —dice sonrojándose ante su caballerosidad.

Bruce Dillon, el dueño de la agencia y por lo tanto su jefe, presente en todas las reuniones, pero siempre jugando un papel en la sombra, acompaña a los clientes a la salida mientras Connor les aguanta la puerta de la sala.

—Gran trabajo, Sully —le dice al pasar por su lado, dándole un suave golpe en el hombro con el puño cerrado—. Esta cuenta es de las grandes.

Todos en el trabajo le llaman Sully, como diminutivo de su apellido; O'Sullivan, y así es conocido también en este mundillo, publicistas rivales incluidos, Sharon entre ellos.

—Gracias, Bruce.

En cuanto les ven perderse por el pasillo, cierra la puerta con un gesto teatral y se gira hacia Rick escuchando las notas ya habituales de su canción del triunfo, el estribillo de *We are the champions* de Queen. Al instante los dos empiezan con su ritual: movimientos de victoria a cámara lenta, levantando los brazos y abrazándose. Cuando se cansan de hacer el payaso, que no es hasta que acaba el estribillo de la canción que Rick tiene grabada en su teléfono, Connor se afloja la corbata y se desabrocha el botón del cuello de la camisa.

—Si llegas a tontear más con la vieja, se le desintegran las bragas.

—Joder, Rick... No seas guarro. Sabes que no es eso.

—Lo sé, lo sé. Ese tonteo forma parte del juego, a veces es necesario, bla, bla, bla... Pero no me jodas, ya les teníamos en el bote. Hoy lo has hecho para lucirte aún más. Pero déjame decirte algo —dice pasando su brazo por encima de los hombros de su amigo—. Búscate a una más joven porque esa no te dura ni dos asaltos.

—Vete a cagar, Ricky —dice deshaciéndose del brazo de su compañero y metiendo su portátil y el resto de sus cosas en la mochila mientras Rick ríe a carcajadas—. Además, te recuerdo que tengo novia.

—¿Ah sí? ¿Y ella lo sabe? O te refieres quizá a esa chica... ¿cómo se llamaba? Sí, hombre, esa que ves solo cuando a ella le apetece... Esa que te llama cuando el resto de planes le fallan... ¿Cómo era...? ¡Sharon! ¿Es ella tu «novia»? —Rick enfatiza la última palabra entrecomillándola con los dedos.

—Estoy llorando de la risa. ¿No ves las lágrimas? —Connor se acerca a él con la mochila al hombro—. ¿No? Pues será porque no me hace ni puta gracia.
—Vale, vale... —le frena Rick cogiéndole del brazo—. Perdóname. No te enfades, Sully... ¿Comemos juntos?
—No puedo. He quedado en menos de media hora para comer con ella.
—¿En serio? —contesta su amigo levantando las cejas, gesto que enseguida cambia al ver que Connor empieza a mosquearse de verdad—. Genial...
—Me llamó ayer. Dice que tiene algo que decirme.
—A lo mejor te dice que sí...
—¿Que sí a qué? —pregunta confundido, arrugando la frente.
—Que sí quiere salir contigo.
—Vete a la mierda —le suelta Connor levantándole el dedo del medio.
Se gira, agarra el tirador de la puerta de cristal y sale por ella escuchando aún las carcajadas de su compañero de trabajo, que además dice ser su amigo. Llega a los ascensores y mientras lo espera, comprueba de nuevo la hora. Llegará tarde seguro, más teniendo en cuenta que han quedado en un restaurante a unas quince manzanas de aquí, a medio camino entre las dos agencias, y el terrible tráfico de la ciudad a todas horas. Cuando se abren las puertas, se mete dentro sin levantar la vista del teléfono, comprobando el correo electrónico que le ha llegado durante la reunión. Resopla resignado pasando el cursor por encima de ellos hasta que se le dibuja una sonrisa al ver un *mail* de su hermano pequeño, Evan.

«Como si hubiéramos aplastado a alguien en algún partido», piensa resignado. Perderán seguro, como casi siempre, los dos lo saben, pero les gusta disimularlo.

No me lo perdería por nada del mundo. ¿Julie te deja salir?

Evan tiene dos años menos que él, treinta y cinco, y cuatro menos que Kai, su hermano mayor. Y, a pesar de ser el pequeño, es el único de los tres que sentó la cabeza y se casó con la maravillosa, guapísima y pija, Julie. Una chica a la que no se le conoce otro oficio que el de gastarse en ropa y en salir con sus amigas el dinero que gana su hermano.

Por supuesto. No soy tan calzonazos.
—No, qué va...
Está tan enamorado de ella y tan ciego, que es incapaz de ver que Julie lleva casi cuatro años aprovechándose de él, desde el preciso instante en que se dijeron el «sí quiero». Evan trabaja como contable en una gran empresa y gana lo suficiente como para poder vivir muy holgados... si no fuera porque gran parte de ese dinero lo dilapida su querida mujer de gustos caros.

A otro con ese cuento hermanito. ¿Cuántos vestidos te ha costado el partido de esta noche?

La respuesta a este mensaje no llega tan rápido como la anterior, así que Connor da por hecho que ha acertado de lleno con su comentario. Suspira resignado y contrariado por tener un hermano tan tonto. Todos lo vieron desde el principio, y esperaron a que él mismo se diera cuenta también, pero ya llevan cuatro años de matrimonio y el tío sigue cegado por la cabellera rubia y los ojos azules de esa arpía consumista.

A las siete en casa de papá. Ahora le envío un mensaje a Kai para recordárselo. Te dejo, que he quedado con Sharon para comer.

Le escribe dando por zanjado el tema mientras camina hacia su bici. Se pone el casco, indispensable para zambullirse en el tráfico de la ciudad y vivir para contarlo, y antes de guardar el teléfono, le envía un mensaje a Kai para recordarle sus planes, aunque está seguro de que se acuerda y de que no se lo perdería por nada del mundo. De hecho, ya pueden tener la semana ocupada con reuniones de trabajo, comidas o citas varias, pero el partido de los Knicks en casa de su padre, es sagrado para los tres. No se pierden ni uno, pase lo que pase. Incluso aquella vez que Kai pasó unos días en el hospital después de un duro combate en el que su rival le dejó bastante perjudicado... Llegaron a convertir la habitación del hospital en el salón de la casa de su padre.

Serpentea entre los coches y se sube a la acera en varias ocasiones cuando se encuentra algún semáforo en rojo. Llega ya tarde y no puede permitirse quedarse parado ni dos minutos. Incluso hace unos cuantos metros agarrado con una mano a un taxi. Sabe que es de locos, que es peligroso, que le pueden multar por ello, pero lo ha hecho desde pequeño y le va a ahorrar varios minutos de retraso.

Deja la bicicleta atada con un candado cerca de la puerta del restaurante, al que se dirige a paso ligero guardando el casco en la mochila. Abre la puerta y echa un vistazo alrededor para comprobar que, como es habitual, aun retrasándose unos quince minutos, Sharon no ha llegado. Busca una mesa libre y en cuanto se sienta, empieza a hojear la carta. Observa su reflejo en el plástico que la recubre y empieza a peinarse el pelo con los dedos, que lleva hecho un desastre por culpa del casco. Justo cuando comprueba que está algo más presentable, la ve aparecer por la puerta, con su traje chaqueta impecable, su maletín en una mano y el teléfono en la otra, que mantiene pegado a la oreja. Mira alrededor hasta que se fija en él; llamando su atención alzando una mano y con una sonrisa de bobo dibujada en la cara. Cuando le ve, ni siquiera sonríe, simplemente asiente con la cabeza y empieza a caminar hacia allí. En cuanto llega a la mesa, Connor se levanta y le retira la silla como el buen caballero irlandés que le enseñó su padre a ser. Ella se sienta sin siquiera mirarle. Es normal, porque está enfrascada en una conversación que parece ser muy importante. De hecho, lo podría asegurar si entendiera alguna palabra de lo que dice, porque está hablando en francés. Eso es otra de las co-

sas que le atraen tanto de ella, nunca deja de sorprenderle... ni siquiera sabía que hablara francés.

Su conversación se alarga como unos diez minutos más. Tiempo que él aprovecha para acabar su cerveza, pedir otra, volver a repasar la carta, contar los cuadros del mantel y alisar las arrugas de su pantalón como una decena de veces.

–Hola –dice ella por fin cuando cuelga el teléfono.
–Hola.
–Siento el retraso.
–No pasa nada. Yo también he llegado tarde. Rick y yo hemos conseguido la cuenta de Folger's Coffee...

Mientras él habla, ella no para de teclear en el teléfono, levantando la vista de vez en cuando y esbozando una sonrisa de circunstancias. A los pocos minutos, se queda callado y la observa en silencio hasta que ella se da cuenta de ello.

–Perdona –dice dejando el móvil a un lado de la mesa–. ¿Folger's Coffee decías? ¡Enhorabuena! Es uno de los grandes.

–Sí... Pero no hablemos de trabajo –dice acercando su silla a la de ella–. Te he echado de menos...

Coge su cara por la barbilla y le gira la cara para que le mire. La besa en los labios con delicadeza, cerrando los ojos, saboreándola sin prisa. Cuando se separa de ella, apoya la palma de la mano a un lado de su cara y acaricia su mejilla con el pulgar.

–Pues... –dice ella agachando la cabeza y colocándose unos mechones de pelo detrás de la oreja–. En realidad, lo que quería decirte sí tiene que ver con el trabajo...

–¿Ah, sí? –contesta él apoyando la cabeza en el puño, mostrando interés–. Pues cuéntamelo.

–Pues verás... De hecho, la llamada que estaba atendiendo cuando he entrado tiene mucho que ver...

Connor coge la botella de cerveza y le da un sorbo, haciéndole un gesto con la mano para animarla a que siga hablando.

—Me han ofrecido un puesto de trabajo en la agencia B&B...
—¿B&B? —dice entornando los ojos confuso—. Pero eso es una agencia de...
—Sí, Francia.
—Y... entonces...
—Lo he pensado mucho, Sully... y he decidido aceptar la oferta... Es una gran oportunidad para mí...

Ella sigue hablando sin parar, exponiendo todos los pros de aceptar ese trabajo. Deben de ser muchos por el rato que lleva hablando, aunque él ahora mismo es incapaz de ver ninguno. Solo es capaz de ver uno en contra, y muy grande: que vivirá a más de cinco mil quinientos kilómetros de distancia de Nueva York.

El resto de la comida lo pasa muy callado y, aunque quiere contagiarse de su entusiasmo, le resulta imposible hacerlo. Y por más que intenta ver que es una gran oportunidad para ella, solo es capaz de repetir la misma frase una y otra vez, hasta que no puede retenerla por más tiempo en su cabeza.

—¡¿Qué puede tener de bueno que te vayas a más de cinco mil kilómetros de mí?! —dice alzando la voz, llamando la atención de los comensales de las mesas más cercanas a ellos.
—Sully, es una gran oportunidad para mí —contesta ella bajando la voz y mirando alrededor avergonzada.
—¡Pero estarás a cinco mil kilómetros de mí!
—Sully, baja la voz...
—¡Y una mierda! ¡Joder, Sharon! ¡No te vayas!
—No puedes pedirme eso...
—Pues te lo pido. No te vayas.
—Además, me voy mañana mismo.
—¿Mañana? Pero... —Agacha la cabeza y la mueve de un lado a otro—. ¿Desde cuándo lo sabes?
—Ha ido todo muy rápido... Me lo ofrecieron hace poco más de un mes...

—¡¿Un mes?! ¡¿Y me lo dices ahora?!
—Sully, por favor...
—Sharon, yo te quiero –dice cogiéndole la mano una y otra vez desesperado, mientras ella se zafa incómoda–. Quiero estar contigo. Quédate. ¡Cásate conmigo!
—¡¿Qué?! ¡¿Estás loco o qué?!
Sharon se pone en pie, da varias vueltas sobre sí misma, totalmente desorientada por la confusión, hasta que finalmente empieza a caminar hacia la salida. Él tarda unos segundos en reaccionar, pero entonces ve que se ha dejado el maletín en el suelo, al lado de la silla. Lo agarra, saca varios billetes de la cartera, los tira encima de la mesa para pagar la cuenta y empieza a correr para atraparla. Ya en el exterior, mira a un lado y a otro hasta que la ve parando un taxi.
—¡Sharon, espera!
—¡No Sully, déjame! –dice mirándole nerviosa.
—Te dejas el maletín...
Se acerca hasta él y se lo quita de las manos sin muchos miramientos. Cuando se vuelve a girar para subirse al taxi que se ha parado al lado de la acera, él la agarra del brazo.
—Sharon, espera –dice en un tono más tranquilo.
—¿Qué? –se gira cruzando los brazos.
—No me dejes...
—Es una oportunidad que no puedo rechazar –se vuelve a girar, pero Connor se pone frente a ella, interponiendo su cuerpo entre ella y el taxi.
—Pero yo... yo... yo te quiero, Sharon.
—¡Pues yo no! Al menos, no lo suficiente como para rechazar este trabajo por ti.
Esas son las palabras que le rompen el corazón y le dejan incapacitado para actuar. No puede hablar ni moverse, incluso le cuesta respirar. Ve como se sube al taxi y como este se pierde calle arriba. Aprieta los labios y arruga la frente, contrariado, a la par que empieza a notar cierto escozor en los ojos.

–¡Señor! ¡Señor! –Un camarero del restaurante aparece frente a él con su mochila en las manos–. Creo que esto es suyo.

–Sí... –contesta desviando la cabeza para frotarse los ojos–. Gracias.

Se tira largo rato plantado en esa acera, perdiendo la noción del tiempo, intentando averiguar qué ha pasado, aún confundido por cómo se han sucedido los acontecimientos y con la velocidad que lo han hecho. Hace unas horas tenía ante él el mejor día de su vida y ahora se había convertido en una pesadilla.

Tampoco es consciente de cómo acaba sentado en un taburete del Sláinte, un pub irlandés cercano a casa de su padre que suele frecuentar a menudo. Se bebe tres pintas de Guinness sin conversar con nadie, con la vista fija en la jarra y en la espuma del interior. Ha pasado tanto rato pensando en lo que quizá hubiera podido hacer para evitar su decisión o buscando motivos ocultos aparte de la oferta de trabajo, y ha acabado tan agotado por ello, que su mente se ha quedado en blanco. Es como si le hubieran extirpado el cerebro.

–Ian, ponme otra.

–Connor, vete a casa.

–Calla y ponme otra. ¿Acaso no te las estoy pagando?

–Prefiero que salgas por esa puerta por tu propio pie, a ganar unos dólares más.

Connor chasquea la lengua contrariado mientras escucha a lo lejos la canción que suena por los altavoces del equipo de música. Es una de esas canciones tristes que hablan del desamor, perfecta para la ocasión, como si alguien se la hubiera dedicado por la radio. Solo cuando el teléfono le vibra insistentemente en el bolsillo, sale de su letargo y contesta sin molestarse en mirar quién es.

–¿Diga?

–¿Dónde estás? –le pregunta la voz de su hermano Evan.

–En Sláinte.

—Está en el pub —escucha que le dice a alguien—. ¿Y qué haces ahí?
—Beber.

Escucha varios ruidos, como si se estuvieran peleando por el teléfono, cuando de repente se oye la voz grave de su hermano mayor.

—Capullo, soy Kai. Mueve tu puto culo hasta casa de papá. El partido empieza en diez minutos.

Mira el reloj sorprendido por lo rápido que ha pasado el tiempo. Cuatro horas de su vida, desde ese «yo no te quiero» hasta esta llamada, de las cuales no puede recordar prácticamente nada.

—Voy, voy —dice antes de colgar rápidamente.

Se levanta del taburete, se cuelga la mochila al hombro y arrastra los pies hasta casa de su padre. La casa donde sus hermanos y él crecieron, la casa donde su madre les cuidó a todos hasta que murió de cáncer hace ya casi veinte años, cuando eran solo unos adolescentes. Llega caminando, agarrando la bici a su lado, ya que después de varias pintas no cree estar en condiciones de pedalear.

—¡Hola, Connor! —le saluda el señor Murphy, su vecino de toda la vida—. Partidazo, ¿eh?

—Sí... —Esboza una sonrisa muy forzada pero que al señor Murphy parece servirle porque se mete en casa.

Deja la bici en el porche, abre la puerta de la casa y suelta la mochila en el suelo. Se encuentra con sus dos hermanos sentados en el sofá y su padre en su butaca, de cara al televisor, donde el partido está a punto de empezar ya.

—¿Estás bien? —le pregunta Evan girando la cabeza hacia él.

—Sí...

—¡Pilla! —dice Kai lanzándole una cerveza sin mirarle.

La coge al vuelo y la deja reposar un poco antes de abrirla. Se acerca a su padre y le da un beso en la mejilla. Este le mira con cara afable, haciendo brillar sus infinitos ojos azules, que tanto él como sus hermanos han heredado. De los tres, el que más se parece a su padre es Kai. Evan en cambio es más parecido a su madre y él... bueno, digamos que es una mezcla de ambos.

–¿Cómo va todo, hijo? –le pregunta mientras Connor se sienta en el brazo de la butaca.

–Bien.

–Pues no tienes cara de estar bien –vuelve a decir.

–Sí, tío. Tienes una pinta horrible –suelta Evan dejando de mirar el televisor y prestándole atención unos segundos–. ¿No habías quedado con Sharon? ¿Ha pasado algo?

–¿Con Sharon? –interviene Kai–. ¿Te ha dado audiencia para verla?

–Vete a la mierda, Kai.

–Chicos...

–Lo siento papá, pero estoy harto de ese tipo de comentarios.

–Ni que fueran mentira...

–¡Kai! ¡Basta! –vuelve a intervenir su padre.

–En serio, Connor –insiste Evan–. ¿Todo bien con Sharon?

Resopla resignado y totalmente agotado.

–Es igual. Vamos a ver el partido, que ya empieza.

–A la mierda el partido. Si vamos a perder de todos modos.

–Di que sí, Evan. Con hinchas como tú, llenamos el Madison Square Garden seguro –suelta Kai.

–Ni caso al cabronazo este –replica Evan–. Cuéntanos.

–Sharon se va a París –dice finalmente pasados unos segundos.

–¿De viaje de trabajo?

–No... Para siempre...

Los tres se le quedan mirando fijamente, dejando el partido totalmente olvidado. Connor les mira uno a uno, hasta que al final se centra en la botella que tiene en las manos.

–Y tú... quiero decir... ¿cómo estás? –le pregunta su padre.

–Pues jodido, papá, jodido. Pensaba que lo nuestro iba en serio, que yo le importaba más...

–Connor, siento ser yo el que te diga esto, pero eres el único que lo pensaba –interviene de nuevo Kai–. Todos pensamos que vuestra relación solo te la creías tú...

Connor chasquea la lengua contrariado mientras mueve la cabeza desviando la vista. Se levanta y camina de un lado a otro por delante del televisor, incapaz de mantenerse sentado durante más tiempo.

–¿Todos pensabais eso? –pregunta mirando a Evan y a su padre–. ¿Papá? ¿Tú también?

–Connor... –su padre se lo piensa unos segundos, hasta que al final añade–: Esa chica no tenía tiempo para ti...

–Eso no es verdad... ¿Evan? ¿Qué me dices tú?

–Lo siento Connor, pero pienso como ellos. El único enamorado eras tú. Ella solo te quería para entretenerse en sus ratos libres. La lista de prioridades de esta chica son su trabajo –empieza a enumerar ayudándose de sus manos, como si descendieran una escalera–, su trabajo, su trabajo, su trabajo, y luego ya, si le queda algo de tiempo, tú.

Connor mira a Evan contrariado y muy cabreado por sus palabras. Aprieta la botella en su mano con fuerza, como si quisiera romperla en pedazos.

–¡Mira el que fue a dar lecciones! ¿Sabes por lo único que te quiere tu mujer? ¡Por tu dinero! Y tú... –le grita a Kai apuntándole con el dedo–. Tú... ¡ni siquiera tienes novia!

–Ni la quiero –empieza a contestar Kai–. Follo siempre que quiero. Y aquí el pequeño folla siempre que le compra algún trapo caro a la pija de su mujer. Tú, en cambio, para follar tienes que pedir cita con tres meses de antelación.

–Serás... –dice Connor abalanzándose sobre él sin medir las consecuencias.

Enseguida Evan reacciona intentando separarles. Su padre también se levanta y agarra a Connor por los hombros. Kai, mientras, ríe a carcajadas sin intentar siquiera protegerse de sus débiles golpes. La verdad es que en condiciones normales, sería imposible que le ganara en una pelea a Kai y no solo porque sea boxeador semi-profesional sino porque es bastante más fuerte que él. Si a eso le sumamos su estado de casi embriaguez, la cosa se complica de forma exponencial.

Finalmente consiguen sentarle en el sofá y le retienen hasta que su respiración vuelve a ser más o menos acompasada. Los tres le miran con cara de preocupación, hasta que al final la rabia da paso a la tristeza y sin poderlo remediar, hace algo que sabe que se arrepentirá toda la vida de hacer: llorar delante de sus hermanos.

–Eh... –dice su padre sentándose a su lado, atrayendo su cabeza hacia su hombro– Tranquilo... No pasa nada...

–Es que no lo entiendo –empieza a sollozar–, pensaba que me quería...

–Y seguro que te quiere, pero tus prioridades y las suyas son diferentes...

Su padre insta a sus hermanos a echarle un cable, pero lo único que ellos son capaces de hacer al ver llorar a su hermano, es mirarle como si de repente le hubieran salido escamas verdes por todo el cuerpo.

–Se va mañana...

–¿Mañana ya? –dice Evan–. ¿Desde cuándo lo sabía la muy guarra?

–Ha sido todo muy rápido... Desde hace un mes...

–¡Rápido los cojones! ¡Ha tenido treinta y un días para decírtelo! ¡Será puta!

–¡Kai! ¡Modera tu lenguaje! –le reprende su padre.

–A la desesperada, le pedí incluso que se casara conmigo –cuando lo suelta, cierra los ojos imaginando la reacción general.

–¡¿Qué?! –grita Kai–. ¡¿Estás pirado o qué?!

—¿Y ella qué dijo? —pregunta Evan.
—Lo mismo que Kai.
—Luego la perseguí hasta el exterior del restaurante y le dije que la quería y me dijo que ella no, y se metió en un taxi huyendo de mí lo más rápido que pudo.
—¿Y te extraña? Joder, Connor. Me imagino tu cara de loco persiguiéndola como si en lugar de ser su novio fueras un acosador...

Tras decir eso, Kai se agacha delante de él y apoya las manos en sus rodillas. Le mira como si fuera un bicho raro, pero en el fondo está haciendo un esfuerzo por entenderle.

—¿Sabes lo que necesitas? —Connor levanta la vista hacia su cara y niega con la cabeza. Es un capullo integral, pero es su hermano mayor y, aunque a veces se comporte como un idiota, sabe que le quiere y que todo lo que le dice es por su bien, y por eso confía en él—. Desahogarte.

—¿Qué quieres decir? —pregunta Evan.
—En cuando acabe el partido, nos vamos a ir de fiesta los tres. Vamos a ir a un local nuevo que conozco donde hay unas tías que quitan el sentido.
—Kai, no me apetece nada salir... —se queja Connor.
—Pero lo necesitas. No te estoy diciendo que te tires a ninguna tía, cosa que tampoco te vendría nada mal. Pero necesitas olvidarte de Sharon.
—Pero yo no quiero olvidarme de ella...
—Connor —dice Evan posando la mano en su cabeza—. Kai tiene razón. ¿Cuántas pistas más necesitas? Te dijo que no te quería, tomó la decisión sin contar contigo, hace más de un mes que lo sabe...

Connor gira la cabeza hacia su padre, que se ha mantenido al margen durante casi toda la conversación, pidiéndole su intervención. Donovan sabe de la importancia de sus palabras para su hijo, por eso se lo piensa mucho antes de abrir la boca.

—Creo que tienes todo el derecho del mundo a estar triste o cabreado, a guardar una especie de luto incluso, pero también creo que tus hermanos tienen razón. Esa chica ha demostrado no merecerse que estés decaído, y aunque cueste, deberías intentar pasar página lo más rápido posible. Si la manera de conseguirlo es saliendo de marcha con Evan y Kai, adelante con ello. –Él también le revuelve el pelo de forma cariñosa y, mucho más confiado, prosigue con su discurso–. Hijo, tú vales mucho, los tres lo valéis, y está claro que esa chica no te merece. Busca a la indicada. Cuando la encuentres, lo sabrás.

El resto de la noche, Connor se deja llevar como un pelele. En casa de su padre se bebe todas las cervezas que le ponen en la mano. Luego le meten en un taxi y van a la discoteca que decía Kai. Le sientan en un taburete de la barra y ponen en su mano varios vasos de chupito con líquidos de diferentes colores llamativos. Luego Kai conoce a un grupo de chicas y enseguida se ve arrastrado a la pista de baile. Connor odia bailar y además se le da fatal, pero tampoco es consciente de sus propios movimientos, así que simplemente deja que esas chicas se froten contra su cuerpo. Pasadas unas horas, le vuelven a sentar al lado de la barra y vuelven a depositar en su mano más brebajes de colores.

–Evan –dice tirando de la manga de la camisa de su hermano pequeño–. No me encuentro muy bien. Quiero irme a casa.

–Vale –le contesta él, que aunque va bastante achispado, no llega a su nivel de embriaguez–. Espera que vaya a buscar a Kai.

Varios minutos después, los dos aparecen a su lado de nuevo. Evan tiene cara de cansado porque con seguridad es el que lleva más horas levantado, trabajando todas las horas necesarias para darle todos los caprichos a Julie. Kai en cambio, vuelve con su cara de recién follado, una cara distinguible a kilómetros, incluso estando totalmente bebido.

–Me ha dicho Evan que quieres irte ya.

–Sí –asiente a la vez con la cabeza mientras todo da vueltas a su alrededor–. Siento haberte jodido el plan.

–¿Bromeas? Me he tirado a dos en el baño... ¡seguidas! –Pasa el brazo de su hermano por encima de sus hombros y le agarra por la cintura, ayudándole a caminar–. Vámonos de aquí.

En cuanto salen al exterior, agradece la suave brisa que acaricia su cara. Aun así, todo sigue girando a su alrededor y siente esa sensación en el estómago típica de cuando vas a vomitar.

–Evan, para a un taxi. Vamos a llevar a Connor a su casa.

–Espera. Estoy avisando a Julie de que salgo para allá.

–Joder –contesta Kai dejando a Connor sentado en un banco–. Pelele... Ya lo hago yo.

Connor resbala por el respaldo del banco y cae inevitablemente al suelo, sin fuerzas para impedirlo. Se da un golpe en la cara contra la acera y se queda allí tirado boca abajo, hasta que Kai consigue parar un taxi y Evan deja de escribir el mensaje a su mujer.

–Vamos colega, que ya tenemos taxi.

Siente como le meten dentro sin muchos miramientos y como apoyan su cabeza contra la ventanilla de la puerta izquierda, mientras Evan se sienta a su lado y Kai delante, junto al taxista.

–¡Eh! ¡Esperad, esperad! No podéis entrar en este taxi...

–¡Vaya! –dice Kai–. ¡Hola!

–Fuera de mi taxi.

–¿Por?

–Porque vuestro amigo va muy borracho y acabará vomitando aquí dentro.

–Perdona, ¿tienes un cartel reservando el derecho de admisión? –le replica Kai, al que cuando bebe se le suelta la lengua–. Si bebes no conduzcas, ¿recuerdas el lema? Pues eso, hemos bebido, no conducimos. Tú no has bebido, o al menos eso espero, así que tú conduces.

Ella gira la cabeza fulminándole con la mirada, pero parece que finalmente claudica.

–¿No te puedes sentar detrás con tus amiguitos y dejarme tranquila, o voy a tener que disfrutar de tu compañía todo el trayecto?

–Es que aquí estoy más cómodo y ahora que sé que tú conduces y vas a estar a mi lado todo el trayecto, de aquí no me mueve ni Dios.

–Qué suerte la mía... Poneos los cinturones.

–Yo por ti me ato lo que haga falta. Y si llevas unas esposas, me las pongo también.

–Uy, qué gracioso, por favor. No te pienses que no me ha hecho gracia, es que soy muy tímida y estoy llorando por dentro... –contesta ella en tono de burla–. Pero tú dame motivos y verás tu sueño realizado y acabarás la noche esposado.

–Qué carácter... Me gusta...

–¿Y a tu amigo qué le pasa? ¿Es sordo? ¡Eh! ¡Tú! –grita dirigiéndose a Connor que, aunque la oye, es incapaz de mover más que las pupilas de los ojos–. Ponte el cinturón.

–No insistas. Ya no está entre nosotros. Siente, pero no padece. Te escucha, pero no va a moverse. Dale un poco de tregua... –dice Kai bajando un poco el tono de voz–. Le ha dejado la novia y está de bajón.

–Oooooh... Qué pena... ¡Que te pongas el cinturón! –grita ella como una loca girando un poco la cabeza mientras inicia la marcha.

Kai y Evan se echan a reír ante el histerismo de la pobre taxista. Connor intenta abrir los ojos para fijarse mejor en ella. De ese modo, puede que consiga recordarla y así tener la oportunidad de pedirle disculpas si la vuelve a ver. Reúne todas sus fuerzas y consigue abrir los ojos justo en el momento en que se escucha un tremendo frenazo. Su cuerpo se abalanza hacia delante y su cabeza choca con fuerza contra el cristal protector que separa los asientos posteriores de los delanteros.

–¡Eh! ¡¿Estás loca o qué?! –grita Kai.

–Connor... –dice Evan volviéndole a incorporar y esta vez, poniéndole el cinturón–. ¡Tía loca! ¡Le has hecho una brecha en la nariz a mi hermano!

–Hace unos minutos estabas demasiado ocupado con el teléfono como para prestarle atención y ponerle el cinturón, así que técnicamente, la culpa es tuya.

El movimiento brusco no ha hecho más que empeorar el mareo en su estómago, así que, pocos segundos después, Connor siente las náuseas y vomita inclinándose hacia delante.

–Se acabó. Aquí acaba vuestro trayecto. Buscaros a otro pardillo dispuesto a ganar diez pavos y a gastarse luego veinte en limpiar su taxi.

–¡Pero no nos puedes dejar aquí! –grita Evan.

–Déjala. Desde aquí llegamos rápidamente a mi coche. Ya os llevo yo.

–¿Tú? ¿En tu estado?

–Como quieras. Me llevo a Connor a su casa. Tú vete caminando si lo prefieres.

Evan chasquea la lengua y parece claudicar mientras Kai abre la puerta del taxi para recoger a su hermano.

–Oh, joder tío –dice poniendo una mueca con la boca–. Qué asco, por favor.

–¿Y esto quién me lo paga a mí?

–Evan, dale veinte pavos, haz el favor.

–Lo siento... –balbucea Connor intentando mirar a la chica mientras le abandonan las fuerzas y está a punto de perder el conocimiento–. Lo siento...

Capítulo 2

When you're gone

—¡Mierda de noche y mierda de mañana! —dice Zoe tras cerrar de un golpe la puerta de su apartamento.

—Buenos días para ti también —le responde Hayley, su compañera de piso y amiga.

—De buenos no tienen nada, al menos de momento. Toma —dice tendiéndole un papel mientras se sirve una taza de café bien cargado.

—¿Otra? Por el amor de Dios, Zoe... ¿Cuántas multas te he quitado en lo que llevamos de mes? —le pregunta mientras su amiga se encoge de hombros—. Como un día se pongan a controlar estas cosas, se te acabará el chollo, te lo advierto.

—Hayley, no estoy para sermones.

—¿Tú sabes lo difícil que es infundir respeto con este color de pelo? —Zoe la mira con cara de no captar el mensaje, así que Hayley decide aclararle un poco las cosas—. Zoe, soy rubia y pongo multas, soy carne de cañón. Así que resulta que algún día me gustaría optar a un ascenso en el cuerpo de policía, y entonces te tendrás que buscar a otro que te haga estos favores. O empezar a pagar las multas. O, mejor aún, cumplir con el código de circulación.

—Lo siento. Dejé el taxi aparcado unos segundos de nada en una zona de carga y descarga.

—Define segundos de nada.

Zoe gira la cabeza para mirarla fijamente con las cejas

levantadas, gesto que Hayley imita al instante. Se mantienen la mirada durante largo rato hasta que, sabiendo que se podrían tirar así toda la mañana, finalmente Zoe se da la vuelta para dirigirse a su dormitorio.

—Con eso me estás confirmando que no fueron unos «segundos de nada» —grita Hayley antes de que ella cierre la puerta.

Cuando se oye el ruido del agua de la ducha, Hayley mira detenidamente la multa. Ha perdido la cuenta de las que le ha llegado a quitar en los cerca de dos años que hace que comparten piso. Chasquea la lengua y finalmente la guarda en su bolso. Al fin y al cabo, no es solo su compañera de piso, sino que también es su mejor amiga, y si está en su mano el poder ahorrarle unos dólares, lo hará. Bastante ahogada va para poder pagarse las clases de pintura, haciendo incluso turnos dobles con el taxi, como para añadir a su cuenta de gastos los cerca de cien dólares semanales que recibe en multas.

—Por favor, huéleme —dice Zoe plantándose delante de ella al cabo de unos minutos.

—Hueles bien —contesta Hayley después de olerla mientras vuelve a centrarse en su bol de cereales.

—¿Seguro que no huelo a vómito?

—¿A vómito? —pregunta Hayley con la boca abierta, dejando la cuchara a medio camino entre el bol y su boca.

—He tenido una noche movidita... De madrugada he recogido a tres personajes y uno de ellos ha vomitado en el taxi. Me he tirado como dos horas limpiándolo, pero parece que tengo el olor grabado en mis fosas nasales y a pesar de haberme restregado la esponja durante un buen rato, me da la sensación de que sigo oliendo mal.

—Pues te lo confirmo, hueles a tu gel de coco.

—Me fiaré de tu palabra más que de mi nariz —dice Zoe volviendo a calzarse sus zapatillas Converse rosa.

—¿Te vuelves a ir?

–Ajá. Empieza mi segundo turno.
–¿Cuántos días seguidos llevas haciendo doble turno?
–Unos cuantos –contesta encogiéndose de hombros–, pero es lo que hay.
–Me haces sufrir, Zoe... Deberías descansar un poco más... –la sermonea Hayley con la cuchara aún en la mano–. Hay que ver lo que eres capaz de hacer por amor...
–Sabes que no lo hago por Bobby... Al menos no del todo. Trabajo a destajo para pagarme las clases de pintura, que es mi pasión y de lo que me gustaría vivir en un futuro. De acuerdo, esas clases las imparte Bobby y es un aliciente para no perderme ni una, pero no el principal motivo.
–Vale, ¿pero sabes algo de él? ¿Le has visto? ¿Te ha llamado al menos?
–Está muy ocupado...
–¿Haciendo qué?
–Trabajando.
–Oh, joder Zoe... ¡Abre los ojos de una vez! Dormir hasta las doce del mediodía y pasarse el resto del día con cara de idiota delante de un lienzo en blanco, no es trabajar. Y si lo fuera, yo creo que podría dedicar al menos cinco minutos de su valioso tiempo para llamarte.
–Él es así, Hayley, ya lo sabes. No le da importancia a esas cosas... No cree en obligaciones ni ataduras. Lo importante es que cuando nos vemos, solo tiene ojos para mí.
–Él no es así, pero tú sí. Tú quieres a alguien que te llame para decirte que te echa de menos, alguien que te envíe un mensaje para darte los buenos días o que te compre un ramo de flores sin motivo alguno. Te mereces a alguien que cuide de ti y que te tenga presente las veinticuatro horas del día. Y, ya puestos, si se ducha de vez en cuando también estaría bien.
–Hayley, sí se ducha, te lo he dicho muchas veces. Todo forma parte de ese *look* bohemio que lleva...
–Zoe cariño, créeme, el ser bohemio no está reñido con

la limpieza. El día que ese hombre huela a jabón y a colonia en lugar de a sudor y témperas, llorarás de la emoción.

—Y sí me cuida, en serio —contesta Zoe dando por perdida la discusión, bastante recurrente por cierto, acerca de los hábitos de aseo de Bobby.

—Ya, en tus sueños —susurra Hayley para sí misma.

—¿Qué dices? —pregunta Zoe ya desde la puerta.

—Nada. Que nos vemos por la noche.

—Vale. Acuérdate de hacer desaparecer el papelito ese que te he dado antes...

—Descuida.

Zoe se monta en el taxi, se pone sus gafas de sol, y enciende la radio para escuchar música, su compañera indispensable para conducir y hacer frente al caótico tráfico de Manhattan sin perder los estribos. Apenas ha encendido el motor cuando el primer pasajero se sube en el taxi. Zoe mira por el espejo interior y, como siempre, intenta averiguar el destino que le pedirá. Es una habilidad que ha desarrollado con el tiempo y que se basa en su vestimenta, sus accesorios y su aspecto físico. Por ejemplo, el pasajero que se acaba de subir. Traje, maletín, pelo engominado hacia atrás, bolsas debajo de los ojos y gafas de empollón: a Wall Street.

—¡Buenos días! —Tras esperar en balde el saludo, resopla y le pregunta—: ¿A dónde le llevo?

—A Wall Street.

Zoe sonríe y se anota mentalmente el primer tanto de la mañana. Enseguida se ve envuelta en un terrible atasco y aunque se conoce la ciudad tan bien que podría recorrerla con los ojos cerrados, por más que intenta coger atajos, siempre acaba inmersa de nuevo en la marea de vehículos. Así pues, sube un poco el volumen de la radio y decide tomárselo con filosofía, apoyando la espalda y la cabeza en el respaldo del asiento.

—¿No podría intentar buscar una ruta alternativa? —dice

el trajeado abriendo la pequeña ventana del cristal que separa la parte delantera de la trasera del taxi.
 –Ya lo he intentado pero acabamos siempre atascados sin haber avanzado nada. Así que, en lugar de perder el tiempo dando rodeos, iremos hacia abajo en línea recta.
 –¡Joder! Cada puto día igual...
 Si cogiera el metro, viajaría más estrecho pero llegaría antes, piensa Zoe, aunque eso nunca lo dirá en voz alta porque estos viajes son los que le aportan más dinero con el menor esfuerzo.
 –Además, aquí atrás huele raro...
 –Baje la ventanilla si lo desea.
 Zoe se muerde el labio, nerviosa, mientras echa rápidos vistazos atrás para comprobar que el pasajero mira a un lado y a otro buscando el origen de ese olor. En cuanto le deje en su destino, parará a comprar otro ambientador para intentar camuflar aún más ese olor nauseabundo. Chasquea la lengua y niega con la cabeza, repitiéndose una y otra vez que nunca más recogerá a borrachos, por muy desesperados que parezcan por llegar a casa o por muy mal que lo estén pasando por una ruptura amorosa. Anoche fue lo que pasó. En cuanto supo que el tipo se había emborrachado porque su novia le había dejado, se le ablandó el corazón y una parte de ella se apiadó de él. Le pareció un gesto de lo más romántico. Si ella dejara a Bobby, ¿bebería él hasta perder el sentido para llorar su pérdida? Es una blanda y está muy falta de gestos románticos, piensa mirando al horizonte, aunque eso nunca lo admitiría delante de Hayley.
 Una hora después, deja en la esquina de Wall Street a su pasajero y sin darle tiempo siquiera a poner el taxímetro a cero, suben sus siguientes clientes. Hombre y mujer, bien vestidos, con maletines, miradas furtivas entre ellos, rozándose los dedos de las manos que reposan en el asiento entre los dos, manos que lucen sus respectivas alianzas de casados... Nos vamos a un hotel...

—¿A dónde?

—Al Palace —responde el hombre sin dejar de mirar sus manos.

Otro tanto más, piensa Zoe con una sonrisa en los labios. Le dan ganas de girarse y decirles que no hace falta que se esfuercen más, que se nota a kilómetros de distancia que son amantes, pero el espectáculo le parece de lo más divertido, así que mantiene la boca cerrada y se limita a observarles por el espejo.

Aunque subir hacia Central Park a estas horas de la mañana es menos costoso que bajar al Downtown, enseguida se vuelve a ver inmersa en otro atasco. Esta vez, a sus pasajeros parece traerles sin cuidado, porque se han acercado bastante más y se están metiendo mano descaradamente. ¿Debería decirles algo? Quizá si la cosa se pone más intensa... aunque son preferibles las muestras de afecto a los vómitos de anoche. Es una idea tan romántica y loca... dejarlo todo y escaparse a un hotel para dar rienda suelta a su pasión... Sí, de acuerdo, los dos están casados, y esto está mal... pero aun así es tan romántico...

—Vale, estoy muy necesitada, lo reconozco —susurra en voz baja.

Media hora después, tras dejar a los tortolitos en el hotel, para el taxi en doble fila para comprar un café para llevar. Tarda solo dos minutos pero al salir un agente uniformado está escribiendo frenéticamente en un papel, plantado justo al lado de su coche.

—¡Eh! ¡Vale! ¡Que ya voy! ¡Por favor, han sido solo dos minutos!

—Señorita, cómprese otro reloj... Lleva más de diez minutos aquí parada en doble fila —contesta el agente sin levantar siquiera la cabeza para mirarla.

Vale, quizá había un poco de cola en la cafetería y luego se entretuvo hablando un rato con el dependiente y además al salir le dio unas monedas al indigente que había en la puerta. Atónita, observa la multa que el agente pone en sus manos. Luego se sube al taxi como una autómata y, cuando recobra el sentido, hace una pelota con el papel y lo lanza al salpicadero del coche mientras golpea con fuerza el volante.

–¡Mierda! ¡Joder! ¡Putos policías chupa sangre! –Salvo Hayley, claro está–. ¡Será que no habrá coches mal aparcados por la ciudad que tienen que pillarme siempre a mí! ¡Me persiguen! ¡Me han colocado una cámara y me siguen por toda ciudad!

Cuando dice esto último, escucha unos tímidos golpes en su ventanilla. Se gira y se encuentra con una chica que la observa con los ojos muy abiertos, seguro que alucinada por el espectáculo de histeria que acaba de presenciar. Lleva dos grandes maletas además de un bolso colgado al hombro. Va muy bien vestida, con un traje compuesto por una falda y una americana a juego muy elegante. Además, es muy guapa. Rubia, con un cutis envidiable y unos ojos impresionantes.

–Perdone –dice Zoe al abrir la puerta–. No estoy teniendo mi mejor día.

–A veces pasa...

–¿Quiere que la lleve al aeropuerto? –le pregunta Zoe.

–¿Tan evidente es?

–Bastante, aunque yo juego con ventaja porque he desarrollado una especie de don adivinando el destino de mis pasajeros antes de que me lo digan.

–¡Vaya!

Zoe guarda las maletas de la chica en el maletero mientras ella se sienta en la parte de atrás agarrando el móvil, que lleva sonándole todo el rato sin que ella haga nada por responder a la llamada.

–¿A cuál la llevo? –le pregunta cuando se sienta detrás del volante.

–Pensaba que ya lo habría adivinado.

—Aún lo estoy perfeccionando —contesta Zoe guiñándole un ojo mientras la chica sonríe abiertamente.
—Al JFK, por favor. Terminal de salidas internacionales.
—Perfecto.

Zoe arranca el motor y enseguida se sumerge en el tráfico de la ciudad mientras el teléfono de la chica sigue sonando sin parar. La mira de reojo por el espejo porque esa actitud la intriga, y enseguida empieza a montarse la historia en su cabeza. Sabe que se marcha fuera del país, y parece contenta por ello, al menos su sonrisa nada forzada es lo que le cuenta. Pero su semblante cambia cuando escucha sonar su teléfono. ¿Estará huyendo de alguien? ¿Estará en peligro y alguien la estará acosando? Será alguien peligroso si se ve obligada a marcharse incluso del país...

—Parece que el tráfico ha mejorado considerablemente respecto al de esta mañana y no tardaremos en llegar al aeropuerto —algo le dice a Zoe que esa chica necesita conversación que la distraiga de esas llamadas.

—Perfecto —contesta otra vez con su sonrisa sincera.

Aunque ese gesto se le borra enseguida cuando arruga la nariz, seguro que intentando averiguar de dónde procede esa mezcla de olores horrorosa.

—Perdone por el olor —se apresura a aclarar Zoe—. Anoche un tipo vomitó en mi taxi y aunque me he tirado más de dos horas limpiándolo y he puesto varios ambientadores, parece que se resiste a marcharse...

—Ah, es eso... —contesta la chica encogiéndose inconscientemente en el asiento—. No se preocupe.

—Intento no recoger borrachos, pero anoche uno de ellos acabó dándome pena y lo pagué caro...

—Hombres...

—Eso mismo...

Su teléfono vuelve a sonar y la chica, harta ya de oírlo, descuelga y se lo pega a la oreja con cara de enfado.

—¿Qué quieres? —responde cortante.

–Sharon, no me cuelgues. ¿Dónde estás?
–En el taxi.
–¿Ya? ¿Sin despedirnos siquiera?
–Creía que después del espectáculo que me montaste ayer, estarías avergonzado y no tendrías ganas de verme.

¿Espectáculo de ayer? ¿Avergonzado? Zoe no se pierde ni una de las palabras de la chica, y daría la vida por escuchar a la persona que está al otro lado de la línea. No parece tenerle demasiado miedo, así que quizá tan peligroso no sea. Y tampoco parece que se marche del país por su culpa...

–Vale, quizá me pasé un poco... ¡Pero yo te quiero, Sharon!
–Sully... –resopla con fuerza por la boca, mientras se peina el pelo con los dedos–. Yo también te quiero, pero también quiero este trabajo. Es una oportunidad que no puedo dejar escapar.

Zoe empieza a encajar mentalmente las piezas del rompecabezas. Ella estaba saliendo con un tal Sully, que le montó ayer un espectáculo que parece que a ella no le hizo mucha gracia. A ella le han ofrecido un trabajo en el extranjero que no puede rechazar, pero a Sully no le ha hecho gracia que lo acepte. Normal por otra parte... Si estás enamorado de alguien, que se marche del país, no es algo que te vaya a hacer mucha ilusión...

–Escucha, tengo que colgar. Te llamo cuando llegue a París.
–Podemos seguir con nuestra relación. Aunque sea a distancia. ¡Sí! ¡Piénsalo! Nos podemos hablar por Skype cada noche o bueno... cuando tú te vayas a dormir y yo esté... acabando de comer... O cuando te levantes por la mañana... Me pondré el despertador de madrugada para hablar contigo.
–Sully, tengo que colgar.
–Vale, vale, Sharon. Te quiero. Te echaré de menos. Te...
–Adiós.

Cuelga el teléfono y resopla por la boca. Mira por la ventanilla durante un buen rato, hasta que al mirar al frente, su mirada se encuentra con la de Zoe a través del espejo interior.

—Lo siento —es lo único que Zoe es capaz de decir, no solo porque la pillara espiando su conversación, sino por el tono de la misma.

—Son cosas que pasan —contesta Sharon encogiéndose de hombros y apretando los labios hasta convertirlos en una fina línea.

—Las relaciones a distancia son complicadas, y más aún con tantas horas de diferencia... —se decide a soltar Zoe.

—Eso dígaselo a él, que parece no haberse enterado.

—Está enamorado.

Sharon alza las cejas a la vez que encoge los hombros y vuelve a fijar la vista en el paisaje que discurre a través de su ventana. Zoe la observa detenidamente. Ese chico está claramente enamorado de ella, hasta el punto de querer aferrarse a una relación a distancia que ambos saben que es imposible. Y ella parece estar enamorada también, pero no de él, sino de su trabajo...

—París tiene que ser preciosa —dice Zoe.

—Lo es —contesta Sharon con la cara iluminada de nuevo por la emoción.

—Y romántica.

—Sí, supongo que sí —contesta girando la cabeza de nuevo.

El teléfono de Sharon sigue sonando, pero esta vez por la llegada de varios mensajes seguidos. El tal Sully no se debe dar por vencido. Zoe vuelve a mirar por el espejo para ver de nuevo su reacción y comprobar que, simplemente, los está ignorando.

—Bueno, hemos llegado —dice Zoe aparcando frente a las puertas de la terminal de salidas internacionales del JFK.

—¿Cuánto le debo?

–Pues serán treinta y dos dólares más el recargo por las maletas, así que cuarenta y dos en total.
–Tome. Quédese con el cambio. En París los dólares no me servirán para nada.
–Gracias –contesta Zoe con el billete de cincuenta ya en la mano.

Se apea del taxi para sacar del maletero las dos maletas enormes y, cuando lo cierra, las dos chicas se quedan una frente a la otra. Sharon levanta la vista al cielo azul de Nueva York y suspira con una gran sonrisa en la cara.

–Bueno, pues que tenga mucha suerte –le dice Zoe.
–Muchas gracias –responde ella.

La observa pensativa mientras se pierde por las puertas de la terminal. Arruga la frente y piensa en lo caprichoso que es a veces el destino, uniendo a personas con intereses claramente opuestos. Entonces, cuando va a cerrar la puerta del taxi, escucha un sonido que le resulta familiar. Extrañada, se queda muy quieta agudizando el oído, hasta que vuelve a escucharlo. Es el mismo sonido de mensaje que lleva escuchando durante todo el trayecto hasta aquí. La chica se ha dejado el móvil olvidado, así que rápidamente lo busca y cuando lo encuentra, corre hacia el interior de la terminal para devolvérselo.

En cuanto entra, se dirige a los mostradores de facturación de equipaje. Mira en las pantallas de encima de los mismos como una desesperada.

–Vamos a ver... París... París... ¡Allí!

Busca por la pequeña cola pero no da con ella, así que da varias vueltas sobre sí misma, intentando aclarar sus ideas y decidir qué hacer a continuación. A lo lejos ve un panel informativo con los números de puerta de embarque, y corre hasta él. Si no está en esa cola, debe de haber facturado ya su equipaje y debe haberse dirigido hacia la puerta de embarque. Zoe localiza la que es y emprende una carrera hacia allí, con la esperanza de pillarla antes de que pase el arco de seguridad, por el que es imprescindible cruzar con un billete de avión... sin él, se acabó su pequeña persecución. Pero entonces la divisa a lo lejos, a punto de ser cacheada por un agente de seguridad.

–¡Oiga! ¡Perdone! –Zoe se pone a gritar como una loca–. ¡Se dejó el teléfono olvidado en el taxi!

Ella ni siquiera se ha girado, así que Zoe se mueve de un lado a otro, intentando acercarse por todos los medios. Entonces, se salta un cordón de seguridad y corre como una loca mientras un guardia la empieza a increpar.

–¡Señorita! ¡Perdone señorita! ¡Tiene que hacer la cola como todo el mundo!

–¡Yo no quiero embarcar! –responde ella gritando–. ¡Solo quiero devolverle su teléfono a esa chica!

Varios pasajeros empiezan a girarse para mirarles, así que Zoe grita de nuevo con la esperanza de que la dueña del teléfono la escuche.

–¡Perdone! ¡Su teléfonoooooooooooooooooooooooooooooo!

Entonces como por arte de magia, ella se gira. Zoe le muestra el móvil con el brazo en alto, pero entonces la chica hace algo que la deja de piedra. Le sonríe, le dice adiós con la mano y, sin más, cruza el umbral del arco de seguridad. Zoe observa la escena quieta, con la boca y los ojos muy abiertos, justo en el momento en que el guarda de seguridad que la seguía le da alcance.

–Vamos, señorita. Venga conmigo –le dice guiándola hacia la salida.

Zoe, totalmente descolocada, sostiene el teléfono en la mano y lo mira sin saber bien qué hacer. Está claro que la chica vio que lo llevaba en la mano y que la había perseguido con la intención de devolvérselo, así que entonces solo se le ocurría una explicación: se lo había dejado olvidado a propósito. ¿Tantas ganas tenía de quitarse de encima al pobre Sully? Eso era algo que Zoe no podía entender. ¿Tan horroroso es ese chico para que no quiera volver a saber nada de él?

Sin ser consciente de cómo ha llegado a él, Zoe se sube de nuevo a su taxi, deja el teléfono en el asiento del copiloto y decide que los turistas que acaban de subirse, serán sus últimos pasajeros del día. Los lleva al hotel que le piden y responde sin muchas ganas a las miles de preguntas que le hacen. En otras circunstancias, a Zoe le encantaría ejercer de improvisada guía turística, pero los hechos acontecidos hace poco menos de una hora la han dejado totalmente hecha polvo. Así que cuando llega a casa y mientras se prepara la comida, no puede parar de darle vueltas a todo. No deja de preguntarse cómo alguien puede llegar a ser tan fría y desconsiderada. No sabe cuánto tiempo llevaban juntos y el tipo de relación que tenían, pero Zoe es una romántica empedernida, de las que cree en el amor incondicional, y no se le pasaría nunca por la cabeza abandonar al amor de su vida por un simple trabajo.

Coloca su plato de espaguetis encima de la mesa y se sienta en la silla para dar cuenta de ellos. Los remueve durante un buen rato, echando rápidos vistazos a su bolso, donde el teléfono sigue guardado desde que se bajó del taxi. Hace rato que no suena, pero está segura de que lo volverá a hacer porque Sully no se rendirá hasta que ella le conteste y, si no lo hace, se volverá loco. No le conoce, pero así es como ella actuaría y algo le dice que él lo hará igual. Se levanta lentamente y sin saber bien por qué, saca el teléfono del bolso y cuando se vuelve a sentar a la mesa, lo deja a su lado sin quitarle la vista de encima. La música de su reproductor suena de fondo y sube el volumen para intentar distraerse, pero su plan se va al garete cuando el móvil vibra encima de la mesa. Es un mensaje. Nerviosa, empieza a repicar con el pie en el suelo, frotándose las manos sin cesar.

–¡Qué más da! A ella está claro que no le importa que lo lea porque me ha «regalado» el teléfono y él no se va a enterar nunca de que lo tengo yo...

Dice esas palabras en voz alta para convencerse a sí misma y enseguida pulsa el botón para leer el mensaje.

Hace solo unas horas que no escucho tu voz y ya te echo de menos. En cuanto aterrices, mándame un mensaje, ¿vale?

–Por favor. Este chico no se rinde y, por lo que parece, no quiere hacerse a la idea de que esa chica no quiere nada con él.

Zoe ve que hay varios mensajes más por leer, seguramente desde su última conversación telefónica, de la que ella fue testigo. Sin poder evitarlo, mueve el cursor hacia el primero, y empieza a leerlos uno a uno.

He estado estudiando el tema de la diferencia horaria y creo que tenemos varias opciones. Si quieres hablar conmigo por la mañana, me puedo quedar despierto hasta la una o las dos de la madrugada. Si quieres hablar al mediodía, podría intentar retrasar las reuniones de la mañana y, si quieres hablar de noche, después de comer podría conectarme... O incluso a media tarde. Son solo seis horas de diferencia. Ya me dirás cuándo te va bien. Yo me amoldo.

Zoe resopla y mueve el cursor hacia el siguiente mensaje, enviado tan solo cinco minutos después del que acaba de leer.

He estado mirando el precio de los vuelos a París y, si lo reservo con tiempo, tampoco son tan caros. Bruce me debe varios días de vacaciones, así que, cuando te hayas instalado, podría hacerte una visita...

–¡Vamos hombre! ¡Reacciona! ¿Acaso no ves que pasa de ti?

–¿Se puede saber a quién diablos le estás gritando?

La voz de Hayley la sobresalta. Estaba tan concentrada en el teléfono, que no había oído el ruido de la puerta.

–Ah, hola, Hayley. Es largo de contar...

–Vale, pues hazme un resumen. ¿Hay más de esos espaguetis para mí?

—Claro. Están en la olla.

Hayley se sirve la comida y enseguida se sienta frente a Zoe.

—¿Y ese teléfono? —le pregunta.

—Forma parte de la historia.

—Vale, pues soy toda oídos.

—A grandes rasgos. A media mañana he recogido a una chica que me ha pedido que la llevara al JFK. Se mudaba a París por trabajo —dice mientras Hayley asiente sin dejar de masticar—. A medio trayecto, la llamó el que descubrí que es, o era, su novio, un tal Sully. No sé qué le dijo él, pero ella acabó diciéndole algo así como «yo también te quiero, pero no lo suficiente como para rechazar este trabajo».

—¡No jodas! ¿Y él cómo se lo tomó? Espera, perdona, ¿cómo narices ibas a saberlo?

—Pues resulta que lo sé...

—¿Lo sabes? ¿Le has conocido y se lo has preguntado o qué?

—A ello voy. Déjame seguir con la historia. La dejo en el aeropuerto y cuando me monto de nuevo en el taxi, descubro que se ha dejado olvidado el móvil. Corro hacia la terminal, la busco por los mostradores de facturación y al final la localizo en la cola para pasar el arco de seguridad e ir a las puertas de embarque. Corro, le grito y cuando me ve, ¿qué hace ella?

—¿Qué hace? —pregunta Hayley con el tenedor lleno de espaguetis a medio camino de su boca.

—Me sonríe, me dice adiós con la mano y continúa su camino.

—Pero... ¿te vio? ¿Sabía que tenías intención de devolverle el móvil?

—Pues claro que me vio. Y además grité como una energúmena...

—¿O sea, que se lo olvidó a propósito? —le pregunta Hayley mientras Zoe asiente con la cabeza—. ¿Por qué?

Zoe coge el teléfono y le muestra otro de los mensajes que Sully ha escrito, uno de los últimos.

Siento de veras el espectáculo que te monté anoche, pero, en el fondo, todo lo que te dije es verdad. Te quiero, estoy completamente enamorado y sé que me va a costar horrores estar separado de ti.

Hayley sigue con la boca abierta después de leerlo, y, sin darle tiempo de reacción, Zoe busca otro mensaje y se lo muestra.

Me estoy volviendo loco. Me siento totalmente perdido. Te parecerá una tontería porque no nos veíamos cada día, pero saber que vas a estar a tantos kilómetros de distancia, me hace enloquecer.

–¿Se olvidó el teléfono a propósito porque este tipo la agobiaba? –pregunta Hayley.

–Me parece que sí... Creo que sus prioridades eran muy diferentes. Él lo daría todo por ella y ella lo daría todo por su trabajo.

–¿Y por qué no se lo dice?

–Me parece que en este caso es él el que no quiere darse cuenta de ello... Es un romántico, y está totalmente enamorado de esa chica –dice Zoe con la mirada perdida–. Me da mucha pena y, en el fondo, odio a esa tía por haberle hecho esto.

–Pero si ella le ha dicho que se acabó y que se larga... ella no ha hecho nada malo...

–Pero, aun así, ha hecho mal. Este chico se va a volver loco si no sabe de ella pronto...

–¿Y qué piensas hacer? ¿Hacerte pasar por ella? –pregunta con una sonrisa burlona, pero al ver la cara de Zoe sabe que ha dado en el clavo–. ¡No, no, no!

–Solo para que sepa que ha llegado bien y se quede tranquilo.

–Zoe, ¿estás loca? –pregunta Hayley justo en el momento en que suena otro mensaje.

¿Cuántas horas llevas en el avión? Llámame, grítame o envíame un mensaje, pero necesito saber de ti. Por favor...

—Vale, quizá se esté volviendo un poco loco —dice Hayley mientras Zoe la mira con las cejas levantadas enseñándole el mensaje.

—De acuerdo. —Agarra el teléfono entre las manos y pulsa para responder—. ¿Qué le digo?

—Yo le pondría algo así como: «He llegado bien. Olvídame, cretino».

—¡Hayley!

—Me parece que esa chica, más pistas no le ha podido dar, quizá la sutileza no es lo suyo y hay que decirle las cosas sin anestesia... —dice Hayley que, al no ver a su amiga convencida del todo, enseguida añade—: En serio, en el fondo, lo que quieres hacer es lo correcto, pero no le des muchas esperanzas.

—Lo sé...

Zoe se lo piensa unos minutos, hasta que sus dedos cobran vida y empieza a teclear como una loca.

Hola, Sully. Acabo de aterrizar. Cuando esté más tranquila y asentada, me pondré en contacto contigo. Te quiero.

Le da a la tecla de enviar y luego se lo enseña a Hayley.

—¿Te quiero?

—No estoy diciéndole nada que ella no le hubiera dicho... De hecho, yo misma oí cómo se lo decía.

—¿Y crees que seguir escuchándolo le hará bien? —pregunta Hayley.

—No lo sé, pero...

Sus palabras se ven interrumpidas por el aviso de un mensaje entrante. Zoe lo lee y con una sonrisa en los labios se lo enseña a Hayley.

Genial. Gracias por contestarme. Suerte en tu primer día de trabajo, aunque sé que no la necesitarás porque los dejarás alucinados. Te quiero y te echo de menos.

—Que sepas que esto no está bien. Sé que es por una buena causa, pero estás engañando a ese chico y quizá dándole falsas esperanzas —dice mientras Zoe se encoge de hombros.

—Es que... no le conozco, pero creo que le comprendo, y me da pena...

—Tú verás lo que haces... Ahora que lo pienso, ¿no habrás visto una foto de ese chico y va a resultar que está tremendo y por eso te sientes tan unida a él?

—Muy graciosa... —contesta Zoe arrugando la nariz—, pero no, no le he visto. Su foto de perfil es el escudo de los Knicks, así que no sé cómo es...

—Bueno, algo es algo, sabemos que se llama Sully y que es un perdedor.

—¿Un perdedor?

—¿Quién en su sano juicio sigue siendo aún fan de los Knicks? —contesta Hayley mientras Zoe ríe—. ¿Y en las fotos guardadas?

—¿Ahora sí ves bien que me inmiscuya en su vida?

—Por tu bien. ¿Quién sabe si estás haciéndote pasar por la novia de un psicópata o de un octogenario?

—Pues siento decepcionarte. No hay fotos...

—¿Y ella como era?

—Pues la verdad, parecía una modelo de pasarela. Rubia, pómulos perfectos, ojos preciosos, alta, cuerpazo, elegante...

—Vamos, que no es extraño que él esté completamente colgado por ella —dice Hayley pensativa—. Pues tenemos que averiguar cómo es él... Retiro lo dicho, sigue hablándole, dale esperanzas y consigue que te envíe una foto.

Zoe niega con la cabeza mientras sonríe a su amiga por su ocurrencia. Lo que no le dice es que en el fondo, ella también ha pensado en esa posibilidad, ella también quiere conocer a ese tipo capaz de mostrar sus sentimientos sin avergonzarse.

–Parece que has tenido un día interesante... Y eso que empezó muy mal, ¿recuerdas? –dice Hayley–. Por cierto, la multa que me diste esta mañana, ya ha desaparecido.
–Genial –contesta Zoe rebuscando dentro de su bolso y sacando un papel–. Pues haz desaparecer esta otra también.

Capítulo 3

Misery

Bruce Dillon entra en la sala de reuniones con mucho ímpetu y una gran sonrisa en la cara. Las cosas marchan bien en la agencia y gran parte de ese éxito se debe a los dos hombres que están sentados alrededor de esa mesa.

–¡Buenos y gloriosos días! –les saluda dirigiéndose a su silla, situada en una punta de la mesa.

–Serán para ti –contesta Rick.

Entonces Bruce se gira hacia ellos, ya desde su lugar habitual, y les observa detenidamente con el ceño fruncido. Rick tiene la espalda apoyada totalmente en el respaldo de la silla y la cabeza echada hacia atrás. Permanece con los ojos cerrados y se frota la sien con los dedos. Parece estar totalmente agotado. Se fija luego en Connor, que no tiene mucho mejor aspecto, con los codos apoyados en la mesa y aguantándose la cabeza con ambas manos.

–¡Pero bueno! ¿Qué son esas caras? ¡Hoy es un gran día! Ayer conseguisteis una cuenta importantísima para nuestros intereses. Seguro que con ella, nos posicionamos como la mejor agencia de publicidad del país...

–Perdona, Bruce. Es que mi exmujer se ha quedado sin canguro y anoche me llamó para pedirme por favor que me quedara con la niña. No he pegado ojo en toda la noche.

–¿Holly? –pregunta Bruce mientras Rick asiente con la cabeza–. Me encanta esa cría.

—¿Sí? Pues está en mi despacho dibujando. Luego si quieres te la mando.
—¿En tu despacho? ¿La has traído a la oficina? ¡Dios mío, puede sembrar una epidemia!
—¿Y dónde querías que la dejara? ¿Sola en casa? Por Dios, que solo tiene seis años...
—¿Holly no tiene ocho?
—¿Ocho ya? —responde Rick—. Me parece entonces que le debo unos cuantos regalos de cumpleaños...
—Por Dios, Rick. No sabes ni la edad de tu propia hija...
—No me culpes a mí. Mi ex no me la deja demasiado.
—Y aún te preguntarás el por qué... —replica Bruce resoplando—. Es igual. Como decía, hoy es un día de grandes noticias, y tengo otra también muy importante. Los de Arnold & Adams han sufrido una tremenda pérdida en sus filas. La señorita Sharon Strauss ha aceptado un puesto en una agencia francesa y les ha dejado en la estacada, así que, a partir de ahora, es más que probable que sin ella no vayan a ser rival para nosotros.

A Rick se le empieza a escapar la risa. Hace un esfuerzo por evitarlo durante unos segundos, pero al cabo de un rato las carcajadas son ya inevitables.

—¡Ese es el espíritu, Rick! ¡Tenemos que estar felices! —dice Bruce pensando que se ríe por la noticia que acaba de darles—. Que nuestra agencia rival pierda a su mejor publicista es una gran noticia para nosotros.
—No para todos —añade Rick mirando a su izquierda de reojo—. ¿No es así, Sully?
—Vete a la mierda, Rick —dice levantándose bruscamente de la silla.

La cabeza le da vueltas debido al ímpetu al levantarse, pero, cuando recupera la verticalidad, agarra el pomo de la puerta y sale por ella muy cabreado.

—¿Me he perdido algo? —pregunta Bruce.

—Sharon y Sully estaban saliendo —le confiesa Rick a su jefe.
—¿En serio? No sabía que Sully tuviera novia...
—Créeme, Bruce, muchos dudamos de que lo supiera alguien más aparte de él mismo... En fin, pues eso, que ayer se despidieron, él ahogó sus penas en el alcohol y esta mañana se ha despertado con una enorme resaca, un dolor de cabeza de los que hacen historia y un corte en la nariz que le dejará una bonita cicatriz, mientras ella cogía un avión hacia París.
—Vaya, me sabe mal... De haberlo sabido habría intentado sonar menos entusiasta ante su marcha...
—Tranquilo, en el fondo, que se vaya, es bueno para él. Esa chica es perfecta, pero no es la persona que Sully necesita en su vida.
—Igualmente, me sabe mal... Ahora no sé cómo pedírselo... —piensa Bruce en voz alta.
—¿Pedirle qué?
—Los dueños de Cafés Folger han firmado ya los contratos y Grace Folger ha pedido expresamente que seáis vosotros quién los recojáis.
—La vieja no se da por vencida...
—¿Cómo dices, Rick?
—Nada, nada...
—Si quieres ya me quedo yo con Holly para que puedas ir con Sully.
—No, es igual. Ya me quedo yo con ella. Estoy seguro de que a la señora Folger no le importará que Sully se presente allí solo.
—Como veas. Dile que cuando tenga los contratos, se los entregue a Cindy para que los archive.
—Vale.
Rick sale de la sala de reuniones y se dirige hacia su despacho. En cuanto abre la puerta, encuentra a su hija sentada en su silla, trasteando con su portátil.

—Holly, ¿no te dejé unos lápices y unas hojas para dibujar? —dice cerrando el portátil.

—Papá, será una broma... ¿Cuántos años te piensas que tengo? —le contesta Holly levantando una ceja.

—Ocho, por supuesto.

—Pues eso.

Al final resulta cierto que su jefe controla mejor la edad de su hija que él mismo, piensa Rick.

—Esto... ¿has vuelto a vomitar?

—No.

—Entonces podrías volver al cole, ¿no?

—Si me llevas, mamá te mata por irresponsable.

—Bueno...

Rick se pasa las manos por el pelo mientras su hija le mira fijamente, con los ojos muy abiertos. A pesar de ser padre, nunca se le han dado bien los niños. Hace años que él y su mujer están divorciados, y aunque la ve un par de días cada dos semanas y quince en verano, siente como si no la conociera nada de nada.

—Te puedo ayudar a trabajar si quieres...

—Pues... Ahora iba a ver a Sully para darle un mensaje de mi jefe...

—¡Vale! —dice ella de repente, bajando de la silla de un salto y dándole la mano—. Te acompaño.

Mientras caminan el corto pasillo que separa su despacho del de Connor, Rick no deja de mirar la mano de su hija, entrelazando sus pequeños dedos con los suyos. Ella le mira de repente y le sonríe, gesto que él imita de manera forzada.

—¿Sully? —le llama Rick picando en la puerta con los nudillos.

—¡Lárgate!

Rick mira a su hija y le guiña un ojo.

—Está un poco enfadado —susurra Rick al oído de su hija.

—¿Contigo? —pregunta Holly.

—Con el mundo.

—¿Con todo el mundo? —Rick asiente con la cabeza mientras su hija añade—: Ya verás como conmigo no.

Sin esperar más, Holly agarra el pomo y abre la puerta.

—¡Te he dicho que te largues! —grita Connor estirado en el sofá de su despacho, con un brazo tapando sus ojos.

—Hola, Sully —le saluda Holly.

Él se incorpora rápidamente y mira a Rick arrugando la frente.

—¿Qué pasa? ¿Que no me has visto lo suficientemente jodido y ahora me envías a la niña para que, además de resaca, tenga vómitos y me cague en los pantalones?

—Hace ya más de dos horas que no echo la pota —Connor la mira con cara de no entender nada, así que Holly añade—: Echar la pota... Vomitar... Es igual. Tú tampoco es que tengas muy buen aspecto.

—Qué perspicaz... —contesta Connor mientras se levanta muy lentamente, evitando dar un traspié, y se acerca a la pequeña nevera para coger una botella de agua.

—¿Qué te ha pasado en la nariz?

—Lo estoy intentando averiguar.

—¿No sabes cómo te hiciste eso? Pues tiene pinta de haber sido un golpe fuerte. A lo mejor no te acuerdas porque el golpe te ha hecho perder la memoria. ¿Te duele la cabeza? —insiste Holly plantada a su lado.

—Entre otras cosas —contesta Connor con desgana antes de meterse una pastilla en la boca y beber un trago de agua.

—Pues a ver si va a ser gripe... Hace unos meses hubo gripe en el colegio y me puse malísima. No me dolía solo la cabeza, ¿eh? Los brazos y las piernas también, casi todo el cuerpo. Como si me hubieran atropellado.

—Muy interesante —dice Connor cogiendo a la niña por los hombros y acercándosela a Rick—. Si me permitís, voy a intentar dormir un poco.

—¡Error! —dice Rick—. Tengo un mensaje de parte de Bruce. Los de Folger ya han firmado los contratos y la mismísima Grace Folger ha pedido que seas tú quien los vaya a recoger.

—Es una broma —contesta Connor dejando caer ambos brazos con pesadez.

—Me temo que no. Esa mujer está loca por tus huesos, amigo mío.

—¿Es tu novia? —pregunta Holly.

—Rick, ¿no puedes ir tú? Hazme ese favor, te lo pido...

—¿Y quitarle la ilusión a una dama? Ni hablar.

—Pero es que ahora mismo no estoy de humor. Te compensaré, lo prometo.

—¿No quieres ver a tu novia? —insiste Holly.

—¿Y qué hago con Holly? —pregunta Rick—. ¿Te quedas tú con ella?

—¡Vale! Podríamos jugar al ordenador, o echar una partida a las cartas, o miramos vídeos de los One Direction en Youtube...

Connor mira horrorizado a la pequeña mientras habla y habla sin parar. Se parece mucho a su padre, y no solo porque tenga sus mismos ojos azules, sino porque cuando se lo propone puede llegar a ser cansina a más no poder. Cuando parece que la cabeza le va a estallar, levanta la vista hacia Rick y comprueba que le observa con una gran sonrisa triunfal en la cara. Sabe que haría cualquier cosa antes que quedarse de canguro de una niña de ocho años, y que entonces se verá obligado a encontrarse con la señora Folger, proporcionándole anécdotas jugosas mientras se toman unas pintas al acabar la jornada laboral.

—Vale. Vuelvo en unas horas... —claudica Connor mientras se dirige a la puerta, pensando que quizá algo de aire fresco le siente bien—. O no, a lo mejor, simplemente, ya no vuelvo y me voy a casa.

—¡Error! —vuelve a gritarle Rick—. Bruce dice que cuando tengas los contratos, se los lleves urgentemente a Cindy para que los archive.

—Me odiáis, ¿verdad?

—Para nada, pero ven aquí que te ponga la corbata recta, que tienes que ir guapo y presentable para que te vea tu chica —le contesta su colega.

—¿Entonces es tu novia? —vuelve a la carga la incansable Holly.

—Nunca se sabe, cariño —le responde Rick sin mirarla, aún alisando la americana de Connor.

—Estás disfrutando con esto, ¿verdad?

—No sabes cuánto.

—Capullo.

—Yo también te quiero. Nos llamamos luego para lo del combate de tu hermano.

—Me parece a mí que no vas a poder venir —le contesta Connor con sorna, dando pequeños golpes en su hombro y señalando a su hija.

—¡Mierda! —contesta girándose para mirar a Holly, que le observa con sus grandes ojos azules—. ¿Mamá te dijo que te quedaras a dormir en mi casa?

—Ajá —le contesta ella—. Hasta que me cure. Para no contagiar a nadie.

—Qué maja tu madre. Si me contagio yo, como que le da igual, ¿no?

—Creo que sí... De hecho dijo algo así como que si tú te ibas de vareta, te iría bien para depurarte y adelgazar unos kilos.

—Se me saltan las lágrimas al ver cuánto se preocupa por mí —dice de forma teatral, girándose de nuevo hacia su colega, mientras a su hija se le escapa la risa por su interpretación—. ¿Ves lo que tengo que aguantar? ¿Sully?

—Hace rato que se fue, papá. Me temo que esta noche te toca tomarte los chupitos conmigo.

—Bueno —dice pasando un brazo por los hombros de su pequeña—. ¿Vemos alguna película? ¿Una de miedo, por ejemplo?

—Me encantaría, pero mamá no me deja.
—¿En serio? Pues papá sí. Será nuestro secreto.
—¡Mola!

Connor ya está saliendo del edificio cuando su teléfono empieza a sonar dentro del bolsillo de su pantalón. Nervioso, lo saca con rapidez, la misma rapidez con la que se desilusiona al comprobar que quien le llama es su hermano Evan. Está tentado de no cogérselo, pero es un hipocondríaco de manual, y se preocuparía demasiado.

—Hola, Evan.
—¡Connor! ¿Cómo estás?
—He tenido días mejores. De hecho, creo que he tenido semanas mejores.
—¿Y la nariz?
—Eso os quería preguntar... ¿Kai me pegó o qué?
—¡Jajaja! No.
—¿Entonces? Espera un momento —Connor levanta la cabeza y ve aparecer un taxi a pocos metros, así que levanta la mano, pega un silbido y cinco segundos más tarde se sienta en la parte trasera del vehículo—. A la esquina de Water con Maiden.
—Enseguida, *siñor* —le contesta sonriente el taxista de origen hindú.
—¿No vas en la bicicleta?
—Tengo yo el cuerpo como para pedalear...
—¿Y el conductor de ese taxi no será una rubia loca?
—Nada más lejos de la realidad —contesta riendo mientras observa al taxista, que está cantando a gritos una canción que suena en la radio—. Espera y escucha.

Connor se despega el teléfono de la oreja y con disimulo lo acerca al cristal que separa la parte trasera de la delantera del taxi, permitiendo así que su hermano escuche también al taxista mientras destroza una canción de Rihanna.

—¿Qué te parece? —le pregunta al cabo de un rato.
—Para mí, es un sí —contesta Evan imitando a un miem-

bro del jurado de American Idol, desatando las risas entre los dos.

—Bueno, a lo que íbamos. ¿Cómo me hice este corte en la nariz?

—La rubia loca te lo hizo.

—¿Me pegó una chica? Por favor, dime que si fue así, Kai no lo vio.

—Kai sí estuvo presente —contesta Evan, provocando que a Connor se le pare el corazón debido al susto durante unos segundos—. Pero la rubia no te pegó. Ella conducía el taxi, pegó un frenazo y te diste contra el cristal de separación porque no llevabas el cinturón.

—¡Cabrones! ¿Y por qué no me lo pusisteis? ¿Qué estabais haciendo vosotros?

—Yo escribiendo a Julie para informarle de que ya estaba de camino a casa y Kai poniendo a prueba los nervios de la taxista.

Al instante, en un acto reflejo, Connor se toca el pecho y comprueba que esta vez sí lleva puesto el cinturón.

—Oh, joder —dice tapándose los ojos por la vergüenza—. Qué horror...

—Pues eso no fue lo peor...

—No jodas...

—Vomitaste dentro del taxi.

—Por el amor de Dios. Mi semana mejora por momentos. ¿Por qué no me lo impedisteis?

—¿El qué? ¿Vomitar? ¿Que bebieras hasta perder el sentido? ¿Que Sharon te dejara tirado? Me parece que nos pides cosas que están totalmente fuera de nuestro alcance. ¿A dónde vas, por cierto?

—A las oficinas de Folger's, a recoger unos contratos.

—¿A ver a la vieja rica y casada que te tira los tejos?

—Sí... Espera, ¿cómo sabes tú eso?

—Me lo contó Rick la última noche que nos vimos en Sláinte, cuando le pregunté cómo iba el trabajo.

–Ah, perfecto. ¿Tú le preguntas cómo va el curro y él te responde: «A Connor le tira los trastos una vieja rica»?

–No fue exactamente así, pero sí. Oye, te tengo que dejar que ya llega Julie. Solo llamaba para ver cómo te encontrabas. Hasta luego.

–Adiós.

Connor despega el teléfono de su oreja y recuesta la espalda en el asiento. Resopla con fuerza varias veces mientras se frota los ojos con los dedos de una mano. Sin querer, roza con más fuerza de la debida su nariz y hace una mueca de dolor.

–¿Está usted bien, *siñor*? –le pregunta el taxista.

–Más o menos.

–¿Ha tenido un día difícil, *siñor?*

–En plural, días difíciles...

–El otro día vi una película en la que daban un consejo muy valioso para estos casos.

–¿Ah sí? ¿Y cuál es?

–*Hakuna Matata* –Connor se le queda mirando fijamente sin poder creer lo que acaba de escuchar–. Y también había una canción que decía algo así como «*Hakuna Matataaaaaaaa*, vive y sé feliz».

Connor empieza a reír a carcajadas mientras el hombre sigue cantando la canción. Aún no puede creer que alguien en su sano juicio tome una frase de una película infantil como un valioso consejo a seguir, pero la verdad es que necesitaba estas risas.

–¿Lo ve, amigo? Al menos he conseguido que ría.

–Es cierto. Gracias...

–Rajesh. Mi nombre es Rajesh.

–Encantado, Rajesh. Yo soy Connor –dice metiendo la mano por la pequeña ventana del cristal para estrechársela a su simpático amigo–. ¿Te gusta cantar, verdad?

–Sí, me gusta mucho porque me alegra el día. Mi esposa dice que, en cambio, no alegro el día a los demás porque canto fatal.

—¡Jajaja! –ríe Connor a carcajadas–. No le hagas caso. Lo haces genial.

—¿Usted canta, Connor?

—Solo cuando voy borracho, en los karaokes –contesta mientras el tipo se pone a cantar a pleno pulmón la canción que está sonando por la radio, hasta que para el taxi cuando llegan a su destino–. Gracias, Rajesh. Ha sido el mejor trayecto en taxi de toda mi vida.

—Gracias, *siñor* Connor.

—Toma–dice tendiéndole un billete de veinte dólares–. Quédate con el cambio. Por el show que me has regalado.

—Gracias –le responde con una gran sonrisa en la cara.

Connor sale del taxi y se gira para decirle adiós al taxista. Cuando este emprende de nuevo la marcha, mete la mano en el bolsillo, y al palpar de nuevo el móvil, decide echarle de nuevo otro vistazo.

—Ahí, Connor, sigue machacándote... –se dice a sí mismo mientras comprueba que, efectivamente, Sharon sigue sin dar señales.

Traspasa las puertas giratorias de la entrada del edificio de oficinas donde está la sede de Folger's Coffee, y se dirige al mostrador de recepción.

—Hola. Vengo a ver a la señora Folger. Soy...

—El señor O'Sullivan –responde con eficacia la recepcionista–. Tengo nota de que no le haga esperar. Suba, por favor. Piso veintitrés.

—Gracias... –contesta extrañado.

Se acerca hacia los ascensores y enseguida uno de ellos abre sus puertas. Entra junto con varias personas más y se coloca al fondo, en una esquina. Delante de él se sitúa una pareja que charla acerca de los planes para esa misma noche.

—No, no me convencerás. Esta noche cenamos en casa de mis padres –le dice ella.

—¿Es realmente necesario? Es decir, los vimos hace dos

semanas. Estamos cumpliendo más que de sobra con el régimen de visitas que se estipula en estos casos...

–No seas tonto –replica ella dándole un suave manotazo en el pecho–. A mis padres les encantas. Por eso les gusta que vayamos a cenar. Además, luego te recompensaré por tu esfuerzo...

Connor les observa con envidia, pensando en lo mucho que le hubiera gustado que Sharon le pidiera cenar en casa de sus padres. Era poco probable que se lo pidiera porque vivían en Florida, pero si hubieran vivido a dos manzanas, estaba seguro de que tampoco les habría conocido nunca. De hecho, su padre vive en el Bronx y, en más de un año, ella solo le acompañó a su casa una vez, aunque él la invitó decenas de veces.

La pareja empieza a besarse y, sin quererlo, a moverse hacia atrás, acercándose peligrosamente a él. De hecho, llegan a estar tan cerca que Connor se ve obligado a poner las manos delante de su cuerpo para empujarles suavemente hasta su posición original, y hace todo ello sin que ninguno de los dos tortolitos se percate de nada.

El cosmos decide aliarse con él, y el ascensor se detiene por fin en el piso veintitrés. Se escurre a un lado y sale al vestíbulo.

–¡Hola, señor O'Sullivan! –le saluda con una gran sonrisa la chica de detrás del mostrador–. La señora Folger le espera en su despacho. Le acompaño.

–Gracias –responde él cada vez más incómodo.

Caminan por el pasillo mientras la chica le mira de reojo. Incluso cree verla sonreír justo antes de volver a agachar la cabeza. Llegan a una puerta y llama con los nudillos.

–Adelante. –Se oye desde el interior.

–Señora Folger, el señor O'Sullivan está aquí.

–Perfecto. Hágale pasar. Gracias.

–Adelante –le dice, ahora sí, con una sonrisa nada disimulada dibujada en los labios.

En cuanto entra, hace un rápido repaso al despacho, amplio, soberbio y lleno de cuadros, que deben de valer más que todo su apartamento, antes de fijar la vista en la señora Folger. Hay rumores que cuentan que ronda los setenta años, aunque las decenas de operaciones estéticas a las que se ha sometido, han conseguido que no aparente más de cincuenta. Además, es una mujer con mucho carácter y vitalidad, así que ninguno de sus hermanos ha conseguido alejarla de los despachos de la empresa. La observa mientras rubrica unos papeles con su firma, sentada detrás de su escritorio. Cuando levanta la vista, le sonríe y se pone en pie para acercarse a él.

–Hola, Connor.

–Hola, Grace.

Él le tiende la mano, pero ella, muy hábilmente, hace ver que no se da cuenta y, apretando su pecho contra el torso de Connor, le da un beso en cada mejilla. El contacto de los labios de ella contra sus mejillas se alarga más de lo estrictamente necesario, así que él se ve obligado a hacer un movimiento hacia atrás, casi imperceptible, pero eficaz.

–¿Quieres tomar algo? –le pregunta ella acercándose al mueble bar.

–Esto... No... De hecho, tengo un poco de prisa porque tengo que volver a la oficina...

–Toma –dice ella haciéndole caso omiso y ofreciéndole un vaso con un dedo de whisky–. ¿Qué te ha pasado aquí?

–Eh... –Él vuelve a dar un paso atrás cuando ella le roza la herida de la nariz con un dedo de su mano–. No es nada...

–No me digas que te has peleado –dice acercando su cara a la de él, mordiéndose el labio inferior–. Me parece tan sexy...

–Pues nada más lejos de la realidad –se apresura a desmentir Connor, bebiéndose el whisky de un solo trago y alejándose de ella para dejar el vaso en el mueble bar. Mueve las manos nervioso y empieza a hablar sin parar, justo lo que hace siempre que se pone nervioso–. Me di un golpe contra un cristal. Soy así de patoso. Me doy golpes constantemente con todo. Mantener la verticalidad durante mucho tiempo no es mi fuerte.

Mientras habla, Grace no se da por vencida y camina lentamente hacia él. Connor, a su vez, retrocede poco a poco, convirtiendo la escena en algo digno de ser la anécdota del año en sus reuniones con Rick y sus hermanos en Sláinte. Cuando sus piernas chocan contra el escritorio, se siente acorralado y entonces Grace, sin ningún pudor, pegando su cuerpo al de él, le agarra por la corbata y le besa en los labios. Connor intenta zafarse de ella, al principio con delicadeza, posando sus manos en los hombros de la mujer, pero, al comprobar que ella se pega aún más y que le intenta inclinar encima del escritorio, la agarra con algo más de fuerza y la separa con brusquedad.

—Grace yo... No puedo hacerlo. Tengo novia –le dice pasándose las manos por el pelo.

—¿Ah, sí? –Perfecto, otra que no se había dado cuenta, piensa Connor–. Es igual. Yo estoy casada, y felizmente además. Pero me pareces muy sexy.

—Es un halago –contesta él con la risa floja, sin saber bien cómo actuar–, pero no soy de esos... Lo siento.

—Vaya... Lo siento, entonces... Podríamos haber pasado un buen rato...

Para su sorpresa, Grace no parece nada molesta. Tenía miedo de que su negativa pudiera afectar a su relación laboral, pero ve lo equivocado que está cuando, recobrando la compostura de una forma increíblemente rápida, le tiende una gruesa carpeta con el logotipo de la empresa.

—Toma, entonces. Aquí tienes los contratos firmados.

—Gracias, señora. Folger.

—¡Oh, vamos, por favor! ¿Un escarceo de nada y ya me vuelves a tratar de usted?

—Lo siento, Grace.

—Yo también —contesta sin ningún pudor, encogiéndose de hombros—. Y ya sabes, si te lo piensas mejor, me llamas.

Connor abre la puerta y recorre el pasillo hacia los ascensores casi a la carrera. Guarda la carpeta dentro de su mochila e, ignorando por completo las miradas que le echa la recepcionista, decide no esperar al ascensor y bajar corriendo los veintitrés pisos que le separan de la libertad.

En cuanto pisa la calle, mira a un lado y a otro, resoplando, con la frente empapada en sudor. Se pasa las manos por el pelo mientras intenta tranquilizarse. Al fin y al cabo, piensa, no ha sido para tanto, cualquier otro estaría incluso halagado. ¿Qué es lo que le ha puesto entonces tan nervioso? La respuesta a esa pregunta ronda hace un rato por su cabeza: porque no está preparado para pasar página. Ha sido un beso, solo uno, y encima no correspondido por su parte, pero ha sentido como si le estuviera siendo infiel a Sharon.

Sharon... Acordarse de ella le obliga a coger de nuevo el teléfono y, llevado por la excitación del momento y harto ya de esperar, busca su número en la agenda de contactos y la llama. Escucha varios tonos mientras se mueve de un lado a otro, nervioso, agarrando con fuerza el asa de su mochila, hasta que salta el contestador.

—*Hola, Sharon. Eh... Solo te llamaba porque dijiste que me escribirías y no lo has hecho aún... Esto... quería saber cómo te iban las cosas... Yo...* —Se queda callado durante unos segundos, hasta que chasquea la lengua contrariado—. *Estoy hecho una puta mierda. Todo me sale mal, Sharon y... y es una estupidez porque antes podíamos estar varios días sin vernos y ahora solo han pasado dos, o tres, he perdido la cuenta... Pero... te quiero y te echo de menos..., y me estoy volviendo loco. Necesito saber lo que significo para ti, porque todo el mundo me dice que tengo que pasar página y yo... simplemente no puedo hacerlo. Llámame cuando...*

El sonido del contestador retumba en su oído con fuerza, dando por finalizado su improvisado discurso. Se aparta el teléfono haciendo una mueca y lo mira fijamente. Lejos de haberse tranquilizado, su pecho sube y baja a mucha velocidad. Arruga el rostro y chasquea la lengua al darse cuenta entonces de la estupidez que acaba de cometer. ¿Cómo ha llegado a este punto? ¿Cómo demonios puede llegarse a arrastrar de esta manera por una mujer? Guarda el móvil en el bolsillo y, tras pasear arriba y abajo por la acera como un desequilibrado, ve aproximarse un taxi libre, levanta el brazo y le da el alto. Abre la puerta y se introduce en el interior, sentándose casi jadeando y hundiendo la cabeza entre los brazos. Aprieta con fuerza los dientes mientras se tira del pelo, maldiciéndose por su comportamiento. Esa mujer le tiene totalmente colgado y le obliga a comportarse de una forma que no casa para nada con su manera de ser.

—¡Joder! —dice golpeando con el puño el asiento de delante de él—. ¡Mierda!

—¡Eh, eh, eh! ¿Se puede saber qué mosca te ha picado? Sea lo que sea, mi taxi no tiene la culpa, así que ya te puedes ir calmando.

Connor levanta la vista al escuchar la voz de una chica. Enseguida se encuentra con unos ojos azules rasgados, casi felinos, que le miran de arriba abajo. Entonces una luz parece encenderse en la mente de la chica y, de golpe, se pone frenética.

—¡¿Otra vez tú?! ¡¿Es que acaso no tienes ni un día normal?!

Sin entender nada aún, observa cómo ella se apea del taxi y abre la puerta de su lado. Le agarra del brazo y tira de él. Debido a su estado de confusión, Connor no opone resistencia alguna y enseguida se encuentra fuera del vehículo, de pie frente a esa chica rubia que le grita golpeándole con el dedo.

–No me mires con esa cara de pardillo. Ayer me vomitas en el taxi, y hoy vuelves con pinta de loco y la emprendes a golpes contra los asientos. Así que lo siento, a mi taxi no te subes si no te has tomado la medicación...

Sin más, ella se vuelve al vehículo, se mete dentro y se larga. Él es incapaz de reaccionar hasta varios segundos después, cuando al girarse, observa cómo el taxi se pierde ya calle arriba. En ese instante, su teléfono cobra vida de nuevo en su bolsillo. Lo saca sin dejar de mirar al infinito y se lo lleva a la oreja.

–¿Qué?

–¡Hermanito! ¿Cómo te encuentras?

–Hola, Kai.

–¿Vendrás a verme al combate de esta noche? ¿Te guardo una entrada?

–No sé...

–¿Qué te pasa?

–Creo que acabo de conocer a la taxista de anoche.

–¿A mi amiga la rubita? ¿A que está buena?

–No me he fijado, la verdad... Estaba demasiado ocupado escuchando la bronca que me estaba metiendo e intentando esquivar el dedo que me clavaba en el pecho.

–Cierto, tiene un carácter un poco especial –contesta soltando una carcajada–, pero se acuerda de ti, y eso ya es bueno.

–Me odia, Kai.

–Del odio al amor hay un paso.

–Kai, te recuerdo que sigo teniendo novia –repite, aunque cada vez suena menos convencido.

–Connor, te recuerdo que por mucho que lo repitas, no se convertirá en realidad.

–Vete a la mierda. Adiós Kai –contesta a punto de colgar cuando escucha de nuevo la voz de su hermano.

–Vale, perdona –contesta Kai en tono conciliador– ¿Te guardo dos entradas?

—Rick está de canguro de su hija.

—¿Tres entonces? —pregunta riendo y provocando la misma reacción en Connor.

—Iré solo —contesta este al cabo de unos segundos.

—Una entonces. ¿O te guardo dos e invitas a tu nueva amiga?

—Gracias a Dios hay más de doce mil taxis en la ciudad, así que es poco probable que me vuelva a encontrar con esa loca.

Capítulo 4

Better with you

—¿Estás llorando? —pregunta Hayley levantando una ceja.
—No... —contesta Zoe—. Al menos no del todo...
—¿Por qué te afecta tanto? No conoces de nada a ese tío, no le has visto en la vida y, dicho sea de paso, parece bastante patético y baboso.
—¡No es patético! ¡Está enamorado! —replica Zoe enfadada.
—Es patético Zoe... No se puede haber arrastrado más. La tía se estaría muriendo de la risa si lo hubiera escuchado.
—¡¿Qué dices?! Sharon debería estar totalmente emocionada por saber que tiene a alguien que la quiere tanto. Alguien al que no le importa reconocer que, sin ella, se siente totalmente perdido, alguien que solo necesita escuchar su voz...
—Pues lo que yo decía, patético.
—Déjame tranquila, Hayley —contesta Zoe decaída.

Agacha la cabeza y se dirige a su dormitorio mientras Hayley la observa atentamente. Aunque su amiga siempre tiende a preocuparse en exceso por los demás, esta reacción suya la tiene intrigada, a la par que preocupada. Quizá el cansancio esté haciendo mella en ella. O quizá, solo necesite un abrazo comprensivo, así que en cuanto vuelve a aparecer por la puerta, sin mediar palabra, Hayley se lanza a sus brazos y la aprieta contra su cuerpo.

—Lo siento.

Eso es lo único que Hayley dice, pero esas palabras parecen hacer reaccionar a su amiga, porque pocos segundos después de escucharlas, rompe a llorar desconsoladamente.

–No era mi intención hacerte llorar.

–No te preocupes. En el fondo, tienes razón. No le conozco de nada –dice entre sollozos–, así que no sé por qué me afecta tanto...

–Yo sí lo sé –le confiesa Hayley al comprender el motivo de su llanto–. Y tú también...

–¿Cómo...?

Zoe se separa de ella, secándose las lágrimas y sorbiendo los mocos por la nariz. Hayley le tiende un pañuelo de papel, al tiempo que la coge de la mano para llevarla hacia el sofá. Se sientan y la mira durante un rato, sin abrir la boca, esperando paciente a que se recomponga. Pasados varios minutos, Zoe esboza una tímida sonrisa y Hayley busca su mirada ladeando la cabeza.

–Es que no es justo, ¿vale? –empieza a decir Zoe tras resoplar resignada, mientras Hayley asiente de forma comprensiva–. Sully está loco por la tía esa y ella simplemente... se deshace de él. Sin más. Sin darle ninguna explicación...

–Eso de sin darle explicación... –interviene Hayley de forma cauta.

–Vale, vale. Quizá eso no sea del todo cierto, pero tampoco creo que ella haya dado por zanjada del todo la relación. Si no le quiere, ¿no podría simplemente dejárselo claro de una vez por todas, en lugar de tenerle pendiente del teléfono las veinticuatro horas del día?

Hayley sigue asintiendo con la cabeza, demostrándole así todo el apoyo que cree que su amiga necesita.

–O si no quiere cortar realmente, ¿por qué no intenta mantener la relación a distancia? Él está dispuesto a adaptarse a sus horarios...

La sonrisa de Hayley es cada vez más forzada. Traga saliva para impedir de ese modo que su sincera opinión salga despedida por su boca. Se trata de consolar a su amiga y de que se desahogue, no de hacerla enfadar aún más. Si le dijera lo que realmente piensa, volverían a enfrentarse. Se quieren, se compenetran y son como hermanas desde que se conocieron, pero eso no quita que tengan opiniones totalmente diferentes en cuanto a hombres se refiere.

Zoe es una romántica empedernida a la que le encanta que le digan cosas bonitas al oído. Hayley, en cambio, pasa de tonterías y necesita un tipo duro a su lado.

Mientras su amiga se desmayaría si un tío la esperara en la puerta de casa con un ramo enorme de flores en la mano, Hayley se moriría si el chico apareciera sosteniendo unas esposas y mostrando una sonrisa pícara en la cara.

La cita ideal de Zoe es cualquiera que incluya una película romántica, un paseo a la luz de la luna o una cena en un restaurante italiano. Si el chico tiene la brillante idea de mezclar los tres conceptos, Zoe es capaz de jurarle amor eterno. Esa es precisamente la suerte que tuvo Bobby... y eso que él le montó una versión económica de cita: vinieron caminando hasta el apartamento de Zoe al salir de las clases de pintura (lo que contó como «paseo romántico»), él cocinó unos espaguetis para cenar (eso fue la «cena romántica») y dio la casualidad de que por la televisión daban «Algo para recordar» (la «película romántica» de la cita).

En cambio, la cita ideal de Hayley es cualquiera que incluya a un tío medianamente atractivo, capaz de beber cerveza directamente de la botella, que no tenga ninguna «carga adicional» como por ejemplo mujer o hijos, y que además no sea un exconvicto ni tenga inclinaciones psicóticas. Y, aunque parezca extraño de creer, hoy en día es muy difícil encontrar a alguien que cumpla con todos esos requisitos.

–¿Hayley? –La voz de Zoe la distrae de sus propios pensamientos.

–Perdona.

–¿En qué pensabas?

–En lo que podrías hacer ahora... –decide mentirle–. Ya sabes, creo que deberías intentar... aprovecharte de la situación.

–¿Aprovecharme?

–Claro. Yo lo veo así. Ella tiene algo que ya no quiere pero que tú sí...

–Me parece que no te sigo...

–Ese tal Sully parece ser el tío perfecto para ti. Y no me malinterpretes, no lo digo porque sea patético –se apremia a aclarar ante la mirada de reproche de su amiga–, sino porque parece un tipo bastante romántico y atento, y tú quieres a alguien así a tu lado. De hecho, te mereces un tío así a tu lado.

Zoe aprieta los labios y agacha la vista hacia el teléfono, que reposa aún en su mano. Acaricia la pantalla con el pulgar de forma inconsciente, sopesando las palabras de Hayley.

–Pregúntale si se ha duchado hoy. Si la respuesta es afirmativa, corre a su encuentro.

Zoe levanta la cabeza de sopetón, con la clara intención de reprocharle a Hayley sus palabras, pero cuando se encuentra con la simpática expresión de su amiga, se contagia de ella y ambas empiezan a reír sin parar. No es hasta pasado un buen rato, tras enjuagarse las lágrimas, que Hayley vuelve a la carga con su plan.

–Lo que te decía. Si Sharon ya no quiere a Sully, si ya no son nada, ¿por qué no intentas conocerle?

–¿Y qué le digo? Hola, tengo el móvil de tu novia. Que sepas que se lo dejó en mi taxi porque no quiere saber nada más de ti. He estado leyendo, escuchando e incluso, en una ocasión, contestando a tus mensajes y creo que eres mi media naranja, así que como ella no te hace caso, ¿qué te parece si nos tomamos un café?

—Pues por ejemplo.

—¡Anda ya! ¿Cómo voy a hacer eso? Además, ¿tú no decías que podía ser un psicópata?

—Vale, pero alguna vez, muy de vez en cuando, resulta que puedo estar equivocada... ¿Y si está tremendo? ¿Y si tu media naranja mide uno noventa, está musculado, tiene un culo prieto, luce el *pack* completo de abdominales y se parece a un modelo de pasarela?

—No puedo hacerlo... —contesta negando con la cabeza, como si de esa forma se convenciera a sí misma—. Voy a esperar unas horas y entonces le enviaré un mensaje para decirle que ya estoy instalada, que me va todo genial pero que tengo mucho trabajo... Bueno, ya sabes, yo como si fuera Sharon...

—Mensaje al que él contestará de nuevo, pensando que su novia suspira cuando se acuerda de él, mirando la lluvia caer a través de la ventana, cuando no es así. Esa mala puta no se merece que le salves el culo. He dicho.

—¡Oye! ¡Pero si tú la defendías! ¿A qué viene ese cambio de actitud?

—¡A que quiero que reacciones! Tienes al otro lado de la línea al que posiblemente sea tu hombre ideal. Pero en lugar de ir a por él, dejarás que siga cegado por alguien que claramente no le quiere, mientras tú te conformas con un sucio vago al que deberás mantener toda tu vida.

—¡Mira quién fue a hablar! ¿Cómo te va con tu novio imaginario?

—Que no lo haya encontrado aún, no quiere decir que cuando lo haga, le deje escapar...

Varias horas más tarde, Connor recoge en la taquilla del pabellón la entrada que Kai le ha guardado, y se dirige a su asiento en primera fila, pegado al cuadrilátero. Faltan aún quince minutos para que empiece el combate, así que para matar el tiempo, saca su teléfono y le escribe un mensaje a Rick para saber cómo le va haciendo de canguro.

¿Cómo te va ejerciendo de padre? ¿El bicho ya te ha contagiado el virus?

Mientras espera su respuesta, se entretiene revisando los nuevos correos electrónicos que ha recibido, hasta que su teléfono empieza a brincar en la palma de su mano. La pantalla muestra un número desconocido, así que arruga la frente y contesta, receloso.

–¿Diga?

–Hola... –responde una voz de mujer–. ¿Es usted familiar de Donovan O'Sullivan?

–Sí... Es mi padre... –de repente una alarma empieza a sonar en la cabeza de Connor y se pone rápidamente en pie–. ¿Qué le ha pasado? ¿Quién es usted?

–Verá... Estoy en la Central Station. Iba de camino a coger el metro para volver a casa y me he fijado en su padre porque deambulaba como si estuviera desorientado...

–¿Mi padre? ¿Desorientado?

–De hecho... Le he preguntado varias cosas y me miraba como si no entendiera nada. Por un momento he llegado a pensar que no hablaba inglés...

–De acuerdo... –dice Connor poniéndose en pie totalmente aturdido mientras da vueltas sobre sí mismo.

–Cuando se ha calmado, he conseguido que me dijera su nombre y cuando le he preguntado si sabía volver a casa, ha negando con la cabeza bastante avergonzado. Le he preguntado si sabía el número de teléfono de algún familiar y me ha tendido su móvil. Usted está como persona de contacto en caso de emergencia.

–No lo entiendo... ¿Cómo es posible que no sepa volver a casa? ¿Se ha dado un golpe en la cabeza?

–Tiene un corte en un brazo, pero no le veo nada en la cabeza... Al menos, no a simple vista.

–¿Un corte en el brazo? Dios mío... Voy para allá. No

le deje solo, por favor... –le pide echando a correr hacia la salida.

–No se preocupe. Yo me quedo con él todo lo que haga falta. Estamos sentados en los bancos que están pegados a la gran escalinata, frente al reloj del centro del hall.

–Gracias. Tardo lo menos posible.

–Tranquilo.

En cuanto sale al exterior, Connor intenta llamar a sus dos hermanos, pero en ambos casos salta el contestador. Les deja un mensaje y empieza a correr hacia la boca de metro más cercana. A mitad de camino, una lluvia torrencial le sorprende y empieza a empaparle la ropa. Las gotas forman una especie de cortina casi opaca que le impide ver con claridad, aunque su estado nervioso tampoco ayuda a ello. No para de darle vueltas a esa llamada de teléfono. ¿Cómo es posible que su padre no sepa volver a casa desde la Central Station? Él conoce esta ciudad como la palma de su mano... ¿Y por qué tiene un corte en el brazo? ¿Puede que le hayan asaltado y quizá le hayan golpeado la cabeza? Todas esas dudas no hacen más que apremiarle para llegar cuanto antes junto a su padre y ver con sus propios ojos qué le sucede. Cruza la calle corriendo, totalmente sumido en sus pensamientos, en el mismo instante en el que unas luces cegadoras se abalanzan sobre él. Escucha el chirriar de unas ruedas contra el asfalto al frenar y el ensordecedor claxon de un coche. Reacciona justo a tiempo, antes de ser embestido, pegando un salto y cayendo encima del capó. Instintivamente, se protege la cabeza y se queda en posición fetal hasta asegurarse de que el coche ha detenido su marcha.

–¡Oh, Dios mío! ¡¿Estás bien?! –le pregunta la conductora al apearse.

–Sí... Creo que sí... –contesta él levantándose lentamente y bajando del capó.

Cuando pone los pies en el asfalto, sin perder un segundo, emprende de nuevo su marcha hacia la boca del metro.

—¡Oye! ¡Espera! ¿Seguro que estás bien? —escucha que le pregunta de nuevo la chica agarrándole del brazo—. Pareces algo aturdido.

—No es eso... —contesta Connor con la cabeza gacha, moviendo nervioso los ojos de un lado a otro y pasando las manos por su pelo.

—¿Otra vez tú?

Escuchar esas palabras le hace reaccionar. Levanta la cabeza y mira intrigado hacia la chica, intentando que la lluvia le deje verla con algo más de claridad. De repente la reconoce. Es la taxista. La que les recogió a él y a sus hermanos hace dos noches, la conductora del coche en el que vomitó, la que se enfadó tanto que no quiso llevarle antes.

—¿Qué narices pasa contigo? ¿Es que tus padres no te enseñaron a mirar antes de cruzar? —Su tono ha dejado de ser amable desde que le ha reconocido.

—Necesito que me hagas un favor —dice Connor de repente, dirigiéndose al taxi y abriendo una de las puertas traseras.

—¿Dónde te piensas que vas? —le grita ella cuando ve que pretende subirse a su taxi.

Justo cuando Connor intenta cerrar la puerta, Zoe la para y, estirándole a él del brazo, le intenta hacer salir del taxi de mala manera.

—¡No puedes negarte a llevarme! —le grita él intentando zafarse de su agarre.

—¡Claro que puedo! —dice ella agarrando su brazo con ambas manos y tirando de él hacia fuera.

A Connor le parece la situación demasiado ridícula como para continuar forcejeando, así que sale del coche y la agarra por los hombros con fuerza.

—¡Escúchame! —grita agitándola para hacerla reaccionar—. Lo siento, ¿vale?

Zoe se calma y suelta el brazo de Connor. Levanta la cabeza y se fija bien en él por primera vez. Observa con detenimiento sus labios y su mandíbula, y esa incipiente barba que empieza a asomar. La nariz, decorada, en parte gracias a ella, por un pequeño corte que empieza a cicatrizar. Y por fin, en sus ojos, de un azul tan claro y bonito que consiguen que pierda la noción del tiempo durante un rato.

—Siento haber vomitado en tu coche. De verdad que sí. Pero necesito que me lleves a un sitio. Te pagaré, lo juro. De hecho —prosigue sacando unos billetes de su cartera y depositándolos en la mano de ella—, toma, es todo lo que llevo. Quédatelos. Con esto creo que hay de sobra para pagar la carrera de ahora y varios lavados al taxi. Si quieres, incluso yo mismo lo lavaré. Pero, por favor, te lo pido. Llévame a la Central Station.

Zoe continúa mirándole fijamente a los ojos, mientras él sigue agarrándola con fuerza de los brazos. El pecho de ambos sube y baja con rapidez, producto de la agitación del momento, mientras la lluvia sigue sin dar tregua y empapa sus ropas. Puede leer la súplica reflejada en su mirada y por alguna extraña razón que su cabeza no logra comprender, su corazón se apiada de él y accede a llevarle.

—Vale, sube.

—Gracias. Gracias. Gracias —dice subiendo sin perder tiempo.

En cuanto el coche arranca, él recuesta la espalda contra el asiento y echa la cabeza hacia atrás. Se frota los ojos y mantiene dos dedos apretando el puente de su nariz, justo encima de la herida. Al pensar en ello, mira a un lado y a otro del asiento, intentando recordar algo de lo que pasó esa noche, sin suerte. Entonces su teléfono empieza a sonar y él contesta con rapidez.

—¡Evan!

—¿Qué pasa, tío? —contesta su hermano—. No me digas que ya han tumbado a Kai.

—No, no, ni siquiera estoy en el combate. Me ha llamado una chica para decirme que se ha encontrado a papá caminando perdido por la Central Station.

–¿A papá? ¿Perdido en la Central Station?

Zoe escucha atentamente sin perder de vista la carretera. Realmente se trataba de una emergencia, y al saber ahora de qué se trata, está aún más convencida de haber hecho lo correcto accediendo a llevarle.

–Sí. La chica me ha dicho que no sabía cómo volver a casa. Tiene un corte en un brazo que no sabe cómo se ha hecho, aunque no parece tener ninguna herida más.

–¿Cómo es posible que papá no sepa cómo volver a casa desde la Central? Si se conoce la ciudad como la palma de su mano.

–No lo sé, Evan... Estoy yendo a buscarle ahora mismo.

–Vale, vale... Espera que te acompaño...

–No, espera. En cuanto vea cómo está, te llamo para informarte. Allí los dos no hacemos nada. Espera a que te diga yo algo.

–De acuerdo. ¿Kai lo sabe?

–Le he dejado un mensaje en el contestador. Debe de estar aún en pleno combate.

Entonces el taxi se detiene y Connor mira por la ventanilla para encontrarse con la fachada de la Central Station.

–Evan. Acabo de llegar –dice saliendo del taxi a toda prisa–. Ahora te llamo.

–De acuerdo. Te espero.

Connor corre hacia el interior de la estación. Recorre el largo pasillo que conduce hasta el hall principal, donde la chica dijo que le esperarían. En cuanto llega, aminora la marcha y mira hacia la gran escalinata. A pesar de la hora, la estación está bastante concurrida, así que le lleva un rato dar con ellos. Los ve sentados en un banco justo donde la mujer dijo que estarían. Su padre parece más frágil que nunca. Mirando al suelo, con los hombros encogidos, parece haber envejecido varios años de golpe. A su lado está sentada la mujer que le debe de haber llamado. Tendrá unos cuarenta años, con el pelo castaño y largo hasta media espalda. Está girada de cara a su padre, dándole conversación y mirándole con una expresión comprensiva.

—Hola... —dice Connor al llegar hasta ellos.

—Hola —contesta la mujer poniéndose en pie y tendiéndole la mano—. Soy Sarah.

—Gracias de nuevo. Yo soy Connor —ambos se estrechan la mano y luego él se agacha frente a su padre—. Papá... Hola...

—Lo siento —le contesta él, agachando la cabeza muy avergonzado.

—No pasa nada. ¿Estás bien? ¿Te duele algo?

—Estoy bien. Pero no sé cómo me hice esto —dice señalándose el corte del brazo—, ni cómo llegué hasta aquí... Y tampoco sé cómo llegar a casa... No me acuerdo...

—Eh, eh —contesta Connor abrazando a su padre al ver que las lágrimas asoman en sus ojos—. No pasa nada. Yo te llevo a casa, aunque creo que antes deberíamos ir al hospital para que te miren ese corte. ¿Te parece bien?

—Vale.

—Genial.

Connor se pone en pie y se gira hacia Sarah.

—De nuevo, no sé cómo agradecérselo —le dice.

—Por favor, tutéame. Bastante duro es cumplir los cuarenta como para que encima, alguien al que no le debes de llevar muchos años, te trate de usted.

—Perdona —contesta Connor esbozando una tímida sonrisa—. Pues eso, gracias por todo.

—No es nada. De hecho, forma parte de mi trabajo diario. Soy trabajadora social y trato a menudo con casos como el de tu padre.

Connor ladea la cabeza y entorna los ojos levemente. ¿Casos como el de su padre? ¿A qué se refiere? Sarah, al ver que Connor tarda en comprender, se acerca a él y le habla en voz baja, para que Donovan no les escuche.

—Connor, no me gustaría precipitarme, pero creo que puede haber una explicación a lo que le ha pasado a tu padre hoy. Pero como te he dicho, no quiero precipitarme y mejor que os lo confirmen en el hospital.

—¿Cuál es esa explicación? —insiste Connor—. Por favor...

—Puede ser un principio de Alzheimer.

La palabra cae como una losa encima de Connor. ¿Alzheimer? De repente, todo parece venirse abajo y, abriendo los ojos de par en par, sin fijar la vista en ningún punto en concreto, se lleva las manos a la cabeza.

—Connor, escúchame —intenta tranquilizarle Sarah—. No hay nada seguro aún hasta que no le vea un especialista. Solo te lo comento porque he visto casos como el de tu padre y sé que si se coge a tiempo, se puede retrasar el avance de la enfermedad.

—Pero es incurable...

—Pero se puede tratar. Escucha —dice ella sacando una tarjeta de su bolso—. Toma mi tarjeta. Llámame en cuanto tengáis un diagnóstico.

Connor coge la tarjeta y se la queda mirando durante un buen rato. *Sarah Collins. Asistenta social*. De repente, su padre ha pasado de ser el tío que le daba consejos mientras se bebían unas cervezas, al hombre frágil y enfermo que está sentado en ese banco.

—Debería irme... Tengo a mi hija adolescente y muerta de hambre esperándome en casa...

—Claro, claro. Perdona. Ya has hecho suficiente...

—Pero quiero hacer más. Llámame cuando sepas algo.

—De acuerdo.

—Adiós, Donovan. Un placer.

—Igualmente, Sarah —le contesta su padre con una sonrisa.

Ella se aleja con paso decidido mientras Connor pasea la vista de la tarjeta a su padre, sin poderse creer aún todos los acontecimientos que han sucedido esta noche.

—Bueno, papá. ¿Nos largamos de aquí? —le pregunta con ternura.

—Me gustaría.

—Vamos a que te vean ese corte.

—Oye, no es nada. Llévame para casa mejor.

—De eso nada. Prefiero que le echen un vistazo.

Y ya de paso que le den unas primeras pistas sobre la posible causa de su pérdida de memoria.

—Como quieras. Estás empapado. Así cogerás una pulmonía. Deberíamos pasar antes por tu casa para que te puedas cambiar.

—No pasa nada —contesta Connor recuperando la sonrisa al ver que su padre, al fin y al cabo, no ha desaparecido del todo y sigue preocupándose por él.

En cuanto se ponen en pie y se giran para dirigirse al metro, Connor se queda parado al encontrarse con la taxista observándoles a tan solo unos pasos de distancia.

—¿Os llevo? —pregunta sonrojada.

—Eh... No tengo dinero. Te di antes todo lo que llevaba encima...

—Con eso cubres también este trayecto. Además, si no fuera así, os llevaría igualmente. Puedo gritar mucho y comportarme como una loca de vez en cuando, pero no soy tan mala persona.

—Vale entonces —contesta Connor sonriendo mientras se dirigen a la salida—. Soy Connor, por cierto. Y él es mi padre, Donovan.

—Y yo Zoe. Encantada.

Ya en el exterior, Zoe abre la puerta para que puedan entrar y, tras quitar otra multa del parabrisas, se sienta en el asiento del conductor y pone en marcha el motor. Hace una bola con la multa y la lanza al salpicadero. Antes de ponerse en marcha, mira por el espejo interior y se encuentra con los ojos azules de Connor.

—¿Qué?

—Si me das el papel, te la pago yo... En parte es culpa mía que te hayan multado...

–No te preocupes. Lo tengo controlado.
–Si no pagas tus multas, ¿no podrían llegar a retirarte la licencia del taxi?
–No sé –contesta ella encogiéndose de hombros–. Puede.
No apartan la mirada el uno del otro. Cuando Connor sonríe abiertamente, provocando que sus ojos se iluminen, Zoe se queda totalmente prendada de nuevo durante unos segundos, sonrojándose e incluso mordiendo su labio inferior.
–No os preocupéis por mí. Tomaos todo el tiempo del mundo. Cuando dejéis de miraros, nos ponemos en marcha –suelta de repente Donovan.
Zoe agacha la cabeza al instante y, nerviosa, empieza a girar el volante para adentrarse en el tráfico. Connor en cambio, mira a su padre con el semblante serio, arrugando la frente y apretando los labios hasta convertirlos en una fina línea.
–¿Qué? –le pregunta su padre–. ¿He dicho algo inapropiado?
–Papá...
Su teléfono empieza a sonar, cortando la especie de sermón que le iba a dar a su padre. Al ver que es Evan, se acuerda de que prometió llamarle, así que descuelga rápidamente antes de que se preocupe más. Todos conocen la tendencia de Evan a sufrir úlceras de estómago por culpa de los nervios y no quiere ser el causante de otra.
–Hola, Evan. Ya estoy con él.
–Gracias a Dios –dice Evan resoplando.
–Está bien, aunque le llevo para el hospital a que le miren el corte del brazo.
–¿Sigue desorientado?
–No... Parece que no... –mira a su padre sonriendo para disimular cuando se encuentra con su mirada.
–Pero vas a comentárselo al médico igualmente, ¿verdad?

—Ajá...
—¿Le tienes al lado?
—Justo.
—¿Cómo vais?
—En taxi.
—Ah vale. ¿Has bebido algo? Cuidado no vomites, no vaya a ser que tu fama se extienda y no te quiera recoger nadie... —dice Evan riendo.
—Qué gracioso... —contesta Connor levantando la vista disimuladamente hacia Zoe. Cuando comprueba que está pendiente del tráfico, bajando la voz, añade—: Sobre todo porque es ella la que nos lleva al hospital.
—¿Qué? No he oído lo que me decías.
Connor aprieta los dientes e intenta vocalizar lo máximo posible para que Evan le entienda, a la vez que vigila no subir demasiado el tono de voz para que Zoe no se dé cuenta de que habla de ella.
—Que digo, que vamos en el taxi en el que vomité la otra noche... Que nos lleva la misma chica...
—Joder, Connor. No pillo nada. Oigo algo de una chica y no entiendo nada más...
—Que nos lleva la taxista del otro día. La loca...
—¿Estás comiendo o algo?
—Este tío es medio tonto —comenta Connor para sí mismo.
—¡Que dice tu hermano que vamos al hospital en el taxi de la otra noche! —grita de repente su padre sin dejar de mirar por la ventanilla—. ¡El que conduce la loca!
Connor abre los ojos como platos y le echa una mirada asesina a su padre. Mirada que no sirve de nada porque él sigue absorto mirando las luces del exterior. Entonces mira a Zoe para intentar averiguar si ha escuchado el comentario de su padre. Ella mueve los ojos de un lado a otro, intentando evitar a Connor, disimulando, porque seguro que los gritos de su padre no han pasado desapercibidos para ella.

—¿Lo que dice papá es verdad? —le pregunta Evan.
—Sí —contesta él pasando una mano por su pelo.
—¡Qué fuerte! ¿Y te ha reconocido?
—Ajá...
—¡Joder, qué putada!
En ese instante, el taxi para al lado del hospital.
—Evan, tengo que colgar. Hemos llegado.
—Vale. Mantenme informado. Estaré pendiente del teléfono.
—De acuerdo.
Abre la puerta y ayuda a su padre a salir. Se planta al lado de la puerta del conductor y, agachándose levemente, se despide de Zoe.
—Gracias de nuevo... Y siento...
—No pasa nada —le corta ella sin mirarle a la cara—. Bueno..., suerte.
—Vale. Gracias.
Antes de acabar la frase, el taxi ha emprendido de nuevo la marcha. Observa su color amarillo perderse en el asfalto, rodeándose enseguida de otros vehículos.
—Siento haber dicho eso... Me parece que no le ha sentado muy bien —dice su padre devolviéndole a la realidad.
—¿Tú crees? —contesta Connor de mala leche, aunque cambia a un tono más conciliador enseguida—. No pasa nada... Tranquilo.
—Es una chica interesante. Y ha sido todo un detalle que se quedara para traernos —dice mientras se dirigen a la puerta de urgencias—. Y no te ha perdido de vista en todo el trayecto. Y no creo que me equivoque si te digo que se ha sonrojado en más de una ocasión. Y si todo eso ha pasado aun habiéndote comportado como un borracho al vomitar en su taxi...
—Vale, ya está, papá. Ya está.
Tras rellenar el impreso de admisión en urgencias, Connor deja a su padre sentado en una silla de la sala de espera y

se acerca al mostrador para hablar con la enfermera. Le explica acerca de la pequeña pérdida de memoria de su padre y de su conversación con Sarah. Ella anota la información adicional en el impreso y le pide que se siente de nuevo junto a su padre.

—¿Mañana trabajas? —le pregunta este cuando se sienta a su lado.

—Sí, claro.

—Me sabe mal que trasnoches por mi culpa...

—Iba a hacerlo igualmente yendo a ver a Kai.

—¿Señor O'Sullivan? —llama una enfermera.

—Sí, aquí —contesta Connor poniéndose en pie y ayudando a su padre a hacerlo.

—Acompáñeme —le pide ella a Donovan y mirando a Connor, añade—: Usted puede esperar aquí. Puede que tardemos un poco.

Connor capta el sentido de esas palabras y asiente con la cabeza. Van a tratar de ver si lo que su padre ha sufrido es consecuencia del Alzheimer.

—Estaré aquí fuera esperándote, ¿vale, papá? —le dice apretando su brazo.

—Vale.

Los primeros quince minutos los pasa sin moverse de la silla, mirando alrededor. Media hora después deambula pasillo arriba y abajo. Una hora más tarde, decide sacar un café de la máquina. Cuando ya lleva dos horas de espera, se acerca con cautela al mostrador.

—Perdone que la moleste, pero se llevaron a mi padre hace más de dos horas y aún no me han dicho nada... ¿Es normal?

—Deben de estar tomándose su tiempo haciéndole pruebas para detectar el Alzheimer. No se preocupe. Seguro que le avisan en cuanto sepan algo.

—Vale —contesta él, golpeando suavemente el mostrador con la palma de la mano—. Gracias.

Así pues, dedica la siguiente hora a mirar por la ventana, dejándose hipnotizar por las miles de luces de los coches y entreteniéndose echando el aliento contra el cristal para hacer dibujos en él. Cuando se cansa de ello, mete las manos en los bolsillos del pantalón, apoya la espalda en la pared y se deja resbalar hasta quedarse sentado en el suelo. Palpa un papel dentro de los bolsillos y, cuando lo saca, ve que es la entrada para el combate de Kai. Hace un rato que le llamó para interesarse por su padre y para informarle de que había ganado. Connor está seguro de que si Kai se hubiera centrado más, hubiera podido pelear contra los grandes. Es muy bueno en lo que hace, pero siempre ha sido un inconsciente, y dilapidó su carrera metido constantemente en problemas con las drogas y con la cabeza entre las faldas de cientos de mujeres.

Mira por unos segundos la papelera frente a él y luego se fija en la entrada. Rompe un trozo pequeño, hace una bola con el papel y, colocándola entre los dedos, apunta cerrando uno de los ojos e intenta colarla dentro. Falla. Repite la acción hasta que en el quinto intento el papel se cuela dentro de la papelera. Levanta los brazos y, de forma silenciosa, imita el ruido que haría el público del Madison Square Garden frente a una canasta de Carmelo Anthony. Animado por haber encontrado una manera bastante entretenida de pasar el rato, vuelve a romper otro trozo de la entrada e imita los gestos de antes, solo que esta vez va narrando la jugada.

—Carmelo Anthony se la pasa de espaldas y sin mirar a Stoudemire que elevándose por encima de todos los rivales, lanza y... —haciendo un gancho lanza la pequeña bolita de papel, que se cuela limpiamente dentro de la papelera—. ¡Encesta consiguiendo la victoria en el último segundo del partido!

Cierra los ojos y vuelve a levantar los brazos, imaginando por unos segundos ser un jugador de los Knicks, como si su canasta le hubiera hecho ganar el anillo de campeones de la NBA. Hasta que, de repente, al abrir los ojos y darse la vuelta, la imagen de Zoe le devuelve los pies a la tierra de un golpe. Ella le mira con las cejas levantadas y los brazos cruzados por debajo del pecho, haciendo incluso una mueca con la boca.

–Esto... –empieza a decir Connor rascándose la cabeza–. ¿Qué haces aquí?

–He terminado mi turno y como has pagado para varios trayectos... –contesta ella nerviosa–. Digamos que te has sacado una especie de bono y te quedan viajes por gastar, así que he decidido venir a ver si aún estabais por aquí.

–Eh... Pues...

–Y, por lo que veo, aquí seguís –dice ella colocándose el pelo detrás de las orejas.

–Sí... Hace un buen rato que se lo han llevado... Hace como... –Connor mira su reloj y alza las cejas al comprobar el largo rato que lleva ahí dentro–. Tres horas ya...

–¿Y no sabes nada aún?

–Bueno, hace una hora me han dicho que el corte del brazo ya se lo habían curado, pero que estaban mirando el tema de... de la pérdida de memoria y la desorientación...

–Ya veo...

Se produce un silencio incómodo entre los dos, hasta que Connor se decide a hablar.

–No hace falta que te quedes. No sé cuánto más van a tardar...

–No te preocupes –contesta ella sentándose en el suelo, en la pared opuesta a la papelera–. No tengo nada más que hacer.

–¿Dormir, quizá?

–No duermo demasiado...

–Conduces un taxi. Estar descansada es vital en tu trabajo. Estás jugando con las vidas de los pasajeros que llevas, por no decir que podrías provocar un accidente.

–Por Dios, que es un coche, no una bomba de relojería...

Además, ¿tienes alguna queja acerca de mi forma de conducir?

—Deja que le pregunte a mi nariz...

—Eso fue culpa de los tíos que iban contigo, que no te pusieron el cinturón de seguridad.

—Esos tíos —responde Connor en el mismo tono que ha empleado Zoe—, eran mis hermanos.

—¿Sales de fiesta con tus hermanos? ¡Qué tierno!

—¿Y ahora por qué te estás metiendo conmigo? Si no me conoces de nada...

—Tú tampoco a mí y estás cuestionando mi manera de conducir. Además, creo que tengo derecho a meterme contigo por haberme ensuciado el taxi. Me lo debes.

—Creo que los casi sesenta dólares que te he dado antes, cubren con creces mi deuda.

—No dirías lo mismo si hubieras tenido que soportar el hedor que dejaste. Y por cierto, dicho sea de paso, a ver si aprendemos a beber, que ya tenemos una edad.

Connor se queda inmóvil, incapaz de pronunciar palabra durante un buen rato, mirando a esa chica que, a pesar de no conocer de nada, se permite el lujo de pegarle la bronca como si fueran amigos de toda la vida.

—Dame un trozo de papel, que quiero probar yo.

Al no reaccionar, Zoe se incorpora un poco y le quita la entrada de la mano. Corta un trozo, hace de él una bola y apunta hacia la papelera. Cierra un ojo y saca la lengua hacia un lado. Connor no puede evitar reírse de la pose que ella pone y, resignado, se sienta a su lado.

—¿La lengua a un lado es la carga aerodinámica que necesitas para contrarrestar la fuerza ejercida por la bolita de papel?

—Calla, mira y aprende.

Zoe lanza y encesta limpiamente en su primer intento.

—¿Cómo era? —dice poniéndose en pie e imitando los gestos que hacía Connor hace un rato.

–Muy graciosa. Eso ha sido la suerte del principiante. Me toca.

Disputan una especie de competición para ver quién encesta más, hasta que Connor tiene entre sus dedos la última bola.

–Si encestas, ganas. Si no, se queda en empate –dice Zoe.

–Todo o nada –interviene él–. Si encesto, gano. Si no, pierdo.

–¿Tan seguro estás de tus posibilidades? –le pregunta ella arqueando una ceja–. Porque me parece que puedo oler tu miedo desde aquí...

–Utiliza todas las tretas que quieras, pero no conseguirás ponerme nervioso.

–Creo incluso –prosigue Zoe acercando su cara a escasos centímetros de la de Connor–, que puedo ver las gotas de sudor en tu frente.

Connor inspira profundamente y un increíble olor a coco invade sus fosas nasales. Mira de reojo a Zoe, consciente de que es ella la que huele así de bien. Traga saliva varias veces mientras ella le apremia para que lance. En cuanto la bola sale de sus dedos, nervioso por las prisas y aturdido por el olor, ve que no va bien dirigida. Así que sabe que ha perdido mucho antes de que el papel toque la pared, varios centímetros a la derecha de la papelera.

–¡Gané! –grita Zoe más alto de lo que habría querido, sonrojándose al instante cuando varias personas se giran hacia ella–. Uy, lo siento. Me parece que me he emocionado demasiado.

Connor la mira sin poder evitar sonreír, sorprendido por la sencillez de esa chica, capaz de emocionarse con pequeñas cosas, justo como le pasa a él.

–Perdone... –La figura de un médico aparece por un lado de la sala, y Connor se pone en pie de un salto.

–Sí.

–Su padre saldrá ahora, pero vengo a informarle de los resultados del diagnóstico preliminar que le hemos realizado. Creemos que sus sospechas son acertadas y que su padre puede estar sufriendo los primeros síntomas del Alzheimer. Deberíamos hacerle más pruebas, pero iría bien que fueran buscando ayuda. Le he anotado en esta receta los fármacos que debería comprar y, en este papel, varios sitios donde puede realizar terapia de rehabilitación.

Connor asiente ante la explicación del médico, pero las palabras parecen rebotar en su cabeza sin parar y ninguna se queda quieta para ser asimilada del todo. Se siente totalmente abrumado porque, aunque Sarah ya le había advertido, una pequeña parte de él esperaba que ella estuviera equivocada. Era incapaz de imaginar a su padre, el pilar en el que se llevan apoyando toda la vida, el hombre que ha cuidado de ellos desde que su madre murió, incapacitado para valerse por sí mismo.

No es consciente de que el médico desaparece de su vista y su padre aparece frente a él. Rápidamente cambia su expresión de preocupación y esboza una sonrisa forzada.

–¿Nos vamos? –le pregunta cariñosamente, al ver su cara de cansado.

–Sí... –contesta justo antes de percatarse de la presencia de Zoe–. ¿Ella ha vuelto?

–Sí.

–Ah... –Donovan mira a su hijo de reojo, esbozando una pícara sonrisa–. Hola, Zoe.

–Hola, Donovan. ¿Le llevo a casa? –pregunta ella en tono jovial.

Realizan todo el trayecto en silencio, sumido cada uno en sus pensamientos.

Donovan mira por la ventana, intentando imaginar cómo será su vida a partir de ahora. Sabe que Connor no ha querido hablarle claramente del tema, pero él no es tonto. Sabe lo que es el Alzheimer y lo que significa. Y tiene miedo, mucho miedo. No solo porque esa enfermedad puede convertirle en una caricatura de lo que es ahora, obligándole incluso a depender totalmente de los demás, sino porque sabe que cuando esté en una fase más avanzada, puede llegar a olvidarse de todos, incluidos sus hijos y su difunta esposa.

Connor observa detenidamente a su padre mientras se frota las manos una contra la otra de forma compulsiva. Es consciente de que su padre sabe que algo no marcha bien, aunque haya intentado disimularlo durante toda la noche. Tarde o temprano van a tener que sentarse a hablar del tema porque va a necesitar a una persona que cuide de él. Podría llamar a Sarah, aunque primero debería llamar a un médico especialista para que le diagnostique con total seguridad. Abrumado por todo, apoya la espalda contra el asiento, cierra los ojos y echa la cabeza hacia atrás, intentando dejar la mente en blanco. Definitivamente, esta no es la mejor semana de su vida.

Zoe observa a Connor por el espejo interior. Le ve totalmente derrotado y le entran ganas de detener el coche y estrecharle entre sus brazos. Esta noche ha cambiado la percepción que tenía de él. Habían empezado con muy mal pie, pero siente como si hubieran conectado desde el momento en que la agarró de los brazos y se acercó a ella, clavando sus preciosos ojos azules en ella. Fija su mirada en el cuello de él, totalmente expuesto al tener la cabeza echada hacia atrás. Traga saliva al ser consciente de que en lo único que está pensando es en recorrer esa piel con sus labios. ¿Cómo puede ser que hace unas horas le culpara de todos sus males y ahora no pueda dejar de mirarle?

–Es aquí –dice de repente Donovan.

Zoe pone el intermitente y para justo frente a la casa que le indica.

–Has sido muy amable –prosigue–. Quizá, si no te importa, podrías darme tu número de teléfono para llamarte cuando necesite un taxi... ¿Qué te parece?

—Claro —responde ella antes de coger un papel y un bolígrafo del salpicadero del coche—. Tenga. Llámeme cuando quiera.

Se vuelve a producir un extraño silencio en el que Connor y Zoe evitan que sus miradas se encuentren. De repente, se escucha el ruido de la puerta al cerrarse y ambos se giran para comprobar que Donovan ha salido y les ha dejado solos, encaminándose ya hacia su casa, donde le esperan sus otros dos hijos.

—Debería irme —dice Connor.

—Vale.

—Siento haberte llamado loca antes.

—No importa —contesta ella sonrojándose.

—No lo decía en serio... No creo que estés loca, al menos no del todo...

—Es un consuelo —responde esbozando una tímida sonrisa.

—Bueno, gracias de nuevo.

Connor pone la mano en la manilla de la puerta y cuando la abre, antes de que él se apee del taxi, ella vuelve a hablar buscando cualquier excusa para retrasar su despedida.

—No me has dicho qué he ganado... —Connor se gira extrañado, sin saber a qué se refiere exactamente, así que Zoe añade—: Por lo de antes...

—¿Nos habíamos apostado algo?

—¿Y qué gracia tiene un juego si no existe una apuesta de por medio?

—Me parece que te llevarías bien con mi hermano Kai...

—¿El chulito que va de gracioso o el calzonazos?

—¡Jajaja! ¡Joder, qué pronto calas a la gente! El chulito gracioso, sin duda.

La puerta de la casa de su padre se abre y Connor oye las voces de sus hermanos que le obligan a desviar su atención. Gira la cabeza en esa dirección y sale del coche sin acabar la conversación. Camina hacia la casa, totalmente agotado, sin despedirse siquiera de Zoe. Esta semana está siendo muy dura y solo le apetece que el día de hoy acabe, meterse en la cama y rezar para que mañana sea algo mejor.

—Ya me han dicho que habéis tenido compañía... —dice Kai.

—Sí... —contesta Connor sin fuerzas para entrar en una batalla dialéctica.

Todos entran en la casa y cuando lo va a hacer Connor, oye el sonido del motor del taxi y se gira justo a tiempo de ver cómo se pierde calle abajo.

—Toma —dice su padre tendiéndole un trozo de papel—. Me parece que tú lo necesitas más que yo.

Connor lo coge y, cuando lo mira, ve escrito el nombre de ella y debajo un número de móvil.

—Llámala.

Capítulo 5

You give me something

Zoe está embobada mirando por la ventana cuando Hayley entra por la puerta.

–No me siento los pies –gruñe mientras se deja caer en una silla–. Me he tirado ocho horas seguidas pateando las calles. He tenido que reprimir las ganas de liarme a hostias en siete ocasiones e, incluso en dos, recordar que soy policía, no prostituta, y que las multas se liquidan con dinero, no con favores sexuales.

Hayley se calla y observa a su amiga detenidamente, que sigue en la misma posición desde que ha entrado por la puerta. Sosteniendo un tenedor en la mano y cocinando algo en una sartén de la que cree que sale más humo del que debería.

–¿No tienes mucha hambre, no? –pregunta Hayley acercándose a ella. Al ver que aun así su amiga parece no escucharla, pasa la mano por delante de su cara–. ¿Hola? ¿Tierra llamando a Zoe?

–Ah, hola –contesta percatándose por fin de su presencia–. ¿Qué decías?

–Que no debes de tener mucha hambre, porque esta hamburguesa está ya carbonizada.

–¡Mierda! ¡Joder! –dice apartando la sartén del fuego y tirando el trozo de carne por el triturador de basura.

–Deja, ya hago yo la cena que pareces un poco... desconcentrada.

—No... Estoy bien. No te preocupes.

—No, si mal no pareces estar, solo algo más distraída de lo habitual –replica Hayley–. De hecho, hace varios días que tienes esa sonrisa de boba dibujada en la cara...

—¿Yo? No...

—Sí, sí. A mí no me engañas. Que soy poli...

Zoe se mueve nerviosa por la cocina, sacando comida de la nevera y recogiendo algunos utensilios esparcidos por la encimera, intentando mantenerse ocupada y desviar así la atención de Hayley.

—Y que conste que no he intentado sonsacarte nada estos días porque esperaba que tú me lo confesaras...

—No hay nada que confesar, Hayley –contesta Zoe dándole la espalda a su amiga, a sabiendas de que si la mirara a la cara, acabaría por descubrirla.

—Ya te digo si lo hay... ¿Quién es él?

—¡¿Qué dices?! Estás paranoica.

—Es más –insiste Hayley haciendo caso omiso a su amiga–, voy a arriesgarme a decir que esa sonrisa no te la había visto nunca antes, así que el causante no es Bobby. Has conocido a alguien.

Hayley agarra del brazo a Zoe y la obliga a darse la vuelta. En cuanto se miran, Zoe se sonroja y agacha la cabeza avergonzada.

—¡Es eso! ¡Has conocido a alguien! ¡Y no me has dicho nada, so perra!

—No... No es así...

—Por favor, Zoe, no me mientas. Te conozco demasiado... ¡Espera! ¿Me has hecho caso? ¿Te has puesto en contacto con el baboso?

—¡¿Qué?! ¡No! ¡No es él!

—¡Ajá! Hay alguien... ¡Te pillé! ¡Cuéntamelo todo!

—Es que en realidad no hay nada que contar. No sé ni siquiera si le voy a volver a ver...

—A ver... Espera que nos centremos.

Hayley coge a su amiga por los hombros y la conduce hacia un lado de la encimera. Palmea el mármol para que se siente y, cuando Zoe lo hace, coge una botella de vino y sirve un poco en dos copas. Le tiende una y acto seguido se sienta ella también en la encimera, cruzando las piernas como si fuera un indio. Da un sorbo y clava sus ojos en Zoe.

–Ahora sí, cuenta. ¿Por qué dices que no le vas a volver a ver?

–Porque... –empieza a decir tras unos segundos de silencio.

–Te echo un cable –dice Hayley al cabo de un rato al ver que su amiga parece tener dudas–. ¿Cómo se llama?

–Connor.

–¿Edad?

–No sé. Entre treinta y cuarenta.

–Mmmmm... Ya veo... ¿Rubio? ¿Moreno?

–Castaño claro, tirando a rubio.

–¿Ojos?

–Azules. Preciosos. Muy claros. Y cuando sonríe, se le iluminan.

–Te ha dado fuerte... –suelta al ver la cara de boba que pone su amiga–. ¿Y a qué se dedica?

–No lo sé.

–Espero que no tenga novia... Ni esté casado...

–En realidad, no lo sé.

–Sabes muy poco de él como para que te hayas colgado de esta manera...

–Ya... –dice Zoe, rindiéndose ante la evidencia y dejando de tratar de ocultarle nada a Hayley.

–Y si te gustó tanto, ¿por qué no le diste tu teléfono?

–Bueno, en realidad, sí le di mi teléfono... Solo que a su padre.

–Espera –dice Hayley dejando la copa a medio camino hacia su boca–, ¿has conocido a su padre?

—Sí. Y también conozco a sus hermanos.
—¡¿Cómo?! No entiendo nada. ¿No sabes casi nada de él pero conoces a casi toda su familia?
—Es que Connor es... Es el tío que me vomitó en el taxi hace algunas noches —levanta la cabeza tras varios segundos en silencio, extrañada ante el mutismo de Hayley, a la que encuentra con la boca y los ojos abiertos de par en par—. Y los tíos que iban con él esa noche, son sus hermanos.

Zoe da un largo sorbo a su copa, hasta vaciarla del todo. Incómoda por el silencio que se ha creado, agacha la vista hasta sus manos y se las frota la una contra la otra.

—La... la otra noche... casi le... atropellé con el taxi...

Hayley se atraganta y empieza a toser, golpeándose el pecho a la vez, intentando recobrar la compostura.

—Dime que no está grave, por favor...
—¡No le hice nada! Llovía a cántaros y casi no veía nada... Y él salió de la nada... ¡No me mires con esa cara! ¡Que te digo en serio que no le hice nada! Me pidió por favor que le llevara a la Central Station y, aunque al principio me negué, la súplica en sus ojos me hizo cambiar de opinión.
—Se nota que no te conoce. Si lo hiciera, suplicaría para que no le llevaras...
—Muy graciosa. Has sido tú la que ha insistido en saberlo todo...
—Me callo —dice apretando los labios y pasando los dedos por encima de ellos—. Lo prometo. Continúa.

Zoe le cuenta todo lo sucedido esa noche. La primera vez que se fijó en sus ojos y se quedó prendada de ellos. La preciosa escena entre padre e hijo de la que fue testigo. Su decisión de volver al hospital al acabar el turno, incluyendo su improvisado partido de baloncesto. Y su despedida, ya delante de la casa del padre.

—Ya lo sabes todo —dice después de acabar de contar toda la historia—. ¿Y bien? ¿Qué opinas?
—Que reces para que su padre vuelva a necesitar un taxi

alguna vez... O para que tengas la puñetera suerte de verle por la calle.

–Eso es imposible...

–Teniendo en cuenta vuestros antecedentes, porque te recuerdo que os habéis encontrado tres veces en menos de una semana, yo no utilizaría la palabra imposible. Poco probable, quizá, pero imposible, nunca.

–¿Sí? Pues me parece que se nos acabó la racha, porque han pasado tres días desde esa noche, y no hemos vuelto a coincidir.

–Bueno... ten algo de paciencia... –empieza a decir Hayley con cautela al ver la cara desencajada de Zoe–. Ten en cuenta que esto es Nueva York, no un pueblo del interior de Missouri... Oye, y a las malas, paséate por los alrededores de la casa de su padre...

–Ya lo he hecho –confiesa algo avergonzada.

–¿Y nada? –Zoe niega con la cabeza–. Vale, a ver... Dices que la segunda vez que le viste, vestía de traje y le recogiste en el Downtown... Vamos a suponer que trabaja en el distrito financiero. Podrías centrar tu radio de acción por esas dos zonas. Están lejos la una de la otra, pero es, o eso, o esperar a que su padre requiera de tus servicios.

–Me parece que me estoy volviendo loca, Hayley... Estoy pendiente del teléfono a todas horas, gasto casi todo mi sueldo en gasolina para ir de una punta a otra de la ciudad, rezo para que el siguiente pasajero que suba a mi taxi sea él...

–¿A quién me estarás recordando ahora?

–No te pillo...

–¿En serio? –dice Hayley sorprendida–. Pues vaya con Connor, que te ha hecho olvidar en solo una noche a Sully...

–¡Sully! Me había olvidado de él por completo... –dice mientras se acerca a su bolso.

–¿Qué haces?

–¿Tú qué crees? –contesta Zoe con el móvil de Sharon

en la mano–. Escribirle cualquier chorrada. Se tiene que estar volviendo loco.

–¡No!

–¡¿Por qué no?!

–Porque no le haces ningún bien –replica Hayley forcejeando para intentar quitarle el teléfono de las manos–. Le das falsas esperanzas cuando está claro que la zorra esa no quiere saber nada de él.

–Esa es mi intención, acabar cortando con él.

–¿Y cuándo se supone que va a suceder eso? ¿De aquí a cinco años?

–No –contesta esquivando el agarre implacable de los brazos de su amiga–. Pero no está preparado aún para recibir ese golpe.

–¿Él no está preparado? ¿O eres tú la que se aferra a esta extraña relación que tenéis? Zoe, en serio, si tanto te importa o tan unida estás a él espiritualmente, o como quieras llamar a este rollo raro que te llevas, deja de escribirle como Sharon y contacta con él siendo tú misma.

–No puedo...

–Pues al menos prométeme que no le enviarás ningún mensaje ni nada –dice agarrándola por ambas muñecas–. ¡Prométemelo!

–Está bien... –claudica finalmente Zoe, relajando todo el cuerpo.

–Teléfono –le pide Hayley extendiendo la palma de la mano entre las dos. Cuando tiene el móvil en la mano, asiente con la cabeza y añade–: Vale, ahora, ¿me haces una hamburguesa de esas como la que estabas haciendo antes? Pero sin chamuscar si puede ser. Gracias.

Algo más tarde y a varios kilómetros de distancia, Connor da un largo trago para acabarse su Guinness. No le apetecía salir, pero se encontró a sus hermanos en la puerta de su apartamento cuando llegó de trabajar y ni siquiera le dejaron entrar a cambiarse de ropa.

–Debería irme, chicos. Mañana va la asistenta social a casa de papá y quiero estar ahí.

–Connor, en serio, tranquilo– le dice Evan.

–Tío, hemos venido aquí para relajarnos un rato. Todos. Incluido tú –añade Kai–. Llevas unos días soportando demasiado estrés entre el curro y lo de papá...

–Y ya me he relajado y me he tomado la pinta, así que me voy –Connor se levanta de la silla pero la mano de Kai le agarra del brazo y le obliga a sentarse de nuevo con algo de rudeza.

–Que te sientes, joder...

Evan pone otra pinta de cerveza negra delante de Connor y este, apoyando los codos encima de la mesa, aprieta los puños contra las cuencas de los ojos. Entonces siente una mano en su nuca, que acto seguido le revuelve el pelo de forma cariñosa. Ladea la cabeza para comprobar que es Kai el que intenta consolarle, mientras Evan le mira expectante.

–¿Sabes algo de Sharon? –le pregunta su hermano pequeño mientras él contesta negando con la cabeza.

–¿Y qué me dices de la chica nueva? La taxista –interviene Kai.

–¿Qué pasa con ella? –pregunta Connor arrugando la frente.

–Te dio su número de teléfono... ¿No la has llamado?

–No me dio su número –replica Connor–. Se lo dio a papá porque él se lo pidió. Así que no, no la he llamado.

–Papá dijo que no te quitaba ojo –insiste Kai–. Se esperó en la estación para llevaros al hospital y luego se pasó por allí para ver si la necesitabais... Cuánta amabilidad teniendo en cuenta que le potaste en el taxi, ¿no?

–Yo creo que los sesenta dólares que le di, podrían tener algo que ver con su amabilidad.

—Vale. De acuerdo. Pero también se podría haber largado con tu dinero...
—Kai, lo creas o no, aún queda gente con escrúpulos.
—Vale, vale. Digamos que lo hizo por dinero... Aun así, está buena, ¿no? ¿Por qué no la llamas y la invitas a tomar algo?
—No.
—Podrías llevar a papá a algún sitio, el que sea... Así ya tienes excusa para llamarla.
—No.
—Evan, por favor –dice Kai llamando la atención de su otro hermano–. Ayúdame a convencerle.
—Dejemos ya el tema, por favor –interviene Connor poniéndose en pie.
—¿A dónde vas?
—A mear –contesta–. ¿Quieres acompañarme y me la aguantas, Kai?

Cuando Connor se pierde por la puerta de los baños, Kai se levanta como un resorte y empieza a rebuscar en los bolsillos de la americana de su hermano.

—¿Se puede saber qué haces? –le pregunta Evan con los ojos muy abiertos.
—Evitar que nuestro hermano se convierta en un puto ermitaño. ¡Aquí está! –contesta ya con el móvil en la mano.
—Kai, joder. Nos va a matar. Déjalo donde estaba –le recrimina Evan.
—Calla, que me desconcentras –Kai pulsa las teclas como si le fuera la vida en ello–. Aquí está. El cabrón tiene guardado el número de la rubita en la agenda de contactos.
—¿Y? ¿No es eso lo que se suele hacer? Quiero decir, un papel se puede perder...
—Si no te gusta una tía, ¿te guardas igualmente su número en la agenda del teléfono?
—Sí... Kai, yo tengo guardado el teléfono de Rosario, la señora que hace la limpieza en casa, y te puedo asegurar que no es mi tipo...

–¿En serio? Pues yo en mi teléfono solo tengo guardados los números de las tías que me quiero tirar o el de las que me he tirado en alguna ocasión pero con las que no me importaría repetir. Si en la pantalla pone número desconocido, no lo cojo.

–¿Eres adoptado, verdad? –dice Evan totalmente alucinado con las palabras de su hermano, aunque el asombro se le pasa de golpe al ver a Connor volver del baño–. Kai, joder... Que viene... Guarda eso...

Lejos de hacerle caso, Kai aprieta el botón de llamada y se lleva el móvil a la oreja. Connor llega a la mesa y, sin ser consciente de nada, da un trago a su cerveza.

–¿Qué te pasa, Evan? Estás blanco... –pregunta al cabo de unos segundos al verle la cara a su hermano.

–¿A mí? –se le escapa una risa nerviosa y evita mirarle a los ojos–. Nada...

–¿Hola? –dice entonces Kai.

–Hola –contesta Zoe al otro lado de la línea–. ¿Quién eres?

–Soy Kai.

–¿Quién? ¿Te conozco?

–Seguro que sabes quién soy, aunque no me conozcas por el nombre...

Mientras Evan mantiene la cara escondida entre las manos, Connor no hace ni caso a la conversación de su hermano mayor. Está acostumbrado a las miles de tretas que suele utilizar para ligar, y ya no le sorprenden estas conversaciones.

–Pues dame más pistas. No me van los enigmas –dice Zoe perdiendo la paciencia.

–Nos conocimos la otra noche en tu taxi. Me senté a tu lado y estuvimos charlando un rato.

Connor levanta la vista de su pinta con la frente arrugada.

–¿Qué es lo que acaba de decir Kai? ¿Está hablando con

una chica que conoció en un taxi la otra noche? ¿Está hablando con Zoe?

–No lo sé... –miente Evan haciendo una mueca con la boca, empezando a sudar–. No estaba prestando atención...

–Kai, ¿con quién hablas? –le pregunta Connor buscando el teléfono en los bolsillos de su chaqueta–. ¿Es ese mi teléfono?

–A lo mejor me recuerdas mejor si te digo que mi hermano te vomitó en el coche. Creo que de él sí te acuerdas, ¿verdad?

Kai se pone en pie cuando ve que Connor se ha dado cuenta de que el teléfono que sostiene contra su oreja es el suyo. Se aleja de la mesa justo en el instante en que su hermano intenta quitarle el móvil. Con una sola mano y un ágil movimiento, le inmoviliza contra la pared, impidiendo así cualquier movimiento.

–¿Hola? –insiste Kai ante el silencio que proviene del otro lado de la línea–. ¿Recuerdas a mi hermano Connor? Creo que os habéis visto de nuevo hace poco...

Zoe abre los ojos como platos y empieza a tirar como una loca de la camiseta de Hayley, para llamar su atención.

–¿Qué? ¿Qué pasa? –le pregunta extrañada.

–Es él –dice Zoe tapando el teléfono para que no la escuchen.

–¿Él, quién?

–El hermano de Connor.

–¿Connor...? ¿Ese Connor?

–¡Sí! –contesta dando saltos de alegría.

–¡Genial! –contesta Hayley contagiándose de su alegría.

Mientras, en el bar, Kai sigue inmovilizando a Connor contra la pared mientras este, resignado, empieza a darse pequeños cabezazos contra la pared.

–Te voy a matar... –dice en voz baja, casi sin fuerzas.

—Confía en mí, Connor. Solo por esta vez. Te lo pido –le dice Kai al oído–. No va a pasar nada que tú no quieras, pero déjame decirte que, según mis años de experiencia, la chica se ha alegrado bastante al oír tu nombre. Te voy a soltar, pero solo si me prometes que me dejarás hablar con ella.

—Haz lo que te dé la gana. Lo harás de todos modos...

Kai afloja poco a poco el agarre a su hermano e interponiendo el brazo entre los dos sonríe y le hace señas para que se mantenga callado y le deje hacer.

—¿Hola? –insiste Kai.

—Hola. Sí, perdona. Aquí estoy. Es que estaba... cenando –responde Zoe–. ¿Qué querías? ¿Necesitáis que lleve a vuestro padre a algún sitio?

—No. No te llamo por trabajo, sino por placer.

Al escuchar las palabras, Connor pone los ojos en blanco y se lleva las manos al pelo, negando con la cabeza, sin poderse creer el mal trago por el que está pasando por culpa del indeseable de su hermano.

—Ah, pues dime –dice Zoe.

—Estamos tomando unas pintas en un pub y me preguntaba si te apetecería venir. Nos gustaría invitarte a tomar algo y así te pedimos disculpas por lo de la otra noche... Para que veas que, en el fondo, somos buenos chicos.

—¿Tomar algo...? ¿Ahora?

—Si no tienes otra cosa mejor que hacer... –dice Kai cerrando los ojos mientras espera su respuesta.

—Eh... Vale...

—¿Sí? ¡Genial! –contesta eufórico, dando palmadas en el pecho de Connor–. ¿Conoces Sláinte?

—¿En el Bronx?

—Sí. Cerca de casa de mi padre.

—Sí, sí. Lo conozco.

—Vale, pues aquí estaremos.

—Vale... Llevaré a una amiga –suelta Zoe de repente mientras Hayley la mira con una ceja levantada.

—Perfecto.
—Hasta ahora.
Cuelga el teléfono y, al instante, Hayley se aleja de Zoe, negando categóricamente con el dedo.
—Ni hablar. A mí no me metas en tus fregados.
—Por favor... No puedo ir sola...
—Pues haber dicho que no.
—Hayley, por favor... ¿No me decías antes que tenía que haberme arriesgado a darle mi número? Ahora me ha llamado él... bueno, su hermano, pero él también estará allí esta noche. ¿Cómo voy a dejar pasar esta ocasión? Te prometo que a partir de aquí ya me apaño solita... Pero te necesito... Haré lo que me pidas...
—¿Incluso pagar tus multas?
—Incluso eso.
—Mmmmm... —Hayley tuerce el gesto en una mueca.
—Oye, a lo mejor incluso conoces allí al hombre de tu vida...

Kai le tiende el móvil a su hermano, que sigue con la espalda apoyada contra la pared, mirándole sin poderse creer aún lo sucedido.
—De nada —dice Kai devolviéndole el teléfono.
—¿Pero tú quién cojones te piensas que eres? —le increpa Connor dándole un empujón.
—¿Qué pasa? —contesta Kai.
—¿Como que qué pasa? ¿Por qué cojones te tienes que meter en mi vida? ¿Por qué la invitas? ¡No quiero nada con ella! ¡Ni con ella, ni con nadie!
—Perfecto —dice Kai, caminando tranquilamente hacia la mesa para sentarse de nuevo en su silla—. ¿Y quién te ha dicho que me estoy metiendo en tu vida? Si tú no quieres nada con ella, déjame intentarlo a mí, ¿no? Además, va a traer a una amiga. A ver si puedo repetir la hazaña de la otra noche en la discoteca.

—Ni se te ocurra —le advierte Connor sentándose en su sitio.

—¿Acaso te importa?

—Es... Ella... No se merece que la utilices a tu antojo y luego la dejes tirada cuando ya no la quieras.

—¿Desde cuándo te preocupas por el bienestar de mis ligues?

—No es eso... —contesta Connor contrariado, arrugando la frente mientras busca las palabras adecuadas.

—Te lo diré yo —le corta Kai—. Desde que mi posible ligue te gusta. Papá nos contó cómo os mirabais...

—Sois como unas viejas cotillas. Los tres —dice Connor apuntándoles con un dedo.

—Pero no me lo niegas.

Tan solo media hora más tarde, Zoe aparca su vieja Vespa delante de la puerta del pub. Hayley se quita el casco y se dirige con decisión a la puerta. En cuanto agarra el pomo, Zoe pone una mano encima de su brazo.

—Espera —le pide peinándose el pelo con los dedos.

—¿Qué pasa?

—¿Es una buena idea? ¿Estoy haciendo bien? No sé siquiera si sale con alguien... No sé si le gusto... No sé nada de él...

—Me has arrastrado contigo en contra de mi voluntad, ¿y ahora te lo vas a pensar? ¡Ni hablar, bonita! Sonríe, desabróchate un botón de la camisa, y adelante. Si tiene novia, mala suerte, al menos beberás gratis esta noche. Si no la tiene, y te sigue gustando, desabróchate un segundo botón y a por él.

Sin esperar respuesta de Zoe, Hayley abre la puerta y le hace un gesto con la mano para que entre. En cuanto pone un pie dentro, no le cuesta demasiado dar con ellos. A pesar de que Connor está de espaldas, reconoce a sus hermanos.

Les saluda con la mano y, acto seguido, los tres se ponen en pie para recibirlas.

—Hola —saluda Zoe a los tres.

—¿Qué tal? Soy Kai, aunque me puedes llamar «chulito que va de gracioso». Él es «calzonazos», o como mis padres le bautizaron, Evan...

—Hola —Zoe saluda a ambos dándoles dos besos.

—Y a él ya le conoces —dice Kai señalando a su hermano Connor—. Aunque me encantaría conocer el apodo que le has adjudicado.

—Hola —dice Zoe, intentando con todas sus fuerzas no sonrojarse.

—¿Qué tal? —contesta Connor acercándose a ella para darle un beso en cada mejilla.

Sus cuerpos se rozan levemente y él, de forma inconsciente, pone una mano en la cintura de ella. Zoe puede sentir el calor de su mano a través de la tela de la camisa y, a pesar de que es un contacto de lo más inocente, un cosquilleo recorre todo su cuerpo.

En el preciso instante en el que los labios de Connor se posan en la piel de ella, el olor a coco vuelve a inundarle por completo y le paraliza. De ese modo, el beso en la mejilla dura algo más de lo estrictamente necesario.

—¿Cómo está tu padre? —le pregunta Zoe en voz baja.

—Bien. De momento no nos ha vuelto a dar ningún otro susto —contesta él separándose de ella unos centímetros, metiendo las manos en los bolsillos.

—Me alegro...

—De todos modos, mañana viene Sarah, la mujer que le encontró en la estación. ¿La recuerdas? —pregunta mientras Zoe asiente—. Pues es trabajadora social. Me dio su tarjeta, la llamé y ha accedido a venir a ayudarnos con él.

—Eso es fantástico.

—Sí —contesta Connor rascándose el pelo—. Al menos parece que lo hemos detectado a tiempo. Aún tienen que hacerle más pruebas y ver el grado para darle el tratamiento adecuado...

−Bueno, como veo que estos dos pasan de nosotros, me presento yo solita −interviene Hayley cansada de ser una simple espectadora, mientras Zoe y Connor les miran avergonzados−. Soy Hayley.

−Hola, Hayley. Yo soy Kai −dice dándole un par de besos−. Y este de aquí es Evan.

−Hola −dice Evan, que desde que ha entrado por la puerta no ha podido dejar de mirarla−. Encantado.

−Igualmente −responde devolviéndole la sonrisa−. Y tú debes de ser el famoso Connor.

−Eh... Pues... −balbucea él incómodo aunque innegablemente halagado−. Supongo que sí...

Zoe mira a su amiga como si quisiera descuartizarla, mientras nota como su cara se va encendiendo por segundos.

−¿Qué queréis tomar? −pregunta Connor de repente para desviar la atención.

−Una cerveza estaría bien −contesta Hayley.

−Perfecto. ¿Y tú, Zoe?

−Lo mismo.

−Vale. Ahora vengo.

−¿Nos sentamos? −dice Evan a todos aunque mirando solo a Hayley, mientras le separa la silla de forma caballerosa.

−Gracias −contesta ella esbozando una gran sonrisa.

Zoe mira a su amiga detenidamente. Percibe la conexión que se ha establecido enseguida entre Evan y Hayley. Es consciente de sus miradas y, sobre todo, del cambio de actitud en su compañera de piso. De repente, la dura y atrevida Hayley, se sonroja ante un simple gesto o una mirada fortuita. Doña «me gustan los hombres duros que beban cerveza de la botella» parece estar encantada de que Evan se haya comportado como un «perfecto caballero».

—Zoe —dice Kai centrando la atención de todos en él—. Si te sirve de consuelo, tú para nosotros también eres «la famosa Zoe».

Tras decirlo, le guiña un ojo, mientras Evan asiente con firmeza, totalmente de acuerdo con las palabras de su hermano. Zoe entonces, con una tímida sonrisa en los labios, mira disimuladamente a Connor, que está de espaldas a ellos, charlando con el tipo de la barra. Se permite el lujo de hacerle un repaso completo, recreándose un poco más cuando llega a su trasero y su estrecha cintura. Nunca le habían llamado la atención los hombres vestidos de traje, pero tiene que admitir que a Connor le queda como un guante. Cuando se gira con las dos botellas en la mano y empieza a caminar hacia la mesa, Zoe se fija en su corbata, algo desanudada, y en cómo la camisa se le ciñe al torso, marcando su pecho firme. Se fija incluso en sus antebrazos, fuertes y bronceados, que lleva al descubierto gracias a que tiene las mangas arremangadas a la altura de los codos

—Aquí tienes.

Connor le tiende la botella y se sienta en su silla, que sus hermanos se han encargado de que sea la de al lado de Zoe.

—Gracias.

—¿Deuda zanjada? —le pregunta él levantando su pinta de Guinness.

—Sí —responde Zoe chocando su botella contra el vaso de Connor y dando un largo trago—. La apuesta queda saldada.

—¿Apuesta? —pregunta Evan.

—Le gané a un partido de baloncesto —aclara Zoe.

—¡¿Qué?! —dicen Kai y Evan a la vez.

—¡No jodas, Connor! —insiste Kai.

—No fue baloncesto... —se excusa él.

—¿Ah, no? —pregunta Zoe levantando una ceja—. ¿Y entonces qué era? ¿No había una canasta y una pelota?

—Era una papelera y un trozo de papel. En una cancha,

con canastas de verdad y un balón reglamentario, no me ganas ni por asomo.

—Acepto la apuesta. ¿Cuándo y dónde?

—¡Uuuuuh! —grita Kai, que empieza a hablar como un locutor deportivo de radio—. ¡Se ha lanzado un reto, señores! ¿Aceptará Connor la apuesta o se cagará en los pantalones? ¿Qué opinas, Evan?

—Me gusta que me hagas esa pregunta, Kai —contesta este siguiendo el rollo a su hermano—. Aunque de todos es sabido que Connor es especialista en este tipo de encuentros, la señorita Zoe, «rookie» del año, llega pegando fuerte y ya se proclamó vencedora del amistoso que se disputó hace unos días.

Mientras las chicas ríen a carcajadas por las ocurrencias de esos dos, Connor observa a Zoe detenidamente. La ve reír sin tapujos, sintiéndose muy cómoda estando acompañada de gente hasta ahora extraña para ella, y no puede dejar de compararla con Sharon. Ella rara vez compartió una velada así con sus hermanos y cuando lo hizo parecía estar totalmente fuera de su ambiente.

—¿Sabes jugar al baloncesto? —le pregunta Hayley al oído a Zoe.

—Supongo... Se trata solo de meter la pelotita en la canasta, ¿no? Alguna vez he jugado... En el colegio...

—Estás acabada, entonces...

—La verdad es que me da igual perder. La cuestión es apostarme algo con él y volver a tener la oportunidad de verle...

—Te gusta mucho, ¿eh? —le pregunta de nuevo cerca de la oreja mientras Zoe asiente—. La verdad es que es muy guapo y parece muy simpático.

—Y a ti te gusta su hermano pequeño... —dice Zoe mirándola de reojo—. No me mires así. Me he fijado antes en cómo te sonrojabas.

—Venga, se acabó el cuchicheo. Contadnos algo de vosotras —interviene Kai—. Zoe, ¿hace mucho que eres taxista?

—Unos años... Lo heredé de mi abuelo, y me saqué la licencia. Así me pagué la carrera de Bellas Artes y así me estoy pagando el curso de pintura.
—Una artista —dice Kai.
—Ya me gustaría, pero no...
Zoe mira a Connor, que la observa con una sonrisa en la cara. Al instante, ambos agachan la cabeza, algo incómodos.
—¿Y tú, Hayley? —le pregunta Evan.
—Soy policía.
—¡Coño! —dice Kai subiendo la voz—. ¿Con pistola y porra?
—Ajá —contesta con una sonrisa pícara en los labios—. Pero de momento solo pateo las calles y pongo multas... Y la verdad es que estoy bastante cansada ya de ello.
—¿Qué quieres hacer realmente dentro del cuerpo? —se interesa Evan.
—Me gustaría llegar a inspectora, pero ahora mismo me conformaría con patrullar en coche...
—Oye, tengo algunas multas por pagar... —empieza a decir Kai.
—Ni lo intentes —le corta Hayley—. Ya tengo bastante con quitarle las suyas aquí a la «taxista del infierno». Vuestro turno. Aparte de a beber y emborracharos, ¿a qué os dedicáis?
—Yo soy boxeador —contesta Kai enseguida ante el gesto de asombro de las chicas.
—Vaya... ¿Y tú, Evan? —pregunta enseguida, intentando no sonar demasiado ansiosa por conocer todos los detalles posibles del pequeño de los hermanos.
—Contable —responde en el mismo instante en que sus hermanos hacen que se duermen, llegando incluso a roncar—. Esa broma dejó de ser graciosa la segunda vez que la hicisteis, hace como cinco años.
—Pues a mí me parece interesante... —dice Hayley.

—¿En serio? –preguntan todos a la vez, totalmente extrañados.

—Claro. ¿Sabes hacer cálculos rápidos con la cabeza y dices frases como «la hipotenusa al cuadrado es igual a la suma de los cuadrados de los catetos» y además las entiendes?

—Pues... sí... –contesta Evan con timidez.

—Pues no veas cómo me ponen esas cosas.

—¿Y tú, Connor? –le pregunta Zoe al rato, tras ser testigo de nuevo de las miradas de complicidad entre su amiga y Evan.

—Soy publicista.

—¿De anuncios de tele y eso?

—Ajá. Yo y mi compañero Rick los ideamos y vendemos las ideas a los clientes.

—Así que tú eres el que se inventa las excusas para hacernos creer que necesitamos el producto que anuncian por la tele... –interviene ella de nuevo mientras él asiente–. Mmmmm... Debes de tener facilidad de palabra... ¿Podrías venderme cualquier cosa?

—Supongo –contesta Connor despreocupado.

—Pero en cambio, por lo que veo, no pareces ser muy bueno vendiéndote a ti mismo –se atreve a decir.

—No intento venderme. Lo que ves es lo que hay, sin más –contesta él, provocando una sonrisa en Zoe al darse por satisfecha con su respuesta.

—¿Y... vuestros novios... ya os dejan salir a beber con unos desconocidos? –vuelve Kai a la carga–. ¿O habéis salido sin que lo sepan?

—No tenemos pareja, así que no rendimos cuentas ante nadie –contesta enseguida Hayley, apretando la pierna de su amiga para que no diga nada–. ¿Y vosotros?

—Soltero –dice señalándose a sí mismo para luego apuntar a Connor y Evan respectivamente–, abandonado e infelizmente casado.

—Tres pobres desdichados... —suelta Zoe—. Si dar pena es vuestro truco para ligar, que sepáis que es un poco rastrero.

—Pues es la pura realidad... —insiste Kai.

—No lo es —se apremia a decir Evan, ante la atenta mirada de su hermano mayor—. Al menos, no del todo...

Conversan y ríen durante cerca de una hora más, hasta que, pasado ese tiempo, Kai se levanta de la silla y tras dar un pequeño traspiés, se empieza a despedir de los demás.

—¿Te acompaño a casa, Kai? —le pregunta Connor.

—No, estoy bien y vivo aquí al lado. Disfrutad jóvenes.

—No me digas que te vas, Kai... ¿Tan mayor estás que no nos puedes seguir el ritmo? —le reta Zoe.

—Me gusta esta chica —contesta mirando directamente a Connor—. Cuando quieras te demuestro lo maduro que soy, pero es que mañana por la mañana tengo entrenamiento para el próximo combate, que es dentro de dos semanas, y al que, por cierto, quedáis invitadas. Además, las dejo en buenas manos, bellas damas.

Poco después de que Kai haya salido por la puerta, el teléfono de Connor vibra dentro de su bolsillo. El de Evan debe de haber hecho lo mismo, porque mira a su hermano llevándose una mano al bolsillo de la camisa. Debe de ser Kai, que ha enviado un mensaje a ambos.

Cabrones, como no saquéis nada de provecho de los regalos que os he dejado, la próxima vez me las llevo a las dos al baño.

—Entonces, ¿es cierto o no que te han abandonado? —pregunta Zoe que llevaba un rato pensando acerca de las palabras de Kai.

—Como a un puto perro —contesta Evan, hasta que ve la cara de Connor y se encoge en la silla, desviando la vista hacia el billar situado en la esquina del pub—. Hayley, ¿te apetece jugar una partida al billar?

—Claro.

Zoe les observa alejarse y sabe que Hayley ha caído rendida a los encantos de Evan. La observa mirarle embelesada, reír todas sus gracias y escuchar atenta todas y cada una de sus explicaciones. Y conociéndola como la conoce, es consciente de que la palabra «casado» que ha pronunciado antes Kai, es lo único que está impidiendo que se lance a por él descaradamente.

Gira de nuevo la cabeza hacia Connor para encontrarlo mirando fijamente su vaso medio lleno, mientras lo coge con ambas manos, acariciando el cristal con los pulgares.

–Siento haber sacado el tema... –se atreve a decir Zoe tras unos segundos.

–No pasa nada. No fuiste tú de todos modos...

–Pero se nota que lo estás pasando mal...

Connor ni siquiera levanta la cabeza. Se queda inmóvil, con la vista fija aún en su vaso. De vez en cuando traga saliva, intentando contener sus sentimientos, sopesando si abrir su corazón ante una persona que era desconocida para él tan solo una semana antes. Entonces, les llega el sonido de la risa de su hermano y de Hayley, y Connor gira la cabeza hacia ellos. Es la primera vez en mucho tiempo que le ve sonreír de esa manera. Julie es demasiado pija para estar aquí con ellos. En cambio, Hayley parece encajar perfectamente en este ambiente. Evan debería darse esta oportunidad.

–A Hayley le gusta tu hermano –dice Zoe.

Connor desvía la mirada hacia ella y la observa sonreír, viendo a su hermano y a Hayley totalmente compenetrados.

–A Evan le gusta Hayley –asegura Connor.

–Pero está casado –añade Zoe sin dejar de mirarles–. Hayley nunca se lanzará y no permitirá que él haga ninguna tontería.

–Lo que dijo antes mi hermano Kai, es verdad.

–¿Eso de que no es feliz? –pregunta mientras Connor asiente a modo de respuesta–. Aun así...

—Y en cuanto a lo que dijo de mí —se atreve a decir finalmente Connor, intentando darse él mismo una oportunidad—, en realidad no sé si tengo novia o no...

—En serio, no hace falta que hablemos de ello si no quieres...

—Quiero hacerlo —le interrumpe él mirándola a los ojos.

—Está bien... —contesta ella, siendo consciente de que en cuanto sus ojos se encuentran con el azul cristalino de los de Connor, sus capacidades se ven seriamente mermadas.

—Creo que es como la crónica de una muerte anunciada... Es decir, aunque para mí lo fuera, o quisiera creerlo así, lo nuestro nunca fue una relación normal. Nos veíamos muy poco por culpa del trabajo... Ella no tenía tiempo para mí... Así que ahora, básicamente es lo mismo que antes, pero con el agravante de que se ha ido a trabajar fuera y... no sé, saber que no está aquí, me... me está matando. Soy un gilipollas, ¿verdad?

—No —contesta Zoe intentando deshacerse del nudo que se le ha formado en la garganta.

—Me dijo que me llamaría, y sé que lo hará, pero pienso en ella a todas horas y la espera me consume. Todos me dicen que la olvide porque ella ya lo ha hecho de mí...

Algo dentro de Zoe se está rompiendo, y sabe perfectamente que es su corazón. Escuchar esas palabras acerca de otra mujer, en boca del tío del que te estás enamorando, es algo por lo que ninguna chica debería pasar. Además, en su caso, que él sea capaz de decirlas, de expresar así sus sentimientos, no provoca otra cosa que hacer que se enamore aún más de él.

—Yo... Debería irme... —dice finalmente Zoe, incapaz de aguantarlo más.

Sin darle tiempo a Connor a reaccionar, se levanta, se acerca a su amiga y, tras hablar un rato con ella y con Evan, vuelve a la mesa para recoger los dos cascos.

—¿Te vas sola? –pregunta Connor al ver que Hayley y Evan siguen con su partida, cada vez más animados.

—Sí, tu hermano ha prometido llevar a Hayley a casa.

—Entonces yo también me voy –dice acabando su cerveza de un trago–. No tiene sentido que me quede aguantando la vela a estos dos.

Cuando salen al exterior del pub, Connor agradece la suave brisa que sopla. Entonces ve como Zoe se acerca a una Vespa amarilla bastante destartalada.

—¿Habéis venido en eso? –pregunta escéptico.

—¿Algún problema?

—Nada... Solo que dudo de que haya llegado con las mismas piezas con las que inició el trayecto... Tiene pinta de irse desmontando solita...

—Shhhh –dice Zoe poniendo las palmas de las manos en los extremos del manillar, como si la moto pudiera oírles y tratara de taparle los oídos–. No digas esas cosas de mi pequeña avispa, que se pone triste.

—¿Tu pequeña avispa?

—Sí, hace muchos años que la tengo...

—Te creo.

—Y nunca me ha dejado tirada, nunca. Y no solo es fiable, también es rápida como el viento –cuando acaba, ve que Connor mira la moto de arriba abajo, así que decidida, le tiende uno de los cascos–. ¿No te lo crees? Sube.

—¿Ahora?

—Ahora. Te llevo a casa. ¿O tienes miedo?

—Sé que me arrepentiré de esto toda mi vida... –dice Connor mientras se pone el casco.

En cuanto se sienta detrás de ella, pone los brazos alrededor de su cintura, al principio con timidez, hasta que Zoe da gas a la moto y la sacudida le obliga a cogerse más fuerte.

—¡¿Estás loca?! Avisa al menos cuando vayas a arrancar...

–¡¿Qué?! –dice ella girando la cabeza hacia él.

–¡Nada! ¡Nada! ¡Vista al frente! –grita señalando hacia delante.

La Vespa zigzaguea entre los coches, pasando peligrosamente cerca de ellos para el gusto de Connor.

–¡Dime dónde vives! –le pregunta a gritos girando de nuevo la cabeza.

–¡Por Dios, Zoe! ¡No pierdas de vista el asfalto!

–¡Pero necesito saber tu dirección!

–¡Y yo seguir vivo! ¡Cuidado! ¡Un coche! –dice Connor señalando hacia delante cuando las luces de un coche les ciegan.

Zoe mira al frente y con un movimiento suave, vuelve a enderezar el rumbo de la moto, mientras siente cómo el agarre de Connor se va relajando poco a poco. Siente sus piernas pegadas a las suyas, apretándolas con fuerza, y sus pecho pegado a su espalda. La verdad es que, en ese momento, la imprudencia le está reportando muy buenos resultados.

–¡¿Y bien?! –dice volviendo la cara de nuevo para mirarle, sabiendo al instante cuál será su reacción.

–¡Ay joder! ¡¿Puedes al menos frenar un poco cuando giras la cabeza?!

–¡Sigo esperando...!

–¡Ciento setenta de Mercer Street! ¡En el Soho! –Sus brazos se cierran alrededor de la cintura de Zoe mientras su cabeza se esconde detrás de su espalda–. ¡Pero, por favor, no me mates!

Zoe sonríe abiertamente mientras siente el cuerpo de Connor totalmente pegado al suyo. Por un momento, se le pasan un montón de ideas descabelladas por la cabeza, desde dar más gas e internarse innecesariamente en el tráfico de la Quinta Avenida para cruzarse con el mayor número de coches a los que esquivar, hasta alargar el recorrido lo máximo posible. Decide no hacerlo, pero sí se permite el lujo de aumentar la velocidad en alguna calle y pasar muy cerca de algunos coches.

—Fin de trayecto —dice Zoe una vez parado el motor de la Vespa.

—¿En serio? —resuella Connor quitándose el casco.

En cuanto pone los pies en la acera, se arrodilla y hace ver que la besa repetidas veces, ante la mirada ofendida de Zoe.

—¡Vamos, hombre! ¡No exageres! —le recrimina arrugando la frente mientras se quita el casco—. La idea de traerte era para que vieras que mi pequeña avispa es súper rápida y cien por cien fiable.

—Me acabo de dar cuenta del problema de tu pequeño abejorro... —replica Connor poniéndose en pie—. Su temeraria conductora.

—¡Oye! —contesta ella dándole un manotazo que él intenta esquivar mientras ríe—. ¡Retira eso!

—Vale... —dice inmovilizándole por las muñecas para que deje de golpearle—. Reconozco que no ha sido tan malo como he hecho ver... Y que el abejorro se ha comportado.

—Muy gracioso...

Ambos se miran a los ojos, callados y sonriendo, sin querer romper este momento.

—Bueno... —dice Connor soltando las muñecas de Zoe—. Debería irme...

—Sí. Yo también. Debo asegurarme de que tu hermano se ha comportado como un caballero y ha dejado a Hayley en casa sana y salva.

—No lo dudes.

—Bueno pues... Adiós.

Zoe empieza a caminar hacia la Vespa mientras Connor camina hacia el portal con las llaves en la mano.

«Rápido... Busca una excusa... Cualquier cosa...», piensa Connor.

—¡Espera! —grita algo más alto de lo necesario cuando por fin encuentra la excusa perfecta para volverla a ver—. ¿Sigue en pie lo del partido de baloncesto? ¿O ya te has rajado?

—¡Ah! ¿Qué quieres, volver a perder? —contesta Zoe con una sonrisa enorme dibujada en sus labios—. ¿Dónde y cuándo?

—¿Mañana a las cinco? —pregunta Connor, casi aguantando la respiración mientras espera su respuesta. No quiere parecer ansioso, pero de algún modo ella consigue que la eche de menos aun no habiéndola perdido de vista.

—Perfecto. ¿Dónde?

—En las pistas de la Sexta Avenida con la Cuarta.

—Allí estaré.

Connor se espera en la puerta mientras ella se pone el casco y arranca la moto. Antes de iniciar la marcha, le dice adiós con la mano y él le devuelve el saludo. Rato después de perderla de vista en la esquina de la calle, él sigue con la mano levantada y una sonrisa en la cara. Justo la misma sonrisa que Zoe esboza durante todo el trayecto a su apartamento.

Capítulo 6

Person I should have been

—Rick.

Connor entra con prisa en el despacho de su compañero, al que descubre sentado al teléfono con cara de agobio. Rick le hace una seña con la mano para que se espere, mientras se retira el teléfono de la oreja tapando el auricular.

—Mi ex —le informa susurrando.

—Vale —contesta él en el mismo tono.

—Lo sé Carrie... —vuelve a decir al ponerse el teléfono de nuevo en la oreja—. Sí, eso estuvo mal... Si hace falta voy a hablar personalmente con el director del colegio para disculparme...

Connor se sienta en una de las butacas frente al escritorio de Rick. Arruga la frente y le mira divertido mientras su exmujer le pega la bronca por, al parecer, algo relacionado con su hija. Todos sabían, incluida la niña, que pasar mucho tiempo con Rick era contraproducente para ella, pero ambos parecen haber descubierto que se entienden a la perfección y se lo pasan en grande juntos. Incluso él ha accedido a llevarla a un concierto de una cantante adolescente al que su madre se negó a acompañarla.

—De acuerdo, Carrie. Gracias. Y lo siento de nuevo —dice antes de colgar.

—¿Ha sido muy duro? —le pregunta Connor.

—Bastante... Pero sospechosamente comprensiva a la vez... Para mí que esto de que Holly y yo hayamos congeniado más últimamente, y que la cría quiera pasar más tiempo conmigo, la deja más tranquila para tirarse a su nuevo novio sin ningún cargo de conciencia...

–¿Carrie tiene novio?

–Sí. Me lo dijo Holly. Un tipo majo, se ve... A mí, mientras trate bien a mi hija, que se tire a mi ex todas las veces que haga falta.

–¿Y se puede saber por qué te echaba la bronca?

–Porque Holly llamó «calientapollas» a una compañera de clase.

–¡Jajaja!

–No te rías que es muy serio –le dice Rick riendo a carcajadas también.

–No me imagino quién le ha podido enseñar esa palabra...

–¿Qué quieres? Holly me contó hace unos días que una tal Tracy de su clase se arrima a todos los niños y que de repente se ha empezado a interesar por Bryan, que es el niño que le gusta a mi hija desde preescolar... ¿Qué te parece el tema?

–Que tienen solo ocho años.

–Sully, estamos hablando de mi hija... Además, eres mi amigo y tienes que apoyarme.

–Entonces es una calientapollas en potencia.

–Pues eso.

–¿Y Holly se lo ha soltado a la otra?

–¿Qué esperabas? –contesta Rick–. Pero su profesora y el director del colegio no se lo han tomado muy bien y la han castigado sin recreo durante unas semanas, aparte de llamar a Carrie para concertar una entrevista.

–Mal rollo...

–Sí...

–Bueno, yo venía a avisarte de que me largo ya a casa de mi padre –le informa Connor que mira el reloj y se da cuenta de que ya va tarde.

–Vale. Vete tranquilo que lo tengo todo controlado. Dale recuerdos al viejo de mi parte.
–Descuida –contesta Connor poniéndose en pie.
–¿Volverás por la tarde? ¿Nos tomamos unas cervezas al salir?
–Sí, volveré después y nos ponemos con el nuevo anuncio de BMW. Pero no podré ir a tomar algo... He quedado –dice mientras se dirige a la puerta.
–¿Con quién?
–Con una amiga –contesta Connor de la forma más natural posible.
–¡Dios mío!
–¿Qué?
–¿Has quedado con una tía?
–Es una amiga, nada más.
–¡Y una mierda! Te conozco demasiado. ¿Quién es? ¿Cuándo y dónde la has conocido? Y lo más importante, ¿está buena?
Connor hace caso omiso a todas las preguntas y sale del despacho de Rick. Cuando está casi al final del pasillo, informando a la telefonista acerca de su marcha, oye la voz de su amigo llamándole a gritos.
–¡Sully! ¡Eh, Sully!
Connor resopla y gira la cabeza hacia él, dispuesto a escuchar lo que Rick vaya a soltarle y a pasar por el bochorno de que media empresa se entere.
–Bien por ti –dice en un tono más bajo del que Connor esperaba, guiñándole un ojo a la vez que le señala con un dedo.
Connor sonríe y agacha la cabeza hacia el suelo al notar cómo su piel se sonroja. Cuando la vuelve a levantar, Rick le sonríe a lo lejos, asintiendo con la cabeza y dando un par de palmadas en el marco de la puerta, antes de perderse de nuevo dentro de su despacho.
Decide no coger la bicicleta, aparcada en la puerta del edificio, e ir hasta casa de su padre en transporte público

para de ese modo no presentarse demasiado sudado y desaliñado. Así que tres cuartos de hora después entra por la puerta.

—¡Papá! ¡Soy Connor! —dice nada más entrar, colgando la americana en el colgador del recibidor.

—¡Estamos en la cocina!

En cuanto entra, se encuentra a su padre sirviendo té en un par de tazas y a Sarah sentada en una silla.

—Siento el retraso —dice acercándose a su padre para darle un abrazo—. El metro estaba imposible.

—No pasa nada —interviene Sarah—. Solo estábamos charlando.

—Gracias por venir tan rápido —le dice Connor mientras se saludan con un par de besos en la mejilla.

—De nada. Estaba explicándole a tu padre el motivo por el que vamos a pasar un tiempo juntos. ¿A que sí?

—Sí...

—Ya le he dicho que vendré tres mañanas por semana. Haremos lo que él hace habitualmente, ir a comprar, salir a dar un paseo o incluso ver la televisión.

—Genial —dice Connor.

—Sí. Pero no os penséis ni por un segundo que soy tonto —añade Donovan—. Sé que todo esto forma parte de una especie de terapia para intentar frenar la enfermedad que tengo. Lo he buscado en Internet, así que no hace falta que empecéis a hablar en clave. Delante de mí, podéis hablar del Alzheimer con total sinceridad. Total, dentro de un tiempo, ni me acordaré de lo que hablemos...

—Por esto mismo quería venir a verte hoy... —le dice Connor a Sarah—. Para advertirte acerca del carácter de tu nuevo paciente...

—He criado yo solo a tres adolescentes que, créeme, me pusieron las cosas muy difíciles. Así que me las sé todas —dice Donovan dirigiéndose a Sarah—. No soy tonto y puedo ser viejo, pero tengo mis recursos. Y, por cierto, ya que vamos a pasar tanto tiempo juntos, creo que es justo que empecemos a tutearnos.

—Pues me alegro de que pienses así. Prefiero trabajar con pacientes que sean conscientes de su enfermedad y de lo que hacemos para intentar frenar su avance, así que en este caso todos contentos, ¿no? —dice Sarah.

—Me parece que nos vamos a llevar bien... —añade Donovan mirándola con una sonrisa bonachona.

Donovan se sienta en una silla y le tiende una de las tazas llenas de té.

—No te ofrezco una taza porque sé que no te gusta... —le dice a su hijo.

—No te preocupes, papá. No tengo mucho tiempo porque tengo que volver a la oficina. Solo venía para ver cómo os las arreglabais...

—Y para advertirle sobre mí.

—Sí, eso también —contesta dándole unas suaves palmadas en la espalda.

—¿Y bien? —pregunta Donovan encogiéndose de hombros—. Soy todo tuyo. ¿Qué hago?

—Pues veamos... Puedes empezar por contarme cómo un irlandés como tú, acaba en el Bronx de Nueva York.

—Pues... —Donovan junta las manos alrededor de la taza mientras observa cómo el humo sale de ella. Sonríe al recordar el motivo por el cual cruzó el charco, y al levantar la cabeza de nuevo y encontrarse con los ojos expectantes de Sarah, añade—: Por amor.

—¡Vaya! Esto se pone interesante —contesta ella cruzando las piernas y acercándose a Donovan—. Soy una romántica...

—Conocí a Beth en un pub. Ella estaba tomando algo con un grupo de amigas, todas americanas como ella. Estaban de viaje de estudios. Enseguida me fijé en ella y estuve un rato estudiando cómo acercarme. Muchos tipos del pub intentaron ligar con ellas, cantándoles a pleno pulmón o haciendo alarde de sus músculos, la mayoría ebrios hasta el punto de llegar a caerse redondos, y, aunque las chicas les reían las gracias, parecía no ser la forma más efectiva de conquistarlas. Las americanas eran por aquel entonces bastante recatadas para los modales de los irlandeses. Así que al final me decidí por algo más elegante y caballeroso. Metí una moneda en la máquina de discos, elegí una de las canciones, me acerqué a ella y le tendí una mano para sacarla a bailar.

Sarah escucha atenta la explicación mientras Connor, apoyado contra la encimera, mira a su padre con un sentimiento agridulce en su corazón. Por un lado sonríe por la historia, la cual ha escuchado decenas de veces y porque su padre sea aún capaz de recordarla. Pero, por otro lado, sabe que su enfermedad le afectará a la memoria a corto y largo plazo, y que pronto puede ser que no recuerde siquiera haber estado casado.

–Nos vimos todas las noches, hasta que ella se tuvo que volver para aquí. Perdimos el contacto porque no sabía ni su teléfono ni su dirección. La echaba tanto de menos, que vivir alejado de ella se me hizo insoportable. Así pues, trabajé para ahorrar para el viaje durante casi un año entero. Llegado el momento, metí en una maleta de mano un poco de ropa y me planté en esta ciudad con tan solo cincuenta dólares en el bolsillo. No sabía dónde vivía, tan solo que se llamaba Elizabeth Shaw y que era de Nueva York.

–¿Y cómo la encontraste?

A Donovan se le escapa la risa al recordarlo y mira a su hijo, que le devuelve el gesto.

–Papá se metió en una cabina, agarró el listín telefónico y se gastó todo el dinero que le quedaba llamando a todos los Shaw de Nueva York hasta dar con ella.

–Y había muchos, te lo aseguro –añade Donovan.

–Vaya... –dice Sarah completamente seducida por la historia.

–En cuanto supe donde vivía, me planté en su puerta. Vivía en Queens, en una casa enorme de varias plantas. Imagínate el resultado... Un chico de veinte años, con una maleta en la mano, con pinta de extranjero, sucio, sin haber comido y dormido prácticamente nada, llamando a la puerta de una lujosa casa...

–¿Qué pasó entonces?

–Que su padre me cerró la puerta en las narices.

–¡No! ¿Y qué hiciste?

–Acampar en su jardín.

–¿En serio? –pregunta Sarah riendo.

–Tampoco tenía otro sitio mejor donde dormir... Pero solo estuve allí dos noches porque a la tercera, su padre llamó a la policía y entonces dormí en comisaría.

–Pero... Pero entonces... –Sarah tenía los ojos abiertos como platos.

–Entonces Beth pagó mi fianza –le aclara Donovan con una sonrisa en la cara.

–¡Qué bonito! –dice ella visiblemente emocionada, juntando las palmas de las manos delante de su cara.

–Retomamos nuestra relación donde la dejamos. Busqué trabajo de albañil y ahorré para comprar esta casa. Nos casamos, en contra de la opinión de sus padres, que nunca aprobaron nuestra relación. Nunca creyeron que yo pudiera cuidar de ella como se merecía y esa se convirtió en mi única misión en la vida: demostrarles que se equivocaban. Y luego nacieron Kai, Connor y Evan, y aunque nunca vivimos con muchos lujos, creo que conseguí mi propósito y nunca les faltó de nada. Años más tarde le diagnosticaron un cáncer de mama, pero se lo detectaron tarde... Ya se había extendido a otros órganos del cuerpo y murió tan solo cinco meses después.

Donovan hace una pausa y dirige la vista hacia la ventana. Mira a través de ella durante largo rato, intentando controlar la emoción. Connor se acerca a él y, con cariño, apoya las manos en sus hombros. Él le coge una de ellas y, esbozando una tímida sonrisa, vuelve a mirar a Sarah y prosigue su relato.

—Los chicos eran tan solo unos adolescentes cuando ella murió. Así que no tuve mucho tiempo de guardarle luto. Ellos me ayudaron a salir adelante porque no me dejaban mucho tiempo de tranquilidad —cuenta echando una mirada cómplice a Connor—. Tenía que estar muy pendiente de ellos para que no perdieran el rumbo y se convirtieran en buenos chicos.

—Pues parece que has hecho un buen trabajo... —dice Sarah mirando a Connor.

—Espera a conocer a Kai y luego nos cuentas... —contesta este riendo y contagiando a su padre.

—Bueno, ¿y qué me cuentas de ti? —pregunta entonces Donovan—. Tendré que saber algo de la persona con la que voy a compartir confidencias...

—Me parece justo... —dice ella mientras se acomoda bien en la silla—. Bueno, pues soy Sarah Collins. Vivo en Brooklyn, soy trabajadora social, tengo cuarenta años y una hija de dieciséis que se llama Vicky. En el poco tiempo libre que mi trabajo y las peleas con una adolescente rebelde me dejan, me gusta leer o dar largos paseos por el parque.

—¿Casada? —pregunta Donovan sin cortarse un pelo.

—Divorciada.

—¿Novio?

—Papá...

—¿Qué?

—Que esa información no creo que te interese...

—No pasa nada. No me importa reconocer que no tengo mucha suerte con los hombres. Tampoco es que ponga mucho interés en que cambie mi racha. Creo que la última vez que salí a ligar, Duran Duran eran el último grito en las discotecas.

—Nunca es tarde... —interviene Donovan.

—A estas alturas, no creo que nadie cruce el charco por mí y acampe en la puerta de mi casa.

En ese momento, se escucha el ruido de la puerta principal y la voz de Kai les llega desde el recibidor.

—¿Papá?

—Kai, estamos en la cocina —dice Connor alzando la voz.

—Es mi hijo mayor —le informa Donovan a Sarah mientras ella asiente con la cabeza.

—¡Hombre, Connor! —grita Kai dirigiéndose hacia la cocina—. ¿Ayer qué? ¿Te tiraste a la rubita? Porque he hablado con Evan y el muy idiota no intentó nada con la otra... Dime al menos que tú dejaste el pabellón bien alto...

Connor se frota los ojos con los dedos, apretándose el puente de la nariz con dos de ellos y negando con la cabeza mientras se le escapa la risa. Luego, mirando a Sarah, levanta los brazos y encoge los hombros resignado, justo en el momento en que Kai hace su aparición en la cocina. Al instante se le congela la sonrisa y se queda petrificado al lado de la puerta.

—Kai, te presento a Sarah Collins. Es la trabajadora social que te comenté anoche que vendría a ayudar a papá... —le dice Connor y, mirando a Sarah, añade—: Sarah, este es mi hermano mayor, Kai.

—Encantada —dice ella levantándose y acercándose a él.

Para asombro de Connor y de su padre, Kai no aprovecha la situación para acercarse a ella, sino al contrario. En lugar de arrimarse como suele hacer habitualmente, aún petrificado en el sitio, levanta el brazo entre los dos para tenderle la mano. Sarah, se la estrecha y se vuelve a sentar al lado de Donovan, retomando su conversación con él.

—Eh... ¿Estás bien? Pareces... nervioso —le dice Connor a Kai en voz baja, sorprendido por su actitud esquiva.

—¿Yo? ¿Nervioso? ¡Qué va! —contesta este, dándose la vuelta para abrir la nevera y sacar una cerveza.

—¿Y entonces a qué ha venido eso de estrecharle la mano?

—Me ha parecido lo correcto –contesta.

—¿Lo correcto? ¿Tú que aprovechas la mínima oportunidad para rozarte?

—Bueno, es igual... –da un sorbo a la cerveza e intenta cambiar de tema–. ¿Te tiraste a la rubia o no?

—Ahora sí te pareces más a mi hermano... –contesta Connor–. Y no, no pasó nada entre Zoe y yo. Así que venga, suelta todo lo que tengas que decir que me tengo que volver a trabajar. Estoy listo para recibir mi castigo. Métete conmigo.

Connor abre los brazos, resignado y expectante en recibir todo el repertorio de burlas de su hermano, pero este ya no le escucha, sino que está distraído mirando fijamente a Sarah, que conversa animada con su padre. Connor arruga la frente al verle en ese estado y al ser consciente de que, además, se lo ha provocado una mujer.

—Hola... –dice pasando una mano por delante de su cara.

—Así que no te la tiraste...

—Déjalo. Pareces tener la cabeza en otras cosas –le da varias palmadas en el hombro–. Para tu interés, está divorciada y ha perdido la fe en encontrar a su príncipe azul.

Connor se dirige a su padre para despedirse de él. Se agacha a su lado y le da un beso en la mejilla.

—Así que has vuelto a ver a la chica esa... Zoe se llamaba, ¿verdad? –le pregunta Donovan ante la mirada de asombro de su hijo–. No me mires así, que aún me acuerdo de las cosas.

—Sí –claudica finalmente Connor–. Estuvimos tomando algo anoche en el pub.

—¿Y?

—¿Y qué?

—Por Dios... Dime que no tengo que intervenir de nuevo... Dime que no tengo que llamarla para que me lleve a cualquier sitio en su taxi y pedirle que te lleve al cine... Dime que...

—¡Vale, vale! Hemos quedado otra vez esta tarde —le corta Connor para que su padre se calle y deje de ponerle en ridículo delante de Sarah.

—Ese es mi chico... —sonríe estrechándole la mano con cariño—. El sábado que viene jugamos contra los Blazers, pero si has quedado con Zoe, no pasa nada...

—Papá, hemos quedado esta tarde. Nadie ha dicho nada del sábado. Además, los partidos son sagrados.

—Puedes invitarla si quieres...

—Papá...

—Y eso va también por ti, Kai. Si alguna vez te interesa traer a alguna chica a ver el partido... Sarah, ¿a ti te gusta el baloncesto?

—Me encanta.

—Bien... —dice Donovan dándole unas suaves palmadas en el brazo—. ¿Y te gusta algún otro deporte? Porque Kai es boxeador...

Connor pone los ojos en blanco y tras chocar la mano con su hermano, se despide de todos.

—Suerte con Zoe —le dice Kai al oído.

—Suerte con papá —contesta Connor guiñándole un ojo.

En cuanto se oye la puerta de la casa al cerrarse, Donovan vuelve a mirar a Sarah, que se ha levantado para meter las tazas en el lavaplatos.

—Entonces, ¿qué me dices, Sarah? —insiste Donovan haciendo caso omiso de la mirada de reproche de su hijo mayor—. ¿Te gusta el boxeo?

—Pues... La verdad es que no es un deporte que me llame mucho la atención —contesta ella apoyándose en la encimera—. Me parece un poco... violento.

—Sí... Pero a la vez es muy noble. Gana siempre el que mejor lo hace, sin ayudas externas. O pegas o te pegan... O ganas o te ganan...

—Eso es cierto... Pero aun así no le veo ningún sentido a un deporte que consiste en hacer daño al contrario... —Sarah gira la cara hacia Kai–. ¿No sientes ningún remordimiento cuando pegas al rival?

–Si dudo un solo segundo, mi rival lo aprovechará para darme un puñetazo. Llámame egoísta, pero prefiero pegar a que me peguen.

–Pero recibir golpes de forma habitual puede dejar secuelas irreversibles... Y más aún en la cabeza... Es decir, aun ganando todos los combates de tu carrera profesional, podrías llegar a retirarte con graves problemas... Incluso con daños cerebrales graves...

–¿Te parece que tengo algún tipo de daño cerebral? ¿Tengo pinta de estar lisiado?

–Kai... –le recrimina su padre.

–No estoy diciendo eso... –se intenta disculpar ella–. Pero es algo que suele salir pasado un tiempo...

–¡Qué bonito! –dice Kai poniendo su mano en el pecho, encima del corazón–. Me emociona ver que te preocupas tanto por mí...

–A mí me da igual... –replica Sarah al ver el tono que está tomando la conversación.

–Entonces será mejor que no me vengas a ver a ningún combate. No quiero que derrames lágrimas innecesarias por mí.

–No tengo ni la más mínima intención de ir a verte...

Justo después de escuchar eso, Kai sale de la cocina sin decir nada más y poco después se oye la puerta principal al cerrarse.

–Perdona a mi hijo... –intenta disculparse Donovan–. Siempre ha sido el más difícil de los tres.

–No pasa nada. Tenemos opiniones diferentes y parece que no nos vamos a poner de acuerdo.

–Me parece que le ha sorprendido que le replicaras sin ningún miedo... No está acostumbrado a que las mujeres le planten cara...

–Pues nos vamos a divertir entonces –le contesta Sarah

guiñándole un ojo–. ¿Quieres que vayamos a dar un paseo? Hace muy bueno.

–Me parece una idea estupenda.

Algo más tarde, Connor está de pie en su despacho, delante de la pizarra donde garabatea sus ideas, con el rotulador entre los dientes y las manos metidas en los bolsillos del pantalón. Ha sido una tarde bastante productiva y tienen varias ideas interesantes de la campaña que BMW les ha pedido para lanzar su nuevo todoterreno. La pizarra está llena de palabras envueltas en círculos y entrelazadas con flechas. Garabatos ininteligibles para el resto de la humanidad, pero bien claros a los ojos de Rick, que sigue las explicaciones de su compañero asintiendo con la cabeza.

–Me gusta... –dice poniendo los brazos detrás de la cabeza y recostando la espalda en el sofá.

Connor mueve el rotulador arriba y abajo, jugando con él aún entre sus dientes, cuando su teléfono vibra en su bolsillo. Nada más sacarlo y apretar el icono del mensaje una sonrisa se le forma en los labios.

Ya te puedes echar a temblar. Me estoy tragando decenas de vídeos de Michael Jordan y no parece tan difícil. ¿Qué decías que nos habíamos apostado?

Se pone a teclear sin perder la sonrisa, hasta que siente la presencia de su compañero pegado a la espalda.

–¿Qué haces? –le pregunta apartándose de él cuando se da cuenta de que está leyendo lo que escribe.

–Intentando averiguar quién es la persona capaz de hacerte sonreír como un adolescente enamorado.

–¡Yo no hago eso!

–No... Para nada –se mofa Rick negando con la cabeza y las manos–. ¿Te has visto la cara?

–Sonrío porque me hace gracia lo que me ha escrito...

–Sonríes porque te hace gracia quien te lo ha escrito.

—Lo que tú digas...

El teléfono vuelve a sonar con la llegada de un nuevo mensaje y Connor reacciona con más prisa de la que le hubiera gustado mostrar delante de Rick.

—No —dice su amigo—. No te estás comportando como un adolescente. Pero nada de nada.

Espero que se te dé mejor jugar al baloncesto que responder a los mensajes. Te veo en las pistas en una hora.

Connor lee el mensaje arrugando la frente. Rick palmea el hombro de su amigo mostrando comprensión hacia él.

—Sully... No la cagues con ella...

—No hay nada que fastidiar —dice Connor dándose la vuelta para mirar a Rick a la cara—. ¿Qué te piensas que hay entre nosotros? Solo somos amigos.

—Vale, pues no eches a perder vuestra... amistad y contéstale el mensaje.

—Iba a hacerlo... —Connor mira la pantalla del teléfono casi sin pestañear, apretando los dientes con fuerza, haciendo verdaderos esfuerzos para encontrar las palabras idóneas.

—Estás machacándote la cabeza pensando qué contestarle. Confiésalo, Sully, estás pillado por esa chica. ¿Y sabes qué es lo peor de todo? ¡Que yo ni siquiera la conozco!

Connor chasquea la lengua, aunque sonríe aliviado mientras niega con la cabeza dando por imposible a su amigo.

—¿Qué? ¡Es verdad! Por fin encuentras a una tía por la que empiezas a sentir algo, aunque tú me lo intentes negar, y que además está interesada en pasar tiempo contigo, y yo ni siquiera sé su nombre...

—Zoe. Se llama Zoe... —confiesa finalmente Connor—. Yo no...

—Espera —le corta Rick—. No hace falta que me cuentes nada ahora. Pero prométeme que una noche de estas quedaremos en el pub y me la presentarás.

—Prometido. Pero no estamos...

—Lo sé, lo pillo. No estáis saliendo. Solo sois amigos.

Pero no te cierres ninguna puerta –Rick pone ambas manos en los hombros de Connor y le zarandea levemente–. ¿A qué hora habéis quedado?

–En una hora –contesta tras mirar el reloj.

–Lárgate ya. Además, no vas a ir a jugar un partido de baloncesto vestido de esta guisa.

Connor le hace caso y se marcha a casa en la bici. Diez minutos antes de las seis de la tarde, ya está en la pista echando unas canastas. La verdad es que hace mucho tiempo que no sale de la oficina a su hora, ni que utiliza la tarde para hacer otra cosa que no sea trabajar, y la experiencia le está gustando.

Zoe aparca su Vespa, se quita el casco y gira la cabeza hacia las pistas. Allí está él, botando la pelota con bastante estilo, al menos según su modesto criterio, vestido con un pantalón corto y una sudadera. Le observa coger la pelota, acercarse a la canasta y dar un salto para encestar cogiéndose del aro, y se descubre mordiéndose el labio inferior en el momento en el que la sudadera se le levanta para dejarle ver parte del firme estómago de Connor.

–Oh, por favor –se dice a sí misma cuando se sorprende acalorada–. Vamos Zoe, que tú puedes... Solo es un tío sudando. Al menos ahora no le ves los brazos fuertes y bronceados... Oh, Dios mío, pero mira qué piernas... y esos abdominales en los que se podría rallar queso... ¡Basta! Inspira, espira, inspira, espira...

Se peina un poco, comprobando su aspecto en el pequeño espejo retrovisor de la moto. Se coloca bien el pecho dentro del top deportivo que hace las veces de sujetador y se alisa la camiseta de tirantes que se ha puesto encima. Fuerza una sonrisa que intenta aparentar tranquilidad y empieza a caminar hacia las pistas.

–Hola –saluda a Connor.

—Eh, hola. Pensaba que te rajabas —le contesta él mirando su reloj.

—Más quisieras...

Connor se acerca con el balón entre las manos y se queda de pie frente a ella.

—Puedes dejar el casco allí, al lado de mi bici —dice señalando hacia la verja.

Cuando ella se gira para dirigirse hacia allí, él no puede evitar hacerle un repaso de arriba abajo, prestando más atención al trasero al que esas mallas negras se ciñen. Traga saliva repetidas veces y resopla con fuerza por la boca.

—Esto va a ser una tortura... Como me roce... —se dice a sí mismo en voz baja—. Vamos, Connor, que tú puedes.

—¿Qué dices? —le sorprende Zoe.

—Nada... Así que has estado estudiando... —dice Connor disimulando mientras empieza a alejarse de ella, botando el balón y pasándoselo por debajo de las piernas.

—No hace falta que te hagas el chulo... Pásame la pelota, que yo también quiero calentar.

Connor se la pasa haciéndola botar en el suelo, pero ella no lo coge a la primera y se ve obligada a correr un poco para alcanzarla, mientras Connor no puede evitar que se le escape la risa.

—No te rías. Es culpa tuya porque no me lo pasas bien.

—Ah, será eso. Usted perdone, señorita —Connor se acerca a ella y se inclina para hacerle una reverencia—. Perdone mi torpeza al no pasarle el esférico con más suavidad y directo a sus delicadas manos.

—¡Deja de cachondearte! —le recrimina Zoe, que intenta darle un manotazo que Connor esquiva.

Entonces ella se dirige hacia la canasta, botando la pelota con ambas manos. Se para a una distancia prudencial y, con muy poco estilo, sacando la lengua como la vez anterior en el hospital, dobla las rodillas y lanza el balón hacia la canasta. El esférico ni siquiera roza el aro y a Connor se le vuelve a escapar la risa.

—¿Prefiere la dama que llame a las brigadas del Ayuntamiento para que retiren esta canasta y pongan una más adecuada a sus habilidades? Digamos, algo así como de esta altura... —dice pasando su mano justo por encima de la cabeza de Zoe.

—Ha sido solo mala suerte.

—Si quieres te subo a hombros y miras a ver si así te acercas más... —vuelve Connor a la carga cuando Zoe falla el siguiente lanzamiento.

—Muy gracioso —contesta ella, aunque la idea de cualquier tipo de contacto con Connor no le desagrada del todo—. Solo estoy algo desentrenada...

—¿Cuánto hace que no juegas? —le pregunta él recogiendo el balón y acercándose de nuevo a ella.

—Veamos... Tengo treinta años, dejé el instituto con diecisiete... Pues debo de llevar unos trece años sin tocar una pelota de estas —contesta ella mientras él la mira atónito—. Y tampoco es que jugara mucho antes... Quizá en la clase de educación física alguna vez...

—¿Y entonces por qué quieres apostar contra mí en un partido con canastas y una pelota de verdad? Perderás seguro...

—Quién sabe...

—¿Perdona? ¿Me estoy perdiendo algo? ¿O es que haces ver que eres mala a propósito, y luego machacarás el aro de espaldas?

—Puede...

Zoe hace un movimiento para intentar arrebatarle el balón a Connor, pero él la esquiva con facilidad. Se vuelve a girar de cara a ella y se cambia el esférico de una mano a otra, dando un bote en el suelo, y mirándola con una sonrisa retadora. Ella agacha un poco el cuerpo y abre ambos brazos para intentar abarcar el máximo de espacio posible mientras le mira intentando infundirle miedo.

–¿Qué haces? –le pregunta él.
–Intentar que no encestes... ¿No consiste en eso la cosa?
–No... Digo con la cara... ¿Por qué me miras así? –Connor la imita arrugando la frente, apretando los dientes y achinando los ojos.
–Intentando darte miedo.
–¿En serio? ¿Así?

Vuelve a imitarla y a ella se le escapa la risa, momento que él aprovecha para hacerle una finta y escabullirse de ella por su lado. En dos zancadas se planta debajo del aro y, con un salto, lanza suavemente el balón, que entra limpiamente en la canasta.

–Dos a cero... –dice levantando los brazos.
–Muy bonito –contesta ella aplaudiéndole con ironía–. ¿Así es como quieres ganarme? ¿Con trampas?
–Depende de qué es lo que nos juguemos, soy capaz de usar cualquier truco. Odio perder –contesta él acercándose a ella para tenderle el balón–. Tu turno.

Al agarrar la pelota, sin querer, ella pone las manos encima de las de él. Connor le dedica una sonrisa de medio lado que la deja sin habla y sin poder de reacción durante unos segundos, hasta que al sentir la subida de temperatura en su cuerpo y sabiendo que el color de su cara debe de estar enrojeciendo por momentos, Zoe se intenta apartar unos centímetros de él.

–Espera –dice él agarrándole la mano e impidiendo que se separe de él–. No me has dicho qué quieres que nos apostemos...
–Pues no sé... –Zoe intenta recomponerse rápidamente, desviando la mirada hacia cualquier lugar lo suficientemente alejado de esos ojos azules que la perturban, esa sonrisa que la deja sin habla y ese cuerpo que se pasaría horas tocando, lamiendo e incluso mordiendo.

–¿Qué te parece una cena? –le pregunta él de nuevo, dejándola aún más descolocada.

Se queda un rato callada, pero no decidiendo la respuesta, la cual tiene bien clara, sino el tono con el que responder. No quiere sonar muy entusiasmada para no parecer desesperada ni necesitada, pero tampoco quiere pecar de sosa y parecer que en realidad no le apetece cenar con él.

—Si no te apetece, elige tú misma... —dice él de nuevo, dejando de cogerle la mano y apretando los labios hasta convertirlos en una fina línea.

—¡No! —contesta ella agarrándole del brazo para impedir que se aleje.

—¿No qué? ¿No quieres que nos apostemos una cena? ¿Prefieres un café o una cerveza como la vez anterior? Pensaba que esta vez quizá podríamos subir la apuesta, pero como tú veas.

—No... ¡Una cena me parece genial! Si a ti te apetece también...

Connor sonríe sin despegar los labios, intentando contener la carcajada al ver a Zoe tan incómoda. La verdad es que por un momento, cuando ella se había quedado callada, ha llegado a pensar que se había precipitado al hablar de cena y se ha sentido un poco decepcionado. Así que ahora, esa reacción le encanta, por muy mal que ella lo esté pasando.

—Pues no se hable más —dice abriendo los brazos de espaldas a la canasta—. Sigamos.

Ella empieza a botar de nuevo la pelota con las dos manos y cuando ve que Connor se le acerca, lo coge y pasando olímpicamente de las normas del juego, sale huyendo y gritando.

—Se supone que tienes que botar la pelota... —le dice él riendo a carcajadas.

—¡Bastante tengo con impedir que me la quites!

—Ahí está la gracia...

—Pero no es justo que me presiones de esa manera.

—¿Ah, no? Ya me imagino a Kobe Bryant en el próximo

partido diciéndole al jugador contrario: no es justo que me presiones, porque así me será más difícil encestar... –dice burlándose mientras extiende sus brazos hasta que en un despiste de ella, mete la mano y le quita el balón.

Se da la vuelta y se pone de frente a la canasta, volviendo a cambiar la pelota de mano mientras la bota contra el suelo de cemento. Se acerca hasta ella, lo suficiente como para que su respiración roce la piel de ella, y con otro rápido movimiento, se pasa el balón por la espalda y vuelve a encestar sin esfuerzo.

–Cuatro a cero. Y sin ninguna treta... ¿O también te he distraído esta vez? –la provoca guiñándole un ojo.

Zoe recoge la pelota y se coloca frente a Connor, que ya vuelve a estar preparado para frenar su ataque. De repente, ella deja de botar el balón y se lo coloca debajo del brazo, mostrando una sonrisa pícara en la cara.

–Qué calor hace, ¿no? –dice pasándose la mano por la frente para quitarse el sudor.

Entonces, deja la pelota en el suelo y se quita la camiseta de tirantes, quedándose con el top negro de tirantes. Connor se paraliza al instante, incapaz de apartar la vista de la piel de Zoe, embobado siguiendo el recorrido descendente de las gotas de sudor que le resbalan por el cuello y la piel tersa de su estómago.

Al ver su reacción, ella sonríe y corre hacia la canasta hasta quedarse lo más cerca posible. Lanza de una manera muy poco ortodoxa, pero encesta. Automáticamente se pone a dar saltos y palmadas.

–¡Toma! ¡Cuatro a dos! –se acerca a él y le devuelve la pelota golpeándole en el pecho con ella–. ¿O también te he distraído?

Connor sonríe al recuperar la compostura, negando con la cabeza mientras bota de nuevo el balón.

–De acuerdo. Volvamos –dice con una gran sonrisa dibujada en su cara–. Acabemos ya con esto.

—De eso nada –contesta ella lanzándose hacia él.

Él levanta la pelota por encima de su cabeza con ambas manos, mientras Zoe salta intentando alcanzarlo, apoyando una mano en su hombro. Connor se revuelve y gira sobre sí mismo para zafarse de su asedio, hasta que tropieza y se desequilibra, arrastrándola a ella con él. Cae al suelo de espaldas con ella encima, sosteniéndola aún por la cintura. Zoe ríe a carcajadas mientras él sonríe observando cada centímetro de su cara. Fija la vista en sus labios y durante un rato está tentado en recorrer la corta distancia que les separa y besarla, pero entonces una sombra de remordimiento recorre su cabeza. Piensa en Sharon y al momento se da cuenta de que esto no está bien...

—Lo siento –dice ella sin poder parar de reír–. Me parece que me he pasado con el ímpetu...

—¿Tú crees? –contesta él intentando aparentar normalidad–. ¿Por qué lo dices? ¿Quizá porque me has tirado al suelo cometiendo una falta personal de manual? ¿O quizá por el hecho de que sigues inmovilizándome contra el suelo?

—¿Esto es falta? ¡Pero si te has tropezado tú solo!

—¡¿Perdona?! Me has hecho un placaje en toda regla...

—Vale –dice ella incorporándose hasta quedarse sentada encima de su estómago mientras Connor se apoya en los antebrazos–. Hacemos un trato... Quien enceste ahora, gana. Si lo piensas fríamente, tu primera canasta no ha valido porque estaba distraída...

—¡Será posible! Y el *striptease* previo a tu canasta, sí ha valido, ¿no?

—¿Hay trato? ¿Todo o nada? –le pregunta ella haciendo caso omiso a su pregunta y tendiéndole la mano para que se la estreche.

Connor mira la mano de ella y lentamente acerca la suya. Cuando la estrecha, da un tirón hacia él y rápidamente cambia las tornas, dejándola a ella tendida de espaldas contra el suelo. La inmoviliza agarrándola por los brazos y se inclina para acercar su cara a la de ella, que permanece totalmente inmóvil, abrumada por su cercanía.

—Acepto el trato —susurra en su oreja y le guiña un ojo justo antes de ponerse en pie.

—¡Eso es trampa! —grita ella cuando es capaz de reaccionar mientras Connor agarra el balón y lo bota hasta la línea de triple.

—Todo o nada. Desde aquí. Si la meto, me pagas una cena. Si no, te la pago yo.

Tras ver la sonrisa de Zoe, entiende que ella acepta el acuerdo. Mira fijamente el tablero y bota la pelota un par de veces más antes de hacer el lanzamiento. El balón vuela por los aires y, tras rebotar en la madera blanca y tocar el aro, entra a través de la red. Levanta ambos brazos hacia el cielo en señal de victoria y se regodea durante unos segundos. Entonces se encamina hacia Zoe y le tiende una mano para ayudarla a levantarse del suelo. En cuanto recupera la verticalidad, el cuerpo de ella se queda muy cerca del de Connor, tanto que sus pechos le rozan al respirar.

—Bueno... entonces, ¿el sábado te va bien? —pregunta ella agachando la cabeza.

—Vale —contesta él sin pensárselo ni un segundo.

—¿Y dónde quieres ir? Te advierto que mi economía no está para muchas fiestas...

—No te preocupes por eso. ¿Dónde quieres ir tú? ¿Qué te apetece?

La perversa mente de Zoe empieza a dar todas las respuestas que se le ocurren a esa pregunta, aunque la que suena con más fuerza es: arrancarte la sudadera a bocados y follarte aquí en mitad de la pista.

—¿Zoe? —insiste él al ver que ella está perdida en sus propios pensamientos—. ¿Dónde te apetece ir a cenar? Y no te preocupes por el presupuesto porque pago yo.

—Pero he perdido...

—Da igual. ¿Qué clase de caballero deja que una dama pague algo en una cita?

Bobby, por ejemplo, si es que se le puede llamar caballero.

—De acuerdo entonces —claudica ella agachando la cabeza mientras la palabra «cita» resuena en su cabeza una y otra vez—. El sábado entonces.

—Vale...

Empiezan a caminar hacia donde han dejado sus cosas. Está oscureciendo y una suave brisa empieza a soplar.

—¿Cómo ha ido con Sarah? —pregunta Zoe cuando ya han recogido todo y caminan hacia su Vespa.

—Bien. Creo que se va a llevar muy bien con mi padre, aunque no sé si tanto con mi hermano Kai...

—¿Y eso?

—Porque Kai se ha colgado por ella.

—¿Kai? ¿En serio? —pregunta mientras él asiente con la cabeza—. ¿Y cómo lo sabes? ¿Qué barbaridad le dijo?

—Al contrario. Se quedó sin palabras. Evan y yo siempre decimos que sabremos cuando Kai se ha enamorado porque tratará a esa mujer de diferente manera que a las demás. Y esta vez, ni trató de ligar con ella ni le soltó ningún improperio.

—¿Y cómo sabes que no se llevarán bien?

—Porque Kai será incapaz de admitir que se ha enamorado y tratará de ser lo más insoportable posible con ella para alejarla de él...

—Pero Sarah no está ahí por Kai, sino por tu padre.

—Eso es lo que me preocupa. Me gusta Sarah y sé que a mi padre también. Espero que Kai no lo estropee.

Zoe se frota ambos brazos cuando la brisa sopla con más fuerza.

—Toma —dice Connor quitándose la sudadera—. Tiene que oler a muerto, pero te abrigará.

—Gracias —contesta ella agradecida poniéndosela de inmediato y sintiendo el calor al instante, además de percibir el olor corporal de Connor.

–Bueno, nos vemos el sábado entonces... –dice él rascándose la cabeza–. ¿Te llamo durante la semana y decidimos la hora?

–Y el sitio...

–Eso lo dejo de tu mano. Piensa dónde y yo te llevo.

–Vale... Lo pensaré.

Connor se acerca a ella y le da un beso en la mejilla a modo de despedida. Zoe siente su brazo firme alrededor de su cintura, estrechándola contra su cuerpo, mientras ella apoya ambas manos en su pecho. El roce de los labios de él contra su mejilla vuelve a ser más largo de lo necesario, pero si por ella fuera duraría toda la vida.

–Ten cuidado con eso –dice señalando la moto con los ojos.

–Tú mismo comprobaste que es muy fiable. Hasta el sábado –añade colocándose el casco.

Connor espera hasta que ve cómo la moto de Zoe se pierde al girar la esquina y entonces, tomándoselo con más calma de lo habitual, sin necesidad de saltarse ningún semáforo y respetando todas las señales de tráfico, disfrutando del trayecto, se dirige hacia su apartamento en el Soho. En cuanto entra, se quita la ropa y se pega una ducha. Cuando sale, se ata una toalla a la cintura y se dirige a la nevera para sacar una cerveza. Pega un largo trago y entonces escucha el sonido de un mensaje en su móvil. Lo saca del bolsillo de la mochila y sonríe al ver el nombre de Zoe en la pantalla.

Mira lo que me has hecho...

Al rato recibe un segundo mensaje en el que se adjunta una fotografía de un codo con una rascada y un poco de sangre seca. Connor decide contraatacar y se hace una foto de su cara levantando una ceja con cara de incredulidad. La envía y acto seguido escribe el mensaje de respuesta.

Eso no parece reciente... Y además, ¿esa rascadita de nada te duele? Te creía más dura...

Cuando Zoe recibe la foto de Connor, no puede evitar que se le corte la respiración durante unos segundos.

—Joder, qué guapo eres —le habla a la pantalla—. Y estás recién duchadito, ¿no? Por Dios, estoy enferma.

Cuando recibe el segundo mensaje, se le escapa la risa. La verdad es que la herida sí se la ha hecho esta tarde, pero no es más que un rasguño que le ha servido como excusa para escribirle el mensaje. Ha cruzado los dedos desde el momento en que lo ha enviado hasta que ha recibido respuesta y tiene intención de alargar este intercambio de mensajes lo máximo posible.

Sí es de hoy, pero sobreviviré. Solo te enviaba la foto para alegar brutalidad por parte del contrario como motivo de mi derrota.

Se muerde el labio inferior y decide dar rienda suelta a sus dedos y dejarles hacer a su antojo. Así que, sin esperar respuesta, vuelve a la carga.

Ahora en serio, me lo he pasado muy bien y me he reído un montón. Y eso que al principio de conocerte me pareciste un amargado que siempre estaba de mal humor. Me gusta este nuevo Connor.

Observa la pantalla durante unos segundos que se le antojan interminables, conteniendo incluso la respiración, hasta que el teléfono le chiva que Connor está escribiendo la respuesta.

Digamos que cuando nos conocimos no estaba pasando por mi mejor momento.

Connor escribe eso y da otro sorbo a su cerveza. Sopesa las palabras antes de apretar a la tecla para enviar el mensaje. Se deja caer en el sofá y espera la respuesta de Zoe, que no se hace esperar demasiado.

Entonces me alegro de que ya estés mejor.

Connor sonríe y mira alrededor haciéndose esa pregunta a sí mismo. ¿Está mejor?

Aunque lo de la enfermedad de su padre le pilló por sorpresa, han actuado rápidamente y a pesar de saber que es irreversible, está convencido de hacer todo lo que esté en su mano para que su padre viva lo mejor posible.

Y, en cuanto a su otro gran problema, la verdad es que cada vez se acuerda menos de ella. Desde la otra noche en el hospital, no siente la necesidad de mirar el teléfono cada cinco minutos para comprobar si Sharon se ha acordado de él. Y parece como que, aunque la situación no haya cambiado, duele menos. Es cierto que sigue estando presente en su vida, como antes cuando se ha acordado de ella en la pista de baloncesto. Aunque quizá su relación estaba muerta para el resto del mundo, él no lo sentía así, y necesita zanjar la relación con Sharon, ser justo con ella, antes de intentar nada con Zoe. Porque parece que Zoe quiere intentar algo con él... No son imaginaciones suyas, ¿no?

Parece que mucho mejor...

Le encantaría decirle lo que siente ahora mismo, saber expresarlo sin miedo a fracasar, pero su inseguridad se lo impide. Ella parece siempre tan natural y las cosas son tan fáciles... El sonido de otro mensaje interrumpe de nuevo sus pensamientos.

Al menos pareces más comunicativo que antes, y eso para mí ya es un gran avance.

Connor desliza el dedo por las teclas, pensando en atreverse a escribir las palabras que rondan por su cabeza. Chasquea la lengua y niega con la cabeza, decidido a tirarse de lleno a la piscina.

Siento si te he llegado a hacer creer que paso de ti. No es así. Para nada. Solo es que a veces creo que lo que siento no está bien.

Cierra los ojos y envía el mensaje sin pensárselo dos veces. Los mantiene cerrados durante largo rato, esperando la respuesta, un mensaje que parece no llegar. Transcurren varios minutos y empieza a ponerse nervioso, a pesar de que intenta calmarse diciéndose que puede estar en la ducha, o incluso que se haya quedado sin cobertura.

–La he cagado. La he cagado... –se repite una y otra vez mientras escribe precipitadamente un nuevo mensaje.

¿Hola? ¿Sigues ahí?

–¿Zoe? ¿Estás bien? –le pregunta Hayley mientras ella intenta disimular las lágrimas.

–Sí –contesta aún con un nudo en la garganta.

–¿Qué te pasa? –Hayley corre a su lado–. ¿Con quién te escribes?

–Con Connor... –dice sin fuerzas siquiera para disimular.

–¿Y por qué lloras?

Zoe le tiende el teléfono y le deja leer toda la cadena de mensajes.

–Cariño, ¿por qué lloras? Te acaba de confesar que siente algo por ti.

–Sí, y también que eso que siente no está bien.

–Porque el pobre desgraciado estaba enamorado de la zorra que le abandonó y pasó de él... ¿Te suena de algo? ¿Lo ves como tienes que dejar de enviarle mensajes a Sully haciéndote pasar por Sharon? ¿Quieres que Sully lo pase igual de mal que Connor?

–No... –contesta con las lágrimas corriendo sin control por sus mejillas.

–Vale, pues habrá que solucionar eso. Pero todo a su tiempo. Ahora, Connor y tú. Creo que...

Pero se calla cuando el teléfono suena de nuevo en su mano. Sonríe y se lo muestra a Zoe.

–¿Contenta? ¿Ahora lo ves? –le pregunta Hayley mientras Zoe asiente con la cara aún bañada en lágrimas pero una gran sonrisa dibujada en sus labios.

Siento si he dicho algo que hayas podido malinterpretar. Solo quiero que sepas que tú tienes gran parte de culpa de que me encuentre mejor.

Capítulo 7

You make it real

Algunos días después, Kai y Connor charlan en el jardín trasero de casa de su padre con una cerveza en la mano.
–¿Y por qué no te la tiraste?
–Porque no quiero hacer así las cosas.
–¿Así cómo? ¿Como hace todo el mundo?
–Kai, no confundas tu mundo con todo el mundo –contesta Connor enfatizando sus palabras haciendo gestos con las manos–. Que tú hagas las cosas de una manera, no quiere decir que el resto de la población mundial actúe igual. Apostaría a que la mayoría ni siquiera lo vería normal...
–No, claro... En cambio, esa mayoría sí vería normal lo que tú haces: lamerle el culo a una tía durante más de un año, que luego te pegue la patada largándose a miles de kilómetros, que te avise de casualidad, y que además tú no intentes seguir adelante con tu vida... –Kai chasquea los dedos delante de los ojos de Connor–. Despierta, hermanito.
–Yo no estoy diciendo que no vaya a seguir adelante con mi vida... Solo que... No sé, es como si mi relación con Sharon no hubiera acabado...
–Connor, no puede acabarse algo que no ha existido nunca...
–¡Joder, Kai! ¡Siempre estás igual! ¡Vete a tomar por culo! –dice poniéndose en pie y entrando de nuevo en la cocina–. Dile a papá que he venido a verle y que luego le llamo.

–¡Connor! ¡Connor, espera! –le grita Kai, siguiéndole hasta la puerta principal para intentar frenarle.

–A veces me vendría bien que no me machacaras constantemente.

Le intercepta en el recibidor, agarrándole del brazo mientras Connor se intenta zafar, justo en el preciso momento en que la puerta de la casa se abre y entran su padre y Sarah cargados con bolsas de la compra. Los dos se extrañan al ver la escena que sucede ante sus ojos.

–¿Qué pasa aquí? –les pregunta su padre.

–Nada –contesta Connor dando un tirón con el brazo para soltarse del agarre de Kai–. Deja que os ayude con las bolsas.

–Kai, ¿qué está pasando? –vuelve a insistir Donovan cuando Connor se marcha hacia la cocina con las bolsas que portaban él y Sarah.

–Nada, papá... Solo estábamos hablando.

–Pues a mí me ha parecido que más que hablar, estabais discutiendo... ¿Por qué las cosas contigo siempre acaban de igual manera, Kai?

–Espera, espera... Yo no...

–¡Kai, basta! –le interrumpe Donovan mientras Sarah agacha la cabeza, incómoda por ser testigo del espectáculo–. Tienes la mala costumbre de meterte constantemente con tus hermanos y llevarles al límite de su paciencia. Te aprovechas de que tu fortaleza física les impide cometer una locura, pero temo el día que lo hagan, tú te rebotes, y la cosa vaya a mayores.

–Perfecto. Siempre es lo mismo. Soy el malo de la película, haga lo que haga.

–No te hagas el mártir porque sabes perfectamente que tengo razón.

Kai se queda callado mientras su padre se dirige a la cocina. Se pasa las manos por el pelo y luego las deja apoyadas en la nuca. Se queda quieto, pensativo, hasta que chasquea la lengua y se da la vuelta con intención de largarse. Entonces se encuentra con Sarah, que le mira con los brazos cruzados y una mirada de reproche.

–¿Qué miras? –le dice Kai arrugando la frente.

–¿Te vas a ir así? ¿Sin arreglar las cosas con tu padre ni pedirle perdón a tu hermano?

–¿Y por qué das por hecho que soy yo el que tiene que pedir perdón? ¡No me conoces! ¡No sabes nada de mí! Vienes aquí a... psicoanalizar a mi padre y te piensas que lo sabes todo, pero no sabes nada.

–Te equivocas. Tengo experiencia tratando a gente como tú. De hecho, convivo con una de ellas –Kai arruga la frente confundido, así que Sarah aclara sus palabras–. Madura Kai, madura, porque te comportas como un adolescente enfadado con el mundo. Te olvidas de que la gente que está en esa cocina es la que más te quiere en el mundo, y no se merecen que los trates de esta manera.

–Es... Era solo una broma...

–Vale, y está muy bien... a veces. Quizá a Connor hoy le hubiera venido mejor un abrazo que una burla. Eres su hermano mayor, Kai.

Kai dirige la vista hacia la cocina. Sarah le observa, hasta que se da cuenta de que necesita tiempo para pensar.

–Es solo un consejo que te doy. Tómalo u olvídalo, es cosa tuya. –Pone la palma de la mano encima del pecho de él.

Sarah deja solo a Kai y se dirige a la cocina. Poco después se escucha la puerta principal al cerrarse y se pone a ayudar a Donovan con las bebidas.

–Siento mucho que hayas presenciado eso –se disculpa él.

–Descuida. Lo vivo en casa todos los días. Dale tiempo para pensar, y no se lo tengáis en cuenta.

–Nunca lo hacemos –interviene Connor–. Pero a veces no estoy de humor.

—Te entiendo —contesta Sarah sonriendo.

—Por cierto, ¿por qué habéis comprado tanta comida? —pregunta Connor.

—Para el partido de mañana —contesta Donovan—. Sarah va a venir a verlo con nosotros.

—Sí... Vicky está con su padre este fin de semana y tu padre me ha invitado a verlo con vosotros.

—¡Joder, el partido! ¡No me acordaba! —dice Connor llevándose una mano a la frente.

—¿Qué pasa? ¿Tienes planes? —le pregunta su padre mientras él mira pensativo a un lado y a otro—. Si tienes otros planes, no pasa nada. Hay muchos partidos.

—Pero no quiero faltar...

—Pues tráela aquí. Pregúntale a Zoe si quiere venir.

—¿Cómo sabes...?

—Porque lo sé. Soy tu padre y eso se sabe... ¿Sí o no? —pregunta mirando a Sarah, que asiente con una sonrisa.

—Me da miedo traerla aquí...

—¿Miedo?

—No por ti papá... Ni por Evan tampoco... Pero...

—De tu hermano me encargo yo —dice Sarah convencida.

—Dile que se traiga a su amiga... —interviene Donovan.

—Me estáis asustando... —contesta Connor mirándoles con el ceño fruncido—. Entonces, ¿la llamo y le digo que se venga?

—¡Claro, tonto!

—Es que le había dicho que la llevaría a cenar por ahí... De hecho, le dije que eligiera ella el sitio...

—Bueno, técnicamente, es lo que vas a hacer... Llevarla a cenar por ahí... —dice Donovan.

—Llámala —insiste Sarah—. Si realmente quiere estar contigo, le dará igual donde la lleves.

Connor sostiene el teléfono en la mano, sopesando las palabras de su padre y de Sarah. Mira a uno y a otro y, decidido, asiente y busca el número de Zoe. Se lleva el móvil a la oreja y se frota la nuca nervioso, mientras los tonos de llamada se suceden, hasta que escucha su voz al otro lado de la línea y una sonrisa se cuela en sus labios.

–Hola, Connor –le saluda ella con voz tímida.

–Hola –contesta él sin poder disimular ni un ápice de su felicidad–. ¿Cómo estás?

–Bien. Vagueando un rato en casa antes de volver al trabajo.

–¿Hoy no tienes a nadie a quién machacar en la pista de baloncesto?

–No... Me reservo solo para ti.

Esas palabras hacen que la cara de Connor se ilumine y agache la vista hacia el suelo, sonriendo como un adolescente. Cuando recobra el sentido y vuelve a recordar el motivo por el que la llamaba, sale al jardín trasero para tener algo más de intimidad. Camina de un lado a otro buscando las palabras adecuadas para convertir una cena en casa de su padre en un plan genial a ojos de Zoe.

–¿Me has llamado solo para saber qué estoy haciendo? –pregunta ella antes de que él empiece a hablar.

–No... En realidad llamaba para lo de mañana...

–¿Sigue en pie entonces?

–¡Claro! Bueno, si tú quieres... ¿O no? –Connor recuerda su metedura de pata de hace unas noches y entonces se le pasa por la cabeza que quizá ella haya podido cambiar de idea con respecto a su cita–. Siento si la otra noche dije algo que te sentara mal... Perdóname si fue así, por favor. Ahora me doy cuenta de que no hemos vuelto a hablar desde entonces. Supongo que di por hecho que nuestra... cita, seguía en pie. ¿Es así?

Connor cierra los ojos con fuerza y espera la respuesta de Zoe durante lo que se le antoja una eternidad.

–Por mí, sigue en pie –contesta Zoe intentando que su voz no suene entusiasmada en exceso, mientras su cuerpo baila y da saltos por todo su apartamento–. De hecho, ya sé donde quiero que me lleves a cenar. ¿Te gusta la comida tailandesa? Porque me han hablado de un pequeño local en Hell's Kitchen donde hacen un *Kaeng Kari Kai* para chuparse los dedos.

–¿Un qué?

–Pollo al curry. –Ríe Zoe–. ¿Qué me dices?

–Bueno, no lo he probado nunca, pero no soy muy especial para comer. De todos modos, hay algo que te quería comentar...

–¿Qué pasa?

–Es sobre la cita... Verás, es que mañana hay partido de los Knicks, y lo solemos ver siempre en casa de mi padre...

–Ah... La aplazamos para otro día entonces... –dice Zoe maldiciéndose a sí misma por no haber podido disimular su desilusión, dejándose caer de golpe en el sofá y encogiendo las piernas contra el pecho.

–¡No! –contesta Connor precipitadamente, incapaz de esconder sus ganas de volver a verla cuanto antes–. Yo... Había pensado que te podrías venir... Si quieres, claro.

–¿A casa de tu padre?

–Sí. Sarah también vendrá. Y, si quieres, puedes invitar a Hayley.

–Ella estará trabajando...

–Ah, pues, como tú quieras... –le dice Connor entendiendo que el plan no debe de ser el soñado por ella. De hecho, a Sharon ni se le hubiera ocurrido pedírselo y entendería que Zoe lo rechazara–. Es que si antes los partidos en casa de mi padre eran como una tradición, ahora, con todo esto de la enfermedad... Quiero pasar tiempo con él..., pero también contigo.

–Vale. Me apunto entonces.

–¿Sí? ¡Genial! Vale, pues, el partido empieza a las ocho.

–Allí estaré.

–¿Sabes dónde es?

—Claro... —contesta Zoe risueña al ver lo nervioso que se ha puesto Connor.
—Joder, es verdad. No me hagas caso.
—No pasa nada —contesta Zoe riendo—. Hasta mañana entonces.
—Hasta mañana.
Connor cuelga y, tras unos segundos contemplando la pantalla negra del móvil, se lo apoya en el pecho y levanta la vista al cielo. Aún no puede creer que Zoe haya accedido al cambio de planes, a priori poco atractivos y bastante alejados de la idea de cita que ella tenía en mente. Siente los latidos acelerados de su corazón golpeando contra su pecho y resopla con fuerza para intentar llevarlo a su ritmo normal. Entonces, al girar la cabeza, se encuentra con la imagen de su padre, apoyado en el quicio de la puerta, encogiendo los hombros mientras le interroga con la mirada. Connor sonríe ante su insistencia y asiente con la cabeza mientras se dirige hacia él.
—¿Lo ves? ¡Bien hecho! —le dice su padre apretándole de los hombros y dándole un abrazo.
—Tranquilo, papá. No te emociones, que esto no quiere decir nada. Le debo una cena y ya está.
—Pero a ti te gusta, y eso es lo que me hace feliz —insiste él. Al ver que su hijo arruga la frente, añade—: Has abierto los ojos y eres capaz de ver más allá de Sharon. A saber la de oportunidades que habrás dejado escapar por tonto. Así, ¿al final viene su amiga también?
—No puede. Trabaja.
—Vaya... Lo siento por Evan.
—Papá en serio, deja de jugar a hacer de Cupido. Evan está casado...
—Sí, claro. Y tú salías con Sharon y Kai se acuesta con todas las mujeres que quiere, pero ninguno de los tres sois felices. Y eso, como padre, no lo puedo permitir.
Connor le observa mientras acaba de colocar algunas co-

sas en los armarios de la cocina, hasta que Sarah vuelve a desviar su atención.

–Tiene razón –susurra acercándose a él–. Esa chica te saca siempre una sonrisa, y eso no lo puedes negar. Y parece que a ella tampoco la dejas indiferente porque ha cambiado sin problemas una cena en un restaurante por una velada rodeada de tíos amorrados a una televisión, dando gritos y bebiendo cerveza. Yo creo que se merece que la compenses de alguna manera...

Sarah le guiña un ojo y luego se pone a ayudar a Donovan mientras Connor se queda pensando en lo que ella le ha dicho. De repente, se le ocurre una idea.

–Papá, ¿has probado alguna vez el *Kaeng Kari Kai*?

–¿El qué?

–Es una comida tailandesa que viene a ser pollo al curry –interviene Sarah–. Está muy rica.

–Pues no... Pero algo me dice que lo haré pronto. ¿Qué tramas? –contesta Donovan.

–Ya lo verás. Sarah, ¿conoces un restaurante tailandés en Hell's Kitchen...?

–El Pongsri Thai –le corta ella enseguida.

–Pongsri Thai, vale. Nos vemos mañana –contesta dándole un beso a su padre y a Sarah, y saliendo como una exhalación de la cocina.

Al día siguiente, cerca de las ocho, Connor está sentado en uno de los sofás de casa de su padre, dando pequeños golpes en el suelo con el pie, sin despegar la vista de la puerta. Se frota las manos contra el pantalón, sin saber bien qué hacer con ellas.

–Connor, tranquilo –dice Kai.

–No estoy nervioso –responde Connor con tono enojado.

–No... Para nada...

Sarah carraspea para llamarle la atención y él automáticamente la mira. Ella le hace un gesto con la cara que Kai capta al instante. Es uno de esos momentos en los que, según Sarah, su hermano necesita su apoyo más que sus bromas.

—Connor, vendrá, seguro que sí —le dice al cabo de un rato.

—Empiezo a dudarlo... Aunque si lo que quiere es divertirse a mi costa y provocarme un ataque al corazón, lo está consiguiendo... —dice mientras se pone en pie y se acerca a su hermano—. Kai, ¿y si la llamo?

—No te precipites. Aún no son las ocho. Ya sabes cómo son las mujeres, tardan horas en arreglarse —Connor mira a Sarah, que ha llegado hace más de media hora, lista y arreglada, y Kai se ve obligado a añadir—: No te fijes en Sarah, ella no se ha pasado media hora decidiendo qué ponerse porque no le interesa ligar con nadie... Ve fuera si quieres. Que te dé el aire.

—Vale —claudica Connor después de respirar profundamente unas cuantas veces para intentar calmarse.

En cuanto se cierra la puerta, Donovan se acerca a su hijo mayor y le da varias palmadas en la espalda para agradecerle el esfuerzo que le debe de haber supuesto no meterse con él.

—Evan, ayúdame a sacar algo de bebida y algo para picar —le dice a su hijo—. Más vale que nos metamos algo en el estómago antes de que llegue la sorpresa de tu hermano...

—Papá, ¿por qué tenemos que sufrir todos para que Connor se marque un tanto con Zoe? —le pregunta Evan mientras se dirigen a la cocina.

Kai se da la vuelta para coger sitio en el sofá, cuando se encuentra de frente con Sarah, que le mira alzando una ceja y cruzando los brazos por encima de su pecho.

—Joder —se queja llevándose una mano al corazón—. Tienes que dejar de darme estos sustos.

—¿Tienes alguna queja acerca de mi vestuario de esta noche?

–¿Qué? –pregunta totalmente descolocado mientras Sarah abre los brazos delante de él–. Ah, lo dices por lo que le he dicho antes a Connor... Era solo para animarle. No es que vayas mal... Ni siquiera sé lo que has tardado en arreglarte... Lo decía por decir. No... No...

–Y además –le interrumpe ella–, ¿tú qué sabes si he quedado con alguien luego? Que no quiera ligar con nadie aquí, no quiere decir que no lo vaya a hacer luego.

–¿Has quedado con alguien luego?

–Tal vez... –empieza a contestar Sarah hasta que, finalmente, admite–: O tal vez no, pero que no te metas con tu hermano no te da permiso para hacerlo conmigo.

Sarah le quita la botella de cerveza de la mano y se la queda para ella, sentándose también en el sitio habitual de él en el sofá. Kai la observa atónito y totalmente descolocado al darse cuenta de que es la única persona capaz de dejarle sin palabras. A pesar de todo, en su interior, no puede dejar de sonreír ante su descaro.

En el exterior, Connor está apoyado en uno de los pilares del porche de la casa. Cansado de mirar constantemente hacia el principio de la calle y de comprobar cada cinco segundos el reloj, patea la hierba con desgana. Entonces, se escucha a lo lejos el ruido del motor inconfundible de una Vespa, y Connor se incorpora rápidamente y camina hacia la acera. La moto para a su lado y Zoe se quita el casco.

–Hola –le saluda él sonriendo.

–Siento el retraso. Me pasé horas decidiendo cuál sería el vestuario adecuado para cenar en casa de tu padre mientras vemos un partido de baloncesto y que sea igual de apropiado si luego decides llevarme a tomar una copa.

–¡Jajaja! –ríe Connor ante su naturalidad–. Vale, pillo la indirecta.

–A no ser que pierdan los Knicks y estés muy deprimido como para salir...

—Créeme, estoy acostumbrado a verles perder... ¡Mira, igual que a verte perder a ti! —Esboza una sonrisa burlona, antes de añadir—: Podré vivir con ello.

El partido debe de haber empezado ya, porque pocos segundos después, el silencio entre ellos se ve interrumpido por algunos gritos procedentes del interior de la casa.

—Vamos —dice ella tirando del brazo de Connor—. No quiero ser la causante de que te pierdas la victoria de tu equipo.

—Veo que tienes tú más fe en ellos que yo.

En cuanto entran por la puerta, nadie les presta atención porque están demasiado ocupados gritando insultos al televisor.

—¡Llevamos diez minutos de partido y ya nos están robando! —dice Sarah ante la atónita mirada de Kai, mientras Connor y Zoe se sientan en el sofá—. ¡A ver, so cegato! ¡Pita algo que nos están moliendo a palos!

Nada más sentarse, Connor se centra completamente en el partido y deja de prestar atención a Zoe. A ella no le importa, ya que de ese modo puede observar con detenimiento cómo se comporta él en su ambiente; bebiendo cerveza relajado y comentando con sus hermanos algunos lances del partido.

—¿Has tomado buena nota de alguna jugada para poner en práctica? —le pregunta él cuando llegan al descanso.

—Alguna que otra... —contesta ella mirándole de reojo.

—¿Eres de los Knicks, Zoe? —le pregunta Kai.

—La verdad es que no suelo seguir los partidos y no soy de ningún equipo en concreto, aunque si fuera de alguno supongo que sería de los Knicks...

—Pues estás teniendo suerte porque hoy están jugando de puta madre —sigue Evan—. Otras semanas, a estas alturas, ya estaríamos perdiendo de paliza. ¡A ver si tú y Sarah vais a ser nuestros amuletos de la suerte! Papá, habrá que invitarlas a todos los partidos.

–Por mí, encantado –responde Donovan.
–Oye, ¿la cena llega o qué? –pregunta entonces Kai.
–Lo tengo todo controlado –contesta Connor justo cuando suena el timbre de la puerta. Se levanta del sofá de un salto y saca unos billetes del bolsillo–. ¡Voy yo!

En cuanto paga, deja la comida en la mesa de delante de la televisión y se dirige a la cocina para coger unos cuantos platos. Zoe observa atónita las bolsas dispuestas frente a ella, mientras lee el nombre del restaurante del que proceden.

–Pensaba que el plan era cenar pizza... –dice asombrada.
–Ese es el plan semanal, pero Connor ha decidido variarlo un poco por ti –contesta Kai sonriendo.
–¿Es eso cierto? –le pregunta Zoe cuando Connor se sienta a su lado.
–Me supo mal cambiarte los planes –contesta él sacando los envases de las bolsas.
–No sabía que ese restaurante hiciera reparto a domicilio.
–Y no lo hace. He tenido que hacer uso de mi don de gentes y rascarme un poco el bolsillo –contesta él–. Bueno, tú mandas. He cogido de todo porque no sabía qué era cada cosa...

Con una gran sonrisa, Zoe empieza a repartir la comida en los platos, poniendo una pequeña ración de todo en cada uno. Cuando todos están servidos, observa sus diferentes reacciones. Se nota que Sarah ya ha probado la comida tailandesa porque enseguida empieza a probarlo todo, sin ninguna reticencia. Ellos en cambio, tienen diferentes reacciones. Mientras Kai se lleva a la boca la comida sin pararse siquiera a olerla, Evan se acerca el plato y empieza a rebuscar con el tenedor, haciendo un verdadero esfuerzo por no poner cara de asco.

–Evan, come –dice Kai–. Está bueno.
–¿Pica? –pregunta él.

—No me seas marica. No pica nada.

Donovan lo prueba todo, oliendo cada ración antes de llevársela a la boca, pero asintiendo con satisfacción tras cada bocado.

—Me encanta esto —dice Connor señalando unos trozos de carne.

—Esto es el famoso *Kaeng Kari Kai* —le informa Zoe.

—Kai, ¿te das cuenta de que tienes nombre de pollo tailandés? —dice Evan mientras todos ríen.

—Si lo piensas —añade Connor—, se parecen bastante. El tamaño de su cerebro debe de ser similar...

—¡Pero qué cachondos estáis de repente! —contesta Kai—. Tened cuidado que creo que las especias se os están subiendo a la cabeza.

—Pues está buenísimo —interviene Sarah señalando su plato con el tenedor, totalmente ajena al intercambio de palabras entre los chicos.

Todos se quedan callados, hasta que pasados unos segundos se les empieza a escapar la risa.

—¿Yo o el pollo? —pregunta Kai acercándose a Sarah hasta que sus hombros se tocan.

—¿Qué? —pregunta Sarah levantando la cabeza del plato y percatándose entonces de que se ha convertido en el centro de atención.

—¿Que quién está buenísimo, yo o el pollo? —le vuelve a preguntar Kai sin cortarse un pelo.

—Pues estoy indecisa porque aunque tú no estás mal, este pollo está de rechupete y tiene la boquita cerrada, y eso es un punto muy grande a su favor.

Kai se vuelve a quedar mudo tras las palabras de Sarah, mientras el resto ríen a carcajadas. Connor se queda mirando a Zoe, que parece estar pasándolo muy bien y se la ve realmente a gusto. Sus miradas se encuentran segundos después y tras el habitual momento de silencio, ese que siempre se genera cuando se miran, alguien sube de nuevo el volumen del televisor porque el partido vuelve a empezar. Los demás vuelven a centrar su atención en el partido mientras se acaban la cena, así que de repente parece como si se hubieran quedado solos en esa habitación llena de gente.

–¿Te gusta? –le pregunta Zoe en voz baja.
–Mucho.
–Eres increíble –dice ella mientras Connor agacha la cabeza algo avergonzado–. Gracias por esta noche.
–Bueno, aún queda noche por delante...
–¿Quiere decir eso que te vas a volver a arriesgar a que te lleve en mi pequeña avispa y me vas a invitar a tomar una copa? Te estás volviendo un temerario –le dice dándole un pequeño empujón con el hombro–. Al final voy a acabar pensando que soy una mala influencia para ti.

El ruido de los gritos de los demás les hace recordar que no están solos y Connor vuelve a centrar su atención en el partido. Los minutos pasan y la victoria de los Knicks, en contra de todo pronóstico, parece cada vez más cerca. Así, cuando el cronómetro llega a cero y el marcador refleja el resultado a su favor, todos saltan de alegría ante tan inesperada hazaña.

–Esto tenemos que celebrarlo –dice Kai–. Vamos a tomar algo.
–No sé si es buena idea... –contesta Evan mirando su reloj.
–Yo he prometido a Zoe que la llevaría a tomar algo... –dice Connor.
–Pues genial –le corta Kai.
–Pero me gustaría ir solos los dos... –le dice aprovechando que ella está hablando por el móvil con alguien y no le oye.
–Ah... Lo entiendo...
–¿Por qué no se lo pides a Sarah?
–¿A Sarah? –pregunta Kai haciendo una mueca con la boca.

–Sí, a Sarah. ¿Por qué pones esa cara? Está claro que te gusta.

–Porque no.

–¡Sí señor! Qué respuesta tan madura –interviene Evan–. Pues permíteme decirte que eres gilipollas.

En ese momento, Zoe se une a ellos y coge a Connor del brazo.

–Connor, tengo que pedirte un favor...

–Dime.

–Me acaba de llamar Hayley. Ha tenido un mal día en el trabajo y necesita airearse un poco... ¿Te importa si le digo que se venga a tomar algo con nosotros? –pregunta mordiéndose el labio inferior.

–Claro que no –responde él intentando disimular la punzada de desilusión que ha sentido en el corazón.

–¡Gracias, gracias! –responde ella volviendo a apartarse, llevándose de nuevo el teléfono a la oreja para llamar a su amiga.

–Parece que ha habido un cambio de planes –informa Connor a sus hermanos y a su padre que se acaba de incorporar–. Hayley ha tenido un mal día y Zoe me ha preguntado si puede venirse con nosotros para intentar animarla. Así que ya que no vamos a estar solos, ¿Kai, te quieres venir?

–¡Me apunto! –contesta Kai.

–¿A qué te apuntas? –pregunta Sarah que vuelve del baño.

–Se van a celebrarlo –le informa Donovan–. ¿Por qué no vas con ellos?

–No sé... –contesta ella indecisa.

Connor le da un sutil golpe en la espalda a Kai que le hace reaccionar de inmediato.

–Vente –dice enseguida–. Luego te llevo yo a casa.

–Es que mañana me gustaría aprovechar la mañana para ir a comprar...

–¡Venga mujer! –le insiste Connor–. ¿No decías que no

salías demasiado? Pues aprovecha. ¿Quién sabe si encuentras a alguien capaz de acampar en tu jardín por ti?

Sarah mira a Connor y le sonríe captando la broma, mientras el resto, excepto Donovan, les miran sin entender nada.

—Está bien. Me apunto entonces.

—Evan, ve tú también —insiste Donovan—. Quién sabe cuando volveremos a ver de nuevo una victoria así. Tienes que celebrarlo.

—Pero... —empieza a decir él cuando su padre se le acerca al oído.

—Además, Hayley necesita a alguien que la anime. Puede ser Zoe quien lo haga... O puedes ser tú...

Media hora después, se encuentran todos en el pub. Al ser sábado, está mucho más lleno que la vez anterior que se vieron allí mismo, y se ven obligados a quedarse al lado de la barra. Encuentran tres taburetes libres en los que se sientan ellas, mientras los chicos se quedan de pie frente a ellas con sus respectivas cervezas en la mano.

Mientras Hayley le cuenta a Zoe su pesadilla de día, Connor y Evan charlan entre ellos animados, rememorando alguna de las jugadas del partido.

—Parece que yo voy a ser tu cita de esta noche —le dice Kai a Sarah intentando romper el hielo.

—Cierto. Parece que al final sí me tenía que haber esmerado algo más en elegir mi vestuario.

—Estás perfecta —le dice Kai sin dejar de mirarla a los ojos, a pesar de estar dando un trago a su cerveza.

—Vaya. Gracias, supongo... Aunque no sé cómo tomármelo viniendo de alguien como tú...

—¿Alguien como yo? ¿Qué quieres decir?

—Pues que sabiendo que te acuestas con infinidad de mujeres, doy por hecho que no debes de tener el gusto muy definido...

—Vale. Pues tómatelo como quieras.

Kai se aleja de ella, contrariado, intentando averiguar por qué se comporta de forma tan arisca a pesar de que él hace verdaderos esfuerzos por ser diferente con ella. Kai no está acostumbrado a tener que halagar a una mujer para ligar con ella, a esforzarse para conseguir su atención. En cambio con Sarah, parece que cuanto más se esfuerza, peor reacciona ella.

—¿Qué le pasa a Kai? —le pregunta Evan a Sarah.

—Me parece que se ha enfadado conmigo —contesta ella arrugando la nariz—. Me he metido un poco con él... A lo mejor me he pasado.

—Déjale. De vez en cuando va bien que pruebe de su propia medicina.

Mientras Evan y Connor están distraídos hablando con Sarah, Zoe aprovecha para hacerle un resumen a Hayley acerca de cómo ha ido la velada.

—¿En serio hizo eso? —le pregunta Hayley.

—Sí. Como no podía llevarme al restaurante, trajo el restaurante a casa de su padre.

—Y voy yo y encima os chafo el plan de pasar un rato solos... —dice Hayley agachando la cabeza.

—No pasa nada...

—Claro que pasa. Ve con él. Yo me quedo hablando con Sarah y Evan.

—No hace falta... —empieza a decir Zoe.

Pero su amiga ya no la escucha, sino que se acerca a Connor y le dice algo al oído. Él asiente con la cabeza y se dirige hacia Zoe.

—Hayley dice que quieres preguntarme algo...

—Esto... —Zoe no sabe qué decir, así que cuando mira hacia Hayley y esta se encoge de hombros dejándola sola ante el peligro, suelta lo primero que se le pasa por la cabeza—. ¿Quieres bailar?

—¿Bailar? ¿Aquí? —contesta Connor.

—¿Está prohibido?
—Pues, no sé... No me parece un sitio muy adecuado...
—¿Sitio adecuado? Cualquier lugar es perfecto —contesta ella acercando su boca a la oreja de él cuando la música que suena de fondo sube de volumen—, siempre y cuando estés con la persona indicada.

Zoe le quita la botella de cerveza y la deja en la barra. Luego le coge de las manos y le arrastra hasta una esquina algo apartada del bullicio del local. Lentamente, sin dejar de mirarle a los ojos, pone los brazos alrededor de su cuello y acerca su cuerpo al de él.

—A veces —susurra en su oído—, ni siquiera la canción importa.

Connor rodea la cintura de Zoe con sus brazos, tragando saliva mientras lo hace, temeroso de dar un paso en falso, a pesar de que todas las señales que recibe por parte de ella son inequívocas.

Zoe apoya la cabeza en su pecho mientras se deja llevar por el suave movimiento lateral que Connor impone al bailar. Él agacha la cabeza para mirarla y la nariz roza con su pelo. Sin poder evitarlo, inspira profundamente y su aroma le invade por completo, anulando el resto de sus sentidos. Solo recobra la noción del tiempo cuando nota como ella se mueve, deslizando los brazos de su cuello hacia su pecho, y agarrándole de la camiseta como si no quisiera soltarle jamás. Entonces es capaz de escuchar la letra de la canción que están bailando, y sonríe al comprobar que la letra bien podría haberla escrito él mismo.

—¿Qué pasa? —le pregunta ella sin despegar la cabeza de su pecho.

—Pues —empieza a decir a pesar del nudo que se le ha formado en la garganta, que intenta quitarse carraspeando varias veces—, que en este caso, la canción también es perfecta.

—¿Ah, sí? —pregunta ella levantando la cabeza hasta que

sus ojos se encuentran–. ¿Acierta en muchas de las cosas que dice?

–En todo... Tú haces que todo vuelva a valer la pena...

Lleva una de sus manos hasta la cara de ella y empieza a acariciarle la mejilla con el pulgar. Poco a poco agacha la cabeza hasta que sus labios se rozan. Antes de continuar, la mira a los ojos, como si le pidiera permiso. Sin poder esperar más, ella recorre los escasos milímetros que les separan y funde sus labios con los de él. El beso es tímido al principio, como si estuvieran tanteando el terreno. Pero cuando Connor muerde el labio inferior de Zoe y tira de él con suavidad, ella no puede reprimir un gemido que provoca que él la apriete contra su cuerpo con fuerza, agarrándola por la nuca con una mano y por la parte baja de la espalda con la otra. Zoe siente la lengua de Connor introduciéndose en su boca y, automáticamente, algo en su estómago parece dar un triple salto mortal con tirabuzón. Cuando se acostumbra a esa maravillosa sensación, sus manos empiezan a recrearse en el cuerpo de él y bajan desde su firme pecho hasta sus abdominales. Nota como Connor encoge el estómago en un acto reflejo provocado por sus caricias, y ella sonríe traviesa.

–Tengo cosquillas, sí –dice él sonriendo, acercando la boca a la oreja de Zoe–. Apuesto a que tú también tienes...

Le aparta el pelo a un lado y acaricia la piel de su cuello con la nariz. Inspira de nuevo para encontrarse con el ya familiar olor a coco que tan noqueado le dejó la primera vez la olió.

–Hueles de maravilla –dice mientras ella se encoge por culpa de las cosquillas que el aliento de él le han provocado al rozar su cuello–. ¿Ves como sí tienes cosquillas?

Connor desliza los labios desde el cuello hasta el hombro de Zoe, donde retira levemente la camiseta para descubrir un poco de su piel. Apoya los dientes sin llegar a apretar, mientras ella ladea la cabeza hacia el lado contrario para dejarle todo el espacio del mundo. Zoe lleva su mano hasta la cabeza de Connor y sus dedos se enredan entre el pelo, llegando a agarrarle e incluso a tirar de él.

Tras unos segundos sin sentir los labios de él contra su piel, Zoe abre los ojos de nuevo y se encuentra con la mirada divertida de Connor.

—¿Por qué paras? —le pregunta Zoe haciendo pucheros.

—Porque si no lo hago ahora, nos detendrán por escándalo público —contesta él, apoyando la frente en la de ella y besando sus labios repetidas veces.

—Hayley es poli... Nos puede sacar de comisaría...

—Ya, pero esto no es lo mismo que bailar. En este caso, el lugar sí tiene cierta importancia, y, créeme, Ian me ha visto hacer muchas cosas en su pub, pero todo tiene un límite.

—Bueno... Vale... —claudica ella finalmente, hasta que, señalando a alguien a la espalda de él, añade—: Me parece que hay un tío ahí que intenta llamar tu atención.

Él se gira para descubrir a Rick haciéndole señas desde la barra, acompañado de Evan, Hayley y Sarah. Sonríe abiertamente y cogiendo la mano de Zoe, se dirige hacia él.

—¿Qué haces aquí? —le pregunta mientras le da un abrazo.

—Lo mismo que tú. O bueno, casi lo mismo —dice haciendo un repaso fugaz con la mirada a Zoe—. Una victoria como la de esta noche, hay que celebrarla. Te he llamado varias veces al móvil pero no me lo has cogido... Ahora sé el motivo... Así que he llamado a Evan y me ha dicho que estabais aquí.

—Bueno, pues os presento. Rick, ella es Zoe. Zoe, él es Rick, mi mejor amigo y mi compañero de trabajo...

—Y de diabluras varias —añade él haciendo una reverencia y besando su mano como un perfecto caballero.

—Un placer —contesta Zoe divertida.

—Créeme, el placer es mío. Por fin conozco a la famosa Zoe de la que Sully tanto habla.

La sonrisa de Zoe se congela al momento, al igual que la de Hayley, que la mira sin entender nada. Por un momento, piensa que lo ha entendido mal, pero parece que su amiga ha escuchado la misma palabra. Mientras los chicos hablan, Hayley aprovecha para acercarse a Zoe y, cogiéndola del brazo, tira de ella.

–Vamos al baño –se excusa.

Si no fuera porque su amiga la arrastra por todo el camino, Zoe hubiera sido incapaz de llegar hasta los baños porque sigue en estado de shock.

–¿Cómo cojones le ha llamado? ¿Has escuchado lo mismo que yo?

–Yo... No... No sé... –balbucea Zoe.

–¡Le ha llamado Sully, Zoe! ¡Sully! ¿Pero no se llamaba Connor?

–No lo sé, Hayley. Tranquilízate, por favor. Yo es la primera vez que escucho que le llaman así... Debe de ser un apodo... Y no tiene por qué ser la misma persona...

–Ya, claro. ¿A cuántos Sully conoces tú?

–Oh, mierda –maldice Zoe frotándose la sien con los dedos–. Espera que aclaremos el tema al menos. Puede que hayamos entendido mal, o que sea otro Sully...

–O que las hombreras y los calentadores color fucsia vuelvan a llevarse el próximo invierno. ¡Vamos Zoe, reacciona!

–¿Y entonces qué quieres que haga? ¿Salir por patas de aquí y no volverle a ver?

–¡Ni hablar! Ese tío te gusta y tú a él. Lo que tienes que hacer es zanjar su relación con la zorra manipuladora. ¡Corta ese rollo raro de una vez por todas! Al menos ahora tiene otra a quien tirarse, así que le dolerá menos.

–Rezumas sensibilidad y romanticismo por todos los poros de tu piel. Gracias por la parte que me toca, amiga mía.

–Déjate de rollos. Sal ahí fuera, averigua la verdad y corta de raíz el problema.

Cuando salen de los lavabos, se percatan de la presencia de Kai a unos metros de ellas, enrollándose con una rubia con bastante poco sentido del decoro.

—¿Y a ese no le gustaba Sarah? —pregunta Hayley negando con la cabeza mientras Zoe se encoge de hombros.

Siguen caminando hacia donde están los demás. Zoe observa a Connor, y no puede evitar verle con otros ojos. Entonces se acuerda de Sharon y de la conversación que tuvo con ella dentro de su taxi. Recuerda la indiferencia de ella mientras hablaba por teléfono con él o todos los mensajes que él le había enviado. Mensajes en los que no paraba de decirle que la quería y que la esperaría lo que hiciera falta. Parecía quererla con locura, así que ahora se le hace muy difícil creer que se haya olvidado ya de ella y no puede evitar pensar que la está utilizando a ella para mitigar el dolor de su ausencia.

—Hola de nuevo... —dice él agarrándola de la cintura.

—Hola —contesta ella intentando disimular su incomodidad.

—¿Quieres tomar algo? —le pregunta Connor.

—Vale.

Hayley le insta con la mirada para que se lo pregunte, así que mientras esperan a que Ian les sirva las bebidas, cuando él se acerca de nuevo para besarla, ella le frena poniendo una mano en sus labios.

—¿Cómo te ha llamado antes Rick?

—¿Cómo qué...? ¡Ah! ¿Sully? —pregunta mientras ella asiente lentamente—. Es un apodo, por mi apellido, O'Sullivan.

—¿Pero solo te llama él así? Porque tu familia te llama Connor...

—Bueno, él y la gente del trabajo...

—¿Y tú...?

—¿Mi...? —le insta a continuar Connor haciendo un movimiento con la mano.

—Tu ex.

—¿Sharon? Ella también me llamaba Sully.

Ahí tiene su confirmación. No solo él le ha confirmado que su ex le llama Sully, sino que además, el nombre de ella es Sharon.

—¿Por qué te interesa?

—Ah... Por... curiosidad... ¿Y yo cómo te llamo?

—Como prefieras.

Zoe sopesa la respuesta en su cabeza. Aunque Sully siempre le ha caído bien, ella siente que no es suyo, sino de Sharon.

—Connor, prefiero Connor —responde tras unos segundos.

—Pues que así sea —dice él tendiéndole la bebida.

Se acercan junto a los demás y enseguida siente la mirada penetrante de Hayley. En cuanto sus ojos se encuentran, Zoe asiente levemente con la cabeza, confirmándole sus sospechas. Mantienen un diálogo visual en el que Hayley le insta a que le haga caso y acabe cuanto antes con la farsa de Sharon. Zoe asiente, y su respuesta es sincera, sabe que eso es lo que tiene que hacer. Lo que le sigue preocupando es si los sentimientos que parece tener Connor hacia ella, son reales o un simple espejismo.

Se queda sumida en sus propios pensamientos durante mucho rato, perdiendo la noción del tiempo, hasta que escucha la voz de Connor cerca de su oído.

—Eh... ¿Estás bien? De repente estás muy callada.

—Sí. Solo estoy cansada.

—Nos vamos ya...

—Vale.

Salen al exterior y se quedan parados al lado de la Vespa de Zoe.

—Esperad... ¿No avisamos a Kai de que nos vamos? —pregunta Hayley de repente.

—No... —contesta Connor evitando mirar a Sarah—. Así es como funciona... Llegamos juntos, él liga con una tía, y Evan y yo nos volvemos solos a casa.

—Yo te llevo, Sarah —le dice Evan.
—¿Te importa si me voy a casa con Hayley? —le pregunta Zoe a Connor llevándole a un aparte—. Sé que te dije que te llevaría yo, pero no contaba con que ella viniera...
—Claro... Ya le pido a Evan que me lleve. ¿Seguro que estás bien? —le pregunta aún preocupado por su repentino cambio de humor.
—Sí, tranquilo. Estoy molida.
—Vale...
Connor se acerca a ella y la besa de la misma manera que antes en el pub. Suave y casto al principio, anhelante y ardiente después. Él la abraza con firmeza, y durante unos segundos cree olvidar lo sucedido, como si Connor fuera de nuevo solo para ella, hasta que la voz de Rick les interrumpe.
—¡Vamos tortolitos! ¡Sully, déjala ya macho! ¡Que la vas a gastar!
Entonces se separa de él apoyando las palmas de las manos en su pecho. Cada vez que escucha ese nombre, siente como si estuviera cometiendo un error, como si estuviera besando al novio de otra mujer.
Connor la observa ponerse el casco, siendo consciente de que algo ha cambiado. ¿Habrá hecho algo que la haya molestado? Sigue con esa sensación cuando la pierde de vista, cuando dejan a Sarah en su casa y cuando Evan le deja a él en la suya. No se le va de la cabeza ni cuando se mete en la cama y se obliga a cerrar los ojos, así que decide hacer algo para librarse de esa mala sensación. Agarra el móvil y empieza a teclear como un loco.

Ya te echo de menos. Gracias por hacerlo todo tan fácil.

Tras enviar este primer mensaje, se envalentona y decide dar rienda suelta a su verborrea.

Necesito volver a verte. Mañana mismo. ¿Es raro que te pida otra cita después haber tenido una esta misma noche?

Pasan varios minutos hasta que su teléfono vibra con el sonido del mensaje de respuesta.

No me tienes que agradecer nada. Las cosas no tienen por qué ser siempre complicadas. La verdad es que me lo he pasado muy bien. A mí también me gustaría repetir.

Connor sonríe sosteniendo el teléfono entre sus manos como si fuera el Santo Grial, justo cuando vuelve a vibrar.

Pero necesito preguntarte una cosa, y quiero que seas sincero conmigo...

Ahí está lo que le preocupaba. Se incorpora de sopetón en la cama, haciendo que la sábana resbale hasta su cintura, dejando su torso desnudo. Busca en el registro de las últimas llamadas realizadas y cuando encuentra su número decide llamarla. Ella descuelga al segundo tono.

–Hola –le responde.

–Algo me dice que lo que quieres preguntarme lleva dando vueltas en tu cabeza desde mucho antes de despedirnos, así que prefiero responderte de viva voz a hacerlo por mensaje.

–Es cierto... Es que... –se produce un silencio entre ellos mientras ella escoge sus palabras con tiento y él espera paciente por ellas–. Es que no puedo dejar de pensar en tu ex...

–¿En mi ex? ¿En Sharon?

–Sí... Dijiste que vuestra relación no había acabado. Y luego, la otra noche, que creías que lo que sentías por mí estaba mal...

–No, no, no... Por favor, olvida lo que dije... No quería dar a entender que lo que siento por ti sea un error, porque te juro que no es así. Solo es que..., como lo mío con Sharon nunca acabó, a veces siento como si le estuviera siendo infiel...

–Entiendo...

–Espera, no he acabado. Esta noche me he dado cuenta de una cosa. Cuando te besaba, no he sentido como si le estuviera siendo infiel y es porque lo que sentía cuando besaba a Sharon no es ni remotamente comparable con lo que he sentido cuando te besaba a ti –Connor hace una pausa a la espera de la reacción de Zoe, pero cuando la oye sollozar, añade–: No llores, por favor...

–No puedo evitarlo... Pero no son lágrimas de tristeza.

–Zoe, tú haces que merezca la pena volver a intentarlo. Al final sí va a ser verdad que la canción era perfecta.

–Claro que lo es. Es nuestra canción.

–Sí lo es –añade Connor sonriendo–. ¿He resuelto tus dudas?

–Ajá.

–Me alegro.

–Connor, ¿te quedas un rato conmigo?

–Claro. ¿De qué quieres hablar? No me digas que quieres practicar sexo telefónico.

–¡Jajaja! No tonto. Eso no me va.

–Es un alivio porque no se me da nada bien decir guarradas.

–Gracias a Dios. Si me sueltas alguna vez alguna, creo que me daría la risa –contesta Zoe de mucho mejor humor que hace unos minutos–. Por cierto, me has vuelto a dejar una marca.

–¿Perdona?

–Espera.

La escucha trastear el teléfono hasta que pasado un rato la vuelve a escuchar con nitidez.

–Ahí te va una foto.

Cuando Connor abre el icono y ve la foto, se le escapa la risa irremediablemente. En la pantalla se ve una imagen del cuello y el hombro de Zoe, con una roncha roja en la unión entre ambos.

–¿Eso te lo he hecho yo? –pregunta risueño.

–Tú dirás quién sino...

–Pues te prometo que no me he dado cuenta –se excusa Connor.

–¡Me has marcado como al ganado! Te debo un chupetón, so canalla.

–Cuando y donde quieras.

–Te tomo la palabra. Pero no prometas nada que no puedas cumplir.
–No te tengo miedo.
–Deberías. ¿Sigue en pie lo de vernos mañana?
–Cuando y donde quieras.
–Diez de la mañana en Central Park.
–¿Cómo? Es domingo...
–Lo sé. Y los domingos voy a una sesión de yoga que hacen en Central Park –se queda callada esperando la respuesta de él, y al ver que no llega, le anima–. ¡Venga! ¡Será divertido! Y te ayudará a canalizar tu energía.
–A las diez de la mañana de un domingo, no tengo demasiado que canalizar...
–Tú has dicho cuando y donde quieras. Pues bien, a las diez en Wagner Cove. ¿Lo conoces?
–¿Al lado del lago?
–Ajá.
–Está bien... Pero te advierto que no he hecho nunca yoga y que tengo la flexibilidad de una puta piedra.
–Lo que eres capaz de hacer con tal de verme enfundada en una mallas ajustadas, ¿eh?
–Oh, Dios... Ahora no me podré quitar esa imagen de la cabeza.
–Dulces sueños, pequeño...
–Buenas noches, preciosa.

Capítulo 8

All of me

A pesar de lo tarde que se acostó anoche, Connor lleva despierto desde mucho antes de que sonara el despertador. De hecho, aunque ha cerrado los ojos, no cree haber dormido más de una hora seguida en toda la noche. Finalmente, cansado de dar vueltas entre las sabanas, decide levantarse y darse una ducha. Se queda quieto bajo el chorro, dejando que el agua golpee en su cabeza y en sus hombros, mientras apoya las palmas de las manos en las frías baldosas. A pesar de estar agotado, su cabeza no le ha dejado pegar ojo, dando vueltas una y otra vez a lo mismo. Sharon y Zoe. Zoe y Sharon.

Media hora después, sentado en la mesa de la cocina con un café cargado al lado, observa la pantalla de su teléfono sin pestañear. En ella se puede ver el último mensaje que recibió de Sharon, hace ya varios días, en el que le decía que le llamaría cuando estuviera instalada. O las mudanzas en París son muy lentas, o definitivamente le ha olvidado, a pesar de que él se encargó de recordarle su existencia, dejándole un mensaje en el buzón de voz al que ella ni siquiera se ha dignado a contestar.

—Es hora de cortar definitivamente con esto... —piensa en voz alta.

Coge el teléfono con ambas manos y, decidido, aprieta el botón de llamada y se lo lleva a la oreja. Los tonos se suceden uno tras otro hasta que salta el contestador. Decide no dejarle mensaje porque parece no surtir efecto, así que vuelve a insistir.

Mientras, en el apartamento de las chicas, Zoe está preparando café mientras canturrea animada la canción que suena por sus auriculares. De repente, unos golpes en su hombro llaman su atención. Se gira sobresaltada y se encuentra a su compañera de piso, recién levantada, con el pelo revuelto, y cara de estar sufriendo las consecuencias de haber bebido alguna copa de más anoche.

–¡Buenos días! –la saluda animada Zoe–. ¿Café?

–¿Tengo pinta de haberme despertado por propia iniciativa? –contesta Hayley con cara de enfado–. Tu teléfono lleva sonando como cinco minutos...

–¿Mi teléfono? –Zoe se gira para cogerlo de la encimera de la cocina–. Imposible. Lo tengo aquí al lado y aunque no lo hubiera oído por la música, lo habría visto...

Al instante las dos se quedan paralizadas. Si no es el teléfono de Zoe el que suena, sin duda tiene que ser el de Sharon. Se miran a la cara, desafiantes, y empiezan a correr hacia el dormitorio de Zoe, empujándose por el pasillo. Cuando entran en la estancia, se lanzan de un salto a la cama para intentar alcanzar el móvil, que sigue sonando encima de la mesita de noche. Forcejean entre ellas por cogerlo, hasta que acaba cayendo al suelo. Las dos lo miran y comprueban que la pantalla sigue iluminada, con el nombre de Sully escrito en ella.

–¿A qué esperas? Tienes que cogerlo –le dice Hayley.

–¿Estás loca? ¿Te piensas que no reconocería mi voz?

–Haz como si estuvieras resfriada...

–¿En serio piensas que eso le ha funcionado a alguien alguna vez?

–¿No decías que querías cortar con Sully antes de empezar más en serio con Connor? Pues esta es tu oportunidad.

–Sí, pero la cosa es que Sharon corte con él, no yo... Si escucha mi voz creo que va a alucinar un poco...

Entonces el teléfono deja de sonar. Las dos se quedan calladas esperando que vuelva a la carga, pero permanece inerte, así que Zoe alarga la mano lentamente y lo recoge del suelo.

–¿Por qué crees que la llamará? –le pregunta a Hayley sin dejar de mirar la pantalla.

–Está claro. Para cortar con ella.

–¿Tú crees?

–¿Para qué si no? ¿Acaso no ves cómo te mira? A ese tío le gustas un montón...

–Ya, pero está enamorado de Sharon –la interrumpe Zoe–. ¿O acaso no te acuerdas de los mensajes que le ha enviado? ¿O del que le dejó en el contestador?

En ese momento, el teléfono vibra informándole de que han dejado un mensaje en el buzón de voz. Zoe se queda paralizada, con los ojos muy abiertos.

–¿A qué esperas?

–Es que no sé si quiero... O debo...

–Creo que es un poco tarde para que te entren los remordimientos de conciencia...

Hayley le arrebata el móvil de las manos y, sin pensárselo, llama al buzón de voz y pone el altavoz. Enseguida se escucha la voz de Connor, y Zoe siente como su corazón se encoge al escucharle de nuevo.

–*Sharon, soy yo... Esto... Espero que estés bien... Necesito hablar contigo. Llámame, por favor.*

–¿Convencida?

–No... Para nada...

–¿Pero es que no ves que la llama para cortar con ella?

–Pues no. Puede querer que le llame para decirle que la echa de menos.

–¡Venga ya! –dice Hayley contrariada mientras se tapa la cara con las manos–. Eres demasiado pesimista.

–Y tú demasiado optimista.

–¡Corta con él! Con un mensaje en el buzón, con un

mensaje de texto o con una paloma mensajera, pero hazlo ya.

–Lo haré, te lo prometo. Pero necesito pensar qué decirle y ahora mismo no tengo mucho tiempo porque he quedado con él en media hora.

–¿Habéis vuelto a quedar esta mañana? ¿Los domingos no vas a la sesión de yoga de Central Park?

–Sí, y él va a venir conmigo –responde Zoe mientras Hayley la mira atónita.

–¿Y todavía necesitas más pruebas de lo colado que está por ti? Domingo por la mañana, al día siguiente de haber salido de fiesta, yoga... –dice Hayley enumerando con los dedos para enfatizar sus palabras–. Las hay con suerte... Cegatas, pero con suerte...

–¡Oye! –la persigue Hayley por el pasillo, de vuelta a la cocina–. ¿Y tú? ¿Qué me dices de Evan?

–Que está casado.

–Pero te gusta.

–También George Clooney, pero es igual de inalcanzable.

–Pero tú le gustas a él.

–¿A George Clooney? –pregunta, obteniendo de Zoe una cara de pocas ganas de seguir con la broma, así que añade–: Me da igual si le gusto a Evan o no. Está casado.

–Infelizmente casado –puntualiza Zoe.

–Pues si tan infeliz es, y tanto le gusto, que se separe y cuando me venga con el papel de la sentencia de divorcio, hablaremos de negocios.

–Qué romántica eres...

–Como si no me conocieras...

–Lo sé... Ya se lo dije a Connor... –comenta Zoe girándose para verter café en las dos tazas que acaba de coger.

–Espera, espera... ¿Has hablado de mí con Connor?

–Ajá –contesta Zoe haciéndose la despreocupada y dibujando una sonrisa victoriosa en sus labios.

–¿Cuándo? ¿Por qué? ¿Acerca de qué?

–La noche que estuvimos en el pub, cuando tú y Evan os fuisteis a jugar al billar. Mientras os observábamos, yo le dije a Connor que te gustaba su hermano y él me dijo que tú a Evan también.

–¡¿Que le dijiste qué?!

–Lo siento, Hayley... Yo...

–¿Y te dijo que a Evan también le gusto?

–Sí, y me dijo que no era feliz con su mujer... Fue cuando yo le dije que tú no intentarías nada con él porque estaba casado, feliz o infeliz...

–Así que es verdad que le gusto... –dice pensativa cogiendo con las dos manos la taza que Zoe le tiende y mordiéndose el labio inferior para intentar contener una sonrisa ilusionada.

–Ahora lo entiendo... –dice Zoe rescatando a Hayley de sus pensamientos–. Tu don de la clarividencia solo funciona cuando se trata de los demás. En cambio, cuando te concierne a ti misma, falla y no eres capaz de ver la realidad...

–Muy graciosa, pero...

Las palabras de Hayley se ven interrumpidas por el sonido del teléfono de Sharon. Las dos vuelven a contener la respiración y miran la pantalla con los ojos abiertos como platos.

–¡Descuelga! –grita Hayley.

–¡No!

–¡Hazlo ya!

–¡No puedo! ¡Me va a reconocer!

Las dos empiezan a forcejear, llegando incluso a iniciar una persecución por toda la cocina. Zoe intenta impedir que Hayley se haga con el móvil y conteste a la llamada. Es tal el asedio al que su amiga le somete que, en un arrebato y sin pensarlo, Zoe tira el teléfono por el desagüe del fregadero de la cocina y aprieta el interruptor poniendo en marcha el triturador de basura. Ambas se quedan muy quietas mientras escuchan el ruido de las cuchillas haciendo trizas el aparato, hasta que, como cabía esperar, se oye un crujido más fuerte y el triturador se atasca.

–Esto... –empieza a decir Hayley totalmente confundida.

–La he jodido, Hayley...

Zoe reacciona y se abalanza sobre el fregadero. Coge unas pinzas largas de un cajón e intenta meterlas en el desagüe para sacar el teléfono.

–Zoe, así no vas a conseguir nada... Tendremos que llamar al casero para que envíe a alguien a arreglarlo...

–¡Mierda!

–No te preocupes, luego le llamo y me lo camelo. Es cierto que es un borde, pero no se puede quejar de nosotras porque casi no le damos problemas... Excepto alguna fiesta que otra... Y aquella vez que pretendí calentar en el microondas el pollo asado de mi madre sin quitar el papel de aluminio y saltaron los plomos de todo el edificio... O aquella vez que te negaste a llamar al lampista para instalar el aplique de la ducha y perforaste con el taladro la cañería principal del agua... –Hayley se queda callada y pensativa un rato, hasta que añade–: Vale, me pondré escote y bajaré a verle en persona.

–No es el señor Baker el que me preocupa...

–¡Ah! ¿Por el móvil entonces? ¡Mujer, si esto es lo mejor que te puede haber pasado! Si lo hubieras hecho cuando la zorra te lo encasquetó, ahora no tendrías estos quebraderos de cabeza.

–Ahora Connor la llamará y le saldrá que está desconectado... Y se pensará que ella pasa de él...

–¡Es que ella pasa de él! –contesta Hayley exasperada–. Mira, ahora no te comas la cabeza con eso y corre porque vas a llegar tarde a tu cita. Ya te diré qué me dice el señor Baker respecto al estropicio este.

Cuando Zoe se adentra en el parque y se aproxima a la zona donde se imparte la clase de yoga, divisa a Connor sentado en un banco de madera. Tiene la espalda recostada y la cabeza echada hacia atrás. Se frota los ojos con una mano, bostezando a la vez, mientras con la otra mano sostiene un vaso de café. Viste casi como la vez que se encontraron para jugar el partido de baloncesto, con pantalón corto y una sudadera con capucha, y tiene el pelo mojado. Un escalofrío recorre su cuerpo tan solo con imaginar a Connor bajo la ducha. Pensamiento que decide desechar de su cabeza al ver lo nerviosa que se ha puesto de golpe y la corta distancia que le separa ya de él.

–Tranquila, Zoe... –susurra para sí misma.

De repente le asalta una duda: ¿cómo tiene que actuar al saludarle? ¿Le tiene que dar un par de besos? ¿O, por el contrario, debe entender que su relación ha pasado a otro nivel y debe besarle en la boca?

Cuando Connor se percata de su presencia, se pone rápidamente en pie con una sonrisa dibujada en sus labios. Las dudas de Zoe se disipan enseguida, cuando, sin darle tiempo a reaccionar, Connor la agarra por la cintura y la estrecha contra su cuerpo dándole un impresionante beso en los labios.

–Buenos días para ti también –dice ella cuando sus bocas se separan, aún abrazados.

–¿A pesar del beso me vas a obligar a hacer esto? –contesta Connor señalando las esterillas que se han caído al suelo.

–Yo no te obligo a nada. Tú dijiste que me querías ver y yo que todos los domingos por la mañana vengo aquí a practicar yoga –dice ella recogiéndolas del suelo–. Así que, toma, esta esterilla es la tuya.

–Es blandita. Quizá pueda echar una cabezadita... –Zoe le da un manotazo en el hombro que le hace encogerse–. Eh... Vale, vale... Intentaré tomármelo en serio...

–Va, que luego te dejo que me invites a desayunar –interviene ella guiñándole un ojo y echando a andar mientras él resopla resignado y la sigue con las manos metidas en los bolsillos de la sudadera y la esterilla debajo del brazo.

Cuando llegan al lugar indicado, ya hay varias personas haciendo ejercicios de estiramiento. Zoe las saluda e incluso se para a charlar con dos chicas, mientras Connor mira alrededor.

—Vamos a ponernos allí —le dice agarrándole por el brazo—. Quítate las zapatillas.

Extiende la esterilla y Connor la imita, poniendo la suya al lado. Mientras ella empieza a hacer ejercicios de estiramiento, él se queda a su lado, aún con las manos en los bolsillos, mirando a un lado y a otro.

—¿No estiras un poco? —le pregunta ella sentada en el suelo con las piernas cruzadas como un indio.

—Corrígeme si me equivoco —dice él poniéndose en cuclillas delante de ella, dejando tan solo unos centímetros entre sus caras—, pero, ¿el yoga no se trata de poner posturitas raras y hacer estiramientos? Pues entonces, ¿para qué voy a estirar antes de tiempo?

—Se trata de mucho más que eso, listillo —contesta Zoe achinando los ojos y arrugando la nariz—. Te apuesto lo que quieras a que eres incapaz de hacer muchas de las posturas y que mañana te levantas con agujetas.

—Voy a empezar a pensar que tienes un problema con el juego...

—Ya te estás cagando... —contesta ella acercando su cara hasta rozar la nariz de Connor con la suya.

—Acepto la apuesta, chulita...

Connor, sin moverse ni un centímetro, inspecciona cada centímetro de su cara. Zoe, en un acto reflejo, se humedece los labios, y él no puede evitar esbozar una sonrisa de medio lado, justo antes de agarrarle la cara entre las manos y besarla de nuevo. La lengua de él roza los labios de Zoe con suavidad, y poco después se adentra en su boca. Con la misma delicadeza, juega con la lengua de ella, rozándola con suavidad, como si temiera hacerle daño.

Se escucha un sutil carraspeo para llamarles la atención. Connor se separa lentamente, sin dejar de sonreír en ningún momento al ver que Zoe sigue en trance, con los ojos cerrados y la boca abierta. Cuando le escucha reír, ella abre los ojos y se sonroja al verle a escasos centímetros de distancia. Entonces se da cuenta de que la clase ha empezado y todo el mundo está haciendo la postura del árbol. Se pone rápidamente en pie y apoya una mano en el pecho de Connor para apartarle. Él aprovecha para tirar de ella con la intención de volverla a abrazar.

—Aparta... —le dice intentando parecer molesta, aunque viéndole la cara, no puede evitar que se le escape la risa—. Ve a tu esterilla y haz lo mismo que yo.

Connor retrocede a regañadientes hasta su sitio. Observa cómo Zoe apoya la planta del pie derecho en el lateral del muslo de la pierna izquierda y junta las palmas de las manos por encima de la cabeza.

—Deja de mirarme y haz algo —le abronca ella con los ojos cerrados, intentando concentrarse.

Connor levanta el pie derecho y lo apoya en la pierna izquierda. Cuando junta las manos, empieza a tambalearse y a perder el equilibrio. Le lleva varios segundos mantenerse erguido, tras dar varios saltos a la pata coja.

—¿Algún problema, chulito? —le pregunta Zoe sin abrir los ojos.

—Ninguno. Todo controlado.

Cuando Connor por fin consigue mantener la verticalidad durante un rato, suena un gong a través de un radiocasete y todos, sin mediar palabra, cambian de postura flexionando el tronco superior hacia delante sin doblar las rodillas. Fijándose en Zoe, Connor intenta imitar la postura, pero se queda totalmente hipnotizado mirando cómo la camiseta se le levanta por el costado y deja al descubierto un poco de piel.

—¿Tienes algún problema con esta postura? –le interrumpe la voz suave del profesor que imparte la clase.

—Eh... No... No... Yo... –balbucea Connor echando el tronco hacia delante.

—Tienes que conseguir inclinar hacia delante el tronco superior sin llegar a doblar las rodillas... –insiste el profesor acercándose a él por detrás y apoyando una mano en su espalda.

Connor no se esperaba ni el contacto ni la proximidad del profesor y, en un acto reflejo, se endereza rápidamente.

—Sí, vale. Ya lo pillo... –dice con la cara roja mientras Zoe le mira de reojo conteniendo una carcajada.

El sonido del gong distrae al profesor, que vuelve a su sitio en la delantera del grupo y realiza la siguiente postura.

—Salvado por la campana... –se mofa Zoe.

—¿A ese tío qué le pasa? –le pregunta Connor susurrando.

—Nada, solo te intentaba enseñar...

—Ya, claro. Arrimándose...

—Serás tonto... –contesta Zoe negando con la cabeza.

—La próxima postura, prefiero que me enseñes tú a hacerla –añade Connor antes de volver a escuchar el carraspeo del profesor para llamarles de nuevo la atención.

—Calla de una vez.

La clase continúa y Zoe consigue concentrarse finalmente. De vez en cuando tiene que soportar algún resoplido de Connor y hacer verdaderos esfuerzos por reprimir la carcajada cuando alguna de las posturas se le resiste.

Casi al final de la clase, aprovechando que todos están con los ojos cerrados, Connor, cansado del silencio, se acerca a Zoe sigilosamente y le susurra al oído:

—Me acerco a ti porque me parece que el tío de delante de mí se ha relajado demasiado –susurra mientras ella abre un ojo y le mira de reojo.

—¿Qué dices?

—Que se ha tirado un pedo.

–¡Connor! –le recrimina ella en un tono más alto del que le hubiera gustado. Al momento, mira al profesor y se disculpa–: Perdón, perdón...

Cuando suena de nuevo el gong, todos se sientan en el suelo con las piernas flexionadas, moviendo la cabeza lentamente a un lado y a otro.

–Lo siento –susurra Connor sin dejar de mirar a Zoe.

–¡Shhhh! –contesta ella–. Por favor, vas a conseguir que me prohíban volver.

–Mejor... Se me ocurren cosas más interesantes que hacer un domingo por la mañana...

–¿Sí? Pues puedes empezar a ponerlas en práctica la semana que viene.

–No me entiendes... Cosas contigo...

–No, eres tú el que no me entiendes... ¡So pesado!

Pocos minutos después, el profesor da por finalizada la clase, y poco a poco todo el mundo abandona el lugar. Connor se queda inmóvil, mirando cómo Zoe recoge sus cosas y se arregla la coleta con la que se sujeta el pelo, sin atreverse a decir nada por miedo a que se enfade aún más con él.

–¿Estás muy enfadada conmigo? –le pregunta él buscando su mirada.

–Eres un poco pesado –contesta intentando mostrarse molesta.

–Me estaba aburriendo...

–Ya, pero a mí me gusta. Haber dicho que no cuando te lo propuse...

–Es que..., después de lo de anoche, necesitaba verte cuanto antes... –dice Connor agachando la cabeza durante unos segundos. Cuando la vuelve a levantar, mira a Zoe a los ojos con timidez y le pregunta–: ¿Estamos bien?

La determinación de ella se hace añicos poco a poco y su corazón se ablanda al mirarle a los ojos. Finalmente, chasquea la lengua y se acerca a él. Pone los brazos alrededor de su cintura y apoya la frente en el pecho de él.

—Escucha... –dice Connor agarrándole la cara con delicadeza y obligándola a mirarle a los ojos–. Necesito saber que tus dudas de anoche se han disipado...

Zoe asiente lentamente esbozando una sonrisa tímida.

—Sé que no hace mucho que nos conocemos, pero no quiero perderte, ¿vale? –insiste él mientras ella vuelve a asentir–. Quiero que sepas que esta misma mañana he llamado a Sharon para hablar con ella, para... dejar las cosas claras.

—¿Y...? –Zoe carraspea para intentar quitarse el nerviosismo de encima–. ¿Qué ha dicho ella?

—No me lo ha cogido. Y luego ya no me daba señal... Seguiré probando hasta conseguirlo. No sé, quizá no sea necesario porque para ella ya hace tiempo que no existe nada entre los dos, y alucine cuando oiga lo que tengo que decirle, pero necesito hacerlo. ¿Lo entiendes?

—Sí –contesta con la voz tomada por la emoción.

—No quiero que tengas ninguna duda acerca de mis sentimientos hacia ti, ¿vale?

—Vale –consigue decir Zoe, no sin dejar escapar alguna pequeña lágrima.

—¿Estás llorando? –le pregunta Connor intentando buscar su mirada mientras ella se seca las mejillas con el dorso de la mano–. ¿Otra vez?

—Lloro casi tan a menudo como río... –contesta ella encogiéndose de hombros y sorbiendo mocos por la nariz–, así que vete acostumbrando.

—Lo tendré en cuenta –Connor la abraza con más fuerza–. Entonces, ¿me perdonas por lo de la clase?

—Te perdono. Pero que sepas que si hubiéramos concretado el tema de la apuesta, la habría ganado de calle. Te vendría bien asistir a alguna clase de vez en cuando. Eres muy poco elástico.

—En cambio, según he podido observar, tú eres muy elástica... Que sepas que mi mente sucia y depravada me va a hacer sufrir cada vez que cierre los ojos.

–Serás..., ¡guarro! –Zoe le da un manotazo en el brazo.
–¿Guarro, eh? Ahora me dirás que no...
Pero el sonido de su teléfono le interrumpe justo cuando sus labios volvían a estar peligrosamente cerca de los de Zoe. Connor resopla y pone los ojos en blanco, contrariado, justo antes de acordarse de que puede ser Sharon devolviéndole la llamada.

–Quizá sea Sharon –dice Connor separándose unos centímetros de Zoe y metiendo la mano en su bolsillo.
–Sí... –miente ella sabiendo que eso es imposible.
–Ah, pues no... Es Sarah –dice arrugando la frente justo antes de descolgar la llamada con semblante preocupado–: Sarah...

La voz de ella se escucha entrecortada, y hay mucho ruido de fondo.

–¿Sarah? ¡Sarah! ¿Me oyes?
–Connor, ven rápido a casa de tu padre...
–¿Qué pasa? –pregunta Connor empezando a caminar hacia una de las salidas del parque, seguido de cerca por Zoe.
–Está teniendo un brote violento. No se acuerda de mí y cree que he irrumpido en su casa para robarle... ¡Ah! –grita Sarah de repente–. Donovan, soy yo, Sarah.
–¡Fuera de mi casa! –se escucha gritar a Donovan a lo lejos.
–¡Sarah! Voy para allá. No cuelgues, ¿vale?
–Tranquilo.

Tan solo diez minutos en metro más tarde y dos corriendo como si les fuera la vida en ello, Connor y Zoe irrumpen en la casa. Enseguida escuchan tumulto y gritos en el piso de arriba y suben las escaleras de dos en dos. En cuanto llegan al pasillo, se encuentran a Donovan frente a la puerta de uno de los dormitorios, tirando hacia él del pomo de la puerta para impedir que alguien, seguramente Sarah, salga del interior de la habitación.

—Papá —dice Connor con delicadeza forzada.

Su padre se gira sobresaltado y entonces descubren que lleva un cuchillo en la otra mano.

—Papá, tranquilo... —insiste Connor acercándose lentamente, extendiendo las manos.

—¿Quién eres? ¿Quién es ella? —pregunta señalando a Zoe.

—Papá, soy Connor...

—¿Connor? —repite Donovan arrugando la frente.

Donovan empieza a mostrar signos evidentes de confusión y se aparta de la puerta, tambaleante pero sin soltar el cuchillo. Sarah abre poco a poco la puerta y, al comprobar que Donovan retrocede, sale de la habitación con cautela.

—Papá...

—¿Papá? —Donovan suelta el cuchillo y se agarra la cabeza con ambas manos—. ¿Quién eres?

Se sienta en el suelo con las piernas encogidas y las lágrimas brotando de los ojos. Connor acelera el paso para llegar hasta él y se agacha a su lado. Sarah hace lo propio, alejando el cuchillo lo suficiente para que Donovan no pueda cogerlo de nuevo.

—Donovan —dice con voz dulce—. Tranquilo. No pasa nada. No vamos a hacerte daño.

—Papá...

—Yo no...

—Mírame —le corta Connor cogiendo la cara de su padre entre las manos—. Mírame bien. Te llamas Donovan. Mamá se llamaba Beth. Tienes tres hijos...

—Connor —dice de repente con los ojos brillantes, como si hubieran recuperado la luz perdida.

—Sí. Sí, soy yo. Soy yo, papá.

Donovan coge la cara de su hijo y luego le estrecha entre sus brazos, temblando y llorando desconsoladamente.

—Lo siento. Siento haberme olvidado de vosotros... Perdonarme, por favor.

—No pasa nada —contesta Connor con dulzura.

—Donovan, ¿te apetece un té? —le pregunta Sarah al cabo de unos segundos.

—Sarah... —la mira con ojos vidriosos—, perdóname tú también por...

—Shhhh —le interrumpe ella—. Vamos abajo. Te vendrá bien.

Cuando Donovan y Sarah se pierden escaleras abajo, Connor apoya la espalda en la pared y, totalmente agotado, se tapa la cara con las manos, frotándose los ojos con fuerza. Zoe, que se había mantenido a cierta distancia durante todo el rato, se acerca a él y, sin mediar palabra, le estrecha entre sus brazos. Connor apoya la cabeza en el hombro de ella y segundos después empieza a llorar como un crío pequeño.

—Esto es muy duro... —dice entre lágrimas sin levantar la cabeza.

—Lo sé —intenta calmarle ella mientras le acaricia el pelo—. Pero no estás solo, ¿vale?

—¿En serio? Pues me siento como en una puta isla desierta... Evan siempre está ocupado haciendo realidad los deseos de su mujer y Kai con resaca, follando con alguna tía o dando puñetazos a un saco. Y yo... me siento como un malabarista, intentando controlarlo todo y mantenerlo en equilibrio, pero llega un momento en el que todo se desmorona a mi alrededor...

—Escúchame —le corta Zoe cogiendo su cara y obligándole a mirarla a los ojos—. No tienes por qué sentirte solo. No importa si tus hermanos no están aquí para ayudarte. Sarah y yo sí estamos. Confía en mí, Connor. Quiero ayudarte, ¿vale?

Connor la observa durante unos segundos, apretando los labios con fuerza, hasta que finalmente asiente con la cabeza. Zoe le sonríe y acaricia su cara, limpiando los restos de las lágrimas con los pulgares.

—Me da la sensación de que te pido demasiado... —le confiesa él al rato–. No estoy acostumbrado a esto... A que... Quiero decir... Sharon nunca quiso tener mucho trato con mi familia y estoy seguro de que si esto hubiera pasado cuando estábamos juntos, ella no...

–Yo no soy Sharon.

–Lo sé.

Se sonríen durante unos segundos, rodeados por el silencio que se forma a menudo cuando se miran. Un silencio nada incómodo, por otra parte, porque sus miradas y gestos hablan por sí mismos.

–Venga. Vamos abajo a ver cómo está tu padre.

Cuando bajan, se encuentran a Sarah en la cocina mirando por la ventana hacia el jardín trasero. En cuanto oye pasos, se gira hacia ellos y, esbozando una sonrisa de circunstancias, les dice:

–Me ha pedido estar un rato a solas. Él también está muy asustado. La enfermedad avanza rápidamente... Es normal que en una fase inicial empiece a olvidar por momentos a la gente, incluso que se desoriente en su propia casa, pero el brote violento que ha tenido es más propio de una fase más avanzada...

–¿Qué hacemos?

–De momento, no dejarle solo...

–Vale... Me puedo venir a vivir con él, aunque no sé si le parecerá buena idea...

–No creo que debas cargártelo tú todo... –dice Zoe–. Háblalo con Kai y Evan...

–Evan no va a poder hacerlo porque tiene a su mujer y, sinceramente, no me fío del sentido de la responsabilidad de Kai.

–Por cierto, antes de llamarte a ti, llamé a Kai –le informa Sarah–. Pensé que al vivir más cerca, llegaría antes que tú. Pero no me lo cogió y le dejé un mensaje en el contestador.

–A eso me refiero cuando hablo de Kai...

—Estaría ocupado con la Barbie que se ligó anoche –añade Sarah con más rabia en la voz de la que le hubiera gustado demostrar.

En ese momento, se oyó la puerta principal y unos pasos se acercan con prisa hacia ellos.

—¡¿Sarah?! –se escucha gritar a Kai–. ¡Sarah!

—En la cocina, Kai –contesta Connor.

—¡¿Qué pasa?! –pregunta cuando llega, mirando a uno y a otro, confundido y con cara de no haber dormido demasiado la noche anterior.

—Papá no se acordaba de Sarah y se asustó al verla en casa. Se pensaba que quería hacerle daño e intentó atacarla con un cuchillo. Ya está controlado... Al rato de llegar nosotros, volvió en sí...

—Dios mío. ¿Estás bien? –pregunta mirando a Sarah de arriba abajo para comprobar su estado.

—Sí, pero no gracias a ti –responde ella con frialdad.

—¿Qué...?

—Lo que oyes. Te llamé a ti porque eres el que más cerca vive de aquí, pero supongo que debías de estar muy ocupado soportando la resaca o tirándote al maniquí de anoche.

—¿Y a ti qué coño te importa a quién me tire?

—¿A mí? ¡Nada! Pero quizá deberías empezar a pensar que tu padre te necesita, y lo hará cada vez más. No puedes pretender que Connor cargue siempre con todo.

—Esto es increíble... –Kai camina de un lado a otro, llevándose las manos a la cabeza, intentando expresar con palabras el desconcierto que siente en su interior–. ¿Qué cojones te he hecho yo? Estaba preocupado por ti, por el mensaje que me has dejado, y lo único que eres capaz de hacer cuando te pregunto, es echarme en cara lo primero que se te pasa por la cabeza.

—¿Te has parado a pensar en que lo que te echo en cara es consecuencia de tus actos?

—¿En serio? ¿Y entonces qué me dices de anoche? –le

contesta Kai acercándose a ella hasta quedarse a una distancia de pocos centímetros–. Te dije que estabas preciosa y lo único que fuiste capaz de contestarme fue que mi gusto era una mierda y que no sabías cómo tomártelo.

Connor abre los ojos como platos y mira a Zoe, que le devuelve la mirada igual de sorprendida que él. Sin emitir sonido alguno, Connor le dice que es mejor dejarles solos, pero Zoe niega con la cabeza y le implora con la mirada que la deje quedarse un rato más para escuchar el entretenido intercambio de palabras entre Kai y Sarah.

–¡Porque me pusiste nerviosa!

–¿Nerviosa tú? ¡¿Y yo?! ¡No sé cómo actuar contigo! ¡No sé qué esperas de mí! ¡Te enfadas conmigo haga lo que haga! Intento... Intento ser diferente contigo pero me tratas a patadas.

–No esperaba que me echaras un piropo... –dice ella bajando un poco el tono de voz.

–¿No? ¡Pues te diría que te fueras acostumbrando porque...! ¡Porque...!

–¿Porque qué?

El pecho de Kai sube y baja con rapidez, casi rozando el cuerpo de Sarah. Se miran a los ojos sin pestañear, desafiándose el uno al otro, hasta que Kai se abalanza sobre Sarah. La agarra la cara con ambas manos y saquea su boca con ansia. Introduce la lengua en la boca de ella con rudeza, como si con ese gesto intentara hacerla entrar en razón. Sarah se agarra con fuerza a los bíceps de Kai, sin oponer ninguna resistencia al asedio al que él la somete. Cuando el cosquilleo que recorre su cuerpo se instala en su estómago y empieza a descender peligrosamente hacia abajo, Sarah apoya las palmas de las manos en el pecho de Kai y le aparta de sopetón.

Los dos se miran con la respiración forzada. Ella se lleva la mano a los labios mientras retrocede y empieza a dar vueltas sobre sí misma, totalmente confundida. Al girarse se da cuenta de la presencia de Connor y Zoe, apoyados contra la encimera y saludándole con cara de desear estar en cualquier lugar menos en esa cocina. Al menos Connor. Zoe parece estar disfrutando algo más.

–Yo... Tengo que... Debería...

–Vale. Sí. Vete. Tranquila –dice Connor visiblemente incómodo–. Nosotros nos quedamos con él.

Sarah sale a toda prisa de la cocina. En cuanto lo hace, Connor mira a Kai intentando disimular una sonrisa.

–¿Qué...? Yo... Esto...

–Parece como si de repente los dos hubierais perdido la capacidad de hablar –se burla Connor.

–¿Crees que la he cagado? –pregunta Kai.

–No. De hecho, creo que deberías volver a hacerlo...

–Pero... ella se apartó...

–Uy, no te preocupes por eso... –interviene Zoe–. Créeme, no creo que huya porque no le haya gustado... Apostaría que huye por todo lo contrario.

Kai arruga la frente y agacha la cabeza, intentando ordenar todos sus pensamientos. Con Sarah, todo parece funcionar al revés. Si la piropea, se enfada. Si la besa, se aleja. Pero ser el Kai de siempre, tampoco parece ayudar.

–Me he dejado el bolso... –Sarah vuelve a entrar en la cocina, caminando de un lado a otro, evitando mirar a Kai–. Aquí está.

Cuando Sarah está a punto de salir de nuevo de la cocina, Kai, movido por un impulso, la llama:

–Sarah, espera –dice agarrándola suavemente por el brazo.

–Dime –contesta ella colocándose algunos mechones detrás de las orejas de forma compulsiva, aún incapaz de mirarle a la cara.

–Esta noche peleo en un combate... –Kai hace una pausa, esperando a que eso haya servido para que Sarah interprete sus intenciones, pero al ver su cara de confusión, resopla con fuerza y, pasándose la mano por el pelo, añade–: Me preguntaba si tú... Si quieres venir. Vendrán todos...

–El boxeo no es lo mío...

–Vale, lo entiendo... No pasa nada... De verdad... –Kai carraspea varias veces antes de dirigirse a su hermano–. Connor, voy a ir a casa a buscar algunas cosas. Ya me vengo yo aquí para cuidar de papá por las noches.

Antes siquiera de que Connor pueda contestar, Kai ya ha salido de la cocina e incluso de la casa. Sarah sigue en la cocina, con el bolso colgado del hombro, totalmente inmóvil.

–Está haciendo un esfuerzo, Sarah... –dice Connor devolviéndola a la realidad.

–Es que realmente el boxeo no me va...

–Tampoco le va a Kai lo de echar piropos... Piénsalo y si cambias de idea, llámame.

–¿Y tu padre?

–Él también se viene esta vez. No le vamos a dejar solo.

–No sé...

–Además, Vicky sigue con su padre, ¿no?

–Sí, cuando se queda con él, la suele dejar por la mañana en el instituto... –Connor aprieta los labios en un fina línea y se encoge de hombros, dándole a entender que no tiene más remedio que aceptar la invitación–. No prometo nada, pero lo pensaré.

Sarah se marcha y Zoe y Connor se miran sonriendo.

–Parece que tu padre está más tranquilo, ¿verdad? –dice ella mirando por la ventana hacia Donovan, que se ha enfundado sus guantes y está podando unos rosales.

–Parece que sí –contesta él abrazándola por la espalda y apoyando la barbilla en su hombro.

–Yo me tendría que ir también –dice Zoe al cabo de un rato.

–No... Por favor...

–Tengo que trabajar, Connor. Y si esta noche vamos a ver a tu hermano, tengo que acabar antes el turno...

–Tómate el día libre...

–Si no trabajo, no gano dinero. Y lo necesito, porque tengo la mala costumbre de comer, y la comida no aparece por arte de magia en mi nevera, más bien desaparece. Y luego hay un hombrecillo gruñón que me reclama cada mes un dinero por habitar su apartamento. ¿Lo puedes creer? –bromea Zoe.

–Menudo sinvergüenza... –replica él siguiéndole la broma.

Zoe se gira y se sienta en la encimera de la cocina. Abre las piernas y acoge a Connor entre ellas. Connor se acerca a la vez que, agarrándola de la cintura, atrae a Zoe hacia él. La besa en el hombro, sin prisa, saboreando cada centímetro de piel hasta llegar al cuello.

–Me vuelves loco, Zoe.

Ella se rinde completamente y ladea la cabeza para darle total acceso a su cuello. Connor acepta la invitación con rapidez y sigue su camino ascendente acariciándola con sus labios.

Casi no son conscientes de cuando la puerta que da al jardín se abre, provocando el particular ruido de sus bisagras que les devuelve a la realidad.

–Por mí no os cortéis –dice Donovan.

–No se preocupe –se apresura a decir Zoe–. Yo ya me iba a trabajar, y aún tengo que pasar por casa a ducharme y cambiarme. Nos vemos esta noche.

–Adiós –le dice Connor sin soltarle la mano.

–Hasta luego –contesta ella intentando alejarse de él–. ¿Me devuelves la mano?

–No.

–¿Por favor? –le pide ella haciendo pucheros–. Y te prometo que esta noche me quedo contigo...

–¿Cuánto rato? –pregunta él incorporándose de golpe.

–Tanto como tú quieras... –susurra ella acercándose a él hasta darle un beso.

La mano de Connor se abre al instante y la libera de su agarre. Zoe le guiña un ojo y camina hacia atrás, sin dejar de sonreír con picardía.

—¡Lo has dicho! ¡No puedes rajarte! —grita cuando ella sale de la cocina.

—¡Palabra de *girl scout*! —grita justo antes de escucharse la puerta principal al cerrarse.

Connor sonríe mirando al suelo, mordiéndose el labio inferior, totalmente invadido por una sensación de ilusión y felicidad absoluta.

—A eso, hijo mío —dice Donovan apareciendo a su lado como por arte de magia, señalándole con el dedo—, se le llama estar enamorado. Enhorabuena. Es una chica estupenda y te mereces ser feliz de una vez por todas.

Capítulo 9

Trying not to love you

Después de un duro turno en el taxi, Zoe vuelve a casa para cambiarse y esperar a que Connor la recoja. En cuanto entra, se encuentra a Hayley en la cocina, junto al fregadero, supervisando de cerca el trabajo que está realizando el técnico que ha mandado el señor Baker para arreglar el triturador de basura.

–Hola –saluda Zoe mirando intrigada al técnico.

–¡Hola! –contesta Hayley con una sonrisa enorme dibujada en la cara.

–¿Qué te pasa? ¿A qué viene esa cara de felicidad? –le pregunta Zoe mientras su amiga la lleva a un lado agarrándola del brazo.

–Está buenísimo... –dice Hayley sin mover casi los labios.

–¿Quién? ¿Ese? –Zoe le señala y ladea la cabeza para mirarle–. Tiene un buen culo...

–Vale, aquí está el causante del atasco –dice el técnico cogiendo lo que queda del teléfono de Sharon con dos dedos.

–¡Joder! –no puede evitar decir Zoe cuando ve al chico.

–Te lo dije... –le dice Hayley sonriendo sin despegar los labios.

–Espero que tengáis uno de recambio... –dice él caminando hacia ellas.

–Sí... Gracias –contesta Zoe cogiendo el teléfono sin poder parar de reír como una boba–. Se me cayó sin querer...

—Bueno, a lo mejor la tarjeta se puede recuperar. Déjame a ver...

Mientras el chico se concentra en el teléfono, Zoe y Hayley le miran embobadas, haciéndole un repaso de arriba abajo. Cintura estrecha, espaldas anchas, ojos azules, pelo cortado a cepillo... Sin darse cuenta, incluso sonríen ladeando la cabeza observando cómo se las arregla para intentar salvar la tarjeta del móvil. Seguro que piensa que de ese modo le hará un favor enorme a Zoe, cuando en realidad le trae sin cuidado lo que le pase a ese móvil. Pero ninguna de las dos dice nada y le dejan hacer para, de ese modo, poder admirarle durante más tiempo.

—Ya está. Parece estar intacta... A lo mejor puedes rescatar los datos... —dice el chico, lleno de orgullo por su hazaña, dándole la tarjeta y los restos del móvil a Zoe.

—Gracias.

—Parece que el triturador de basura funciona bien. Solo estaba atascado.

—Pues menos mal —interviene Hayley—. Si hubiera estado roto, seguro que el roñoso del señor Baker nos lo habría hecho pagar...

—¿En serio? ¿Tan malo es? —pregunta el chico.

—No lo sabes tú bien —responde Hayley.

—Un verdadero tocapelotas —añade Zoe.

—Veo que le tenéis mucha estima a mi padre.

—Sí, ya ves que... —Hayley palidece al instante al procesar en su cabeza las palabras que acaba de oír—. Espera, ¿tu padre? ¿Quién es tu padre? ¿El señor Baker es tu padre?

El chico asiente con una sonrisa dibujada en la cara, disfrutando viendo sufrir a las chicas.

—¡Anda ya! —dice entonces Zoe—. Te estás quedando con nosotras. Ese gruñón no es tu padre.

—Vale. Creed lo que queráis —contesta él encogiéndose de hombros y sacando el teléfono del bolsillo. Tras apretar algunas teclas, se lo lleva a la oreja esbozando una sonrisa—.

Papá. Sí, ya está. Era un simple atasco. No hace falta cambiarlo, funciona bien.

Hayley y Zoe le observan sin poder creer que realmente esté hablando con su casero, y su cara debe de demostrar su escepticismo ya que en cuanto las ve, sin dejar de sonreír, él conecta el altavoz en el móvil.

–De todos modos, asegúrate de que funciona bien, Dylan.

–Que sí, papá. Funciona bien. Solo había... algo atascado.

–De acuerdo. Gracias, hijo.

–De nada, papá.

Cuelga el teléfono con una sonrisa de satisfacción en la cara mientras ellas se debaten entre el bochorno y la incomprensión.

–¿Convencidas?

–No puede ser... –dice Hayley.

–Pues sí.

–Pero tú... O sea, no... Nosotras no...

–Lo que aquí mi locuaz amiga quiere decir es que no te pareces en nada a tu padre, que no sabíamos siquiera que el señor Baker tuviera hijos y que, además, no te habíamos visto nunca por aquí...

–Bueno, creo que tengo las respuestas a todo eso... Uno, no me parezco a mi padre sino a mi madre. Dos, sí tiene hijos, dos para ser más exactos, Stephanie, que es mi hermana mayor y Dylan, o sea, yo. Y tres, me marché a California a estudiar y vivo allí desde entonces. Estoy solo de visita unos días, y estaba con mi padre cuando llamasteis. Refunfuñó un rato acerca de vosotras...

–¿Se quejó de nosotras? –le corta Hayley.

–Sí. Sus palabras exactas fueron: son como un puto grano en el culo. Si no fuera porque me pagan puntualmente y son guapas, las echaba ya mismo.

–¿Perdona? –interviene Zoe haciendo una mueca de asco con la boca.

—Y no se equivocaba en lo de guapas... –añade Dylan sonriendo a las dos aunque fijando su atención más detenidamente en Hayley.

Esta se sonroja y sonríe mordiéndose el labio inferior mientras Zoe la mira sin poderse creer que haya obviado las palabras de su casero. ¿Es que acaso es la única de las dos que encuentra ofensivo que no las eche porque son monas? Parece que sí porque Hayley no para de sonreír y mirar de arriba abajo a Dylan...

—Hayley... –la llama Zoe para intentar llamar su atención.

—Zoe, ¿tú no habías quedado con tu novio? –la corta Hayley, enfatizando con más fuerza la palabra novio para así dejarle a Dylan claro que la única soltera de ese apartamento es ella.

Zoe la observa mientras su amiga le hace señas claras para que se largue cuanto antes y, después de resoplar con fuerza para mostrar su desacuerdo, se da media vuelta y se dirige a su dormitorio.

Tras ducharse, decidir su vestuario y maquillarse, aún está a medio vestir cuando suena el timbre de la puerta. Dos timbrazos después, sale del dormitorio saltando a la pata coja mientras se calza el zapato de tacón.

—No os molestéis, que ya abro yo –dice cuando ve a Hayley y a Dylan relajados en el sofá con una cerveza en la mano.

—Es para ti de todos modos –contesta su amiga sin despegar los ojos del milagro de la naturaleza que está sentado a su lado–. ¿Así que has sido incluso socorrista en la playa? ¿Como los que salían en la tele?

Zoe sacude la cabeza resignada. Esa es su amiga. Se enamora y desenamora tantas veces a lo largo de una semana, que ha llegado a perder la cuenta. Ayer parecía loca por Evan y hoy ni siquiera se debe de acordar de su existencia. Con ese pensamiento llega a la puerta de entrada y la abre aún con la vista fija en el sofá y sin preguntar quién es. Cuando gira la cabeza, se queda sin habla.

—¿Hola? ¿Qué pasa? ¿Habías olvidado que venía a recogerte?

—No... Es que... Yo solo... ¡Joder!

—No he entendido nada. Pero me da igual —dice Connor silbando y mirándola de pies a cabeza—. Estás espectacular. ¿Haces deporte? ¿Yoga o algo por el estilo?

—Muy gracioso... Ja, ja y ja. Y para que lo sepas, me he quedado sin habla al abrir porque hasta ahora solo te había visto con traje o con chándal, y hoy estás... diferente.

—Gracias. —Sonríe Connor satisfecho.

—No te emociones, que aún no te he dicho que me guste más...

—Créeme, tus «es que...», «yo solo», «¡joder!» —la imita él—, me han dado alguna pista.

Connor da los dos pasos que la separan de ella y la agarra de la cintura. Le sonríe al ver su cara de asombro, hasta que ella claudica y se le escapa una sonrisa.

—Vale, sí, lo confieso. Me gusta cómo te quedan esos vaqueros y esa camiseta.

—Lo primero que he pillado en el armario... Tú también estás genial.

—Pues me he tirado un buen rato eligiendo. ¿Cómo se supone que debe vestir una chica para ir a ver un combate de boxeo? Es más, ¿va alguna mujer a ver los combates? —cuando Connor abre la boca para responder, asintiendo con la cabeza, Zoe pone su mano encima de la boca de él y añade—: Y la chica que sale medio en pelotas entre asalto y asalto, no cuenta.

—Ah, pues entonces...

—Fantástico. Voy a ser la única tía ahí dentro.

—¿Hayley no viene? —pregunta Connor.

—Hayley está demasiado ocupada con Dylan...

—¿Dylan?

—El hijo de nuestro casero. Ha venido a desatascar el triturador de basura y ahí sigue, tomándose una cerveza sentado en el sofá con la descerebrada de mi amiga...

—Pensaba que le gustaba Evan...

—Y yo, pero me parece que el hecho de que esté casado, sigue pesando lo suyo... Así que, a no ser que Sarah recapacite, seré la única mujer esta noche.

—Te tendré que tener vigilada... —susurra Connor en el oído de Zoe—. Para apartarte a los moscones digo...

—Tranquilo, llevo años de experiencia quitándome a babosos de encima. ¿O acaso no recuerdas la noche que os recogí a ti y a tus hermanos? Ah, no, es verdad, no la recuerdas —le dice con burla, sacando incluso la lengua—. ¡Pareja! ¡Nos vamos!

—Adiós, Zoe —grita su amiga diciéndole adiós con la mano sin moverse del sofá.

—¡Adiós! —dice también Dylan—. Pasadlo bien.

Connor responde levantando la mano, aunque su cara no puede disimular el hecho de que Dylan no le cae bien. Se mantienen la mirada durante un rato, hasta que Zoe decide detener la pelea de gallos y empuja a Connor hacia fuera, apoyando las manos en el pecho de él.

—¿Se puede saber a qué ha venido lo de antes? —le pregunta cuando ya llevan un rato caminando en silencio hacia el metro.

—Hayley no tendría que estar con ese imbécil —responde él mirando al suelo con el ceño fruncido.

—¿Perdona?

—Evan está loco por ella. De hecho, ha movido cielo y tierra para poder venir esta noche porque pensaba que ella también vendría...

—Querrás decir que ha mentido a su mujer para poder venir, ¿no? —replica Zoe poniendo más énfasis en la palabra mujer.

—Es complicado...

—Connor, sé que quieres a tu hermano y deseas lo mejor para él y, aunque yo también creo que Hayley sería feliz con Evan, de momento lo suyo es imposible. Y no te puedes enfadar con ella ni con Dylan por ello...

Cuando el metro llega, está tan abarrotado como de costumbre. Se quedan a un lado de la puerta, Zoe con la espalda apoyada en la pared del vagón mientras Connor se pone frente a ella, protegiéndola con su cuerpo de cualquier posible golpe que pueda recibir. Sigue sumido en sus pensamientos, con la cabeza gacha y la mirada preocupada.

—Necesitas unas vacaciones... —dice ella agarrándole de las solapas de la chaqueta de cuero y atrayéndole hacia ella—. Tienes que intentar preocuparte menos por los demás y empezar a pensar un poco más en ti mismo.

Connor levanta la vista y la mira, apretando los labios y haciendo una mueca con la cara. Se encoge de hombros, resignado porque no puede evitar ser como es.

—Hablo en serio. Tus hermanos son mayorcitos y deben aprender a cuidarse solos, no solo de ellos mismos, sino también de tu padre. Te lo dije antes y te lo repito: no puedes seguir cargando toda la responsabilidad sobre tus hombros.

—Lo sé, pero no puedo evitarlo...

—¿Siempre has sido así?

—No siempre... De pequeños, los tres éramos bastante cafres. Supongo que maduré de golpe cuando murió mi madre. Mi padre trabajaba de sol a sol para sacarnos adelante y no estaba mucho en casa, Kai no podía cuidar de sí mismo, así que no digamos ya de los demás, y Evan era más pequeño que yo. Supongo que me impuse esa responsabilidad yo mismo...

—Y entonces estuvo muy bien, pero ya no tenéis quince años. Te pasas el día con el ceño fruncido —dice acariciando su frente con los dedos.

—Vale —claudica Connor esbozando una sonrisa—. Lo intentaré.

—Eso está mucho mejor —añade Zoe al ver como relaja la expresión al instante, sin dejar de acariciarle, pasando el dedo por encima de la cicatriz de la nariz, la que ella le hizo—. Me encanta tu cicatriz.

—A mí también... Me recuerda a ti.

Al salir de la estación, cuando solo les quedan unas pocas manzanas por recorrer, el teléfono de Connor suena dentro de su bolsillo. Cuando lo saca y descubre quién le llama, se le dibuja una sonrisa y, mirando de reojo a Zoe, descuelga:

—Hola, Sarah.

—Vale, acabo de salir del metro. ¿Hacia dónde voy ahora?

—Recto —contesta Connor parándose en mitad de la acera—. Zoe y yo hace nada que hemos salido de la estación. Te esperamos en la calle. Nos verás enseguida.

—De acuerdo. Voy para allá. Hasta ahora.

—Sarah —la llama antes de que ella cuelgue.

—Dime.

—Me alegro de que hayas decidido venir.

Connor escucha cómo Sarah sonríe, justo antes de colgar el teléfono.

—Parece que, finalmente, no vas a ser la única mujer.

—A Kai le va a dar algo cuando la vea. Hoy perderá el combate.

—¡Qué va! Con ese tío ha combatido algunas veces y se lo ha merendado siempre.

—Ya me lo dirás luego...

Una vez dentro del pabellón, toman asiento en la primera fila, justo delante del cuadrilátero. Sarah y Zoe miran alrededor asombradas, aunque el semblante de las dos es muy diferente. Mientras Zoe lo hace con curiosidad, Sarah no puede evitar hacerlo con preocupación. El pabellón está lleno a reventar, y hay un ruido ensordecedor, así que se ven obligados a hablarse a gritos.

—¿Y por qué no ha venido Hayley? —le pregunta Evan a Zoe haciéndose el disimulado—. ¿Trabaja?

—No... —contesta ella con evasivas.

—¿Entonces? —insiste él.

Zoe mira a Connor y este se encoge de hombros resignado.

—Verás Evan... Hayley está con un chico...

—Ah, bueno... No, no pasa nada... Quiero decir, no importa... Solo preguntaba por curiosidad... —intenta disimular antes de quedarse callado durante unos segundos.

—No es una cita en sí... —vuelve a decir Zoe—. Es el hijo del casero de nuestro apartamento... Vino a arreglarnos el triturador de basura y empezaron a charlar...

—No tienes que darme explicaciones... En serio —dice esbozando una sonrisa de circunstancias—, no pasa nada...

—Evan, mírame —le pide Zoe—. Sé que Hayley te gusta y tú a ella también. Pero...

—Lo sé —contesta él contrariado—. Lo sé, lo sé, lo sé... ¡Joder!

—Pues tú mismo.

Evan desvía la mirada hacia otro lado, intentando ser menos transparente, mientras Connor no pierde de vista a Sarah, que no parece estar muy cómoda.

—Sarah —dice Connor poniéndose en cuclillas frente a ella—, ¿estás bien?

—La verdad, no lo sé. Estoy algo nerviosa...

—No te preocupes. Kai lo tiene controlado...

En ese momento, la megafonía del recinto anuncia la entrada de los dos púgiles. Connor se da la vuelta rápidamente y vuelve a su sitio, uniéndose en los vítores a Evan y a su padre, que se han puesto en pie. Zoe y Sarah les observan alucinadas mientras ellos silban y gritan para animar a Kai.

—Mirémoslo por el lado positivo, porque seguro que lo hay... —le dice Zoe a Sarah—. Vamos a ver a dos hombres sudorosos y sin camiseta.

—No soporto el boxeo...
—No deja de ser un deporte... Y el deporte es bueno para la salud.
—Es un deporte que a la larga puede llegar a causar daños cerebrales irreversibles...
—Bueno, ya de por sí, los hombres no suelen usar demasiado el cerebro... Si lo tienen un poco atrofiado, no creo yo que se note mucho la diferencia —bromea Zoe mirando de reojo a Sarah, que no parece estar por la labor de hacer broma.

Cuando Kai sube al *ring*, su mirada se cruza con la de Sarah y su cara se transforma de inmediato. Incluso cuando ya está sentado y su entrenador le da las últimas consignas, no puede dejar de echar rápidos vistazos hacia atrás.

—¿Qué cojones le pasa a Kai? —pregunta Evan a Connor y a su padre.
—Ella es lo que pasa —responde Connor señalando a Sarah.

En ese momento, su entrenador baja del cuadrilátero y Kai aprovecha para girarse hacia Connor y hacerle señas para que se acerque.

—¿Qué hace ella aquí? —le pregunta desde su esquina, dándole la espalda a Sarah para que no sepa que habla de ella.
—Tú la invitaste...
—Pero me dijo que no vendría y yo ya me hice a la idea.
—Pues hazte a la idea de que sí está.
—Pero si me dijo que odiaba el boxeo. Y, mírale la cara, está asustada...
—Pues a pesar de todo eso, aquí está —contesta Connor dándole un par de palmadas en el hombro a su hermano y metiéndole en la boca el protector bucal—. ¿Por algo será, no? O por alguien, mejor dicho... Vamos tío, que tú puedes...

Connor se aleja de nuevo hacia su sitio, alzando el pulgar hacia su hermano, mientras el árbitro llama a los dos púgiles hacia el centro del *ring*. Les recuerda las normas mientras los dos asienten y luego se chocan los guantes. Cuando cada uno vuelve a su esquina, el público empieza a gritar con más fuerza, sabedores de que el combate está a punto de comenzar. Kai observa a Sarah mirando alrededor, y cómo se muerde el labio inferior mientras clava su mirada de preocupación en él. Él arruga la frente y niega sutilmente con la cabeza, como si con ese gesto quisiera infundirle tranquilidad. Ella esboza un tímida sonrisa que él imita entornando levemente los ojos, aunque sabe que en ningún caso es una sonrisa sincera.

Cuando suena la campana para dar comienzo al combate, Kai la mira una vez más antes de dirigirse al centro del *ring*. Los primeros golpes de ambos son vagos, para tantear al adversario y, aunque algunos impactan en el cuerpo del otro, no causan daño alguno. Al menos, hasta que el contrincante de Kai le pilla desprevenido mirando de nuevo a la primera fila de asientos, y le propina un puñetazo en la zona de las costillas que le obliga a doblarse, seguido de un gancho de izquierdas en la mandíbula que le hace caer a la lona. El árbitro empieza a contar, pero Kai, en lugar de preocuparse por levantarse, busca a Sarah. Cuando la encuentra, hecho que le lleva algo más de tiempo del normal debido al aturdimiento, ve cómo no le quita ojo, tapándose la boca con una mano y con el cuerpo en tensión. Aunque lo que más le preocupa es el miedo que reflejan sus ojos, y eso le da fuerzas para continuar y demostrarle que es capaz de ganar este combate. Así que se levanta antes de que el árbitro llegue a diez. Cuando se le pone delante y le pregunta si puede continuar, Kai asiente solo para que desaparezca de su vista, poder acercarse a ella por su propio pie y susurrarle que no se preocupe, que todo va a salir bien. Sumido en ese pensamiento, ni siquiera ve venir el siguiente golpe. Cae de nuevo boca abajo y empieza a notar el sabor metálico de la sangre en su boca. Sacude la cabeza repetidas veces hasta conseguir enfocar la vista. Cuando por fin lo logra y se vuelve a levantar, da tumbos de un lado a otro del *ring*. Sin darle tiempo para reaccionar, su rival se planta delante de él y empieza a golpearle sin cesar. Lo único que Kai puede hacer, es protegerse la cara con los brazos, dejando que algún puñetazo le golpee en las costillas.

La campana suena y el árbitro se acerca enseguida para separarles. En cuanto se sientan cada uno en su taburete, el entrenador de Kai le quita el protector bucal y le echa agua en la cara.

–¡¿Se puede saber qué cojones te pasa?! –le grita–. ¡A ese tío te lo meriendas cuando quieras!

Pero Kai no le presta atención. Su única obsesión es la misma que durante el primer asalto: encontrar a Sarah y comprobar que está bien. Connor, al ver el estado de nerviosismo de su hermano, decide acercarse hasta su esquina.

–Kai, soy yo, Connor –dice llamando su atención mientras su entrenador le aplica una especie de pomada en el pómulo para cortar la hemorragia de sangre de un corte.

–¿Está bien? –le pregunta Kai.

–¿Sarah? Pues no parece estar pasándolo muy bien, la verdad.

–¿Por qué?

–Hombre, pues parece evidente que porque se preocupa por ti... No le debe de hacer mucha gracia ver cómo te apalean.

–No tendría que haber venido...

–Quizá tendrías que haberla invitado a algo más... tranquilo. Pero ya está hecho, así que, por Dios, pelea como sabes e intenta que te dé lo menos posible. ¿De acuerdo?

Kai asiente mientras le choca el puño a su hermano y su entrenador le vuelve a introducir el protector bucal dentro de la boca. Suena la campana y se levanta de un salto, decidido a seguir el consejo de Connor y no dar opción alguna a su rival. Enseguida encuentra la opción de asestarle varios puñetazos que impactan directamente en el pómulo y mentón de su contrincante. Sigue pegándole con todas sus fuerzas hasta que cae a la lona. Mientras el árbitro se interpone entre los dos, Kai se retira y se gira con la intención de echarle a Sarah una mirada triunfal. Pero cuando la encuentra, se le congela la sonrisa al ver que sigue asustada, llegando incluso a taparse los ojos con las manos. Camina hacia ella con la frente arrugada, intentando comprender el porqué de su reacción. Es tanta su preocupación que, llegado el momento, no oye cómo el árbitro reanuda el combate ni se percata de la proximidad de su rival, que le asesta un derechazo que le hace trastabillar. Una lluvia de golpes se suceden a continuación, golpes certeros que no puede evitar ni siquiera cubriéndose y que acaban por noquearle.

El público se pone en pie, sabedor de que esos golpes pueden haber sido los definitivos. Evan, Connor y los demás, hacen lo mismo, aunque en su caso, más preocupados por el estado de Kai que por el resultado del combate.

–¡Vamos, Kai! –grita Evan poniéndose en pie.

–¡Kai! ¡Vamos! –dice Connor.

Sarah, sin ser consciente del todo de sus actos, agarra con fuerza la mano de Zoe, sin apartar la mirada de la lona, donde Kai sigue inmóvil con toda la cara ensangrentada.

–No puedo soportarlo más, Zoe –dice de repente colgándose el bolso del hombro–. Me voy.

–¿Estás bien? ¿Quieres que te acompañe? –le pregunta Zoe.

–No puedo ver cómo destroza su vida de esa manera... No te preocupes... Ya... Nos vemos mañana –dice marchándose con la cara bañada en lágrimas, antes de que Zoe pueda decir nada más.

El árbitro da por finalizado el combate, otorgando la victoria al rival de Kai. El entrenador le lleva hasta su esquina y le sienta en el taburete mientras le intenta reanimar haciéndole oler un puñado de sal volátil metida en un saquito. Cuando recobra un poco el sentido, le lleva al vestuario ayudado por Connor y Evan, y le estiran en una camilla. Le miran expectantes ante una reacción por su parte, pero Kai se limita a mover la cabeza de un lado a otro, aún con los ojos cerrados.

–Kai –dice el entrenador echándole agua en la cara–. Vamos, reacciona.

–Hijo –pregunta entonces Donovan con semblante preocupado mientras le limpia la cara con una toalla–, ¿estás bien?

–Sarah... –balbucea Kai–. ¿Dónde...?

–¡Deja de preocuparte por una tía y explícame qué cojones te ha pasado allí fuera! –le grita el entrenador.

–Kai, eh, soy Connor –interviene poniéndose frente a Kai y ayudándole a incorporarse poco a poco–. Sarah se ha marchado.

–¿Que se ha ido? –pregunta frotándose la frente–. ¿Cuándo...?

–Cuando has perdido el conocimiento –responde Zoe–. Aunque la verdad es que viendo la cara que tenía desde el principio del combate, me ha sorprendido que aguantara tanto...

–Pero... –Kai se mira las manos, aún algo aturdido–, entonces, ¿por qué vino?

–Está claro que vino por ti y se fue también por ti... –contesta Connor.

–Se marchó llorando... –añade Zoe–. Dijo que no podía soportarlo más, que no podía seguir viendo cómo destrozabas tu vida...

Kai se levanta de inmediato y se pone la camiseta. Se quita el pantalón corto sin importarle quedarse en calzoncillos delante de Zoe, y se pone los vaqueros. Se calza las zapatillas y, justo cuando va a salir por la puerta, se detiene y se acerca a sus hermanos.

–¿Podréis...? –pregunta mirando a su padre.

—Vete. Ya me encargo yo —contesta Connor mientras escribe algo en el brazo de Kai.
—¿Qué haces?
—Sin su dirección poco podrás hacer...
—Gracias —dice abrazándole.
—Espera, que estás hecho un puto desastre —añade Evan poniendo algo de alcohol en un algodón y aplicándolo en el pómulo.
—¡Ah, joder! Que escuece —se queja Kai.
—Hay que joderse... —contesta Evan—. Anda, lárgate, marica.

Kai le da un empujón cariñoso antes de irse y luego un abrazo a su padre. Sonríe a Zoe y se le acerca algo tímido.
—¿Voy muy mal para ir a buscarla? —le pregunta al oído.
—Vamos a ver —dice apartándole un poco para echarle un vistazo de arriba abajo—. Ahora mismo no eres un derroche de limpieza, ni de buen olor, e incluso vas manchado de sangre, pero creo que Sarah se conformará con verte de una pieza frente a la puerta de su casa.
—Claro —interviene Donovan—. Ella solo quiere a alguien capaz de plantarse en el jardín de su casa...
—¿Qué? —pregunta Kai confundido.
—Nada. Déjalo. Cosas nuestras —responde Connor—. Corre a por ella.

Cuando sale por la puerta, Evan se gira hacia su hermano y, agachando la cabeza, empieza a decir:
—Connor, yo...
—Lo sé. Vete tú también.
—Pero... —Evan mira a Zoe y luego a su padre.
—No pasa nada. Pero lárgate antes de que me arrepienta.

En cuanto se quedan solos los tres, Donovan se gira hacia Connor y antes de dirigirse hacia la salida, le dice:
—Prométeme que algún día cogerás a esta chica, te la llevarás lejos y no pensarás en nadie más, excepto en vosotros dos. Ni siquiera en mí.

—No se moleste, Donovan. Es superior a él –interviene Zoe abrazada a Connor, y tras darle un beso, mirándole a los ojos, añade–: Y aunque no puedo negar que es algo que me encanta de ti, solo te digo que si algún día decides seguir el consejo de tu padre, no hace falta que me lleves muy lejos, con que estemos los dos solos, me sirve.

—Aquí se acaba nuestra cita, ¿verdad? –dice Connor dándose cuenta de que Zoe no se va a querer quedar en casa de su padre con él–. Lo siento...

—No pasa nada –responde ella dibujando una línea imaginaria en el pecho de él.

—Te acompañamos a casa.

—No. Tu padre necesita descansar –dice mirando a Donovan con cariño–. Demasiadas emociones fuertes... Llamaré a un amigo que está de servicio esta noche, para que me lleve a casa.

Cinco minutos después de hacer la llamada, un taxi para frente al pabellón.

—¡*Siñor* Connor! –saluda entonces el taxista.

—¡Rajesh! ¿Cómo te va, amigo? –responde Connor.

—Muy bien –responde con una gran sonrisa mientras les mira a los dos–. ¿Se conocen?

—Sí... –responde Connor rascándose la cabeza con timidez.

—Ya veo... –dice Rajesh fijándose entonces en las manos entrelazadas de ambos.

—Raj, confío en ti para dejarla sana y salva en casa, ¿vale?

—Eso está hecho, *siñor*.

Connor se gira entonces hacia Zoe y, agarrándola por la cintura, la atrae hacia su cuerpo.

—¿Me darás las buenas noches luego? –le pregunta Zoe.

—Claro. ¿Nos vemos mañana?

—Tengo la tarde libre...

—Yo por la tarde tengo una reunión con unos clientes. ¿Cenamos por la noche?

—Trabajo...

Connor resopla resignado hasta que Zoe pega sus labios a los de él, hundiendo a la vez los dedos en su pelo. Cuando se despega de él, Connor mantiene los ojos cerrados durante unos segundos, saboreando el beso e intentando alargar el momento.

–Como Kai no aproveche esta noche, te juro que me lo cargo... –dice él apoyando la frente en la de ella.

–Ya nos las arreglaremos, ¿de acuerdo? –añade Zoe con una sonrisa en los labios mientras acaricia la cara de él.

–De acuerdo.

–Vale.

–Vale.

–Me voy ya –dice dando un pequeño empujón a Connor y metiéndose en el taxi–. Espero tus buenas noches.

–¡Adiós, *siñor* Connor! –grita Rajesh desde el asiento del conductor–. No se preocupe por nada.

–Adiós, Rajesh. Cuento contigo.

El taxi arranca y Zoe, sentada en la parte delantera junto a Rajesh, le lanza un beso. Connor se queda inmóvil hasta que pierde de vista el vehículo. Cuando se gira, se encuentra de frente con su padre, que mira alrededor con la mirada perdida mientras empieza a soplar algo de viento y a caer una fina lluvia.

–Empieza a llover. ¿Nos vamos? –le pregunta mientras su padre asiente con la cabeza–. ¿Estás bien?

–Vamos... –dice Donovan mientras empiezan a caminar–. ¿Esa chica es tu novia?

–Sí –contesta Connor con el corazón encogido al ver cómo las pérdidas de memoria de su padre se hacen cada vez más frecuentes. Siguiendo el consejo de Sarah, responde con naturalidad, dándole el máximo de información posible–. Se llama Zoe.

–Me gusta para ti. Y te hace feliz. Se te nota en la cara –dice mirando al frente mientras caminan–. Por cierto, ¿a dónde vamos?

–A casa –contesta Connor tragando saliva–. Parece que empieza a llover con más fuerza. Vamos a buscar un taxi.

–No, prefiero caminar un rato –Donovan levanta la vista al cielo y cierra los ojos, dejando que la lluvia moje su cara–. Me recuerda a Irlanda... Prefiero caminar un rato. ¿Te importa?

–De acuerdo...

–A tu madre le encantaba. Nunca os compró paraguas y os dejaba saltar en los charcos hasta quedar empapados... –dice Donovan mientras Connor sonríe al comprobar que sigue acordándose de ella.

En ese preciso instante, Kai corre a lo largo de Fulton Street buscando el número cuarenta y dos, mientras las gotas de lluvia golpean su rostro. Cuando lo encuentra, se frena en seco. Es una casa pareada, estrecha y algo vieja, en consonancia al resto de casas de la calle. Sin pensarlo demasiado, se acerca hasta la puerta y llama repetidamente al timbre. Apoya las manos a ambos lados del marco de la puerta mientras intenta recobrar el aliento después de la carrera que se acaba de pegar. Además, las heridas de la pelea empiezan a doler y a hincharse por momentos. Pasan unos segundos y, sin haber obtenido respuesta, golpea la puerta de madera con el puño.

–¡Sarah! –la llama a gritos.

Se separa de la puerta y mira hacia las ventanas superiores de la casa, en busca de una luz que le permita saber si hay alguien en casa. Entonces, se ilumina la entrada y se abre la puerta. Kai se queda inmóvil, totalmente paralizado. Había corrido hasta aquí decidido, pero no había planeado qué hacer a partir del momento en el que ella abriera la puerta.

–¿Kai? ¿Qué haces aquí? –pregunta Sarah nerviosa, intentando peinarse el pelo con los dedos.

Él se toma su tiempo para responder mientras la observa de arriba abajo. Va vestida con un simple pantalón de pijama largo y una camiseta de tirantes blanca, y tiene el pelo recogido en una coleta. Lleva las gafas puestas y sujeta un libro contra el pecho. Kai sabe que esa imagen de Sarah se quedará grabada en su memoria para siempre porque, aunque ella intente arreglarse un poco y parezca incómoda por haber abierto la puerta en pijama, para él, está sencillamente preciosa.

–Estaba preocupado... –responde al rato, aún plantado en mitad de la acera–. Me han dicho que te fuiste... llorando. ¿Estás bien?

–¿Y has venido hasta aquí solo para preguntarme eso? ¿No tienes mi número?

–No... Yo... –balbucea Kai sin saber bien realmente qué responder. Finalmente, deja caer los brazos a ambos lados del cuerpo y, resignado, empieza a darse la vuelta para irse–. Lo siento. Ni siquiera yo mismo sé por qué he venido...

Sarah le observa mientras camina calle abajo y al momento se empieza a librar una batalla en su interior. Mientras su cabeza le dice que Kai no le conviene y que hace bien en alejarse, su corazón late con excesiva fuerza cuando él está cerca y en estos momentos le implora para que busque cualquier excusa para retenerle a su lado.

–¡Kai, espera! –grita sin pensar.

Cuando él se detiene y se gira, ella aún está decidiendo qué decir a continuación. Entonces, al verle las heridas, se le ocurre la excusa perfecta.

–Tienes sangre en la cara.

Kai se toca la frente y luego se mira los dedos en los que, efectivamente, hay restos de sangre.

–Entra para que le eche un vistazo y al menos te la limpie y te ponga una tirita.

–No te preocupes. No hace falta. Estoy bien –contesta él volviéndose a dar la vuelta.

Sarah corre a su encuentro y le agarra del brazo para impedir su marcha.

—¡Kai! No seas tonto, por favor. Ven conmigo —insiste ella tirando de su brazo.

—Te estás mojando... —contesta Kai sin moverse un milímetro del sitio.

—Me da igual.

—Es que no sé qué quieres de mí. ¿Quieres que entre o que me vaya?

—Te acabo de pedir que entres...

—No me refiero solo a ahora. Estoy... confundido. No sé cómo comportarme contigo y, haga lo que haga, todo parece molestarte. Así que no tengo claro si me quieres cerca o, por el contrario, prefieres que me aleje.

Durante unos segundos, Sarah le mira a los ojos, en los que a duras penas se intuye el color azul. Está confundido, casi tanto como ella. ¿Quiere acercarse a él? ¿O salir huyendo? Cuando se quiere dar cuenta, mientras su cabeza sigue dándole vueltas a todo, su corazón ha tomado las riendas y sus manos se aferran a la mano de Kai. Tira de él con cariño, conduciéndole hacia la casa sin dejar de mirarle. Una vez dentro, le da la espalda y sube las escaleras hacia el baño sin soltarle de la mano.

—Espera aquí. Voy a cambiarme el pijama, que está mojado —le pide Sarah mientras Kai asiente con la cabeza.

Cuando vuelve a entrar pasados pocos minutos, se deshace la coleta, coge una toalla y se seca el pelo con ella. Una vez listo, vuelve a recogérselo. Él la sigue sin perder detalle de cada uno de sus movimientos.

—Toma —dice tendiéndole otra toalla—. Sécate un poco si quieres. No tengo nada de tu talla para prestarte, pero sí tengo secadora. Si te quieres quitar la ropa...

Aún sin saber cómo ha podido atreverse a decir eso, se gira rápidamente con la cara sonrojada por la vergüenza y rebusca entre los cajones hasta encontrar gasas, yodo y algunas tiritas. Finalmente, cuando cree tenerlo todo listo, respira profundamente para tranquilizarse, moja con agua un trozo de gasa y se gira de nuevo hacia Kai para limpiarle las heridas. Se coloca en el hueco que él deja entre las piernas y se acerca para observar de cerca. Cuando acaba de limpiar la sangre del pómulo, vierte un poco de yodo en otra gasa y la aplica encima del corte dando suaves golpes. Kai hace una mueca de dolor y Sarah sopla con cariño para aliviar el escozor.

–Perdona –dice ella al darse cuenta de su gesto–. Cuando le limpiaba alguna herida a Vicky, me obligaba a soplar para aliviar el picor.

–No pasa nada... –contesta Kai sonriendo.

–¿Siempre acabas así?

–No.

Sarah acaba de aplicar el yodo y se para unos segundos para admirar su trabajo. Kai la observa detenidamente, totalmente hipnotizado por esos labios y esos enormes ojos marrones.

–Perfecto. Te has librado de los puntos de puro milagro.

–¿Por qué llorabas? –le pregunta Kai.

–Porque no soporto el boxeo –responde Sarah sin mirarle a los ojos, buscando una de las tiritas.

–Yo tampoco soporto el ballet pero no creo que me pusiera a llorar si asistiera a una función.

–Claro, porque viene a ser lo mismo... –contesta ella convirtiendo las palmas de sus manos en una balanza–. Un combate entre dos tíos pegándose... El Lago de los Cisnes en un teatro de Broadway...

–Ya sabes a qué me refiero... –insiste él mientras ella sigue dándole la espalda–. Sarah. Eh, Sarah.

–En el corte del labio, no te puedo poner nada... Será mejor que te lo vea un médico –dice guardando todas las cosas en el cajón y saliendo del baño.

–¡Mírame! –Kai la agarra del brazo y la frena en seco.

—¿Quieres saber por qué lloraba? —dice finalmente ella, mirándole a la cara, con los ojos bañados en lágrimas—. Porque no soportaba ver cómo te pegaban. Porque no puedo ver cómo te provocas un daño quizá irreversible. Porque me preocupo por ti. Porque no he conocido nunca a nadie que me ponga tan nerviosa. Porque desde esta mañana soy incapaz de pensar en otra cosa que no sea en ese beso. Porque...

Pero antes de poder seguir hablando, Kai se levanta de golpe y le sella la boca con sus labios. Sin esperar su permiso, saquea su boca sin contemplaciones mientras hunde los dedos de una mano en su pelo y le aprieta el trasero con la otra. Sarah decide hacer caso a los fuertes latidos de su corazón y enreda las piernas alrededor de la cintura de él. Kai camina hasta que la espalda de ella choca contra la pared del pasillo, haciendo caer una foto que colgaba de ella.

—Es igual. No pasa nada —le dice ella cuando Kai gira la cabeza para ver lo sucedido.

Al instante, él vuelve a la carga y aprieta su cuerpo contra el de ella. Sarah no puede evitar soltar un jadeo cuando nota la erección de Kai contra su sexo y su corazón se acelera aún más cuando siente cómo las manos de él se deslizan hacia arriba, llevándose a la vez su camiseta, desnudándola de cintura para arriba. Kai hunde la cara en el cuello de Sarah y le da pequeños mordiscos a la par que amasa uno de sus pechos y tortura dulcemente el pezón con los dedos. El torbellino de sensaciones que esos actos provocan en Sarah la desinhibe por completo y busca a tientas el bajo de la camiseta de Kai. Cuando se la quita, recorre su espalda con los dedos, sintiendo cómo los músculos de los hombros se tensan con cada movimiento que él hace al mantenerla cogida. Las manos de él se agarran al trasero de ella y la aprieta contra su entrepierna. Cuando Sarah clava las uñas en sus hombros, él la coge en volandas de nuevo y, a tientas, busca el dormitorio. Por el camino, le da una patada a un pequeño mueble que se tambalea considerablemente por la embestida. Apoya la espalda de ella contra una puerta y, sin dejar de besar a Sarah, busca a tientas el pomo. Cuando lo encuentra y la abre, se dirige rápidamente hacia la cama y la estira en ella, tumbándose él encima.

–Kai. Espera. Kai –dice ella entre beso y beso–. Esta es la habitación de Vicky.

–Mierda –contesta él volviéndola a coger en brazos mientras Sarah ríe a carcajadas–. Me podías haber avisado antes, que me ha llevado un rato abrir la puerta.

–Estaba demasiado ocupada. Usted perdone. Y ahora calla y bésame.

Vuelven a salir al pasillo y, tras dar dos pasos, Kai se queda parado esperando instrucciones.

–Última habitación del pasillo –dice ella señalando hacia atrás con el dedo.

En cuanto abre la última puerta, repite la acción de antes y cuando se estira encima, apoyando el peso del cuerpo en los antebrazos, la observa detenidamente mientras la besa aprovechando que permanece con los ojos cerrados. Se permite el lujo de sonreír levemente al ser consciente de la suerte que va a tener esta noche, porque piensa que una chica como ella no suele fijarse en alguien como él. No puede aspirar a una mujer como Sarah, guapa, independiente, inteligente... Nunca ha sido así y nunca lo será, así que decide no pensar en ello y disfrutar del momento.

Dibujando un camino imaginario hacia el ombligo, lleva las manos hasta la goma del pantalón del pijama de ella y poco a poco lo hace deslizar por sus piernas. Sarah se retuerce de placer y expectación encima de las sábanas y se muerde el labio lascivamente cuando Kai se quita los pantalones y los calzoncillos y libera su erección. Busca la cartera en los bolsillos de los vaqueros y cuando la encuentra, saca un preservativo de dentro. Se sienta encima de los talones y justo después de romper el envoltorio, Sarah pone una mano encima de la de él.

—Déjame a mí —le dice con voz sensual.

Agarrando de la punta el preservativo, lo hace deslizar lentamente a lo largo de toda la longitud de su pene. Entonces se agacha y se ayuda con la boca para finalizar el trabajo. Kai echa la cabeza hacia atrás y resopla con fuerza, apretando los puños a ambos lados del cuerpo. Sin poder aguantarlo más, le aparta suavemente y agarrándola de la cintura, la estira boca arriba dirigiendo su erección con la mano hasta hundirse dentro de ella de una sola estocada. Sarah suelta un quejido y Kai se queda inmóvil y expectante.

—Lo siento... —le dice—. ¿Estás bien?

—Sí... Ahora sí... —responde ella sonriendo y resiguiendo con los dedos las líneas de expresión de la cara de Kai—. Ve despacio y no dejes de mirarme.

—Vale —contesta él moviendo lentamente las caderas hacia atrás y penetrándola hasta el fondo con sumo cuidado.

Repite la acción varias veces, viéndose obligado a apretar los labios con fuerza para reprimir las ganas de correrse, ya que verla moverse debajo de su cuerpo, verla jadear de placer y morderse el labio, le está poniendo las cosas muy difíciles.

—Como sigas apretándote a mi alrededor de esa manera, no voy a ser capaz de aguantar mucho más —jadea él cerrando los ojos con fuerza.

—Estírate boca arriba —susurra Sarah en su oreja.

En cuanto lo hace, moviéndola con delicadeza, ella empieza a cabalgarle sensualmente. Kai pone las manos en la cintura de ella, siguiendo el movimiento que ella realiza. Intenta acariciarle la cara, pero la distancia entre ambos es demasiado grande, así que varios minutos después, él se incorpora hasta quedarse sentado en el colchón, sin salir del interior de Sarah. Ella sonríe y sigue moviéndose, apoyando los brazos en los hombros de Kai, mientras él acaricia el labio inferior de ella con el pulgar.

–Eres preciosa –dice él en voz baja, como si se lo estuviera diciendo a sí mismo.

Sarah empieza a moverse con más rapidez, a la vez que aprieta las piernas con más fuerza alrededor de la cintura de Kai.

–Joder... –jadea él.

–Me voy a correr, Kai.

Él la agarra con fuerza contra su cuerpo mientras se vacía, dejando ir un sonido gutural mientras ella se abraza a su cuello y grita en su oído producto de un brutal orgasmo. Minutos más tarde, Kai se estira en el colchón con ella encima, abrazándola con fuerza, sin importarle que su pelo caiga encima de su cara. Se quedan en esa postura un rato más, hasta que los latidos de sus corazones vuelven al ritmo normal. Luego, Sarah levanta la cabeza y sonríe al observar a Kai.

–¿De qué te ríes? –le pregunta él abriendo un ojo.

–De mis pésimas dotes de enfermera. Te sangra de nuevo el corte.

–Te perdono.

–¿En serio? ¿Tan bueno ha sido?

–¿Acaso a ti no te lo ha parecido?

Sarah se estira al lado de Kai, apoyando la cabeza en su hombro y paseando los dedos por todas las heridas que tiene, tanto las de la cara como los hematomas que empiezan a salirle en el pecho.

–No me has respondido –insiste él inmovilizando el cuerpo de Sarah contra el colchón mientras ella sonríe con picardía.

–Me gustaría decirte que ha sido espectacular, pero no quiero que se te suban los humos demasiado...

Kai suelta una sonora carcajada y ella le observa detenidamente.

–No dejes nunca de hacer eso –le dice poniéndose de costado, quedándose de cara a él.

–¿Hacer el qué? –pregunta Kai intrigado.
–Reír. No te había visto hacerlo antes hasta ahora...
–No tenía motivos... Hasta ahora –contesta él mirándola a los ojos hasta que Sarah agacha la cabeza tímidamente, con la frente apoyada en su pecho.
–¿Te quedas esta noche conmigo?
–Solo si tú quieres...
–Lo digo por tu padre...
–Connor me cubre.
–Oh, Dios... ¿Le hemos fastidiado la cita a Connor?
–Me parece que sí –contesta con una sonrisa.
–No te rías. Me sabe fatal...
–¿Prefieres que me vaya y le haga el relevo para que vaya en busca de Zoe?
–Ni se te ocurra moverte de mi lado.
–Pues entonces no te sabe tan mal...
–Ya se lo compensarás de alguna manera.
–¡¿Yo?!
–Sí. Tú –contesta justo antes de bostezar.

Kai la estrecha con fuerza entre sus brazos mientras la besa en el pelo y la observa cerrar los ojos lentamente. Se mantiene despierto durante un rato más, temiendo dormirse y despertarse lejos de ella. Algo en su interior le dice que es demasiado buena para él, y que tarde o temprano se cansará y le dejará. No pone en duda que se sienta atraída por él, eso no es extraño, ya que no suele pasar desapercibido a las mujeres. El problema es que él no solo se siente atraído por ella, sino que sabe que la quiere con toda su alma. Quizá no debería haber venido para no colgarse más de ella. Quizá esto ha sido un error, un maravilloso error.

–Te quiero –susurra–. Aunque tú no llegues nunca a sentir lo mismo.

Capítulo 10

If I knew

—Papá —susurra Connor zarandeando a su padre con suma delicadeza hasta que empieza a abrir los ojos—. Escucha, me tengo que ir a trabajar. ¿Te preparo el desayuno?

—No te molestes —contesta Donovan con voz soñolienta—, ahora me levanto y me lo preparo yo...

—No me molesta. Me voy a hacer un café para mí, así que no me cuesta nada hacer dos.

Connor baja las escaleras con pesadez, agotado tras otra noche en la que no ha podido pegar ojo, viéndose obligado a estar pendiente de su padre y de las innumerables veces que se ha levantado desorientado. En una de las ocasiones, incluso intentó abrir la puerta principal y salir a la calle, así que Connor decidió hacer guardia sentado en una silla al lado de la cama de su padre, provocando el resultado obvio de agotamiento que refleja su rostro.

Enciende la cafetera y, apoyando las palmas de las manos en la encimera y la frente en el armario superior, se permite el lujo de cerrar los ojos por unos segundos. Pierde la noción del tiempo hasta que escucha el ruido de la máquina cuando el café empieza a caer en la taza. Sobresaltado, abre los ojos y se encuentra con la mirada preocupada de Sarah.

—Qué susto me has dado... No te oí entrar.

—Se me ocurren sitios más cómodos en los que dormir —comenta Sarah mientras saca el cartón de leche del frigorífico—. ¿Noche dura?

—Un poco...

—¿Te acordaste de cerrar la puerta principal con llave, tal y como te dije?

—Sí, y menos mal que lo hice... Acabé sentándome en una silla al lado de su cama...

—Connor... —Sarah le mira ladeando la cabeza.

—¿Qué? —contesta él encogiéndose de hombros—. Es lo que hay. Ya lo sé. La enfermedad avanza, pero esperaba que no lo hiciera tan rápido...

Sarah se acerca a él y tras alisarle la americana, empieza a hacerle el nudo de la corbata. Connor la observa mientras ella se concentra en la tarea.

—¿Qué tal tu noche? —se atreve a preguntar Connor—. Espero que haya sido tan movida como la mía...

Ella sonríe con la cabeza gacha, apoyando las palmas de las manos en el pecho de Connor mientras este le busca la mirada. Cuando sus ojos se encuentran, él la mira divertido, alzando las cejas y con una sonrisa socarrona en los labios.

—Dime que el capullo de mi hermano hizo lo correcto...

—Lo hizo —confiesa Sarah al cabo de un rato.

—Bien —sonríe Connor satisfecho—. ¿Y entonces...?

—¿Entonces qué?

—Estás... No sé... Como melancólica...

—No, todo bien... —dice ella con la cara sonrojada.

—No hace falta que me des detalles... Me conformo con saber que estás bien.

—Estoy bien. De hecho, estoy muy bien —contesta con una gran sonrisa—. Solo que... No importa, es una tontería. Déjalo.

Sarah hace el intento de girarse, pero Connor la detiene agarrándola del codo. La lleva hasta una de las sillas de la cocina y la obliga a sentarse, plantando frente a ella una de las tazas de café mientras se prepara otra para él. Cuando acaba, se sienta en una silla frente a Sarah, que tiene los ojos fijos en la taza, ensimismada.

–¿Y bien? –insiste Connor pasados unos segundos.

–Todo fue muy bien –empieza a decir ella mientras él asiente–, o al menos eso me pareció a mí...

–¿Y crees que a Kai no?

–Sí, creía que sí... Pero esta mañana, cuando me he despertado, él ya no estaba. Quizá es una tontería a la que no tengo que darle importancia...

–Tranquila... No debes darle importancia... –contesta Connor intentando tranquilizarla, aunque en su interior sabe que la preocupación de Sarah no es infundada–. Tendría que ir a algún sitio...

–Eso quiero yo pensar... Quizá haya ido al médico porque anoche llegó con la cara sangrando y yo hice lo que pude, pero algún corte no paraba de sangrarle...

–¡Claro! Será eso. No te preocupes –añade mirando la hora y poniéndose en pie mientras se aprieta el nudo de la corbata hasta arriba y se bebe de un trago el café–. Me tengo que ir a trabajar. Luego os llamo para ver cómo vais. Mi padre ya se estaba levantando. Este café es para él.

Connor pone una taza en la cafetera y aprieta el botón. Espera a que el café llene la mitad de la taza y luego vierte la leche. Cuando acaba, la deja en la mesa, frente a Sarah.

–¿Te relajas en algún momento del día? –le pregunta ella poniéndose en pie frente a él.

–Bueno...

–Supongo que esta noche Kai se quedará con tu padre. Así que tú intenta dormir un poco, ¿vale?

–Vale, mami –contesta Connor poniendo cara de niño bueno.

–¿O has quedado con Zoe?

–Lo dudo. Incompatibilidad de horarios...

–Pues entonces sí, duerme.

–Vale –contesta Connor dándole un abrazo cariñoso y un beso en la mejilla.

En cuanto sale por la puerta, busca su teléfono y llama a

Kai. Tras esperar los tonos pertinentes, salta el contestador y le deja un seco mensaje sin dejar de caminar hacia la parada de metro más cercana.

–Kai, soy Connor. ¿Qué cojones te pasa por la cabeza? ¿Te largas sin más de su casa? Está preocupada, imbécil. Llámame.

El resto del día pasa en un abrir y cerrar de ojos. La mañana resulta ser frenética en la oficina, plagada de reuniones, de discusiones telefónicas y de cambios de última hora en la campaña de Folger's. Poco antes de la hora de comer, recibe un escueto mensaje de Kai.

Esta noche me quedo con papá.

Connor reprime las ganas de llamarle y volver a pedirle explicaciones, y en su lugar le escribe un mensaje bastante suave.

¿Estás bien?

Durante un rato sostiene en la mano el teléfono, a la espera de una respuesta que no llega. Cinco minutos después, desiste y guarda el móvil en el bolsillo.

La comida con los directivos de marketing de BMW para atar los últimos flecos, se alarga unas cuatro horas y beben algo más de lo recomendable en un día laborable. Así, cuando empieza a anochecer, Rick y Connor aún siguen en la oficina, intentando plasmar los últimos cambios que se les han ocurrido a los de Folger. Para ellos, la campaña estaba perfecta tal y como estaba, pero Grace decidió darle una vuelta de tuerca.

–La viuda negra quiere verte de nuevo y está haciendo todo lo posible por conseguirlo... –dice Rick intentando picar a Connor.

Cuando ve que este no se inmuta y se mantiene en la misma postura, con los codos apoyados en su mesa y la cabeza en las manos, vuelve a la carga para intentar llamar su atención.

–Por el bien de la campaña y de nuestra integridad física,

te pido encarecidamente que accedas a sus deseos sexuales. –Se acerca a Connor y se pone de rodillas a su lado, suplicándole–: ¡Por favor, colega, tíratela! ¡¿Qué te cuesta?!

Connor gira la cabeza y le mira como si no hubiera escuchado nada aparte de esas últimas palabras.

–¿Qué dices? –le pregunta con desgana.

–Joder –se queja Rick poniéndose de nuevo en pie–. Meterme contigo cuando no estás en condiciones, no mola nada. Duerme, o folla, o sal a correr, pero, por favor, ¡vuelve en ti!

Connor se frota la cara y deja escapar un largo bostezo. Luego se reclina hacia atrás en la silla, se afloja aún más el nudo de la corbata y cierra los ojos.

–Ahora en serio, ¿necesitas ayuda con lo de tu padre? –pregunta entonces Rick–. Sabes que puedes contar conmigo cuando no tengo a Holly...

–Lo sé, y te lo agradezco. No pasa nada, puedo arreglármelas de momento.

–Pues cualquiera lo diría a tenor de tu aspecto.

–No he dormido mucho estas dos últimas noches...

–Pensaba que solo te habías quedado con tu padre esta pasada noche... ¿Qué pasó antes de ayer?

–Es complicado... –contesta pasándose la mano por el pelo.

–No me digas más, Sharon –le corta Rick mientras Connor le mira arrugando la frente–. No me mires así. Con ella, siempre era todo complicado y, por culpa de eso, tu humor cambió. En cuanto se largó y conociste a Zoe, al instante, tu humor volvió a ser el de siempre, tu ceño dejó de estar fruncido las veinticuatro horas del día, pareces relajado y feliz... ¡Joder, si hasta te permites el lujo de reír y hacer bromas!

–Eso... –intenta intervenir Connor.

–¡Espera! –vuelve a decir Rick girando la silla de Connor y, cogiéndole de la camisa para levantarle, añade–: ¿Quieres mi consejo? ¿No? Me la suda porque te lo voy a dar igualmente. Manda a Sharon a tomar por culo. Ya. Ni lo pienses.

–Es lo que quiero hacer. No con esas palabras, claro está...

–Pues deberías. Te recuerdo que ella no tuvo tantos miramientos.

–Rick.

–Vale, me callo. Pero...

–¡Rick! –le grita Connor haciendo que su amigo se quede quieto y callado de golpe, solo moviéndose para simular con gestos que se sella la boca con una cremallera–. La llamé para decirle que quería dejarlo porque estoy saliendo con otra persona.

–¡Eso es, joder! ¡Ay, mierda! Perdón. Me callo.

–No te emociones. Me saltó el contestador y como me pareció feo decirle todo eso a una máquina, le dije simplemente que me llamara, que teníamos que hablar.

–Y te llamó, os peleasteis y por eso estuviste toda la noche dándole vueltas...

–No... No me ha llamado aún. Estuve toda la noche dándole vueltas a lo que debía hacer...

–¿Toda la noche para eso? Pues haberme llamado y te hubiera solucionado el gran dilema en dos segundos.

–Lo sé y yo hice la misma elección. Quiero intentarlo con Zoe, aunque tengo miedo de volverme a equivocar... ¿Y si se cansa de mí y me deja ella también?

–Bueno... No adelantes acontecimientos. Pero cambia ya de humor si quieres conservarla, porque tal y como estás hoy, aburres hasta a un muerto.

–Con ella no estoy así... Es estar con ella y... No sé, es como si todo pareciera sencillo a su lado.

–Pues quizá te vendría bien pasar un rato con ella esta noche.

–Debe de estar trabajando –contesta Connor tras mirar la hora.

—Pues pide un taxi.
—¿Pero cómo...?
—Déjamelo a mí... —contesta Rick guiñándole un ojo mientras busca un número en la agenda de contactos de la agenda—. Briggs, soy Rick. Necesito un número de licencia de taxi. Sí, Zoe...
—Dawson —añade Connor.
—Zoe Dawson —informa Rick a su interlocutor, y tras apuntar algo en un papel, añade—: Gracias. Te debo una.
Cuelga y, con una sonrisa triunfal, le tiende el papel a Connor.
—De nada.
—¿Y llamo a la central y pido que me recoja este taxi? —pregunta mirando el papel—. ¿Así de fácil?
—Supongo —contesta Rick encogiéndose de hombros—. Pero digo yo que se hará así, ¿no?
—Vale —dice Connor mirando fijamente el número con una sonrisa.
—¿A qué esperas? ¡Hazlo! ¡Llama!
—Pero tenemos que acabar con los cambios...
—Largo —le corta Rick dándole la mochila y empujándole hacia la puerta del despacho—. Está todo escrito aquí. Lo acabo yo.
Connor retrocede al tiempo que su amigo le empuja, agarrando la mochila contra su pecho, totalmente abrumado.
—¿Qué haces aún aquí plantado?
—Me sabe mal dejarte con todo el curro...
—Lárgate. Ya me lo compensarás otro día.
—Gracias, tío —contesta Connor abrazado a Rick.
Empieza a correr por el pasillo hasta que una locura le cruza la mente. Se frena en seco y echa mano de su cartera para comprobar que lleva cuarenta dólares encima. Gira sobre sus talones y vuelve a entrar en el despacho como una exhalación.
—Rick, déjame pasta.

—¿Cuánto necesitas?

—¿Cuánto llevas?

—Joder, no sé... Déjame ver... —Rick saca varios billetes del bolsillo—. Cuarenta y tres dólares y... ochenta y seis centavos.

—Me sirve —dice cogiendo el dinero—. Mañana te lo devuelvo. ¿Para cuánto rato crees que tengo con ochenta y tres dólares con ochenta y seis centavos?

—No entiendo nada...

—Tendré que pagarle la carrera del taxi...

—¿Para eso quieres mi dinero? ¡Cabronazo! Échale un buen polvo y que se olvide de cobrarte la carrera...

—No voy a hacer eso. Necesita el dinero —contesta Connor saliendo de nuevo del despacho.

—¡Pues dale el dinero antes de tirártela! ¡Que si no va a parecer otra cosa!

Connor baja las escaleras hacia el vestíbulo del edificio con el teléfono apostado en la oreja.

—Central de Taxis. Le atiende Ellen. ¿En qué puedo ayudarle?

—Hola, Ellen. Necesito que me envíe un taxi.

—Pues llamas al sitio correcto, cariño...

—Creo que no me ha entendido. Necesito que me envíe el mil setecientos noventa y nueve.

—¿Cómo dices?

—Que necesito que envíe ese taxi en concreto.

—¿Y puedo preguntar el motivo? —pregunta la mujer con cierto recelo.

—Porque necesito verla.

Se produce un tenso silencio al otro lado de la línea, mientras Ellen sopesa qué hacer con esa llamada. Connor supone que su petición no debe ser algo habitual y entiende la sorpresa de Ellen.

—Verá Ellen. Me llamo Connor y estoy enamorado de Zoe, la conductora de ese taxi. Llevamos algunos días saliendo, pero por un motivo u otro no podemos pasar mucho tiempo a solas. Tampoco es que nuestros horarios coincidan demasiado. He podido escaparme de la oficina porque un amigo me cubre. Tengo ochenta y tres dólares con ochenta y seis centavos, no sé para cuánto tiempo con ella me da, pero es la única manera que veo de poder verla hoy, y tengo que verla. Necesito verla.

–¿Dónde estás, cielo? –dice Ellen con la voz tomada por la emoción.

–En la esquina de Maiden Lane con Water Street.

–Ahora le doy el aviso.

–Gracias, Ellen.

–De nada, cariño. No le diré que eres tú, ¿vale? Para que se lleve la sorpresa.

–De acuerdo. Gracias.

–A ti.

Pocos minutos después de colgar, su teléfono empieza a sonar. Mira la pantalla y vuelve a aparecer el número de la central de taxis.

–¿Hola? –contesta extrañado.

–¿Connor? Soy Ellen. Has tenido suerte. Acaba de dejar a un pasajero a pocas manzanas de donde estás, así que en pocos minutos estará allí.

–Gracias, Ellen.

Cuando cuelga, empieza a caminar arriba y abajo de la calle, sintiéndose cada vez más nervioso ante esa cita improvisada. Al pasar de nuevo por la puerta acristalada del edificio donde trabaja, se fija en unas flores que adornan el mostrador de recepción. Se queda quieto, mirándolas durante unos segundos, ladeando la cabeza, pensativo. De repente, en un arrebato, entra en el edificio y poniéndose tras el mostrador, coge un trozo de papel y le escribe una nota a la recepcionista.

Trish, te debo un ramo de flores. Connor.

Las saca del jarrón y corre de nuevo hacia la calle, justo

a tiempo para encontrarse el taxi de Zoe parado en la esquina y a ella mirando a un lado y a otro de la calle, en busca de su pasajero. Hasta que sus ojos se fijan en él, que le sonríe tímidamente, esperando su reacción.

—¿Qué...? —dice Zoe—. ¿Has llamado a un taxi?

Connor asiente con la cabeza, sonriendo mientras se encoge de hombros.

—De hecho, le pedí a Ellen que te mandara expresamente a ti.

—¿A Ellen? ¿Conoces a Ellen?

—Hasta hoy no.

—¿Y cómo sabías...? Déjalo, no quiero saberlo —dice ella rodeando la cintura de él con las manos.

—Necesitaba verte —susurra Connor al oído de Zoe—. Y no podía esperar.

—Estás loco.

—Y tengo ochenta y tres dólares con ochenta y seis centavos para gastarme en tu taxi. ¿Para cuánto rato me da? —dice Connor con todo el dinero en la palma de la mano.

—Para toda la vida —susurra ella en voz baja con los ojos vidriosos por la emoción.

—¿Qué? —pregunta Connor.

—Nada. Decía que te da para un buen rato...

—Pues no perdamos ni un segundo más...

Connor agarra a Zoe por la nuca con su mano libre y la atrae hacia él, hasta que sus labios se juntan. Ella enreda los dedos en el pelo de él mientras permite, sin oponer ninguna resistencia, el saqueo en su boca.

—¿Te vas a gastar los ochenta y tres dólares así? —pregunta Zoe separándose de Connor unos centímetros.

—No me importaría.

—Pues yo prefiero llevarte a otro sitio... —dice agarrándole de la mano.

—¿A dónde? No me digas que me has leído el pensamiento... —Connor la observa con una sonrisa de medio lado.

—No. Me apetece ir contigo a un sitio. Sube, que te llevo —dice tirando de su mano mientras mira a la otra—. ¿Me has comprado flores y todo?

—Técnicamente, no. Las he robado —le confiesa sonrojándose.

—Oh, qué romántico —contesta Zoe llevándose las manos al pecho—. Has delinquido por mí...

—¡Jajaja! Ya ves... Robo, hago yoga, me dejo ganar al baloncesto... Me haces cometer todo tipo de locuras —contesta Connor mientras abre la puerta del copiloto del taxi—. Espera, ¿puedo sentarme a tu lado o tengo que ir detrás?

—Como veas...

—Mejor delante —dice Connor sentándose al lado de Zoe—, que luego pegas un frenazo, me como el cristal separador y me dejas la cara hecha un cromo.

—A este paso te cobro un recargo por pesado...

—¿Podéis hacer eso? Confiesa, los taxímetros están trucados, ¿verdad?

—¿Sigues tentando a la suerte? Te va la marcha, ¿eh?

Zoe arranca el motor y cuando inicia la marcha, pone en funcionamiento el taxímetro. Aprieta un botón y el marcador pasa de cero a diez dólares.

—¡Oye! —se queja Connor—. ¡Si acabamos de salir!

—Recargo por pesado. Da gracias a que no te cobro la tarifa estándar y te hago precio de amigo...

—¿Y el precio de novio?

—Mmmmm... No sé... ¿Eres mi novio?

—Algo así, ¿no? —contesta Connor desviando la mirada a su derecha, mirando el paisaje por la ventana.

—¿Y tú...? —empieza a decir Zoe nerviosa—. ¿Sharon? ¿Conseguiste hablar con ella?

—No, aún no. Le dejé un mensaje en el contestador y cuando he intentado llamarla, me sale como si lo tuviera apagado. Pero ella ya forma parte de mi pasado, y me gustaría que tú fueras mi presente...

Connor se frota las palmas de las manos contra el pantalón, mientras Zoe disimula su emoción centrándose en la carretera. Todo, la idea de Connor de montar esta cita improvisada, sus hermosas palabras, sus gestos cariñosos o su sonrisa sincera, es lo que Zoe siempre había soñado. Esa era exactamente su cita ideal, sin necesidad de grandes derroches, solo bastaba con hacerle sentir especial, tal y como Connor estaba haciendo.

–Hemos llegado –dice Zoe apagando el motor.

Connor mira alrededor y observa detenidamente la vista de Manhattan que se dibuja frente a ellos. Sale lentamente del taxi y se queda apoyado en la puerta, observando como Zoe se acerca a la barandilla de madera del mirador y apoya las palmas de las manos en ella.

–¿A que las vistas desde aquí son preciosas? –le pregunta Zoe cuando siente la presencia de Connor a su espalda.

–Ni que lo jures –contesta él enterrando la cara en el cuello de ella mientras la besa.

–Hablo de esas vistas –dice ella cogiéndole de la barbilla y levantando su cabeza.

Connor le hace caso y admira la silueta de Manhattan, plagada de luces, durante un rato. Realmente es precioso y hacía muchísimo tiempo que no se permitía el lujo de admirarla.

–Es precioso. Las vistas, tú y yo solos, por fin... –dice mientras Zoe se gira y le acaricia la cara–. No se puede mejorar. Es perfecto.

–Sí se puede mejorar –contesta Zoe sacando el teléfono de su bolsillo y tocando varias teclas hasta que la canción que bailaron hace unas noches, aquella con la que se dieron su primer beso, aquella que convirtió un pub abarrotado en el salón de su casa, empieza a sonar.

–Vaya –dice Connor con una sonrisa seductora y, tendiéndole la mano, añade–: Está sonando nuestra canción... ¿Bailas conmigo?

—Claro —contesta ella acercándose a él–. No sabía que te hubieras fijado en la canción que sonaba la otra noche en el pub cuando bailamos y nos besamos por primera vez...
—Soy así de blando...
—Eres así de perfecto...
Se funden en un largo y sentido beso mientras no dejan de mecerse al compás de la música. Siguen bailando incluso mucho después de acabarse la canción..., cuando los besos hace tiempo que han dejado de ser lentos y sentidos, cuando Connor ha situado sus manos en el trasero de Zoe, atrayéndola hacia él, cuando Zoe tira del pelo de él, dejando su cuello al descubierto para morderlo a su antojo.

Cuando la temperatura corporal de ambos ha subido varios grados, a pesar de la suave brisa que sopla, Connor no resiste más la tentación y agarra en volandas a Zoe para llevarla hacia el taxi. Apoya la espalda de ella contra la carrocería mientras a tientas, sin dejar de besarla, busca el tirador de la puerta. En cuanto la abre, ella pone los pies en el suelo y se mete en los asientos traseros, agarrando a Connor de la corbata para que entre tras ella. En cuanto lo hace, Zoe le hace sentarse en los asientos y ella se pone a horcajadas encima de él. Vuelve a hundir los dedos en su pelo mientras él se las arregla para desabrocharle el sujetador con una facilidad pasmosa. Luego apoya las manos a ambos lados de su cintura y le sube lentamente la camiseta, acariciando la tersa piel de su vientre a su paso. Recorre con la vista el camino ascendente que realizan sus manos y, cuando le quita la camiseta por la cabeza y tira el sujetador a un lado, acerca los labios a la piel de Zoe y la besa con delicadeza. Zoe echa la cabeza hacia atrás y su pelo hace cosquillas en los brazos de Connor que, sin perder de vista la reacción de ella, empieza a besar sus pechos hasta que se lleva uno de los pezones a la boca. Lo lame y lo muerde con suavidad mientras Zoe gime irremediablemente, agarrada con fuerza del pelo de Connor.

De repente, cuando Zoe busca el bajo de la camiseta de Connor para quitársela, una melodía empieza a sonar cerca de ellos, camuflada entre sus gemidos.

—¿Qué suena? —pregunta Zoe al cabo de un rato cogiendo a Connor de la cara para despegarle de ella.

—¿Qué? —dice confundido mientras ella le pide que guarde silencio.

—Es tu teléfono.

—¡Mierda! ¡Joder! —suelta Connor mientras Zoe se quita de encima y se sienta a su lado.

Cuando saca el teléfono del bolsillo, palidece al ver quién le llama.

—Connor... ¿Estás bien? —le pregunta Zoe al ver su cara—. ¿Quién es?

—Es Ian...

—¿Ian? ¿El dueño del pub?

—Sí...

—¿Por qué te llama?

—Porque Kai debe de estar haciendo de las suyas, borracho hasta límites insospechados. Le di mi número para esos casos en los que Kai no recuerda ni su nombre... ¡Cabronazo! Me dijo que esta noche se encargaba él de nuestro padre...

—Contesta ya.

—Ian. ¿Qué cojones ha hecho Kai esta vez? ¿Evan? Vale, voy para allá —cuelga el teléfono y se lleva las manos a la cabeza.

—Connor, vamos, te llevo —dice Zoe vistiéndose.

—Lo siento, Zoe...

—Tranquilo. Luego seguimos —Zoe se sienta en el asiento del conductor y arranca el motor deteniendo el taxímetro—. Aún te queda dinero y esta carrera no te la voy a cobrar.

Recorren el largo camino hasta el pub en silencio. Connor lo pasa mirando por la ventana mientras Zoe le echa alguna mirada de reojo. No le ha dado mucha información, solo que es Evan el que está borracho en el pub, aunque no sabe el motivo.

En cuanto llegan, no les cuesta divisar a Evan, con la cabeza apoyada en la barra.

–Gracias, Ian. Te debo una –le dice Connor al llegar a su lado.

–No es nada. No te preocupes –contesta el dueño del pub.

–Evan. Soy yo, Connor –insiste–. Vamos. Zoe y yo te llevaremos a casa.

–No puedo ir a casa –dice Evan con dificultad–. Ya no tengo casa.

–¿Qué? ¿Qué dices?

–He dejado a Julie, Connor –contesta con ojos llorosos–. Le dije que estaba enamorado de otra persona.

–¿Qué hiciste qué? –le pregunta Zoe.

–Seguir tu consejo, Zoe. Cuando me dijiste que Hayley estaba con otro tío anoche... Yo... Simplemente no lo pude soportar y entonces decidí seguir tu consejo.

–¿Has dejado a Julie? –pregunta Connor con la boca abierta, aún sin salir de su asombro.

–Bueno, le dije que estaba enamorado de otra mujer, y me echó de casa...

–¡Pero si es tuya! –se desespera Connor.

–Lo sé –contesta Evan encogiéndose de hombros–. Pero cuando me echó no tenía mucho tiempo para discutir, porque fui directo a buscar a Hayley.

–¡Oh, Dios mío! –dice Zoe llevándose una mano al corazón mientras se sienta en el taburete contiguo a Evan.

–No te emociones –susurra Connor al oído de Zoe–. Si está aquí, borracho y solo, la cosa no puede haber acabado muy bien. Créeme, me he visto en su situación varias veces...

–¿Y sabéis qué? –prosigue Evan–. Que cuando llegué a vuestro apartamento, estaba con ese tío.

—Dylan...

—¡Ese! Y... y cuando le pedí que se largara porque tenía que hablar con Hayley, me dijo que el que me tenía que largar era yo... —Evan pega un trago para acabar el vaso de whisky antes de proseguir—. No sé qué me pasó entonces. Supongo que el hecho de ver a ese tío sin camiseta paseándose por el apartamento no me ayudó demasiado, así que... acabé liándome a hostias con él.

Connor y Zoe se miran y se entienden de inmediato, ya que un segundo después, ella saca el teléfono para llamar a Hayley. Se aleja unos pasos mientras Connor sigue con Evan.

—Hayley —dice Zoe cuando su amiga descuelga—. ¿Estás bien?

—Sí... Bueno, no... ¡Joder! No lo sé.

—¿Estás con Dylan?

—No. Los eché a los dos. ¿Y tú dónde estás?

—Con Connor y Evan en el pub. Voy para allá.

—Vale... Pídele a Ian una botella de whisky y tráela para aquí. Necesito ahogar mis penas en alcohol.

Cuando se une de nuevo a los chicos, Connor está hablando con Ian.

—¿Cuánto te debo?

—Déjalo, Connor.

—No lo puedo permitir...

—Hacemos un trato. El próximo St. Patrick's Day, me montáis un espectáculo como el del año pasado y estamos en paz.

—Cabronazo... —Connor ríe negando con la cabeza.

—¿Hecho?

—Hecho —contesta al cabo de unos segundos.

—Invita a tu chica. Le encantará —se despide guiñándoles un ojo mientras Connor agarra a Evan para ayudarle a levantarse.

—Vamos, colega. Te quedarás en mi casa.

–Os llevo –dice Zoe.

Connor ayuda a Evan a entrar en el taxi y este, al instante, antes de que su hermano le ponga el cinturón, se estira a lo largo del asiento.

–De tal palo... –dice Zoe mientras entra en el taxi–. Debajo del asiento encontrarás una bolsa. Lo digo por si vomita.

–¿En serio? –pregunta Connor ya sentado en la parte trasera, con el cinturón puesto y la cabeza de su hermano en su regazo.

–En serio. Después del incidente con cierto personaje, decidí añadir ese accesorio al taxi.

Zoe arranca el motor y baja un poco el volumen de la radio. Cuando no ha recorrido ni cien metros, se gira y le dice:

–Vives en el ciento setenta de Mercer, en el Soho, ¿verdad?

Connor la observa durante unos segundos, arrugando la frente, alucinando al comprobar que ella se acuerda de su dirección.

–Sí... ¿Te acuerdas?

–¿En uno de esos bloques con la escalera de incendios de hierro en la fachada?

–Ajá. En el ático.

–¿Con grandes ventanales en el salón? –le pregunta con una sonrisa y los ojos iluminados, mirándole por el espejo interior.

–Sí...

–Es que me encantan esos edificios...

Zoe vuelve a centrar su atención en el asfalto mientras él la sigue mirando hasta que escucha a Evan sollozar.

–Eh –le dice despeinándole cariñosamente–. No te preocupes.

–Qué canción más apropiada... –dice escuchando las notas que suenan por la radio–. ¿La he cagado, Connor? ¿Me voy a quedar solo?

–No estás solo...

–Ya me entiendes... He dejado a Julie, y Hayley me echó de su casa y se quedó con ese tío.

–Si te sirve de consuelo –añade Zoe–, Hayley también echó a Dylan.

–Pero se habían acostado cuando llegué. Pensé que yo le gustaba... Pensé que lo nuestro podría funcionar –añade Evan–. No sé... Estaba tan seguro de que yo le gustaba... Fui un necio al pensar que al saber que había dejado a Julie, se tiraría a mis brazos.

–Bueno, no puedes culparla... Es una mujer libre y sin compromiso... –vuelve a decir Zoe mirando a ambos por el espejo.

–Oh, Dios... He hecho un ridículo espantoso –Evan se tapa la cara con una mano mientras se incorpora de golpe–. Tengo que pedirle perdón a Julie. Zoe, por favor, llévame a casa al...

–¡Ni hablar! –grita ella sorprendiéndose incluso a sí misma–. Esta noche te vas con tu hermano y mañana haz una jornada de reflexión. Aunque lo tuyo con Hayley no salga bien al final, no tienes que volver con Julie... No eras feliz con ella, Evan.

Connor mira a Zoe con la boca abierta, totalmente sorprendido por esas palabras que tanto se parecen a sus propios pensamientos.

–Zoe tiene razón, Evan –le dice él con voz calmada–. En todo el tiempo que llevabas con Julie, nunca te vi sonreír como las veces que te he visto al lado de Hayley... Eso te debería servir como indicativo de lo feliz que eras al lado de una y de otra...

–Lo sé... Pero si no puedo ser feliz al lado de Hayley, quizá pueda serlo al lado de Julie... Menos feliz, lo sé, pero al menos no estaré solo.

–Evan, relájate. Deja que pase algo de tiempo. Mañana lo verás todo de otra manera.

—Mañana no tendré tiempo ni para pensar. Tengo curro hasta arriba con el cierre contable del mes...

—Pues mejor. Si quieres, nos vemos a la hora de comer y, luego, volvemos juntos a casa. Vamos, será como cuando íbamos a la universidad.

—Vale —claudica finalmente estirándose de nuevo y apoyando la cabeza en las piernas de Connor—. Oye, ¿y vosotros por qué estabais juntos? ¿No decías que tenías curro?

—Decidí hacer una pausa y darle una sorpresa...

—Y yo la jodí como hizo Kai anoche... —dice Evan con voz soñolienta—. A veces me pregunto por qué nos sigues dirigiendo la palabra...

—Yo también... —bromea Connor esbozando una sonrisa.

Zoe mira el espejo y sonríe al ver la imagen de Connor protegiendo a su hermano mientras este, dormido y roncando, se agarra de su brazo. Le observa mientras él mira por la ventanilla con su habitual gesto de preocupación, arrugando la frente y apretando los labios. Le encanta verle sonreír, pero ese gesto de preocupación constante en su cara consigue que ella se enamore cada vez más de él. Le encanta ver cuánto se preocupa por todo el mundo y cómo su felicidad va directamente relacionada con el bienestar de su familia y amigos.

—Es ahí —dice Connor señalando con el dedo un edificio pintado de blanco.

Zoe para el taxi en doble fila y se baja para ayudar a Connor a sacar a su hermano, que sigue profundamente dormido.

—Da pena hasta despertarlo. ¿Seguro que no le quieres dejar ahí hasta mañana? —le pregunta Zoe a Connor mientras los dos miran al interior del vehículo.

—Mañana tendrías que desinfectar el taxi...

—Cierto. Olvida lo que he dicho.

—Oye... —Connor se gira hacia ella y la agarra de la cintura—. Joder, últimamente digo esto más de lo que me gustaría, pero lo siento...

–Lo sé –le corta ella–. Y yo te pido esto a menudo y me gustaría que algún día me las dieras en persona, pero esperaré tu mensaje de buenas noches...

–Quiero estar contigo... –dice Connor antes de sellar sus labios con un largo beso.

Antes de que la cosa se caliente más, Zoe separa sus labios de los de Connor. Apoyan la frente el uno en el otro, mientras sus respiraciones se rozan. Zoe acaricia las mejillas de Connor y le da pequeños besos en los labios.

–Va. Saca a ese impresentable de mi taxi antes de que quiera emular a su hermano.

Connor lo hace y le lleva cargado al hombro hasta el portal.

–Zoe, bolsillo derecho –dice perdiendo el resuello.

Ella mete la mano en el bolsillo derecho del pantalón del traje de Connor y saca las llaves.

–Espera, yo os abro y te acompaño arriba.

Zoe abre la puerta del edificio y, siguiendo las instrucciones de Connor, suben en el ascensor y enseguida abre la puerta de su apartamento. Zoe se aparta a un lado para dejarle pasar y cierra la puerta tras ellos. Se queda de pie al lado mientras Connor se pierde por un pasillo con su hermano aún a hombros.

Sin poderlo evitar, empieza su inspección de la estancia. Es amplia y diáfana, con el suelo de madera gris claro, las paredes pintadas de blanco y los techos altos. A mano derecha está la zona de sofás, con la televisión enfrente y los grandes ventanales que él mencionó antes. Al fondo, en la pared opuesta, hay una gran estantería llena hasta reventar de libros y una butaca al lado. A mano izquierda queda la cocina, dominada por una gran isla con taburetes a un lado para comer, con los muebles también en blanco y los electrodomésticos en acero inoxidable.

No hay cuadros ni fotos en las paredes, pero sí en la nevera, hacia donde sus pies se dirigen sin remedio. Una vez delante, entre la propaganda del restaurante japonés del barrio y de la pizzería más cercana, hay varias instantáneas que observa detenidamente. En una sale Connor acompañado de sus hermanos, los tres sonrientes, con una pinta de cerveza en la mano. Kai incluso lleva puesto un enorme gorro verde. Para ver la siguiente, se acerca algo más. En ella se ve a un hombre y una mujer sentados en unas escaleras con tres niños pequeños risueños alrededor. No tarda en distinguir las escaleras de esa casa y, sobre todo, esos ojos azules tan característicos de Donovan y sus tres hijos. Se fija especialmente en Connor, con el pelo rubio alborotado y las rodillas peladas, riendo feliz mientras su madre le estrecha entre sus brazos, y ella sonríe a la vez, pasando los dedos por encima de la cara de ese niño. Pero es la última fotografía la que le provoca un nudo en el estómago. En ella se ve a Connor junto a una mujer a la que no le cuesta distinguir como a la que llevó al aeropuerto en su taxi, aquella que dejó olvidado su teléfono a propósito, aquella que resultó ser la novia del que podría ser el amor de su vida. Ambos van vestidos muy elegantes, él con esmoquin y ella con un vestido gris atado al cuello. Ella le agarra del brazo, y a Zoe le entran unas ganas enormes de retorcerle los dedos hasta oírlos crujir y borrarle esa sonrisa de pija redomada de la cara.

—Ya está —dice la voz de Connor a su espalda—. Duerme en mi cama como un angelito.

Cuando Connor llega hasta ella y la descubre con la foto en las manos, se le corta la respiración.

—Lo siento... —dice quitándosela de las manos.

—No, por favor. Soy yo la que lo siente. No tengo derecho a... —se queda callada sin saber bien cómo continuar y coge la foto de las manos de Connor y la vuelve a pegar en la nevera con un imán.

—Paso poco tiempo en casa y, el que paso, no estoy cocinando, así que ni me acordaba de que esta foto estaba aquí pegada... —insiste volviéndola a coger y rompiéndola en cuatro trozos–. Ya está. ¿Lo ves? No... Ella... Ya no significa nada para mí. ¿Me crees?

Zoe asiente mientras él la abraza contra su pecho.

–No quiero que sufras por mi culpa, ni por un segundo. No lo podría soportar.

Zoe, reprimiendo unas ganas enormes de llorar, decide cambiar de tema y, alejándose de Connor lo máximo posible, se acerca a los ventanales.

–Me tengo que ir, que he dejado el taxi parado en doble fila y los policías de esta ciudad me tienen ojeriza.

Cuando levanta la vista, en el cristal de la ventana ve el reflejo del cuerpo de Connor a su espalda. Se mantiene a cierta distancia, temeroso, intentando descifrar el verdadero estado de ánimo de Zoe. Ella se gira, le da un beso rápido en los labios y se dirige a la puerta, hasta que él la frena agarrándola del brazo.

–Dime que no estás enfadada... –le pide.

–No estoy enfadada.

–¿Y por qué no te creo?

Zoe suspira varias veces, antes de atreverse a hacer su confesión.

–Reconozco que verte con Sharon en esa foto no me ha hecho especialmente feliz, pero no puedo enfadarme contigo. Ella ha formado parte de tu vida durante un tiempo, mucho más que yo y, evidentemente, ha compartido contigo muchas más cosas que yo. Por Dios, si yo ni siquiera sabía dónde vivías... –dice con una sonrisa forzada en los labios.

–Zoe, yo...

–No pasa nada. Lo entiendo. Quizá no te he... pillado en el mejor momento de tu vida, pero quiero que sepas que me encanta ver lo mucho que te preocupas por tu familia, lo paciente que eres con tu padre y lo mucho que cuidas de tus hermanos. Eso hace que... que te..., que me gustes más. –Zoe se seca unas tímidas lágrimas que asoman por sus ojos mientras Connor la mira asustado, pero, antes de que él tenga oportunidad de decir nada, ella añade–: Solo quiero que sepas que aunque no tengas tiempo para mí, me gustaría poder seguir a tu lado el día que montes ese gran espectáculo el próximo St. Patrick's.

Zoe se zafa del agarre de Connor sin muchos miramientos y sale por la puerta casi a la carrera. Conduce hacia casa con la cabeza llena de dudas, dándole vueltas a todo lo ocurrido estos días, y maldiciéndose a sí misma por molestarse al ver parte del pasado de Connor. Pasado que ella también tiene y del cual no ha dicho nada.

En cuanto llega a su apartamento, encuentra a Hayley acurrucada en el sofá, viendo la televisión agarrada a un bote de helado de chocolate. Cuando la ve, sonríe y dice:

–Imaginaba que no me habrías hecho caso con lo del whisky, así que estoy ahogando mis penas en chocolate.

–Lo siento... No me acordé...

–¿Cómo está él?

–No muy bien... ¿Y tú?

–He tenido días mejores.

–¿Qué vas a hacer? –le pregunta Zoe–. Ya sabes... Evan ha dejado a Julie...

–¿Y? ¿Viene aquí y se supone que tengo que tirarme a sus brazos? ¿Y encima se atreve a pedirme explicaciones acerca de lo que hacía Dylan aquí? ¿Y no contento con eso, se lía a puñetazos con él?

Zoe se sienta al lado de su amiga después de coger una cuchara de la cocina y la hunde en el envase.

–Pobre Dylan... –dice sin mucho entusiasmo.

–Por favor, no te emociones tanto. No vaya a ser que derrames muchas lágrimas por él... –añade Hayley haciendo una mueca de desaprobación.

–En serio que siento el plan en el que se ha puesto Evan, pero no me pidas que sea imparcial, porque no puedo –Zoe le quita el helado de las manos–. Y si tanta pena te ha dado Dylan, ¿por qué le has echado? ¿No deberías haberle... lamido las heridas?

–¿Qué dices? ¿Por quién me tomas? –contesta Hayley evitando la mirada de su amiga–. Necesitaba pensar en todo lo sucedido...

–Reconoce que ver a Evan ha vuelto a trastocar tus planes. Reconoce que las cosas han cambiado ahora que sabes que no está con Julie.

–No lo sé... Evan me gusta, mucho, tú lo sabes. Pero es tan diferente a mí o a todo lo que me gusta en un hombre... Delgado, inseguro, hipocondríaco, demasiado formal... Cuando por fin logro convencerme de olvidarme de él, aferrándome con todas mis fuerzas al hecho de que está casado, aparece mi hombre ideal por esa misma puerta. Guapo, deportista, divertido... ¡Por Dios, hasta su trabajo me encanta! ¡Buzo para el Instituto Oceanográfico de Los Ángeles, Zoe! ¡Buzo, no contable como Evan!

–Pero Evan ha vuelto hoy y... –insiste Zoe para que Hayley se suelte de la lengua.

–¡Y lo ha puesto todo patas arriba de nuevo!

Zoe no puede disimular la sonrisa mientras juega con un trozo de helado de chocolate en su cuchara. Hayley chasquea la lengua y echa la cabeza hacia atrás, mirando el techo, intentando buscar una inspiración divina que le aclare qué hacer.

–A todo esto –dice al cabo de un rato mirando a Zoe con la frente arrugada–. ¿Tú no estabas currando? ¿Qué hacías con Connor?

Zoe le explica lo sucedido, desde la llamaba de Ellen requiriéndola para un servicio, hasta que les dejó en el ático de Connor.

–Y vamos nosotros y os jodemos la noche. Era tu cita ideal, Zoe.

–Lo sé.

–Ese hombre está hecho para ti. Sharon se subió a tu taxi aquel día porque el destino lo quiso así. Estoy segura.

–Hablando de Sharon, aún tenía una foto de los dos pegada a la nevera...

–Eso no significa nada –dice Hayley al notar cierto tono de pesimismo en la voz de Zoe.

–Lo sé. De hecho, la rompió en pedazos delante de mí diciendo que ella ya no significaba nada para él.

–¿Lo ves?

–Lo sé... Pero me siento culpable porque ver esa foto me ha dolido, cuando sé que no tengo derecho. Es más, sé que él ha intentado romper con ella, sé que lo hace por mí. Yo en cambio, aún no le he hablado de Bobby, no sabe nada de mi padre...

–Quizá deberíais sentaros a hablar con calma, ¿no crees? Al menos para decirle que existe Bobby, aunque no creo que debas llamarlo novio porque no se merece ese apelativo, o para contarle que tienes un padre que es científico y vive en Alaska... Más que nada, por si algún día os cruzáis con el pulgoso o tu padre decide hacerte una visita, ¿no?

–Me encantaría sentarme con él y explicárselo todo, créeme. Pero no hemos tenido mucho tiempo que digamos y...

El sonido de un mensaje en su teléfono, la corta de repente. Esboza una sonrisa ilusionada al saber que solo puede ser una persona quién le escriba a esas horas.

Buenas noches. Yo también quiero pasar mucho tiempo a tu lado, así que si sigue en pie lo de St. Patrick's, el próximo diecisiete de marzo tienes una cita conmigo en Sláinte.

Dos segundos después, cuando Zoe aún estaba procesando esas palabras en su cabeza, recibe otro mensaje.

Quiero volver a verte mañana y no es demasiado pronto porque, si por mí fuera, te volvería a ver ahora mismo. Es cierto que no estoy pasando por mi mejor momento, pero te voy a confesar una cosa: para mí están siendo los mejores días de mi vida, y todo es gracias a ti. No te canses de mí, por favor.

Después de dejar que Hayley leyera los mensajes, Zoe, con lágrimas en los ojos y una gran sonrisa en los labios, empieza a teclear la respuesta.

Buenas noches, guapo. Apuntado queda en mi agenda. Por cierto, ¿con qué me vas a deleitar? Lo digo para ir con la vestimenta adecuada.

Hayley suelta una risotada al leer el mensaje, apoyando la cabeza en el hombro de Zoe. La respuesta tarda unos segundos en llegar, pero, cuando lo hace, ambas se quedan con la boca abierta.

El espectáculo consiste en beber hasta perder la vergüenza y subirnos a la barra de Sláinte a hacer una danza típica irlandesa. Creo que fue un éxito porque nuestro público iba más bebido incluso que mis hermanos y yo.

—No me lo puedo creer —dice Hayley aún con la boca abierta—. ¿Bailaron una danza irlandesa encima de la barra? ¿En plan «Bar Coyote»?

—Espera...

¿Sabes bailar la danza irlandesa?

Ríen a carcajadas mientras esperan la respuesta, que no se hace esperar.

Por supuesto. Mi padre nos la enseñó a los tres. Así que no te lo puedes perder. Aunque, a lo mejor, incluso algún día, solo si tenemos suerte, te pueda hacer un pase especial...

Zoe teclea la respuesta mordiéndose el labio inferior.

Sueño con ello.

—Átale, Zoe. Este chico no se te puede escapar.

—Lo sé... Es perfecto... Es... —El sonido de un nuevo mensaje, la corta.

Sueña conmigo mejor. Haré por verte mañana, me da igual cuándo, dónde y el tiempo que sea. Hasta mañana.

Capítulo 11

If I ain't got you

Evan sale de la habitación arrastrando los pies, con el pelo totalmente despeinado. Bosteza con fuerza y se queda quieto, agarrándose la cabeza con ambas manos, con una mueca de dolor en la cara. Cuando acaba, continúa su camino hasta que se deja caer en uno de los taburetes de la cocina.

–Mátame, Connor... Acaba con mi vida...

Sin decir nada, su hermano pone frente a él un vaso de agua y una pastilla para el dolor de cabeza y espera hasta comprobar que se la toma, bebiéndose su café. Varios minutos después, Evan levanta la vista y se encuentra con su mirada penetrante.

–Si te tomas la pastilla, te preparo un café –le dice.

Evan le hace caso como si se tratara de su propia madre. Y así ha sido desde que ella murió. Connor se convirtió para Kai y para él mismo en esa persona a la que recurrir cuando necesitan consejo o que les apoya sin importar la causa.

–Ya –dice Evan como si fuera un niño pequeño, dejando el vaso en la encimera.

–Buen chico –se mofa Connor tendiéndole la taza de café–. Si te das prisa, podemos ir juntos en el metro.

–¿Qué hora es?

–Las siete y media.

–¡Mierda! En media hora tengo que estar detrás de las

interminables pilas de facturas de mi mesa... –dice Evan poniéndose en pie de un salto–. Oh, joder... Mi cabeza...

–Siéntate y tómate el café con calma. Llegarás tarde igual, así que tómatelo con calma.

Evan vuelve a hacerle caso y se sienta de nuevo en el taburete con la cabeza gacha.

–¿Qué vas a hacer? –le pregunta Connor pasados unos minutos.

–Tomarme el café con calma e ir a trabajar sin que me estalle la cabeza en el intento.

–No me refiero a ahora. Me refiero a tu vida en general.

–No lo sé...

–Si mi opinión cuenta, yo no creo que te hayas equivocado... Lo que has hecho, a la larga, será bueno para ti.

–Pues me siento... roto. Tengo como un nudo aquí –dice señalándose el pecho–, que me aprieta y... me cuesta hasta respirar.

–Responde a la siguiente pregunta: ¿realmente eras feliz con Julie?

–Yo creía que sí –confiesa segundos después–, pero no me di cuenta de lo equivocado que estaba hasta que conocí a Hayley.

–Pues lucha por ella.

–Pero está con ese otro tío... No, no quiero inmiscuirme.

–¿Y te retiras de la lucha sin haberlo intentado siquiera? No puedes pensar que el hecho de haber dejado a Julie, te allane el camino con Hayley sin pelear por ella. Está claro que es un paso muy importante, y que con ello verá que estás dispuesto a lo que sea por estar con ella, pero te ha salido un rival.

–Un rival que me lleva ventaja porque ya se ha acostado con ella...

–Bueno, piensa que esto es como las finales de la NBA –insiste Connor–. Puedes perder un partido y aun así llevarte el campeonato. Zoe nos dijo que Hayley también echó a Dylan de su casa...

—¿Crees entonces que aún tengo posibilidades con ella? —contesta Evan algo más esperanzado.

—Sinceramente, no lo sé. He visto al otro tío, pero no le conozco. Yo apuesto por ti, pero tendrás que currártelo.

Ambos se quedan callados un rato, hasta que Connor mira el reloj y, tras dar un par de palmadas en la encimera, dice:

—Ahora sí, mueve el culo porque vamos a llegar tarde.

Sus respectivas oficinas están a pocos minutos de distancia la una de la otra, así que se apean en la misma estación de metro. En cuanto salen a la superficie, caminan juntos unos metros y cuando se van a despedir para seguir cada uno por su lado, Connor saca unas copias de las llaves de su apartamento y se las tiende a su hermano.

—Toma. Te puedes quedar el tiempo que necesites, ¿vale?

—Gracias... —dice cogiéndolas—. Pero prometo no quedarme demasiado... Solo hasta que, bueno, ponga un poco de orden en mi vida.

—¿Has pensado ya qué harás con tu apartamento?

—No...

—A riesgo de sonar como Kai, no me seas calzonazos. Es tu casa...

—Lo sé. Pero no sé cómo echarla... ¡joder, ni siquiera sé si está bien hacerlo!

—Bueno, nadie te está diciendo que la eches a patadas, pero, quizá, deberías empezar a poner las cosas en claro... Que se vaya haciendo a la idea...

—¿Le envío un mensaje? —Connor se encoge de hombros y asiente con la cabeza—. ¿O le envío a Kai?

—¡Jajaja! Él seguro que solucionaba pronto el problema...

Ambos ríen durante un rato, hasta que Evan abraza a su hermano.

—Gracias por todo, como siempre —le dice.

—De nada. ¿Nos vemos para comer?

—De acuerdo.

—Avisaré a Kai —añade Connor—. A ver si quiere venir con nosotros.

—¿Dónde siempre? ¿A la una?

—Perfecto.

Poco después de separarse, saca el teléfono del bolsillo y le escribe un mensaje a Kai. Cuando lo envía, decide llamar a Zoe. Suenan varios tonos, y justo cuando va a colgar, escucha la voz adormilada de ella.

—¿Diga?

—¡Enhorabuena! —grita Connor imitando la voz de un locutor de radio—. ¡Es usted nuestra ganadora de la mañana!

—¿Qué? —pregunta Zoe totalmente descolocada tras un largo bostezo—. ¿Quién es? ¿Ganadora de qué?

—¡Acaba de ganar una cita con el tío más guapo de Nueva York! —continúa Connor con la broma.

—¿En serio? —pregunta Zoe algo más despierta—. ¿Acabo de ganar una cita con Matt Bomer?

—Es gay —contesta Connor, mucho más serio ya, pasados unos segundos.

—Pero sigue siendo el tipo más guapo de toda Nueva York, incluso quizá de todo el país. ¿Qué digo? A lo mejor incluso del...

—Vale, vale, ya lo pillo, pero no es con él.

—¡Jajaja! Te pillé —dice ya despierta del todo—. Buenos días,Connor.

—Buenos días, preciosa —contesta él más animado—. ¿Cómo has dormido?

—Poco y mal.

—¿Y eso?

—Poco porque cuando llegué a casa, me quedé con Hayley. Estuvimos charlando y comiendo helado de chocolate hasta las cuatro de la madrugada.

—Por Dios, vivís juntas, ¿tanto os teníais que contar?

–¿Te parece poco lo que pasó anoche?

–Hombre, no... ¿Pero tanto como para estar hasta las tantas de la madrugada?

–Bueno, empezamos hablando de tu hermano y de Dylan, y acabamos hablando de ti... Una cosa llevó a la otra y... ya sabes.

–¿Hablasteis de mí?

–Sí, pero no te hagas ilusiones porque no te voy a contar nada.

–Tenía que intentarlo... ¿Y por qué dormiste mal?

–Tampoco te lo voy a decir.

–Pero... ¿Por qué? Solo me preocupo por ti. A lo mejor puedo hacer algo para que duermas bien.

–Eso seguro.

–Cuéntamelo entonces –le pide Connor parándose frente al edificio de oficinas donde trabaja–. Por favor...

Zoe resopla al otro lado de la línea, y se lo piensa durante unos segundos, hasta que finalmente, con un susurro de voz, dice:

–Soñé contigo –confiesa.

–¿Y...? ¿Y has dormido mal por ello?

–No por el hecho de haber soñado contigo, sino por el sueño en sí –Zoe hace una pausa, midiendo sus palabras con cuidado–. Ha sido extraño... Estabas a mi lado, pero no podía tocarte. Te sentía cerca, pero no podía oírte. Era como si estuvieras a kilómetros de distancia aun teniéndote a mi lado.

–Lo siento...

–Tú no tienes la culpa...

–Ese sueño es el reflejo de la situación que estamos viviendo –Connor se pasa la mano por el pelo y apoya la espalda contra la fachada del edificio–. Te prometo que todo va a cambiar. Haré todo lo que esté en mi mano para devolver todo a la normalidad.

–Sé que lo harás –contesta ella con una sonrisa en los labios–. ¿Cómo está Evan?

—Resacoso. Pero creo que decidido a luchar por Hayley y a olvidar a Julie de una vez por todas.

—Me alegra oír eso. Dylan puede parecer perfecto para Hayley, pero tiene un inconveniente.

—¿Cuál?

—Que no es Evan.

—Perfecto... —Sonríe Connor y, tras una pequeña pausa, añade—: Bueno, tengo que dejarte... ¿Trabajas hoy?

—Sí, por la tarde. Y por la noche tengo clase de pintura. ¿Y a ti cómo se te presenta el día?

—Largo... ¿Comemos juntos? He quedado con Evan y puede que se apunte también Kai.

—No, tenéis demasiado de lo que hablar. Aunque te encomiendo la misión de pegarles un par de collejas a los impresentables de tus hermanos para ver si espabilan de una vez.

—Hecho.

—Adiós, guapo.

—Adiós. Te... echaré de menos.

—Y yo.

Al colgar, Connor se siente mucho más desanimado que hace unos minutos. Sabe que su relación con Zoe se está resintiendo por culpa de sus problemas familiares y, aunque ella le ha repetido muchas veces que no importa, teme que llegue a cansarse de él... ¿Y si conoce a otro tío, como Hayley? Alguien que pueda estar siempre disponible para ella y que le preste todas las atenciones que se merece... Ese simple pensamiento le hace estremecerse de pies a cabeza y le provoca un nudo en la boca del estómago que sigue teniendo cuando, pasada la una, llega al restaurante donde ha quedado con sus hermanos.

—Siento el retraso —se disculpa frente a Evan y Kai mientras se sienta en una silla, aflojándose el nudo de la corbata.

Ninguno de los tres se molesta en abrir la carta porque siempre piden lo mismo. Así que, en cuanto llega el camarero a su mesa y les ve, un simple intercambio de dos frases es suficiente para tomarles nota. Cuando les vuelve a dejar solos, permanecen callados, ensimismados cada uno en su propio mundo. Diez minutos después, el camarero les sirve la comida, y los tres empiezan a dar cuenta de ella.

–Una comida de lo más amena... –dice Kai al cabo de un rato–. Si lo sé, me quedó durmiendo en casa, que falta me hace...

–¿Papá ha pasado mala noche? –le pregunta Connor mientras su hermano asiente con la cabeza–. ¿Cerraste con llave la puerta principal?

–Sí. Pero el cabrón encontró abierta la puerta del jardín trasero. Al salir se debió desorientar, se asustó y se escondió en el cobertizo de madera. ¡No veas lo que me costó encontrarle!

–La cosa cada vez va a peor, ¿no? –pregunta Evan.

–Eso me temo –contesta Connor–. Y más rápido de lo que nos pensábamos...

–Y le dio también otro brote violento... –añade Kai mientras Connor resopla–. Supongo que producto del desconcierto. Cuando le encontré en el cobertizo, no me reconoció y empezó a pegarme...

–Si quieres, esta noche me quedo yo con papá –dice Evan.

–¿Tú? ¿Y Julie te deja? –pregunta Kai extrañado.

–Le he pedido el divorcio a Julie. Le he dicho que estoy enamorado de otra.

Kai se atraganta y necesita la ayuda de varios tragos de su cerveza para recuperarse.

–¡Joder! Avísame antes de darme un notición de este calibre. ¿Y ella? ¿Cómo ha reaccionado?

–Me echó de casa.

–¿De tu casa? ¿Eres gilipollas o qué?

–Lo sé, lo sé. Ese es un pequeño detalle que tengo que pulir, pero, cuando me echó, lo único que quería era ir a ver a Hayley y contárselo todo.

—¿Y lo hiciste? —pregunta Kai totalmente absorto por la historia.

—Sí. Pero ella estaba con otro.

—¡No me jodas!

—Y... Y me volví loco, Kai. No sé qué se me pasó por la cabeza, pero verle ahí, sin camiseta, con esa cara de suficiencia...

—¿Y qué hiciste? —pregunta Kai con una sonrisa formándose en sus labios—. No me digas que...

—Me lié a hostias con él.

—¡Ese es mi chico! —grita dándole unas palmadas en el hombro con más fuerza de la que Evan es capaz de aguantar sin tambalearse.

—No estoy orgulloso de ello... Solo provocó que Hayley me echara y ahora me he quedado sin una ni la otra.

—¡Oh vamos! ¡Por favor! No me digas que no te alegras de haberte deshecho de Julie...

—Aunque te cueste creerlo, yo estaba enamorado de ella. La quería.

—No sé si te estás dando cuenta, pero estás hablando de ella en pasado. Ahora de quien te tienes que preocupar es de Hayley. Tienes que volver a intentarlo con ella.

—Kai, ¿qué parte de «me echó de su casa» no has entendido?

—Evan, si no luchas por ella, el gilipollas ese te la quitará. Tómatelo como un combate. Estudia a tu rival, busca sus puntos débiles y haz de ellos tus puntos fuertes. En eso te puede ayudar Zoe. Al fin y al cabo es su amiga y compañera de piso y ya se sabe que las mujeres hablan, de todo, a todas horas. ¿No crees, Connor?

Kai y Evan miran a Connor, que lleva callado desde hace bastante rato, mareando la comida de su plato con un tenedor, totalmente ajeno a la conversación de sus hermanos.

—Connor... —llama su atención Evan—. ¿Estás bien?

–¿Qué decíais?

–¿Qué te pasa? Tienes mala cara y llevas toda la comida muy callado. ¿Problemas en el curro? –pregunta Kai–. ¿La vieja te acosa de nuevo?

–No, no. En el curro todo bien...

–¿Entonces? –insiste Evan–. ¿Todo bien con Zoe?

Connor remueve la comida durante un rato, hasta que al final suelta el tenedor y chasquea la lengua contrariado. Se recuesta en la silla y se lleva las manos al pelo.

–La verdad es que no lo sé.

–¿Cómo puedes no saber si las cosas te van bien con tu novia? –pregunta Kai asombrado.

–Sé que para ti las cosas son mucho más sencillas, Kai. Sé que lo que tus ligues sientan, te la trae floja, siempre y cuando tú obtengas sexo gratis.

–Vete a la mierda, capullo –dice Kai lanzándole su servilleta, que Connor agarra al vuelo.

–A mí en cambio, lo que sienta Zoe, lo que le preocupa, me importa.

–¿Y por qué está preocupada? –pregunta Evan–. ¿Te lo ha dicho?

–No, no me lo ha dicho abiertamente... Pero toda esta situación con papá hace que nos veamos poquísimo y... –se frota la frente con los dedos–. No sé... Desde que empezamos a salir, no hemos salido ningún día. ¿Me entendéis lo que quiero decir?

–Vamos, que aún no te la has tirado.

–¡Kai! –le recrimina Evan, aunque pasados unos segundos, se gira hacia Connor y le pregunta–: ¿En serio? ¿Aún no habéis...?

–¡No, Evan, no! –le corta Connor–. ¿Cuándo se supone que deberíamos haberlo hecho? ¿Cuando yo me quedé en casa de papá para cuidarle? ¿O cuando me tuve que quedar otra vez con él para que Kai se acostara con Sarah? Anoche lo tenía todo planeado, pero resulta que tuve que recogerte borracho del pub. Además, que nuestros horarios tampoco es que sean muy compatibles...

–Lo siento... Lo sentimos..., ¿verdad, Kai? –dice Evan mientras Kai asiente con la cabeza.

–No pasa nada... –contesta encogiéndose de hombros–. Pero espero que esto no dure para toda la vida porque tengo un poco de miedo...

–¿De qué?

–¿Y si conoce a otro tipo que le pueda dedicar todo el tiempo que ella se merece?

–¿Alguien mejor que tú? –pregunta Kai que, intentando animarle, asegura–: Eso es imposible. Eres guapo, inteligente, divertido cuando no te comes la olla, sensible, tienes pasta... ¿Qué más se puede pedir?

–Es verdad. Además, vamos a solucionar eso de que no os veis demasiado... ¿Qué os parece si soy yo el que cuida de papá por las noches? De ese modo, los dos tenéis vuestros apartamentos libres por si queréis llevar a Sarah y a Zoe... –dice Evan mirando a sus dos hermanos.

–Ve a buscar a Zoe y llévatela a tu apartamento. Enséñale esos ventanales con todas las luces de la ciudad. Ponle una copa de vino, música de fondo... Ya sabes –Kai chasquea los dedos y empieza a bailar aún permaneciendo sentado en la silla.

–No sé... Tiene clase de pintura, creo...

–Pues recógela a la salida. Dale una sorpresa.

Connor baja la mirada hacia la mesa, sopesando las palabras de aliento de sus hermanos, mientras los dos le miran expectantes con una sonrisa en la cara.

–No me digas que no es un plan perfecto... –insiste Kai.

–La verdad es que sí –contesta Connor sonriendo–. ¿Y tú? ¿Por qué no te aplicas estas ideas en ti mismo?

Kai se encoge de hombros y mira a otro lado, intentando desviar la atención y no contestar a la pregunta de su hermano.

—Hablo en serio, Kai. Sarah es perfecta para ti. Te gusta, se nota, y a ella también le gustas, y mucho. Tendrías que haberla visto ayer por la mañana. Realmente le dolió que te largaras de su casa. Quería despertar a tu lado, Kai. Y la jodiste. ¿Por qué nos das buenos consejos y en cambio eres incapaz de aplicártelos a ti mismo? ¿Eh, Kai? ¿Por qué?

—¿Te largaste sin decirle nada? —interviene Evan—. ¿Pero qué coño se te pasa por la cabeza? ¿Por qué lo hiciste?

—¡Porque lo nuestro es imposible! ¡Y ya está! —grita Kai con el semblante enojado.

—¿Imposible? ¿Por qué? —insiste Connor.

—Déjalo, en serio.

—¡Pero tienes delante de tus narices la oportunidad de ser feliz junto a una persona increíble! Si no lo intentas, seguro que no puede salir bien... Pero al menos, ¡haz todo lo posible!

—No merece la pena...

—¡¿Me estás hablando en serio?! —le increpa Connor—. No te entiendo, Kai. Prefieres seguir tirándote a todas esas tías sin cerebro que se te ponen a tiro, en lugar de tener algo especial con Sarah... ¿Acaso ella no merece la pena?

—¡Por supuesto que Sarah merece la pena! Quien no la merece soy yo, Connor. Ella no es solo una cara bonita... Es inteligente y segura de sí misma. Tiene una hija y una vida estructurada... ¿Qué tengo yo, Connor? Mi vida es un puto desastre y lo único que sé hacer es pegar puñetazos. ¿Dónde encajo yo en su vida?

—Bueno... Es su vida, deja que ella decida. ¿Vas a seguir viéndola? ¿O simplemente vas a huir de ella?

—No... No lo sé... —contesta Kai mostrándose totalmente vulnerable, muy distinto a como es de forma habitual.

—Pues aclárate pronto y, sobre todo, sé sincero con ella. No le hagas daño.

—No quiero hacerle daño... —dice Kai totalmente abatido—. Pero siento que no tengo nada que ofrecerle.

—Pregúntale entonces qué espera de ti. A lo mejor es más sencillo de lo que te imaginas.

Horas después, Connor está plantado en la acera opuesta al edificio donde Zoe asiste a clases de pintura, con la misma sensación de nerviosismo que la noche anterior. Haciendo caso de parte de los consejos de sus hermanos, ha metido una botella de vino en la nevera y ha puesto un poco de orden en casa. Aun así, a pesar de la preparación previa, lleva como cuarenta minutos esperando allí plantado. Ha pasado el rato decidiendo qué decirle, porque la frase que le aconsejó su hermano Kai, «tengo ganas de follar», no le acaba de convencer. Aunque fue mucho mejor que la primera que le recomendó: «si no follo esta noche, explotaré». De todos modos, está claro que la idea de presentarse allí esta noche es la de continuar donde lo dejaron ayer, y ayer la cosa se quedó muy, pero que muy cerca y no cree que haya motivos de duda.

Aún por decidir la táctica a seguir, se empiezan a escuchar voces al otro lado de la acera y Connor se incorpora de golpe. Ve salir a Zoe al cabo de un rato, con paso decidido y una mochila al hombro. Cruza la calle y empieza a caminar hacia ella, hasta que un tipo sale corriendo por la puerta del edificio y se pone a la altura de Zoe, pasando su brazo por encima de sus hombros. Ese gesto extraña a Connor, a la par que la obliga a frenarse en seco.

—Bobby, suéltame —le dice Zoe.

—Vamos, nena. Tenemos que hablar.

—No tenemos nada de qué hablar. Ya está todo dicho.

—¡De eso nada! —dice Bobby agarrándola por los hombros y girándola de cara a él.

—¡Que me sueltes, Bobby!

—¡Eh! ¿Acaso estás sordo? —interviene Connor agarrándole del cuello de la chaqueta—. Aparta tus manos de ella.

—¡¿Y tú quién cojones eres?! —grita Bobby poniéndose frente a él con aire amenazador.

—¿Estás bien, Zoe? —le pregunta Connor ignorando la pregunta descaradamente.

—Sí... —contesta ella deseando que la tierra se abriera y la tragara.

—¡Eh! Que te estoy hablando.

Bobby agarra de malas maneras a Connor por el brazo para que le preste atención, gesto al que, sin pensárselo dos veces, reacciona soltándole un puñetazo en toda la mandíbula.

—¡Mierda! ¡Joder! —grita Connor con evidentes signos de dolor en la mano.

—¡¿Estás loco, tío?! —se queja Bobby poniéndose nuevamente en pie, con la boca llena de sangre—. ¿Por qué cojones me pegas? ¿Alguien te ha pedido que te metas? Solo estaba hablando con mi novia.

—¿Con tu qué? —pregunta entonces Connor mirando sucesivamente a Bobby y a Zoe.

—Mi novia, gilipollas. Mi novia.

—¿Su novia? —pregunta Connor a Zoe mientras ella niega con la cabeza y avanza hacia Connor.

—Connor, te lo puedo explicar.

—No... No hace falta... —replica él caminando hacia atrás, con cara de completa confusión.

—¡Connor, él y yo ya no somos nada!

—Pues yo me acabo de enterar hace cinco minutos de ello —interviene Bobby.

—Siento haberte pegado —le dice Connor totalmente desorientado.

—Nada, colega. ¿Y tú quién eres? —le pregunta Bobby.

—Nadie, no te preocupes.

Connor se aleja de ellos mientras oye a Zoe llamarle. Al poco, los gritos hacia él cesan y la escucha discutir con Bobby. Camina como un autómata y coge el metro hasta llegar a su casa. En cuanto entra, abre la nevera y coge la botella de vino que tenía preparada. Saca el corcho y sin necesidad de copa, se la lleva a los labios y empieza a beber a morro. Apoya la espalda contra la nevera y se deja resbalar hasta quedar sentado en el suelo. Su teléfono lleva sonando sin cesar desde que se alejó de Zoe, pero él cuelga la llamada una y otra vez.

¿Son novios? ¿Ya no lo son? ¿Es verdad que lo eran hasta esta misma noche? ¿Zoe ha estado saliendo con él y con Bobby a la vez? ¿Necesita a Bobby a su lado porque él no puede estar con ella todo lo que necesita? ¿Tiene él, entonces, la culpa de todo esto? Miles de preguntas se agolpan en su cabeza y se ve incapaz de responder a ninguna.

El timbre del apartamento empieza a sonar insistentemente, aunque Connor le hace el mismo caso que al teléfono, ninguno. Minutos después, el ruido cesa y él apoya la cabeza contra la nevera. Da un largo trago de la botella y se mira la mano dolorida por el puñetazo de antes. La abre y la cierra poco a poco, sin poder evitar la mueca de dolor en su boca. La verdad es que parece que se le está hinchando por momentos, y es que él no tiene la misma habilidad con los puños que su hermano. Visto el creciente dolor e hinchazón, se pone en pie, abre el congelador y mete la mano en él, notando al instante un gran alivio.

–¿Connor? –le llama Zoe.

–¡Joder! –se sobresalta él, sacando la mano del congelador y cerrándolo de un golpe–. ¿Cómo narices has entrado?

–Visto que tú no me abrías, llamé al primer piso. Me respondió una cincuentona muy fan de los culebrones, porque le encantó la historia que le expliqué y enseguida accedió a dejarme subir hasta aquí a través de la bonita, pero poco segura, escalera de incendios de la fachada –explica Zoe casi sin coger aire mientras Connor la observa con el ceño fruncido y la boca abierta–. Luego, me he imaginado que encontraría alguna ventana abierta por la que colarme y... aquí estoy.

–Vale, genial. Pues siento el esfuerzo que te ha llevado todo eso, pero vete.

–Deja al menos que te lo explique –le implora Zoe–. Por favor...

–¿Qué me tienes que explicar? ¿Que hasta hace unas horas, ese tío era tu novio?

–Sí.

Connor se queda helado ante tal derroche de sinceridad. Deja caer los brazos a ambos lados del cuerpo e, incapaz de mantenerle la mirada durante más tiempo, se gira y camina hacia la puerta principal del apartamento.

–Espera, por favor –le pide ella plantándose frente a él, cortándole el paso–. Tú me dijiste una vez que lo tuyo con Sharon hacía mucho tiempo que estaba muerto. Y, según tengo entendido, aún ahora no habéis hablado para aclarar la situación, ¿verdad? Pero a pesar de todo, sabes que se acabó, ¿verdad? Pues es lo mismo que me ha pasado a mí con Bobby. Aunque yo me empeñara, él nunca puso interés en hacer de lo nuestro algo más... formal. Y hoy, cuando le he dicho que lo nuestro se había acabado porque había conocido a otra persona, de repente ha empezado a decirme que no lo podía creer, que iba a intentar hacerlo mejor, y cosas así...

Connor la mira fijamente mientras se explica y, aunque su cabeza le pide que se mantenga firme para dejar de ser el pelele de siempre al que manipular, su corazón no deja de repetirle una y otra vez que ella es la mujer de su vida y que no debería dejarla escapar por una tontería sin importancia.

–Tienes que creerme, Connor. Yo... De acuerdo, quizá debería haberte hablado de Bobby, pero sentí como si no hubiera nada que explicar... No sé si me entiendes... Lo que yo sentía por él, resultó ser tan poco comparado con lo que siento por ti, que no me pareció que hubiera nada importante que contar.

–Entonces, ese tío ya no es...

–Nada. No es nadie –dice Zoe fijándose entonces en la mano hinchada de Connor, que acoge entre sus manos–, al contrario que tú...

Zoe da un pequeño paso hacia Connor, recorriendo la corta distancia que les separaba. Levanta la cabeza hasta que sus ojos se encuentran y le observa sin decir nada. Él observa detenidamente cada centímetro de su cara, deteniéndose durante algo más de rato en su boca. Finalmente, levanta lentamente la mano y la apoya contra la mejilla de ella. Zoe cierra los ojos y apoya la cara en la palma de la mano de Connor, mientras el pulgar de él recorre sus labios. Connor se queja de dolor cuando ella apoya la mano en la suya, y entonces Zoe la sujeta con delicadeza.

–¿Te duele? –le pregunta.

–Un poco. Pegar puñetazos no es algo que haga habitualmente...

–Pues no se te da mal. Además, ya tienes otra cosa que añadir a la lista de cosas que haces solo por mí. A ver si me acuerdo de todas... –empieza a enumerar con los dedos de las manos–. Dejarte ganar en los partidos de baloncesto, hacer yoga, robar flores y ahora, pegar puñetazos.

–Soy un derroche de virtudes...

–Lo sé –dice Zoe sonriendo cuando se da cuenta de la botella de vino que Connor sostiene en la otra mano–. ¿Y eso? ¿No me has dejado nada?

Connor aprieta los labios y se encoge de hombros avergonzado.

–La tenía... reservada para esta noche... –confiesa al cabo de unos segundos–. Pensé que después de lo de antes, me la iba a beber solo, así que la abrí en cuanto llegué.

–¿Tenías la velada planeada?

–Más o menos.

–Bueno... –Zoe mira el reloj en su muñeca–. Aún podemos improvisar algo, ¿no?

Ella le quita la botella de la mano y se la agarra para conducirle de nuevo a la cocina. Cuando le suelta, él se queda parado en el sitio, observándola mientras ella tira la botella a la basura.

—Yo no tengo sed y tú ya has bebido demasiado, así que descartaremos esa parte de la cita. ¿Tenías pensado poner algo de música? –pregunta.

—Puede. Ya te he dicho que no todo estaba planeado...

—Veamos qué hay por aquí –dice cogiéndole de la mano y llevándole hacia el reproductor de música, situado al lado de los grandes ventanales del salón.

Zoe empieza a trastear botones mientras Connor se queda a escasos centímetros detrás de ella. Pasa de una canción a otra, como si estuviera buscando la perfecta para ese momento, hasta que se detiene al escuchar las primeras notas de una de ellas. Levanta la cabeza con los ojos cerrados mientras se abraza con sus propios brazos, balanceándose levemente a un lado y a otro al ritmo de la canción. Connor tiene los ojos fijos en su cuello. Traga saliva repetidas veces hasta que se decide a abrazarla por la espalda. Al notar su contacto, ella echa la cabeza hacia atrás hasta apoyarla en el hombro de él, que gira levemente la cara para que sus labios rocen la piel de Zoe. Empieza a besarla lentamente, cerrando los ojos, sintiendo cada contacto, hasta que ella se gira de cara a él y le abraza por la cintura.

—¿Bailas conmigo? –le susurra Connor al oído.

—No he encontrado nuestra canción... –contesta ella contra su pecho.

—Esta es perfecta.

—¿Cómo lo sabes? –pregunta Zoe divertida, levantando la cabeza para mirarle a la cara–. Si justo acaba de empezar...

—Porque está consiguiendo arreglar una noche que parecía arruinada del todo.

Zoe se agarra con fuerza a la cintura de Connor mientras él la estrecha entre sus brazos con firmeza. Acaricia su espalda con delicadeza y agacha la cabeza hasta el punto de que su nariz roza los cabellos de ella. Al inspirar, el ya famoso aroma a coco penetra en sus fosas nasales, obligándole a sonreír como un bobo.

—Lo siento –le dice ella–. Siento haber arruinado nuestra cita.

—Bueno, también la estás arreglando, así que una cosa por la otra.

Zoe pone la cabeza de lado y la apoya de nuevo contra el torso de Connor, observando las vistas que se dibujan a través de las ventanas del salón. Se quedan así un rato, meciéndose al compás de la canción mientras, en la calle, las luces de la ciudad parecen bailar también al mismo ritmo.

—¿Y... tenías algo más pensado? –pregunta ella.

—¿Para esta noche? –Zoe asiente mordiéndose el labio inferior–. No... De hecho, no tenía planeado nada más allá de la botella de vino que me bebí antes yo solo... Supongo que el resto... Lo dejé a la improvisación...

Zoe le mira unos segundos, hasta que de repente sus manos cobran vida y empiezan a desabrocharle los botones de la camisa, uno a uno, con parsimonia, mientras él sigue sus movimientos sin decir nada. Cuando la tiene abierta del todo, deja sus hombros al descubierto y se la quita por las mangas. Entonces, lleva sus dedos hasta el pecho de él y los desliza hacia abajo, jugando con el escaso vello y luego deleitándose algo más de rato en sus abdominales. Se recrea unos segundos en los huesos de la pelvis, que le asoman a través del pantalón, antes de acercar los labios al pecho de Connor. Lo besa con delicadeza, provocando que él suspire y eche la cabeza hacia atrás. Cuando intenta cogerle la cara para besarla, Zoe le aparta suavemente y, sin dejar de mirarle, empieza a quitarse la camiseta lentamente. Tira la prenda a un lado y se queda plantada frente a él, con los brazos inertes a ambos lados del cuerpo. Connor la mira, sonríe sin despegar los labios y acerca sus dedos hasta acariciar la tira del sujetador, rozando la piel de alrededor y consiguiendo con tan solo ese contacto que un cosquilleo maravilloso recorra todo el cuerpo de Zoe. Connor desliza una de las tiras por el hombro izquierdo de ella mientras le besa el cuello, provocándole un aumento de temperatura corporal difícilmente disimulable. Así pues, ella lleva sus manos a la cintura del pantalón de él, decidida a quitárselos, hasta que se detiene de sopetón.

–¿Qué pasa? –le pregunta Connor extrañado.
–¿Con quién está tu padre?
–¿Mi...? ¿Mi padre? ¿No es un poco raro que pienses en eso ahora?
–¿Con quién? –insiste ella.
–Con Evan.
–¿Y Kai está solo?
–Pues... supongo... No lo sé...
–Dame tu teléfono –le pide ella tendiéndole la mano.
–Pero...
–Teléfono.

Connor se lleva la mano al bolsillo del pantalón y le da su móvil a Zoe, aún sin salir de su asombro. Ella lo coge y aprieta el botón de apagado durante varios segundos mientras Connor ríe a carcajadas.

–Estoy harta de interrupciones y esta vez no las voy a permitir. Quiero mucho a tu padre y a tus hermanos, pero esta noche se las tendrán que apañar sin ti.
–Me parece perfecto.
–¿Por dónde íbamos?
–Me parece que...

Connor lleva sus manos al botón del pantalón de Zoe y lo desabrocha. Se lo baja por las caderas sin dejar de besarla, así que es ella la que acaba de quitárselo y lo tira a un lado de un puntapié. Mientras, Connor le acaba de quitar el sujetador y la deja vestida solo con una braguita negra minúscula. La agarra en volandas por la cintura y camina con ella a cuestas, buscando a ciegas un sitio en el que apoyarse. Entonces, la espalda de Zoe toca el frío cristal de una de las grandes ventanas del salón. La impresión hace que arquee la espalda, obligándola a soltar un quejido por la boca que Connor acoge en la suya.

–¿Nos puede ver alguien? –logra decir ella entre gemidos.
–Solo si miran.
Connor coge los brazos de Zoe y los extiende contra el cristal. Une las palmas de sus manos con las de ella y sus dedos se entrelazan con fuerza. Apoya la frente en la de Zoe y agacha la mirada hacia su cuerpo. Dibuja con un dedo el camino de una gota de sudor que le cae desde el hombro, pasa por sus pechos y su abdomen, y muere en la goma de la braguita. Mete los dedos por dentro y levanta la vista hasta que sus ojos se encuentran.
–Estás increíble así... –dice él contra la boca de ella.
Ella captura el labio inferior de Connor y tira de él mientras el cuerpo de Connor la aprieta contra el cristal. Siente la erección de él a través del pantalón de traje y al instante lleva sus manos hacia allí para quitárselos.
Rápidamente se deshace de ellos.
–Espera... –dice Connor cuando Zoe aprieta su erección a través del calzoncillo–. En la cartera llevo un preservativo.
Zoe le observa divertida mientras él, producto de las prisas del momento, da vueltas sobre sí mismo intentando encontrar sus pantalones. Cuando se le escapa la risa, Connor la mira y abre los brazos.
–¿Dónde cojones están los putos pantalones? –Zoe los señala con un dedo mientras se tapa la boca con la otra mano.
Connor corre hacia ellos, los revuelve hasta dar con la cartera y saca por fin el preservativo, volviéndola a lanzar sin preocuparse de donde caiga. Cuando llega hasta Zoe de nuevo, ella se lo quita y lo sostiene entre los dientes mientras le baja el calzoncillo. Luego, rasga el envoltorio bajo la atenta mirada de él, que se ve obligado a tragar saliva varias veces. Se agacha lentamente y empieza a deslizar el preservativo a lo largo de su erección. Connor apoya las palmas de las manos en la ventana y resopla con fuerza va-

rias veces. Cuando ella se levanta y ocupa el espacio entre él y el cristal, Connor la coge en volandas y, sosteniéndola con fuerza por la cintura, dirige su erección y la penetra de una estocada. Ambos ahogan un grito y se quedan unos instantes quietos, mirándose fijamente a los ojos. Entonces Zoe acaricia la nariz de Connor con un dedo y le da un beso en la cicatriz. Él a su vez pone las manos a ambos lados de su cintura y la ayuda a moverse arriba y abajo.

–No dejes de mirarme... –le pide él entre jadeos cuando aumenta el ritmo de sus estocadas.

Ella le tira del pelo y muerde su mentón mientras Connor aprieta los dientes con fuerza, reprimiendo sus ganas de correrse hasta que no lo haga ella. Entonces, ella aprieta las piernas alrededor de su cintura y clava las uñas en su espalda, poco antes de soltar un largo gemido que Connor entiende como la señal para dejarse ir por fin. Apoya una mano en la ventana para no perder el equilibrio mientras Zoe sigue abrazada a él, intentando recobrar poco a poco el aliento. Cuando empieza a notar que las fuerzas le abandonan, hace un último esfuerzo para llegar hasta el dormitorio. La estira en la cama con delicadeza mientras él va un momento al baño a quitarse el preservativo. Luego, se estira junto a ella, atrayéndola hacia su cuerpo.

–¿Hemos montado ese espectáculo en el salón teniendo aquí esta enorme cama? –pregunta Zoe.

–Soy un exhibicionista –contesta él con solo un ojo abierto.

Zoe sonríe mordiéndose el labio inferior mientras se acurruca contra el cuerpo de él.

–No me sueltes –le pide ella mientras se le cierran los ojos.

–Vale.
–Nunca.
–De acuerdo.
–Prométemelo.

—Te lo prometo.

—¿Aunque te gane al baloncesto y te obligue a bailar?

—A pesar de todo eso... No soy tan tonto como para dejarte escapar. Eres mía, solo mía.

—Solo tuya... —susurra Zoe antes de que los ojos se le cierren por completo y se deje vencer por el sueño.

Capítulo 12

Collide

Cuando el sol empieza a colarse por las cortinas y a calentar su piel desnuda, Zoe se remueve entre las sábanas blancas de la cama de Connor. Se despereza lentamente, extendiendo brazos y piernas a lo ancho del colchón. Abre lentamente los ojos hasta acostumbrarse a la luz y entonces comprueba que está sola en la cama. Se queda muy quieta, intentando escuchar algún ruido procedente del resto del apartamento, pero solo le llegan los ecos de las bocinas de los coches en el exterior.

Se incorpora hasta quedarse sentada y, al girar la cabeza, encuentra una nota en una de las mesitas de al lado de la cama. Se estira para cogerla y comprobar que es de Connor.

Buenos días. Ha sido genial despertar a tu lado y observarte mientras dormías, pero el deber me llama. Te dejo mi juego de llaves (el otro se lo di a Evan ayer), así que siéntete como si estuvieras en tu casa. Te llamo más tarde. Connor.

Zoe se deja caer de espaldas en el colchón, sosteniendo aún la nota entre sus dedos. Se queda un rato mirando al techo, hasta que su mano acaricia la almohada donde hace unas horas reposaba la cabeza de Connor. Instintivamente, la coge y la abraza contra su cuerpo, inspirando con fuerza para inundarse con el olor a él que aún desprende, sin poder dejar de sonreír ni por un segundo.

Al rato, sus tripas empiezan a rugir, así que decide ponerse en marcha. Se sienta en la cama y echa un vistazo alrededor en busca de su ropa, pero entonces recuerda que debe de andar tirada por el suelo del salón. Así pues, antes que mostrarse desnuda frente a esos enormes ventanales, esta vez a plena luz del día, decide tomar prestada alguna camiseta de Connor. Abre el armario y encuentra las camisas colgadas de sus perchas. Coge algunas de ellas y se las lleva a la nariz para olerlas, igual que hace con las camisetas que encuentra al abrir un cajón de la cómoda.

–Basta ya, Zoe. Que pareces una enferma acosadora.

Se decide por una camiseta blanca y se la pone, comprobando que le llega hasta medio muslo. Entonces le entran unas ganas locas de hacer pis, y corre hacia el baño del dormitorio. Se sienta en la taza del váter y suspira de alivio. El baño huele aún a una mezcla de gel y loción para el afeitado. Entonces, ve una nota enganchada en el espejo. Cuando acaba, tira de la cadena y se acerca a leerla.

Si quieres darte una ducha, detrás de ti, en la estantería, tienes las toallas que quieras.

Zoe se gira y, mordiéndose el labio inferior, sopesa si aceptar o no la invitación. Cinco segundos después, abre la mampara de cristal y acciona el grifo del agua, que tarda poco en salir a una temperatura ideal. Igualito que en su apartamento, piensa Zoe, en el que, tras escuchar quejarse a las cañerías durante al menos un minuto, le toca soportar otros dos de intervalos entre agua ardiendo y congelada hasta llegar a una temperatura soportable. Cuando entra, descubre un pequeño reproductor de música justo al lado de la columna de hidromasaje. Pulsa el botón de encendido y se empieza a escuchar la voz desgarrada de un cantante al que Zoe no reconoce, pero cuya voz, acompañada de una simple guitarra y mezclada con los relajantes chorros a presión, consiguen un efecto de lo más relajante y sensual. Quince minutos después, envuelve su cuerpo en una esponjosa y suave toalla prometiéndose repetir la experiencia, acompañada de Connor a poder ser.

Con sigilo, después de volver a doblar la camiseta de Connor y devolverla a su cajón, sale hacia el salón en busca de su ropa. La encuentra cuidadosamente doblada encima de una silla, así que la coge y se la lleva de nuevo al dormitorio. Tras secarse, se pone el sujetador y busca sus braguitas. Varios infructuosos minutos después, se da por vencida y coge un bóxer del cajón de la ropa interior de Connor. Cuando acaba de vestirse con el vaquero y la camiseta, vuelve al salón y las busca por el suelo, llegando a mirar incluso debajo de los sofás. Desiste al rato, encogiéndose de hombros resignada, mientras se dirige a la cocina. Allí encuentra la tercera nota, enganchada en uno de los armarios colgados de la pared.

Hay café recién hecho en la cafetera. En este armario encontrarás tostadas y galletas. El azúcar está en el armario de la derecha. Las cucharillas en el primer cajón. La leche, obvio, en la nevera.

Zoe vierte el café en una de las tazas que coge de la estantería sin poder dejar de sonreír. Incluso cuando se acerca a los grandes ventanales y da los buenos días a la ciudad, se descubre feliz en el reflejo que ve en el cristal. Podría acostumbrarse a vivir aquí, sin duda. Además, viendo el nivel de orden y limpieza, Connor parece ser el compañero de piso ideal.

El sonido de su teléfono la despierta de su sueño. Entorna los ojos mientras intenta descubrir desde dónde suena, hasta que visualiza su bolso. Corre hacia él y cuando saca el móvil de dentro, comprueba en la pantalla que es Hayley quien la llama.

–Será cotilla... –dice justo antes de descolgar–. Buenos días, Hayley. ¿Me has echado de menos?

–¿Dónde has pasado la noche? –pregunta con tono de retintín.

–En el paraíso –contesta dejándose caer en uno de los sofás y abrazándose las piernas.

—Pues no quisiera sonar como una aguafiestas, y que conste que más tarde querré conocer todos los hechos con pelos y señales, pero que sepas que tu padre se ha presentado en casa.

—¡¿En casa?! ¡¿En la nuestra?! —grita nerviosa, casi atragantándose con el café—. ¡¿Para qué?!

—¿Pues para qué va a ser? Ha venido a verte y quería darte una sorpresa.

—¿Y qué le has dicho?

—Que no estabas.

—¿Y te ha preguntado si sabías dónde estaba?

—No. Fue él mismo el que se imaginó que estarías con, palabras textuales, «tu novio el artista». Ahora, aclárame una cosa: el novio del que habla tu padre no es el mismo con el que has compartido paraíso, ¿verdad?

—Pues no...

—¿Y tu padre sigue siendo ese científico del gobierno que vive en Alaska, a varias horas en helicóptero de toda civilización, que odia a los ejecutivos de la ciudad que visten de traje porque le recuerdan a sus, y vuelvo a citar con palabras textuales, «inútiles superiores que no ven más allá de sus propias narices»?

—El mismo...

—Pues querida, tienes un problema.

—Mierda, mierda, mierda... —dice Zoe mientras se pasa la mano por el pelo.

—Me dijo que te llamaría —añade Hayley justo en el momento en el que se oye otra llamada entrante.

—¡Oh joder! Me está llamando ahora mismo.

—¡Te dejo!

—¡Nooooooooooooo! —grita en vano porque su amiga ya ha colgado.

Coge aire con fuerza varias veces, intentando hacer acopio del valor necesario para hacer frente a su padre.

—¡Hola, papá! —grita con demasiado entusiasmo forzado.

–¡Hola, pequeña! –responde enérgico con su voz afable–. ¿Cómo está mi niñita?

–Papá...

–Lo sé, lo sé, pero me da igual la edad que tengas, siempre serás mi niña pequeña.

–Y... ¿a qué debo tu llamada?

–Pues a que estoy en la ciudad y me gustaría quedar contigo. Así, además, podrías presentarme a ese artista novio tuyo, ¿no?

–Ah, qué bien... –intenta sonar Zoe lo más entusiasmada posible–. Pero, verás, es que no tengo mucho tiempo libre con el taxi y las clases de pintura...

–Vamos Zoe, solo me quedo hasta mañana... No me digas que no vas a poderle hacer un hueco a tu propio padre... Solo un rato. ¿Nos vemos a la hora de comer?

No es que Zoe no tenga ganas de ver a su padre, al contrario, pero teme el momento de presentarle a Connor, aunque sabe que eso es algo que tarde o temprano va a tener que hacer.

–Está bien... –claudica al final.

–Genial. Tengo unas ganas enormes de darte un fuerte abrazo.

–Y yo –dice Zoe con sinceridad.

–Y trae a ese novio tuyo para que pueda conocerle por fin. ¿Bobby se llamaba?

–Verás, papá... Es que... Ya no salgo con Bobby...

–Lo siento, calabacita... ¿Qué pasó, cariño?

–Papá, no me llames calabacita...

–Perdona, perdona. Pero, ¿estás bien?

–¡Sí! De hecho, estoy mejor que bien. Estoy saliendo con alguien nuevo, papá.

–Ah... Qué... Qué rápido, ¿no?

–Lo mío con Bobby no iba bien mucho antes de conocer a Connor. Empezamos a vernos, una cosa llevó a la otra, y...

–Mientras tú seas feliz...

—Lo soy.
—Genial. Pues tráele entonces. ¿Y a qué se dedica Connor?
—Es publicista —contesta Zoe sin dar muchos detalles, evitando dar pistas sobre la habitual indumentaria de Connor o sobre su nivel de vida.
—Ah...
—Pero ya hablaremos luego —le corta ella antes de que empiece a hacer más preguntas—. Papá, tengo que dejarte. ¿Nos vemos a la una en Gregory's?
—Mmmmm... ¡Hecho! Dios, las hamburguesas de ese sitio es lo único que añoro de la ciudad. Aparte de a ti, claro está.
—Lo sé. Hasta luego, papá.
—Hasta luego cariño. ¡Te quiero!
En cuanto cuelga, Zoe evalúa todas sus opciones y solo es capaz de ver una solución: hablarle a Connor de su padre y de su pequeña manía hacia los ejecutivos, pedirle que soporte una comida con él prometiéndole que no volverá a verle en mínimo otro año, y rezar para que su padre contenga su pronto.

Así pues, busca el número de Connor en la agenda de contactos y le llama. El contestador salta al primer tono y, aunque sigue insistiendo durante la siguiente hora, siempre obtiene el mismo resultado. Así pues, como medida desesperada y muy a su pesar porque se podría quedar allí toda la vida, se marcha del apartamento de Connor y se dirige a su oficina. En cuanto entra al vestíbulo, se dirige al mostrador de recepción.

—Hola, buenos días —dice lo más educada posible, con una sonrisa en la cara.
—Buenos días. ¿En qué puedo ayudarla? —la saluda la guapa recepcionista.
—Estoy buscando a Connor O'Sullivan. Necesitaría hablar con él solo un segundo.

—Claro —responde la telefonista con una sonrisa en los labios—. ¿Quieres que le llame para que baje o subes tú misma a la planta veintidós?

—Ah, pues... Ya subo yo misma... ¿Planta veintidós? —repite.

—Ajá.

—Gracias.

—¿Te gustaron las flores? —le dice justo cuando empezaba a alejarse.

—Mucho —contesta Zoe sorprendida y con la cara sonrojada—. ¿Eran tuyas?

—Sí, pero no te preocupes. Me alegro de que hayan servido para un cometido más..., digamos, romántico.

Zoe agacha la cabeza, aún sonriendo, mientras se coloca algunos mechones de pelo detrás de las orejas.

—Gracias de nuevo —repite caminando hacia los ascensores.

En cuanto entra, aprieta al botón de la planta veintidós y espera los pocos segundos que tarda en subir. Al abrirse las puertas y salir, enseguida se encuentra con otra recepcionista.

—Hola. Estoy buscando a Connor O'Sullivan.

—Claro. ¿De parte?

—Soy Zoe.

—Creo que está reunido...

—Me sabe fatal... —dice mordiéndose el labio inferior—. Pero solo será un segundo.

—Tranquila. Espera.

Mientras la chica trastea el teléfono, Zoe se gira para echar un vistazo disimulado a toda la estancia. Lo que más le interesa no es el mobiliario de oficina en sí, para qué engañarse, sino más bien el aspecto de sus compañeras de trabajo. Así que cuando la recepcionista le habla de nuevo, la pilla haciendo un repaso completo a todo lo que se mueve, al más puro estilo Robocop.

—Perdona...
—Sí. Dime —dice girándose, plasmando de nuevo la sonrisa forzada en sus labios.
—Ahora viene. Si te quieres sentar ahí a esperarle —le comenta señalando unas modernas butacas.
—Vale. Gracias.
Pero antes de darle tiempo a hacerlo, escucha la voz de Connor a sus espaldas.
—Eh... Hola... —dice sonriente aunque visiblemente sorprendido.
—Siento haberme presentado aquí, pero te he llamado varias veces...
Ambos se muestran bastante incómodos, sin llegar siquiera a rozarse por miedo a suscitar comentarios. Ella le observa de arriba abajo porque, a pesar de que es su indumentaria habitual, no se cansa de verle vestido tan elegante. Además, esta vez no va descamisado y lleva la corbata derecha y anudada hasta arriba.
—Estoy reunido y no lo he visto... Ven —dice él agarrándola suavemente del codo—. Vamos a mi despacho.
Caminan por el pasillo, pasando por delante de muchos despachos, mientras él la dirige poniendo la mano disimuladamente en la parte baja de su espalda.
—Es aquí —le dice entonces abriendo una de las puertas—. Pasa.
Ella entra y da un rápido vistazo alrededor. El despacho es espacioso y moderno, con un ventanal enorme frente a la puerta, un sofá a un lado y el escritorio al otro.
—Siento haberte interrumpido...
Empieza a decir girándose de cara a Connor, que la interrumpe plantándole un largo beso en los labios. Es tal la intensidad, que enseguida olvida lo que le quería decir. Incluso tiene serias dudas de que cuando se separen recuerde el motivo de su visita.
—Me encanta que hayas venido a verme —le susurra, se-

parándose lo justo de Zoe–. Prefiero mil veces quedarme aquí encerrado contigo, a estar en la sala de reuniones con Rick y los de Folger's...
–¿Folger's? ¿La viuda negra está ahí dentro?
–Veo que Rick te ha puesto en antecedentes...
–Algo me contó, Señor Gigoló...
–Nunca ha sido mi intención...
–Lo sé, tonto.
La alza agarrándola por la cintura y la lleva en volandas hasta su escritorio, donde la sienta con cuidado de no hacerle daño. Ella enrosca las piernas alrededor del cuerpo de Connor mientras sus labios se buscan con ansia.
–Veo que has hecho uso de mi ducha... –comenta Connor hundiendo la nariz en el cuello de Zoe.
–Sí, y que sepas que me he enamorado de tu cuarto de baño. Bueno, de todo tu apartamento, pero sobre todo del baño.
–Me alegro.
–No se me ocurría nada bueno que hacer en esa ducha... –le susurra pícara.
–¿Dices que esta noche vuelves a quedarte en mi casa? –Zoe ríe con ganas apoyando las manos en los hombros de Connor–. Por cierto, me tienes que decir qué marca de gel utilizas, ese que huele a coco.
–¿Te has fijado en eso?
–¿Bromeas? Ese olor lleva incrustado en mi cerebro desde esa noche en el hospital.
–¿En serio?
–Ajá... –dice mientras acerca los labios de nuevo al cuello y empieza a cubrirlo con besos y pequeños mordiscos, provocando que Zoe ría a carcajadas–. Shhhh... Que nos van a descubrir...
–No es mi intención distraerte del trabajo –Zoe apoya las manos en los hombros de Connor para obligarle a separarse.
–Pues habértelo pensado antes de venir –contesta él intentando acercarse de nuevo a ella.

–Oye, que yo solo he venido para comentarte una cosa, así que estate quieto un momento.

Le vuelve a apartar y él resopla para mostrar su disconformidad, dejando caer los brazos a ambos lados del cuerpo y apartándose a regañadientes.

–Vale, soy todo oídos...

–Verás... –Zoe agacha la mirada hasta la americana de él y empieza a alisarla con las manos–. Es que resulta que me ha llamado mi padre y él... Bueno... Está en la ciudad... Y quiere comer conmigo... Y contigo.

–¿Conmigo? –pregunta arrugando la frente mientras se señala con un dedo–. ¿Le has hablado de mí?

–Bueno, verás. Es que él se pensaba que aún salía con Bobby. Le he dicho que le había dejado porque había encontrado a otra persona que me hacía muy feliz... –Zoe sonríe a Connor, que le devuelve el gesto–. Así que quiere conocerte.

–Bueno... Vale... Rick tendrá que arreglárselas solo con los de Folger's...

–¿Habíais quedado para comer con ellos?

–No, pero siempre acabamos haciéndolo. Así que me acabas de librar de una tortura de comida...

–No esperes algo mucho mejor con mi padre... –susurra Zoe para sí misma.

–¿Cómo dices?

–Bueno, mi padre es algo... especial.

–¿Especial a qué nivel? –pregunta Connor justo en el momento en que suena el teléfono de su despacho–. Espera, tengo que cogerlo. Será Rick.

Mientras Connor cruza cuatro frases con su compañero, Zoe se acerca a la ventana y admira las vistas. Realmente desde esta altura sí que sería imposible que alguien pudiera verla desnuda, piensa, rememorando las imágenes de lo sucedido anoche.

–Zoe –dice él a su espalda–. Tengo que volver a la reunión. Dime dónde y a qué hora y allí estaré.

—Pero...

—Tranquila, ¿vale? —le pide agarrando su cara entre las manos—. Todo irá sobre ruedas. Se me da bien tratar con la gente.

—A la una en Gregory's, en el Village —claudica Zoe finalmente sin estar convencida.

—Allí estaré.

Connor la besa antes de acompañarla hacia la salida. Caminan por el pasillo, pasando por delante de los despachos y de la recepción sin siquiera rozarse, guardando las distancias con sumo cuidado. Cuando llegan a los ascensores, mientras esperan a que uno de ellos abra sus puertas, Connor observa a Zoe de reojo. Está nerviosa, frotándose las manos la una contra la otra y mordiéndose el labio. Sin pensárselo dos veces, se coloca frente a ella, la agarra por la cintura y acerca sus labios hasta besarlos con delicadeza.

—Todo irá bien —le dice al cabo de unos segundos que a Zoe se le han antojado maravillosos.

—Nos están mirando... —comenta ella mirando por encima del hombro de Connor.

—Me da igual.

Zoe vuelve a echar un vistazo detrás de él y, con una sonrisa en los labios, le agarra de la corbata tirando de él hacia ella. Connor acepta la invitación sin rechistar, hasta que se obliga a sí mismo a parar cuando siente que puede empezar a tener ciertos problemas de contención en su entrepierna. Segundos más tarde, las puertas de uno de los ascensores se abren y Zoe se mete dentro, apoyando la espalda contra la pared opuesta y diciéndole adiós con la mano. Connor apoya las manos a ambos lados de la puerta, reteniéndolas para que no se cierren, con una sonrisa de medio lado.

—Tu amiga octogenaria nos estaba mirando —le dice ella pícara—. Espero haber marcado territorio lo suficiente.

—¡Jajaja! —ríe él con una sonora carcajada.

–De nada.
–Te veo luego, preciosa.
–Adiós.

Se queda parado unos segundos frente a las puertas ya cerradas del ascensor sin poder dejar de sonreír. Cuando se ve capaz de ello, camina de vuelta hacia la sala de reuniones, soportando la sonrisa de la recepcionista y las miradas de algunos testigos de la escena. A mitad del pasillo, se encuentra con Grace, que vuelve a la sala de reuniones.

–No me dijiste que tuvieras novia... –le suelta sin cortarse un pelo.
–No creí que fuera algo que tuviera que decirte...
–Es guapa.
–Lo sé.
–Es una chica con suerte. Hacéis buena pareja.
–Gracias –contesta Connor manteniendo la puerta de la sala de reuniones abierta para dejarla pasar.

La reunión se alarga algo más de lo que él quería, sobre todo después de que Grace se enterase de que Connor no iba a comer con ellos e hiciera lo posible por alargar el rato a su lado. La muy víbora incansable quiso chafar, o al menos estropear, los planes que él tenía, seguramente al imaginarse que era con Zoe con quien había quedado. Aun así, llega a Gregory's tan solo cinco minutos pasados de la una. Enseguida ella le ve y le saluda con la mano. Connor sonríe aliviado al ver que el padre de Zoe aún no ha llegado.

–Siento llegar tarde –dice dándole un beso antes de sentarse en su silla, desabrochándose antes la americana–. La cosa se alargó más de lo esperado.
–Maldita víbora. No se da por vencida –suelta Zoe con una sonrisa en los labios–. Aunque no la culpo por ello.
–Si quieres, la próxima vez que venga, te aviso. Yo me presto para que te aproveches de mí delante de ella todas las veces que quieras –comenta Connor guiñándole un ojo.

—Lo tendré en cuenta. Por cierto, esta mañana no he encontrado mis braguitas. ¿Sabes dónde están?

—Tal vez —responde Connor parapetándose detrás de la carta.

—¿Perdona?

Zoe aparta el menú para descubrir que Connor la mira con una ceja levantada y una sonrisa pícara de medio lado instalada en sus labios.

—¿Las tienes tú?

—Tal vez. ¿Qué me recomiendas que pida? —dice para cambiar de tema en vano, porque Zoe vuelve a quitarle la carta de delante.

—Muy gracioso. ¿Y se puede saber por qué motivo lo has hecho?

—Para tener un recuerdo de lo de anoche.

—Si te gustan las bragas, no te preocupes que yo te compro unas, pero como me vuelvas a robar las mías, te arreo una torta que del golpe no recordarás ni lo sucedido la noche anterior ni tu propio nombre.

—Las llevo aquí en el bolsillo —dice llevándose la mano al pantalón—. ¿Las quieres?

—¿Estás loco? ¡Aquí no!

—Es broma, tonta. ¡Jajaja! Están en casa. Mi nivel de fetichismo no llega a esos extremos. Aunque ahora que lo comentas, me pica la curiosidad... —dice acercándose a ella—. ¿Qué ropa interior llevas puesta?

—Ninguna... —susurra siguiéndole el juego.

—¡Oh, por favor! —Connor se lleva las manos al pecho de forma teatral—. Me estás matando lentamente.

Zoe ríe a carcajadas hasta que gira la cabeza y descubre a su padre a poca distancia, observando el descaro de Connor con el ceño fruncido. Le mira como si sus ojos proyectaran rayos láser y fueran capaces de atravesarle.

—¡Papá! —le saluda esbozando una sonrisa mientras le pega una patada por debajo de la mesa a Connor.

—¿Es él? –le pregunta su padre con seriedad, dejándoles tan cortados que ninguno de los dos se atreve a levantarse de la silla–. ¿El trajeado este es tu novio?

—Sí. Papá, te presento a Connor. Connor, este es Mathew, mi padre...

—Encan... –empieza a decir Connor.

—¿Te acuestas con mi hija? –pregunta cortante.

—¡Papá!

—Esto... Yo... –balbucea nervioso Connor mirando a ambos.

—Es bien fácil de responder, así que te repetiré la pregunta de nuevo, ¿te acuestas con mi hija?

—Bueno, la verdad es que...

—Ponte de pie. Muestra algo de respeto.

Connor mira a Zoe, totalmente confundido, pidiéndole auxilio con la mirada y pareciendo comprender los temores que ella tenía. Sin estar muy convencido, se empieza a poner en pie lentamente, abrochándose el botón de la americana en un acto reflejo que hace por costumbre. Le tiende la mano al padre de Zoe, pero este, lejos de querer devolverle el gesto, le asesta un fuerte puñetazo que le hace caer al suelo.

—¡Papá! ¡¿Qué narices haces?!

—¿Un trajeado, Zoe? ¿No hay tíos en Nueva York que tienes que liarte con un tipo como él?

—No le conoces.

—Créeme, sí les conozco, trabajo para ellos. Son capaces de vender a su madre con tal de conseguir su objetivo.

—Señor, yo... –empieza a decir Connor poniéndose en pie.

—¿Te acuestas con él? –pregunta Mathew a su hija ignorando a Connor.

—Sí papá, me acuesto con él. ¿Contento?

—Pero señor –insiste Connor–. Yo... Yo la quiero.

—¿Qué? –dice Mathew.

—¿Qué has dicho? —pregunta también Zoe, con la boca abierta por la sorpresa.

—Que te quiero —repite Connor.

Los dos se quedan mirándose sin decir nada más. El pecho de Connor sube y baja con rapidez mientras intenta averiguar si ha hecho bien en confesarle sus sentimientos a Zoe o, por el contrario, solo ha servido para asustarla. Sabe que aún era muy pronto para pronunciar esas palabras, aunque él lo sienta desde el día en el que la conoció.

Entonces, el padre de Zoe da media vuelta y camina con decisión hacia la salida. Tras unos segundos de indecisión, ella corre tras él, dejando a Connor tirado en el suelo, bajo la atenta mirada de todos los clientes del restaurante. Cuando empiezan a centrarse de nuevo en sus asuntos, cosa que tarda poco en suceder ya que gracias a Dios estas escenas suceden a menudo en Nueva York, Connor se pone en pie tocándose la mandíbula dolorida. Un camarero se acerca y empieza a recoger todo lo que ha caído al suelo. Connor le tiende un billete de veinte dólares.

—No hace falta señor —le dice este con amabilidad.

—Insisto —contesta Connor metiendo el billete doblado en el bolsillo de la camisa del chico—. Para pagar al menos el par de platos rotos.

—De acuerdo, señor. Gracias. Y siento... —añade el camarero haciendo un gesto con la mano a todo el desaguisado.

Connor esboza una sonrisa de circunstancias sin despegar los labios. Sale a la calle desorientado, sin saber bien hacia dónde dirigirse. Empieza a caminar sin rumbo, perdido entre la marea de la ciudad y sus propios pensamientos. ¿Qué acababa de pasar? ¿Qué tiene ese hombre contra la gente que viste de traje? Ha dicho que trabaja para ellos... ¿Para quién? ¿Para el gobierno? Dios mío... Cuando Zoe fue a su oficina esta mañana, pretendía advertirle acerca de su padre... Quizá debería haberla escuchado y no haber confiado tanto en su don de gentes, que está claro que no funciona con tipos como él. La verdad es que a simple vista, no parecía un tipo gruñón, sino más bien alguien muy campechano, vestido con vaqueros y camisa, con perilla y con los mismos ojos azules que Zoe, aunque él con algunas arrugas a ambos lados, y en bastante buena forma, como ha podido comprobar en sus carnes gracias a ese puñetazo.

De repente, después de largo rato caminando, se descubre a pocos metros de casa de su padre. La inercia ha guiado sus pasos hacia allí, así que decide aprovechar la oportunidad para hacerle una visita.

–Hola –saluda en cuanto entra.

–Hola –le devuelve Sarah el saludo desde la cocina.

La encuentra con las manos apoyadas en el fregadero, observando detenidamente el jardín trasero, en el que está su padre, mirando al cielo.

–¿Cómo estás? –dice Connor dándole un beso en la mejilla.

–Bien.

–¿Y él? –pregunta señalando a su padre con la cabeza.

–Algo perdido... ¿A qué debemos esta visita? ¿Has comido?

–No, pero no tengo hambre.

–¿Estás bien?

Connor responde encogiéndose de hombros, y luego saca una cerveza de la nevera. Sarah se la quita de las manos, obligándole a coger otra, y se sienta en una de las sillas.

–Soy toda oídos.

–Creía que estabas aquí para ayudar a mi padre, no a toda la familia.

–Tú también me ayudas a mí cuando lo necesito. Ya sabes..., en esos momentos en los que tu hermano se comporta como un completo gilipollas. Así que, desembucha.

Connor relata todo lo sucedido desde la noche anterior, mientras Sarah no se pierde ni un detalle, sonriendo ante el descaro de Zoe y arrugando la frente ante la reacción de Mathew.

–Vaya... –dice cuando acaba la narración–. Bueno, en cierto modo, es normal que sienta recelo de cualquiera que se acerque a su niña...

–Ya, pero ¿a qué vino eso de «liarte con un tipo como él»? ¿Qué quiere decir como yo?

–Cierto...

–Y luego la cagué al decirle que la quería, pero me vi como... forzado a ello. No quiero decir que no lo sienta, por supuesto que la quiero. Diablos, estoy enamorado de ella como nunca lo había estado de nadie. Pero yo no se lo hubiera dicho aún si su padre no hubiera insinuado que era un aprovechado capaz de vender a mi madre con tal de llevármela a la cama.

–Yo no creo que la hayas cagado... Solo que se quedó parada al oírtelo decir... No es algo fácil de digerir, menos aún cuando no te lo esperas. Pero mi consejo es que no te quedes con las ganas de averiguarlo. Ve a verla. Demuéstrale que lo que dijiste, va en serio. Y, de paso, a lo mejor puedes averiguar el motivo del comportamiento de su padre. Si sabes el porqué, quizá puedas hacerle cambiar de opinión.

–Quizá te haga caso... –dice al cabo de unos segundos.

–Deberías.

Connor da un largo trago hasta apurar su cerveza.

–¿Has visto a Kai? –le pregunta pasados unos segundos.

–No –contesta ella levantándose para tirar a la basura las dos botellas y comprobar cómo sigue Donovan.

–¿Y hablado?

–No.

–¿Y tienes pensado hacer alguna de las dos cosas hoy?

–Me gustaría. Aunque la pregunta correcta sería: ¿le apetece a Kai volver a hacer alguna de las dos cosas conmigo?

–¿Quieres mi consejo? No te quedes con la duda. Pregúntaselo. Algo me dice que Kai necesita saber que quieres volver a verle, que lo de la otra noche significó tanto para ti como lo fue para él...

—Pensaba que lo de la otra noche no había significado nada especial para él...

—No me hagas hablar más de la cuenta. Es mi hermano y entre hermanos existe cierto... código de honor.

—Vale —contesta Sarah sonriendo.

—Vamos a hacer un trato: yo sigo tu consejo, y tú sigues el mío. ¿Trato hecho?

—Trato hecho.

Dos horas después, tras intentar hablar con Zoe por teléfono varias veces sin éxito, Connor llama a la puerta de su apartamento. Hayley es quien le abre la puerta.

—Hola, Hayley... ¿Está Zoe?

—Hola, Connor. Aquí está —contesta moviéndose a un lado para dejarle pasar—. Y para tu desgracia, su padre también.

Connor resopla con fuerza antes de entrar, infundiéndose del valor necesario para cumplir la promesa que le hizo antes a Sarah.

—Hola, Zoe —la saluda al llegar al salón—. Hola, señor Dawson.

—Hola —contesta Zoe con los ojos bañados en lágrimas.

—¿Estás bien? —le pregunta preocupado pero sin atreverse a moverse del sitio.

—No. La verdad es que no estoy bien —dice con las mejillas ya mojadas.

—Zoe, mi vida... —se levanta su padre.

—¡No me toques, papá!

—Pero, cariño, yo... —insiste intentando rozar el brazo de su hija, que ella aparta de mala manera mientras corre a los brazos de Connor.

—Lo siento mucho —le dice acariciando su cara—. Lo siento...

—Tranquila —contesta él abrazándola con fuerza—. No pasa nada...

—Sí pasa —Zoe se seca las lágrimas enérgicamente mientras se separa unos segundos de Connor—. Y quiero que sepas una cosa. Te lo tenía que haber dicho antes, pero simplemente me quedé en blanco.

—Si te refieres a lo que te dije antes...

—Espera —le corta ella poniendo una mano en su boca—. Yo también te quiero. Con todas mis fuerzas. Ya está, ya lo he dicho.

—Vale —Connor sonríe con dulzura, pasados unos segundos.

—¿Ha quedado claro?

—Clarísimo.

—No lo olvides.

—Nunca.

—Y me da igual lo que mi padre tenga que decir al respecto —comenta Zoe, sabiendo que él les está oyendo—. No te conoce...

—Ya, pero a mí no me da igual... Sé que, en el fondo, lo que él piense, sí te importa, así que vamos a intentar arreglarlo.

Connor da dos pasos hacia el padre de Zoe, plantándose frente a él.

—Me parece que no hemos empezado con buen pie, pero es evidente que Zoe es importante para los dos, así que creo que ambos deberíamos hacer un esfuerzo. No pretendo caerle bien de buenas a primeras, pero podríamos llegar a algún tipo de acuerdo de no agresión mutuo, ¿no cree? Por el bien de mi integridad física, al menos... —le dice con decisión.

—Siento... Siento haberte pegado antes... Eso estuvo fuera de lugar.

—Y yo siento no haberle causado buena impresión. Intentaré corregir esa opinión que tiene de mí. Empecemos de nuevo. Soy Connor.

—Mathew —contesta estrechándole la mano.

Zoe sonríe ante este tímido acercamiento que parecía tan lejano hace pocas horas.

—¿Trabaja usted para el gobierno? —pregunta Connor curioso para romper el hielo.

—Bueno, no exactamente. Soy científico y vivo desde hace años en Alaska. El gobierno me contrató para estudiar el avance del cambio climático y sus consecuencias.

—Guau.

—Suena mejor en la teoría que en la práctica, porque en el fondo todo es una patraña política para conseguir votos. En realidad, nadie quiere escuchar los resultados de mis investigaciones. Se limitan a enviarnos allí, darnos los mínimos recursos para realizar nuestro trabajo y pagarnos para callarnos la boca.

—Ah...

—Lo siento, sé que no es culpa tuya, pero ha sido verte así vestido y con esa suficiencia... Tan parecido a los capullos que me pagan para que guarde silencio... Nunca quise que mi hija se juntara con alguien de esa calaña...

—Le aseguro que tengo bien poco que ver con esa gente, seguro que solo la vestimenta, la cual en mi caso, es impuesta por las normas de la agencia de publicidad en la que trabajo. Y si eso es un impedimento para que usted me vea tal y como soy... —Connor empieza a quitarse la americana, guarda la corbata en uno de los bolsillos, saca la camisa por fuera de los pantalones y, mientras se recoge las mangas a la altura de los codos, añade—: No tengo ningún inconveniente en quitármelo...

Mathew esboza una sonrisa mientras llaman a la puerta principal con insistencia. Ajeno al ruido, el padre de Zoe se dirige a la cocina, abre la nevera y saca un par de cervezas. Las abre y le tiende una a Connor.

—¿Eres de aquí de Nueva York, Connor? —le pregunta.

—Sí señor, del Bronx.

—¿Del Bronx? ¿Y cómo llega un chico del Bronx a trabajar en una importante agencia de publicidad?

—Con mucho esfuerzo. Mi padre no podía pagarnos la universidad, así que tanto mi hermano Evan como yo, tuvimos que trabajar y estudiar a la vez.

—¿Y tu madre?

—Murió de cáncer cuando era un adolescente.

Mientras hablan, Hayley se acerca a la puerta intentando no perderse nada de la escena, así que la abre sin preguntar siquiera quién es.

—Hola, Hayley...

—¿Evan? —pregunta mientras se gira para mirarle—. ¿Qué haces aquí?

—Pedirte que me des una oportunidad.

—Esto... —balbucea mirando hacia el salón—. Ahora no es un buen momento...

—¿Está él aquí? —pregunta apartándola con decisión para entrar.

—¡Evan! —le grita justo en el momento en que él irrumpe en el salón.

—¿Connor? ¿Qué haces aquí? —pregunta Evan colocándose bien las gafas.

—Eso mismo te podría preguntar yo —contesta sonriendo—. Pero creo que es obvio. Evan, te presento al padre de Zoe, Mathew. Mathew, él es mi hermano pequeño, Evan.

Zoe les mira divertida, y luego intenta reprimir la carcajada cuando ve a su amiga de brazos cruzados, visiblemente incómoda con la situación.

—Siento interrumpir esta bonita escena —dice con cara de mala leche—. Evan, ya ves que Dylan no está aquí, así que largo.

—Espera, Hayley —contesta él agobiado, mientras la persigue por el pasillo hacia la puerta principal.

La frena agarrándola por el brazo y la obliga a darse la vuelta para mirarle.

—Hayley, por favor, escúchame. Sé que somos completamente diferentes. Sé que puedo ser un coñazo a veces. Sé que mi trabajo te parece de lo más aburrido. Sé que no soy tu tipo de hombre. Tú tampoco eres el tipo de mujer con el que suelo, o más bien solía salir o... casarme. Pero también sé que por alguna extraña razón, congeniamos y nos lo pasamos bien juntos.

—Evan, realmente no sé si ahora... —empieza a decir Hayley, echando rápidos vistazos hacia el salón, donde los demás han dejado de hablar para prestarles atención a ellos.

—Solo quería darte las gracias por abrirme los ojos. Yo no estaba enamorado de Julie y ver que el hecho de estar con ella podía impedirme disfrutar de la vida al lado de alguien que me hiciera feliz de verdad, me dio el empujón que necesitaba para tomar las riendas.

Mathew se acerca a su hija y le susurra:

—¿Quién es Julie? —pregunta en voz baja.

—La exmujer de Evan. Él le ha pedido el divorcio cuando conoció a Hayley, pero ya estaban mal antes.

—Qué fuerte...

—Ni que lo jures... Nunca en la vida me hubiera imaginado que Hayley se enamorara de un empollón como Evan.

Connor les observa con una ceja levantada, reprochándoles su comportamiento, gesto al que ambos reaccionan encogiéndose de hombros.

—Hayley, sé que puedo hacerte feliz, pero también quiero que sepas que respetaré tu decisión, y si finalmente eliges a Dylan, lo aceptaré.

—¿Y ya está? —le pregunta Hayley con los brazos extendidos—. ¿Lo aceptarás sin más? ¿Sin enfadarte un poco o pegarte con alguien?

—Eh... Esto... Me parece que no... No te entiendo...

—Me gustó ver cómo te pegabas con Dylan... por mí.

—No es mi estilo...

—Lo sé, pero me encantó ver al siempre correcto Evan haciendo algo totalmente improvisado.

—Pues puedo volver a hacerlo... —añade con cara inocente.

–Ay... Es que encima esas gafas... Me vuelven loca...

Hayley se abalanza sobre Evan y le besa con pasión, abrazando su cintura con los brazos mientras las manos de él empiezan a bajar por su espalda hasta instalarse en su trasero.

–Me parece que sobramos... –dice entonces Zoe.

–Hace rato –interviene Connor.

–Vamos, que os invito a cenar –comenta Mathew.

–Hecho.

Cuando pasan cerca de los tortolitos, Connor se acerca a su hermano e intentando no interrumpir demasiado, le dice:

–Ya me quedo yo con papá esta noche.

Evan levanta el pulgar hacia arriba durante un segundo, sin despegarse de Hayley en ningún momento.

La cena resulta muy agradable y Connor pasa con nota el interrogatorio al que el padre de Zoe le somete. Llegado el momento, acompañan a Mathew a su hotel y se despiden hasta la próxima visita, que este promete hacer pronto.

–¿Cuándo es pronto? –le pregunta Zoe a su padre.

–¿Seis meses?

–Bueno, vale, no está mal.

–Te dejo en buenas manos –dice él mirando a Connor, que sonríe satisfecho, hasta que Mathew le advierte–: Pero ve con cuidado porque como me entere de que le has hecho daño, te juro que cojo un arpón de los que usamos por ahí arriba para mover bloques de hielo y te arranco las tripas con él.

–Lo tendré en cuenta.

–Haces bien. Y vigila, porque si puedo controlar a una foca a quinientos kilómetros de distancia del campamento base, imagínate lo que puedo hacer contigo.

–Vale... –dice tragando saliva con dificultad.

Tras ese intercambio de palabras, Connor le estrecha la mano que Mathew le tiende. Apretón que se convierte en abrazo cuando este tira de él.

—Sé que es cierto que la quieres. Lo veo en cómo la miras —le dice al oído—. Cuida de ella.
—Lo haré.

Se dan prisa para llegar a casa de Donovan, el cual lleva solo desde que Sarah se marchó a su casa, justo después de prepararle la cena. En cuanto entran, se lo encuentran en el salón viendo la televisión. Les mira y luego, con una sonrisa en los labios, observa sus manos entrelazadas.

—¿Hoy os toca a vosotros hacer de mis niñeras? —les pregunta.

—No, yo... En un rato me iré para casa —contesta Zoe sonrojada.

—Vamos, Zoe. Sois mayorcitos y seguro que os las podréis arreglar para caber los dos en la antigua cama de Connor.

—Mi padre tiene razón. Además, me temo que en tu apartamento tienes invitados... —susurra en su oído al pasar por su lado mientras se dirige a su padre—. ¿Has cenado, papá?

—Sí. Sarah me trajo pollo de ese tailandés que me gustó tanto.

—Al final os vais a volver unos adictos a la comida tailandesa... —interviene Zoe sentándose al lado de Donovan.

—¿Qué sabes de tus hermanos? A Kai hace días que no le veo... y he intentado sonsacarle información a Sarah, pero no suelta prenda.

—Papá, tienes que dejar de meterte en nuestras vidas...

—Jamás. Y menos después de ver que sois incapaces de tomar las decisiones correctas por vosotros mismos. No me mires así —le pide al ver que su hijo le mira con gesto de suficiencia—. Tú pareces el más centradito, pero de tus hermanos no me fío ni un pelo y le prometí a tu madre que me aseguraría de que fuerais felices...

—Pues entonces te gustará saber que Evan parece estar empezando a tomar las decisiones correctas —le comenta Zoe.

—¿No me digas que ha ido a buscar a Hayley? —pregunta mientras ambos asienten con la cabeza—. ¡Por fin! Dos de tres. Me queda el más complicado...

—Papá, ¿qué tramas?

—Nada. Estoy cansado —dice poniéndose en pie y dando un beso en la mejilla a ambos—. Me voy a la cama.

—¿Te acompaño?

—Sí, y me cambias el pañal. Por favor, Connor, deja que conserve la poca dignidad que me queda...

—Lo siento —dice agachando la cabeza—. Solo quiero...

—Lo sé. Y te lo agradezco —contesta revolviéndole el pelo.

Cuando Donovan se pierde escaleras arriba, Connor permanece con la cabeza agachada, mirándose las manos mientras las frota una contra la otra. Zoe se arrodilla en el suelo delante de él, y le coge la cara con ambas manos para obligarle a mirarla. Cuando sus ojos se encuentran, ella le sonríe ladeando la cabeza, hasta que él le devuelve el gesto.

—Eso está mejor.

—No puedo evitarlo.

—Lo sé. Si no te preocuparas constantemente por los demás, no serías tú mismo —dice acariciando su cara—. ¿Te apetece salir al jardín un rato?

En cuanto salen, una agradable brisa les da la bienvenida. Connor, sin soltar la mano de Zoe, camina hacia una de las tumbonas y se estira en ella, abriendo las piernas para dejarle un hueco. Zoe se sienta entre ambas y se echa hacia atrás, apoyando la espalda en el pecho de Connor, que la abraza con fuerza. Levanta la vista hacia la noche estrellada, respirando profundamente, meciendo el cuerpo de Zoe con delicadeza.

—Hace una noche preciosa... —susurra Connor en voz baja.

—Es el colofón a un día maravilloso.

—Eso lo dices tú porque no te has llevado un puñetazo.

—¡Jajaja! —ríe tapándose la boca para no armar escándalo–. Pero al final te lo has metido en el bolsillo. Te adora, se le nota.

–Soy adorable, es cierto. Oye, ahora que lo pienso... ¿Con qué vas a dormir?

–Pues con alguna camiseta que me dejes...

–Pero no llevas ropa interior... –susurra al oído de Zoe.

–¿Te cuento un secreto? –le dice ella imitando su tono de voz–. Te he engañado. Llevo puestos unos calzoncillos tuyos.

–Y yo que me había hecho ilusiones de tenerte desnuda en mi cama de la adolescencia...

–Bueno, la ilusión no se debe perder nunca... Si ves pasar una estrella fugaz y, le pides un deseo, puede que te lo conceda.

–A ver...

Connor mira al cielo y, cuando de reojo ve que Zoe le mira a él y no al manto de estrellas, señala a un punto cualquiera y dice:

–¡Ahí! –Cierra los ojos con fuerza y añade–: Deseo tener a Zoe desnuda en mi cama toda la noche.

–¡Venga ya! Es imposible... No has visto una estrella fugaz.

–¿Y tú cómo lo sabes? Si no prestas atención... –dice poniéndose en pie–. Venga, vamos arriba a ver si se cumple mi deseo.

–Estás pirado –contesta ella riendo mientras se deja arrastrar al interior de la casa.

–Shhhh...

Entre risas ahogadas suben las escaleras, hasta llegar al piso de arriba. Entonces Connor agarra por la cintura a Zoe y, acercándola hasta que sus cuerpos se rozan, le dice al oído:

–Espera, que voy a comprobar cómo está –dice señalando hacia la puerta de su padre con la cabeza.

–Vale.

Zoe se queda delante de la puerta del dormitorio de Connor, esperándole mientras él se queda quieto delante de la de su padre, con la oreja pegada a la madera, poco antes de traspasarla. Cuando él vuelve, la descubre observando la estantería repleta de trofeos de baloncesto.

—Vaya, realmente debo de ser buenísima para haberte ganado varias veces —le dice sosteniendo uno en la mano.

—Me parece que te he dejado regodearte durante demasiado tiempo...

Connor se pega a su espalda intentando agarrarla por la cintura, pero ella enseguida se zafa. Da vueltas mirando esas cuatro paredes llenas de pósteres con una gran sonrisa dibujada en la cara.

—¿De qué te ríes? —le pregunta Connor.

—¿Me pregunto a cuántas chicas habrás subido aquí?

—No creas...

—Seguro que han sido muchas... Y fardabas con los trofeos de baloncesto para conseguir llevártelas a la cama.

—Te equivocas de habitación. Esta es la mía, no la de Kai.

—Pero es en esta en la quiero estar, contigo.

Zoe pone los brazos alrededor del cuello de Connor mientras él la agarra por la cintura y camina lentamente hacia los pies de la cama. Sus manos desatan el botón del vaquero de ella y enseguida palpan la goma del calzoncillo que lleva a modo de ropa interior. Sonríe sin dejar de besarla, mientras le quita la camiseta sin perder tiempo.

—No te mentía. ¿Lo ves?

Zoe, vestida tan solo con el calzoncillo y el sujetador, da una vuelta sobre sí misma, moviendo las caderas de forma insinuante.

—¿Qué tal me quedan? —le pregunta haciéndose la tímida.

Connor se lleva una mano al corazón, haciendo ver que se desmaya, y cae de espaldas a la cama con los brazos extendidos. Zoe se sienta a horcajadas encima de él, intentando contener la risa. Apoya las manos en su pecho y acerca la cara hasta que su aliento hace cosquillas en los labios de Connor, que abre los ojos y la mira sonriendo sin decir nada. Cuando consigue reaccionar, pone las manos a ambos lados de su cintura mientras ella, lentamente, se lleva las manos a la espalda y se desabrocha el sujetador. Connor se incorpora y, ayudándose de un brazo, cambia las tornas y la coloca debajo de él, con la espalda apoyada en el colchón. Ella empieza a desabrocharle los botones de la camisa mientras se muerde el labio. Cuando acaba, se lleva las manos al pantalón y se deshace de él en pocos segundos.

–Dos días seguidos despertando a tu lado –susurra Connor cerca de la boca de Zoe–. Aún no puedo creerlo...

Zoe acaricia los hombros de Connor, en tensión al soportar el peso de su cuerpo, y enrosca las piernas alrededor de su trasero. Hace fuerza para atraerle hacia ella, así que él, con sumo cuidado, se hunde en su interior dejando escapar un gemido ronco.

–Quédate quieto un momento –le pide cogiéndole la cara entre sus manos.

Se observan durante unos segundos, sin decirse nada, con el único sonido de sus respiraciones como compañía.

–Dímelo de nuevo –le pide ella entre jadeos cuando él empieza a mover las caderas.

–Te quiero...

Capítulo 13

Beneath your beautiful

Zoe vuelve a despertar sola entre las sábanas de una cama ajena. Sinceramente, esto empieza a convertirse en una costumbre que no le convence del todo. Se retuerce perezosa y cuando agacha la cabeza se descubre totalmente desnuda. En un acto reflejo, se tapa hasta el cuello con la sábana. Como hizo ayer, se queda quieta y callada, esperando escuchar algún ruido que le dé una idea de dónde está Connor. Al no oír nada, se levanta y abre el armario esperando encontrar algo que ponerse, de donde saca un pantalón corto y una camiseta que deben de tener como mínimo veinte años.

Cuando está lista, abre la puerta del dormitorio con sigilo y mira a un lado y a otro del pasillo. La puerta del dormitorio de Donovan está cerrada, y no se oye ruido alguno en el baño, así que Zoe empieza a bajar las escaleras, con el aroma a café recién hecho invadiendo la planta baja. Recelosa por no saber aún con quién se encontrará, asoma la cabeza por la puerta de la cocina con prudencia, pero sus temores se disipan enseguida al encontrarse a Connor sentado a la mesa, ya vestido con su habitual uniforme de trabajo, *The New York Times* en una mano y una taza de café en la otra.

—Buenos días —le saluda con dulzura, apoyándose en el quicio de la puerta.

Connor deja el periódico y el café encima de la mesa

y, con una gran sonrisa dibujada en los labios, se levanta, agarra a Zoe de la cintura y la besa en los labios.

–Buenos días... –repite susurrando cuando se separa unos centímetros y se da cuenta de la indumentaria de ella–. ¿Eso que llevas puesto es mi camiseta del instituto? No tenía ni idea de que aún estuviera ahí.

–Tú dirás... –contesta encogiendo los hombros–. Me he tenido que buscar la vida porque al final no me diste nada que usar como pijama...

–Desnuda estabas perfecta. Además, te dormiste enseguida y no quise despertarte.

–Hablando de despertar, empieza a mosquearme el hecho de despertarme sola cada mañana... Prométeme que algún día, cuando abra los ojos, seguirás a mi lado.

–Te lo prometo. Pero hoy es viernes, y tengo que trabajar. No obstante, intentaré salir pronto y hacemos algo... ¿Cine? ¿Copas? ¿Sofá, manta y peli?

–Mmmmm... Me tientas... Pero tengo que trabajar.

–¿En serio? ¿Un viernes noche?

–Las noches del viernes y el sábado es cuando más dinero gano...

–¿Por qué no te dedicas solo a pintar, que es lo que realmente te gusta?

–Porque desgraciadamente, no puedo vivir de ello. Tengo un alquiler que pagar, una nevera que llenar, de vez en cuando ropa que comprar...

–Si hicieras menos horas en el taxi, tendrías más tiempo para pintar y quizá más oportunidades para convertir tu *hobby* en tu profesión.

–Si hiciera menos horas en el taxi, tendría que vivir en la calle porque no podría pagarme el alquiler.

–En mi casa no hace falta que pagues alquiler...

Connor suelta la bomba y mira a Zoe impaciente por su reacción. Ella a su vez le observa, aún con la boca abierta, sin poderse creer lo que acaba de oír. Sin saberlo, ambos se formulan las mismas preguntas en su cabeza: ¿Le ha propuesto que vivan juntos? ¿Es demasiado pronto? Si es así, ¿por qué no tiene la sensación de que lo sea?

Para alivio de los dos, la puerta principal de la casa se abre y enseguida les llega el sonido de la voz de Sarah, que ya de buena mañana discute con alguien al teléfono.

–No, Vicky, no puedes salir esta noche. Pues porque tienes dieciséis años...

Sarah entra en la cocina y deja su bolso encima de una de las sillas. Saluda a Connor y a Zoe con la cabeza y una mueca de circunstancias, y vuelve a la carga con Vicky.

–Hace dos semanas ya te dejé que fueras con Noah y sus padres a su casa del lago. La semana pasada te tocó con tu padre y te fuiste con él sin rechistar. Esperaba que este fin de semana hiciéramos algo juntas...

Connor y Zoe escuchan la voz de su hija al otro lado del teléfono diciendo cosas típicas como «todos mis amigos van a ir» o «te prometo que no saldré más en todo el verano». Frases que no hace tanto, ellos mismos pronunciaban a sus respectivos padres. Sarah parece agobiada, y se peina el pelo con los dedos repetidas veces, resoplando con fuerza por la boca, así que Connor vierte café en una taza y se lo tiende, gesto que ella agradece con una sonrisa.

–¡Pues porque eres mi hija y me gustaría pasar algo de tiempo contigo! ¡Me da igual que todos vayan a salir, y punto! Pues porque soy tu madre, tienes dieciséis años y vives en mi casa. ¡Y se acabó!

Sarah cuelga y lanza el móvil dentro de su bolso. Se pone las gafas en la cabeza y se frota el puente de la nariz con dos dedos.

–Siento este espectáculo de buena mañana –dice sin mirarles–. Me agota, en serio que me agota. Prefiero mil veces cuidar a un enfermo de Alzheimer con demencia avanzada, antes que a una adolescente rebelde de dieciséis años.

—Es solo una fase... —dice Connor para intentar animarla—. Todos hemos pasado por ella.

—Es cierto —interviene Zoe—. Seguro que hay algún chico de por medio y siente que si no va a donde sea que quiera ir, perderá la oportunidad de acercarse a él y alguna otra se lo ligará...

—¿Estáis intentando tranquilizarme? Porque vais por muy mal camino... —dice Sarah girándose hacia ellos.

—No —contesta Zoe—. Solo quiero que veas que todos hemos hecho eso alguna vez. Yo incluso llegué a escaparme de casa para ir a una fiesta. Kevin Richardson me dijo que si iba, podríamos enrollarnos. La pena es que entre que me escapaba de casa, me cambiaba de ropa y corría hacia la fiesta, llegué tarde y el muy capullo ya se estaba liando con otra.

—Vale, no me hace falta escuchar más —interviene Connor llevando su taza al fregadero—. Me tengo que ir a trabajar. Si esta noche te vienes a mi casa, te prometo que nos enrollaremos.

—Serás tonto. —Ríe ella dándole un manotazo en el hombro.

—¿No cuela? ¿Qué tenía ese tal Kevin que yo no tenga?

—Lo pensaré, ¿vale? —contesta con una gran sonrisa, agarrándole de la cintura.

—Te llamo luego —contesta dándole un beso y acariciando su cuello con la nariz.

—Vas a llegar tarde —le dice pasado un rato.

—Lo sé... Pero no me quiero ir...

—Vete. —Ríe ella empujándole hacia la puerta.

—Vale, pero porque me obligas —se queja—. Adiós, Sarah.

—Adiós, Connor —contesta ella negando con la cabeza sin poder contener la risa.

Cuando se quedan solas, Zoe se sienta en una silla contigua a Sarah, encogiendo las piernas y abrazándoselas con una sonrisa. Sarah la mira en silencio, hasta que, cuando

Zoe levanta la vista, se sonroja como una adolescente al saberse observada.

—Veo que todo os va muy bien.
—Sí...
—¿A pesar de tu padre?
—Sí, a pesar de él —contesta riendo.
—Está totalmente enamorado de ti. Lo sabes, ¿verdad?
—Y yo de él —contesta Zoe asintiendo con la cabeza—. Hoy ha insinuado que me vaya a vivir con él.
—¿Y...?
—No sé... Son muchas las cosas en las que tengo que pensar. No puedo dejar a Hayley de la noche a la mañana, y tampoco sé si irme con Connor es muy precipitado... Tengo la sensación de que no hemos tenido tiempo de conocernos...
—Yo recuerdo al Connor que conocí al principio y veo al de ahora, y no hay punto de comparación. Ahora, a pesar de lo de su padre, es feliz, y eso es gracias a ti.
—La verdad es que yo también soy muy feliz...
—Pues yo veo que la respuesta es clara... Tenéis toda una vida para conoceros.

Zoe se queda callada, pensativa durante unos segundos. Baja la vista hacia la camiseta que lleva puesta y la acaricia con delicadeza. Sarah sonríe y se levanta para ponerse en marcha. Abre el grifo y se dispone a fregar la taza, cuando Zoe se pone a su lado.

—¿Y qué hay de ti y de Kai? —le pregunta.
—No lo sé. No he vuelto a saber de él desde la noche del combate, así que supongo que se acabó. —Apoya las manos húmedas y llenas de jabón en el fregadero y hace una pausa de unos segundos para luego añadir—: Ni siquiera sé si en algún momento hubo algo entre nosotros.

En ese momento, Donovan aparece por la cocina y Sarah le recibe con una cordial sonrisa que él le devuelve al instante. En cambio, mira a Zoe receloso mientras se acerca con cautela a una de las sillas.

—Buenos días —le dice cariñosamente Sarah.
—Hola, Sarah.
—¿Te acuerdas de Zoe? ¿La novia de Connor?

Algo parece iluminarse en el rostro de Donovan al escuchar el nombre de su hijo. Al momento, los labios se le curvan formando una sonrisa, mientras asiente con la cabeza, aliviado.

—¿Se ha ido ya a trabajar? —le pregunta a Zoe.
—Sí —contesta ella.
—¿Cuando os vais a casar?

Zoe se atraganta con el café y empieza a toser sin parar. Cuando recobra la compostura, coge una servilleta y se limpia los restos de la boca, ante la mirada de preocupación de Donovan.

—¿He dicho algo malo? —pregunta.
—No, pero no hemos... —Zoe intenta dejar ahí la frase, pero Donovan no le quita la vista de encima, así que se ve obligada a seguir con la explicación—. No es algo que hayamos hablado aún...
—Ah, vale... ¿Y por qué?
—Pues... —Zoe mira a Sarah pidiéndole ayuda, pero esta se limita a sonreír y encogerse de hombros—. Aún es pronto...
—Entiendo... ¿Pero tú...? ¿Le quieres? ¿Quieres a mi hijo?
—Claro que sí.
—Porque él te quiere. Mucho. Lo sé. Si te pidiera que te casaras con él, ¿le dirías que sí?

Sarah decide intervenir en ese momento ante la cara de pavor de Zoe.

—Donovan, se acabó la cháchara, que hoy tenemos mucho trabajo de rehabilitación que hacer.
—Y yo me voy a vestir que también me tengo que ir a trabajar —añade Zoe respirando aliviada por salir airosa de esa situación tan incómoda.
—Parece que Connor te ha convencido para que cambies el turno... —susurra Sarah en su oído guiñándole un ojo.

—Sí... —contesta ella sonrojándose.

Zoe sube las escaleras a toda prisa bajo la atenta mirada de Donovan, que no acaba de entender qué ha dicho para incomodarla. Cuando se gira hacia Sarah, se la encuentra mirándole fijamente con los brazos cruzados.

—¿Qué?

—Esas preguntas tan directas, las puedes pensar, pero te las tienes que callar.

—¿Por qué?

—Porque incomodan...

—Pues es bien fácil la respuesta... Sí o no... A ver, por ejemplo... ¿A ti te gusta Kai? Fácil respuesta, sí. ¿Estás enamorada de mi hijo? Fácil también, la respuesta vuelve a ser un sí rotundo.

—¿Tu hijo mayor es tonto de remate? Fácil, un sí así de grande —interviene ella haciendo gestos con las manos—. ¿Estás intentando sacarme información pero soy tan lista que te he visto el plumero? Afirmativo de nuevo.

—Pero entonces, ¿no os habéis vuelto a ver?

—Donovan...

Zoe llega a casa poco más de una hora después. Entra con sigilo y va hasta su habitación para darse una ducha rápida. Escoge la ropa de su armario, se la lleva al baño y abre el grifo del agua. Cansada, se sienta en la taza del váter mientras las cañerías emiten sus habituales quejidos antes de empezar a sacar agua medianamente caliente.

—Igualita a la ducha que me di ayer... —resopla poniendo la mano para comprobar la temperatura.

Cuando acaba, recreándose mucho menos que en casa de Connor, se envuelve en una toalla, ni por asomo tan esponjosa como la de él, y se viste con rapidez. Decide tomarse el segundo café de la mañana antes de irse a trabajar, así que prepara una cafetera que seguro que Hayley y Evan agradecerán en cuanto se levanten. Se llena una taza hasta la mitad, abre la nevera y se agacha para coger el cartón de leche. Para su sorpresa, cuando se levanta y cierra la puerta, se encuentra a Evan totalmente desnudo.

—¡Joder, Evan!
—¡Zoe! ¡¿Qué haces aquí?!
—Vivo aquí, ¿recuerdas?
—Pensaba que eras Hayley. Cuando me he despertado, no estaba en la cama y he olido a café recién hecho... —dice tapándose los genitales con las manos justo cuando se escucha el sonido de la cisterna del váter—. Pero ahora me doy cuenta de que debía de estar en el baño...
—Evan... —le llama Hayley en cuanto llega a la cocina—. Esto... ¿Eres consciente de que vas desnudo?
—Eh... Sí. Un poco.
—¿Y si vas a ponerte algo?
—Sí, creo que será lo mejor.

Cuando Evan camina con rapidez hacia el dormitorio, Zoe le sigue con la mirada, incluso llegando a ladear la cabeza para verle el trasero durante algo más de rato.

—¿Qué te parece mi hombre? —le pregunta Hayley con una sonrisa.
—No está mal... Nada mal...
—Pues en la cama es aún mejor. ¿Ves esa pinta de empollón que tiene? Pues te puedo asegurar que se aprendió la lección muy, pero que muy bien. Le doy un diez.
—¿Un diez? ¿Tú? Espera, ¿no me dirás que le va...? ¿Es de los que le va lo duro? —le pregunta mientras su amiga asiente con la cabeza mordiéndose el labio inferior con fuerza—. ¡Venga ya! Pero si tiene pinta de no haber roto un plato en su vida...
—Pues en la cama es malo, pero malo. ¡Me encanta! Y le pedí que se dejara las gafas puestas...
—¡Serás petarda!
—Lo sé, lo sé. No puedo evitarlo.

Mientras hablan, parece que Evan ha decidido darse una ducha, porque se escuchan sus gritos desesperados al sentir el agua helada en la piel. Lejos de ir a socorrerle, Hayley ríe mientras Zoe le reprocha su comportamiento con la mirada.

–Es solo agua fría... No morirá en el intento... ¿Y tú qué tal? –pregunta dándole un golpe cariñoso con el hombro.

–Perfectamente –contesta con una gran sonrisa.

–Se nota... ¿Qué tal anoche? ¿Cómo acabó con tu padre?

–Genial. Me ha insinuado que me vaya a vivir con él.

–¡Zoe! ¡Eso es genial! –grita emocionada, pero al ver que su amiga aprieta los labios y no comparte su entusiasmo, cambia el gesto y añade–: ¿O no lo es? Es muy pronto... ¿No?

–Si me lo preguntas es porque ni tú misma estás segura de que sea tan pronto...

–Y tampoco te puedo dejar en la estacada...

–Zoe, en serio, te agradezco que te preocupes por mí, pero... ¡vete a vivir con él!

–¿Vivir con quién? –pregunta de repente Evan, que ha aparecido de la nada a su lado.

–Con nadie –responden las dos a la vez.

–¿Con mi hermano? ¿Te ha pedido que te vayas a vivir con él?

–Me voy a trabajar –dice Zoe–. ¿Hoy libras, Evan?

–Esto... No... –responde buscando un reloj donde comprobar la hora, hasta que agarra la muñeca de Zoe y se le corta la respiración–. ¡Joder! ¡Al final me van a echar! Segundo día consecutivo que llego tarde, y todo por tu culpa.

–¿Perdona? –le pregunta Hayley.

Evan corre de un lado a otro buscando la cartera, el reloj o mirándose en el espejo para peinarse un poco con los dedos.

–Me voy –le dice a Hayley justo antes de plantarle un beso de película, agarrándole incluso del pelo–. Te llamo luego.

—Ajá —responde Hayley incapaz de articular ninguna palabra más.

Zoe los observa con los ojos muy abiertos, y sigue a Evan con la mirada mientras se dirige a la puerta. Cuando se pierde tras ella, gira la cabeza hacia su amiga y la mira levantando las cejas, totalmente asombrada.

—¡Vaya con Evan! Me parece que Dylan no tiene nada que hacer ya...

—¿Dylan? ¿Quién es Dylan? —contesta Hayley desatando las carcajadas entre las dos.

Ya a la hora de comer, Connor decide llamar a su hermano Kai, mientras él y Rick hacen cola en el puesto de perritos de la esquina. Después de varios tonos, salta el contestador.

—*Kai, soy yo. Llámame.* —Cuelga y resopla resignado.

—Déjale, Connor. Si es gilipollas y no quiere dejar de serlo, allá él. Tiene a una tía impresionante interesada en él y el muy imbécil no hace nada por retenerla... Me parece que voy a darle mi número a Sarah...

—Mantente alejado de ella.

—Pero...

—Rick, te lo advierto.

—Escúchame. Mis intenciones son buenas...

—¡No me hagas reír! Tiene una hija adolescente...

—¿Y está buena?

—¡Oh joder, Rick! A eso me refería. Ni te acerques a ella, ¿de acuerdo?

—Está bien —dice mientras avanzan unos pasos en la cola.

En ese momento, suena el teléfono de Connor. Cuando ve que es Kai, le da un billete de cinco dólares a Rick y se excusa alejándose para hablar con tranquilidad.

—Kai —dice al descolgar.

—¿Qué se quema?

–Eh... –balbucea Connor–. Nada. Bueno, solo te llamaba para saber de tu vida... Papá me ha preguntado por ti. Evan también. Sarah...

–He estado liado con los entrenamientos. Dile a papá que esta noche me quedaré yo con él a dormir –contesta con prisa como queriendo cortar ya la conversación.

–Vale...

–Bueno, pues eso. Te tengo que dejar.

–¡Kai, espera!

–¿Qué? –contesta resoplando.

–¿Como que qué? ¿Se puede saber qué cojones te pasa? Solo me preocupo por ti...

–Estoy bien, ¿vale?

–Pues cualquiera lo diría. ¿Has pensado en lo que hablamos el otro día comiendo?

–Sí...

–¿Y bien?

–Es todo demasiado complicado...

–Eres un cobarde de mierda. Eso es lo que eres. Tienes razón en una cosa, Sarah no se merece a alguien como tú. Ella se merece a alguien que la quiera lo suficiente como para arriesgarse por ella.

Cuelga sin más, justo en el momento en el que Rick le tiende su perrito caliente y una lata de cerveza.

–¿Cómo ha ido? –le pregunta mientras empiezan a caminar hacia el parque.

–Es un gilipollas.

–Odio tener siempre la razón. Hablemos de cosas más agradables. ¿Qué tal con Zoe?

–Bien –contesta cambiando de humor por completo.

–Te cambia la cara al escuchar su nombre. Es automático.

–Lo sé –contesta mientras Rick pasa un brazo por encima de sus hombros–. Hoy le he insinuado que se venga a vivir conmigo...

—¡Estás de broma!
—No... Ella quiere dedicarse a la pintura, pero no tiene tiempo porque se pasa el día trabajando para pagar el alquiler y las clases. Así que le he dicho que se venga conmigo, que se olvide de pagar alquiler y que se dedique a pintar todo el tiempo que quiera... Estoy dispuesto a que me llene el apartamento con sus bártulos de pintura, no me importa.
—¿Y qué te ha dicho?
—Que no puede dejar a Hayley colgada.
—Mmmmm —contesta Rick mirando al frente y arrugando la boca—. Suena coherente... Respuesta muy de tía, en plan «no voy a dejar colgada a mi mejor amiga». No parece una excusa... Tienes alguna posibilidad de que te diga que sí.
—Gracias por la confianza y los ánimos.
—Me estoy quedando contigo, colega —dice Rick dándole un golpe flojo con el puño—. Lo estás haciendo de maravilla y sois perfectos juntos. ¿Y sabes lo mejor?
—¿Qué?
—Que me ha devuelto a mi mejor amigo y le estaré eternamente agradecido.

Sobre las seis de la tarde, Kai llega a casa de su padre. Justo antes de atravesar la puerta, respira hondo varias veces y se repite una y otra vez la misma consigna que lleva pensando toda la tarde.
—Tranquilo, Kai. Compórtate. Si la ves, actúa con naturalidad y ya está. Todo irá bien.
Abre la puerta y busca a su padre, al que encuentra en la cocina. Entra con algo de inseguridad, hasta que comprueba que Sarah no está con él. Quizá se haya marchado ya, piensa Kai.
—Hola, papá. ¿Qué haces?
—Hola, Kai. Pues nuestra cena —le responde con cara de

orgullo, cortando unas patatas en finas láminas–. Sarah me está ayudando.

–Ah –dice poniéndose en tensión al instante–. ¿Está aún aquí?

–Sí, Kai, sí. Así que relájate y contrólate un poco.

–¿Que me relaje? Estoy muy tranquilo...

–Sarah, ya tengo las patatas. ¿Ahora qué hago?

Al oír su nombre, Kai se pone tenso al instante, y se le corta la respiración. Mira a su padre con los ojos muy abiertos, e incluso se le forma un nudo en la garganta. Carraspea varias veces, hasta que ve que Donovan le sonríe con malicia.

–Sí, sí. Definitivamente, estás muy tranquilo. Nada tenso. Muy natural, oye... Muy bien –le dice dándole unas palmadas en el hombro–. Relájate, era una broma. Ha salido a comprar unas cosas y aún no ha vuelto.

Donovan sigue cortando las patatas con una sonrisa en la cara.

–Estás disfrutando con esto, ¿verdad? ¿Se puede saber qué te hace tanta gracia? –le pregunta Kai.

–Lo tonto que eres, hijo mío –responde su padre dándole el cuchillo y otra patata para que siga cortando mientras él empieza a salpimentar unas costillas–. ¿Por qué intentas negar la evidencia? ¿Por qué te sigues haciendo el duro cuando todos sabemos que Sarah te tiene loco?

–Yo no... Yo no intento...

–Sigue cortando –le recrimina su padre señalando el cuchillo quieto en la mano de su hijo.

–Yo... –empieza de nuevo mientras corta una rodaja de patata–. Yo no niego que ella me guste...

–¿Y por qué narices pretendes ser alguien que no eres? ¿Por qué con ella, o delante de ella, te comportas como un auténtico capullo? Quiero decir, más de lo habitual...

–Porque... Porque no quiero gustarle. No debemos estar juntos.

—¿Por qué te infravaloras tanto, Kai? ¿Por qué no ves en ti lo que los demás vemos?

—¿Qué tengo, papá? ¡¿Dime qué cojones sé hacer aparte de pegarme de puñetazos con los demás?! ¿Acaso crees que ella va a querer estar con alguien como yo?

—Kai...

—No, ahora déjame hablar a mí. Porque parece que ninguno de vosotros es capaz de ver lo obvio. Sarah es la mujer más impresionante que he conocido en mi vida. Es lista, independiente, segura de sí misma, trabajadora, valiente, increíblemente guapa... ¿Y qué le puedo ofrecer yo? ¡Nada! Solo sé pegar...

—Kai, espera...

—¿Qué pinto yo a su lado, papá? —le pregunta totalmente derrotado—. Lo nuestro no puede ser.

Tira el cuchillo encima de la tabla de cortar y se da la vuelta con decisión para salir de la cocina, pero se queda totalmente parado al encontrarse de frente con Sarah. Ambos se miran durante unos segundos, hasta que ella empieza a notar como se le humedecen los ojos y, con prisa, deja las bolsas de la compra encima de la mesa de la cocina y sale de la casa. Kai se queda con la vista fija en la puerta, con el sonido del portazo aún retumbando en sus oídos.

—Te he intentado avisar... —le dice su padre.

—Joder... No pretendía hacerla llorar.

—Venga, toma —Donovan le vuelve a dar el cuchillo para que siga cortando las patatas—. Luego vemos cómo podemos revertir la situación, pero yo con el estómago vacío, no pienso bien.

Poco después de cenar, cuando ambos están sentados en el sofá viendo la televisión, el teléfono de Kai empieza a sonar. Saca el móvil del bolsillo y se queda pálido al ver quién le llama.

—¿Kai, estás bien? —se interesa su padre al verle la cara.

—Es... Es Sarah.

—Pues cógelo, tonto.
—Pero...
—¡Que lo cojas!
—Vale, vale —Kai, con un dedo tembloroso, descuelga el teléfono antes de llevárselo a la oreja y contesta con la máxima serenidad posible—. Hola, Sarah...
—¡Kai! Siento... —balbucea ella nerviosa—. Joder, no quería molestarte, pero no sé qué hacer ni a quién recurrir...
—Sarah, tranquila —dice poniéndose en pie de golpe—. ¿Qué pasa?
—Vicky no está...
—¿Cómo que no está?
—Que cuando he llegado a casa, no estaba y aún no ha vuelto. Hoy me había pedido salir con unos amigos, pero le dije que no y... Fíjate la hora que es ya...
—Vale, espera. ¿Estás en tu casa?
—Sí...
—¿Quieres...? ¿Quieres que vaya? —Kai se gira entonces hacia su padre al recordar que está a su cargo—. Espera...
—Ve tranquilo —le susurra Donovan—. Tengo apuntados vuestros números de teléfono y me he tomado la medicación...
—¿Seguro? —le pregunta tapando el auricular mientras su padre levanta el pulgar con una sonrisa—. Vale, Sarah. Dame quince minutos y estoy en tu casa.
—De acuerdo. Gracias.
Cuando cuelgan, Kai se queda con el móvil en la mano, pensativo mientras mira a su padre fijamente.
—Voy a avisar a Connor de que te quedas solo. Para que esté atento por si acaso.
—¡Ni se te ocurra! Dejemos de joder a tu hermano ya... —contesta poniéndose en pie y acompañando a su hijo hacia la puerta—. Ve con Sarah. Ella te necesita más que yo ahora.
Ocho minutos después, sin haber respetado ni un solo semáforo, Kai llama a la puerta de la pequeña casa de Sarah.

En cuanto abre la puerta, puede ver la preocupación reflejada en su rostro.

—Gracias por venir —le dice dejándole pasar.

—No pasa nada...

—Espero que no te haya importado que te llamara, pero no sabía qué hacer... Iba a telefonear a Connor pero pensé que estaría con Zoe y...

—No, no, no. En serio, no me importa. ¿Has probado a llamarla al móvil?

—Sí, y no me lo coge...

—¿Cuánto hace que se fue?

—Cuando volví de casa de tu padre, ya no estaba. Pensé que había quedado con alguna amiga para pasar la tarde y no quise hacerme pesada... Pero conforme pasaban las horas, me fui poniendo más nerviosa. Esta mañana me ha pedido que la dejara salir con unos amigos y cuando le he pedido que me diera detalles, me ha dicho que querían ir a no sé que local en el Meatpacking District... Tiene solo dieciséis años, Kai. No creo que tenga edad para locales en los que corre de todo... No sé si me entiendes...

—Créeme, sé cómo son esos sitios. He estado en bastantes...

—¿Y qué hago?

—Bueno... Quizá... —titubea—. Podrías confiar en ella.

—Sí, lo sé... En ella confío, pero no en los demás. Es una niña aún. No sé si voy a poder quedarme aquí a esperar hasta que decida volver...

—¿Sabes qué vamos a hacer? Me voy a quedar contigo a esperarla. Si a ti te parece bien...

—No quiero molestarte... Es decir, más de lo que ya te he molestado al hacer que vengas hasta aquí...

—¿Tienes cerveza? —le pregunta él para cambiar de tema y ocultar su incomodidad.

—Eh... Sí, perdona.

Sarah se apresura hacia la cocina y saca un par de botellas de la nevera. Las abre y le tiende una a Kai, que se lo agradece con una sonrisa arrebatadora, de esas que la llevan de cabeza.

—Vamos a sentarnos al salón —dice mientras él la sigue.

Se sientan uno en cada punta del sofá. Sarah se gira hacia él, encogiendo las piernas mientras Kai, más formal, se conforma con echarle rápidas miradas de reojo.

—¿Tú has ido alguna vez a algún local de esos?

—Claro que he ido, y por eso estoy asustada. Sé la cantidad de alcohol y drogas que circulan...

—No te tenía por alguien que frecuentara esos sitios —dice sonriendo.

—Ahora no, pero yo también he sido adolescente.

—Incluso entonces...

—Me debes imaginar como una empollona, ¿no? Una de esas raritas con las que tipos como tú se metían constantemente, ¿verdad? De esas con las que nunca os enrollabais y a las que nunca invitabais al baile. En cambio, a mí no me ha sorprendido nada que me dijeras que has estado en infinidad de fiestas...

—¿Eras una empollona de esas?

—Con aparato dental incluido y gafas enormes. La suerte es que la ortodoncia no es para toda la vida y, afortunadamente, la moda convirtió las gafas en un complemento de lo más moderno, así que las empollonas nos volvemos más o menos normales con el paso del tiempo. En mi caso, cuando eso pasó, el capitán del equipo de fútbol se fijó en mí, yo caí en sus redes como una tonta y nueves meses después nació Vicky. Evidentemente, él se desentendió y yo me hice cargo de todo sola. Me saqué la carrera, empecé a trabajar y aquí estoy ahora, preocupada porque mi hija no cometa los mismos errores que yo.

Kai sonríe por el discurso de Sarah, dando un sorbo de su cerveza, mientras ella le observa con curiosidad.

—¿Y ahora? —pregunta Kai—. ¿Sales a tomar algo y eso?

—La vez que salí contigo y tus hermanos fue la primera en... —Sarah alza la vista al techo intentando acordarse de cuándo fue la última vez que salía una noche.

—¡Vaya! Si te lo tienes que pensar tanto...

—Vicky tiene dieciséis años, más los nueve meses de embarazo...

Kai abre los ojos como platos y deja caer su mandíbula mientras Sarah ríe a carcajadas.

—He exagerado un poco, pero vamos, que tampoco soy demasiado nocturna.

—Y... ¿Y no sales con nadie?

—¿Con alguien como un hombre, te refieres? —pregunta mientras Kai asiente con la cabeza—. Ni me acuerdo de la última vez que tuve una cita... Alguna cita que mis amigas me organizaron, pero enseguida me di cuenta de que los hombres de mi edad que quedan libres, distan mucho de ser los capitanes del equipo de fútbol, así que preferí estar sola que mal acompañada.

Los dos dan un sorbo a su cerveza, sin perderse de vista en ningún momento, dándose cuenta de que son capaces de mantener una conversación sin pelearse.

—¿Y tú?

—¿Yo, qué?

—No te hagas el despistado. ¿No sales con nadie? Bueno, te vi con una chica la noche que salimos...

—Ni me acuerdo de como se llamaba.

—Eso no habla muy bien de ti que digamos...

—Salgo a menudo y me divierto, simplemente.

—¿Nunca has salido con nadie en serio?

—No. Mi relación más larga creo que fue de... dos, no, tres noches seguidas.

—¡Venga ya!

—Así soy yo...

—¿Siempre? ¿En la adolescencia también eras el típico ligón?

–Bueno, nunca fui capitán del equipo de fútbol... Ni dejé embarazada a ninguna chica...

–Y ahora me dirás que sí saliste con la empollona de turno...

–No –contesta desviando la mirada de los ojos de Sarah.

–Me lo imaginaba.

Sarah se recoge el pelo detrás de las orejas y da un sorbo a su cerveza. Se abraza las piernas y sonríe negando con la cabeza. Kai tiene razón, son totalmente diferentes. No tienen nada en común, ni comparten gustos. Sarah no se imagina yendo a un museo con él, de igual forma que tampoco se ve a ella misma acompañándole a los combates. ¿O sí? ¿Sería capaz de hacerlo por él? De repente, esa idea cruza su cabeza por un segundo, dejándola totalmente descolocada.

–Pero... Pero tampoco te había conocido a ti –dice Kai.

Sarah sonríe con timidez. Cuando agacha la cabeza, ve la hora en el reloj de su muñeca y la preocupación vuelve a asomar en su rostro.

–Sarah, ¿quieres que coja el coche y vaya a dar una vuelta por el Meatpacking? Puedo dar una vuelta por algunos locales que conozco...

–Bueno, de hecho –empieza a decir incómoda–, es más fácil que todo eso... Verás, es que, desde hace un tiempo, le instalé un programa localizador en el teléfono...

–Es broma.

–No. No lo he usado nunca, que conste. Pero podría usarlo ahora para encontrarla...

–Envíame un mensaje con la dirección –dice Kai poniéndose en pie mientras niega con la cabeza.

–No tienes derecho a juzgarme. No eres padre y no sabes lo que se sufre.

–No te estoy juzgando.

–Lo haces, con la mirada.

–Lo que tú digas... –dice sacando las llaves del coche del bolsillo–. No tengo ganas de discutir. Envíame la dirección.

–¿Voy contigo?

–Mejor quédate aquí. Si te ve aparecer por ahí, va a querer que se la trague la tierra de la vergüenza...

–¿Y qué vas a hacer? ¿La traerás a casa?

–¿Quieres que la traiga a casa? ¿O simplemente veo dónde está y en el estado en el que está? Lo que tú me digas...

Sarah se muerde una uña, indecisa acerca de qué hacer.

–Es tu hija y tiene dieciséis años, Sarah –le dice Kai intentando tranquilizarla con una sonrisa–. Lo que decidas, será lo correcto. No tengas miedo de tomar una decisión, aunque sepas que a ella no le va a gustar.

–Tráela a casa –contesta decidida.

–Vale.

Sale de casa y se pone en marcha. Cuando recibe el mensaje, lo lee y enseguida se extraña al ver la dirección que Sarah le indica. No es una calle, sino un callejón apartado muy cerca de los muelles, una zona poca recomendable, sobre todo para una niña de dieciséis años. Sin pensarlo, pisa el acelerador más a fondo, hasta llegar al sitio. Aparca el coche unas calles más allá y camina hasta escuchar el barullo formado por un grupo de chicos y chicas. Conforme se acerca más, comprueba que son cinco, dos chicas y tres chicos, y que ninguno de ellos parece tener la mayoría de edad. Todos están fumando, algunos marihuana, a tenor del olor que le llega a Kai, y tienen botellas de alcohol alrededor. Uno de los chicos está de pie, manteniendo la verticalidad a duras penas, explicando una historia mientras los demás ríen a carcajadas. Después de observarles un rato, decide dar por terminada su pequeña fiesta y, chasqueando la lengua, se acerca a ellos. Mete su mano en el bolsillo del pantalón y saca su cartera. Los chicos se dan cuenta de su presencia y tiran los porros a un lado, haciendo aspavientos con las manos para apartar el humo.

–Agente, no estamos haciendo nada malo –dice enseguida uno de los chicos.

Kai intenta disimular la sonrisa al darse cuenta de que han caído en su trampa. No ha hecho falta siquiera abrir la cartera y fingir que lleva placa, solo con su presencia y su actitud altiva, ha sido suficiente. Así pues, reprime la risa y pone cara de póquer.

—¿Tú crees? Cuento como unas quince botellas, así que eso da una media de tres cervezas por cabeza.

—Yo solo me he bebido una —empieza a excusarse uno de los chicos señalando a una chica—. Vicky se bebió las mías.

Así que esa chica es Vicky, piensa Kai mirándola detenidamente aunque con disimulo. La verdad es que se parece bastante a su madre, con el mismo pelo y los labios carnosos, aunque con unos ojos claros que debe de haber heredado de su padre. Lo que sí ve en ellos, es la misma seguridad y desparpajo de Sarah.

—Cállate, imbécil —dice poniendo una mueca de asco.

—Además... —vuelve a decir Kai acercándose a Vicky y quitándole el cigarrillo de los dedos para darle una larga calada. Cuando expulsa el humo, añade—: Esto estaría prohibido a vuestra edad si fuera tabaco, pero resulta que es marihuana, con lo que además, es ilegal.

—Agente, por favor, no nos detenga —empieza a implorarle la otra chica.

—Oh, por favor, Noah, conserva la dignidad —la increpa Vicky—. Además, no puede hacernos nada.

—¿Ah, no? ¿Y cómo estás tan segura? —le pregunta entonces otro de los chicos que se había mantenido callado hasta el momento.

—Pues porque con la de delincuentes que hay en esta ciudad, no se van a preocupar por unos adolescentes que beben cerveza y fuman unos porros sin meterse en líos. No les interesa lo que hagamos.

Los cinco pares de ojos se fijan entonces en él, que sonríe de medio lado ante el descaro de Vicky, que tanto le recuerda al de su madre.

—Parece que lo sabes todo... —dice agachándose en cuclillas hasta quedar a la altura de Vicky—. Pero te equivocas. A mí me interesa desde el mismo momento en que sé que sois menores y estáis haciendo algo ilegal. Además, creo que vuestros padres también deben de estar preocupados y no les hará mucha gracia saber lo que estáis haciendo...

—Agente, ha sido solo una tontería... —implora uno de los chicos—. Por favor, deje que nos vayamos a casa y prometemos no hacerlo nunca más.

—¿Estáis bien como para ir a casa por vuestro propio pie? —pregunta mirándoles a todos, y señalando a uno de ellos, añade—: Al menos él no parece estar en disposición de encontrar su casa...

—Le acompaño yo, señor —se apresura a añadir otro de ellos.

—Pues no habrá gente metiéndose en líos y cometiendo algún crimen ahora mismo como para tener que perder el tiempo con nosotros. ¿Nos tienes manía o qué, capullo?

—Vicky... —dicen los demás implorándole que se calle con la mirada.

—¿No os dais cuenta? Somos demasiado insignificantes como para que nos hagan nada. No le hagáis caso y sigamos a lo nuestro.

—Agente —vuelve a exculparse el mismo chico miedica de antes—, no estamos de acuerdo con ninguna de sus palabras.

—Ya veo... Tenemos a una rebelde sin causa... —dice Kai.

—Chupa-pollas... —le insulta Vicky girando la cara.

—Señorita, me temo que me va a tener que acompañar...

—Te lo dije, Vicky —le dice la otra chica—. Tenías que haberte callado la boca.

—Idos a vuestras casas antes de que me arrepienta y os lleve también a comisaría.

Los chicos se van a toda prisa, llevando a su amigo indispuesto a cuestas, mientras la chica retrocede mirando a Vicky y disculpándose con la mirada.

—¡Vete, Noah! —le grita ella—. No me va a pasar nada. Luego te escribo.

Cuando se quedan solos, Kai se incorpora y le tiende la mano a Vicky para ayudarla a levantarse, gesto que ella ignora a propósito. Kai sonríe mientras niega con la cabeza ante su testarudez.

—Vale, ¿dónde está el coche patrulla?

—Por allí —señala con el dedo, sin perderla de vista.

Empieza a caminar con los brazos cruzados encima del pecho escoltada de cerca por Kai. Recorren en silencio las dos calles que les separan del coche, hasta que cuando él acciona el mando a distancia para abrir las puertas, ella se frena en seco.

—Eso no es un coche patrulla. ¿Qué vas de incógnito o algo por el estilo?

—Algo por el estilo —responde él con una sonrisa de medio lado—. Sube.

—¿Eres poli?

—Sube...

—No. De pequeña me enseñaron a no irme con extraños...

—¿Ahora sí vas a hacer caso de los consejos de tu madre?

Kai sube al coche y espera a que Vicky lo haga para arrancar el motor. Ella en cambio, se queda quieta, cogida a la puerta del coche, sopesando qué hacer. Ese tío no puede ser policía, pero por alguna razón, se fía de él. Kai baja la ventanilla y se agacha para mirarla a través de ella.

—¿Subes o qué?

—¿A dónde me llevas? Porque no creo que sea a la comisaría... —responde sin abrir la puerta.

—A tu casa —claudica Kai al final mientras envía un mensaje a Sarah para informarla de todo.

Vicky arruga la frente con la mano en el tirador de la puerta. Finalmente, la abre y se sienta en el asiento al lado de Kai, aunque se cruza de brazos y le sigue mirando recelosa.

—Ponte el cinturón —le dice poniendo en marcha el motor.

—No eres mi padre.
—Afortunadamente para ambos.
—¿Eres poli?
—No.
—¿Y por qué nos dices que eres poli?
—Yo no os lo he dicho. Lo habéis supuesto vosotros. Sobre todo tu amigo, don «por favor agente, no nos detenga» –dice imitando el tono de voz asustadizo del amigo de Vicky, a la cual se le empieza a escapar la risa a pesar de intentar hacerse la dura con todas sus fuerzas–. Madre mía, en el Bronx no hubierais durado ni dos noches...
—¿Y entonces quién eres?
—Kai.
—¿Qué clase de nombre es Kai?
—El que me puso mi madre...
—¿Y qué pinto yo en tu coche? ¿Me vas a secuestrar o algo por el estilo?
—No estoy tan loco como para querer aguantarte durante mucho tiempo... –contesta mientras Vicky ríe, demostrando que se lo está pasando en grande con este intercambio ágil de palabras–. Soy un amigo de tu madre.
—¿Un amigo de mi madre? ¿Pero acaso mi madre tiene vida social? Si se pasa el día con el viejo ese...
—Ese viejo es mi padre, y si te hubiera escuchado llamarle así, habría descargado toda su ira contra ti, hasta el punto de que hubieras preferido un mes entero de castigo de tu madre...
—Lo siento, no lo decía en tono despectivo...
—No te preocupes.
—Entonces, ¿en serio eres amigo de mi madre?
—En serio. ¿Tan raro te parece?
—¿Amigo de qué tipo?
—De los que traen de vuelta a adolescentes rebeldes que se escapan de casa pasándose por el forro la prohibición expresa.

—¿Está muy enfadada?
—Yo diría que más preocupada que enfadada... —Vicky resopla algo aliviada—. Pero del castigo no creo que te libres...
—¿Y tú no podrías hablar en mi favor? No opuse resistencia... —dice poniéndole cara de pena—, al menos no mucha.
—No creo que tenga tanto poder sobre ella.
—¿Y si en cuanto lleguemos, la agarras de la cintura y le das un beso de esos que derriten bragas, mientras yo me escabullo hacia mi habitación?

Kai gira la cabeza y mira a Vicky levantado una ceja, mientras ella le devuelve una gran sonrisa.

—No cuela, ¿no? Pero mi madre te gusta, ¿verdad? O sea, quiero decir, ¿qué hacías en mi casa? ¿Estabas con ella ya, o te llamó en plan damisela en apuros y corriste hacia ella cual caballero salvador?
—¿Se te va la pinza, no? Esas películas tipo *Crepúsculo* os están friendo el cerebro.
—Lo que tú digas, pero no me has contestado.
—Me llamó muy preocupada.
—Y tú corriste a estrecharla entre tus brazos. ¿A que sí? —pregunta encogiendo las piernas encima del asiento y abrazándoselas con los brazos.
—No.
—¿No corriste o no la estrechaste entre tus brazos?

El cauce que está tomando la conversación está poniendo nervioso a Kai, quien, con la excusa de centrarse en el tráfico, fija la mirada en el asfalto, obviando a propósito las preguntas de Vicky.

—Vamos, Kai. No me ignores. Solo quiero ver a mi madre feliz y creo que tú podrías conseguir que lo fuera... Mi madre necesita salir a divertirse, centrarse en su vida y no tanto en la de los demás. Y tú me caes bien, y creo que eres lo que ella necesita.
—Con lo que has bebido y fumado, ¿no tienes sueño, bonita?

—No, no me afecta demasiado. Supongo que tengo más aguante que la mayoría.
—Qué suerte la mía...
—¿Entonces qué? No me puedes negar que mi madre es guapísima.
—No lo niego.
—¿Entonces por qué no intentas nada con ella? ¿Acaso te ha dicho que no le gustas? ¿O sois amigos desde hace poco y no ha surgido la ocasión?
—No es eso...

Lejos de conformarse con esa respuesta, Vicky le interroga con la mirada durante un buen rato. Kai la mira entornando los ojos hasta que, al ver que no se da por vencida, chasquea la lengua y dice:

—Tu madre me gusta, pero no tenemos nada en común. Tengo la sensación de que ella se merece a alguien mejor que yo. Alguien con más estudios, o con una profesión decente o con un nivel de ingresos estable.

—¿Alguien como mi padre, por ejemplo? Porque le acabas de describir perfectamente, aunque parece que la cosa no les fue muy bien, ¿no crees? –Vicky mira durante unos segundos a Kai, y al ver que sigue sin pronunciarse, añade–: ¿Y a ella le gustas?

—Eso creo –dice encogiendo los hombros.

En ese momento llegan a su destino y Kai aparca el coche frente a la casa de Sarah. Para el motor y los dos se quedan sentados en sus asientos, él mirando su regazo pensativo y ella esperando que la conversación continúe. La puerta de la casa se abre y Sarah aparece por ella. Se queda parada, abrazándose el cuerpo con la vista clavada en el coche.

—Será mejor que bajes y vayas con tu madre –le dice Kai.

Vicky le hace caso y camina con la cabeza agachada hacia su madre, la cual, a su vez, empieza a correr hacia su hija.

—Lo siento, mamá. No debí...

—¡No me vuelvas a dar un susto como este en tu vida! —la corta abrazándola con todas sus fuerzas.

—Lo sé... Perdón... —consigue decir a duras penas por la presión que su madre ejerce sobre ella.

—¿Has bebido? —le pregunta cogiéndola por los hombros y separándose de ella unos centímetros para comprobar su estado.

—Un poco. Pero voy bien, mamá.

—¿Y drogas? ¿Has tomado algo? —le pregunta mientras olfatea su camiseta como si fuera un perro policía.

—Sarah —interviene Kai apareciendo a su lado—, es tarde, deja que se vaya a la cama y mañana lo habláis con calma, ¿no?

Vicky le mira agradecida durante unos segundos, gesto que no pasa desapercibido para Sarah.

—Hemos estado hablando todo el trayecto y parece estar en plenitud de facultades, así que no te miente cuando dice que va bien.

—¿Te pones de su lado? —le pregunta Sarah sin soltar a su hija.

—Todos hemos cometido locuras de estas alguna vez, ¿no? —dice Kai guiñándole un ojo, gesto ante el que Sarah no puede hacer otra cosa que sonreír como una boba, muy a su pesar.

—Anda, sube y mañana hablamos —le dice finalmente a su hija, aún sin poder quitar la sonrisa de sus labios.

Antes de hacer caso a su madre, Vicky se gira hacia Kai y le mira sonriendo durante unos segundos para acabar dándole un abrazo.

—Gracias por venir a rescatarme, gentil caballero —dice aún sin soltarle.

—Un placer, señorita —contesta él pasada la sorpresa ante ese contacto al que él está tan poco acostumbrado.

—Oye, mamá, mañana podríamos ir al cine como querías –pregunta de repente–. Kai, ¿por qué no te vienes con nosotras?

–Eh... Bueno no... –balbucea él hasta que Sarah sale en su ayuda.

–Ya veremos, porque aunque ahora te deje irte de rositas, eso no quiere decir que te vayas a quedar sin castigo.

–Bueno, pues si yo estoy castigada, os vais los dos solos.

–Señorita, a tu cuarto –la corta Sarah indicándole el camino con un dedo.

–Adiós, Kai.

–Adiós, Vicky.

Cuando se quedan solos, después de asegurarse de que Vicky ha subido los escalones hacia su habitación, se forma un incómodo silencio entre ellos.

–Gracias. No sé qué habría hecho sin ti –dice finalmente Sarah.

–Habría vuelto a casa igual. Es una chica muy lista. Se parece mucho a ti.

–Lo sé... Esto... ¿Quieres pasar?

–Es tarde... Y ya he cumplido mi propósito, ¿no?

Kai se arrepiente al instante de cómo han sonado sus palabras. Pero lo hace más aún cuando ve los ojos llorosos de Sarah.

–Perdona. Se me olvidaba que entre tú y yo se supone que no tiene que haber nada –dice girándose hacia el interior de su casa–. No sabía que eso incluía tener cualquier tipo de contacto.

–¡Sarah! –grita corriendo tras ella–. Sarah, espera. No quería decir eso...

–Demasiado tarde –le dice subiendo las escaleras–. Vete, Kai.

Kai la sigue escaleras arriba aunque solo llega a tiempo para que la puerta del dormitorio de ella se cierre en sus narices.

–¿Sarah? –la llama sin querer levantar demasiado el tono

de voz, apoyando las palmas de las manos en la madera lacada en blanco de la puerta–. Ábreme un momento, por favor.
—Vete.
—Lo siento. Escucha..., mañana te llamo y hablamos, ¿vale?

Mira hacia la puerta de Vicky, consciente de que estará escuchando atentamente para no perderse nada. Apoya la frente en la puerta y cierra los ojos con fuerza.

—Perdóname, por favor –susurra antes de bajar las escaleras arrastrando los pies.

Cuando se escucha la puerta principal cerrarse, Vicky sale de su dormitorio y se dirige hacia el de su madre. Pica con los nudillos mientras la llama.

—Mamá, soy yo. Voy a entrar –la informa antes de abrir la puerta.

La encuentra en el baño, de cara al espejo, con las manos apoyadas en el mueble y los ojos bañados en lágrimas.

—Mamá –dice poniendo una mano en su espalda.

Al momento, Sarah se gira y abraza a su hija con fuerza. Vicky aguanta paciente hasta que su madre parece calmarse un poco. Entonces la lleva hasta la cama y las dos se sientan en ella.

—Me cae bien –dice cuando su madre ha dejado de llorar–. Y le gustas un montón.

—No lo suficiente –contesta Sarah estirándose boca arriba en la cama.

—Al contrario, mamá –Vicky se estira al lado de su madre–. Le gustas tanto que cree que no está a tu altura y que te mereces a alguien mejor que él. Solo quiere que seas feliz.

—¿Y todo eso cómo lo sabes? ¿Te lo ha dicho él? –le pregunta mientras ella asiente con la cabeza–. ¿En serio habéis hablado de eso?

—Dice que te mereces a alguien con un trabajo más normal que el suyo. ¿De qué trabaja?

—Es boxeador.

Vicky se queda callada de golpe, mirando a su madre con los ojos muy abiertos y llevándose una mano al pecho.
—¡Joder, qué sexy!
—¡Vicky!
—¿Qué? ¿Le has visto boxear? ¿Sí?
—Sí...
—¡Pero si no soportas el boxeo!
—Lo sé.
—¿Y?
—Le dieron una paliza por mi culpa.
—¿Por tu culpa?
—Dice que yo le desconcentré, que no me esperaba ver allí, y que como me veía pasarlo mal, estuvo más pendiente de mí que del combate.
—Le tienes loco, mamá...
—Él a mí también. Incluso esta mañana pensé que sería capaz de ir a verle a todos los combates.
—Entonces, ¿vamos mañana al cine?
—Estás castigada...
—Vale, entonces, ¿vais mañana al cine?
—Ya veremos.
—¿Le llamarás?
—Ya veremos.
—¿Le enviarás un mensaje esta noche para desearle buenas noches?
—Ya veremos.
—¿Y...?
—Vicky, vete a la cama —la corta finalmente Sarah—. Es muy tarde.
—Vale, mamá —dice dándole un beso y poniéndose en pie para irse a su habitación.
Abre la puerta, pero, antes de salir, Sarah vuelve a preguntar:
—¿Debería enviarle un mensaje esta noche?

—Deberías —responde Sarah con una gran sonrisa en los labios.

—Vale... Te quiero, cariño.

—Y yo mamá —Vicky agarra la puerta y hace gestos con sus manos como si sostuviera un teléfono entre ellas y susurra—: Escríbele.

Sarah saca su teléfono del bolsillo y, tras meditarlo un rato observando el cursor parpadeante al principio del mensaje, sus dedos empiezan a teclear.

Siento haberme enfadado contigo. Estaba nerviosa y lo pagué contigo. Gracias de nuevo por lo que has hecho por Vicky.

Lo lee varias veces antes de enviarlo. Cuando lo hace, deja el teléfono encima de la cómoda, no muy convencida de que Kai vaya a leer el mensaje. Se lo imagina en el pub, bebiendo cerveza hasta perder el sentido, incapaz de mantenerse en pie, no digamos ya de leer mensajes en su móvil. Pero entonces, el teléfono emite un pitido.

No, perdóname tú. Soy un gilipollas. Llámame siempre que me necesites. Lo digo en serio.

Sarah lee el mensaje mordiéndose el labio inferior. Totalmente decidida a no perder la oportunidad de seguir hablando con él, siguiendo el consejo que seguro le daría su hija en estos momentos y, haciendo caso omiso de lo que su cabeza le recomienda, vuelve a responder.

¿Aunque eso implique pasar tiempo juntos?

Cierra los ojos mientras espera el mensaje de respuesta, pero lo que recibe es una llamada. Extrañada, abre los ojos de golpe y mira la pantalla. El nombre de Kai aparece ante sus ojos y la sonrisa se instala en sus labios mientras empieza a dar pequeños saltos de alegría a la par que sus ojos de humedecen por la emoción. Antes de descolgar, respira profundamente varias veces para intentar tranquilizarse.

—Hola —responde con un hilo de voz.

—Mira por la ventana –le dice él.

Sarah levanta la cabeza sin despegar el teléfono de su oreja, fijando la vista en la ventana que tiene frente a ella, a tan solo unos pasos de distancia. Camina lentamente hacia allí, hasta que puede ver la calle, y en ella, a Kai plantado en medio de la acera con la luz de una farola iluminándole parcialmente y la cabeza levantada hacia la ventana.

—Hola –la saluda con una sonrisa.

—Hola –dice ella con la voz tomada por la emoción–. ¿Qué haces ahí?

—No podía irme sabiendo que no estabas bien. Iba a quedarme hasta que apagaras la luz. ¿Estás bien?

—Sí –contesta secándose las lágrimas con los dedos.

—Vale. Pues mi respuesta es sí, aunque eso implique pasar más tiempo juntos. Sarah –dice abriendo los brazos–, lo que ves es lo que hay. No tengo estudios, ni un trabajo decente ni estable. Soy un puto desastre. He tratado de advertírtelo y alejarte de mí, pero parece que te resistes, así que tú te lo has buscado.

Sarah ríe mientras sorbe por la nariz. Apoya la palma de la mano en el cristal, como si de esa manera pudiera estar más cerca de Kai, que le devuelve la sonrisa desde la calle.

—Escucha, me tengo que ir porque he dejado a mi padre solo, pero quiero verte mañana. Me da igual donde vayamos y con quien, pero quiero estar contigo.

—Vale –contesta ella incapaz de articular una frase más larga.

—¿Nos vemos en casa de mi padre mañana por la mañana?

—Mañana es sábado... Se supone que el fin de semana tengo fiesta...

—Ah, vale –dice Kai rascándose la cabeza–. Entonces...

—Kai, espera, no me has dejado acabar. –Cuando él levanta la cabeza para mirarla, ella añade–: Iré igualmente. Nos vemos mañana por la mañana en casa de tu padre.

—Genial –dice Kai sin poder reprimir la sonrisa–. Hasta mañana.

—Adiós.

—Dile a Vicky de mi parte que debe mejorar sus técnicas de espionaje. Lleva escondida detrás de la cortina desde que te llamé.

—¡No me lo puedo creer! Será... –Se aparta el teléfono de la oreja y grita–: ¡Vicky! ¡A la cama!

Kai comprueba como la cortina se mueve de repente tras los gritos de Sarah, y no puede reprimir la carcajada.

—¿Vais a salir? –escucha Kai a través del teléfono, que Vicky le pregunta a su madre.

—Eso no te incumbe –responde Sarah.

De repente, la ventana de la habitación de Vicky se abre, y ella se asoma.

—Hola, Kai –le saluda.

—Hola de nuevo, Vicky –contesta él mientras Sarah abre también su ventana.

—¿Vais a dejaros de gilipolleces y a intentarlo? –le pregunta a Kai.

—Ese es el plan... –responde él sonriendo–. ¿Te parece bien?

—Me parece fantástico. Quizá sí sois totalmente diferentes, pero creo que ahora mismo, os necesitáis el uno al otro más de lo que os creéis...

—Gracias por tus sabias palabras –le dice Sarah–. Ahora, a la cama.

—Vale. Ahora sí. Kai, ¿cuándo es tu próximo combate?

—Mañana por la noche.

—Yo quiero ir. Mamá, por favor, quiero ir.

—¿Puede entrar? –le pregunta Sarah a Kai.

—Si va conmigo, sí. O contigo... Aunque ya sé que no te va mucho.

—Lo pensaré.

Capítulo 14

Dance with me tonight

Kai lleva mucho rato levantado cuando su padre hace acto de presencia en la cocina y le pilla silbando mientras prepara el desayuno. Confundido, Donovan mira el reloj de la cocina para comprobar la hora y se sorprende al ver que son solo poco más de la diez de la mañana.

–¿Eres consciente de que es muy temprano para ti? –le pregunta extrañado–. Creo que no te levantabas a esta hora desde el colegio.

–¿Tostadas? –pregunta Kai ignorando a su padre con una sonrisa.

–Eh... Sí... –Donovan se sienta en una silla, arrugando la frente, hasta que al final se le ilumina el rostro al atar cabos–. Espera, espera... Anoche fuiste a casa de Sarah y... ¿Has pasado la noche con ella? ¿Está arriba?

–¡No! ¿Por quién me tomas, papá? No traigo mujeres a tu casa...

–¿Por qué no? Soy mayorcito... Tu hermano se trajo a Zoe la otra noche y no pasó nada...

–Conmigo las mujeres gritan demasiado y acabarían por despertarte –contesta acercándose a su padre, moviendo las cejas arriba y abajo, mostrando una sonrisa pícara en los labios.

–Eso no lo dudaba. Has salido a mí –replica Donovan guiñándole un ojo.

–¡Choca esos cinco!

—Vale, pero no me has contestado —insiste tras chocar la mano a su hijo—. ¿Has pasado la noche con ella? ¿Qué pasó?

—No pasé la noche con ella, pero digamos que dimos el primer paso para hacerlo a partir de ahora.

—Entonces, ¿tú y Sarah...? ¿Por fin...? ¿Habéis dejado de negar lo evidente?

Kai sonríe con timidez, agachando la cabeza mientras acaba de untar con mantequilla las tostadas y las lleva a la mesa. Se sienta en una silla frente a su padre y le mira sonriendo y asintiendo con la cabeza.

—Eso parece... —contesta ilusionado.

—¡Oh, joder, Kai! ¡No sabes cuánto me alegro! —Donovan se pone en pie y abraza a su hijo por los hombros.

—Vale, papá, vale. Me estás aplastando y esta noche necesito los brazos.

—Es que todavía no me lo puedo creer —dice Donovan sentándose de nuevo en la silla—. Ahora, por favor, no la cagues. Ella merece la pena, Kai. No es una cualquiera que hayas conocido en la calle o en el pub. Trátala como se merece...

—¿Tan poca fe tienes en mí?

—Digamos que no me has dado motivos para tenerla...

—Vale, reconozco que no he tenido mucho... interés en mantener una relación con una mujer que durara más de dos horas, pero con Sarah es diferente. Quiero hacer las cosas bien, papá. ¡Joder, si hasta quiero hacer bien las cosas con su hija!

—Eso es bueno... Su hija es lo más importante para ella, si te la ganas, tendrás mucho a tu favor.

—Creo que ya me la he ganado.

—¿Ya?

—No ha sido difícil, papá. Es una cría espectacular, muy parecida a Sarah. Hemos congeniado enseguida. Incluso quiere venir a verme al combate esta noche.

—Chica guerrera. Ya me cae bien.

A esa misma hora, en el apartamento de Connor, Zoe empieza a sentir un cosquilleo en el cuello. Aún dormida y, sin abrir los ojos, se da la vuelta y busca la sábana para taparse con ella. Cuando lo hace, empieza a tomar conciencia del olor de la ropa de cama que la rodea. No huele a su suavizante habitual, pero no es un aroma extraño para ella. En ese instante, el cosquilleo se repite, pero esta vez en su nariz. La arruga y hace una mueca con la boca, justo antes de escuchar una risa. Es entonces cuando empieza a recordar la noche de ayer y la maravillosa cita que tuvo con Connor, a pesar de no haberse movido del apartamento de él. Prepararon juntos la cena, sin dejar de hacerse carantoñas y luego vieron la película que Zoe escogió, *El Diario de Noah*. Connor se durmió a la mitad, pero a ella no le importó, porque estaba adorable y no dejó de abrazarla en ningún momento. Cuando acabó, le despertó y lo que pasó luego es la causa de que sean más de las diez de la mañana y aún siga remoloneando en la cama. Sí, ahora lo recuerda todo, así que cuando vuelve a sentir el cosquilleo en la nariz, seguido de la misma risa de antes, levanta los párpados lentamente, sabiendo que va a encontrarse con el azul cristalino de los ojos de Connor.

—Buenos días —dice con una sonrisa.

—Buenos días, preciosa.

—¿Qué hora es? Tengo más sueño... —se queja ella dándose la vuelta.

—Son más de las diez y media.

Connor la agarra de la cintura y se pega a su espalda desnuda, dibujando caminos imaginarios por su piel mientras la besa en el cuello y los hombros.

—Me haces cosquillas y así no hay quien duerma.

—Ese es el plan. ¿No eras tú la que quería despertarse a mi lado? Pues deseo concedido.

—Vale, ¿pero ahora podemos volver a cerrar los ojos y repetir la jugada de aquí a, digamos... una hora?
—Ni hablar. No voy a desperdiciar durmiendo la mitad de un día de fiesta.

Zoe se gira de cara a él y le observa durante un rato. Acaricia su mejilla y repasa con un dedo sus labios, que se arquean formando una sonrisa. Acerca su cuerpo y le besa. Se quedan así un rato, mirándose directamente a los ojos.

—¿Y qué propones entonces que hagamos hoy? —le pregunta Zoe al cabo de un rato, sin despegarse ni un centímetro.
—No sé... Salir a dar un paseo, comer por ahí, ir al cine... Y esta noche Kai tiene combate. ¿Iremos, verdad?
—Si voy, en algún momento del día tendré que hacer el turno en el taxi.
—No... —contesta contrariado poniéndose serio de golpe.
—Connor, tengo que trabajar.
—¿Cuánto sueles ganar un sábado por la tarde o por la noche?
—No sé... Unos doscientos dólares, quizá algo menos... —contesta ella extrañada por la pregunta.
—Te doy trescientos y te quedas conmigo todo el día.

Zoe arruga la frente y, al instante, se separa de Connor varios centímetros. Abre la boca para decir algo, pero las palabras se le agolpan en la cabeza y es incapaz de decidir cuáles de ellas soltar.

—Cuatrocientos si hace falta —insiste Connor.

Zoe, se da la vuelta y se baja de la cama. Recoge una camiseta del suelo y se la pone sin muchos miramientos, mientras se dirige hacia el baño. Connor se incorpora en la cama y la sigue con la mirada, totalmente confundido.

—Zoe, ¿estás bien? —le pregunta bajando también de la cama y siguiéndola.
—¡Olvídame, Connor!

Entra en el baño e intenta cerrar la puerta con fuerza,

pero la mano de Connor evita que llegue a hacerlo. Una vez dentro los dos, él intenta agarrarla del brazo, pero Zoe se zafa enseguida del agarre.

—¿He dicho algo malo? —pregunta Connor mientras Zoe abre el grifo de la ducha.

—¡¿Ahora soy tu puta?!

—¡¿Qué?! Yo... No, no entiendo nada.

—¿Pretendes pagarme para que pase el día contigo? En mi mundo, eso significa que más que tu novia, soy tu chica de compañía, o sea, tu puta.

—¡No! Yo solo...

Zoe se mete en la ducha y cierra la mampara de golpe, dejando a Connor con la palabra en la boca.

—Escúchame, por favor —le pide él abriéndola.

—¡Déjame en paz! —grita Zoe cerrando de nuevo la mampara—. Estás acostumbrado a un nivel de vida que yo no me puedo permitir, Connor. Seguro que con tu exnovia os podíais permitir hacer miles de cosas, pero conmigo no van así las cosas. Si no trabajo, no gano dinero, y lo necesito para vivir.

—Pero ahora a qué viene... —Connor apoya las palmas de las manos y la frente en el cristal ahumado.

—¡No quiero tu dinero Connor! ¡No quiero que me hagas favores de este tipo y ni mucho menos quiero que me pagues por follar contigo!

—¡¿Qué...?! —Intenta abrir la mampara, que ella mantiene cerrada desde dentro, hasta que haciendo uso de su mayor fuerza, da un fuerte tirón y la abre—. ¡Escúchame, Zoe!

Connor entra en la ducha para intentar agarrarla, quedando justo debajo del chorro de agua y empapándose por completo. Coge a Zoe de los hombros e intenta darle la vuelta para que le mire a la cara, pero ella se resiste.

—¡Zoe, por favor! —le ruega.

—¡Suéltame! —grita ella dándole un tortazo en la cara en un momento de descuido de él.

Cuando la consigue agarrar de nuevo, atrapa sus brazos contra las baldosas, acercando la cara hacia la de ella. Al verla llorar, su corazón se encoge y afloja el agarre, hecho que ella aprovecha para empujarle y golpearle el pecho con los puños.

—¡Déjame! —solloza con fuerza sin dejar de pegarle—. ¡Vete y déjame sola!

Connor la estrecha con fuerza contra su cuerpo, inmovilizando sus brazos contra su firme pecho, esperando pacientemente a que ella se tranquilice un poco. Los intentos de ella por zafarse, van disminuyendo conforme pasan los segundos, hasta que, al cabo del rato, Connor la cree capaz de razonar de nuevo.

—No te voy a dejar, Zoe. No quiero hacerlo, y no sé a qué viene todo esto... Por supuesto que no pretendo pagarte por acostarte conmigo, y siento si lo que he dicho te ha dado esa impresión. No era mi intención. Yo solo... —Connor afloja el agarre y la coge de la barbilla para obligarla a mirarle a los ojos—. Yo solo quiero estar contigo.

Deja caer los brazos inertes a ambos lados del cuerpo y la observa dolido, apretando los labios con fuerza hasta convertirlos en una fina línea. Ella, aún sollozando, se peina el pelo mojado con los dedos, despejando su cara aunque sin mirarle a los ojos aún.

—Sharon nunca tenía tiempo para mí, y tengo miedo de que eso me vuelva a pasar contigo... Quiero estar a tu lado todo el tiempo que pueda, y si para ello tengo que comprar esas horas, lo haré. No es cuestión de dinero, porque hipotecaría mi vida por estar contigo. Yo no necesito todo esto —dice señalando a su alrededor—. Tú solo dime cómo quieres vivir y me amoldaré, pero no me eches de tu lado.

—No quiero que te vayas —replica Zoe con los ojos llenos de lágrimas que se camuflan con el agua de la ducha.

—Pues no te alejes de mí... —Connor vuelve a acercarse a ella y la abraza por la cintura.

—No quiero hacerlo. Pero no estoy acostumbrada a ser una mantenida.

—Y no pretendo que lo seas. Es decir, este apartamento está pagado, es mío, del todo. Por eso te decía que te vinieras a vivir conmigo y te ahorrabas el alquiler. Pero si insistes en pagarme... podemos llegar a un acuerdo. Yo solo quiero estar contigo, me da igual cómo y dónde.

—Hablé con Hayley sobre... esto —dice ella haciendo un gesto con la mano, señalando alrededor.

—¿Y qué te dijo?

—Que adelante.

—¿Y entonces...?

—¿Y si no consigo ganarme la vida pintando?

—Si no lo intentas, nunca lo sabrás.

—Vale, pero, ¿y si nunca puedo pagarte nada?

—Me lo cobraré de otra manera.

—Tengo miedo a estar siempre en deuda contigo.

—Nunca estarás en deuda conmigo. Al contrario, soy yo el que te debe la vida, Zoe. Cuando te conocí, estaba completamente hundido y tú me rescataste. Te lo debo. Déjame compensarte.

—¿Cómo...? —Zoe arruga la frente confundida, y baja la vista al suelo de la ducha justo antes de mirar a Connor de nuevo a los ojos y añadir—: ¿Cómo hemos pasado de pagarte yo a ti, a deberme dinero tú a mí?

Connor sonríe y se encoge de hombros, gesto al que Zoe no se puede resistir. Se acerca lentamente y le da un beso suave en los labios.

—De acuerdo —susurra Zoe entonces.

Connor abre los ojos de golpe.

—¿De acuerdo qué? ¿Te vienes a vivir conmigo? —Zoe asiente lentamente—. ¡Sí! ¡Esto es genial!

Connor la coge en brazos y la levanta hasta que sus caras quedan a la misma altura. Zoe le envuelve la cintura con las piernas y se agarra a sus hombros, mientras él enmarca su cara con ambas manos y le da decenas de besos. Al rato, la agarra de la nuca y apoya su frente en la de ella, mientras el agua de la ducha rebota en sus cabezas.

—Me volvería loco sin ti —le dice sin despegarse ni un centímetro.

—Eres un exagerado —responde ella—. Hasta ahora has sobrevivido.

—A duras penas... —añade Connor arrugando la nariz—. Oye, si quieres, esta tarde te acompaño a tu casa a buscar algunas cosas...

—Bueno, me traeré algo, pero déjame unos días para organizarme con Hayley. Además, tendremos que celebrar una fiesta de despedida como Dios manda... —Connor abre la boca para hablar, pero ella le corta enseguida—. Una fiesta de chicas, ella y yo solas, bebiendo y bailando hasta reventar. Pero ten paciencia y no me metas prisa.

—Y entonces..., ¿te dedicarás del todo a pintar?

—Primero me traslado progresivamente, luego me emborracho con Hayley y entonces, ya luego, veo lo de dejar el taxi. Paso a paso.

—De acuerdo. Acepto, con la condición de que duermas conmigo cada noche.

—Solo si tú me prometes estar a mi lado cuando abra los ojos.

—Hecho.

—Pues acepto entonces.

Mientras, en el apartamento de Hayley, ella y Evan permanecen estirados en la cama, abrazados y besándose, después de una sesión de sexo mucho más tranquilo que el de anoche. Evan se incorpora un poco en la cama, apoyando la espalda contra el respaldo, y ella aprovecha para acurrucarse de costado entre sus piernas, apoyando su cuerpo en el pecho de él. Levanta la cabeza para mirarle a la cara, y, en un gesto cariñoso, le coloca bien las gafas en la nariz.

—Guapo —le dice ella.

—Al final voy a pensar que solo me quieres porque llevo gafas.

—Ni hablar. Por el sexo también.

Hayley se retuerce mientras Evan le hace cosquillas. Cuando para, se miran fijamente a los ojos, sonriendo como unos tontos enamorados.

—Es que te quedan muy bien... Nunca me han gustado las gafas, pero tú estás consiguiendo que desarrolle una especie de fetiche malsano... De hecho, creo que nunca he salido con nadie que lleve gafas ni que fuera tan... no sé cómo decirlo... tan, ¿si digo empollón, te enfadas?

—¡Oye! ¡Yo no soy un empollón!

—¿No? Tienes pinta de haber sido siempre como muy responsable... Igual que Connor... Kai, en cambio, me da la impresión de que siempre ha sido una cabra loca.

—Connor también fue un impresentable en su día —responde Evan riendo—. Cuando murió mamá, cambió. Asentó la cabeza y se convirtió en una especie de segunda madre para todos. En cuanto a Kai, no te equivocas. Siempre fue un inconsciente y no creo que deje de serlo nunca.

—Cuéntame algo de cuando eras pequeño —le pide ella sentándose de cara a él.

—¿Algo como qué?

—No sé...

—Sí, llevo gafas desde que tengo uso de razón. ¿Es eso lo que querías saber?

—¡Jajaja! Y seguro que eras muy bueno y nunca te metiste en líos. ¿A que nunca te rompiste ningún hueso?

—Pues te equivocas.

—¡Venga ya! ¿En serio?

—No te rías, ¿vale?

—Prometido.

—Vale... Pues verás, cuando tenía unos cuatro o cinco años, mis padres nos llevaron al cine a ver *Superman*. Creo que era la tercera parte —explica Evan mirando al techo al recordarlo—. Y me encantó.

—¡Y encima Clark Kent llevaba gafas! —interviene Hayley.

—Ya no te lo cuento.

—No, no, no... —le ruega apoyando las manos en el pecho y besándole repetidamente—. Era broma... Por favor...

Evan la agarra por la cintura y aprieta los labios hasta formar una fina línea, intentando mantenerse firme, pero le dura solo unos segundos, hasta que ve a Hayley haciéndole pucheros con el labio inferior.

—Pues eso. Que la película me impactó muchísimo, y no paraba de hacer preguntas como qué hacía para poder volar. Mi madre me dijo que volaba porque llevaba capa y tenía poderes, así que le pedí que me hiciera una. Evidentemente, nunca conseguí levantar más de un palmo del suelo, pero un día mis hermanos me dijeron que ellos podían conseguir que volara. Me subieron al desván y me hicieron salir al tejado por la ventana.

—Esto pinta mal... —interviene Hayley tapándose la boca con la mano mientras Evan asiente con la cabeza.

—Ellos bajaron al jardín y me dijeron que corriera todo lo que pudiera y saltara extendiendo los brazos como Superman. Me aseguraron que si algo salía mal, ellos estarían abajo para cogerme antes de caer al suelo.

—¿Y les creíste? ¿Les hiciste caso?

—Eran mis hermanos mayores... ¿Por qué no les iba a creer?

—¡Porque son unos capullos!

—Ahora lo son —ríe Evan—. En aquella época, eran solo unos niños. Si yo tenía cuatro años, Connor tendría seis y Kai ocho.

—¿Entonces saltaste?

—Corrí con todas mis fuerzas, pero una de las tejas estaba

suelta y me hizo resbalar. La teja cayó hacia abajo mientras yo me deslizaba por el tejado. Al final pude agarrarme al canalón del desagüe, al tiempo que escuchaba a Connor quejarse porque la teja había impactado en su cabeza. Los dos llorábamos y Kai no sabía por quién de los dos preocuparse primero. Al final, el canalón se desprendió por mi peso y no le dio tiempo a cogerme. No caí desde mucha altura, pero aun así, me rompí la pierna. A Connor le pusieron siete puntos de sutura en la cabeza.

—Madre mía...

—Imagínate la vergüenza que pasó mi madre en el hospital con dos de sus tres hijos en urgencias... Aunque no fue la única vez que lo visitamos...

—¿Hubo más como esa?

—Alguna que otra... La peor fue una vez que participamos en una carrera en bicicleta con varios chavales del barrio. En casa, yo heredaba todo de mis hermanos, incluida la bicicleta. Así que cuando le compraban una nueva a Kai, la suya pasaba a Connor, y la de Connor a mí. O sea, que mi bicicleta siempre era de tercera mano... Pues bien, en esa carrera, Connor tuvo la brillante idea de agarrarse de algún coche para ir más rápido. Yo le imité, pero las ruedas cascadas de mi bicicleta no aguantaron el ritmo. Se desprendió la delantera y salí despedido hacia delante, dando incluso varias vueltas de campana. Aterricé de cabeza en el capó de otro coche y estuve inconsciente durante varias horas.

—Dios mío...

—Pero no me rompí nada —sonríe satisfecho.

—Pobrecito mío —dice Hayley besando y acariciando su pecho—. Desde entonces decidiste pasar de hacerte el héroe...

—Bueno, entre eso y que nunca fui especialmente hábil en ningún deporte, al contrario que mis hermanos, me refugié en los libros. No es que fuera un empollón, tampoco estudiaba tanto, pero se me daba bien... Pero es cierto que a ojos de los demás, sí lo parecía, y fui el blanco de varias burlas y golpes. Mis hermanos me libraron de muchos líos, sobre todo Kai. Él era el típico guaperas matón al que todos respetaban. Las tías bebían los vientos por él porque era como... peligroso, estaba fuera de la ley –explica riendo–. Y los tíos no se atrevían a enfrentarse a él.

–¿Y Connor?

–Él era el típico que destacaba en todo. Era como la versión buena de Kai. No necesitaba pegarse con nadie porque no se metía en líos, pero era igual de popular entre los tíos y tías, además de mucho mejor estudiante que Kai.

–Y luego estabas tú...

–Y luego estaba yo –repite Evan pensativo–. Recuerdo que en más de una ocasión, los chicos del instituto no se creían que fuera hermano de Kai y Connor. Incluso una vez, Kai me amenazó diciéndome que, o sacaba peores notas, o él mismo me tendría que dar una paliza por pedante.

Evan agacha la cabeza, recordando en su cabeza todas esas anécdotas que creía olvidadas. Luego, como un autómata, sin levantar la vista de su mano, cuyos dedos se entrelazan con los de Hayley, sigue hablando.

–Luego fui a la universidad, conocí a Julie, me casé con ella y vivimos aburridos para siempre. Eso es lo que dice siempre Kai, que así se resume mi vida con ella... ¿Y sabes qué? Tenía razón, pero no me di cuenta hasta que te conocí a ti.

–Pero tú no eres aburrido. Que seas formal y correcto, no quiere decir que lo seas. Y además, a mí me gustas así. Por una vez que no me enamoro de un delincuente...

–¿Estás enamorada de mí? –le pregunta con una sonrisa dibujada en la cara.

–¿Qué? ¿Yo? –contesta Hayley con la cara roja como un tomate e intentando esquivar la mirada de Evan–. ¿Yo he dicho eso?

—Lo has dicho. Te he oído —replica él cogiéndole la cara entre las manos.

Ella se resiste a mirarle e incluso se incorpora un poco para levantarse de la cama, pero Evan se abalanza sobre ella e inmoviliza su cuerpo contra el colchón. Agarra sus brazos y se los pone a ambos lados de la cara, a la que se acerca lentamente hasta que sus narices se rozan.

—Yo también estoy enamorado de ti —susurra contra su boca—. Loca y perdidamente.

La abre de piernas metiendo sus rodillas entre ellas y aprieta su erección contra su entrepierna, tocando justo en el sitio indicado, ejerciendo la presión necesaria y durante el tiempo justo. Es en estos momentos en los que Hayley más agradece que su chico haya sido un tipo aplicado toda su vida.

—¿Vamos a pasarnos así todo el día?
—¿Tienes algún inconveniente?
—No.
—Perfecto entonces —dice justo antes de morder el labio inferior de Hayley.

—¿Por qué estás nervioso, Kai?
—No estoy nervioso.

Padre e hijo están sentados en las escaleras del pequeño porche que da al jardín trasero, disfrutando del sol de mediodía.

—Kai...
—Está bien, está bien. Me dijo que vendría esta mañana —le confiesa a su padre agachando la cabeza.

—¿Un sábado? O tu hermano le paga para que haga horas extras o realmente tiene muchas ganas de verte...

—Eso parece... —contesta Kai sonriendo al suelo.

Donovan pone una mano en la cabeza de su hijo, y le mira con orgullo. Desde que conoció a Sarah, supo que sería ideal para su hijo. Estaba claro que sentían atracción mutua, pero nunca pensó que ella obrara el milagro tan pronto.

–Hola...

La voz de Sarah suena de repente a sus espaldas. Kai se pone en pie de un salto, mirándola de arriba abajo, mientras se frota las palmas de las manos contra el pantalón. Donovan se levanta más lentamente, y al ver que su hijo no se decide, es el primero en saludarla.

–Hola, Sarah. –Se acerca y le da un beso en la mejilla.

–Hola, Donovan. ¿Cómo has pasado la noche?

–Muy bien. ¿Y tú?

–Bien también –contesta sonrojándose levemente al ver la cara de complicidad con la que la mira.

–Eso es bueno...

Donovan se queda callado y mira a su hijo, que sigue plantado en el mismo sitio de antes, respirando aceleradamente, sin dejar de mirarla.

–Hola, Kai –le saluda ella.

–Hola... –contesta mirando fugazmente a su padre.

–Vale, lo pillo. Estaré arriba por si me necesitáis... –dice Donovan entrando de nuevo en la casa–. ¡Qué narices! Por supuesto que no me necesitáis ahora mismo...

Cuando se quedan solos, Kai sonríe sin despegar los labios, y sin esperar un segundo más, se abalanza sobre Sarah. Le coge la cara con ambas manos mientras ella se agarra de sus bronceados antebrazos y besa sus labios con ansia. Sus dientes chocan varias veces y algunos jadeos se escapan de sus bocas. El pecho de Kai sube y baja con rapidez, chocando contra el de ella, y el pantalón empieza a apretarle en la entrepierna. Las manos de Sarah se meten por dentro de su camiseta y le araña la espalda con las uñas.

–¡Oh, joder! –dice él separándose de ella unos pocos centímetros, poniendo entre ambos la distancia prudencial necesaria–. Llevo queriendo hacer esto desde la otra noche...

—La que te fuiste...

—Perdóname... —le corta él poniendo un dedo sobre sus labios—. Me asusté... Nunca había sentido la necesidad de estar con alguien a todas horas, hasta que te conocí.

—No te separes de mi lado, nunca más. No más tonterías, me da igual si somos diferentes. Te necesito a ti, con tus defectos. Solo espero que tú me aceptes a mí con todos los míos.

—Vale —Kai la estrecha con fuerza entre sus brazos y apoya los labios en su frente.

—Ayer...

Sarah se separa levemente de Kai, dejando al descubierto sus ojos bañados en lágrimas que él intenta secar con sus dedos.

—Te decía, que ayer me dijiste algo así como «esto es lo que soy y esto es lo que hay». Pues bien, te acepto y te quiero tal cual eres.

Sarah apoya la cabeza de lado en el pecho de Kai y se queda callada escuchando los latidos de su corazón, que resuenan dentro del pecho con fuerza y de forma acelerada. Ella sonríe y le da unas suaves palmadas.

—Esta noche vendremos las dos a verte.

—¿En serio? ¿Vicky también?

—Cualquiera la deja en casa. Gracias por lo que hiciste ayer por ella. Esta mañana me ha explicado tu numerito del policía.

—Me lo pasé en grande, para qué negarlo —confiesa Kai—. Y en cuanto a Vicky, es estupenda, Sarah. No tienes que preocuparte lo más mínimo porque, aunque haya más noches como la de ayer, siempre acabará haciendo lo correcto. Solo se estaba divirtiendo un rato.

—Eso mismo me ha dicho ella. Y eso mismo me ha recomendando que haga yo, pasármelo bien contigo. ¿Y sabes qué? —pregunta mientras Kai niega con la cabeza—. Que le voy a hacer caso. Así que esta noche, después del combate, quiero que vayamos al pub.

–Me parece una idea brillante.
–Y te lo advierto, no voy a soportar ver cómo te machacan de nuevo, así que, por favor, dale fuerte.
–¡Jajaja! Vale, lo tendré en cuenta.

Quince minutos antes de empezar el combate, todos se encuentran en la entrada del pabellón. Tras los saludos de rigor, se dirigen al interior.
–¿Le habéis visto? –pregunta Sarah a Connor y Evan.
–No –responde Connor–. Pero tenemos entendido que tú sí...
Zoe le da un manotazo en el hombro y Donovan pone los ojos en blanco.
–Será bocazas...
–A ver, que ya somos mayorcitos. Mi padre nos ha explicado lo vuestro. ¿Te molesta que lo sepamos? ¿A que no? Pues eso.
–Le vi este mediodía, antes de comer –contesta Sarah con naturalidad–. Estaba tranquilo y confiado.
–Pues el tipo al que se enfrenta esta noche es mil veces mejor que el del combate pasado –interviene Donovan–. Así que como salga con la misma pájara, lo tiene crudo...
–Papá, perdió el combate anterior por culpa de Sarah –comenta Evan.
–Vaya, gracias, Evan –se queja ella–. ¿En serio es tan bueno el rival?
–No te preocupes, Sarah –dice Connor–. En condiciones normales, sin ninguna distracción externa, Kai es muy bueno.
–¿Distracción externa como... mi madre? –pregunta Vicky.
–La misma... Pero confiemos en él. ¿Alguien quiere algo de beber?
Mientras Connor y Evan van a por bebidas, las chicas

se quedan sentadas en sus asientos. Sarah mira alrededor, algo más nerviosa si cabe que la vez anterior. Vicky coge la mano de su madre y la aprieta para darle confianza.

–Mamá, tranquila. Se lo va a comer con patatas, seguro.

Sarah dibuja una sonrisa de circunstancias en sus labios y, algo temerosa, añade:

–Y si... Y si vuelve a pasarle lo mismo y soy como una especie de... gafe para él.

–Pues te vas fuera del pabellón y ya grito yo por las dos –contesta Vicky guiñándole un ojo justo en el momento en el que los chicos vuelven con las bebidas y el árbitro empieza a anunciar a los púgiles.

Sarah no escucha nada, ni al árbitro presentando a los dos boxeadores, ni al público rugiendo. Solo mira a la mole de cerca de dos metros de altura que se va a enfrentar a Kai, y empieza incluso a marearse. Pero entonces, suena una campana y Sarah mira hacia la esquina derecha del cuadrilátero. En ella está Kai, que la mira fijamente con una gran sonrisa en los labios. Cuando ve que ella le mira, le guiña un ojo con cariño.

–Ten cuidado –susurra ella mientras él asiente con la cabeza.

–¡Vamos, Kai! –grita entonces Vicky–. ¡Machaca a ese capullo!

–¡Vicky! –le recrimina Sarah girando la cabeza de golpe hacia su hija.

–¿Qué?

Kai sonríe desde su esquina mientras el entrenador le introduce en la boca el protector bucal. Sarah se lleva las manos a los labios y le lanza un beso cariñoso, aunque no puede evitar mostrarse preocupada.

En cuanto suena la campana, los dos adversarios se acercan al centro del cuadrilátero y, tras unos segundos de tanteo, los dos empiezan a lanzarse golpes. Sarah se ve obligada a cerrar los ojos en más de una ocasión, sobre todo cuando el rival de Kai le asesta algún golpe fuerte. Vicky en cambio, ni pestañea, y grita animando a Kai sin cortarse un pelo.

—El tío ese pega fuerte, pero Kai es mucho más rápido —le dice Connor a Sarah una vez que acaba el primer asalto—. Mientras el mastodonte le da un golpe, Kai puede arrearle cinco, así que, si se lo curra y aguanta, gana seguro.

Kai recibe consignas de su entrenador mientras asiente con la cabeza. Cuando suena de nuevo la campana, se gira hacia Sarah y le sonríe de nuevo, intentando infundirle confianza. Ella, al verle la cara sin heridas, consigue relajarse un poco y le devuelve la sonrisa.

El segundo asalto discurre casi como el primero. Kai consigue darle más golpes al rival, pero cada vez que este se los devuelve, consigue hacer caer a Kai, aunque se levanta con rapidez.

Poco después de empezar el tercero, uno de esos puñetazos consigue impactar en el estómago de Kai, obligándole a doblarse, y luego recibe un gancho de izquierdas en la mandíbula. Cuando cae al suelo, Sarah y los demás se ponen en pie como un resorte. El árbitro empieza a contar y cuando llega al cinco, Sarah, presa de los nervios, consigue que su voz se oiga por encima del griterío del público:

—¡Vamos, Kai! ¡No te rindas!

Al escuchar esas palabras, Kai empieza a moverse para intentar levantarse. Antes de que el árbitro llegue a diez, consigue ponerse en pie, aunque algo aturdido. Milagrosamente, se las apaña para llegar al final del tercer asalto sin recibir ningún otro golpe de consideración. Se sienta en el taburete de su esquina y su entrenador le echa agua por la cara para espabilarle. Sarah se pone en pie de golpe y se acerca a él.

—Kai —llama su atención desde abajo.

Él la mira extrañado, mientras se limpia un resto de sangre del labio con una toalla.

—Lo estás haciendo genial. Estoy muy orgullosa de ti.

—Se supone que no puedes estar aquí —contesta él esbozando una sonrisa.

—Me da igual. Dile de mi parte a esa bestia que si te vuelve a dar otro golpe como el de antes, le voy a arrear una patada en sus partes con estos tacones que llevo.

—De acuerdo —contesta él, aún perplejo con el cambio de actitud de ella con respecto al combate del otro día.

—Te quiero —le dice de repente, dándose la vuelta a toda prisa para que Kai no vea su cara sonrojada.

Mientras ella vuelve a su asiento, él la sigue con la mirada, haciendo caso omiso del sonido de la campana y del griterío del público. En cuanto ella levanta la vista, se sorprende al verle parado, mirándola fijamente, mientras el mastodonte parece listo para reanudar la pelea.

—¡Yo también te quiero! —grita él sin importarle que les escuche todo el mundo.

Se sonríen aún durante unos segundos más, hasta que Kai vuelve a centrarse en el combate, al parecer, con fuerzas renovadas. Enseguida empieza a bailar al rival, esquivando todos y cada uno de sus golpes y asestándole a su vez varios puñetazos repartidos entre el estómago y la cara. De repente, esquiva uno con facilidad y consigue asestar dos derechazos seguidos que hacen que su rival caiga a la lona. Kai respira profundamente, haciendo que su pecho suba y baje con fuerza, mientras espera sin fiarse, con los puños delante de su cara, a que el árbitro acabe su cuenta hasta diez.

—¡Ocho! ¡Nueve! ¡Diez! —dice poco antes de hacer la señal de acabar el combate con los brazos.

Coge el brazo de Kai y, mientras el juez de mesa hace sonar la campana repetidas veces, lo levanta en alto proclamándole como ganador. Kai respira con dificultad, debido al esfuerzo pero también a la emoción de ver a los suyos aplaudiéndole con ganas. Sonríe a todos, deteniéndose algo más de rato en su padre, que le mira orgulloso, para luego quedarse estancado en Sarah. Ella se seca las lágrimas con los dedos, mientras sonríe abiertamente, feliz porque Kai esté entero.

Rato después, ya en el vestuario, un médico revisa las heridas de Kai, Connor observa con paciencia mientras los demás esperan en el exterior.

—Tremendo combate, tío —le dice.

—Gracias —contesta haciendo una mueca de dolor cuando el médico le aplica un desinfectante en un corte—. ¿Dónde están Sarah y Vicky?

—Fuera, esperando.

—Bien...

—Vamos a Sláinte. Les digo que se vengan con nosotros, ¿verdad?

—Vale. Me ducho y voy.

Connor observa a su hermano sin decir nada, con una sonrisa en los labios. Kai le mira intrigado, hasta que al final le pregunta:

—¿Qué?

—¿La quieres?

Kai se gira y le da la espalda a su hermano, aunque Connor no se rinde y se mueve alrededor suyo, buscando su atención.

—Eh, no pasa nada por admitirlo —le dice agarrándole del brazo.

—Pues... —Kai resopla y finalmente claudica—. Sí, la quiero. ¿Contento ya?

—¡Qué mariquita! —Ríe Connor burlándose de su hermano—. ¡Y encima se lo gritas delante de un pabellón lleno de gente.

—Serás...

Kai agarra a Connor de la camiseta y levanta el puño para asustarle. Su hermano se encoge y se protege con ambas manos, sin dejar de reír.

—No pasa nada. Sabes que yo soy el mayor calzonazos

del mundo –le dice–. Pero me hace gracia ver que, al final, todos acabamos igual, incluso tú, el mayor mujeriego de Nueva York.

–Joder, he caído de cuatro patas, ¿eh? –Kai deja caer el puño y suelta la camiseta de Connor, llevándose las manos a la cabeza.

–Eso no es malo, Kai. ¿Acaso te sientes mal por habérselo dicho?

–La verdad es que no... –confiesa mirando a Connor a los ojos–. De hecho, me siento como... aliviado.

–Bienvenido al club de los mariquitas, colega –contesta Connor pasándole el brazo por encima de los hombros. Luego le da un par de palmadas en el pecho y añade–: Bueno, nos vemos en el pub.

–Cuida de mis chicas.

–Eso está hecho. No tardes.

–¿Qué queréis beber? –les pregunta Connor.

–Una Guinness para mí –responde Zoe.

–Esa es mi chica –dice Connor plantándole un beso en los labios–. ¿Y las señoras?

–Una cerveza rubia para mí –contesta Sarah.

–Y yo una Bud –interviene Vicky.

–Perfecto.

Connor se levanta de la mesa pero se frena en seco al ver la cara de Sarah, que mira a su hija con una ceja levantada.

–Mamá, por favor. No me seas mojigata.

–No tienes edad para beber.

–Mejor que lo haga contigo presente a que lo haga a escondidas por ahí –interviene Donovan como quien no quiere la cosa, hasta que se da cuenta de que todos le miran–. ¿O no?

En ese momento, Kai entra por la puerta. A Sarah se le dibuja una sonrisa nada más verle, tan rudo y sexy a la vez, vestido con unos vaqueros oscuros y una camisa con las mangas remangadas a la altura de los codos.

–Kai, te pido una –le dice Connor mientras él asiente a modo de respuesta.

Sarah se pone en pie y camina hacia él, mientras los demás intentan no prestarles demasiada atención y dejarles algo de intimidad entre todo el barullo de gente.

–Hola –le saluda acariciando el pequeño hematoma en la mejilla izquierda.

–Estoy bien. Te lo prometí, ¿no? –contesta él poniendo los brazos alrededor de la cintura de ella.

Agarra a Sarah de la nuca y la besa con dulzura, saboreando sus labios durante un rato y hundiendo la lengua en su boca, que la acoge sin reticencias. Apoya la cabeza en su pecho y él la abraza con ambos brazos. Mira al techo y respira profundamente, abrumado por la cantidad de sentimientos que ella provoca en él. Cuando se sientan por fin, todos les miran sin poder disimular una sonrisa de complicidad.

–¿Lo has pasado bien? –le pregunta Kai a Vicky al ver que le mira.

–¡Ha sido genial! –le contesta ella entusiasmada.

–Te escuché gritar –dice él riendo, mientras chocan el puño de manera cómplice.

–No lo pude evitar... ¡A mi guardaespaldas personal no le pega nadie! –añade Vicky guiñándole un ojo.

La música va subiendo de volumen conforme pasa la noche. El pub está lleno, así que a Kai le cuesta un rato volver a la mesa desde el baño. Poco antes de llegar, se fija en Sarah, que ríe a carcajadas por alguna ocurrencia que acaba de decir Connor. Al verla tan feliz se da cuenta de que ella es lo único que le preocupa en estos momentos y que sería capaz de hacer cualquier cosa con tal de verla sonreír siempre así. Eso es estar enamorado, piensa mientras no puede apartar los ojos de ella. Cuando sus miradas se encuentran, ella se muestra tímida, recogiendo su pelo detrás de las orejas y mordiéndose el labio inferior. Kai agacha la cabeza unos segundos y luego la gira hacia la improvisada pista de baile, donde varias personas están bailando. Sarah sigue su mirada y cuando sus ojos vuelven a encontrarse, Kai empieza a caminar hacia ella, sonriendo abiertamente, mientras ella, al darse cuenta de sus intenciones, empieza a negar con la cabeza.

–¿Bailas conmigo? –dice tendiéndole una mano.

Sarah se lo piensa unos segundos, a la par que Vicky la empuja para obligarla a levantarse. Al rato, agarra su mano y se deja guiar por él hacia la pista de baile. Una vez en ella, la agarra por la cintura con un brazo mientras entrelaza los dedos de su otra mano con los de ella. Kai empieza a llevarla con destreza de un lado a otro de la pista.

–¿Dónde aprendiste a bailar así? –le pregunta Sarah agarrada a sus hombros.

–Años de experiencia en pubs, discos y bares, y ningún sentido del ridículo.

–Así que este es uno de tus trucos infalibles para ligar...

–¿Funciona?

–¿Funcionaba con las otras?

–No te voy a mentir, pero ¿funciona ahora?

–Conmigo no te hacen falta estos trucos, pero reconozco que se te da bastante bien.

Kai da vueltas sobre sí mismo con Sarah cogida en brazos, mientras Donovan les observa. Zoe se da cuenta de su cara de felicidad y le da un beso cariñoso en la mejilla.

–¿Tres de tres? –dice guiñándole un ojo.

–Eso parece. Ahora ya me puedo morir tranquilo.

–¡Donovan! No digas eso...

–Es cierto. Mi mujer me hizo prometerle antes de morir que cuidaría de los chicos y que me aseguraría de que fueran felices. Hasta ahora, les faltaba lo más importante para conseguirlo, el amor. –Donovan se gira para mirarla y esbozando una sonrisa, añade–: Y ahí es donde entráis vosotras tres.

—Explicado así, todo parece formar parte de un plan maléfico, papá —interviene Connor.

—Llegado el momento, hubiera llegado incluso a tomar medidas extremas, lo reconozco —dice sin inmutarse, aunque, ante la cara de perplejidad de todos, se ve con la obligación de aclararle las cosas a Vicky—: Compréndelo, con lo listo y lo claro que lo tuve yo siempre, no me podía creer que me salieran tres hijos tan obtusos.

—Pues yo que le iba a preguntar si tenía escondido por ahí un cuarto hijo de unos veinte años o así para mí... —comenta Vicky riendo.

—Aún con sus defectos —dice Zoe mirando a Connor con la cabeza inclinada hacia un lado—, son geniales los tres.

—¿Incluso Evan? —se burla Connor.

—Incluso él.

—¿Dónde está, por cierto?

—Se fue con Hayley al baño hace un rato —contesta Zoe con mirada pícara.

—No...

—Sí... Parece que Hayley ha encontrado la horma de su zapato. —Zoe apoya su cuerpo contra el pecho de Connor, y mirándole a los ojos, le pide—: Sácame a bailar...

—¿Otra vez?

—¿Cómo que otra vez? Hoy aún no nos hemos movido de la silla...

—Pero la otra noche ya bailé contigo...

—No me lo puedo creer —dice ella mirándole con cara de alucinada—. Entonces, cuando esta noche te arrimes a mí buscando sexo, te diré lo mismo que tú ahora: ya follé contigo la otra noche.

—No serás capaz...

—Pruébame...

Connor mira fijamente a Zoe, sin pestañear siquiera, y al ver que no bromea, se pone en pie de un salto y, agarrándola de una mano, tira de ella hacia la pista de baile.

—Ya sabes que esto no es lo mío... El sentido del ritmo lo heredó todo Kai, como puedes comprobar —dice haciendo un gesto hacia su hermano mayor.

—Me da igual. Eres patoso y ese es uno de tus encantos.

—Qué bien... Con semejantes virtudes, no quiero saber cuáles son mis defectos.

—Cuando los descubra, te los digo. Además —añade acercándose a Connor—, bailar no es tan difícil y puede llegar a ser muy... sexy.

Zoe empieza a bailar insinuante delante de Connor, que se queda quieto y con la boca abierta de par en par. Mueve las caderas mientras se recoge el pelo con ambas manos, dejando su cuello y parte de los hombros al descubierto. Le da la espalda mientras él sigue sus movimientos sin siquiera pestañear, tragando saliva varias veces para intentar deshacerse del nudo que se le ha formado en la garganta y haciendo verdaderos esfuerzos para intentar contener su corazón desbocado.

Cerca de ellos, Kai abraza a Sarah por la espalda y le dice cosas al oído mientras ella ríe a carcajadas. Se gira hacia él y le acaricia la cara con ambas manos, besando con delicadeza la comisura del labio, donde tiene el pequeño hematoma. Kai la agarra con firmeza de la cintura mientras mira fijamente sus labios carnosos, esbozando una sonrisa de medio lado mientras la atrae hacia él. Cuando ella siente la erección de él apretando contra su vientre, alza una ceja y, dibujando formas con el dedo en su pecho, acerca la boca a su oreja.

—¿Esta noche vendrás a casa?

—O vengo, o me encierro contigo en los baños ahora mismo.

—Vale, pero tendremos que ser más comedidos... —le dice dirigiendo la mirada a su hija.

—¿Te refieres a que no puedo atacarte en el salón, desnudarte por las escaleras, dar tumbos por el pasillo contigo a cuestas y equivocarme al entrar en su habitación?

—Exacto.

–Bueno... Pues tú ve pensando con qué te tapo la boca para que no te oiga gritar...

–¡Oye! –le recrimina dándole un manotazo en el hombro.

–¿Acaso miento? –Kai la agarra del culo y la coge en brazos mientras Sarah se pone roja como un tomate–. Porque creo recordar que la otra noche, muy silenciosa y discreta no fuiste...

–¡Bájame! Nos está mirando todo el mundo.

–No es verdad, pero si lo fuera, me daría igual. Soy la envidia de todos los tíos de local, te lo aseguro.

Kai acerca su cara a la de Sarah hasta que sus labios se rozan. Repasa con los ojos cada una de las facciones de su cara y sonríe con malicia.

–¿Qué tramas? –le pregunta Sarah.

–Me estoy planteando que además de amordazarte, también podría vendarte los ojos.

–¡De vendarme los ojos nada! –grita y, acercando la boca a la oreja de Kai, añade–: Quiero ver tu cara cuando te corras.

–¡Señora Collins! ¿Ha dicho usted correrse? –Kai se hace el sorprendido mientras Sarah ríe apoyando la frente en el hombro de él–. ¿Acaso me estoy convirtiendo en una mala influencia para la empollona?

–Esta empollona es muy aplicada y ha aprendido a hacer algunas cosas a lo largo de estos años... Si te portas bien, a lo mejor luego te las enseño...

–Mmmmm... Intentaré portarme bien, aunque ya sabes que tengo cierta inclinación por la maldad...

Hayley y Evan aparecen por la barra en ese momento. Mientras ella se sienta en uno de los taburetes, cruzando las piernas, él se coloca detrás de ella y le hace una seña a Ian para que se acerque. Después de pedir las bebidas, Evan mira a Hayley, que le mira embelesada con una sonrisa en los labios.

–¿Qué?

–Llevas los botones mal abrochados –le contesta ella llevando sus manos a la camisa de él para abotonarla correctamente–. Y el pelo totalmente despeinado...

Evan se mira en el espejo de detrás de la barra y empieza a peinarse el pelo con los dedos. Hayley, en un gesto cariñoso ya bastante común, le coloca bien las gafas y enmarca su cara entre sus manos para darle un beso en los labios. Ian coloca sus botellas frente a ellos en la barra y Evan, sin despegarse de Hayley, le tiende un billete para pagarle.

A pocos metros de distancia, Donovan observa a sus tres hijos con detenimiento, con una sonrisa en la cara. Le da un largo trago a su cerveza sin alcohol y agacha la vista a la mesa. No puede disimular su cara de orgullo y, por qué no decirlo, de alivio. Mira a su derecha y se encuentra con la mirada de Vicky.

–Bueno, me voy a casa, que uno ya no está para estos trotes –dice poniéndose en pie.

–Quiere que avise a sus hijos, señor O'Sullivan.

–Donovan, por favor. Tutéame, ya que parece que vas a ser algo así como mi nieta postiza... –le dice sonriendo.

–Vale.

–No, no hace falta que les digas nada. No quiero... cortarles el rollo. ¿Es así como se dice?

–Sí –contesta Vicky riendo.

–Si preguntan, diles que me he ido a casa con una rubia de veinte años –dice guiñándole un ojo.

Poco después de que Donovan sale por la puerta, el teléfono de Vicky suena y enseguida se enfrasca en una conversación con su amiga Noah, a la que le cuenta todo lo sucedido esta noche.

–¡La próxima vez, avisa y me voy contigo! –le dice Noah–. Este nuevo novio de tu madre es una pasada.

–Es genial, lo sé.

Al cabo de un rato, mientras Connor y Zoe se han retirado a un aparte y se están besando, el teléfono de él empieza a sonar dentro del bolsillo de su pantalón.

—¡Mmmmm! ¡Qué cosquillas más agradables! —comenta riendo Zoe, que siente contra su piel la vibración del móvil.

Lo saca del bolsillo y se encoge de hombros al ver que en la pantalla aparece un número desconocido.

—¿Diga? —contesta extrañado.

—Buenas noches. ¿Es usted familiar de Donovan O'Sullivan? —pregunta una voz al otro lado de la línea.

—Eh... Sí... Es, es mi padre —contesta extrañado, girándose hacia la mesa donde hace un rato estaba sentado.

—Le llamo de la comisaría de policía de la Calle Treinta. Una de nuestras patrullas le encontró desorientado por la calle y le trajeron hacia aquí...

Connor ya no oye nada más, solo camina con rapidez hacia la mesa, en la que ahora solo está sentada Vicky, hablando por el móvil.

—¡Vicky! ¡¿Dónde está mi padre?!

—Se... Se fue hace como una media hora... —balbucea tragando saliva.

—¡Joder! —grita él llevándose una mano a la cabeza, dando vueltas sobre sí mismo hasta que vuelve a llevarse el teléfono a la oreja—. Vale, vale. Voy para allá ahora mismo...

—Está un poco nervioso y algo violento... —le informa el agente—. Lo digo por si tienen que medicarle o algo así...

—No, solo está confundido. Esperen a que yo llegue —Connor cuelga la llamada y se vuelve a guardar el teléfono en el bolsillo—. ¡Joder! ¡Mierda, Vicky! ¡Tendrías que habernos avisado!

—Lo... Lo siento... —contesta ella con lágrimas en los ojos—. Él dijo que no hacía falta...

Connor hace el ademán de caminar hacia la salida, pero Zoe le frena agarrándole por el brazo.

—Connor... —Le obliga a girarse y, cuando la mira, ella añade—. ¿Hola? Estoy aquí...

—¿Qué ha pasado? —pregunta Kai acercándose a ellos al ver a Vicky llorar—. ¿Qué te pasa, Vicky?

—Yo... Lo siento mucho... —dice ella incapaz de articular más palabras.

—Tu padre —le informa Zoe ya rodeada por todos—. La policía le ha encontrado deambulando por la calle, desorientado.

—¡Solo tenías que avisarnos! —le vuelve a gritar Connor a Vicky.

—¡Eh, eh! ¡Frena! —le advierte Kai—. Papá es responsabilidad nuestra, no de una cría de dieciséis años.

—¿Tú crees? ¿De los tres? ¿O solo mía? ¡Joder, es que no puedo tener ni un minuto de respiro! —grita zafándose del agarre de Kai y alejándose hacia la salida.

—Vicky, no se lo tengas en cuenta —le dice Zoe—. Está muy nervioso.

—Lo siento mucho, de veras —contesta la cría mirando a su madre y a Kai.

—No pasa nada, cariño —le responde Sarah—. ¿Queréis que os acompañemos?

—No —contesta Zoe con prisa al ver que Connor sale ya por la puerta—. Esperadnos en casa de Donovan mejor.

—Lo siento... —repite Vicky mientras esperan ya en la casa—. Tendría que haberos avisado cuando se fue...

—No es culpa tuya, tranquila —le contesta Kai pasando su brazo por encima de los hombros de ella y estrechándola contra su cuerpo.

En ese momento, la puerta principal se abre y Donovan, Zoe y Connor entran con aspecto cansado. Connor la cierra y, apoyando la espalda en ella, deja escapar un largo suspiro.

—Siento... —empieza a decir Donovan mirándolos a todos—. Yo... Lo siento mucho...

—Vamos arriba, papá —le dice Connor—. Necesitas descansar.

Todos se despiden de él mientras Connor le acompaña a su dormitorio, seguido de cerca por Sarah. Zoe se queda con ellos en el piso de abajo para darles detalles de lo sucedido.

–Resulta que a medio camino se desorientó y se bloqueó hasta el punto de no saber qué hacía en la calle y no pensar en llamaros al móvil. Cuando le encontraron los policías, reaccionó bien, pero cuando ya en comisaría empezaron a hacerle preguntas para averiguar su identidad, se puso nervioso y la emprendió a golpes contra varios agentes. Lo único que pudieron hacer fue quitarle el teléfono para buscar un número al que llamar y encerrarle en una de las celdas.

–¿Está más tranquilo? –pregunta Hayley.

–Eso parece...

Sarah empieza a bajar las escaleras en ese momento. Cuando llega donde los demás, se frota la sien con los dedos y se abraza a Kai.

–Se acaba de tomar la medicación y Connor se queda con él... Me ha dicho que podemos irnos... –mira a Zoe y se muerde el labio inferior sin saber cómo decir lo siguiente–. Todos...

–¿Cómo? –pregunta Zoe totalmente descolocada.

–Esto... –Kai agarra de la mano a Sarah y, algo incómodo, dice–: Será mejor que nos vayamos. Mañana nos pasamos para ver como sigue.

–Zoe –dice Evan–. Está cansado, preocupado y se debe de sentir responsable de lo sucedido. No se lo tengas en cuenta. Connor siempre se ha sentido como... el responsable de cuidarle. Es culpa nuestra, porque cuanto menos nos preocupábamos nosotros, más debía hacerlo él, y le conocemos lo suficiente como para saber que no vas a poder convencerle de lo contrario. Vete a casa, descansa y mañana lo habláis con tranquilidad.

–¡Ni hablar! Me pienso quedar aquí. Dormiré en el sofá si hace falta.

Después de varios infructuosos intentos de convencerla para que se vaya a casa, todos se van, prometiendo pasarse por la mañana, y el salón se queda en silencio. Es entonces cuando se oye el eco de las voces procedentes del piso de arriba.

—Connor, por favor, vete a casa con Zoe...
—Papá, no insistas más. Ya no puedes vivir solo, así que me trasladaré aquí contigo.
—¿Pero no me habías dicho que ibais a vivir juntos?
—Eso tendrá que esperar.
—Oye, ¿y por qué no buscamos un sitio dónde yo me pueda quedar? Un sitio donde esté controlado las veinticuatro horas del día...
—¿Una residencia? No puedes estar hablando en serio... Siempre has odiado esos sitios.
—Créeme, odio más amargaros la vida de esta manera.
—No voy a discutir esto contigo. Tienes tu propia casa y me tienes a mí para cuidarte.

El sonido de las voces se apaga y Zoe, sentada en el sofá abrazándose las piernas, decide enviarle un mensaje a Connor para hacerle saber que está allí abajo.

No estás solo, Connor. Por favor, no lo olvides. Estoy aquí mismo por si me necesitas.

Capítulo 15

Crazy all my life

A las siete de la mañana, sin haber pegado ojo ni un minuto, Connor baja las escaleras y se dirige a la cocina. En ella, sentada a un lado de la mesa, con una taza de café en las manos, está Zoe. Cuando le ve aparecer por la puerta, vestido, al igual que ella, con la misma ropa que el día anterior, levanta la vista y sus ojos se encuentran por unas décimas de segundo. Connor no parece sorprenderse de verla allí, así que ella entiende que, en algún momento de la noche, leyó el mensaje que le escribió.

–Hay café recién hecho –le dice poniéndose en pie.
–Gracias –contesta él girándose hacia la cafetera.
–¿Cómo está tu padre?
–Durmiendo.
–¿Ha pasado buena noche?
–Sí.

Zoe, cansada de tener que sacarle las palabras a la fuerza, decide pasar a la acción y se pega a su espalda, rodeando su cintura con ambos brazos. Pasados unos segundos en los que él permanece totalmente quieto, Connor se deshace de su abrazo para coger una taza y unas magdalenas de uno de los armarios. Zoe se queda helada ante su reacción, incapaz de decir nada, ni siquiera de moverse ni un centímetro del sitio. Le observa, con los ojos empañados por las lágrimas, mientras él se pierde de nuevo escaleras arriba. En ese momento, Sarah y Kai entran por la puerta y se dirigen hacia la cocina.

–Hola... –la saluda Sarah. Cuando ve su cara, se acerca rápidamente para abrazarla, preocupada–. Eh... ¿Qué pasa?
–No lo sé.
Zoe se agarra a Sarah y llora desconsoladamente en su hombro. Pasado un rato, esta la coge de la mano y, aprovechando el sol de la mañana, la conduce al jardín trasero para hablar con calma, sin miedo a que Connor las pueda llegar a oír. Se sientan en los escalones del porche mientras Kai se queda a un lado. Sarah espera paciente a que Zoe se tranquilice un poco y seque sus lágrimas con los dedos.

–Escucha... Connor se siente culpable por lo de anoche, se cree el único responsable de lo que pasó. Así que no le tengas en cuenta nada de lo que te haya dicho o hecho.

–El problema es precisamente ese, que no me ha dicho ni hecho nada. Está distante conmigo y no sé cómo actuar con él –contesta Zoe.

–Está enfadado porque cree que por su culpa, por relajarse durante unas horas, a su padre podría haberle pasado algo grave. Todos deberíamos haber estado algo más atentos, pero él se atribuye toda la culpa. Piensa que desde que murió su madre, se cargó con la responsabilidad de cuidar de todos y, si algo le pasa a alguno, se siente el único culpable.

–No suele relajarse a menudo, y para una vez que lo hace... –interviene Zoe pensativa–. Tengo asumido que nunca seré lo más importante para Connor y, aunque no voy a engañarte diciendo que no me duele, estoy dispuesta a compartirlo con quien haga falta con tal de estar con él. Pero necesito tenerlo al menos un rato. No podré soportar que me deje a un lado, como lleva haciendo desde anoche –Zoe junta las rodillas y apoya los brazos y la barbilla en ellas–. Y me siento fatal porque sé que, ahora mismo, su padre le necesita más que yo.

–Te equivocas –interviene Kai–. Sí eres lo más importante para él, solo que Connor debe aprender a racionar su tiempo, a distribuirlo un poco mejor. Afortunadamente para él, aunque reconozco que ni Evan ni yo se lo hayamos demostrado casi nunca, tiene mucha gente a su alrededor dispuesta a ayudarle. Por su bien, tiene que empezar a aprender a relajarse. Habla con él luego, salid a dar un paseo juntos.

Zoe sopesa las palabras de ambos y empieza a sentirse mejor. Esboza una tímida sonrisa, mientras se frota las palmas de las manos contra las rodillas.

–¿Por qué no vas a echarte un rato? –le propone Kai.

–No me quiero mover de su lado... –contesta Zoe.

–Pues entonces haré más café porque me parece que necesitas alguna dosis extra –susurra Sarah con una sonrisa.

–¿Connor ha desayunado? –le pregunta Kai.

–No. Se lo ha subido a tu padre, pero él no ha tomado nada.

En cuanto entran de nuevo en la cocina, preparan la mesa para desayunar. Hacen tostadas, ponen algunas pastas en platos y dejan la cafetera encima de la mesa. En ese momento, Hayley y Evan entran por la puerta.

–Hola. ¿Cómo ha ido? –le preguntan a Zoe.

–Bien. Dice Connor que ha pasado buena noche.

–¿Duerme aún?

–No lo sé. Hace un rato, sí...

–Si queréis subir y decirle a vuestro hermano que baje a desayunar... –les indica Sarah a Kai y Evan.

Ambos suben las escaleras de dos en dos y llaman a la puerta del dormitorio de su padre.

–Connor –dice Evan–. Somos nosotros.

Connor abre y se echa a un lado para que sus hermanos puedan entrar.

–Joder, tío –susurra Kai a Connor cuando pasa por su lado–. Qué mal aspecto tienes.

–¿Cómo está? –pregunta Evan señalando a su padre con la cabeza.

Connor se encoge de hombros mientras se deja caer en la silla apostada al lado de la cama de su padre. Le mira y se queda así durante un buen rato, hasta que Evan, al ver que no reacciona, se acerca a él y le pone una mano en el hombro.

–Venga, baja a comer algo.

–No tengo hambre.

–Pues tómate un café.

–No me apetece.

Kai chasquea la lengua y se agacha frente a su hermano. Se miran durante unos segundos, hasta que Connor vuelve a fijarse en su padre.

–Escucha, lo de anoche se podía haber evitado, cierto, pero ahora ya no hay marcha atrás. No conseguiremos nada culpándonos por lo que pasó. Lo que tenemos que hacer es hablar para ver cómo encaramos la situación a partir de ahora, y que esto no vuelva a suceder.

–Ya está decidido –dice Connor sin mirarle–. Me traslado a vivir aquí.

–No puedes decidir esas cosas tú solo –le recrimina Evan–. Y ni mucho menos te pienses que te vamos a dejar cargar con todo tú solo.

–Hasta ahora no os ha importado demasiado...

–¿Y tus planes con Zoe? –le pregunta Kai.

–Pospuestos –contesta Connor con frialdad.

–Ah... ¿Y ella lo sabe? ¿Sabes que se ha tirado toda la noche abajo? ¿Sabes que no ha pegado ojo? ¿Eres consciente de que, cuando hemos llegado Sarah y yo, estaba llorando desconsoladamente? ¿Por qué la apartas de tu lado? ¿Por qué te empeñas en apartarnos a todos?

Connor no responde. Se limita a apretar los labios con fuerza, evitando cualquier contacto visual con sus hermanos. Pasado un rato, Kai se levanta de sopetón y dirigiéndose a Evan, dice:

–Vamos, Evan. Que haga lo que le dé la real gana. Se cree un puto mártir...

—Pero... —protesta Evan.

—No se puede ayudar a quien no quiere ser ayudado. Paso de comerle el culo.

Kai sale de la habitación y, aunque Evan le sigue a poca distancia, antes de cruzar el umbral, se detiene, se da la vuelta y corre hacia su hermano.

—Escucha —dice apoyando la frente en la de él—. No te encierres en ti mismo. Queremos ayudarte, todos, incluido Kai. Déjanos hacerlo. Siento que no hayamos estado disponibles siempre que nos has necesitado. Me... Me acostumbré a que tú estuvieras siempre ahí para todos... Pero ahora quiero ayudar. No te cargues con toda la responsabilidad, Connor. Te espero abajo, ¿vale?

Evan se incorpora y apoya la cabeza de su hermano en su pecho. Le da un beso cariñoso en el pelo antes de salir de la habitación y bajar las escaleras para encontrarse con los demás.

—¿Va a bajar? —le pregunta Hayley cuando Evan se sienta a su lado.

—No sé —contesta él encogiéndose de hombros mientras mira a Zoe, que mantiene la mirada fija en algún punto indeterminado de la mesa, sin beber ni un sorbo del café humeante que tiene delante, ni dar un bocado a nada.

—Hola...

La voz de su padre sorprende a Connor con la cabeza apoyada en las manos, mientras se tomaba un pequeño respiro, permitiéndose el lujo de cerrar los ojos durante unos segundos. Enseguida se incorpora en la silla y se acerca a su padre, intentando mostrar una sonrisa lo más natural posible.

—Eh... ¿Cómo estás? —le pregunta Connor con cariño.

—Bien. Apostaría a que bastante mejor que tú. ¿Has dormido algo?

—No tenía sueño —contesta acercando el café y la magdalena hasta la mesita de noche.
—Hijo, tu cara te delata.
—Toma, te he subido el desayuno —dice Connor intentando cambiar de tema.
—¿Y tú? ¿Ya has desayunado?
—No tengo hambre.
—Ah... Entiendo... ¿Entonces qué vas a hacer? ¿No vivirás para poder tenerme controlado? ¿Te encerrarás aquí conmigo para siempre? ¿No vas a separarte de mí ni cinco minutos? —Donovan formula todas las preguntas y se queda callado, esperando una respuesta por parte de su hijo que parece no llegar nunca, así que vuelve a la carga—. Tengo ganas de cagar, ¿te metes conmigo en el baño?
—No es eso...
—Eso espero... Porque te quiero mucho, pero si te veo pegado a mí las veinticuatro horas del día, acabaré pidiendo una orden de alejamiento.

Connor deja caer los brazos a ambos lados del cuerpo y agacha la cabeza en señal de derrota. Donovan se acerca a él y, esta vez con un tono mucho más comprensivo, le dice:

—¿Sabes por qué no quise que Vicky os dijera anoche que me iba? —Connor niega con la cabeza—. Porque no quiero arruinaros la vida a ninguno de los tres. Ayer os miraba y os veía felices. ¿Sabes cuánto hacía que no os veía sonreír como anoche?

Donovan abraza a su hijo y este, poco a poco, sucumbe ante ese gesto. Sus brazos se acercan al cuerpo de su padre y empiezan a abrazarle con fuerza.

—Escucha. Sé que mi enfermedad avanza rápidamente, no te creas que no me doy cuenta de ello. Pero en los momentos que aún tengo de lucidez, me gusta sentirme capaz de valerme por mí mismo, de sentirme realizado. No quiero tener una niñera pegada a mí todo el tiempo. Cuando Sarah está conmigo, me deja espacio y me anima a hacer las cosas por mí mismo. No te estoy echando, Connor, al contrario, te necesito a mi lado, pero no pegado a mí... ¿Lo entiendes?

Connor asiente con la cabeza apoyada en el hombro de su padre, hasta que este le da unas suaves palmadas en la nuca y le separa levemente agarrándole de los hombros. Le mira durante unos segundos con una sonrisa dibujada en los labios, y peina con cariño algunos mechones de pelo.

–Con los problemas que me dabas de pequeño y lo responsable que te has vuelto... –A Connor se le escapa la risa y Donovan alza una ceja–. No te rías. Tú y Kai erais como dos putos granos en el culo. Siempre estabais metiéndoos en líos y parecía que compitierais para ver quien tenía la idea más descabellada... Por no hablar de las putadas que le hacíais al pobre Evan...

–Era un blanco perfecto... –dice Connor.

–La de veces que hicisteis correr a mamá...

En ese momento, Donovan se queda callado, pensativo durante unos segundos. Arruga la frente y aprieta los labios con fuerza, mientras sus ojos se mueven nerviosos de un lado a otro de la habitación. Retrocede unos pasos y se lleva las manos a la cabeza.

–¿Papá? ¿Estás bien? –le pregunta Connor al verle la cara de agobio.

–No la recuerdo... –balbucea su padre dando vueltas sobre sí mismo–. No la veo...

Como un vendaval, Donovan empieza a abrir los cajones de la cómoda y a esparcir su contenido por toda la habitación. Luego se dirige al armario, que deja abierto de par en par, después de abrir varias cajas de zapatos.

–¿Papá...? –insiste Connor justo en el momento en el que su padre corre hacia la puerta de la habitación.

Atraviesa el pasillo y baja las escaleras como un loco, mientras Connor le sigue de cerca. Cuando llega al salón, totalmente perdido, vuelve a dar vueltas de un lado a otro, llevándose las manos a la cabeza.

—¡Papá! —grita Connor agarrándole de los brazos—. ¡Mírame!

—¡No me acuerdo de ella, Connor! —grita zafándose del agarre que le hace—. ¡Necesito verla! ¡Necesito recordar!

Los demás asoman por la puerta de la cocina, alertados por los gritos. Donovan les mira receloso, así que Sarah, para no empeorar la situación, les pide mediante gestos que no se acerquen.

—No la puedo olvidar... No la puedo olvidar... No la puedo olvidar —repite una y otra vez buscando por el salón.

De repente, a Connor se le enciende una luz y, decidido, abre un cajón de uno de los muebles. Saca una caja de zapatos y coge un puñado de fotos con una mano. Empieza a mirarlas una a una, desechando las que no le interesan, lanzándolas sobre la mesa sin ningún miramiento. Se da cuenta entonces de que su madre no era amiga de salir en las fotos pero que, en cambio, no paraba de hacérselas a ellos cuatro. Decenas de fotos después, siempre bajo la atenta mirada de su padre, Connor se frena en seco al encontrar, por fin, una foto de ella. Sonríe al mirarla y enseguida se la muestra a su padre. Este la toma entre sus manos y clava los ojos en ella, sin siquiera parpadear, intentando grabar en su retina y en su memoria cada uno de los rasgos de la que fue el amor de su vida.

Retrocede varios pasos, sosteniendo la foto con sumo cuidado, hasta que sus piernas chocan contra el sofá y se deja caer en él. Connor se acerca con tiento y se agacha frente a él sin decir nada. Observa cómo admira la foto embelesado y cómo unas tímidas lágrimas empiezan a deslizarse por las mejillas. Sin abrir la boca, Connor apoya una mano en la rodilla de su padre y sonríe débilmente.

—No podía recordar su cara... —solloza su padre—. Dios mío... Tengo mucho miedo. No quiero olvidaros...

Su padre se abalanza sobre él y le abraza con fuerza, sin soltar la foto de su madre. Es la primera vez desde que le diagnosticaron la enfermedad, que Connor ve el miedo reflejado en sus ojos.

—Ayúdame, Connor...

—Tranquilo —le dice con toda la serenidad que es capaz de demostrar—. No estás solo, ¿vale?

Connor mira a los demás con los ojos empañados, y poco a poco se acercan a ellos. De camino, Kai coge todas las fotos, las mete de nuevo en la caja y se sienta junto a su padre, que al verle, se apoya en él con cariño.

—¿Sabes lo que vamos a hacer? —le dice Sarah arrodillándose delante—. Vamos a colgar estas fotos por toda la casa. ¿Te parece bien?

—Vale... —contesta tímidamente.

Hayley mira la foto que Donovan sostiene en la mano y este, al darse cuenta de ello, se la enseña señalando hacia Evan.

—Se parecen, ¿verdad? —le pregunta—. Evan es un calco de su madre.

—Mucho —responde Hayley—. Era muy guapa.

—Lo sé, crucé el charco por ella... —Donovan mantiene la mirada perdida durante unos segundos, hasta que luego fija su vista en la caja de fotos y saca una de cuando Evan era pequeño—. Mira, la de gafas que llegamos a comprarle... Todas se le rompían...

—No era mi culpa...

—En el fondo sí lo era —replica Kai—. Si no hubieras sido tan pedante, nadie habría tenido instintos homicidas contra ti.

Evan mira a Kai con enfado, mientras el resto hace lo imposible por no reír. Donovan mira a su hijo mayor y coge otras fotos de dentro de la caja. En una se le ve a él de joven, sosteniendo a un bebé en brazos, y en la otra, a un niño de unos diez años. Mira a Sarah y dice:

—Este de aquí —dice señalando al bebé con un dedo, alzando ambas fotos—, y este hombrecito, es nuestro pequeño Malakai... Él en cambio, se parece mucho a mí, ¿verdad?

—¿Malakai? —pregunta Hayley alzando una ceja.

—Sí, ¿qué pasa? Es mi nombre —contesta Kai contrariado mientras Hayley ríe—. ¿Algún problema?

—A mí me gusta —dice Sarah sentándose en su regazo.

—Fue idea de vuestra madre poneros nombres irlandeses. A mí me hubiera dado igual que os hubierais llamado John, Michael o Kevin... Pero ella decía que así vosotros seríais un permanente recuerdo de mi Irlanda natal. Lo que ella no sabía es que hubiera quemado Irlanda por ella...

Donovan mira entonces a sus hijos, uno por uno, y luego fija la vista en Zoe, que ha permanecido callada todo el rato, manteniéndose en un segundo plano. La observa durante un rato, hasta que sus ojos se encuentran. Entonces ella le sonríe, pero no es un gesto ni mucho menos sincero. Donovan rebusca entre las fotos de la caja hasta dar con la indicada. La saca y la gira hacia ella.

—Y este de aquí es Connor, el príncipe de su madre. Daba igual lo mal que se portara o lo grande que fuera su trastada, le sonreía y ella se olvidaba incluso de por qué se había enfadado con él. Le tenía el corazón robado...

—¡Eso es cierto! —interviene Kai—. Las broncas siempre me las llevaba yo, aunque no tuviera nada que ver.

—Kai, hijo, tú siempre tenías algo que ver —aclara Donovan mientras le tiende la foto a Zoe.

Ella la coge y la observa detenidamente. Inconscientemente, sus dedos acarician la carita de ese dulce niño sonriente.

—Connor, ve a desayunar algo, hazme el favor —le pide su padre.

—Sí, han quedado tostadas y aún hay café en la cafetera —le informa Sarah.

Sin fuerzas para rechistar, Connor se levanta y se dirige a la cocina. Donovan mira entonces a Zoe y le hace una seña con la cabeza para que vaya con él. Tras pensarlo unos segundos, ella se levanta y entra en la cocina, encontrando a un Connor derrotado, sentado en una silla con los codos apoyados en la mesa y los puños cerrados y apretados contra los ojos. Zoe coge una taza limpia y vierte café en ella. Se sienta en la silla de al lado, y deja la taza encima de la mesa, justo frente a él. En cuanto le llega el olor, Connor levanta la cabeza y la gira hacia Zoe. Apoya los puños encima de la mesa y traga saliva con dificultad. Ella le coge una de las manos y entrelaza los dedos con los de él. Pasados esos segundos, en los que Zoe no sabe cómo va a reaccionar, Connor se gira hacia ella con los ojos llorosos y, apoyando la cabeza en su regazo, se derrumba por completo.

–Lo siento... –balbucea entre sollozos.

–Tranquilo –le dice ella acariciando su cabeza y enredando los dedos en su pelo–. No me rindo contigo.

–No entiendo por qué no lo haces...

–Porque te quiero demasiado –susurra ella inclinándose hacia él.

–Estoy muy asustado...

Zoe acaricia y besa a Connor durante un buen rato, esperando paciente a que se calme. Cuando se vuelve a incorporar, él acerca su silla a ella y la mira durante un rato. Zoe le sonríe mientras le seca las lágrimas con los dedos.

–Necesito quedarme aquí con mi padre...

–Lo sé.

–Sé que hablamos de que te mudaras conmigo...

–Y yo te dije que no tenía prisa, y sigo sin tenerla –dice mientras alisa la camiseta de él, en un gesto inconsciente–. Me conformaré con tenerte para mí unos pocos minutos al día. ¿Serás capaz de dármelos?

–Creo que sí... –contesta él con una sonrisa en los labios.

–Me encanta esa sonrisa y ahora sé que tu madre tampoco era inmune a ella –añade alzando la foto delante de su cara–. Solo te pido que no dejes de hacerlo nunca...

–A veces me cuesta...

—Lo sé, pero eres tan diferente cuando no lo haces... Tan... frío.

—Siento lo de esta mañana –dice Connor, sabiendo que las palabras de ella se refieren al hecho acontecido antes–. No he sido justo contigo... Llevo toda la noche culpándote por lo que pasó, porque eres una distracción para mí... Cuando estás cerca, soy incapaz de concentrarme en nada ni en nadie excepto en ti...

—Pues entonces el problema es tuyo –replica ella sonriendo.

—Pero es tu culpa –contesta él–. Si no fueras tan... especial para mí...

—Si no fueras tan débil...

—Lo soy, lo admito.

Zoe sonríe y se levanta para empezar a recoger la mesa. Connor la observa mientras se queda delante del fregadero, de espaldas a él. Apura su taza de café y se mete en la boca la última magdalena de chocolate.

—Si alguna vez quieres apartarme de tu lado –dice Zoe aún dándole la espalda–, prefiero que me lo digas claramente a que me trates como si no existiera...

Connor arruga la frente, confundido y, tras unos segundos, se pone en pie y se acerca a ella. Aún sin tocarla, Zoe sabe que él está a su espalda, porque siente su aliento en la nuca y en el hombro.

—No se me ocurre ningún motivo por el que quiera apartarme de tu lado –susurra en su oído.

Zoe cierra los ojos al sentir el pecho de Connor pegado a su espalda. Sus manos permanecen agarradas al fregadero, aunque los antebrazos rozan las caderas de ella. Se queda muy quieta, con la cabeza agachada, mirándose las manos, mientras Connor acerca su cara a la de ella. Roza su piel con los labios, dibujando un camino ascendente desde la base del cuello hasta detrás de la oreja, donde inspira profundamente, cerrando los ojos concentrado.

—Desde el mismo instante en que te olí, me hiciste tuyo para siempre. Sería una tortura alejarme de ti, recordarte y no poder tocarte...

El cosquilleo del aliento de él provoca que a Zoe se le erice la piel, y su cuerpo, demostrando cuánto ha echado de menos las caricias de Connor esta noche, reacciona ante ese simple contacto. Siente las manos de él en su cintura, que la giran de cara a él. Se muerde el labio inferior cuando siente sus dedos subiendo lentamente por sus costados.

—Te quiero —le dice Connor cuando ella le mira a los ojos—. Lo sabes, ¿verdad?

—Sí —contesta casi en un susurro.

—Sé que quizá es pedir demasiado, pero quiero que lo tengas siempre presente, incluso cuando me comporte como un completo imbécil. Nunca, pero nunca, te dejaré de querer.

Connor acoge la cara de Zoe entre sus manos y besa sus labios con delicadeza, mientras ella se agarra de las muñecas de él.

—No sabes cuánto te he echado de menos esta noche... —confiesa Zoe.

—Y yo —dice Connor contra la boca de Zoe—. Necesito una ducha... ¿Me acompañas?

—¿Estás loco? ¿Con todos aquí? De paso diles que suban y nos animen dando palmas...

—En mi casa —le corta él enseguida.

—¿En serio? Vamos antes de que te arrepientas —contesta ella cogiéndole de la mano y arrastrándole hacia la puerta principal mientras él la sigue riendo a carcajadas.

Cuando aparecen por el salón, todos se giran para mirarles y ellos se quedan parados intentando reprimir la risa.

—Esto... Vamos a... —dice Connor señalando la puerta principal—. Voy a... buscar algo de ropa a casa...

—Sí, definitivamente eso es algo que tienes que hacer con ayuda —suelta Kai.

–Claro, claro –añade Evan–. Coger una bolsa de deporte, meter un par de camisetas, un pantalón, un calzoncillo...

Connor ríe a carcajadas mientras Zoe camina decidida hacia la salida tirando de la camiseta de él.

–Vuelvo... No sé... Volveré.

La bolsa de deporte está en mitad de la cama, justo al lado de algunas camisetas, pantalones y demás prendas de ropa, todas dobladas con esmero. En cambio, esparcidos por el suelo están los vaqueros, camiseta, blusa y ropa interior que llevaban puestas, siguiendo un camino sinuoso hacia el baño. Dentro de la ducha, están los dos, recuperando el aliento...

–Me encanta esta ducha –dice Zoe.

Connor se separa de ella unos centímetros y la mira divertido, cerrando un ojo debido al agua que cae sobre su cabeza.

–Espero que sea mérito mío...

–¿Tú la construiste? Entonces sí, todo el mérito es tuyo –Connor le hace cosquillas mientras ella apoya los pies en el suelo antideslizante–. Vale, vale... Tú también tienes algo de mérito... Tienes que comprenderme, la ducha de mi apartamento es como una sala de torturas comparada con esta... Pregúntale a tu hermano, que la ha sufrido.

–¿Evan ha probado la ducha de tu apartamento y yo no?

–Créeme, no es algo por lo que quieras pasar... –dice Zoe mientras cierra los ojos y deja que el agua salpique en su cara moviendo su cuerpo con suavidad, siguiendo el ritmo de la música, antes atenuada por sus jadeos–. De hecho, creo que podría vivir aquí dentro.

–Entonces, creo que es el momento de darte algo que tengo para ti...

Connor sale de la ducha y se anuda una toalla a la cintura. Zoe, intrigada, hace lo propio, envolviendo su cuerpo con una enorme y esponjosa toalla blanca, y el pelo con otra más pequeña. Salen del baño hacia el dormitorio y entonces él abre el cajón superior de la cómoda. Coge algo y se acerca de nuevo a Zoe, esbozando una enorme sonrisa, mientras ella empieza a sentir un sudor frío que le recorre toda la espalda. Mira fijamente la mano de Connor cerrada en forma de puño, escondiendo algo lo suficientemente pequeño como para que no se vea nada. Cuando Connor abre la mano, aparece un juego de llaves colgado de sus dedos.

–¡Oh, joder! ¡Qué susto! –respira Zoe aliviada, llevándose una mano al pecho.

–¿Susto? ¿Por qué?

–Por un momento pensé que llevabas otra cosa en la mano...

–¿Otra cosa? –pregunta Connor arrugando la frente.

–Sí... Ya sabes... Un anillo. Pensé que me ibas a pedir matrimonio.

Con la cara sonrojada, se gira y empieza a recoger su ropa del suelo. Se pone la ropa interior, los vaqueros y la blusa bajo la atenta mirada de Connor. Se dirige al baño, secándose el pelo por el camino y, una vez delante del espejo, se lo peina con los dedos. Mira de reojo hacia el dormitorio, donde Connor permanece clavado en el sitio, y empieza a intuir que quizá sus palabras no han sonado como ella quería que lo hicieran.

–Me parece que te debo una explicación –le dice volviendo al dormitorio, cogiéndole de la mano para guiarle hacia la cama, donde ambos se sientan–, porque no quiero que interpretes mal mis palabras.

–¿Tan malo sería? –le pregunta Connor de repente, agachando la cabeza para que ella no intuya el dolor que se refleja en sus ojos.

–Vale, ya lo has hecho. Escucha, Connor, siento cómo han sonado mis palabras, ¿vale?

–Pues yo diría que han sonado tal cual las sentías.

–Entiéndeme, casarme ahora mismo, no entra en mis planes...

Al ver que él no reacciona, Zoe coge su cara y le obliga a mirarla a los ojos.

–No quiero que te enfades conmigo por un tonto malentendido. ¿Empezamos de nuevo?

Zoe le arrastra de nuevo hacia la cómoda. Luego se aleja hacia la puerta del baño y espera que él empiece a hablar.

–Cuando quieras –le dice.

–Déjalo... No hace falta...

–¡Sí que hace falta! No quiero quitarte la ilusión...

–Y yo no quiero forzarte a que te la haga...

–Connor...

–Es la segunda vez que me pasa... –susurra para sí mismo–. ¿Soy yo? Es decir, ¿para pasar un buen rato estoy bien, pero no soy una buena opción a largo plazo?

Zoe se queda perpleja por la bomba que Connor acaba de lanzar. ¿Le pidió matrimonio a alguien antes? ¿Sería a Sharon a la que se lo pidió? Sin tiempo para buscar una respuesta a alguna de esas preguntas, observa cómo Connor recoge la camiseta del suelo y se pone unos calzoncillos limpios que coge de la cómoda. Mientras se pone los pantalones, Zoe se acerca a él y busca su mirada con insistencia.

–Connor... Mírame –dice cogiendo su cara entre las manos–. Hace unas horas me alejabas de ti y ahora me hablas de... de... ¿casarnos? Comprende que esté un poco descolocada...

–¡Yo no te he pedido que nos casemos! ¡Te lo has imaginado todo tú solita! –le grita señalándola con el dedo–. Pero tranquila, por tu reacción sé que no es algo que te apetezca hacer, al menos no conmigo...

Las lágrimas empiezan a caer de nuevo por las mejillas de Zoe, aunque ella se las intenta secar con los dedos.

–¡A ver, so imbécil! ¡No es que no quiera casarme contigo! De hecho... ¡Mierda!

Se queda callada sin saber bien cómo continuar, con la respiración agitada y el pecho subiendo arriba y abajo con rapidez. Mira al suelo, apretando los labios con fuerza, intentando encontrar unas palabras que solo Connor le consigue arrebatar, hasta que al final se da por vencida y se da la vuelta para refugiarse en el baño. Entonces, justo al cruzar el umbral de la puerta, se queda quieta, cogiéndose a la madera. Mira al frente y, maldiciendo su actitud cobarde, sin saber bien qué decir, se da la vuelta y camina decidida hacia Connor. Cuando le tiene justo enfrente, las palabras emergen como por arte de magia.

—¡Entérate de una vez! ¡Es cierto, casarme no entra en mis planes próximos, pero si alguna vez me lo planteara, no se me ocurre alguien mejor que tú con quien pasar el resto de mi vida!

Él la mira, asombrado durante unos segundos, con la frente arrugada, procesando aún toda la información, cuando ella vuelve a hablar:

—¡¿Te queda claro?! —grita dejando a Connor asintiendo con la boca abierta y asustado—. ¡Pues bien! Porque si me lo preguntas de aquí a un tiempo, puede que te diga que sí. Y... y no quiero perderte porque pienses que nunca estaré preparada para dar ese paso... Y... Y...

Connor corre hacia ella y la abraza con fuerza mientras Zoe se agarra de su camiseta, sollozando sin control. Acaricia su pelo, esperando a que se tranquilice, y besa su frente con ternura. Pasado un tiempo prudencial, Connor la coge de la barbilla y la obliga a mirarle a los ojos. Seca con los pulgares los restos de alguna lágrima y suaviza su mirada.

—Lo siento —le dice.

—Yo también —responde ella.

—Voy a hacerlo de otra manera... —dice cogiendo las llaves entre los dedos, mostrándoselas con claridad—. Toma. Son para ti.

Zoe observa el juego de llaves con detenimiento.

—Pero yo no quiero estar aquí si tú no estás —le dice ella.

—Te las doy ya para que sepas que puedes venir cuando quieras, esté yo o no. O por si quieres traerte algo. O incluso por si quieres ducharte aquí y no pasar por ese infierno en tu apartamento.

Zoe vuelve a mirar el manojo de llaves y cierra la mano alrededor de ellas, llevándosela al corazón mientras se le forma una sincera sonrisa en los labios.

—Vale. Sí quiero.

A ambos se les escapa la risa y consiguen derribar del todo el muro que se había formado entre los dos.

—¿Sabes qué voy a hacer?

—¿Qué? —pregunta ella.

—Voy a cogerme el día libre —contesta Connor sacando el móvil del bolsillo, moviendo las cejas arriba y abajo.

Se lo lleva a la oreja y espera mientras contestan al otro lado de la línea.

—Dime.

—Kai, ¿te puedo pedir un favor?

—Ya tardabas en pedírmelo.

—¿Qué...?

—Que sí, que te largues con Zoe por ahí, que Sarah y yo nos quedamos con papá.

—Solo te necesito para hoy... Por la noche me quedaré yo...

—Sabes que yo me puedo quedar, pero también sé que ya es bastante que hayas pedido ayuda, así que me doy por satisfecho. Yo durante el día, tú por las noches —Kai se pone a hablar con Evan y se separa el teléfono, hasta que al cabo de un rato de discusión, vuelve con Connor—: Evan dice que contemos con él también, que nunca lo hacemos... Jodido renacuajo... ¿Te lo puedes creer?

—Es lógico. En el fondo, el enano siempre ha sido más responsable que tú y que yo —responde Connor—. Repartíos vosotros mismos los días, yo me quedo con las noches.

—Vale. Oye, ¿a dónde vais?

—A donde ella quiera —responde Connor mirando a Zoe con una sonrisa en los labios—. Como si me pide que la acompañe a otra puta clase de yoga...

—Demasiado tarde... —susurra Zoe tras consultar el reloj.

—Pero resulta que vamos tarde —dice Connor simulando poner cara de pena—. Demonios, no sé cómo se me ha podido pasar. Con lo que me apetecía...

—¿Quieres mi opinión? —le dice Kai—. Pasa el día follando con ella en la cama.

—Adiós, Kai.

—Hazme caso. Si pasas el día con ella alejado de la cama, esta noche llegarás a casa de papá con dolor de huevos.

—Hasta luego, Kai.

Connor cuelga el teléfono y mira a Zoe con una sonrisa de medio lado y una ceja levantada.

—Entonces, ¿en serio eres todo mío? ¿Todo el día?

—Ajá —asiente Connor con la cabeza, abriendo los brazos—. Así que, tú eliges.

—Quiero... Espera... Ay, estoy hasta nerviosa...

—¿Por qué? —pregunta Connor riendo.

—Porque quiero hacer muchas cosas contigo, pero ahora no puedo decidirme por ninguna.

—¿Nos quedamos aquí entonces?

—No, quiero hacer algo...

—Quietos, te puedo asegurar que no nos quedaremos... —le explica agarrándola por la cintura.

—Lo sé, y me tientas, lo sabes... Pero quiero aprovechar estas horas juntos... —Zoe agacha la cabeza y mira al suelo durante unos segundos, hasta que la cara se le ilumina y mirando a Connor, dice—: ¿Cuánto hace que no vas a Coney Island?

—¿Al parque de atracciones? Años...

—Y a la playa... Podríamos pasar allí el día... ¿Quieres...? Por favor...

Zoe le mira ilusionada y esperanzada de que acepte el plan, así que cuando él asiente con la cabeza, ella se le cuelga del cuello y le besa repetidas veces en la mejilla. Rápidamente, le arrastra de la mano por todo el apartamento para que se ponga el bañador, una camiseta, las deportivas y coja una toalla. Media hora después, ya están sentados en el vagón del metro, camino de la playa, con la ropa de baño puesta y las toallas metidas en un bolso de paja que Zoe ha recogido en su casa.

–¿Qué? –le pregunta ella cuando se da cuenta de que Connor la mira con una sonrisa en los labios–. ¿Por qué me miras así?

–Porque me encanta ver la ilusión con la que te tomas hasta la más mínima tontería...

–Poder pasar un día entero contigo no es ninguna tontería, y por supuesto que me hace ilusión. ¿No lo ves normal?

–Digamos que no estaba acostumbrado a estas muestras de entusiasmo...

Cuando llegan a la playa, descubren que, a pesar de hacer bastante calor, poca gente ha tenido la misma idea que ellos, así que no les cuesta encontrar un hueco cerca de la orilla. Zoe extiende las toallas y se empieza a quitar el vestido, siempre bajo la atenta mirada de Connor.

–¿Qué? –le pregunta divertida poniendo los brazos en jarras, ya solo vestida con el minúsculo bikini negro.

–Que me parece que has tenido una idea estupenda, pero que Kai va a acabar teniendo razón.

–¿En qué?

–Nada, cosas nuestras...

Zoe se encoge de hombros y se acerca a él. Le quita la camiseta y la guarda dentro de su bolso, justo antes de arrastrarle al agua. Cuando se remojan los pies, ella da un pequeño salto de la impresión al notarla fría.

–¡Joder! –grita de sopetón.

–Qué fina mi chica... –ríe él.

–Mejor voy a estirarme a tomar el sol un rato y luego vuelvo a ver si está algo más caliente...

–Ni hablar –responde él cogiéndola en volandas antes de que se vaya, adentrándose en el agua.

–¡Bájame!

–No.

–¡Suéltame, Connor! ¡Te lo pido!

–No.

–¡Está muy fría!

–Tonterías.

Cuando el agua le cubre un poco más abajo del pecho, a pesar de que Zoe le sigue implorando que la devuelva a la arena, él la lanza al agua sin muchas contemplaciones. Cuando la ve emerger de nuevo, tosiendo, escupiendo agua y echándose el pelo hacia atrás, empieza a reír a carcajadas.

–Yo no sé qué te hace tanta gracia... ¡So bruto! –dice salpicándole agua a la cara.

Connor se acerca a ella y la coge de la cintura. Ella enseguida enrosca las piernas alrededor de su cintura mientras se sigue secando los ojos y peinándose el pelo con los dedos.

–¿Me perdonas? –le pregunta Connor poniendo cara de pena–. Si lo miras por el lado positivo, ¿a que ya no la notas tan fría?

Zoe le mira arrugando la frente y apretando los labios para mostrar su enfado, pero se viene abajo enseguida al mirar a Connor a los ojos, que parecen más cristalinos y azules por efecto del agua. Empieza a esbozar una sonrisa y pega sus labios a los de él.

–Sabes a salado... –dice separándose al cabo de un rato, relamiéndose los labios–. Me gusta.

Se vuelven a besar y las manos de Connor se cuelan por debajo de la braguita del biquini. Zoe da un respingo y le mira asombrada mientras él esboza una sonrisa pícara.

—¿Qué haces? –le pregunta ella.
—Nada... –contesta Connor haciéndose el tonto.
—¿Nada?
—No... –insiste justo en el momento en que introduce un dedo en su interior y ella ahoga un grito.
—Connor... Nos van a ver...
—Afortunadamente, esto no son las aguas cristalinas del Caribe. Nadie ve nada de cintura para abajo, así que solo tienes que disimular... –susurra en su oreja, mordiéndole luego el lóbulo.
—Connor, hay unos niños ahí cerca... –consigue decir a duras penas.
—Pues sonríe y no pongas cara de viciosa.

Zoe ríe a carcajadas mientras un torrente de sensaciones recorre su cuerpo. El agua, definitivamente, ya no está fría para ella.

Quizá sea por el morbo de estar en un sitio público, o por la destreza de Connor, Zoe se deja llevar hasta que un orgasmo está a punto de hacerla estallar, y aprieta los dientes con fuerza en el hombro de él.

—Eso ha sido a traición... –susurra ella apoyando la cabeza en el pecho de Connor, aún sin poder dejar de sonreír.
—Totalmente, lo reconozco. Pero dime que no te ha gustado...
—No te quito razón... Pero me has dejado agotada. ¿Me llevas a la toalla en brazos?
—Vale –sonríe pícaro–. Pero antes déjame hacer unos largos para relajar cierta parte de mi cuerpo.

Connor la besa y se aleja nadando con un estilo depurado. Zoe le observa atentamente, regocijándose ante las vistas que le regala el cuerpo esbelto de su chico. Cuando vuelve a su lado, tal y como le prometió, la saca en brazos y la deposita con sumo cuidado encima de la toalla, estirándose él a su lado. Se observan durante un rato, hasta que Connor se permite el lujo de cerrar los ojos por unos segundos. Zoe le acaricia la frente, peinándole algunos mechones de pelo que se le vienen a la cara.

—Lo siento —se disculpa abriendo los ojos—. Me he quedado traspuesto.

—No pasa nada... —le dice acercándose a él—. Duerme...

Connor vuelve a cerrar los ojos y el cansancio acumulado provoca que se quede dormido enseguida, relajado bajo las caricias de Zoe y el sonido relajante de las olas. Cuando se despierta, aproximadamente una hora después, se encuentra a Zoe, sentada con las piernas cruzadas como un indio, observándole detenidamente mientras dibuja en un cuaderno. Se frota los ojos y la cara para desperezarse, mirándola con una sonrisa en los labios.

—¿Qué haces? —le pregunta.

—Dibujarte —responde mientras le da la vuelta al cuaderno—. ¿Qué te parece?

—¡Guau! —Connor se incorpora y se sienta frente a ella, cogiendo el bloc—. Está genial.

—Tengo un modelo muy guapo —contesta ella arrugando la nariz y encogiéndose de hombros.

—El del dibujo es bastante más guapo que el modelo.

—Toma, para ti —Zoe arranca la hoja y se la tiende.

—¿No me lo firmas?

Zoe le da la vuelta al papel y garabatea unas palabras.

Mi recuerdo favorito del día. Te amo. Zoe.

Cuando acaba de leerlo, Connor se acerca y la besa mientras ella se agarra de su cuello. Él sigue avanzando, obligándola a estirarse boca arriba.

—Mi recuerdo favorito del día es cualquiera que tenga que ver contigo —le dice acariciando su piel con la nariz, provocando que Zoe retuerza su cuerpo y ría a carcajadas debido a las cosquillas.

—Llévame al parque —le pide al cabo de unos segundos—. Quiero algodón de azúcar.

—Y ya puestos, te subo en la montaña rusa y disparo con una escopeta para conseguirte un peluche.

—¡Vale! —contesta ella entusiasmada, dejándole con la boca abierta.

Horas después, tras haber subido a la montaña rusa un par de veces, haber comido un par de perritos calientes acompañados de unas cervezas bien frías, después de haber jugado a perseguirse en un laberinto de espejos, y de haber pasado miedo en la Casa Encantada, los dos caminan hacia la salida del parque de atracciones. Zoe va comiendo un enorme algodón de azúcar.

—Reconoce que tú también has pasado algo de miedo en la Casa Encantada...

—¡Ni por asomo! —contesta Connor—. Además, con los gritos que tú pegabas, era imposible oír a nadie más...

—¡Mira! —grita de repente Zoe cambiando de tema radicalmente—. ¡Qué peluches tan graciosos! ¿Me consigues uno?

—Estás de coña...

—¡No! Corre, vamos. Demuéstrame lo duro y del Bronx que eres, y dispara a esas dianas.

—Que sea del Bronx no me convierte en un criminal... —se excusa mientras se ve arrastrado hacia la caseta de feria.

—Buenas tardes, caballero. ¿Quiere probar suerte? —le pregunta el feriante.

—Sí. Él —contesta Zoe totalmente ilusionada.

—Qué remedio... —suspira Connor dejando dos billetes de dólar en el mostrador.

—Sabía que podía confiar en ti —le dice Zoe llevando el gran peluche entre los brazos.

—Una vez calibré la desviación del cañón, tampoco fue tan difícil.

—Mi chico duro y peligroso del Bronx... —Zoe le da un

suave empujón a Connor con el hombro, gesto al que él responde pasando el brazo por la espalda de ella.

—Sí... —contesta él haciendo una mueca con la boca—. Tu tío duro que te consigue cerdos gigantescos de peluche con una escopeta de feria con el cañón desviado...

Connor se hace el duro, haciendo ver incluso que escupe en el suelo, mientras camina pavoneándose y Zoe ríe a carcajadas. Caminan varios metros más, hasta que, al girar la esquina de la calle donde vive Connor, alguien le llama a sus espaldas:

—¿Sully?

Al oír esa voz, Zoe se queda petrificada, porque la reconoce al instante. De hecho, es una voz que no ha parado de escuchar una y otra vez en su cabeza, ni un solo día desde hace casi tres meses. Connor arruga la frente y se gira lentamente.

—¿Eres tú, Sully? —vuelve a repetir la mujer.

—¿Sharon? —pregunta él, alejándose de Zoe, la cual sigue inmóvil, dando la espalda a toda la escena.

—Sí, soy yo —contesta Sharon con una gran sonrisa en la cara.

—Vaya —dice Connor al encontrarse frente a ella—. Estás... diferente.

—Sí... Me he cortado un poco el pelo y me lo teñí... Ya sabes, cosas de mujeres... Bueno, ¿dos besos al menos, no?

Sharon se acerca a Connor y apoya ambas manos en sus hombros. Acerca los labios a sus mejillas y se recrea bastante más tiempo del políticamente correcto en cada roce. Él, en cambio, ni siquiera hace el esfuerzo de devolverle los besos. Está totalmente sorprendido de encontrársela allí, ahora que se había hecho a la idea de no volverla a ver jamás.

—Tú también estás... diferente —dice Sharon mirándole de arriba abajo sin apenas poder disimular la mueca de desaprobación.

—Hemos pasado el día en Coney Island... —responde sin pensar.

—Ah... Ya veo...

Con disimulo, Sharon mira hacia la misteriosa acompañante de Connor, la cual sigue dándoles la espalda, pero en la que reconoce algo ligeramente familiar.

—¿Y...? —balbucea Connor confuso, pasándose las manos por el pelo—. ¿Y qué haces aquí? ¿Ya te has cansado de París?

—No, sigo allí. De hecho, me va todo fenomenal. Solo he venido a cerrar algunos asuntos pendientes. Llegué el viernes y me vuelvo el martes. Muy frenético todo, así que hoy he quedado con algunas amigas para tomar algo... —explica señalando a un grupo de tres chicas a las que Connor cree reconocer de alguna ocasión—. ¿Y tú? ¿Ibas a casa?

—Sí...

—Oye, ¿qué te parece si quedamos mañana para comer y nos ponemos un poco al día? —le pregunta Sharon de repente.

—¿Comer? Eh... Pues...

—Está claro que ambos tenemos ahora mismo otros planes —Sharon vuelve a mirar hacia Zoe, justo en el momento en que ella se gira levemente. Y, aunque Zoe es rápida y gira la cabeza al encontrarse con su mirada escrutadora, Sharon cree haberla reconocido—, pero no me gustaría irme sin... charlar contigo.

—Está bien... —contesta Connor aún no muy convencido.

—¿A la una en el River Café?

Connor esboza una tenue sonrisa al comprobar que, aunque quizá se mostrara con él algo diferente en el trato, los gustos caros de Sharon no habían cambiado en absoluto.

—De acuerdo.

—Hasta mañana entonces —se despide ella tocando el brazo de Connor.

—Sí... Hasta mañana.

Sharon se aleja y se reúne con sus amigas mientras Connor la sigue con la mirada. Ella se gira en más de una ocasión, y le saluda con la mano, gesto que él llega a imitar en una ocasión. Cuando se pierden por la puerta de uno de los locales de copas, Connor se da la vuelta y camina hacia Zoe.

Llegan hasta el apartamento de él en silencio, sin mirarse ni siquiera de reojo. Continúan igual cuando Connor recoge la bolsa con algo de ropa, y durante el trayecto en el taxi de Zoe hacia casa de su padre. Al rato, Zoe para el coche frente a la casa de Donovan, pero no hace ademán de bajarse, así que Connor rompe el silencio por fin:

—No vas a quedarte, ¿verdad? —le pregunta con la cabeza agachada.

—Estoy cansada...

—Solo... Solo vamos a comer juntos.

—Connor, no te he pedido explicaciones.

—He accedido porque quiero decirle...

—Lo sé... —le corta ella.

—Se va el martes y...

—Connor, en serio. No tienes que contarme nada.

—¿Te...? ¿Te llamo mañana?

—Vale.

Antes de bajarse, Connor se acerca lentamente a ella y acaricia su mejilla con una mano, justo antes de posar los labios en los de Zoe.

—Hasta mañana —dice ella, apartándose de él—. Dale un beso a tu padre de mi parte.

—Vale. Hasta mañana.

Connor se baja del taxi, cierra la puerta, y empieza a caminar cabizbajo hacia la casa. Se gira unos pasos más allá, al recordar que se le ha olvidado decirle algo, pero el coche ya se pierde calle abajo.

—Te quiero...

Capítulo 16

Over my head

Connor entra cabizbajo en casa de su padre, aunque enseguida intenta disimular su malestar esbozando una sonrisa de circunstancias. Deja la bolsa al lado de la puerta y se acerca a su padre, que está viendo la televisión en el salón.

–Hola, papá –le saluda dándole un beso.

–Hola, hijo –contesta Donovan–. Oye, ¿te parece si esta noche pedimos unas pizzas para cenar?

–Como quieras...

–¿Y me podré beber una cerveza?

–Siempre y cuando sea sin alcohol...

–Connor... No son lo mismo... Solo una, y luego me tomo las pastillas.

–Está bien –claudica enseguida, sin muchas ganas de discutir.

–¡Genial! Pago yo –se apresura a decir su padre, metiendo la mano en el bolsillo del pantalón y sacando un billete de veinte dólares–. Las voy pidiendo.

Ilusionado como un niño pequeño, su padre se levanta rápidamente del sofá y agarra el teléfono mientras recita la dirección de su casa una y otra vez.

–¿La estoy diciendo bien? –le pregunta a su hijo.

–Sí, papá. ¿El teléfono te lo sabes?

–Sí –responde enseñándole un papel–. Sarah me lo apuntó aquí, junto a algunos otros como los vuestros.

—Genial entonces —le dice Connor con una sonrisa forzada.

Oye la voz de Sarah procedente de la parte de atrás de la casa, y se dirige hacia allí, arrastrando los pies debido al cansancio. Al llegar a la cocina, encuentra a Kai observando a Sarah hablando por teléfono en el jardín.

—Hola, Con —le saluda su hermano.

—¿Qué le pasa? —le pregunta Connor señalándola con la cabeza—. ¿Con quién discute?

—Con su exmarido.

—Ah...

—Derek, a mí Vicky no me molesta —escuchan que dice Sarah—. ¿No quieres que vaya el fin de semana que viene? Pues no te preocupes, se queda conmigo.

Connor se da la vuelta y se deja caer con pesadez en una de las sillas, sosteniendo el móvil entre sus manos. Sigue planteándose si comer mañana con Sharon es una buena idea porque, aunque hace unas semanas quería hablar con ella para acabar con su relación de una vez por todas, ahora lo ve innecesario ya que su ruptura parece obvia desde hace semanas. Ponerse al día, dijo ella. ¿Acerca de qué?

—¿Y a ti qué te pasa? —le pregunta Kai de repente.

—¿Eh...? —Connor levanta la vista y descubre a su hermano sentado frente a él—. ¿A mí? Nada...

—¿Dónde está Zoe?

—Se fue a casa... Estaba cansada.

—¿Qué habéis hecho?

—Hemos ido a Coney Island.

—¿Y luego?

—A mi casa a recoger la bolsa...

—¿Y luego?

—¡¿Eres tonto o qué te pasa?! ¿A qué viene tanta pregunta?

—A que de repente no pareces el mismo de estas últimas semanas... —Kai se inclina hacia Connor y le pica con un dedo en la frente—. Esta expresión ceñuda que se te forma aquí, hacía mucho que no te la veía...

Connor mira el dedo de su hermano golpeando su frente y luego le da un manotazo para apartarlo. Chasquea la lengua y apoya la espalda contra el respaldo de la silla, mirando al techo mientras sopesa si contarle a Kai su próximo encuentro con Sharon.

—¿Os habéis peleado? —insiste Kai.

—No... —contesta Connor negando con la cabeza—. En realidad, hemos pasado un día genial. Necesitábamos escapar de... de todo esto... No me malinterpretes...

—Lo sé, tranquilo.

—Zoe es... es maravillosa, Kai. Estoy loco por ella —dice pasándose las manos por el pelo y tirando de él.

—¿Y a qué viene entonces esa cara? ¿Por qué no tienes una sonrisa de oreja a oreja?

—Porque mañana he quedado con Sharon y creo que eso no le ha sentado bien...

—¡¿Crees?! ¡¿Has quedado con tu ex y no sabes si le habrá sentado bien a Zoe?! —le pregunta Kai estupefacto.

—¡¿Que has hecho qué?! —grita Sarah que ha aparecido de repente a su lado—. ¡¿Eres imbécil o qué te pasa?!

—¿A qué vienen esos gritos? —pregunta entonces su padre haciendo acto de presencia en la cocina.

—¡A que el tonto de tu hijo ha quedado con su ex y aún tiene dudas de que eso le haya sentado bien o no a Zoe! —le informa Kai—. ¿Qué te parece?

—¿Has quedado con Sharon? —le pregunta su padre sentándose en otra silla—. ¿Era la pija esa, no?

—La misma —contesta Kai mientras Connor se levanta de la silla para salir de la cocina—. Eso, lárgate. Es muy propio de ti. Largarte y huir de los problemas... ¿Ni siquiera nos vas a explicar el motivo?

—Ah, ¿pero puedo? Pensaba que ya os lo estabais imaginando todo vosotros solitos.

—Perdónanos, Connor —dice Sarah cogiéndole del brazo con dulzura—. Cuéntanos qué ha pasado, por favor...

Connor se apoya en la encimera de la cocina y se cruza de brazos. Pasea la vista por toda la estancia, apretando los labios con fuerza para intentar que desaparezca el nudo que se le está formando en la garganta.

—¿Sharon no estaba en París? —pregunta Sarah, acariciándole el brazo.

—Sí... Pero ha venido por unos días para ultimar algunas cosas que dejó pendientes al irse...

—¿Cosas pendientes como tú?

—¡Kai! —le recrimina Sarah, haciéndole un gesto con la cara mientras lo dice—. ¿Y os la habéis encontrado por casualidad?

—Sí, bueno, supongo. Estábamos llegando a mi apartamento. Ella estaba con unas amigas... Iban a tomar una copa. Empezamos a hablar y me pidió vernos mañana para comer. Me dijo que quería hablar conmigo antes de irse —Connor se rasca la nuca, nervioso—, para ponernos al día... No me pareció mala idea.

—¿En serio? —pregunta Kai.

—¡No, Kai, no! No me pareció mala idea —contesta con los ojos empañados en lágrimas—. Necesito que sepa que pasé página... Pedirle explicaciones acerca de por qué pasó de mí y no me llamó ni una sola vez... Que me explique si fue tan fácil dejarme como hizo ver...

El pecho de Connor sube y baja con rapidez mientras respira con fuerza por la boca. De repente se da cuenta de que se está agarrando con tanta fuerza a la encimera, que tiene los nudillos blancos. Se muerde el labio inferior y niega con la cabeza durante largo rato, hasta que siente los brazos de Sarah alrededor de su cuello. No le dice nada, solo le demuestra con ese gesto que, haga lo que haga, permanecerá a su lado, que no se quedará solo.

—No quiero hacerle daño a Zoe, Sarah —susurra contra el cuello de ella—, pero es algo que necesito hacer. Tengo que cerrar ese capítulo de mi vida.

—Lo sé, cariño...

—Pero Zoe... Ha estado rara desde que nos encontramos con Sharon. Como distante...

—Es normal, Connor. Es tu ex, y por mucho que Zoe confíe en ti, sabe que estuviste enamorado de ella y que tenéis un pasado juntos —Sarah pone la palma de la mano en la mejilla de él y le acaricia con el pulgar—. Demuéstrale a Zoe que no tiene nada que temer.

Connor asiente con la cabeza, intentando esbozar una sonrisa, mientras su hermano se acerca a él y le revuelve el pelo.

—¿Estarás bien? —le pregunta Kai mientras él asiente—. Nos vemos mañana por la mañana, ¿vale?

—Vale.

—Que paséis buena noche —les dice Sarah a Connor y a su padre, mientras Kai la agarra de la cintura.

—Buenas noches —dice Donovan—. Dale un beso a mi nieta postiza.

Cuando se quedan solos, padre e hijo permanecen inmóviles en la misma posición, mirándose sin decirse nada durante un buen rato. Finalmente, Donovan suspira y, levantándose con esfuerzo, se planta frente a su hijo.

—Connor, sabes que Zoe es la indicada, ¿verdad?

—Sí...

—Entonces sé que harás lo correcto —dice justo en el momento en que suena el timbre de la puerta—. ¡Llegaron nuestras pizzas y las cervezas!

Connor le observa caminar hacia la puerta, con algo más de dificultad que la que hubiera demostrado hace unos días. Incluso empieza a percibir una ligera cojera en una de las piernas, indicadora de que la enfermedad prosigue su avance.

Zoe llega a casa con los ojos totalmente bañados en lágrimas. Tras dar un portazo al cerrar, corre por el pasillo en dirección a su dormitorio, pasando por el salón, sin reparar en la presencia de Hayley y Evan besándose en el sofá. Ambos se sobresaltan, pero enseguida cambian el gesto de susto al de preocupación al ver el estado en el que ella llega.

—¡Zoe, espera! –la llama Hayley siguiéndola.

Evan va tras ellas, poniéndose la camiseta y subiéndose la cremallera del vaquero. Alcanza a Hayley cuando llama a la puerta de Zoe con los nudillos. La mira y, tras comprobar que la puerta no se abre, chasquea la lengua y agarra el pomo.

—A veces sois demasiado chicas –le reprocha a Hayley mientras traspasa la puerta con decisión.

—Vete, Evan –le pide Zoe entre sollozos.

—Cariño –Hayley aparta a Evan de un empujón y se agacha frente a su amiga, que está sentada en la cama–, ¿qué ha pasado? ¿Te has peleado con Connor?

—No... –solloza mientras sorbe por la nariz.

—¿Entonces qué ha pasado?

—¿Te ha venido la regla? –pregunta Evan entonces.

—Evan, cielo –Hayley le mira con los ojos muy abiertos sin poderse creer lo que oye–, ve a hacer algo más productivo, como darte golpes en la cabeza contra la pared del salón.

—Vale, lo pillo –dice alzando las palmas de las manos–. Sé cuando sobro.

—Qué perspicaz...

Hayley no le pierde de vista mientras se va, y espera a escuchar cómo sus pasos se pierden en el salón.

—Menos mal que me he quedado con el hermano listo... –susurra mientras se gira de nuevo hacia su amiga–. Ahora cuéntame, ¿qué ha hecho ese tonto? Y antes de que digas nada, quiero que tengas clara una consigna: es un hombre y como tal, suelen tener la misma sensibilidad y tacto que una puñetera piedra.

—Sharon ha vuelto –suelta de sopetón dejando a Hayley con la boca abierta, incapaz de pronunciar palabra–. Volvíamos al apartamento de Connor y nos la hemos encontrado cuando iba a tomar una copa con unas amigas.

–¿Para qué ha venido? ¿Cuándo cojones se larga de nuevo? –pregunta Hayley encendida cuando recupera el habla.

–Lo peor es que han quedado mañana para comer.

–¿Para qué quiere comer con él? ¿Y Connor ha dicho que sí?

–No lo sé. Estaba tan rabiosa, y a la vez asustada, que no dejé que Connor me diera detalles cuando se intentaba explicar –Zoe se peina el pelo de forma compulsiva hasta que, con el miedo reflejado en sus ojos, mira de nuevo a su amiga–. Hayley, creo que ella me ha visto.

–¡Mejor! ¡Que sepa que Connor ha rehecho su vida! Yo de ti, le hubiera metido la lengua hasta la tráquea para marcar territorio.

–Me parece que no me entiendes... Creo que Sharon me reconoció, y si ahora soy la novia de su exnovio... –Zoe hace una pausa de varios segundos, esperando que Hayley ate cabos por sí sola, pero finalmente añade–: Sully...

–¡Ostias! –dice llevándose una mano a la boca–. Sully... No me acordaba de él... ¿Y te ha reconocido? ¿Seguro?

–Eso me temo...

–O sea, que te ha reconocido como a la taxista a la que le dio el teléfono... A la que le cargó el muerto de aguantar –dice gesticulando con los dedos, como si entrecomillara la palabra–, a su novio...

–Exacto... Estoy acabada, Hayley. ¿Y si le cuenta todo a Connor? ¿Y si él averigua que me hice pasar por Sharon durante un tiempo?

–Bueno, que no cunda el pánico... Tampoco le dijiste nada malo...

–Pero le mentí, Hayley. Me aproveché de lo mal que lo estaba pasando por lo de Sharon y fui a por él cuando estaba más vulnerable...

–Porque estabas enamorada de él. De hecho, estabas

enamorada de Sully y de Connor al mismo tiempo, sin saber que eran la misma persona.

Zoe se abraza el pecho con sus propios brazos y se balancea hacia delante y hacia atrás, empezando a dar signos de desesperación.

–Vale –dice Hayley acariciando la espalda de su amiga para intentar tranquilizarla–. Necesitamos saber más detalles, y estamos de acuerdo en que preguntárselos a Connor no es una opción, ¿no?

–No, no, no, no... –niega enfatizando sus palabras con un compulsivo movimiento de cabeza–. No quiero que piense que me afecta que haya quedado con su ex.

–Zoe, si te has despedido de él con la misma cara que has entrado aquí, créeme, se habrá dado cuenta. Además, que no te siente bien que quede con su ex, es un comportamiento de lo más normal. Lo raro sería que le dijeras: ¡Estupendo! ¡Queda con ella! ¡Id a comer! ¡Recordad viejos tiempos, bebed hasta emborracharos y follad como conejos!

–Vale, no necesito escuchar eso...

–Pues piensa entonces a quién podemos... –Hayley se queda callada de repente cuando una idea cruza su cabeza– ¡Sarah!

–¿Sarah?

–¡Claro! Cuando Connor llegó a casa de su padre, Sarah y Kai deberían estar aún allí. Quizá les comentó algo y puede sernos de ayuda... ¡Voy a llamarla!

Hayley sale del dormitorio de Zoe el tiempo justo para coger su móvil. Cuando vuelve, ya lo lleva pegado en la oreja escuchando los tonos de llamada.

–Entonces, ¿el fin de semana que viene lo paso con vosotros? –pregunta Vicky.

–Sí. Tu padre estará fuera de la ciudad. Tiene otros... planes.

–Ya. Y esos planes se llaman Tracy...

–¿Quién es Tracy? –Sarah se queda quieta, con la pizza casera aún en la mano, a medio camino del horno.

–La nueva novia de papá –contesta Vicky sin darle importancia.

–¿La conoces? ¿Te la ha presentado?

–No, pero trabajan juntos y la vi un día que le esperé en la puerta de su oficina. Vi como se miraban y sé que se llaman mucho... Y por si te interesa –dice cogiendo la pizza de las manos de su madre y metiéndola ella misma en el horno–, tú eres mucho más guapa.

–De eso no hay duda –interviene Kai acabando de disponer los vasos y platos en la mesa.

–Gracias, cielo –responde Sarah dándole un beso a su hija. Luego, acercándose a Kai, rodea su cintura con los brazos–. Y a ti también. Pero en serio, ahora nos llevamos bien, exceptuando pequeñas desavenencias como la de hoy, y si con esa tal Tracy es feliz, por mí perfecto.

–Sí, yo también. Pero me sabe mal por vosotros dos –dice Vicky.

–¿Por nosotros? ¿Por qué?

–Porque supongo que estaríais deseando tener un fin de semana solos... Y yo os chafo los planes –contesta mordiéndose el labio y apoyándose en uno de los muebles de la cocina.

–A mí no me estorbas –dice Kai sacando las bebidas de la nevera–. De hecho, soy yo el que podría resultar un incordio para ti. Al fin y al cabo, he invadido tu casa y tu vida.

Las dos se quedan inmóviles y perplejas por las palabras de Kai. Más que por las palabras en sí, por la naturalidad con las que las ha dicho. Le observan aparecer de nuevo por detrás de la puerta del frigorífico, con una lata de cerveza y dos de Coca-Cola en las manos. Las deja encima de la mesa y no es hasta que se gira, que no se percata de los dos pares de ojos que le miran. Él las observa a ambas, algo asustado al principio, hasta que ve la sonrisa en la cara de Sarah. Entonces Vicky se acerca a él y le abraza con fuerza. Aún incapaz de devolverle el gesto, con los brazos inmóviles alzados a media altura, mira a Sarah para ver si le da alguna pista del motivo de esta repentina muestra de cariño, pero ella se limita a sonreír.

–No sé bien a qué viene esto... –confiesa Kai, acercando los brazos lentamente hacia Vicky y abrazándola por fin.

–A que tú tampoco me estorbas. De hecho, no quiero que te separes nunca de mi madre.

–Tendría que estar loco para alejarme de tu madre –dice Kai mirando fijamente a Sarah mientras acaricia el pelo a Vicky, la cual sigue abrazada a él, apoyando la cabeza en su pecho–. Y los golpes que me llevo en la cabeza, aún no me han afectado tanto como para llegar a esos extremos...

–Molas un montón.

–¿Has oído eso? –le pregunta Kai a Sarah–. Molo un montón.

–Y mis amigos también lo piensan.

–¿En serio? ¿A pesar de haberos tomado el pelo?

–Sí, creen que lo de hacerte pasar por poli fue una pasada... Les he contado que eres boxeador... y... bueno, Mark me ha preguntado si podría ir un día a entrenar contigo.

–¿Quién es Mark? ¿No será don «no, por favor, señor agente, no le diga nada a mis padres»?

–Oye –se queja Vicky dándole un manotazo–, no te pases con él.

–¿Te gusta ese tío? –pregunta Kai.

–Bueno... Es mono...

–¿En serio? ¿Cómo es? –le pregunta Sarah cogiéndola de las manos–. ¿Estáis saliendo? ¿Es de tu clase?

–Mamá...

Vicky pone cara de agobio ante tanta pregunta hasta que se oye sonar el teléfono de su madre, salvándola del interrogatorio. Sarah chasquea la lengua y sale de la cocina para buscar el móvil. Cuando se quedan solos, Kai se acerca a Vicky y guiñándole un ojo, le susurra:

—Sabes que no te vas a librar tan fácilmente de ella, ¿verdad?

—Eso me temo...

Kai se da la vuelta para sacar la pizza del horno mientras Vicky le observa.

—¿Tú no me vas a hacer el interrogatorio o a darme el sermón? —le pregunta extrañada.

—¿Yo? —dice Kai dejando la pizza encima del mármol de la cocina—. Pensé que había quedado claro que, afortunadamente para ambos, no soy tu padre.

—Ya sabes, en plan adulto...

—¡Jajaja! Me parece que no soy el adulto más indicado para dar ese tipo de charlas...

Ambos se quedan mirando con gesto serio, hasta que, pasados unos segundos, Kai sonríe y Vicky le devuelve el gesto agachando la vista al suelo.

—Verás, Vicky —dice Kai acercándose a ella y sentándose en la silla de al lado—, yo confío en ti y en tu criterio, así que si ese chico te gusta, seguro que será un tipo fantástico.

Vicky encoge las piernas encima de la silla y se las abraza con ambos brazos.

—Pero —vuelve a decir Kai—, si resulta que te has equivocado y es un cabrón como la mayoría de hombres, y créeme cuando te digo que la mayoría lo somos, avísame porque te juro que de la paliza que le arreo, se mete a monje.

—¿Somos? ¿Te incluyes? Ojito con mi madre que yo también puedo darte fuerte.

—Bueno, lo era, bastante... Pero con tu madre quiero ser diferente. Ella me hace ser diferente... Las dos lo hacéis...

En ese momento, Sarah entra en la cocina con el móvil aún en la mano.

—Esto... Me tengo que ir a casa de Zoe y Hayley...

—¿Ahora? ¿Sin cenar? —pregunta Kai extrañado por el repentino cambio de planes.

—Sí... Ya cenaré algo allí con ellas... No me esperes levantado, ¿vale? —dice despidiéndose de ellos—. Y portaos bien los dos y eso va sobre todo por ti, Kai.

—¿Qué es? ¿Una fiesta de pijamas o algo así? —pregunta él.

—Sí, algo así.

—Vale, pasadlo bien.

Cuando se quedan los dos solos de nuevo, Kai acerca la pizza hasta la mesa y abre su lata de cerveza. Después de darle un largo trago, cuando la deja encima de la mesa, se encuentra con la mirada de Vicky.

—¿Puedo beberme una?

—¿Tu madre te dejaría?

—No.

—Y sabiendo eso, ¿me lo pides a mí por si cuela? —pregunta mientras Vicky se encoge de hombros—. ¿Te estás aprovechando de mis ganas de tenerte contenta?

—Totalmente.

—Pero antes ya me has confesado que molo un montón, sin necesidad de acceder a tus chantajes sentimentales...

—¿La compartimos al menos?

Kai la mira entornando los ojos y haciendo una mueca con la boca, mientras ella le hace pucheros con el labio inferior.

—Está bien...

—¡Genial! Será nuestro secreto.

Kai pone algo menos de la mitad de su lata en el vaso de Vicky mientras ella corta la pizza en porciones.

—Alguno de tus hermanos la ha cagado hoy... —dice despreocupada, masticando el primer bocado mientras estira el queso con los dedos.

—¿Cómo dices?

—¿A qué viene que mamá se vaya tan de repente? ¿Fiesta

de pijamas? Ya, claro... No es una fiesta de pijamas, van a despellejar a alguno de tus hermanos...

–¿Tú crees? –pregunta Kai con el ceño fruncido.

–Puedes apostar... ¿Tú has hecho algo malo? ¿Tienes la conciencia tranquila?

–¿Yo? ¿Pero no decías que iban a poner a caldo a Evan o a Connor? –La cara de Kai pasa de la incredulidad al pánico en cuestión de segundos.

–Cuando las mujeres nos ponemos a criticar, no dejamos títere con cabeza... Tenemos para todos...

En cuanto suena el timbre, Hayley corre hacia la puerta y aprieta el botón del interfono. Abre la puerta y espera nerviosa en el rellano. Afortunadamente, Sarah tiene la misma prisa que ella, y sube las escaleras de dos en dos.

–Hola, Hayley –saluda nada más llegar a la puerta.

–Gracias por venir, Sarah.

–¿Bromeas? ¿Una noche de cotilleo y despelleje como esta? ¡No me la perdería por nada del mundo! –contesta Sarah enseñando unas bolsas de la compra–. No había helado de nueces de Macadamia, pero sí de tres chocolates y de vainilla con galletas. Y también he traído los M&M's.

–Genial. El alcohol corre de nuestra cuenta.

–¿Noche de chicas? –dice Evan desde el sofá, donde lleva tirado desde que Hayley le echó, viendo un programa de deportes–. ¿En domingo?

–Sí –le responde ella de inmediato–. Lo que significa que tú te largas a casa de Connor, o a la de Kai, o a la de tu padre, o a donde quieras, menos aquí.

–Pero... –Evan, siendo arrastrado por Hayley, intenta oponer toda la resistencia que puede–. Pero yo no os voy a molestar...

–Lo sé, cariño, pero es una noche de chicas y tú tienes pene, así que quedas completamente excluido.

–¿Noche de chicas por algo en concreto? ¿Así de repente? ¿He hecho, dicho, o pensado algo que te haya sentado mal?

–Que no, tonto... –le tranquiliza Hayley ya en la puerta, colgándose de su cuello para besarle–. Tú no has hecho nada malo.

–Entonces, ¿alguno de mis hermanos la ha cagado?

–Tranquilo, Evan. Mañana nos vemos, ¿vale?

Cuando Hayley consigue cerrar la puerta y dejar a Evan fuera, corre hacia el dormitorio de Zoe. Cuando entra, Sarah ya está al corriente de casi toda la historia, al menos a grandes rasgos.

–Evan ya se ha ido –les informa Hayley y las tres caminan hacia la cocina.

–¿Pero Sharon se dio cuenta de que había dejado el teléfono en tu taxi? –le pregunta Sarah abriendo uno de los botes de helado y hundiendo una cuchara en él.

–Claro... Yo creo que pudo haberse dado cuenta en algún momento mientras la perseguía con su móvil en mi mano por todo el aeropuerto llamándola a gritos como una energúmena, o cuando me salté varios cordones de seguridad para alcanzarla en la puerta o incluso cuando se giró, me vio cuando se lo enseñaba para devolvérselo y ella simplemente se encogió de hombros.

–O sea, básicamente, la muy zorra pasó de Connor, o sea de Sully... bueno, de los dos –interviene Hayley muy exaltada, echando sirope de chocolate dentro de un tazón con tres bolas enormes de helado.

–Y entonces, en lugar de tirar el móvil o quitarle la tarjeta, leíste todos sus mensajes e incluso te hiciste pasar por Sharon, contestando algún mensaje... –dice Sarah mientras Zoe asiente con la cabeza.

–¡Porque la muy burra decía que le sabía fatal saber que Sully estaba sufriendo! –interviene Hayley.

–Le dijo cosas tan bonitas, Sarah. Le abrió su corazón de par en par y ella, simplemente, pasó de él.

—¡¿Y si pasó de él, por qué quiere quedar para comer ahora?! Es que... Es que... ¡Será zorra!

—A ver Hayley, tranquilízate –le pide Sarah–. Veamos, por lo que yo sé, no hace falta que te preocupes tanto, Zoe. No hiciste nada malo...

—Leí sus mensajes privados...

—Eso lo habría hecho cualquiera con un mínimo de curiosidad.

—Escribí en nombre de Sharon...

—Para que Sul... Connor no sufriera.

—Le mentí...

—Vale, sí, eso es cierto... Pero no ha sido una mentira tan grande como para que te preocupes tanto...

—Le conozco, Sarah...

Hayley, que ha sido testigo de la conversación entre las dos, decide intervenir blandiendo la cuchara en la mano.

—Vamos a lo que realmente interesa. Sarah, ¿os ha contado Connor por qué comerán juntos?

—Nos dijo que Sharon quería quedar para ponerse al día... Él aún está dudando qué hacer, porque sabe que te has molestado, Zoe.

—Pues si lo sabe, ¡que no quede con ella! –añade Hayley.

—Pero ya sabéis que él es muy... cómo decirlo, correcto. Quiere hacer las cosas bien, con las dos. Sharon se portó mal con él, pero al fin y al cabo, tienen un pasado juntos. Él la quiso, mucho, y siente que debe ser justo con ella para poder cerrar esa etapa de su vida, aunque sabe que su relación está más que acabada desde hace tiempo.

—Pero ella no fue justa con Connor... –susurra Zoe mientras las lágrimas empiezan a asomar en sus ojos–. Tengo miedo de perderle...

—Eso no va a pasar –dice Hayley mientras ella y Sarah se acercan a abrazar a su amiga.

—He visto lo enamorado que estaba de Sharon, lo perdido y desesperado que estaba cuando ella se fue. Es como si yo... me hubiera aprovechado de su vulnerabilidad.

—No digas tonterías, Zoe. Tú ni siquiera sabías que Sully y Connor eran la misma persona.

—¿Y si ella quiere volver con él? ¿Y si le pide que se vaya a París con ella?

—Que ella le pida lo que quiera, es imposible que él acepte —contesta Sarah sirviendo un poco de tequila en tres vasos—. Está enamorado de ti.

—Connor le pidió a Sharon que se casara con él antes de que ella se marchara.

Cuando Zoe suelta la bomba, mantiene la vista fija en sus manos y en el vaso con tequila que Sarah le ha tendido. Levanta la vista y descubre a sus dos amigas mirándola con la boca abierta, totalmente inmóviles. Zoe aprieta con fuerza los labios hasta convertirlos en una fina línea y se seca la mejilla con una mano. Entonces Sarah, aún incapaz de articular palabra, pasea la vista de un lado a otro hasta que se fija en los tres vasos y en la botella de tequila. Carraspea y, alzando su vaso y perdiendo las buenas maneras que ha mantenido durante todo el rato, dice:

—Brindemos para que la zorra se vuelva pronto a su puñetera casa.

Sobre las siete de la mañana, mientras espera a que la cafetera empiece a obrar su magia, Connor permanece sentado en una silla, apoyando los brazos y la cabeza en la mesa, con los ojos cerrados.

—¡¿Se puede saber qué cojones has hecho?! —irrumpe gritando Evan, al que no ha oído entrar porque, por un rato, se había quedado dormido.

Confundido, Connor se levanta de la silla de un salto, mirando a un lado y a otro de la cocina, justo en el momento en que Kai entra también por la puerta.

—¿Qué pasa aquí? —pregunta Kai al escuchar los gritos de Evan.

—Anoche hubo una reunión de chicas improvisada en el apartamento de Hayley...

—Lo sé. Sarah también fue. ¿Cómo os lo pasasteis? —le pregunta Kai a Evan con una sonrisa burlona en la cara.

—Me echaron, imbécil. Pero Zoe estaba al borde de las lágrimas —añade mirando a Connor—, así que, ¿qué cojones has hecho? Te lo advierto, Connor, como tus actos me perjudiquen, te juro que...

—Ayer vio a Sharon y ha quedado hoy con ella para comer —le interrumpe Kai evitando que Evan se ponga demasiado melodramático.

—¿Que has hecho qué? ¡¿Pero a ti qué coño se te pasa por la cabeza?! ¡Zoe tiene que estar flipando! Con razón ayer llegó con esa cara...

—¿Cómo llegó? —pregunta Connor desenterrando la cara de sus manos.

—¡Llorando, so imbécil!

—O sea, que no solo nos arruinaste una noche de sexo a ambos, sino que, además, hiciste llorar a la pobre chica... —interviene Kai negando con la cabeza.

Entonces se oye un fuerte golpe procedente del piso de arriba. Connor, como un resorte, es el primero en reaccionar, poniéndose en pie y corriendo hacia las escaleras. Sus hermanos le siguen de cerca, los tres con el pánico escrito en sus caras. Cuando entran en la habitación de su padre, ven la luz del cuarto de baño encendida y escuchan el ruido del agua de la ducha, así que se dirigen corriendo hacia allí.

—¡Papá! —grita Connor al entrar y ver a su padre tirado en la bañera.

Sin pensárselo dos veces, se mete dentro para ayudarle a levantarse, empapándose de agua completamente el traje, la camisa, la corbata e incluso los zapatos.

—¿Estás bien? —pregunta Connor cogiendo la cara de su

padre entre las manos, inspeccionando cada centímetro de su piel para comprobar que no esté herido.

–Sí... –susurra su padre–. Me resbalé...

–¿Por qué no me avisas? Hubiera subido a ayudarte –le reprocha Connor enfadado.

–Lo siento, lo siento, lo siento... –balbucea su padre agarrándose a la ropa de su hijo–. No quería molestarte...

Kai cierra el grifo del agua y se apresura a coger unas toallas, mientras Connor mece a su padre en sus brazos para intentar tranquilizarle.

–Vale, vale, tranquilo –le dice–. No pasa nada. Ha sido solo un susto.

–Me fallaron las piernas, Con... No sé cómo pasó...

Connor mira a sus hermanos y se entienden al instante. Sarah ya les habló en su día de que las capacidades motrices de su padre podrían fallar, hasta el punto de obligarle a permanecer postrado en una cama todo el día.

Kai envuelve a su padre con una de las toallas y le ayuda a incorporarse.

–¿Te llevo yo, papá? –le pregunta.

–No, no... Solo deja que me apoye en ti.

Connor se levanta y coge la toalla que Evan le tiende.

–¿Crees que debemos llevarle al médico? –le pregunta.

–No parece tener nada... Pero no estaría de más comentárselo a Sarah para que lo exponga en la revisión semanal en el hospital... –contesta Connor volviendo al dormitorio mientras se seca el pelo con la toalla.

En ese momento, Sarah entra por la puerta y, tras mirar a Connor durante unos segundos, se acerca a la cama. Le da un beso rápido pero cariñoso a Kai y se sienta al lado de Donovan.

–Me resbalé en la bañera, Sarah...

–Eso veo. Quizá deberíamos empezar a dejarnos ayudar en ciertas tareas, ¿no crees? –le pregunta mientras él asiente.

—Yo... Debo ir a casa a cambiarme... —dice Connor entonces.
—Te llevo. ¿Os las arregláis bien? —pregunta Kai a Sarah.
—Claro —responde ella devolviéndole todos los besos que él le da—. Te he echado de menos...
—¿En serio? Porque me han dicho que ibais bien aprovisionadas...
—Algo...
Al ver que Connor sale por la puerta, le hace una seña a Kai para que espere y va tras él.
—Connor, espera.
—Ya voy tarde, Sarah... —dice dándose la vuelta resignado y totalmente abatido.
—Ella te quiere.
—Y yo. ¿Por qué nadie me cree? No va a pasar nada, solo vamos a hablar.

—Espera, espera... ¿Entonces Sharon ha vuelto?
—Ha venido para zanjar algunos asuntos pendientes...
—¿Asunto pendiente como tú?
—Rick, por favor, no estoy de humor.
—Definitivamente, Sharon ha vuelto, junto con tu mal humor...
—Estoy cansado, Rick —dice Connor frotándose la sien con los dedos de ambas manos—. No he pegado ojo en toda la noche y luego he tenido que rescatar a mi padre de la bañera...
—Vale, lo siento. Lo de tu padre sigue su avance sin tregua, ¿verdad?
—Sí —dice con apatía—. Es un puto martirio. Ver como poco a poco va perdiendo sus facultades... Y lo peor de todo es que él mismo también se da cuenta...
—Mal asunto...
Rick echa la cabeza hacia atrás y expulsa el humo de la

última calada de su cigarrillo. Le da un último trago a su whisky y tira la colilla dentro del vaso. Connor le observa durante un rato, hasta que al final se decide a hablar:

–Rick...

–Ajá –dice sin cambiar de postura.

–¿Crees que hago mal quedando con Sharon?

–¿Bromeas? ¡Eres mi puto ídolo, tío! ¡Te tiras a dos tías a la vez!

–¡No me voy a tirar a Sharon! ¡Solo vamos a hablar!

–Vamos, Sully... ¿Por qué si no va a querer quedar contigo si no es para follar? Piénsalo, cuando salíais no tenía tiempo para ti, y ahora, viene para pocos días, ¿y saca tiempo de debajo de las piedras para comer contigo? Esta lo que quiere es comerte otra cosa...

–Dijo que quería que nos pusiéramos al día... Y yo quiero decirle que lo nuestro se acabó...

–Como si eso no estuviera claro...

–Sé lo que vas a decir: que eso estaba claro desde mucho antes de que se fuera. Pero, aun así, me da igual, necesito decírselo. Necesito que sepa que pasé página, que soy feliz sin ella, que soy más feliz de lo que nunca fui con ella.

–¿Y eso se lo dirás antes o después de tirártela?

–¡Que no me la voy a tirar!

Connor se levanta de su silla y se acerca al ventanal. Apoya las palmas de las manos contra el frío cristal y después de varios segundos, lo golpea con fuerza. Rick se incorpora y le observa, aún sin decir nada, viendo como su amigo apoya la frente en la ventana y cierra los ojos mientras la sigue golpeando.

–No me voy a acostar con ella... No quiero nada con ella... –implora contra la ventana.

–Vale. Te creo –dice Rick acercándose a él y poniendo las manos sobre sus hombros.

Connor se gira al sentir el contacto y apoya la espalda en el cristal. Agacha la cabeza durante unos segundos, mordiéndose el labio inferior, hasta que reúne las fuerzas necesarias para continuar hablando.

–Quiero que Zoe me crea... –susurra.

–¿Zoe también cree que te vas a acostar con tu ex?

–No exactamente... Bueno, no lo sé. De repente, desde que nos encontramos con Sharon, ella cambió. Intenté explicarle que solo habíamos quedado para hablar...

–Y aun así no le parece buena idea –Rick acaba la frase por él, para luego preguntarle–: ¿Y te extraña? Sully, por mucho que confíe en ti, es lógico que no le haga ni puta gracia que te veas con tu ex. Si ella quedase con el piojoso ese, el pintor, ¿te quedarías tan tranquilo?

–Solo vamos a hablar... –repite Connor con mucha menos convicción.

–No me has respondido.

–No –claudica finalmente–. Le mataría si la tocase.

–Pues yo creo que eso mismo es lo que ella siente.

Connor piensa en las palabras de Rick, que sigue con las manos apoyadas en sus hombros. Pasado un rato, mira su reloj y, a desgana, se incorpora, se mete la camisa por dentro del pantalón y se acerca para coger su americana.

–Me tengo que ir, que he quedado a la una en el River.

Connor cruza el puente de Brooklyn a pie, sin prisa, recreándose en el paisaje que le ofrece la ciudad, y prestando atención a toda la gente con la que se cruza. A pocos metros de él, una niña pequeña que va en patines, se cae y empieza a llorar. Él se acerca y la ayuda a incorporarse, intentando tranquilizarla hasta que su padre llega y se hace cargo de ella, agradeciendo el gesto a Connor. Unos pocos metros más allá, un músico callejero toca el saxofón. Cuando pasa por su lado, le deja algunos dólares en el sombrero que tiene delante, gesto que el hombre agradece con una inclinación de cabeza y una sonrisa. Hace unos meses, esas personas hubieran pasado desapercibidas para Connor ya que habría volado para encontrarse con Sharon. Ahora en cambio, de forma inconsciente, se toma todo el tiempo del mundo para llegar.

–Señor O'Sullivan, la señorita Strauss le está esperando en el comedor exterior. Si me acompaña... –le dice el *maître* mostrándole el camino con elegancia.

En cuanto sale al exterior, ve a Sharon sentada en la mesa más alejada, jugueteando distraída con la aceituna de su Martini. El *maître* se aleja y Connor se dirige a ella, casi arrastrando los pies. En cuanto le ve, se pone en pie con una gran sonrisa en los labios, gesto que aunque él intenta imitar, es incapaz de hacer de forma natural.

–Hola –le saluda ella apoyando las manos en el pecho de Connor y acercándose a él para darle un par de besos.

–Hola.

–Hoy sí pareces el de siempre –le dice ella una vez sentada, mirándole de arriba abajo.

–Sí... Trabajo, ya sabes.

Connor abre la carta para centrar su atención en otra cosa, esperanzado de que ella le imite y deje de mirarle. Sharon percibe su nerviosismo y sonríe agachando la cabeza para centrarse también en la carta que sostiene entre las manos. Cuando el camarero se acerca a su mesa, Sharon pide enseguida. Connor, en cambio, se ve obligado a echar un rápido vistazo.

–¿Quiere que vuelva en un rato, señor? –le pregunta el camarero.

–No, no... Eh... Póngame el *roast beef*.

–¿Para beber, señor?

–Una cerveza.

Sonríe forzado al camarero mientras le devuelve la carta. Cuando ve que Sharon clava de nuevo la mirada en él, gira la cabeza hacia la bahía de Manhattan. Observa detenidamente todos los edificios frente a él, y, como hace siempre que viene, busca el edificio donde trabaja e intenta situar la ventana de su despacho. A los pocos segundos, el camarero vuelve con la cerveza.

—Se puede llevar el vaso —le dice Connor tendiéndoselo.
—Como guste, señor.

Sharon le mira boquiabierta, poniendo incluso los ojos en blanco.

—¿Sin vaso? ¿Aquí? Sully, esto no es el pub mugriento ese al que vais...

—Me da igual —contesta Connor encogiéndose de hombros—. Me apetece una cerveza y quiero bebérmela sin vaso.

Sharon no da crédito a lo que oye. Hace un tiempo, cuando estaban juntos, este gesto habría sido impensable, menos aún su contestación. Algo ha cambiado en él. Ya lo percibió anoche, y no solo porque fuera vestido como un pordiosero, ya que hoy va impecable con uno de sus trajes, y, aun así, el cambio sigue siendo evidente. Este no es el mismo hombre que bebía los vientos por ella, que la miraba embelesado o comía de su mano. Ha cambiado, ella le ha cambiado.

—Me han dicho que los de BMW están encantados con vosotros... —dice para intentar devolverlo a su terreno—. Enhorabuena.

—Gracias —contesta distraído—. No son unos clientes difíciles. Ha sido fácil trabajar para ellos.

—Para difíciles, los de Folger's, ¿no? —pregunta sonriendo—. ¿Grace Folger sigue intentando llevarte a la cama?

—Sí... —Connor se remueve incómodo en la silla.

En ese momento, el camarero les sirve sus platos y ellos, en silencio, empiezan a dar cuenta de su comida. Connor no para de darle vueltas a la cabeza acerca de cómo encarar la conversación hacia el terreno que él quiere. ¿Y ella? ¿El motivo de esta comida no era ponerse al día? ¿Por qué no le habla de lo maravillosamente bien que le deben de ir las cosas por París? No porque le interese una mierda, sino porque así, al menos, llenaría este silencio incómodo que se ha formado entre ellos.

—Recuerdo aquella vez, en la gala de los Creative Ad Awards... No dejó de mirarte ni de echarte los trastos descaradamente...

Fantástico, piensa Connor, otra vez dándole vueltas al tema de la vieja esa... Exasperado, chasquea la lengua y suelta el tenedor dentro del plato.

—¿Hemos quedado para ponernos al día o para hablar de trabajo?

—¿Cómo...?

—Aunque ahora que lo pienso, quizá lo único que nos unía era el trabajo... —le interrumpe de nuevo.

—Yo...

—Pensaba que querías comer conmigo para contarme lo increíblemente bien que te va por París, lo maravilloso que es tu nuevo trabajo y lo sofisticados y bien educados que son los franceses... —Connor se limpia la boca con la servilleta y la deja encima de la mesa—. ¿No vas a contarme nada nuevo? Vale, pues lo haré yo. Sea lo que fuera que había entre nosotros, se acabó. He pasado página, Sharon. Estoy saliendo con alguien. Te lo quise haber dicho antes. De hecho, lo intenté en varias ocasiones, pero nunca respondiste a mis mensajes ni llamadas. El último que recibí fue el que me enviaste recién llegada a París en el que me decías que me llamarías cuando te instalaras... Las mudanzas deben de ir jodidamente lentas en Francia...

Sharon le mira entornando los ojos durante unos segundos. A pesar de que le sudan las manos y su corazón late a una velocidad que roza la taquicardia, Connor siente una sensación de alivio indescriptible. Casi es capaz de volver a sonreír, hasta que Sharon vuelve a hablar.

—¿La chica con la que ibas anoche?

—¿Qué?

—¿Esa es la chica con la que estás saliendo?

—Sí.

—¿La taxista?

Connor levanta la cabeza de repente y clava los ojos en los de Sharon. Arruga la frente, confundido, intentando averiguar cómo puede ella saber ese dato de Zoe. ¿Es posible que anoche él se lo comentara? ¿Puede que les viera dentro del taxi?

–¿Os...? ¿La conoces?

–Algo así... Ella fue la que me llevó al aeropuerto cuando me marché a París.

–¿Y...? ¿Y te acuerdas de ella?

–Me acuerdo de ella porque su taxi olía a vómito, porque tuvimos una conversación muy interesante...

–¿Acerca de...?

–El amor y... las relaciones a distancia –Sharon se coloca unos mechones de pelo detrás de la oreja mientras le sonríe con timidez, justo antes de añadir–: Y la recuerdo también porque me dejé el teléfono olvidado en su taxi.

Connor escucha sus explicaciones sin pestañear, hasta que estas últimas palabras caen como una losa sobre él.

–Eso no es posible... Yo... Yo te escribí y te llamé... ¡Tú me escribiste desde París!

–Te puedo asegurar que yo no fui quien te escribió.

–Pero... Espera...

Connor saca el teléfono del bolsillo y lo coge con ambas manos mientras Sharon fija la vista en la pantalla. Al desbloquearlo, aparece la foto de fondo de pantalla, tomada el día anterior, en la playa. En ella se ve a Zoe en primer plano, riendo a carcajadas, con Connor pegado a su espalda, con la cara semi enterrada en el cuello de ella, aguantando el teléfono con ambas manos. La respiración de Connor se corta durante el rato que mira la foto, pero se repone enseguida para mostrarle a Sharon el mensaje. Abre el programa y busca la conversación. Pasa de largo las decenas de mensajes en los que él le imploraba que se pusiera en contacto con él, sin poderse creer aún lo imbécil que era, hasta que llega al que le interesa.

–¡Aquí! Mira –le dice mostrándole el teléfono.

—Esto no lo escribí yo —dice Sharon después de leerlo.
—Pero, entonces...
—Si yo no fui, puede que fuera tu chica quien lo hiciera...

Sharon le quita el teléfono de las manos y empieza a leer uno a uno todos los mensajes que él le envió y que ella no recibió nunca.

—¿Ya os conocíais cuando lo escribió? —le pregunta.
—No creo... Bueno, no sé... No me acuerdo... Creo que no...
—Supongo que salir, no salíais juntos aún —dice Sharon con frialdad y malicia.
—No, no, no —se excusa Connor, hasta que se da cuenta de lo que está haciendo y, contrariado, se levanta de la mesa—. ¿Qué cojones estoy haciendo? No te debo explicaciones. ¡Qué más te da cuando empecé a salir con Zoe! ¡Tú me dejaste tirado!
—Sully... Nos empieza a mirar la gente... —dice esbozando una falsa sonrisa—. Siéntate y lo hablamos con calma.
—¡Y una mierda! ¡Me la pela que nos oigan! No te debo ninguna explicación. Tú tampoco me las diste nunca a mí.
—No tuve oportunidad de dártelas —responde ella con mucha calma—, aunque, mirándolo por otro lado, ella te las dio por mí...
—¡Cállate! ¡Eso no lo sabes!

Connor camina a toda prisa hacia la salida del restaurante. Cuando pasa al lado del maître, este se sorprende e intenta interesarse por su estado.

—¿Señor? ¿Va todo bien?
—Eh... —Connor le mira desorientado y entonces se mete la mano en el bolsillo y saca dos billetes de cincuenta dólares que deja en el atril—. Esto pagará la comida.
—¿Se encuentra bien, señor?

Pero Connor ya no le oye, porque ha salido por la puerta del restaurante y ha empezado a caminar hacia el puente, para volver a cruzar hacia Manhattan.

—¡Sully! ¡Espera, Sully! —oye gritar a Sharon, pero él no aminora la marcha.

Varios minutos después, ella le agarra del brazo y le obliga a detenerse. Connor la mira con los ojos a punto de salirse de las órbitas, respirando aceleradamente y empapado en sudor.

—Te dejabas el móvil —le dice ella tendiéndoselo.

Él lo coge y lo mira con rabia durante unos segundos, como si le culpara de la situación por la que está pasando. En la pantalla ve los iconos de varias llamadas perdidas, así como varios mensajes por leer. Respira profundamente varias veces, y justo cuando va a comprobar de quién son, Sharon pone sus manos encima.

—Oye... Me parece que te vendría bien una copa. Mi hotel está aquí cerca y tienen un bar oscuro, discreto y solitario —Connor levanta la vista y la mira desconfiado—. ¿Qué me dices? Una copa, por los viejos tiempos.

—Yo... No sé... Debería volver al trabajo.

—No me parece que estés en condiciones de hacer funcionar esto de aquí arriba —dice ella tocándole la frente con un dedo—. De hecho, creo que te mereces un descanso.

El bar del hotel está escasamente iluminado, dando esa sensación de soledad de la que hablaba Sharon. Sentados en una mesa alejada de la barra, ambos con un vaso de whisky en la mano, permanecen en silencio. Connor incluso, mantiene los ojos cerrados y la cabeza echada hacia atrás.

—Realmente necesitabas este descanso... —susurra Sharon aún perpleja por el cambio de actitud en él.

—Sí... —contesta sin cambiar de postura, aunque se afloja la corbata y desata el botón del cuello de la camisa.

—¿Quieres hablar de ello? —le pregunta.

Connor niega con la cabeza, tragando saliva. Ella observa su nuez subir y bajar a lo largo de su cuello y cómo algunas gotas de sudor se pierden por el cuello de su camisa. Hay algo nuevo en él que la pone muy cachonda, quizá sea el hecho de que ya no parece estar colado por ella. Antes, ella hacía con él lo que quería, ahora, en cambio, parece tener la cabeza a kilómetros de distancia. Se acerca sigilosamente y empieza a acariciarle el pelo. Él abre los ojos poco a poco y la mira. Ella le sonríe con complicidad, así que Connor se relaja y se incorpora en el asiento.

–Todo se desmorona a mi alrededor, Sharon. Y... y ahora tengo dudas acerca de mi relación con Zoe, lo único que me mantenía cuerdo.

–Las malas rachas no duran toda la vida...

–¿En serio? Permite que tenga mis dudas –dice antes de beberse de un trago el whisky y hacerle una seña al camarero para que le traiga otro–. ¿Quieres otro?

–No, aún no –responde Sharon.

Cuando el camarero se lo sirve, coge el vaso, lo mueve para ver como el líquido baila en su interior y se queda mirándolo hasta que deja de moverse.

–¿Por qué me mintió? ¿Qué motivos tenía para hacerlo? ¿Por qué se hizo pasar por ti? ¿Por qué no me dijo que tenía tu teléfono? ¿Sabía que eras mi... novia?

–¿No hemos quedado en que te ibas a tomar un descanso?

–No puedo quitármelo de la cabeza.

–Pues yo no tengo las respuestas a todas esas preguntas...

–Lo sé...

Sharon se quita los zapatos de tacón y se frota los pies cerrando los ojos de placer mientras se los masajea con las manos. Estira las piernas y los pone encima de las piernas de Connor, mientras apoya la cabeza en una mano.

–¿Recuerdas las noches que pasábamos así en mi apartamento? Estirados en el sofá, en esta misma postura...

–No fueron muchas, la verdad...

—No soy mujer de relaciones fijas. No me gusta sentirme atada a nadie.

—Excepto a tu trabajo.

—Soy así —dice encogiéndose de hombros.

—Cierto, siempre fuiste sincera conmigo... Pero yo necesito saber que tengo a alguien a mi lado.

—Lo sé.

—Lo nuestro estaba claro que no podía funcionar nunca —dice Connor mirando a Sharon a los ojos—, a pesar de que yo me empeñara en lo contrario.

Tras otra señal, el camarero les trae otros dos vasos de whisky. El de Connor, esta vez, doble. Le da un trago y, ya con la lengua más suelta, la mira de reojo con una sonrisa en los labios.

—A pesar de ser tan diferentes, ¿por qué salías conmigo? —le pregunta.

—Porque eres inteligente, atractivo, carismático... —Sharon se acerca, aún con las piernas encima de las de él, y susurra cerca de su oído—: y porque follas de maravilla.

Connor suelta una sonora carcajada mientras ella le acaricia la cabeza, hundiendo los dedos en su pelo. De forma inconsciente, una de las manos de Connor se apoya en la pierna de ella y su risa se apaga gradualmente. De repente es plenamente consciente de todo lo que sucede a su alrededor: de la música que suena, de las palabras de Sharon, de la proximidad de su cuerpo, de lo hermosa que sigue siendo, de la mano de ella descendiendo desde su cuello y agarrándole de la corbata, de su propia mano ascendiendo desde la rodilla de Sharon hasta su muslo, de las mentiras de Zoe...

Se abalanza sobre ella como un felino, besándola con fuerza, mordiendo sus labios, mientras sus manos recorren todo su cuerpo, levantando su vestido hacia arriba hasta alcanzar la goma del tanga. Ella se sienta en su regazo y se frota contra su erección sin ningún pudor, cogiéndole del pelo y tirando de él hacia atrás para dejar todo su cuello expuesto y a su merced.

El camarero carraspea sutilmente para llamarles la atención de una forma discreta. Se separan escasos centímetros, mientras sus pechos se rozan al respirar. Sharon se levanta y le agarra de la mano, tirando de él hacia la salida del bar.

—Cárguelo en mi cuenta. Estoy en la trescientos diez —le pide al camarero cuando pasan por su lado.

Llaman al ascensor y en cuanto se cierran las puertas, ella se lanza sobre él. Le quita la corbata a toda prisa y la tira a un lado. Connor la aprisiona contra una de las paredes, subiéndole el vestido por las piernas con ambas manos, dejando al descubierto el tanga.

—Me he dejado los zapatos en el bar —dice ella sin despegar los labios de los de Connor.

—¿Quieres bajar a buscarlos? —le pregunta él sin dejar de tocarla.

—¿Estás loco? Tengo como cien más.

Cuando se abren las puertas del ascensor, Connor sale al pasillo cargando con ella, que lleva las piernas enroscadas alrededor de su cintura. Con prisa, Sharon empieza a desabrochar los botones de su camisa y se la quita dejándola tirada en mitad del pasillo.

—Trescientos diez era? —jadea Connor.

—Sí. Toma —dice Sharon dándole la tarjeta para abrir la puerta.

Cuando se plantan frente a la puerta, ella pone los pies en el suelo y mientras él intenta meter la tarjeta por la ranura, cosa que le acarrea varios intentos debido a su estado de embriaguez y excitación, ella lleva las manos a su entrepierna y le baja la cremallera del pantalón.

—Joder —jadea él resoplando con fuerza.

—¿Abres o qué?

—No me lo estás poniendo muy fácil que digamos...

—¿En serio?

Sharon le mira de forma lasciva, mordiéndose el labio inferior, mientras empieza a agacharse lentamente. Con la mano temblorosa y las gotas de sudor recorriendo todo su cuerpo, vuelve a intentar meter la tarjeta en la ranura de la puerta para abrirla, cosa que le lleva cuatro intentos. Cuando lo consigue, Sharon tira de él hasta obligarle a sentarse en la cama, mientras ella, lentamente empieza a quitarse el vestido, moviéndose de forma sugerente. Una vez desnuda, se arrodilla de nuevo delante de él.

–Sharon... –jadea intentando apartarla sin mucha convicción.

–Shhhh... Relájate... Vamos a hacer que te olvides de todo y de todos por un rato...

Capítulo 17

Leave you alone

—Despierta...

La voz de una mujer le llega como un susurro, seguida de un cosquilleo en los labios, producto del roce de su aliento en ellos. Se los rasca con los dientes mientras se revuelve entre las sábanas y se da la vuelta.

—Es hora de despertarse... Eh...

Repite la voz de la mujer, esta vez a su espalda. Siente como unos dedos descienden por su espalda desde la nuca, trazando líneas imaginarias por sus hombros. Entonces, un cuerpo desnudo se pega a él, y una mano rodea su cintura hasta colocarse en su estómago, el cual recorre arriba y abajo con delicadeza.

—Sully...

¿Sully? ¿Le ha llamado Sully? De repente, abre los ojos e intenta tomar conciencia de donde está. Mesita de noche desconocida, puerta hacia un baño desconocido, sábanas desconocidas... Lentamente, empieza a girarse cuando un destello de clarividencia cruza por su cabeza.

—¡Sharon! ¿Qué...? ¿Cómo cojones...? —dice después de girarse y verla desnuda a su lado.

Se baja de la cama deprisa y corriendo, enredándose con la sábana, dando vueltas sobre sí mismo, totalmente desorientado. Ella le observa divertida, mientras Connor busca su ropa por el suelo.

—Creo que tus calzoncillos deben de estar por ahí, al pie

de la cama –le informa ella–. Tus pantalones cerca de la puerta de entrada. Tu camisa, creo que en el pasillo y la corbata, me temo que en el ascensor. La americana, ni idea...

—¿Hablas en serio?

—¿No te acuerdas de nada?

—No... O sea, sí. Me acuerdo de... esto –dice señalando la cama con la mano–, pero tengo muchas lagunas. ¿Tanto bebí?

—Bastante.

—Esto no... –dice poniéndose los calzoncillos.

—Lo sé, no tendría que haber pasado y no volverá a pasar, pero pasó y ojalá se repita en un futuro –dice Sharon incorporándose hasta quedarse de rodillas encima del colchón, totalmente desnuda, acercándose a él sin ningún pudor–. ¿Y sabes por qué? Porque ha sido increíble.

Connor retrocede asustado hasta que choca contra la cómoda.

—¿Crees que tu novia será capaz de perdonarte esto? –pregunta Sharon con malicia–. Y tú que estabas tan enfadado con ella porque te había mentido haciéndose pasar por mí...

—Tengo que... Yo...

—Ahora su inocente mentira parece una nimiedad, ¿no? –dice Sharon mordiéndose el labio inferior.

—La he cagado...

—Tranquilo, soy una tumba... Esto se quedará entre tú y yo...

—¿Qué hora es? –pregunta mirando a un lado y a otro de la habitación.

—Ni idea...

Connor corre hacia la puerta de entrada y busca su teléfono en los bolsillos del pantalón. Cuando lo encuentra, lo desbloquea y comprueba horrorizado que son cerca de las once de la noche. Se pone los pantalones a toda prisa y agarra el tirador de la puerta.

—Sully, espera.

Sharon se acerca desnuda y se interpone en su camino justo cuando él abre la puerta. Lleva un bolígrafo del hotel que ha cogido de encima de la cómoda y le agarra el brazo a Connor.

—Este es mi nuevo número, por si quieres hablar algún día —dice justo después de anotarle su número de teléfono en el antebrazo—. O por si resulta que decides repetir...

—Sharon, quiero olvidarme de ti.

—Pues con polvos como el de esta noche, a mí me va a resultar difícil... Así que, buena suerte.

Se calza los zapatos mientras sale a toda prisa por la puerta. Afortunadamente, su camisa sigue tirada en el suelo del pasillo, pocos metros más allá. La recoge y se la abrocha sin dejar de correr, mientras se dirige hacia los ascensores. En cuanto se abren las puertas, encuentra también la corbata, aunque no se molesta en ponérsela, sino que la guarda en uno de los bolsillos del pantalón. Aprieta el botón para bajar al vestíbulo y apoya la espalda contra la pared, resoplando con fuerza mientras vuelve a sacar el teléfono del bolsillo. Tiene varias llamadas procedentes de casa de su padre y otras tantas de Kai y Evan, un de Rick, pero ninguna señal de Zoe...

—¡Joder, joder, joder! —maldice mientras da varias patadas a la pared del ascensor y se frota la cara con ambas manos.

¿Cómo ha podido hacerle eso a Zoe? Lo que siente por ella es infinitamente más grande que lo que nunca ha podido llegar a sentir por Sharon, y, aun así, a las primeras de cambio, le es infiel... A pesar de repetir una y otra vez a todo el mundo que no se acostaría con ella, lo ha hecho. A pesar de ir en contra de todos sus principios, lo ha hecho. Será nuestro secreto, le ha dicho Sharon, pero, aun así, no se siente capaz de mirarla a la cara y sonreír como si no hubiera pasado nada. De hecho, no se cree capaz de mirarla siquiera a la cara.

El ascensor se abre y enseguida sale corriendo hacia las puertas giratorias del hotel, llevándose el teléfono a la oreja mientras suenan los tonos de llamada. Sale al exterior cuando en casa de su padre aún no han respondido, y mira arriba y abajo de la calle en busca de un taxi. Cuando uno se para frente a él, se queda paralizado por una fracción de segundo, hasta que sus ojos se dirigen al número de licencia y, al comprobar que no es el taxi de Zoe, resopla aliviado.

—¿Hola? —responde su padre al otro lado de la línea.

—Papá, espera —Connor le da al taxi la dirección de casa de su padre y vuelve a prestar atención al teléfono—. Ya estoy contigo. Voy para allá. Siento el retraso.

—Estábamos preocupados, hijo.

—Estoy bien. Solo... me tuve que quedar a trabajar en la oficina...

—De acuerdo...

—¿Estás solo?

—No, Sarah y Kai están aquí. Evan y Hayley se han ido hace un rato.

—Vale...

—Connor, Zoe también está aquí... Y está muy preocupada... De hecho, todos están raros, pero nadie me cuenta nada.

—No te preocupes, papá. En veinte minutos estoy allí.

En cuanto cuelga, apoya la frente contra la ventanilla, con la esperanza de que el frío contacto le aclare las ideas y le ayude a recordar lo sucedido. Por más que lo intenta, no consigue recordar nada a partir de los primeros dos vasos de whisky de ayer.

—Vamos imbécil, piensa, piensa —dice en voz alta.

—¿Decía algo, señor? —se interesa el taxista.

—No, perdone. Solo... hablaba solo.

Connor vuelve a apoyar la cabeza en la ventanilla y se pierde de nuevo en sus propios pensamientos. Zoe está en casa de su padre y sabe que no va a ser capaz de mirarla a la cara sin sentir remordimientos por lo sucedido. Tiene que decirle la verdad, tiene que confesárselo todo... a riesgo de perderla para siempre. A pesar del calor y la humedad, un escalofrío recorre todo su cuerpo después de ese pensamiento. Perderla para siempre... No sería capaz de vivir sin ella, pero ¿sería capaz de hacerlo con el remordimiento de lo que ha hecho?

–Hemos llegado, señor.

Aunque al principio tenía mucha prisa por llegar cuanto antes para estar con su padre, una parte de él deseaba que el taxista se perdiese y tener así la excusa perfecta para llegar más tarde. Alza la vista hacia la fachada de la casa y comprueba que hay luz en el piso inferior.

–¿Seguro que se encuentra bien, señor?

–¿Eh? –Connor se gira hacia la voz y ve al conductor mirándole con preocupación–. Sí...

Entonces se quedan mirando durante unos segundos, hasta que el taxista, cansado por la espera, señala con el dedo el taxímetro. Connor desvía la mirada hacia allí y entonces parece caer en la cuenta de lo que el hombre le pide. Saca un billete arrugado de cincuenta dólares y se lo tiende, abriendo la puerta del taxi y saliendo de él sin hacer caso de los gritos del conductor.

–¡Señor, su cambio!

Agarra el pomo de la puerta y resopla por la boca con fuerza para intentar calmarse. En cuanto la abre, descubre a Kai y a Sarah de pie en el salón. Sus ojos se mueven por el resto de la estancia, aunque sin girar la cabeza, intentando encontrarla sin éxito.

–Hola –le saluda Sarah con cautela mientras Kai se mantiene en un segundo plano, observando a su hermano con el ceño fruncido y apretando la mandíbula–. ¿Estás bien?

–Sí –responde Connor, secándose con el dorso de la mano las gotas de sudor de la cara–. ¿Cómo está papá?

–Está bien –le informa Sarah mientras se acerca a él–. Connor, estás sudando...

—Estoy bien —Connor retrocede varios pasos alejándose de ella.

—¿Seguro? Parece que tengas fiebre... —insiste Sarah intentando tocarle la frente con una mano.

—¡Estoy bien! —le grita de repente dándole un pequeño empujón que la hace tambalearse hasta casi perder el equilibrio.

Enseguida, Kai aparece frente a él, y tras comprobar con la mirada que Sarah está bien, le agarra de las solapas de la camisa y lo empotra con fuerza contra la puerta principal de la casa.

—¡Ni se te ocurra volver a tocarla!

—¡Pues dejad de agobiarme! —contesta Connor tratando de quitarse de encima a su hermano, forcejeando con él.

—¡¿Agobiarte?! ¡Escúchame!

Kai intenta inmovilizarle contra la pared pero Connor no le pone las cosas fáciles, revolviéndose sin parar a la vez que intenta propinarle alguna patada, que por suerte Kai consigue evitar.

—¡Déjame en paz, Kai! ¡Meteos en vuestros putos asuntos y dejadme tranquilo!

Connor le intenta dar un rodillazo en la entrepierna y Kai, cansado de tanto forcejeo inútil, responde con un puñetazo en la boca del estómago que le obliga a doblarse hacia delante, para luego asestarle un derechazo en el mentón que le tira al suelo de inmediato.

—¡Basta! ¡Kai, déjale! —dice su padre apareciendo desde la cocina, caminando con mucha dificultad.

—Escúchame gilipollas —dice Kai agarrándole de nuevo por las solapas de la camisa, obligándole a incorporarse y dejando su cara a escasos centímetros de la suya—. Tienes suerte de que papá esté aquí para defenderte, porque te juro que ahora mismo te daría una paliza que te mandaría al hospital.

Connor se remueve nervioso y algo asustado al ser consciente de la ira en las palabras de Kai. Entonces, al mirar por encima del hombro de su hermano, justo detrás de su padre, la ve a ella. Traga saliva con dificultad, intentando deshacer el nudo que se le acaba de formar en la garganta. Tras varios intentos, lo único que consigue es que cada vez le cueste más respirar y que los ojos le empiecen a escocer al intentar retener algunas lágrimas. Gira la cabeza a un lado para que la imagen de Zoe salga de su campo de visión, ya que lo que siente al verla es mucho peor de lo que se había imaginado antes.

–Te lo advierto –insiste Kai–, como vuelvas a tocar a Sarah, te dejo en una puta silla de ruedas.

–Está bien, Kai –dice Sarah poniendo una mano en el brazo de Kai para intentar calmarle–. No ha sido para tanto.

–Imbécil... –gruñe Kai soltando su agarre con un empujón–. Encima apestas a alcohol...

–Estamos todos muy cansados. Vayamos a casa y mañana será otro día –insiste Sarah.

Connor la mira y, aunque no consigue que la voz le salga, ella puede leer en sus ojos el perdón que le implora. Sonríe levemente y tira de Kai para irse.

–La culpa es nuestra –comenta Kai mientras salen por la puerta–, por preocuparnos por él.

En cuanto se cierra, Zoe se acerca a Connor con la preocupación reflejada en sus ojos. Antes de que pueda avanzar mucho, él la mira y niega con la cabeza alejándose.

–Connor, yo...

–¡No! –se apresura a decirle, levantando la palma de la mano entre ellos–. Vete, por favor...

–Escúchame...

–Zoe...

–Tenemos que hablar, Connor –vuelve a insistir acercándose cada vez más a él.

–Ahora no...

–Pero...

–¡Mierda, Zoe! ¡Vete! –le grita mirándola a la cara y

viendo como las primeras lágrimas empiezan a brotar de sus ojos. Traga saliva con fuerza, intentando sobreponerse a esa imagen y, cerrando los ojos, añade–: Vete.

Cuando escucha el sonido de la puerta al cerrarse, trastabilla hasta tocar la pared con su espalda. Se apoya en ella y agacha la vista al suelo, doblando levemente las rodillas, totalmente agotado y sobrepasado por los acontecimientos.

–Pues tiene que haber sido una mierda de tarde en la oficina...

De repente, Connor vuelve a ser consciente de la presencia de su padre, que le observa detenidamente a poca distancia, apoyándose contra el sofá con evidentes signos de cansancio.

–Sí... –contesta Connor incorporándose y acercándose a su padre–. Siento haber llegado tan tarde...

–Tranquilo. No me han dejado solo ni un puñetero segundo. Hasta he cagado con tu hermano vigilando la puerta... –dice Donovan con una sonrisa socarrona para intentar sacarle una sonrisa a su hijo.

–No... No volverá a pasar, ¿vale?

–Connor, tranquilo. Ya te he dicho que no pasa nada. Tú también tienes cosas que hacer y es normal que no puedas estar aquí siempre.

–Pero quiero estarlo...

–Lo hemos hablado muchas veces, eso es imposible...

En ese momento, a Donovan le fallan las piernas y pierde la verticalidad. Connor se abalanza sobre él y le agarra justo antes de caer al suelo.

–¡Papá! ¿Estás bien? –le dice zarandeándolo al ver que tiene los ojos cerrados.

–Sí... –contesta abriéndolos poco a poco–. Me... Me he mareado un poco. Estoy cansado...

–¿Seguro? ¿Es solo cansancio? ¿Quieres que te lleve al hospital?

–No, no, no. Solo necesito dormir.

Donovan intenta ponerse en pie, pero las piernas le vuelven a fallar.

—Espera —dice Connor—. Yo te llevo.

—No... Yo puedo...

—Papá, por favor, no seas terco.

Cuando por fin claudica al ver que, efectivamente, le va a ser prácticamente imposible subir al piso de arriba por sí mismo, Connor le carga en brazos y empieza a subir por la escalera.

—Recuerdo cuando os quedabais dormidos en el sofá y yo os subía en brazos hasta vuestro dormitorio. Y mírame ahora...

Connor sonríe con cariño a su padre, negando con la cabeza para restar importancia a esas palabras.

—Y que sepas que tu hermano tiene razón, hueles a alcohol.

—Sí... Bueno... Rick y yo nos tomamos una copa en la oficina... —contesta Connor mientras entra en el dormitorio de su padre.

Le deja sentado en la cama y le acerca el pijama mientras su padre se desviste con lentitud. Le ayuda con los botones de la camisa, concentrado en la tarea, evitando su mirada escrutadora. Luego mueve la sábana para que su padre pueda estirarse. Al ver su mueca de dolor, le ayuda a hacerlo, pasándole los brazos por la espalda. Le arropa con la sábana y se da la vuelta para recoger la ropa y ponerla en el cubo para lavar.

—¿Una copa con Rick o con Sharon?

—¿Qué?

—Hueles a perfume de mujer —Connor sigue dándole la espalda y se mueve nervioso por la habitación—. ¿Por eso has sido incapaz de mirar a Zoe a la cara? ¿Por vergüenza?

—Yo...

—¿Por eso eres incapaz de mirarme ahora a la cara?

Connor deja caer los brazos a ambos lados del cuerpo, resoplando, resignado y muy cansado.

—Hijo... —dice Donovan suavizando el tono de su voz.
—Yo... —balbucea pasándose las manos por el pelo—. La he cagado, papá...
—Escucha, ven aquí...
Connor se da la vuelta y, sin levantar la vista del suelo, arrastra los pies hasta la cama de su padre y se sienta con pesadez. Apoya los codos en las rodillas y se tapa la cara con las manos.
—¿Qué has hecho, Con? —le pregunta su padre incorporándose en la cama y poniendo una mano en su hombro.
—Me acosté con Sharon...
—¿Cuándo? ¿Esta tarde? —pregunta mientras Connor asiente.
—Quedamos para comer, hablamos durante un rato, fuimos a tomar unas copas a su hotel, demasiadas al parecer, y luego subimos a su habitación.
—Pero, ¿por qué, Connor? ¿Por qué lo hiciste?
Empieza a contarle su encuentro con Sharon, desde su confesión acerca de la pérdida de su teléfono, hasta que subieron a la habitación del hotel.
—Creía que estabas enamorado de Zoe...
—Me noqueó, papá. Saber que Zoe me había mentido, me dejó hecho polvo y me bloqueé. Salí del restaurante con intención de volver al trabajo e intentar que me diera el aire para poder pensar un poco, pero Sharon salió detrás de mí, me propuso ir a tomar una copa, que se convirtieron en unas cuantas, y el resto...
—¿Y por qué no se lo cuentas? —pregunta su padre levantando las cejas.
Connor levanta la cabeza y mira a su padre con los ojos empañados. Traga saliva con mucho esfuerzo y se frota la nuca.
—Porque tengo miedo a perderla...
—Pues habértelo pensado antes de acostarte con tu ex...
Las palabras de su padre caen como una losa, y a Connor se le escapa un fuerte sollozo. No puede evitar por más

tiempo las lágrimas, así que solo le queda intentar secarlas con el dorso de la mano mientras brotan sin parar.

−Siento sonar así de duro hijo, pero es lo que hay. Explícale lo que pasó y afronta las consecuencias como un hombre.

−¡Pero no puedo vivir sin ella! No... No puedo... No quiero imaginarme la vida sin Zoe... Y si se lo cuento, me odiará para siempre...

−¿Y qué piensas hacer? ¿Mantenerte alejado de ella durante un tiempo? ¿Acaso te piensas que los remordimientos desaparecen sin más? ¿Crees que cuando vuelvas a verla no recordarás este día una y otra vez?

Connor escucha a su padre con atención, arrugando la frente y apretando los labios con fuerza, sopesando sus palabras.

−Lo que has hecho esta noche, es algo con lo deberás aprender a vivir el resto de tu vida. Ya sea al lado de Zoe, si es que te perdona, o lejos de ella en el caso de que no lo haga. En ese caso, te servirá como escarmiento para que no cometas el mismo error en futuras relaciones.

−No quiero una futura relación... Solo quiero estar con Zoe.

−Pues entonces reza para que te perdone.

−Zoe, escúchame −Hayley agarra del brazo a su amiga, antes de que el tercer chupito de vodka llegue a sus labios−. No adelantes acontecimientos...

−¿Ah, no? Hayley, créeme, aunque no me lo dijera directamente, sé leer las señales −le dice Zoe levantando una ceja y haciendo una mueca con la boca−. Llegó hecho una furia, le gritó a Sarah, se peleó a puñetazos con Kai y luego me echó de casa de su padre de malos modos.

−Puede que tenga una época de mucha presión en el trabajo...

−A Connor le encanta trabajar bajo presión.

—Bueno, pues puede que no consiguieran cerrar el trato con algún cliente.

—Hayley, Rick y Connor son los mejores en esto, rara vez se les escapa un cliente y, si sucede, tienen a muchos otros deseando trabajar con ellos, así que no les afecta demasiado.

—¡Pues a lo mejor tiene hemorroides! —grita Hayley a la desesperada—. Solo te pido que no lances las campanas al vuelo antes de aclarar las cosas con él. Puede que ni siquiera se haya visto con Sharon, con lo ocupada que estaba ella siempre...

—Me da que esta vez no faltó a la cita. Parecía tener mucho interés en quedar con él. Te digo yo que me reconoció.

—Vale, supongamos que fue así. Ella se largó dejando a Connor tirado y no quiso seguir la relación a pesar de que él le imploró intentarlo. Entonces, ¿qué gana ella contándole lo del teléfono si no quiere nada con él?

—No lo sé... ¿Y si ha cambiado de idea? ¿Y si quiere intentar una relación a distancia? ¿Y si le pide que se vaya con él?

—¿Te estás oyendo? Y si, y si, y si... A ver, centrémonos. ¿Cuándo se larga la zorra?

—Mañana. Si es que no decide quedarse...

—¡Ay, joder! ¡Estoy cansada de condicionales! —dice Hayley cogiendo su teléfono.

—¿Qué vas a hacer?

—Espera y verás —contesta poniéndose un dedo en los labios para pedirle silencio—. Hola, cariño.

—Hola —contesta Evan al otro lado de la línea—. Me he puesto la canción de James Morrison, *Dream on Hayley* como tono de llamada.

—Ooooh... ¡Pero qué mono eres!

—Así me acuerdo de ti a todas horas.

—Ay... —suspira Hayley—. ¿Cómo ha ido? ¿Has hablado con Julie?

–Sí... Ahora te iba a llamar para contártelo y pedirte opinión.

–¿Opinión? Eres tú el que tiene que llegar a un acuerdo con ella...

–Lo sé, pero quiero saber tu opinión. Escucha, quiero quedarme con el apartamento, así que le he ofrecido que se quede con el coche y que se lleve los muebles que quiera...

–Pero, ¿el coche y los muebles no los pagaste tú solo? En realidad, ¿no lo pagaste tú todo?

–Sí, pero no puedo dejarla en la calle sin nada... Sé que no tengo por qué hacerlo, pero debo hacerlo. ¿Lo entiendes?

Hayley sonríe mordiéndose el labio inferior y empieza a dibujar formas imaginarias en el mármol de la cocina mientras Zoe la observa. Cuando se da cuenta de ello, sale de su ensoñación e intenta ponerse seria de golpe al recordar el motivo de su llamada.

–Lo entiendo. Me parece bien. Mañana me lo cuentas con más calma...

–Pensaba pasarme ahora por tu apartamento...

–Es que estamos en mitad de una especie de crisis... –le informa Hayley bajando un poco el tono de voz–. ¿No te importa?

–¿Con Zoe? ¿Estáis bien? ¿Necesitáis algo?

–En realidad, sí. Necesito que llames a tu hermano y le preguntes cómo le ha ido la comida con Sharon.

–¿Cómo? Hayley, no somos tías. No nos llamamos para preguntarnos cómo nos ha ido una cita, cómo íbamos vestidos o si hemos pedido carne o pescado.

–Vale, perfecto, pero igualmente llámale.

–¿Has oído lo que te acabo de decir?

–Evan cariño, ¿te acuerdas de lo que hice la otra noche que te gustó tanto? ¿Quieres repetir? Pues llama a tu hermano, sácale toda la información posible sin decirle que te lo hemos pedido nosotras, y luego nos lo cuentas. ¿Entendido?

–Vale –contesta Evan con decisión–. Dame un rato.

Con una sonrisa en los labios, Hayley cuelga la llamada y, satisfecha, deja el teléfono en la encimera.

—¿Lo va a hacer?
—Y tanto que lo hará. Confía en mí. Mis argumentos son irrefutables.

—Te suena el teléfono, hijo...
—Déjalo. No me apetece hablar con nadie.
—¿No vas a ver siquiera quién es?

Connor resopla resignado y saca el teléfono del bolsillo.

—Es Evan —dice mirando la pantalla—. Ya le llamaré mañana.
—Se fueron antes de que llegaras porque Evan había quedado con Julie para hablar del divorcio y eso...
—¿En serio?
—Sí. Es tu hermano pequeño y confía en ti. Seguramente te llame para explicarte cómo ha ido y quizá pedirte opinión. Ya sabes lo calzonazos que es, por favor, asegúrate que ha hecho lo correcto.
—No sé si ahora mismo soy el más indicado para dar buenos consejos...
—Las malas decisiones, las tomas cuando concierne a tu vida. Cuando se trata de la de los demás, sueles ver las cosas con más claridad. Así que haz el favor de contestar.
—Hola, Evan —dice Connor sin dejar de mirar a su padre, que asiente satisfecho mientras vuelve a estirarse en la cama—. ¿Cómo estás? Me ha dicho papá que te has visto con Julie.
—Eh... Sí —contesta Evan, descolocado al no esperarse esa pregunta.
—¿Y...? ¿Cómo habéis quedado? Dime que no te has bajado los pantalones...
—Bueno, le dije que quería quedarme con el apartamento...
—¡Faltaría más! —le interrumpe Connor—. Es tuyo.
—Lo sé, lo sé. Pero no podía dejarla sin nada, a pesar de

todo, así que le dije que se quedara con el coche y que se lleve los muebles que quiera.

–¿El coche? ¿El BMW?

–Sí... Escucha Con, no tengo ganas de discutir...

–En realidad, yo tampoco. Si tú estás contento, pues perfecto. Estoy cansado. Hablamos mañana, ¿vale?

–¡No! –dice Evan en un tono más alto del que le hubiera gustado–. ¿Y tú qué tal?

–Cansado, ya te lo he dicho.

–Me refiero a tu encuentro con Sharon.

–Ah... Bien...

Connor se levanta y mira de reojo a su padre mientras se rasca nervioso la nuca. Se aleja todo lo que puede de la cama, sin llegar a salir de la habitación.

–¿Eso es todo? ¿Quedas con tu ex para, y cito palabras textuales, «zanjar lo vuestro y aclarar las cosas», y eso es todo lo que me dices?

–¿Qué quieres que te diga? Quedamos, comimos, hablamos, nos despedimos y se acabó.

–Y entonces, ¿por qué suenas tan nervioso?

–¡Yo no estoy nervioso!

–Vale, vale, lo que tú digas. Pero cuéntame al menos de qué hablasteis...

–De todo un poco... De trabajo y esas cosas...

–¡Joder, Connor! –grita Evan desesperado al ver que esto no se le da nada bien y que además parece que su hermano no está por la labor de colaborar–. Llevas semanas queriendo hablar con Sharon para cerrar esa etapa de tu vida a su lado y, cuando tienes la oportunidad, ¿hablas con ella de trabajo y del tiempo?

–Bueno, ella me contó que las cosas le iban bien por París, yo le dije que también me iban bien por aquí...

–¡¿Le hablaste de Zoe?!

La voz de Evan se escucha más allá del teléfono y Donovan sonríe disimuladamente al escuchar a su hijo pequeño.

–¡¿Le dijiste que estás enamorado de otra mujer?! ¡¿Tuviste los cojones suficientes para decirle que has pasado página y que estás rehaciendo tu vida?!

–Yo... Es complicado, Evan...

–¿Complicado? No te entiendo, Connor. ¿Qué es complicado?

–¡Me acosté con ella! ¡¿Contento?!

–¡¿Qué?!

Connor apoya la espalda contra una de las paredes de la habitación, y se deja resbalar por ella hasta sentarse en el suelo. Dobla las rodillas y pega las piernas al pecho, encogiéndose hasta hacerse un ovillo y agachando la cabeza.

–La cagué –solloza.

–Oh, mierda... –dice Evan incapaz de pronunciar nada más.

–No... Yo... Joder Evan, ni siquiera recuerdo cómo sucedió. Me contó algo de Zoe que me dejó hecho una mierda y me convenció para que la acompañara al bar de su hotel para tomar unas copas y hablar de ello. Recuerdo estar bebiendo en el oscuro bar, que nos besamos y luego... nada más hasta despertarme anoche en la cama de su habitación.

–¿Qué...? ¿Qué te contó de Zoe?

–Que cuando se marchó a París, fue Zoe quien la llevó en su taxi y Sharon se dejó olvidado su teléfono móvil en él.

–¿Y? –pregunta Evan al ver que la explicación de Connor acaba ahí.

–Zoe se hizo pasar por Sharon durante un tiempo. Me contestó algún mensaje, leyó todas nuestras conversaciones...

–¿Cuando ya estabais juntos?

–Sí... Pero eso ya no me importa. Me dan igual los motivos por los que lo hiciera... Es una gilipollez comparada con lo que yo he hecho...

–¿Qué vas a hacer? ¿Hablarás con ella?

–No lo sé... –confiesa Connor respirando con dificultad–. Tengo mucho miedo a perderla.

—Se lo debes...

—Lo sé —contesta antes de quedarse callado durante unos segundos, escuchando los ronquidos de su padre—. Le grité, Evan. Necesitaba alejarla de mi lado porque era incapaz de mirarla a la cara, y le grité como un loco para que se marchara. No pretendía hacerle daño... ¿Sabes si Hayley está con ella?

—No lo sé. Supongo que sí —miente Evan.

—Bien. No quiero que esté sola... ¿Vas...? ¿Vas a ir a verlas?

—Eh... Sí, supongo.

—Vale. Cuídala, por favor.

—Descuida.

—Yo... Mañana intentaré hablar con ella...

Evan resopla con fuerza antes de llamar a la puerta del apartamento de Hayley. Justo al colgar con Connor, ella ya le estaba llamando para saber cómo había ido. A duras penas consiguió convencerla de que les explicaría la conversación en cuanto llegara a su casa, pero ahora que ha llegado el momento, casi preferiría no tener que enfrentarse a ellas cara a cara. Antes de sentirse del todo preparado, la puerta se abre de golpe y Hayley aparece frente a él. Estira un brazo y, agarrándole de la camiseta, tira de él hacia el interior del apartamento.

—¿Me has instalado un radar o acaso tienes una cámara enfocando al pasillo? —pregunta Evan aún aturdido, echando rápidos vistazos a la puerta.

—¿Qué te ha dicho? —le apremia Hayley—. ¿Se vio con la zorra pija esa?

Evan la mira sorprendido, levantando las cejas.

—¡Oh, vamos! No me mires con esa cara —dice Hayley—. Ni que a ti te cayera de maravilla. Desembucha. ¿Comieron juntos?

—Sí.
—¿De qué hablaron?
—De trabajo.
—¿De qué más?
—No sé... De cómo les van las cosas...
—A ver, Evan, voy a serte clara... ¿Connor está enfadado con Zoe por algo que Sharon le haya contado?
—No —contesta él después de meditarlo unos pocos segundos.
—¿Lo ves? —le dice Hayley a Zoe—. ¿Estás más tranquila?

Evan las observa mientras Hayley se acerca a Zoe y le frota los brazos con cariño. Agacha la cabeza, avergonzado a pesar de no haber mentido. Su hermano no está enfadado con Zoe, lo que está es totalmente aterrado por contarle la verdad de lo sucedido.
—Evan...
La voz de Hayley le obliga a volver a la realidad, y rápidamente le vuelve a prestar atención. Se la encuentra a escasos centímetros, de cara a él, interrogándole con la mirada.
—¿Por qué estás tan callado?
—¿Dónde está Zoe?
—Ha ido al baño a lavarse la cara e intentar tranquilizarse un poco. Ha sido un día muy largo y duro para ella...
—Joder... —dice Evan rascándose la nuca con nerviosismo.
—Evan, me estás asustando. ¿Qué pasa? ¿Hay algo que no nos hayas contado?
—Necesito que me prometas que no le dirás nada a Zoe.
—¿Nada de qué? Es mi amiga, no puedo prometerte que no le cuente las cosas si sé que es por su bien.
—Créeme, es por su bien.
—Explícamelo y yo lo valoraré.
—Es mejor que no se entere por nosotros y que sea Connor quien se lo cuente.

–¿Contarle qué? –insiste ella.
–Mierda Hayley... –maldice Evan–. No me lo pongas más difícil. Mañana, que lo hablen tranquilamente los dos.
–Entonces, está enfadado, ¿verdad? ¿Es eso?
–No, en serio, créeme. No está enfadado.
–¿Entonces?
–No puedo, es mi hermano...
–Y yo tu novia, así que haz el favor de contarme qué pasa. Te prometo que no diré nada.
–Ya, claro.

Hayley se acerca a él y, apoyando las manos en su pecho, se pone de puntillas y le da un beso suave en los labios mientras mete las manos por debajo de la camiseta y le acaricia la espalda con las uñas, gesto al que sabe que Evan es difícil que se resista. Al instante, él cierra los ojos y echa la cabeza hacia atrás.

–¿Me estás intentando sobornar?
–¿Funciona?
–No... –contesta no muy convencido.
–¿Seguro?

Hayley traslada sus besos al cuello de Evan y poco a poco nota como su resistencia se va viniendo abajo. Él apoya las manos a ambos lados de su cintura y agacha la cabeza hasta que su mejilla roza la de ella.

–Por favor, Evan...
–¿Por favor, qué? –contesta él susurrando sin abrir los ojos.
–¿Qué ha pasado?
–Se han acostado... –confiesa sin pensar.
–¡¿Que Connor se ha tirado a Sharon?! –grita Hayley sin poderlo evitar, alejándose unos pasos de Evan.
–Mierda, Hayley... Baja la voz –le pide Evan asustado.

Pero entonces levanta la cabeza y se da cuenta de que sus miedos se han hecho realidad. Zoe está a pocos metros de ellos, lívida, con los brazos inertes a ambos lados del cuerpo y las lágrimas rodando sin control de nuevo por sus mejillas. Al ver la cara de pavor de Evan, Hayley se da la vuelta llevándose una mano a la boca.

—Cariño... —dice corriendo hacia ella y abrazándola, aunque Zoe no le devuelve el gesto.

—Zoe, yo no... —se excusa Evan.

—¿Eso es lo que han estado haciendo toda la tarde? ¿Follando? —le pregunta seria.

—No sé... —contesta él—. Ya te digo que he hablado muy poco con mi hermano... Deberías esperar a hablar con él.

—¿Y eso cambiaría las cosas?

—No, pero... —Evan se ve acorralado, así que decide poner las cartas sobre la mesa—. Zoe, está muy asustado.

—¿Asustado? ¿De qué? —pregunta con rabia.

—No quiere perderte.

—¿Y qué se supone que debo hacer? ¿Pasar por alto que se haya follado a su ex?

—No... —Evan chasquea la lengua contrariado y se pasa las manos por el pelo—. Mira, no le estoy defendiendo, que conste, pero quizá deberías escuchar su versión...

—Espera, ¿hay varias versiones de los hechos? ¿Acaso en tu versión se acuestan, pero en la suya, resulta que solo se la ha chupado?

—No... Joder esto no debería estar pasando... Y es por vuestra culpa, yo no debería estar metido en medio de todo esto...

Zoe sale corriendo hacia su dormitorio, y Hayley, antes de salir corriendo tras ella, se acerca a Evan.

—No se lo tengas en cuenta —le pide—. Tiene que descargar su ira contra alguien y eres el que está más a mano...

—Lo sé —contesta asintiendo lentamente con la cabeza—. Estaré aquí fuera por si me necesitáis...

—¿Te he dicho alguna vez que te amo?

—Sí, pero no me importa que me lo repitas.

—Te amo —le repite besándole.

—Lo recordaré cada vez que me entren los instintos homicidas contra ti por haberme metido en este fregado.

Al amanecer, Connor está sentado en los escalones del porche del jardín trasero de casa de su padre, vestido aún con la misma camisa y los mismos pantalones que el día anterior, sin haber conseguido pegar ojo en toda la noche. Ha tenido tiempo suficiente para meditar, llegando a la conclusión de que Zoe se merece saber toda la verdad de lo ocurrido. A pesar de que eso pueda significar su ruptura definitiva. A pesar de que cada vez que lo piensa, siente como si una mano agarrase su corazón y lo apretase con fuerza como si quisiera estrujarlo hasta que dejara de latir.

—Buenos días...

Sobresaltado, se gira y ve a Sarah, apoyada contra el marco de la puerta que da al jardín, cerrándose la fina chaqueta que lleva para guarecerse del rocío matutino.

—No tienes pinta de haber dormido demasiado —le dice ladeando la cabeza de forma comprensiva—. ¿Ha sido por culpa de tu padre o por culpa de tu conciencia?

—Lo segundo —responde Connor al cabo de unos segundos.

—Me alegro. Voy a hacer café.

Sarah vuelve a entrar en la cocina sin decir nada más. Al rato, Connor reacciona y la sigue al interior de la casa. Se queda parado detrás de ella, observándola moverse con soltura entre los armarios.

—Eh... ¿Sabes lo que...?

—Las noticias vuelan, Connor, sobre todo las malas.

—Lo siento mucho —dice.

Ella se queda quieta, sin girarse aún, agachando la cabeza.

—No es a mí a quien debes pedir disculpas...

—Lo sé, pero a ti no debí gritarte ni empujarte. No... No pretendía asustarte ni hacerte daño. Nunca lo haría.

–Lo sé. No pasa nada. Estás perdonado.

–Pero sigues enfadada conmigo, ¿verdad? –le pregunta al ver que sigue sin mirarle.

–No estoy enfadada, Connor... –dice dándose la vuelta por fin–. Pero sí bastante decepcionada. Te creía diferente... Ya sabes, es algo que no me sorprendería que hiciera Kai, ¿pero tú?

–Kai no lo hará...

–Lo sé. Al menos, eso espero, pero ya me entiendes... ¿Has pensado qué vas a hacer? –Connor asiente con la cabeza a modo de respuesta–. Me alegro.

–Pero tengo mucho miedo de las posibles consecuencias... –le confiesa agachando la cabeza.

–Todos nuestros actos tienen sus consecuencias, y, por regla general, los buenos actos acarrean buenas consecuencias, y los malos...

–Soy consciente de ello. ¿Tú...? ¿Tú perdonarías a Kai?

–No –le responde sin rodeos, tendiéndole una taza de café–. Así que reza para que Zoe sea más blanda que yo. Voy a ver cómo está tu padre.

–Vale... –Connor agacha la cabeza, avergonzado.

Sarah se queda mirándole durante unos segundos, hasta que, finalmente, se acerca y le acoge entre sus brazos.

–Pase lo que pase, yo estaré aquí por si me necesitas –dice besando y acariciando su mejilla antes de salir por la puerta.

Evan abre un ojo cuando oye ruido en el apartamento. Sobresaltado, mira alrededor para descubrir que se ha quedado dormido en el sofá. Se pone en pie y camina hacia la cocina, donde se encuentra con Hayley.

–Eh... Siento haberte despertado... –dice ella besándole y peinándole varios mechones de pelo rebelde.

–No pasa nada... –contesta él abrazándola con fuerza–. Te he echado de menos.

—Y yo. Al menos, has dormido un poco...

—¿Vosotras no? —pregunta mientras Hayley niega con la cabeza—. ¿Cómo está?

—Mal, pero por fin ha dejado de llorar.

—Connor me dijo que vendría hoy para hablar con ella...

—No quiero hablar con él —dice Zoe irrumpiendo en la cocina y sentándose en uno de los taburetes.

—¿Café? —le pregunta Hayley con la cafetera en la mano.

—Por favor.

De repente, alguien llama al timbre de la puerta. Los tres se quedan parados, mirándose con los ojos muy abiertos, hasta que pasado un buen rato, empiezan a golpear la madera.

—¡Zoe, por favor, ábreme! —se oye gritar a Connor.

Evan y Hayley giran la cabeza hacia ella, que traga saliva repetidas veces, con los ojos clavados en la puerta.

—¡Hayley! ¡Evan! ¡Sé que estáis ahí! ¡Abridme, por favor! ¡Necesito hablar con ella!

—Ni se os ocurra —les pide Zoe en voz baja—. Ya se cansará.

—Y los vecinos puede que también. Y te recuerdo que nuestro casero, y ahora también su hijo, no nos tienen mucho cariño.

Se mantienen la mirada durante unos segundos hasta que los golpes vuelven a sonar y Hayley se levanta para abrir la puerta. Cuando lo hace, se encuentra con una versión muy desmejorada de Connor, con la camisa por fuera de los pantalones, el pelo despeinado y unas ojeras enormes bajo los ojos. Sin mediar palabra, le da una fuerte bofetada en la cara y, cuadrándose frente a él, le dice:

—Eso de mi parte por hacerle daño. Y ahora, te voy a dejar pasar para que dejes de armar escándalo y porque creo que, aunque ella no quiera hablar contigo, se merece una explicación. Tienes diez minutos. Pasado ese tiempo, te largas o llamo a mis compañeros de la comisaría que te aseguro que tendrán menos miramientos que yo.

Dicho esto, se aparta a un lado y Connor, agachando la cabeza, entra en el apartamento susurrando un gracias al pasar por su lado. En cuanto entra, ve a su hermano en la cocina, que aprieta los labios y niega con la cabeza, y a Zoe sentada en uno de los taburetes.

–Zoe... –empieza a decir dando unos pasos para acercarse.

Ella levanta una mano y le hace una seña para que no se acerque más. Enseguida, él mira a su hermano, que agacha la cabeza.

–¿Evan?

–Connor, Evan nos lo ha contado todo –le aclara Hayley.

Connor mira a uno y a otro, con los ojos vidriosos y apretando la mandíbula con tanta fuerza que puede oír el rechinar de sus dientes. Enseguida centra su atención en Zoe, que sigue sin mirarle, sentada en el taburete, totalmente abatida y con aspecto de haber estado llorando toda la noche.

–Zoe, perdóname. Te lo pido por favor. Fue... No... ¡Joder! Estaba borracho y ni siquiera me acuerdo de lo que pasó.

Connor la mira esperando una reacción por su parte, aunque sea un gesto insignificante, como una mirada o incluso un pequeño movimiento de su cuerpo, pero ella permanece impasible. Hayley en cambio, chasquea la lengua y se acerca a su amiga.

–Ah claro, entonces ya está, todo aclarado y perdonado porque estabas borracho.

Connor la mira contrariado y Evan la agarra de los hombros para apartarla y dejarles algo de intimidad, sin llegar a dejar sola del todo a Zoe.

–No, no quiero decir eso –empieza a decir, mirando primero a Hayley para luego centrarse en Zoe–. Sé que no es excusa, pero no era consciente de mis actos...

Desesperado por la indiferencia de Zoe, Connor vuelve a intentar acercarse, pero ella se levanta y se aleja hacia su dormitorio.

—No, no, no. Por favor, no te vayas. Deja que te explique lo que pasó.

Zoe se frena en seco y, cruzándose de brazos, se da la vuelta esperando la explicación. El gesto pilla a Connor desprevenido y tarda unos segundos en reaccionar. Cuando lo hace, se frota nervioso las palmas de las manos en el pantalón y se ve obligado a carraspear varias veces para que la voz le salga con claridad.

—Esto... Bueno, como sabes, quedamos para comer. Le conté que había conocido a alguien, o sea tú, y que estaba muy enamorado... Y... Y entonces ella me dijo que te conocía, que eras la taxista que la llevó al aeropuerto cuando se mudó a París... Y me dijo que se había dejado el teléfono en tu taxi... Y eso me chocó mucho porque significaba que, bueno, que habías leído nuestras conversaciones, y escuchado y leído mis mensajes dirigidos a Sharon...

Zoe y Hayley se miran de forma cómplice, esta última levantando una ceja al escuchar las palabras de Connor que daban a entender que Sharon se había olvidado el teléfono en el taxi de su amiga, cuando ambas saben que esa no es la realidad.

—En ese momento me sentí totalmente descolocado. No entendía nada y se me vino el mundo encima... Necesitaba pensar, así que me largué del restaurante. Ella me siguió y me propuso ir a tomar una copa al bar de su hotel. Empezamos a beber y...

Connor hace una pausa, esperanzado de que Zoe empiece a hablar, pero, al ver que no es así, se remueve incómodo en el sitio y sigue hablando.

—Te juro que no recuerdo ni de qué estábamos hablando. De hecho, no recuerdo nada desde poco después de llegar al bar. No recuerdo haber subido a su habitación, ni habernos... acostado. Nada, hasta esta mañana —Connor extiende los brazos dando por finalizado su especie de alegato.

Entonces, Zoe se vuelve a dar la vuelta y emprende de nuevo el camino hacia su dormitorio.

—¡Zoe, por favor! ¡Háblame, grítame o pégame! Pero, por favor... —le pide él agarrándola del brazo para obligarla a detenerse.

—¡No me toques! —grita ella zafándose de su agarre y dándose la vuelta.

—Lo siento.

—Y yo —contesta ella finalmente—. ¿Sabes qué siento? Siento que seamos tan tontos los dos. Tú por creerte que Sharon se dejó olvidado el teléfono en mi taxi, porque no fue así. Se lo dejó a propósito porque quería alejarse de ti. Es más, yo corrí tras ella en el aeropuerto para devolvérselo y no quiso cogerlo. Y tonta yo por preocuparme por ese pobre chico enamorado al que habían abandonado sin él siquiera saberlo.

Connor arruga la frente totalmente confundido, respirando con dificultad, obligando a su pecho a subir y bajar a un ritmo frenético.

—Siento haberme enamorado perdidamente de Sully y luego de Connor, antes de darme cuenta de que erais la misma persona —prosigue Zoe envalentonada—. Siento haberme enamorado de ti incluso mucho antes de conocerte.

Las lágrimas empiezan a rodar por las mejillas de Connor, aunque él ni siquiera hace el intento de secarlas.

—Siento haber creído que eras diferente, y siento haber sido tan feliz a tu lado, porque ahora será una tortura olvidarte.

Zoe fuerza una sonrisa y se coloca varios mechones de pelo detrás de las orejas.

—Ya está. Ahora deberías irte. Llama a Sharon y sé feliz junto a ella. Veo que tuvo la delicadeza de escribirte su nuevo número en el antebrazo —dice Zoe señalando el brazo de Connor con el dedo.

Solo entonces, él se acuerda de ello. Se mira el brazo y se estira la manga de la camisa hasta ocultarlo por completo. Cuando ve que Zoe se da la vuelta de nuevo, a la desesperada, grita:

—¡No me dejes! ¡Dime qué puedo hacer para que me perdones!

Connor ahoga un sollozo e intenta acercarse de nuevo a Zoe, que vuelve a alzar las palmas de las manos entre los dos.

—No me toques, por favor —le pide Zoe empezando a retroceder.

—Ya la has oído —interviene Hayley acercándose a Connor.

—Zoe, no puedo vivir sin ti... No seré capaz...

—Ni yo —contesta ella tapándose la boca con una mano—, pero no puedo perdonarte que te acostaras con ella... Si de verdad me quieres, no me lo pongas más difícil y vete.

Se miran durante unos segundos hasta que, con la mandíbula desencajada y totalmente derrotado, Connor empieza a caminar hacia atrás, sin apartar los ojos de ella.

—Lo siento... Lo siento... —le susurra Evan acercándose a él, pero Connor no le hace caso y camina con paso decidido hacia la salida.

Zoe tampoco le pierde de vista hasta que escucha el ruido de la puerta. Solo entonces se permite volver a respirar con relativa normalidad, aunque sabe que eso es algo que le va a costar tiempo conseguir.

—Estoy muy orgullosa de ti... —le dice Hayley con cara de preocupación mientras pasa un brazo alrededor de sus hombros—. ¿Estás bien?

—No —contesta Zoe esbozando una sonrisa forzada y alejándose para encerrarse en su dormitorio.

Capítulo 18

One last chance

—Kai quiere que nos escapemos este fin de semana...
—¿A dónde?
—A donde sea. Quiere coger el coche, salir de Nueva York y conducir hasta dar con un sitio en el que nos apetezca parar.
—¿Solos?
—Sí —contesta Sarah con una sonrisa en los labios.
—Qué bonito... No me imaginaba yo que Kai pudiera llegar a tener estos detalles románticos.
—Me dijo que no le importaba que viniera Vicky —añade Sarah—, pero ella dice que prefiere que vayamos solos, que nos merecemos un descanso.
—Y, de paso, se queda sola en casa y monta una fiesta.
—Me parece que, con tal de tener a Kai para mí sola durante cuarenta y ocho horas, seré capaz de correr ese riesgo.

Zoe observa hablar y reír a Hayley y a Sarah y, aunque sabe que estas reuniones de chicas se han montado para intentar levantarle el ánimo, aún le resulta muy difícil sonreír junto a ellas. Mira sus manos, apoyadas en el regazo, sin poder evitar sentir una punzada de envidia al ver a sus amigas tan felices junto a Evan y Kai. En cuanto siente escozor en los ojos, se muerde el labio inferior y gira la cabeza hacia la ventana, fijando la vista en un punto indefinido de los ladrillos del bloque del otro lado de la calle. Al menos una vez al día, sus ojos deciden demostrar su infelicidad y, actuando por cuenta propia, dejan escapar las lágrimas que la fuerza de voluntad de Zoe ha estado intentando retener durante el resto del día.

—Oh, mierda, Zoe, lo siento... —dice Sarah acercándose a ella al verla llorar.

—No pasa nada, en serio —responde Zoe—. Tengo que acostumbrarme al hecho de que hay gente a mi alrededor que es feliz y no vais a disimular cuando yo esté con vosotras.

Zoe esboza una sonrisa de circunstancias mientras Sarah y Hayley se sientan a su lado, mirándola comprensivas, ladeando la cabeza en un gesto inconsciente de ambas.

—Y, por favor, no me miréis así...

—¿Así cómo? —pregunta Hayley.

—Como si fuera un perrito abandonado en una perrera —contesta Zoe ladeando la cabeza e imitando el gesto de las dos.

—Lo... Lo sentimos...

—Tranquilas... —dice Zoe restando importancia al asunto—. Y tampoco hagáis mucho caso de mis lágrimas, actúan por su cuenta.

—¿Pretendes decirnos que lo llevas mejor?

—Ni mucho menos —contesta Zoe—. Lo llevo fatal. Le echo de menos cada segundo del día y me odio con todas mis fuerzas por ello.

—¿Te sirve de consuelo si te digo que él también está pasándolo muy mal? —le pregunta Sarah.

Zoe se encoge de hombros sin saber qué responder, porque es exactamente cómo se siente. Por un lado, quiere que Connor lo pase mal y pague por lo que le ha hecho. Pero, en cambio, otra parte de ella no puede verle sufrir.

—Desde que le dejaste hace tres semanas, no levanta cabeza —continúa Sarah—. Come muy poco y prácticamente no duerme nada. Se ha centrado en el trabajo y en su padre y, aunque Kai y Evan han intentado que saliera con ellos a tomar algo alguna vez, se ha negado rotundamente. Se va a trabajar nada más llegar yo y vuelve al anochecer. Se mete en la habitación de su padre, le ayuda a asearse y se queda con él, sentado en una silla al lado de su cama, despierto casi toda la noche.

—Evan me ha dicho que casi no habla con nadie excepto con su padre —añade Hayley.

—Sí, Kai quedó con Rick el otro día, y le dijo lo mismo. Se ve que en la oficina se encierra en su despacho y solo sale para las reuniones.

—Bueno, supongo que, en el fondo, me alegro de que se sienta como una mierda —dice Zoe desviando de nuevo la vista hacia sus manos y arrugando la nariz.

—¡Claro que sí! ¡Ese es el espíritu! ¡Que se joda! —Hayley la agarra de los hombros y se pone en pie—. Y, ahora, vamos a hacer algo divertido, que para eso estamos aquí y tengo todas las revistas del corazón de esta semana y dos litros de helado de chocolate.

—Connor...

—Dime, papá.

—¿Me ayudas a cambiar de postura? Me duele mucho la espalda.

—Claro. Te voy a sentar un rato, ¿vale? —contesta Connor levantándose de la silla con rapidez—. Cógete a mi cuello. ¿Preparado?

—Sí.

—Eso es...

Connor observa la cara de su padre, que se contrae en una mueca de dolor.

—¿Quieres que vayamos al hospital? No tienes buena cara.

—Mira quién fue a hablar. Seguro que entramos en urgencias y te atienden a ti antes que a mí...

Donovan observa a su hijo durante unos segundos, esperanzado en ver alguna reacción en él, ya sea una tímida sonrisa o un gesto de enfado. Al comprobar que no es así, decide optar por otra táctica para intentar animarle.

—Me apetece una cerveza –dice.

—Papá, ya sabes que tomándote la pastilla, no puedes beber alcohol.

—Pues una sin alcohol.

—¿Hay?

—¿Bromeas? Sarah es peor que un policía de la Gestapo. No deja entrar ni una gota de alcohol en esta casa, así que me tengo que conformar con cervezas de mentira. En la nevera debe haber. Así que, ¿qué me dices? ¿Nos tomamos una en el jardín?

Connor mira a su padre durante unos segundos, sopesando si la propuesta es una buena idea teniendo en cuenta su estado de salud.

—No sé, papá... Deberías descansar...

—Connor, me paso todo el puñetero día estirado en la cama.

—Además, en el jardín puedes coger frío...

—Vaya, no me digas que voy a morir.

—Papá... –le reprocha Connor.

—Hijo... –le replica Donovan imitando su tono de voz.

Se mantienen la mirada durante varios segundos, hasta que finalmente Connor esboza lo más parecido a una sonrisa que han dibujado sus labios en tres semanas.

—Está bien –claudica agachando la cabeza.

—¡Genial!

—Pero deja que te coja una chaqueta.

—Vale.

Una vez abajo, Connor ayuda a su padre a estirarse en una de las tumbonas y luego entra en la cocina a buscar un par de cervezas. Cuando vuelve a salir, le tiende una de las botellas y se sienta a su lado.

—¡Joder! ¡Esto no sabe a nada! —se queja después de dar un largo trago.

—Bienvenido a mi mundo, aunque debo de tener el paladar atrofiado porque empiezan a saberme bien.

Connor se estira y fija sus ojos en el cielo negro, mirando las pocas estrellas que se pueden ver en el cielo de Nueva York.

—Hace tiempo que no viene la chica esa... No recuerdo como se llamaba... Esa tan guapa que venía contigo. ¿Os habéis peleado?

Connor gira la cabeza hacia su padre y se encuentra con su mirada sincera. Ya no está bromeando ni tratando de hacerle sonreír como hace unos minutos, sino que hace la pregunta porque realmente no se acuerda de qué ha pasado entre él y Zoe.

—Me dejó hace tres semanas...

—Vaya, lo siento. Era una chica estupenda...

Connor hace una mueca de circunstancias con la boca y espera la pregunta clave, preparándose mentalmente para dar la respuesta de siempre, como si estuviera recitando un discurso. Para su sorpresa, su padre dirige la vista al cielo y no dice nada. Al rato, él hace lo mismo. La noche es especialmente silenciosa, sin ruido de tráfico en los alrededores, ni gritos de vecinos. Connor empieza a disfrutar del momento, pensando que, tal vez, la idea de su padre no haya sido tan mala.

—¿La echas de menos? —le pregunta su padre tras unos minutos de silencio.

—Cada segundo del día —contesta tragando saliva, sin dejar de mirar al cielo.

—¿Y por qué no haces algo por recuperarla?

—Porque no hay nada que pueda hacer.

—Todo tiene remedio menos la muerte...

—Papá...

—Yo no hubiera dejado escapar a tu madre por nada del

mundo. Ni un océano consiguió que desistiera en mi idea de pasar el resto de mi vida junto a ella. Hijo, yo no tenía nada que ofrecerle, nada, pero aun así decidí que merecía la pena arriesgarlo todo.

–No es lo mismo, papá... Mamá no te odiaba...

–La cara de esa chica cuando te miraba, yo diría que no era de odio precisamente...

–Bueno, las cosas cambiaron un poco.

–El amor no se esfuma en tres semanas.

Abre la boca para contestar a su padre, pero se lo piensa mejor y ambos quedan sumidos de nuevo en el más absoluto silencio. Le gusta la idea de que las palabras de su padre puedan ser ciertas y que Zoe siga queriéndole, al menos, la mitad de lo que sigue haciéndolo él. Pero sabe que eso es muy difícil después de lo que hizo... o de lo que se supone que hizo.

Los ronquidos de su padre resuenan en mitad de la noche y decide subirle a su habitación antes de que los vecinos empiecen a quejarse por el escándalo. Carga con él en brazos hasta el dormitorio y, con sumo cuidado, le estira en la cama y le arropa con las sábanas. Se deja caer en la silla con pesadez y se frota la sien con los dedos, justo cuando recibe un mensaje de texto de un número desconocido.

Buenos días, buenas noches para ti. ¿Guardaste mi número? ¿Por qué no vienes a verme a París y repetimos?

Connor chasquea la lengua y, aunque al principio piensa en no contestar, finalmente se decide a hacerlo para dejar las cosas claras.

Olvídame, Sharon.

La respuesta de ella llega mucho antes de que pueda guardar el teléfono de nuevo en el bolsillo.

¿Por qué?

Connor mira la pantalla sin poderse creer lo que lee.

Porque me has arruinado la vida.

Cuando el teléfono vuelve a sonar al recibir otro mensaje, Connor decide salir de la habitación para no despertar a su padre. Cuando llega a la cocina, se sienta en una de las sillas y entonces lee el mensaje.

Entiendo entonces que tu amiguita no perdonó nuestro pequeño escarceo.

–Qué perspicaz... –dice Connor.

Vale, pues ahora tienes vía libre para venirte conmigo sin ningún tipo de remordimiento.

Connor pega un fuerte puñetazo en la mesa y sin pensárselo dos veces, llama a Sharon.

–¡Escúchame bien! –dice nada más oír como ella descuelga el teléfono–. A ver si se te mete en la puta cabeza. No quiero nada contigo. Ni lo quise la otra noche, ni lo quiero ahora.

–No me puedo creer que hayas olvidado tan rápido lo que tú y yo teníamos...

–¿Tú y yo? ¿Estás de broma? ¡Tú y yo no teníamos nada! Fui un imbécil durante el tiempo que estuvimos juntos, pensando que me querías cuando no era así. He compartido con Zoe más cosas en unas semanas que contigo en algo más de un año.

Las palabras salen de su boca mientras su pecho sube y baja con rapidez, cada vez más convencido de que eso es lo que tenía que haberle dicho cuando quedaron, y no escuchar la sarta de mentiras que ella le soltó. Así que, envalentonado, vuelve a la carga.

–Me utilizabas para cuando no tenías otra cosa que hacer. En tu lista de prioridades, yo ocupaba siempre el último lugar. Tú no me querías, Sharon, y no me di cuenta hasta que Zoe apareció en mi vida.

–Pues ahora parece que las tornas han cambiado, ¿no?

Connor suelta un pequeño jadeo a la vez que su respiración se vuelve cada vez más pesada.

–Ella ya no te quiere, Sully –insiste Sharon–. Yo sí.

–Me has destrozado la vida... Acercarme a ti no me da

más que problemas, así que estaría loco si quisiera volver. Adiós, Sharon.

Ella hace ademán de volver a hablar, pero antes de escucharla, Connor cuelga la llamada y deja el teléfono encima de la mesa de la cocina. Se pone en pie y, pasándose nervioso las manos por el pelo, da vueltas sobre sí mismo, sin saber bien qué hacer. Sale al jardín y baja de un salto los escalones del pequeño porche. Fija la vista en las botellas de cerveza, coge una y la lanza con fuerza contra el cercado de madera que delimita el jardín de su padre. Sin pensarlo, coge la otra y la lanza hacia el mismo sitio, pero no llega a impactar. Preso de la rabia, corre hacia donde ha caído, la coge y golpea la valla una y otra vez, hasta que queda hecha añicos. Con los ojos llenos de lágrimas y la mandíbula desencajada, retrocede varios pasos, tambaleándose con dificultad hasta que tropieza y cae al suelo de espaldas. Tirado en la hierba, llora sin consuelo durante un buen rato. Cuando se calma, abre los ojos y se queda mirando el cielo y, como si estuviera rogándole a alguien ahí arriba, empieza a decir:

–Perdóname. Por favor, perdóname. Te quiero y te necesito. Estoy muy solo. Por favor, perdóname.

En ese momento, una estrella brilla mucho más que las demás y Connor se queda callado de golpe, esperando a que cruce el cielo como si fuera una estrella fugaz. Al rato, la estrella vuelve a su intensidad habitual, y él sonríe ante su ingenuidad.

–Ahora va a resultar que creo en estrellas fugaces... Qué pringado soy... –dice para sí mismo poniéndose en pie.

Empieza a recoger con desgana todos los cristales y los tira en el cubo de basura del jardín. Entra de nuevo en la casa, recoge el teléfono de la mesa y sube hacia el dormitorio de su padre para vigilarle. A media escalera le escucha toser con fuerza y empieza a correr para llegar hasta él.

–¿Papá? –le llama nada más entrar, agachándose al lado de su cama–. ¿Papá, estás bien?

Donovan está temblando de frío y sudando a la vez.

Connor le pone una mano en la frente y comprueba que está ardiendo. Corre hacia el baño para buscar el termómetro mientras marca el número de emergencias.

—¿Emergencias, dígame?

—¡Hola! Mi padre... Tiene mucha fiebre.

—¿Cuánta tiene?

—¡No lo sé! ¡Estoy buscando el maldito termómetro pero no lo encuentro! —grita buscando en todos los armarios, tirando al suelo todo lo que hay en su interior.

—De acuerdo, tranquilícese. ¿Quiere que le pase con un médico que le pueda ayudar?

—¡No, no quiero hablar con un médico! ¡Quiero que le vea un médico! ¡Quiero que envíe una puta ambulancia para poderle llevar al hospital!

—Pero antes debemos valorar si realmente es una urgencia o...

—¡Tiene Alzheimer en fase avanzada! ¡Me importa una mierda si es un simple resfriado porque eso podría matarle! ¡Envíe una puñetera ambulancia ya!

Tras darle la dirección cuelga el teléfono y vuelve junto a su padre. Le envuelve en una manta y le coge en brazos para bajarle al piso de abajo. Una vez allí, le sienta en el sofá, corre a la cocina y moja un trapo para ponérselo en la frente. Cuando se lo pone, Donovan parece reaccionar y empieza a balbucear palabras sin sentido. Connor le agarra con fuerza la mano y le mira preocupado.

—Te vas a poner bien. Tranquilo, porque no te voy a dejar solo. Te vas a poner bien —le repite una y otra vez, incluso diez minutos después, ya dentro de una ambulancia camino del hospital.

—Vale, me toca —dice Hayley—. En el segundo curso del instituto, me enrollé con Bobby Manning en el lavabo de tías, mientras su novia se maquillaba delante del espejo.

–¡No! ¡Estás mintiendo! –ríe Zoe–. ¿Con su novia ahí?
–Bueno, no nos veía porque nosotros estábamos dentro de uno de los cubículos de los inodoros...
–¡Qué fuerte!
–Lo más divertido fue escucharla alardear delante de sus amigas de que Bobby era el hombre de sus sueños y que soñaba con casarse con él en un futuro y tener cuatro hijos –explica mientras Zoe y Sarah ríen–. Pobre infeliz... El tío besaba bien, pero de ahí a querer casarse y formar una familia... Tampoco era para tanto.
–Bueno, ya sabemos que el romanticismo no es lo tuyo, Hayley –dice Zoe.
–A lo mejor ya no me parece una idea tan descabellada lo de casarse...
–¡Lo sabía! ¿Lo ves? ¡Te lo dije! Cuando te reías de mí, te dije que algún día encontrarías al tío indicado que haría aflorar tu lado romántico.
–Entonces, ¿es normal lo que me pasa? ¿Soñar con ir de blanco y pensar en la música que bailaremos? ¿Es normal soñar con niños morenos de ojos azules y gafas de pasta negras? ¿Es normal si mientras estoy trabajando, pienso incluso en sus posibles nombres?
–¡Nuestra Hayley se ha enamorado! –interviene Sarah.
–¿Y para cuándo es la boda? –pregunta Zoe.
–Eh, eh, eh, parad el carro, que os estáis pasando. Ni siquiera ha salido a colación el tema, así que no alucinéis ahora... Es solo que llevo un tiempo pensando que, en el caso de que me lo pidiera, quizá mi respuesta no sería un no rotundo.
En ese momento, el móvil de Hayley empieza a sonar. Mira la pantalla y enseñándosela a sus amigas, dice:
–Mirad, el futuro padre de mis hijos –las tres ríen cuando el teléfono de Sarah también empieza a sonar, y mirándola, añade–: No me digas que es el futuro padrastro de la tuya.
–Pues sí –contesta Sarah mostrando el nombre de Kai en la pantalla de su móvil.

Zoe las observa a las dos con una sonrisa sincera en la cara. Realmente, la noche está siendo de lo más divertida, y las dos están consiguiendo que olvide por un rato lo mucho que echa de menos a Connor. Cuando las dos cuelgan el teléfono, la felicidad ha desaparecido de sus caras.

—¿Qué pasa? —pregunta mirando a ambas.

—Es Donovan —contesta Sarah—. Está ingresado en el hospital.

—Oh, Dios mío —dice Zoe llevándose una mano a la boca—. ¿Es grave?

—Evan no lo sabe. Solo ha recibido una escueta llamada de Connor y justo se iba para el hospital —aclara Hayley.

—Kai tampoco sabía más. Me voy para el hospital.

—Espera, Sarah. Voy contigo.

—Os llevo yo —dice entonces Zoe.

—¿Estás segura? —Hayley la mira insegura.

—Quiero estar con Donovan y él no tiene culpa de tener un hijo que es un capullo.

Evan está sentado en la sala de espera de urgencias, con los brazos cruzados y repicando con los pies en el suelo sin parar. Kai en cambio, está de pie, caminando sin parar de un lado a otro de la sala.

—¡Kai! —le llama Sarah nada más llegar a la sala.

—Hola, preciosa —le dice abrazándola y besándola en la frente mientras aprieta suavemente la cabeza de ella en su pecho.

—¿Sabéis algo más?

—Nada de momento.

—¿Connor sigue dentro con él? —pregunta Hayley sentada al lado de Evan, agarrando su mano.

—Sí —contesta este.

—Hola, Zoe —la saluda Kai acercándose para darle un beso en la mejilla—. ¿Cómo estás?

—Bueno... —contesta ella encogiéndose de hombros.

—Vale, ya veo —dice Kai entendiendo perfectamente su estado, ya que es el mismo que ve cada día en su hermano.

Justo en ese momento, la puerta se abre y Connor aparece por ella, con aspecto de estar exhausto, y la mirada desenfocada. Zoe se queda impactada ante su imagen, a pesar de que Sarah ya le había advertido. Está mucho más delgado de lo normal, con el pelo más largo, sin afeitar y unas enormes ojeras debajo de los ojos. Él no la ve, ya que nada más aparecer en la sala, todos le han rodeado para interesarse por Donovan, quedándose ella en un discreto segundo plano.

—Hola —les saluda a todos, algo abrumado y sin fijar la mirada en ninguno en particular.

—¿Cómo está? —le pregunta Kai.

—Muy débil. Creen que debía de llevar días incubando un virus y no tiene defensas para poder combatirlo.

—¿Y entonces? —pregunta Evan.

—Le han dado un medicamento para bajarle la fiebre y combatir el virus, y le han puesto oxígeno para ayudarle a respirar sin esfuerzo. Solo queda esperar.

—¿Es... muy grave?

—No lo sé, Kai —contesta Connor frotándose la frente y mirando al suelo, algo agobiado por todas las preguntas—. Según los médicos, en su estado, todo puede llegar a ser grave. Puede que se quede en un susto, o puede que empeore.

—¿Podemos entrar a verle? —pregunta Evan.

—Ahora le trasladarán a la UCI y nos avisarán cuando podamos volver a entrar a verle.

Sarah se hace sitio entre Kai y Evan y se pone frente a Connor. Le mira con cariño y una sonrisa comprensiva, y le agarra de ambas manos.

—Hola, cariño...

—Hola, Sarah...

–¿Cómo estás tú? –dice dándole un abrazo al que Connor responde empezando a temblar entre sus brazos–. Tranquilo...

–Ha sido por mi culpa, Sarah...

–No digas eso.

–Me... Me pidió salir al jardín. Me dijo que llevaba muchos días en la cama y que le apetecía que le diera el aire... No debería haberle sacado.

–Connor, tú mismo has dicho que los médicos creen que llevaba incubando el virus durante tiempo.

–Sí, pero voy yo y le saco al jardín, a pesar de lo que tú me dijiste. ¿Y si...? Oh, Dios mío –Connor retrocede varios pasos y se agarra la cabeza con ambas manos–. No voy a poder con ello...

Apoya la espalda contra la pared y resbala hasta sentarse en el suelo, escondiendo la cabeza entre las piernas y apoyando los brazos en las rodillas. Kai se acerca y se agacha frente a él.

–Eh, vamos, mírame –le pide–. Nada de esto es culpa tuya.

–No puedo más, Kai... Entre lo de Zoe y esto...

De repente, al mirar por encima del hombro de su hermano, como si se hubiera materializado de la nada, la ve. Abre mucho los ojos y aprieta los dientes con fuerza, intentando contener sus emociones. Ella le está mirando fijamente y, aunque sabe que no puede ser cierto, no ve ni rastro de ira en sus ojos. A pesar de ello, no consigue mantenerle la mirada por más tiempo y, avergonzado, agacha la cabeza y se fija en el suelo. Kai se sienta a su lado y pasa el brazo por encima de sus hombros. Le mira cómplice y le revuelve el pelo de forma cariñosa, gesto que Connor agradece. Zoe, por su lado, se sienta al lado de Hayley y Evan.

–¿Vamos a tomar un café? –les pregunta Sarah cuando llevan un rato esperando.

–Me apunto –contesta Kai levantándose del suelo y tendiéndole una mano a su hermano–. Vamos, te vendrá bien.

–No, id vosotros –contesta Connor sonriendo levemente–. No me apetece...

Los ojos de Connor se dirigen fugazmente hacia Zoe y Kai comprende que la incomodidad de estar con Zoe es superior a su necesidad de cafeína, así que decide no insistir más.

–¿Te traigo algo? –le pregunta agachándose de nuevo frente a él.

–Un café estaría bien... –susurra Connor con timidez.

–Cuenta con ello.

–Aquí tenéis –les dice Evan dejando los cafés frente a las chicas–. Ahora viene Kai con algo para comer.

En cuanto llega, se sienta en la silla y separa un sándwich del resto, dejándolo junto a un vaso de café. Luego coge el suyo y, al llevárselo a la boca y comprobar que todos le miran con atención, se ve obligado a aclarar:

–Es para Connor. Él prefiere... no venir.

Zoe agacha la cabeza y centra su atención en el vaso que sostiene entre las manos. El resto, intentan disimular su incomodidad, ya sea mirando hacia otra mesa o intentando limpiar una mancha inexistente en su pantalón. Todos excepto Evan que, sin cortarse un pelo, dice:

–¿Esto va a durar mucho tiempo? –pregunta mirando directamente a Zoe.

–Evan... –le recrimina Hayley.

–Quiero decir –continúa sin hacerle caso–, Connor es mi hermano, y tú eres la mejor amiga de mi novia. No puedo elegir entre estar con uno u otro.

–Es complicado, Evan –responde Zoe con un hilo de voz–. Y demasiado reciente aún.

–Lo sé y lo entiendo. Pero veo lo mal que lo estáis pasando los dos, y no puedo dejar de pensar que esto es un error.

—Yo no... A mí no... Yo no le hubiera impedido venir...
—Está haciendo lo que le pediste, Zoe —interviene Kai sin levantar la vista de su bocadillo—. Le pediste que se alejara de ti.

Zoe se remueve nerviosa en la silla y se coloca varios mechones de pelo detrás de la oreja.

—Está dándote todo el espacio que necesitas, a pesar de que eso le está matando. Zoe, no le disculpo, lo sabes y él también. De hecho, me alegro de que su conciencia no le deje dormir por las noches, o probar bocado en las comidas. Pero se siente muy solo. ¿No te ha pasado nunca? ¿Estar rodeada de gente y aun así sentirte muy sola? A mí sí. ¿Y sabes por qué me pasaba? Porque no tenía a mi lado a la persona que yo quería...

—¿Y qué me pides que haga?

—No te estoy pidiendo que olvides lo ocurrido, o que le perdones. Solo te recuerdo que sigue siendo el mismo de antes... El que provocaba una sonrisa en tu cara, el mismo con el que podías hablar durante horas, el que era capaz de robar un ramo de flores con tal de hacerte feliz.

Una fugaz sonrisa se forma en los labios de Zoe al recordar esa noche en concreto.

—Mírate la cara ahora. Le quieres, ¿verdad?

—Claro que le quiero.

—Pues ahora yo te digo, si de verdad le quieres, no le olvides. No te pido que te acuestes con él, solo quiero que sepas que creo que eres esa persona que él necesita para no sentirse solo.

Dicho esto, todos se callan y se dedican a comer y beber el café. Sarah mira a Kai con una sonrisa disimulada en la cara, satisfecha y muy orgullosa de sus palabras. Cuando él se da cuenta, le guiña un ojo y le devuelve el gesto, esperanzado de que hayan calado lo suficientemente hondo en Zoe como para, al menos, hacerla pensar. Y parece que así es porque, cuando al cabo de un rato empiezan a hablar, ella sigue callada, sumida en sus propios pensamientos.

Cuando vuelven a la sala de espera, Connor ya no está en ella. Enseguida, Kai se acerca al mostrador de las enfermeras, donde le informan que estaba hablando con el médico de su padre.

–Miren, me parece que por ahí viene –les dice una de las enfermeras al ver aparecer de nuevo a Connor.

–Gracias.

–Hola –les saluda con gesto cansado–. Ahora os iba a buscar. Acabo de hablar con el médico.

–¿Y qué te ha dicho?

Connor niega con la cabeza y aprieta los labios con fuerza, respirando profundamente por la nariz.

–Dice que es pronto para saber nada, que estas próximas horas son cruciales, pero que en el estado avanzado de su enfermedad, es complicado...

–Bueno, papá es fuerte –dice Kai intentando animar a sus hermanos–. Paciencia entonces. ¿Cómo le has visto tú?

–Cansado. No ha hablado mucho, aunque intentaba sonreír para que no me preocupara... El médico dice que no le atosiguemos demasiado, que entremos de dos en dos como máximo y no más de cinco minutos. Luego uno de nosotros se puede quedar a pasar la noche –dice metiéndose las manos en los bolsillos–. Id vosotros, yo ya he estado un rato.

–Vale –dice Evan mirando a Kai.

–Por ese pasillo de ahí. Box cuatro. Hay una sala de espera donde podéis quedaros los que no entréis.

–Vamos entonces. Y tú, ahora –dice Kai dándole el vaso de café y el sándwich–, come.

Cabizbajo, Connor se apoya en la pared más cercana y, tal y como hiciera antes, se deja resbalar hasta quedarse sentado en el suelo, sin fuerzas para dar los cuatro pasos que le separan de unas sillas con aspecto de ser algo más cómodas que las frías baldosas. Da vueltas al sándwich en su mano, haciendo un gesto con la cara que para nada augura que vaya a comérselo. Kai le mira preocupado, hasta que Zoe le agarra del brazo y le dice:

—Id vosotros. Me quedo con él y me aseguro de que coma algo.

—¿En serio? –le pregunta Kai mientras se le iluminan los ojos.

—No te emociones –susurra Zoe señalando a Kai con el dedo–. Sé de qué palo vas y qué pretendías con todo ese discursito en la cafetería, así que no alucines. Sigo odiándolo con todas mis fuerzas.

—Mientras le quieras con la misma intensidad, me sirve –dice dándole un beso en la mejilla y largándose por donde Connor les ha indicado, antes de darle opción para replicar.

Cuando los cuatro se pierden por el pasillo, no sin antes soportar las miradas y sonrisas de Sarah y Hayley, Zoe resopla varias veces y, apretando los puños para infundirse valor, se da la vuelta y se acerca hasta Connor. Se apoya de costado en la pared, a una distancia prudencial y se cruza de brazos mientras le mira fijamente. Él la mira extrañado y hace ademán de levantarse.

—Lo siento, no sabía que te quedabas aquí. Ya me voy a la cafetería.

—Espera, Connor –dice ella agachándose a su lado y agarrándole del brazo para impedir que se vaya.

Connor se queda mirando fijamente la mano de Zoe sobre su brazo. Cuando ella se da cuenta, la retira rápidamente, pero no retrocede, sino que se sienta en el suelo a su lado.

—No tienes que irte si no quieres.

—No quiero irme, Zoe. Solo hago lo que me pediste.

—Bueno, ya ha pasado un tiempo prudencial y podemos intentar estar los dos en una misma habitación sin montar una escena. Ya sabes, intentar ser... amigos.

Los dos se quedan entonces en silencio, sentados uno al lado del otro, manteniendo una distancia prudencial entre ambos. Connor no levanta la vista de sus manos, que sostienen el vaso de café, mirándolo con la frente arrugada, dándole vueltas a algo dentro de su cabeza. Zoe, en cambio, flexiona las rodillas y se agarra las piernas contra el pecho, mientras le observa de reojo. Cuando él se acaba el café, se levanta para tirarlo en la papelera, llevando el sándwich, aún intacto, en la otra mano.

–¿No pensarás tirar ese bocadillo? –le pregunta.

–¿Lo quieres tú? Yo no tengo hambre.

–Tienes que comer algo.

–Y como, pero ahora mismo no tengo hambre.

–Sí, se nota un montón lo mucho que comes... –dice Zoe poniéndose en pie y acercándose a él–. ¿Te has visto? Haz el favor de comerte el bocadillo.

–No quiero.

–Connor...

–¡Joder! –dice rompiendo el envoltorio y metiéndose el sándwich a la fuerza en la boca y masticándolo con dificultad sin dejar de mirar a Zoe–. ¿Contenta?

–Imbécil... –dice ella al cabo de un rato, girándose hasta darle la espalda y caminando hacia la otra punta de la sala–. Solo nos preocupamos por ti.

–¿Por qué?

–¿Perdona? –Zoe se frena en seco y se da la vuelta totalmente alucinada.

–No he formulado bien la pregunta, ¿por qué te preocupas tú por mí? –repite acercándose a ella hasta quedar a escasos centímetros–. Se supone que me odias y que te importo una mierda. No sé a qué viene ahora toda esta preocupación...

A Zoe se le enciende la cara de rabia y, sin pensárselo dos veces, levanta la mano y le asesta un tortazo a Connor que le gira la cara.

–No... No puedo creer que... –solloza Zoe.

Connor la mira de nuevo, apretando los labios y tragando saliva incómodo, mientras observa cómo Zoe corre hacia la salida.

—¡¿Eres gilipollas o qué te pasa?! —le grita entonces Hayley que ha aparecido a su lado de la nada—. ¡Zoe, espera!

Connor mira cómo corre detrás de Zoe y, cuando la pierde de vista, resopla apesadumbrado y se gira con desgana. Es entonces cuando se encuentra a Evan, que le mira arqueando las cejas.

—¿Qué cojones ha pasado aquí?

—Nada...

—Connor, hemos visto cómo te arreaba una hostia en toda la cara. ¿Qué le has hecho esta vez?

—Nada. Déjame en paz, Evan.

—Vale, confirmado, eres gilipollas. ¿Sabes qué? Que me he cansado de preocuparme por ti.

—¡Nadie te ha pedido que lo hagas!

—¡Que te jodan! —le grita Evan dándole un empujón al que Connor responde con un puñetazo en la mandíbula.

Evan se gira rápidamente y aunque, al contrario que sus hermanos, no se ha metido en demasiadas peleas a lo largo de su vida, se nota que también ha crecido en las calles del Bronx y su lado más violento sale a relucir enseguida. Agarra a su hermano de los hombros y le asesta un rodillazo en el estómago. Luego intenta darle una patada en la cara que no llega a nada, porque Connor pone el antebrazo para cubrirse, abalanzándose luego contra él con tanta fuerza que ambos caen sobre unas sillas. El jaleo llama la atención de algunas enfermeras que, de inmediato, corren para alertar a seguridad. Por suerte, Kai aparece en escena antes de que lleguen los agentes y logra separarlos.

—¿Pero qué cojones hacéis? —le pregunta interponiéndose entre los dos.

Evan y Connor se miran apretando los dientes y resoplando con fuerza por el esfuerzo, mientras Kai pasea la vista de uno a otro.

—Nada —contesta Connor al rato.

—¿Nada? —pregunta Evan sin dejar de mirar a Connor, respirando con fuerza y de forma agitada—. ¿Nada? ¡Zoe se ha ido llorando de nuevo por tu culpa!

—¿Qué? —le pregunta Kai—. ¿Qué le has hecho, Connor?

—¡Nada, joder!

—¡Pues te pegó un tortazo!

—¡¿Qué?! —vuelve a preguntar Kai— Joder, Connor, te estás luciendo.

En ese momento, aparecen dos guardas de seguridad. En cuanto les ve, Kai enseguida les dice que está todo controlado. En cuanto se convencen de ello, después de mirar de arriba abajo a los tres durante un buen rato, y se pierden de nuevo por el pasillo, los tres hermanos empiezan de nuevo a discutir.

—Eres un mierda —dice Evan en un tono de voz algo más comedido, mientras le señala con un dedo.

—Vamos —le dice Kai poniendo una mano en su pecho y reprochando a Connor su actitud con la mirada—. Busquemos a las chicas y que nos dé un poco el aire.

—Que te jodan, Connor —sigue Evan—. Te vas a quedar solo y te lo habrás buscado tú mismo.

En cuanto se van, Connor se deja caer en una de las sillas y apoya la espalda contra el respaldo, echando la cabeza hacia atrás y tapándose la cara con las manos. Se queda un rato en esa postura, hasta que siente la presencia de alguien a su lado.

—¿Qué ha pasado, Connor? —le pregunta Sarah—. Y no hace falta que te molestes en responderme que nada.

Connor apoya también la cabeza en la pared y mira al techo.

—Zoe vuelve a odiarme.

—¿Qué has hecho?

—Hacer que deje de preocuparse por mí —contesta Connor encogiéndose de hombros.

—Lo dices como si eso fuera bueno para ti...
—Lo es.
—No me puedo creer que quieras hacer daño a Zoe a propósito... Así que debes de tener un motivo de peso.
—No puedo soportar la idea de estar en la misma habitación que ella y no poder abrazarla. No me veo capaz de reprimir las ganas de besarla o... o de simplemente acariciar su mejilla cuando me apetezca. Necesito que me odie para mantenerla alejada de mí.
—Eliges entonces el camino fácil. ¿Ni siquiera vas a luchar por ella?
—No existe otro camino, Sarah. Nunca será lo mismo entre nosotros, nunca podremos volver a ser «amigos» —dice entrecomillando las palabras con los dedos de ambas manos—. Quiero serlo todo para ella, y, como eso no es posible, prefiero no ser nada.
—Nos lo pones muy complicado al resto...
—Créeme, más difícil es para mí.
Sarah le agarra una mano y se la aprieta con cariño, intentando sonreír a pesar de todo. Él le devuelve el gesto, sabedor de que ella es, con toda seguridad, la única con la que puede hablar abiertamente y que, a pesar de todo, permanecerá a su lado.
—Gracias —le dice—, por no gritarme, pegarme o... mirarme con lástima.
—¿Mirarte con lástima? —Sarah sonríe al recordar las palabras de Zoe en el apartamento de Hayley—. ¿Como si fueras un perro abandonado en una perrera?
—Exacto. Sé que la gente lo hace de forma inconsciente, pero... —Connor ladea la cabeza y hace una mueca con la boca, imitando el gesto que casi todo el mundo hace cuando se entera de que lo suyo con Zoe ha acabado.
—Si es que estáis hechos el uno para el otro... —susurra para sí misma.
—¿Qué dices?

–Nada, que aunque a veces reconozco que me asaltan unas ganas enormes de darte un guantazo, sigo teniendo fe en ti.

Connor se inclina hacia un lado y apoya la cabeza en el hombro de Sarah. Respira profundamente y se permite el lujo de cerrar los ojos durante unos segundos.

–Ahora que has comido algo, deberías intentar dormir.
–Tengo los ojos cerrados.
–Me refiero a dormir en condiciones, estirado si puede ser, no sentado. ¿Cuánto hace que no duermes en una cama?
–No sé.

Sarah chasquea la lengua resignada y apoya los labios en el pelo de él.

–Algún día te llevaré a la cama –le suelta de repente.

Connor levanta la cabeza con el ceño fruncido. Se miran durante unos segundos hasta que ella no puede retener más la risa, a pesar de apretar los labios con fuerza, y ambos sueltan una sonora carcajada, viéndose incluso obligados a secarse alguna lágrima de los ojos.

–No quiero ni imaginar lo que Kai me haría –dice Connor entre risas.

–Sí, mejor que durante un tiempo, por tu propia seguridad, te mantengas alejado de cualquier cama –contesta Sarah poniéndose en pie–. Me voy a ejercer de madre, otra vez.

–Vale –contesta él sin soltarle la mano.
–Mañana vengo a veros.
–Por favor.

Connor está sentado en una silla, con el cuerpo hacia delante, y la cabeza y los brazos apoyados en el colchón de la cama donde descansa su padre. Empieza a sentir como alguien aprieta su mano y sus sentidos se van despertando poco a poco, hasta que es capaz de escuchar una respiración débil y entrecortada, acompañada de los sonidos de las máquinas. Aturdido, abre los ojos y levanta la cabeza para descubrir a su padre mirándole.

—¡Papá! ¿Qué pasa? ¿Por qué te quitas esto? —le recrimina despertándose de golpe e intentando ponerle de nuevo la mascarilla de oxígeno.

Donovan, mueve la cabeza a un lado para impedir que se la ponga y, con mucho esfuerzo, le agarra del brazo. Connor entiende entonces sus intenciones y se vuelve a sentar en la silla, con cara de preocupación.

—¿Papá?

Cuando Donovan ve que le ha entendido, vuelve a girar la cara hacia él y esboza una sonrisa.

—¿Estás bien? —le pregunta Connor.

Asiente con la cabeza, aún incapaz de decir ni una palabra a pesar de tragar saliva varias veces. Al rato, agarra a su hijo de la camiseta y le atrae hacia él. Connor, bastante asustado, acerca su oreja a la boca de su padre.

—Quiero que luches por ella —le susurra con mucho esfuerzo, con un hilo de voz.

—Papá, no te preocupes por eso ahora. Descansa y mañana hablamos con más calma.

—No... —dice apretando su agarre con más fuerza—. Escúchame. No puedo irme sin que me prometas que lucharás por ser feliz.

—Papá, no...

—Prométemelo —le suplica cerrando los ojos justo en el momento en que un ininterrumpido pitido resuena por toda la habitación.

—¡Te lo prometo! —grita Connor, incorporándose asustado—. ¡Te lo prometo! ¡Lo prometo! ¡Papá, lo prometo! ¡Escúchame! ¡Lo prometo!

Una enfermera y un médico de guardia irrumpen corriendo en la habitación. Él retrocede hacia atrás, asustado, mientras observa cómo atienden a su padre, cómo comprueban su pulso y cómo, unos minutos después, apagan las máquinas con gesto serio.

—Lo siento —le dicen el médico y las enfermeras—. ¿Quiere que avisemos a sus hermanos?

Connor no contesta y no deja de mirar a su padre en ningún momento, así que salen de la habitación para dejarle solo. Pierde la noción del tiempo, incapaz de reaccionar y no sabe cuánto rato pasa hasta que sus hermanos entran en la habitación. Le llegan las voces de los demás como si hablaran a kilómetros de distancia, y se mueven a una velocidad diferente, mientras que él no es capaz de hacer otra cosa que preguntarse, una y otra vez, si su padre ha podido escuchar su promesa antes de cerrar los ojos para siempre.

Capítulo 19

Sorry seems to be the hardest word

Después de pasar toda la noche en vela en el hospital, Sarah y Kai llevan a Connor hasta su apartamento. Ella le observa por el espejo interior del coche, muy preocupada por él, ya que desde que murió Donovan, no ha abierto la boca en ningún momento. Se ha limitado a sentarse en la sala de urgencias, con la mirada perdida en el infinito, prácticamente sin parpadear. Luego, cuando llegó el momento de irse a casa, como un autómata, les siguió hasta el coche y se metió dentro sin rechistar.

—Hemos llegado —dice Kai al aparcar.

Los dos se giran hacia Connor, que mira la fachada de su edificio a través de la ventanilla. Kai mira a Sarah y al instante saben que no pueden dejarlo solo. Se apean del coche y abren su puerta. Como sucediera antes en el hospital, cuando le piden que se baje, él lo hace como si estuviera hipnotizado e hiciera caso a todas sus órdenes.

—Connor, ¿tienes las llaves? —le pregunta Sarah agarrándole de la camiseta con delicadeza para intentar que le preste atención a ella y deje de mirar al infinito.

Él la mira al cabo de un rato, con los ojos muy abiertos aunque inexpresivos, como si no hablara el mismo idioma que ellos y no hubiera entendido la pregunta.

—Es igual —interviene Kai—. Se las pediremos al portero.

En cuanto entran en el apartamento, después de recibir las condolencias por parte del portero, Connor se queda parado en mitad del salón. Pasea la vista por toda la estancia, como si no reconociera el lugar, sintiéndose un extraño en su propia casa.

Sarah, que es la primera vez que entra en el apartamento de Connor, mira también de un lado a otro, haciendo un pequeño, pero exhaustivo reconocimiento. Se da cuenta de que él debe de llevar tiempo sin aparecer por aquí porque hay recuerdos de Zoe por todas partes, recuerdos de cuando estaban juntos, de cuando ambos eran felices, de los que seguro se hubiera deshecho al romperse la relación. En la barra de la cocina, por ejemplo, aún hay un par de platos con restos de comida. En el respaldo de una de las sillas, una camiseta de tirantes de Zoe. Y en el sofá hay una manta rosa que seguro que no fue idea de Connor comprar. Vuelve a mirarle para asegurarse de que está bien después de recibir semejante sobredosis de recuerdos de tiempos mejores. Dirige la vista hacia el mismo sitio al que él mira ahora, la nevera, donde hay una foto de él y de Zoe en la playa, y un precioso retrato de él realizado a lápiz. Alrededor, diferentes imanes con formas de letras dibujan la frase «te quiero».

–Aquí no se puede quedar solo –le dice Sarah a Kai en voz baja–. Parece un museo de Zoe. Mire donde mire, hay recuerdos de ella por todas partes.

–Pero tengo que ultimar detalles del entierro y el velatorio, y eso...

–Lo sé. ¿Podéis encargaros tú y Evan de ello? Así yo me quedo con Connor.

–Sí, sí podemos –contesta Kai agachando la cabeza.

–¿Lo entiendes, verdad?

–Claro...

Sarah le acaricia la cara mientras le observa detenidamente. Está claro que Kai, a pesar de su aspecto fuerte e impenetrable, también la necesita. Él también ha perdido a su padre, pero, aun así, antepone el bienestar de su hermano al suyo propio. Mira a Sarah sonriendo sin despegar los labios y luego mira a Connor.

–Eh... –dice acercándose a él, poniendo un brazo por encima de sus hombros–. ¿Sabes qué vas a hacer? Dormir. Vamos, te acompaño.

Con delicadeza, le conduce hasta su dormitorio y le ayuda a desvestirse, sin dejar de hablarle en ningún momento.

–Eso es. ¿Tienes pijama o...? Sarah se va a quedar contigo esta noche, así que si duermes en pelotas habitualmente, hoy romperás la tradición.

Al no recibir respuesta, se gira hacia la cómoda y abre varios cajones hasta encontrar unos pantalones cortos de deporte.

–Toma. Póntelos.

Cuando hace lo que le pide y se estira en la cama, Kai se acerca a él y le arropa con la sábana. Connor suspira con fuerza y los ojos se le cierran solos, cayendo dormido enseguida.

–Eso es –le dice Kai apoyando la palma de la mano en la frente de su hermano, justo en el momento en que la puerta del dormitorio se abre poco a poco.

–Hola –saluda Sarah–. Parece que, al final, no tengo que quedarme a cuidar de él...

–¿Y eso? –pregunta Kai sorprendido mientras Sarah abre del todo la puerta y aparece Zoe–. ¿Qué...? ¿Qué haces aquí?

–No olvidarme de él –contesta agachando la cabeza ante la tímida sonrisa de Kai–. Además, me imaginé que alguno de los dos se vería obligado a pasar la noche aquí para no dejarle solo, cuando lo lógico es que Sarah esté a tu lado... Tú también has perdido a tu padre...

–Gracias –le dice Kai acercándose a ella y dándole un sentido abrazo bajo la emocionada mirada de Sarah.

–¿Cómo está? –pregunta Zoe cuando se separan.

–Igual que en el hospital –contesta Kai–. Sigue sin hablar y está como ido.

—Me preocupa –interviene Sarah mirando a Connor fijamente–. No ha llorado, ni gritado, ni se ha enfadado... No ha demostrado sus sentimientos desde que Donovan murió, y eso no es bueno. No puede guardárselo dentro porque le puede acabar consumiendo.

Los tres miran hacia la cama, donde Connor se da la vuelta, cambiando de postura, y les da la espalda.

—Nos tenemos que ir... –dice Kai al cabo de un rato–. Cuida de él, ¿vale?

—Claro que sí. ¿A qué hora es el entierro?

—Mañana a las nueve de la mañana.

—Vale. Le voy a dejar dormir todo lo que necesite hasta entonces. Algo me dice que lo necesita... –dice acercándose a la cama y sentándose a su lado.

—Si necesitas algo, nos llamas –dice Sarah.

—Descuida –Zoe muestra la mochila que ha traído con ella–. Me he traído un libro, el Ipod, algunas revistas y supongo que aún debo de tener ropa por aquí para cambiarme si lo necesito...

—Seguro. Date una vuelta por el apartamento y verás que hay bastantes más cosas tuyas aparte de ropa... –le dice Sarah sonriendo.

Zoe lleva un rato leyendo, estirada en el sofá, cuando escucha el teléfono de Connor sonar. Corre hacia la habitación para que el ruido no le despierte y vuelve a salir al salón con el móvil escondido entre las manos para amortiguar el sonido. Cuando mira la pantalla, ve un número de móvil que no está guardado en la agenda y, aunque duda durante unos segundos, decide contestar, pensando que puede ser alguien que quiera darle el pésame.

—¿Diga?

—Ah... Esto... A lo mejor me he equivocado...

—¿Quiere hablar con Connor?

—Sí. ¿Quién es usted?

—Eh... Soy una amiga. ¿Y usted?

—Soy Sharon.

Al escuchar el nombre, se le congela la sangre y el teléfono casi se le resbala de las manos. Un extraño sentimiento empieza a apoderarse de ella. El problema es que es un sentimiento que no sabe definir, ya que es una mezcla de rabia, odio, celos e incluso pena. No sabe si gritarle, insultarla, llorar o directamente colgar y apagar el teléfono después.

—¿Hola?

—¡Hola! Sí, hola. Verá es que ahora Connor no se puede poner. ¿Quiere que le deje algún recado? –pregunta intentando disimular al máximo su voz para que no llegue a reconocerla.

—Bueno... –Sharon duda durante unos segundos–. Sí, dígale que me acabo de enterar de la muerte de su padre y que estoy a punto de coger un vuelo hacia Nueva York. Que llegaré esta noche.

—Vale –dice Zoe con la voz entrecortada, carraspeando para intentar disimular su malestar–. Le transmitiré su mensaje.

—De acuerdo, gracias. ¿Con quién he hablado?

Para no contestar a la pregunta, Zoe cuelga el teléfono con rapidez, lo deja encima de la mesa del salón y, como si se tratara de material radioactivo, se aleja varios pasos de él. Se lleva las manos a la cabeza y hunde los dedos en su pelo, mordiéndose el labio inferior, nerviosa por el hecho de tener que volver a verse cara a cara con ella. El teléfono vuelve a sonar y se le forma un nudo en la garganta que le impide respirar con normalidad, provocando que las lágrimas se le agolpen en los ojos. Se acerca lentamente, con miedo, hasta que ve que quien llama esta vez es Rick.

—Hola, Rick –contesta aliviada al cabo de unos segundos, esta vez con una gran sonrisa en los labios–. Soy Zoe.

—Hola, preciosa. ¿Cómo estás?

—Bueno, bien...
—Pero... ¿estás con él...?
—Bueno, sí, pero no, no sé si me entiendes... No queremos dejarle solo...
—Bien hecho... ¿Está por ahí? ¿Se puede poner?
—Ahora está durmiendo.
—¡No me jodas que lo habéis conseguido! Empezaba a pensar que se había convertido en un puto vampiro o algo así... Sin comer, sin dormir... Daba hasta miedo a veces...
—La verdad es que no opuso mucha resistencia y el propio agotamiento, físico y mental, pudo con él.
—¿Está muy mal?
—Sí, suponemos. Bueno, la muerte de un padre siempre es dura, pero no sabemos realmente cómo está –contesta Zoe emocionándose–. Connor estaba con Donovan cuando murió y, desde entonces, no ha abierto la boca. Está como ido.
—Se le han juntado muchas cosas, Zoe. Lleva una racha un poco... complicada. Pero es bueno que estés ahí, junto a él, a pesar de todo.
—Lo sé, soy un poco tonta.
—No es cosa tuya, el amor nos vuelve gilipollas.
—Sí –contesta Zoe riendo–. Será eso.
—Aprovechando que hablo contigo, te advierto... Mi jefe ha enviado una nota a todos nuestros clientes y demás agencias del mundillo para informar de la muerte de Don...
—Sharon acaba de llamar para decir que viene para aquí –le suelta Zoe de sopetón.
—¡Joder! Si que se ha dado prisa la cabrona... Eso te quería advertir...

Zoe no puede evitar la risa y suelta una fuerte carcajada. Sintiéndose mucho más relajada, se sienta en el sofá encogiendo las piernas.

—Yo no lo podría haber expresado mejor –confiesa Zoe.
—Él no quiere nada con ella, Zoe...

—Es libre de hacer lo que quiera.
—Pero no lo hará.
—Ya lo hizo.
—Eso fue un error que aún me cuesta creer que cometiera, Zoe.
—¿Qué quieres decir?
—Le conozco desde hace años y pasamos muchas horas juntos, las suficientes como para saber que es el tío más fiel y comprometido que he conocido en mi vida. Nunca, pero nunca, le fue infiel a Sharon, a pesar de lo mal que le trataba y de las muchas oportunidades que tuvo para hacerlo. Así que me cuesta mucho creer que haya sido capaz de serte infiel porque te puedo asegurar que lo que sentía por Sharon no es ni una cuarta parte de lo que siente por ti.

A Zoe se le entrecorta la respiración al escuchar esas bonitas palabras de Rick.

—No quiero hacerte llorar porque estoy seguro de que ya lo has hecho demasiado. Solo quiero que sepas mi opinión. Por si sirve de algo...

—Vale —dice Zoe con la voz tomada por la emoción.
—¿Necesitas algo?
—No, gracias, de verdad.
—Entonces, no vemos mañana, ¿vale?
—Vale.
—Cuídalo mucho.
—Lo haré.
—Lo sé. Hasta mañana, preciosa.
—Adiós, Rick.

Se queda un rato sentada en el sofá, pensando en su conversación con Rick, debatiéndose de nuevo, entre el odio y el amor que siente por Connor. Sabe que nunca podrá perdonarle la infidelidad, pero le está resultando tremendamente difícil alejarse de él. Confusa, como siempre que piensa en ello, se levanta y camina con decisión hasta la nevera para coger algo de beber. Justo antes de abrir la puerta, se fija en la foto y en los imanes. Coge la instantánea y la observa detenidamente, recordando el día que se la hicieron como si fuera ayer mismo. Ve la cara sonriente de Connor, totalmente relajada, sin ojeras y sin ninguna arruga en la frente, y con sus espectaculares ojos azules brillando con intensidad. Su aspecto también es muy distinto al de ahora y es básicamente porque, cuando se tomó esa fotografía, ella era feliz. Suspira con pesadez y vuelve a colgar la fotografía en la nevera. Luego se fija en el dibujo que ella le hizo mientras dormía y, sin necesidad de dar la vuelta al papel, recuerda la frase que escribió detrás: *Mi recuerdo favorito del día. Te amo.* Realmente, si echa la vista atrás, Connor era su recuerdo favorito de todos y cada uno de los días, no solo de aquel, ya lejano, día de playa. Camina de nuevo hacia el dormitorio, cierra la puerta y apoya la espalda en ella, mientras le observa dormir dándole la espalda. Agacha la cabeza y camina lentamente hasta él. Con cuidado de no despertarle, se estira a su lado frente a él para mirarle mientras duerme. Tiene la boca ligeramente abierta y su respiración es relajada. Acerca la mano a su cara y pasa un dedo por encima del puente de su nariz, acariciando la cicatriz que ella misma le provocó. Observa entonces su mano apoyada en el colchón y la agarra con fuerza. Cierra los ojos y varias imágenes empiezan a invadir su cabeza. Recuerdos como la primera vez que le vio en su taxi, su conversación en el hospital, el partido de baloncesto, aquella noche en la que la besó por primera vez, la misma que se enteró de que Connor y Sully eran el mismo hombre, o la primera vez que hicieron el amor en este mismo apartamento. Es entonces cuando su cabeza reproduce la voz de él con total claridad: «Nunca te dejaré de querer, pase lo que pase».

–Está claro que yo tampoco –susurra ella acercándose a él.

Poco a poco se va sumiendo en un sueño profundo y relajado, como hacía días que no disfrutaba. Relajado hasta que, un rato después, escucha a alguien hablar de forma precipitada y el colchón empieza a moverse. Como un resorte, abre los ojos y se encuentra con la imagen de Connor, aún dormido y con la frente bañada en sudor, moviéndose nervioso como si estuviera teniendo una pesadilla.

–¡No! Espera... –dice Connor–. No me dejes...

Sin saber bien qué hacer, Zoe acerca su mano al pecho de él. El corazón le late con tanta fuerza y tan rápido que parece que se le vaya a salir de la caja torácica.

–Shhhh... –le susurra mientras Connor mueve la cabeza de un lado a otro.

Al ver que no consigue su propósito, se acerca más a él y le coge la cara entre las manos.

–Shhhh... No pasa nada. Tranquilo...

Connor abre los ojos de golpe y la mira nervioso, con la respiración agitada. Se separa de ella y mueve la cabeza desorientado, intentando adivinar dónde está.

–Estás en casa, Connor –le aclara Zoe–. Kai y Sarah te trajeron.

Aún confuso, arruga la frente y mira a la cama, a ella y a sí mismo, tragando saliva al no recordar nada de lo sucedido.

–Tranquilo. Yo llegué cuando ya estabas dormido. Supongo que te... te desvistió tu hermano. Estabas teniendo una pesadilla, por eso te has despertado.

El nerviosismo de Connor se va calmando poco a poco, aunque sigue sin abrir la boca. Ante esa incomodidad, Zoe se levanta de la cama y empieza a moverse por la habitación.

–Yo solo... Solo queríamos asegurarnos de que estabas bien. Tu hermano vendrá a recogerte en dos horas, así que deberías desayunar y... bueno, ducharte y vestirte para el... ya sabes, para el entierro –dice Zoe nerviosa, gesticulando con las manos sin parar, antes de salir de la habitación con prisa.

Una vez cerrada la puerta, intenta relajar la respiración y, acariciando la madera con una mano, apoya la frente en la puerta. Se queda ahí quieta hasta que empieza a oír el ruido de los pasos de Connor en el suelo. Cuando escucha correr el agua de la ducha, camina hacia la cocina para preparar café. Pasada una hora, cuando ya se ha tomado tres tazas, llegan Kai y Sarah, adecuadamente vestidos para la ocasión, él con un traje negro y ella con un vestido entallado del mismo color.

–¿Cómo ha ido? –pregunta Kai sirviéndose un café.

–Hasta hace un rato, bien. No se ha despertado ni una vez desde que os fuisteis, pero hace como una hora, empezó a tener pesadillas y a revolverse nervioso en la cama. Intenté tranquilizarle, pero solo conseguí despertarle y que me mirara como si estuviera drogado.

–Bueno –sonríe Sarah–, quizá no se esperaba volver a despertarse a tu lado tan pronto... ¿Se está duchando?

–Sí, lleva como una hora haciéndolo.

–¿Una hora? –dice Kai caminando con prisa hacia el dormitorio de su hermano–. ¿Y no has ido a mirar si estaba bien.

Zoe se queda blanca de golpe.

–Pensé que... Bueno, no creía que fuera buena idea que le espiara mientras se duchaba.

–¡Ni que no le hubieras visto desnudo antes! –se queja Kai.

–Lo siento, Kai –dice Zoe siguiéndole junto a Sarah–. Era una situación bastante incómoda...

Los tres entran en la habitación y mientras ellas se quedan al lado de la puerta, Kai corre hacia el baño. Respira aliviado cuando, a través de la mampara de cristal, ve a su hermano de espaldas, con las manos apoyadas en las baldosas de la pared y la cabeza justo debajo del chorro de agua. Pica con los nudillos para advertirle de su presencia y le sonríe cuando se gira, intentando demostrarle serenidad.

Connor cierra el grifo del agua y, tras abrir la mampara, coge una toalla y se la anuda a la cintura.

–Eh, ¿cómo estás? –le pregunta Kai que, al no obtener respuesta, sigue hablando–. Tienes mejor aspecto. Me ha dicho Zoe que has dormido mucho. Eso es bueno.

Connor se planta frente al espejo y apoya las manos en el lavamanos. Agacha la cabeza y pasados unos segundos, con apatía, limpia el vaho del espejo con la mano para descubrir su reflejo. Abre uno de los cajones y saca la maquinilla de afeitar.

–Te dejo para que te arregles. Si necesitas algo, estamos ahí fuera, ¿vale?

Cuando vuelve a la habitación, se encuentra solo con Sarah. Le hace una mueca de resignación y salen de nuevo al salón.

–Zoe ha ido a vestirse. Dice que se encontrará con nosotros en el cementerio –le informa ella cuando le ve–. ¿Cómo está?

–Ni idea –contesta encogiéndose de hombros–. Sigue sin decir nada, aunque al menos sabemos que ha dormido y que después de la ducha y de desayunar algo, tendrá un aspecto mucho más parecido al de un ser humano que al zombi de hace unas horas.

Sarah empieza a preparar más café mientras busca algo para comer entre los armarios de la cocina. Después de rebuscar durante un rato y tirar varios alimentos caducados a la basura, encuentra una bolsa de pan de molde y mantequilla. Después de cerrar la nevera, se vuelve a fijar en la puerta de esta y una gran sonrisa se dibuja en su cara.

–Me parece que después de esto –le dice a Kai señalando la puerta–, se va a encontrar un poco mejor.

Kai arruga la frente y mira hacia donde señala Sarah. Se acerca y observa la foto, el retrato de su hermano que debió hacerle Zoe y los imanes. Niega con la cabeza y se encoge de hombros, ante la desesperación de su chica.

—¡Kai! —grita Sarah perdiendo la paciencia y señalando una de las palabras que forman las letras—. Aquí antes ponía «te quiero».

—Aún... —lee Kai la palabra que señala Sarah—. «Aún te quiero». ¿Aún le quiere? ¿Estás segura de que no lo ponía antes?

—Cuando le trajimos ayer, la palabra «aún» no estaba... —contesta con una gran sonrisa en la cara.

En ese momento, Connor aparece en la cocina. Sarah le saluda y él agacha la cabeza. Deja la americana del traje apoyada en el respaldo de la silla y, sin necesidad de mirarse en un espejo y con total soltura, empieza a anudarse la corbata hasta dejarla perfecta. Se sienta en uno de los taburetes al tiempo que Kai le acerca una taza de café.

—Toma —Sarah pone delante de él un plato con un par de tostadas untadas con mantequilla—. Luego te iré a comprar algo de comida porque he tenido que tirar varias cosas que estaban caducadas.

Connor no responde, pero aprieta los labios y hace una mueca con la boca, agachando luego la cabeza y fijando la vista en la taza. Mira hipnotizado el humo que sale de ella, poniendo su mano encima, viendo cómo se escapa entre sus dedos.

—Escucha, Con... —dice Kai sentándose al lado de su hermano—. Solo queremos que sepas que cuando nos necesites, estaremos a tu lado, ¿vale? Nadie piensa que lo de papá fuera culpa tuya, te lo aseguro. Te quiero y... me duele verte así, tío. No, no quiero que te encierres en ti mismo y que te aísles de los demás.

Connor no le mira, pero le escucha atentamente. Coge una tostada y le da varios bocados, masticando lentamente y tragando con mucho esfuerzo. Kai y Sarah le observan sin poder evitar sonreír.

—Tendríamos que irnos —dice Kai entonces.

Connor se pone en pie, dejando la tostada a medio comer, y recoge la americana. Mientras se la pone, Sarah se le planta delante cortándole el paso.

–Lo que tu hermano quiere decir es que, como puedes ver, tienes a mucha gente alrededor, no estás solo. Y cuando estés listo para hablar de ello, aquí estaremos –dice alisándole las solapas de la americana. Tras una pausa, señala hacia la nevera y añade–: Incluida ella.

Connor gira la cabeza hacia donde señala Sarah y, por primera vez en varias horas, parece hacer algo por propia iniciativa y no porque alguien se lo diga. Poco a poco, camina hacia la nevera, hasta que se queda parado a escasos centímetros. Se apoya en el electrodoméstico con ambas manos hasta que, pasados unos segundos, acerca una de ellas a los imanes. Toca las letras con las puntas de los dedos, hasta que un dolor intenso empieza a apoderarse de su pecho. Cuando las lágrimas empiezan a agolparse en sus ojos, pugnando por salir, se aleja y camina con paso decidido hacia la puerta.

–Pensaba que ver eso le haría feliz –dice Kai mientras salen del apartamento.

–No sé si más feliz, pero en estos momentos, ella es la única capaz de provocar una reacción en él y eso de ahí –dice Sarah señalando hacia el interior con el pulgar–, puedes jurar que lo ha sido.

El cementerio está lleno de gente, muchos amigos y vecinos de la familia, así como muchos compañeros de profesión de Connor. Todos se acercan a darles el pésame y, durante todo ese duro proceso, Kai y Evan no dejan solo a su hermano en ningún momento.

–Hola, colega –dice Rick al plantarse frente a Connor, que al instante deja de comportarse como un autómata y levanta la cabeza para mirar a su amigo–. Lo siento mucho, de veras.

Connor esboza una tímida sonrisa de circunstancias y enseguida se tira a los brazos de Rick, que le acoge con un fuerte abrazo.

—Escúchame atentamente —le dice al oído, aún sin soltarle—. Te quiere, Connor. Zoe te sigue queriendo. No te rindas aún, lucha por ella. ¿Me oyes? ¿Me lo prometes?

Rick no se queda satisfecho hasta que Connor asiente con la cabeza. Cuando se separa de él, les da la mano a sus hermanos y antes de alejarse, guiñándole un ojo, le dice:

—Empieza hoy mismo.

Connor, confundido por esas palabras, no le pierde de vista mientras se aleja, dándole la mano al resto de asistentes que van pasando por delante de él, hasta que Kai le da una patada para llamar su atención. En cuanto gira la cabeza, se encuentra de frente con Sharon.

—Lo siento mucho, Sully —dice acercándose hasta darle un beso en la mejilla.

Él la mira entornando los ojos, sin mostrar reacción alguna al verla. Por suerte, hay gente esperando para darles el pésame, y ella no puede entretenerse mucho más, así que se marcha para dejar paso a los demás. Connor busca a Rick, que le mira levantando una ceja, y se entienden al instante, demostrando la complicidad que tienen entre ellos, dentro y fuera de la oficina.

—Os doy mi más sentido pésame, chicos —les dice entonces el reverendo Johnson, que conocía a su padre desde hacía años—. Era un gran hombre y estaba muy orgulloso de vosotros tres. Estoy seguro de que os ha inculcado todos los valores de los que él hacía gala.

—Gracias, padre —responden ellos justo antes de que él se retire para oficiar el entierro.

—Menos mal que parece que nunca llegó a averiguar quién tiró aquella bomba fétida en mitad de la misa de pascua... —susurra Evan mirando de reojo a sus hermanos.

–Cierto, eso nunca se supo... –contesta Kai mirando al frente, con las manos en los bolsillos.

–Ya, claro... Todo un misterio, como quién espiaba a su hija a través de la ventana de su habitación mientras se cambiaba de ropa...

–Eso fue Connor –contesta Kai directamente, con una sonrisa de medio lado–. Y a ella le gustaba porque después le dejó que le metiera la lengua hasta la tráquea. ¿O no?

Sin cambiar de postura, Kai se inclina hacia Connor, hasta hacer chocar sus hombros.

–Shhhh... Kai, por favor –le llama la atención Sarah.

Connor vuelve a centrar su atención en el párroco, que lleva un rato hablando. Puede que su padre sí les inculcara muchos valores, pero nunca consiguió inculcarles la devoción cristiana y, en cuanto fueron mayores de edad, ninguno de los tres volvió a pisar la parroquia del reverendo Johnson. Así pues, por más que lo intente, es incapaz de prestar atención al sermón durante más de un minuto seguido. Desvía la mirada hacia sus hermanos, y se fija en Sarah y Hayley, que les acompañan de cerca y, aunque se alegra enormemente por ellos, no puede evitar sentir una pizca de envidia al verles.

–... fiel esposo y un padre abnegado que supo inculcar a sus tres hijos la fe cristiana...

Por un extraño motivo, aun estando rodeado de mucha gente, se siente más solo que nunca, y es que, durante estas horribles últimas tres semanas, su padre había sido su gran apoyo. Es por ello que su cabeza no para de dar vueltas, preguntándose, no solo si fue capaz de escucharle en el hospital, sino si hizo todo lo posible por hacerle la enfermedad lo más llevadera posible, o incluso si le dijo o le demostró lo suficiente cuánto le quería y lo importante que era para él.

–... Dios todopoderoso en su sabia providencia, separa de este mundo el alma de este hombre, en cuanto nosotros encomendamos su cuerpo a la tierra, tierra a tierra, ceniza a ceniza, polvo a polvo, con la esperanza segura y cierta de la resurrección a la vida eterna...

Connor levanta la cabeza y mira al cielo, como si buscara en él las respuestas a sus dudas. Cuando la vuelve a agachar, ve al reverendo echando tierra por encima del féretro de su padre y, como si ese fuese el gesto inequívoco de que ya no hay vuelta atrás, como si hasta ahora todo hubiera sido una farsa, empieza a sentir una fuerte presión en el pecho. Los latidos de su corazón resuenan con fuerza en sus oídos, mientras un sudor frío le recorre toda la espalda. La frente se le empieza a bañar en sudor al tiempo que se le hace cada vez más difícil el respirar de forma regular. Todo a su alrededor empieza a dar vueltas, y se ve obligado a cerrar los ojos con fuerza para intentar devolverlo todo a su sitio. Cuando los vuelve a abrir, la cosa no ha mejorado nada e incluso de su garganta emerge un pito cada vez que respira. Pero entonces, como por arte de magia, sus ojos se fijan en una chica que está de pie a su izquierda, algo apartada de todo el mundo, junto a un árbol. Esa chica que no deja de mirarle fijamente ni un segundo, esa chica que, sin él saber cómo, acaba de devolver su mundo al derecho de nuevo. Esa chica que permanece a su lado, a pesar de haberla herido en lo más profundo de su corazón.

—¿Estás bien? —le pregunta Evan al ver la palidez de su rostro.

Connor no responde, ni siquiera moviendo la cabeza, porque no es capaz de hacer otra cosa que mirar fijamente a Zoe. Es incapaz de escuchar nada, ni la pregunta de su hermano, ni el sermón, ni el ruido de las ramas de los árboles al mecerse con el viento. Tampoco es capaz de fijar su atención en nadie más, ni en el reverendo dando la bendición a todos al finalizar el acto, ni en los operarios del cementerio cuando bajan el féretro hacia el interior del agujero y empiezan a cubrirlo con tierra, ni en los asistentes estrechándoles la mano a él y a sus hermanos y alejándose hacia sus respectivos coches. Incluso cuando el agujero ya está tapado completamente, justo al lado de la lápida de su madre, y solo quedan algo más de diez personas alrededor, no es capaz de apartar la mirada de ella.

Kai y Evan, acompañados de Sarah y Hayley, se acercan a él después de permanecer un rato junto a la tumba de Donovan. Le miran y luego desvían la vista hacia Zoe, y entonces entienden el letargo de Connor. Todos se alejan sonriendo, incluso Sarah le coge de la mano y se la aprieta de forma cariñosa.

Connor mira hacia las lápidas, traga saliva de nuevo y se frota las manos contra la tela del pantalón. Quiere acercarse y pedir perdón a su madre por no haber venido a verla desde que su padre les obligó a ello, hace como... más de cinco años, y darle las gracias a su padre por todo lo que ha hecho por ellos, y especialmente por él. Pero no puede hacerlo, algo se lo impide y, aunque se remueve incómodo en el sitio, no puede dar un paso hacia delante.

Vuelve a levantar la vista hacia Zoe, que sigue allí, a su lado, a pesar de la distancia que existe entre los dos, tanto física como emocional. La ve sonreír, al tiempo que asiente con la cabeza para infundirle el valor necesario para dar esos escasos pasos.

–¿Crees que debo ir? –le pregunta Kai a Sarah sin perder de vista a Connor, que permanece frente a las tumbas de sus padres, mirando al suelo sin moverse.

–No. Déjale espacio. Además, no está solo –contesta ella señalando a Zoe con un dedo–. Si se ha atrevido a acercarse, ha sido gracias a ella.

–Zoe está demostrando ser muy buena persona –dice entonces Hayley–. A mí Evan me hace la putada que Con le ha hecho, y pobre de él que se atreva siquiera a mirarme a la cara...

—Es que aún le quiere —interviene Kai, sonriendo abiertamente al recordar el mensaje en la nevera.

—Lo sé, pero no quiere decir que le haya perdonado —dice Hayley sin dejar de mirar a su amiga.

—¿No? —preguntan Kai y Evan a la vez, frunciendo el ceño extrañados.

—¡No! —responde Sarah.

—¡Por supuesto que no! —les increpa Hayley.

Los dos se quedan con la boca abierta y sin saber qué decir. Se encogen de hombros y abren los brazos sin entender nada.

—¿Os pensáis que es tan fácil perdonar una infidelidad?

—Bueno, no sé... No, supongo que no, pero ella dice que aún le quiere... —balbucea Kai.

—¡Y no le dejará de querer nunca! —prosigue Hayley—. Zoe llevaba esperando toda su vida por un tío como Connor. Él es... perfecto para ella.

—Pero la cagó... —dice Sarah.

—Permitidme que lo dude...

Todos se giran hacia Rick, el cual se había mantenido en un discreto segundo plano hasta ahora.

—¿Qué insinúas? —le pregunta Evan.

—Que Sharon es una víbora y que si tengo que confiar en alguien entre ella y Connor, lo tengo muy claro.

—Pero Connor no ha negado que se haya acostado con ella...

—Pero tampoco lo ha admitido. Sencillamente, no se acuerda. ¿Pero sabéis qué?

Rick empieza a caminar con las manos en los bolsillos, alejándose de ellos y girándose para mirarles con cara de suficiencia.

—Que voy a averiguarlo. Así que, señores, señoras —dice inclinando la cabeza como si les hiciera una reverencia—, me voy de caza.

Se acerca hasta Sharon que, aunque charla con un grupo

de compañeros de profesión, no ha perdido de vista a Connor en ningún momento. Rick se coloca detrás de ella y, de forma muy seductora, le dice algo al oído. Sharon reacciona al principio con relativa sorpresa, aunque enseguida parece seguirle el juego y cae de bruces en su trampa. Poco más de cinco minutos después, algunos del grupo parecen haber decidido ir a tomar unas copas juntos, y se dirigen a sus respectivos coches. Como un caballero, Rick abre la puerta del copiloto de su coche y, una vez ella entra, la cierra con un gesto teatral de victoria dirigido hacia Kai, Evan, Hayley y Sarah. Mientras los chicos le observan divertidos, ellas se miran con complicidad.

–Dime, por favor, que tú también has mojado las bragas –le susurra Hayley a Sarah, que asiente lentamente con la boca abierta–. ¿Se puede ser más jodidamente sexy?

Sarah, sin articular palabra, niega ahora con la cabeza, y las dos miran embelesadas cómo el coche de Rick se pierde calle arriba.

–Ahora mismo me siento muy mal, hermano –suelta Evan de repente despertándolas de su ensoñación.

–¿Por? –pregunta Hayley.

–Porque le pegué la bronca por tirarse a Sharon, sin cuestionarme siquiera si sucedió realmente...

–Bueno, de hecho –interviene Kai arrugando la nariz–, ninguno confiamos en Connor... Ni siquiera él mismo.

Zoe observa a Connor con los ojos bañados en lágrimas y la respiración entrecortada. Su corazón le dice que corra a su lado y le abrace con fuerza para intentar aliviar parte del dolor por el que está pasando. Su cabeza, en cambio, le exige que dé media vuelta, se meta en el taxi y se aleje lo antes posible, proyectando imágenes de Connor y Sharon en la cama y recreando incluso sus jadeos para convencerla de ello.

—Basta ya —le ordena a su cabeza en voz alta.

«Pues vete, so blanda. ¿O tengo que recordarte que se folló a su ex a la primera oportunidad que tuvo, a pesar de lo muchísimo que te quería y de lo enamorado que estaba de ti?».

—Lo sé... Lo sé... Y me alejaré, lo prometo, pero necesito saber que va a estar bien.

«¿Acaso él se preocupó de tu bienestar? ¡Que le jodan!».

—¿Por qué será que suenas como Hayley? Además, se lo debo a Donovan, le prometí que cuidaría de él.

«Cuando se lo prometiste, él no te había puesto los cuernos. Las condiciones parecen haber cambiado un poco desde entonces...».

—¡Oh, joder! No sé por qué narices te estoy escuchando...

Pero entonces, se da cuenta de que Connor camina lentamente hacia ella, como si no estuviera seguro de lo que está haciendo, como si temiera que ella echara a correr o le asestara una torta en la cara.

—Mierda, mierda, mierda... Viene hacia aquí. ¿Qué hago?

«¿A mí me preguntas, bonita? Ahora que te den. Aquí te quedas sola».

—Vale, me estoy volviendo loca...

Connor está cada vez más cerca, así que, como tampoco parece que sus piernas tengan intención de moverse, respira profundamente varias veces e intenta tranquilizarse a marchas forzadas. Cuando vuelve a fijar la vista en él, su convicción se hace añicos por segundos. Y es que verle acercarse a ella con las manos en los bolsillos, la americana colgando de un brazo, la camisa por fuera del pantalón, las mangas a la altura de los codos, la corbata aflojada y la cara de súplica, es algo muy difícil de soportar para ella, sin llegar a perder la entereza en el intento.

—Hola —la saluda él.

—Hola —susurra ella con la voz tomada por la emoción.

—Gracias por venir...

—No podía faltar. Yo... quería mucho a tu padre —dice Zoe colocándose un mechón de pelo detrás de la oreja—. Antes, en tu casa, no tuve oportunidad de decírtelo, pero, lo siento mucho.

—Lo sé. Gracias. ¿Cómo...? ¿Cómo estás? —le pregunta rascándose la nuca con timidez.

—Bien —miente ella—. ¿Y tú?

—Fatal —contesta mientras se le escapa una sonrisa—, pero me lo he buscado yo solito.

Zoe agacha la cabeza y se abraza el cuerpo con ambos brazos. Está librando una batalla interior enorme y, viendo que la angustia que le provoca se está apoderando de ella, decide que ha llegado el momento de hacerle caso a su cabeza, e irse.

—Escucha, yo... le... le prometí a tu padre que cuidaría de ti... —Connor arruga la frente confundido—. Antes de... bueno, hace bastante tiempo. Pero me parece que voy a tener que incumplir la promesa porque no puedo estar... porque no puedo, y ya está.

—Zoe —dice Connor acercando una mano en un acto reflejo, provocando que ella retroceda unos pasos, acción que él mismo realiza para no incomodarla—. Perdona. Yo solo... te quería decir que no has incumplido la promesa a pesar de todo... Has estado cuidando de mí en mi casa y ahora durante el entierro... Si no fuera por ti, no lo habría podido soportar...

—Pero no puedo hacerlo más. No puedo porque cuando te miro...

—Yo también te sigo queriendo —suelta Connor de repente.

Zoe se queda con la boca abierta, sin saber qué decir, al acordarse del mensaje que le dejó en la nevera. Enseguida se le mojan las mejillas por culpa de las lágrimas que brotan de sus ojos sin pausa.

—Oh, mierda. No me hagas esto... —solloza.

–Espera, no he acabado... –le pide Connor–. He estado pensando. Yo también hice una promesa que voy a tener que incumplir.

–¿Qué...?

–Mi padre, justo antes de morir, me hizo prometer que lucharía por recuperarte, y me temo que lo voy a tener que incumplir. No es que no quiera luchar por ti, es que creo que no merezco hacerlo. Te mereces a alguien mejor que yo, así que supongo que mi padre estaría igualmente orgulloso de mí si antepongo tu felicidad a la promesa que le hice.

Connor se acerca de nuevo a Zoe, pero esta vez ella no se aparta. Sus caras quedan a escasos centímetros, tan cerca que cuando él habla, su aliento roza la piel de ella, provocando que un escalofrío recorra su espalda.

–Solo prométeme que serás feliz –le pide acariciando su mejilla con la palma de la mano.

Entonces, sin medir las posibles consecuencias, Connor acerca su cara a la de ella y cierra los ojos al sentir el roce de la mejilla de Zoe contra la suya. Apoya la mano que le queda libre en la cintura de ella, dejando escapar un sonoro jadeo.

–Gracias por quererme a pesar de todo –susurra en su oreja.

Sin esperar más, dejando a Zoe aún con los ojos cerrados, Connor se aleja rápidamente hacia la carretera para que ella no vea cómo las lágrimas empiezan a caer por sus mejillas y no escuche el sonido de su corazón al hacerse pedazos.

Capítulo 20

Over and over again

—Connor… Yo no voy a estar mucho tiempo por aquí…
—Papá… Deja ya ese rollo…
—Estoy hablando en serio –le dijo, posando su temblorosa mano sobre el antebrazo de su hijo, el cual le arropaba en la cama–. Te digo eso porque quiero que hagas algo por mí. Necesito que vayas a Irlanda.
—¿A…? ¿A Irlanda? ¿Para qué?
—Para cometer el mismo error que yo: alejarte del amor de tu vida. Y, sobre todo, para que estando allí te des cuenta de lo que has dejado marchar y vuelvas para luchar por ella.

Esas palabras resuenan en su cabeza desde hace semanas. Fue una de las últimas conversaciones que tuvieron en casa de su padre, antes de que este empeorara, antes de aquella noche en el jardín de la que nunca se recuperó.

Sentado frente a su portátil, mira la pantalla fijamente donde la página web de la compañía aérea sigue mostrándole el vuelo de ida a Cork, la ciudad con el aeropuerto más cercano a Kinsale. El vuelo es a primera hora del día siguiente, con lo que, si finalmente va a hacerlo, tendrá que darse prisa. Eso es lo que piensa mientras sus dedos acarician las teclas durante unos segundos.

A su lado reposa la guía que su padre le dejó como herencia. Durante las últimas semanas juntos, hablaron largo y tendido acerca del tema. Su padre tenía prisa por dejar atado el testamento antes de perder la cabeza por completo, según le decía, idea con la que el abogado que eligió como albacea no podía estar más de acuerdo. Así pues, a pesar de que no le gustaba nada hablar de ello, y tras negarse rotundamente a recibir en herencia nada aparte de unas pocas fotografías, aceptó ese extraño regalo. Recuerda perfectamente la noche que se lo dio, y lo que le dijo:

–Quiero que sigas mis pasos, hijo. Desde el principio... Pero recuerda dónde acabé y lo mucho que luché por ella...

La abre y pasa las hojas sin prestarles excesiva atención, abrumado por el enorme paso que esta guía esconde entre sus páginas: una ruptura con toda su vida: con su familia, con sus amigos, con ella... Y entonces sus ojos se dirigen hacia la nevera y se fijan en esa fotografía. Era feliz a su lado, ella era todo lo que necesitaba. ¿Por qué tuvo que joderlo de esa manera? Entonces, llevado por un impulso, mueve el cursor y confirma la compra del billete hacia su escapatoria.

–Joder, joder, joder...

Apoya los codos en la mesa y aprieta los puños contra las cuencas de los ojos. Un sentimiento de arrepentimiento empieza a apoderarse de él, así que antes de que le dé por cancelar la reserva, cierra la tapa del portátil con fuerza y se levanta de la silla de un salto. Se dirige hacia la nevera y coge la fotografía de malos modos, haciendo volar el imán con el que estaba pegada. La observa con la vista borrosa, producto de las lágrimas que pugnan por salir. La idea de romperla cruza por su cabeza, y sus dedos empiezan a cerrarse en forma de puño para arrugarla, hasta que se acuerda de que es lo único que le queda de ella y se derrumba. Estira la foto sobre la encimera de la cocina y empieza a alisarla con las manos, justo antes de volverla a colgar en la nevera.

–Perdón, perdón, perdón... No quiero hacerte daño... Yo no quería hacerte daño... No sé lo que hago... No... Necesito que estés bien...

Le habla a la foto, acariciando su rostro con los dedos, realmente arrepentido de sus actos... De todos ellos... Quiere compensarla y, aunque sabe que nada de lo que haga podrá cambiar lo ocurrido, se le acaba de ocurrir una disparatada idea. Empieza a ir de un lado a otro del apartamento, moviendo algunos muebles en el comedor, volviendo a ordenar los canales del televisor y, después de meter algo de ropa en una mochila, guarda el resto en cajas y las almacena a un lado del armario, dejando espacio de sobra. Con el ánimo renovado, escribe unas cuantas notas y las va enganchando en varios puntos estratégicos.

Escribe tres cartas de despedida: una para sus hermanos, otra para Rick y una última para Zoe. No tiene intención de entregar ninguna de ellas en mano, así como tampoco les confiesa cuál será su destino.

No puede plantarse delante de Rick y soltarle la bomba sin más. No puede dejarle solo, en la estacada. Congeniaron desde que se conocieron, se compenetran a la perfección y eso se nota tanto en el plano laboral como fuera de él.

Tampoco puede decírselo a sus hermanos en persona. Primero, porque Kai sería capaz de pegarle una paliza con tal de hacerle entrar en razón. Segundo, porque Evan sería capaz de pensar que es el culpable de su marcha y echarse a llorar. Y tercero, y más importante, porque suficiente cargo de conciencia tiene al abandonarles, como para ver sus caras al informarles de ello. Desde que su madre murió, su padre pasaba mucho tiempo fuera de casa para ganar el dinero suficiente para sacarles adelante, así que, ante la ausencia de un adulto presencial, Connor tomó el rol que ella dejó. Se convirtió en la voz de la conciencia... En la persona a la que iban a contarle sus problemas y el cual, en muchas ocasiones, les sacaba de ellos... En el que les alimentaba cada noche, haciéndoles la cena... O el que se encargaba de que se vistieran con ropa limpia. Es un rol que nadie le pidió que tomara, pero alguien tenía que hacerlo. Ahora su padre ya no está, y sus hermanos son mayorcitos como para cuidarse por sí mismos, pero no puede evitar tener la sensación de que les está abandonando.

Por último, está ella... Bastante duro fue verla en el hospital, descubrirla haciéndole compañía en su casa durante sus momentos más oscuros justo después de morir su padre, o luego en el entierro, haciéndole compañía en la distancia, hasta el final... A pesar de lo que él hizo, ella estuvo a su lado... Ella le quería, y él se acostó con otra... No se la merece... Por eso mismo no puede imaginar cómo se sentiría al verla de nuevo, dándose cuenta de lo que ha perdido.

Totalmente abrumado, con un nudo en la garganta que le impide respirar con normalidad, cierra los tres sobres y se pone en pie de un salto. Se cuelga la mochila de los hombros y camina decidido hacia la puerta principal hasta que, con el pomo ya en la mano, se detiene para dar un último vistazo a su apartamento. Sus ojos, como si hubieran sido atraídos por un imán, se fijan en la foto, ahora arrugada, de la nevera. Entonces, movido por un impulso irrefrenable, corre hacia ella y la coge, junto con el dibujo que ella le hizo. Coge la nota que había enganchado allí, la arruga, se la mete en el bolsillo, y le escribe una nueva.

Ya en la calle, mira a un lado y a otro y levanta un brazo cuando ve un taxi alejarse a lo lejos. Cuando está a pocos metros de distancia, conforme ve que se acerca a la acera, el corazón se le empieza a acelerar. De repente le asalta el miedo al caer en la cuenta de que existe una pequeña posibilidad de que sea Zoe la conductora de ese taxi. Los latidos retumban en sus oídos y una especie de sudor frío recorre su espalda. Empieza a retroceder algunos pasos, hasta que su espalda, o más bien su mochila, choca contra la pared. El taxi se detiene a su lado y la ventanilla del copiloto baja lentamente. Durante esos segundos que se le antojan años, las rodillas empiezan a flaquearle e incluso cree estar a punto de desmayarse. Pero entonces, la cara de un tipo afroamericano de unos cincuenta años se asoma y le mira con una mueca de asco dibujada en la cara.

–¿Se ha arrepentido? –le pregunta. Es incapaz de contestar, así que el taxista añade–: Oiga… ¿está bien o…?

El tipo chasquea la lengua y se dispone a emprender la marcha de nuevo cuando Connor recobra la cordura.

–¡No, no, no! ¡Espere! –grita mientras corre acera abajo.

Afortunadamente, el tipo parece apiadarse de él y detiene el coche unos metros más allá. Connor titubea durante unos segundos, pero entonces abre una de las puertas de atrás y se mete dentro.

–Lo siento… –se disculpa nada más sentarse–. Al JFK.

Se recuesta en el asiento, echando la cabeza hacia atrás. Coge unas largas bocanadas de aire y lo suelta lentamente, relajándose. Solo entonces se da cuenta de lo patético que ha sido, y se le empieza a escapar la risa. Al rato, se da cuenta de que el taxista no para de mirarle por el espejo interior.

–Lo siento –repite para intentar tranquilizar al pobre tipo–. Estoy bastante más cuerdo de lo que le puede parecer a simple vista… O al menos lo solía estar…

El tipo le observa durante unos segundos, aprovechando que están parados en un semáforo. Parece estar valorando sus palabras y decidiendo si fiarse o no de él, hasta que por fin su gesto se suaviza un poco.

–¿Mal día? –le pregunta esbozando una sonrisa de medio lado.

–Mal mes, diría más bien.

–Vaya… Espero que le cambie la racha.

–Yo también. De ahí este viaje…

–Dicen que a veces es bueno distanciarse para verlo todo desde otra perspectiva.

Connor le observa asintiendo con la cabeza.
—¿Y dicen durante cuánto tiempo hay que alejarse para conseguir la... clarividencia?
—No lo sé. Como tampoco sé cuánto dicen que hay que alejarse...
—Espero que cambiar de continente sirva.
—Guau. Tanta distancia solo puede tener un motivo: una mujer.
—Bueno... —ríe resoplando por la boca—, ella es el principal motivo, pero hay alguno más...
—Pues lleva poco equipaje para la carga que soporta sobre sus hombros. ¿Es algo así como un viaje espiritual y de recogimiento?
—Supongo que sí... —comenta mientras mira por la ventanilla.

Los rascacielos de Manhattan dibujan el horizonte frente a su ventanilla a toda velocidad. Mientras circulan por la autopista que conduce hacia el aeropuerto, se alejan a toda velocidad de esos edificios, de esa ciudad, de esa vida y... de ella.

El enorme panel informativo informa acerca de los próximos vuelos. Le lleva un rato encontrar el suyo, y cuando lo hace, se dirige al mostrador de facturación. Después de unos minutos de cola, recorre los escasos pasos que le separan de la azafata de la compañía aérea. Le tiende su pasaporte, el billete electrónico y deja la mochila en la cinta.
—¿Solo ida, señor... O'Sullivan? —le pregunta ella, mirando el billete.
—Sí —contesta él de forma despreocupada.
Entonces la azafata levanta la vista y se queda mirándole un buen rato. Las pupilas se le dilatan levemente y las comisuras de los labios se le curvan hacia arriba.
—¿Viaja con muy poco equipaje...?

—No crea...

Ella le observada extrañada, pero Connor sabe bien a qué se refiere. Quizá no es mucho la carga material, pero sí la emocional, por todo lo que puede encontrar en su destino y, sobre todo, por todo lo que deja atrás.

ÚLTIMOS TÍTULOS PUBLICADOS EN HQN

Todas las estrellas son para ti de J. de la Rosa

Reflejos del pasado de Susan Wiggs

Amor en V.O de Carla Crespo

Siempre en mis sueños de Sarah Morgan

Tú en la sombra de Marisa Sicilia

Enamorada de un extraño de Brenda Novak

El retrato de Alana de Caroline March

Gypsy de Claudia Velasco

Un beso inesperado de Susan Mallery

El huerto de manzanos de Susan Wiggs

El tormento más oscuro de Gena Showalter

Entre puntos suspensivos de Mayte Esteban

Lo que hacen los chicos malos de Victoria Dahl

Último destino: Placer de Megan Hart

Placer prohibido de Julia London

En mi corazón de Brenda Novak

www.ingramcontent.com/pod-product-compliance
Lightning Source LLC
LaVergne TN
LVHW030331070526
838199LV00067B/6234